MW01709949

OREO
Terrabusi
MI VILLANO FAVORITO 2
SOLO EN CINES
TM & © 2013 Universal Studios. All rights reserved.
Sticker elaborado por: Autopack S.A. B.P. Galdós 9150.
P. Podestá, Bs.As., Argentina

Indias blancas

LA VUELTA DEL RANQUEL

FLORENCIA BONELLI

Indias blancas

LA VUELTA DEL RANQUEL

SUMA de letras

Leandro N. Alem 720 (1001), Ciudad Autónoma de Buenos Aires
www.sumadeletras.com/ar
www.florenciabonelli.com

ISBN: 978-987-04-1415-5

Diseño de cubierta: Eduardo Ruiz
Imagen de cubierta: *El rapto, rescate de una cautiva*, 1848, Mauricio Rugendas (detalle), Colección Porcel.

Hecho el depósito que indica la ley 11.723
Impreso en la Argentina. *Printed in Argentina*
Primera edición: marzo de 2010
Tercera reimpresión: abril de 2012

Bonelli, Florencia
Indias blancas. : la vuelta del ranquel . - 1a ed. 3a reimp. - Buenos Aires : Aguilar, Altea, Taurus, Alfaguara, 2012.
464 p. ; 24x15 cm.

ISBN 978-987-04-1415-5

1. Narrativa Argentina. 2. Novela. I. Título
CDD A863

PRISA EDICIONES

Tomás, le dediquemos este libro a tu madre, la persona más buena que conozco. A mi hermana Carolina, entonces. Yo la quiero profundamente.

“Los indios jamás se olvidan de una ofensa recibida... La venganza entre los indios es cosa sagrada. Todo lo que tienen de agradecidos y de humanitarios, lo tienen de rencorosos y vengativos.”

“MEMORIAS DEL EX CAUTIVO SANTIAGO AVENDAÑO”,
DE MEINRADO HUX

CAPÍTULO I
La amante del doctor Riglos

La misa recién comenzaba y las voces se alzaban para cantar el *Kyrie eleison*. Laura Escalante lo entonaba con gusto, movida por su inclinación al canto más que por devoción religiosa. El coro de niños y los acordes dramáticos del órgano, que inundaban las naves de la Catedral Metropolitana, la llevaron a aceptar que, después de todo, doña Luisa del Solar había tenido razón de oponerse a conmemorar el segundo aniversario de la muerte de Julián Riglos en la capilla de la baronesa, como se conocía a la capilla de la casa de la Santísima Trinidad, mandada a construir por la bisabuela de Laura, María del Pilar Laure y Luque, esposa de Abelardo Montes, barón de Pontevedra. Aunque la calle ya llevaba el nombre de San Martín, a la mansión de los Montes los porteños seguían llamándola de la Santísima Trinidad.

—Querida —había interpuesto doña Luisa días atrás—, ¿cómo piensas reunir a toda la gente que concurrirá al aniversario de Juliancito en la capilla de la baronesa, que, apretados, sólo admite una veintena de personas? Sabes lo querido y apreciado que era, todos sus amigos querrán estar allí, amén de tus parientes, los míos y los de él.

A pesar de que Julián Riglos había vuelto a casarse luego de la muerte de Catalina del Solar, para doña Luisa seguía siendo Juliancito, su adorado yerno. Que lo hubiera hecho con Laurita Escalante exaltó el cariño y buen concepto que le tenía. Por eso, la matrona porteña se creía con derecho a hacer y deshacer cuando de honrar la memoria de Juliancito se trataba, y Laura la dejaba. Doña Luisa del Solar, ubicada junto a ella en la primera banca, entonaba las estrofas del *Gloria* con voz chillona y disonante, pronunciando pésimamente el latín; pero no se amilanaba, por el contrario, desplegaba la seguridad y la prestancia de una soprano. Laura se llevó el abanico a la boca para ocultar una sonrisa; después de todo, nadie habría aprobado que la viuda riera en la misa por su difunto esposo.

De hecho, las amistades y conocidos de Laura Escalante estaban curados de espanto, y si la joven viuda se hubiese echado a reír a carcajadas mientras el sacerdote pronunciaba el sermón, no se habrían sorprendido. Escandalizado, sí, pero no sorprendido. De la Escalante esperaban cualquier cosa. ¿Acaso no había dado de qué hablar exactamente dos años atrás al negarse a usar el luto cuando falleció su esposo Julián? Todos achacaban la decisión a la frialdad con que siempre lo había tratado. Lo cierto era que Laura encontraba absurda la imposición y el negro, de lo más desagradable.

—El negro nunca me ha sentado y no voy a andar mal arreglada porque a la sociedad se le ocurra que ése es el color con el que se honra a los muertos. Yo honro a Julián en mi corazón por el cariño que le tuve y lo recordaré siempre en mis oraciones, a pesar de lo tormentoso que fue nuestro matrimonio —manifestó el día en que sus tías y su abuela le propusieron mandar a teñir los vestidos.

De todos modos, se cuidó de llevar los colores despampanantes a los que tenía acostumbrados a sus amigos, y limitó el guardarropa a discretas tonalidades malva, gris y marrón. Tampoco usó joyas dispendiosas sino clásicas perlas. Esa tarde, para la misa, eligió cuidadosamente el vestido, en tafetán de seda púrpura, con cuello y puños en encaje negro. A pedido de Magdalena, su madre, le indicó a la modista que lo confeccionara sin escote, completamente cerrado, a pesar de que era enero y el calor, insoportable. Había elegido un collar y unas arracadas de amatistas, y lucía en la mano izquierda el brillante del tamaño de un garbanzo que Julián le había obsequiado meses después de la boda y que ella jamás usó en vida de su esposo. Como siempre, bajo el vestido y prendido con un alfiler de oro a su justillo, llevaba un guardapelo de alpaca.

Con disimulo, Laura dirigió la mirada hacia el ala derecha de la Catedral, donde se hallaban ubicados en la primera banca algunos de los mejores amigos de Julián. Repasó esos rostros familiares con detenimiento ahora que todos parecían atentos a la homilía de monseñor Mattera. El primero, Nicolás Avellaneda, que desde el 74 ostentaba el título de presidente de la República Argentina, una posición con nombre rimbombante y realidad más bien inestable, continuamente amenazada por alzamientos provinciales y traiciones partidarias. A Laura le gustaba Nicolás Avellaneda, y en varias ocasiones habían conversado y acordado acerca de la imperiosa necesidad de combatir el analfabetismo, tarea que la mantenía ocupada gran parte del tiempo. El último censo había arrojado un guarismo alarmante: en la Argentina, el setenta y uno por ciento de los habitantes no sabía leer ni escribir. Esto había disparado una serie de medidas destinadas a aniquilar ese mal, en especial durante el gobierno de Sarmiento, cuando Avellaneda era ministro de Instrucción Pública. Laura pensó: "Esta noche le preguntaré a Nicolás si cree que se ha conseguido disminuir ese setenta y uno por ciento", porque esa noche los más íntimos estaban invitados a cenar en la casa de la Santísima Trinidad.

Junto al presidente, se encontraba su ministro de Guerra y Marina, el general Julio Roca, a quien Laura había conocido en Ascochinga en el 73, como el esposo de una aristócrata cordobesa, una de las Funes Díaz, Clara, pacata y melindrosa en opinión de Laura, irremediablemente enemistada con la sociedad de Córdoba que tan mal había tratado a su tía Blanca Montes. Con Roca, sin embargo, la atracción había sido mutua. Laura no sólo lo encontraba seductor, sino irreverente y seguro de sí, lo que lo convertía decididamente en alguien de su interés. Aunque no se lo había confesado siquiera a María Pancha, estaba segura de que si le hubiese dado pie, Julio Roca le habría propuesto convertirla en su amante. Roca desvió la mirada hacia ella y sus ojos se encontraron momentáneamente, hasta que el ministro apenas sesgó los labios en una sonrisa artera y Laura bajó el rostro; se había puesto colorada.

Trató de concentrarse en el sermón, pero un movimiento furtivo entre las columnas de la izquierda atrajo su atención. La reconoció de inmediato, aunque iba completamente de negro y con una mantilla de ñandutí sobre la cara. Se trataba de Loretana Chávez. El año anterior, a pesar de que no habían anunciado la misa en la sección de sociales, Loretana también había asistido, aquella vez, a la iglesia de San Ignacio. Laura lo comentó con María Pancha, que, sin inmutarse, manifestó:

—Fui yo quien le avisó a Loretana de la misa por el doctor Riglos.

Laura miró de hito en hito a su criada, que, con la misma parsimonia, explicó:

—Tú le debes mucho a esa mujer, que gracias al amor que le brindó al doctor Riglos, te hizo el matrimonio más llevadero. ¿O piensas que Riglos te habría dejado tan tranquila si no hubiera tenido otra que lo apaciguara? Aunque él nunca se enamoró de ella, sabía que ella estaba ahí, aguardándolo siempre, y eso era suficiente para llenar el vacío que tú no tenías pensado ocupar.

—Ahora ella es una santa y yo debo estarle agradecida —se enfureció Laura.

—En cierta forma, sí.

—¡Pues la odio!

María Pancha no insistió, al tanto del motivo que alimentaba ese encono, que en nada se relacionaba con los cuatro años de amoríos de la pulpera con su esposo.

La mirada de Loretana se tropezó con la de Laura Escalante, y enseguida volvió a ocultarse detrás de la columna. La ira y el desprecio inundaron a Laura, que se abanicó enérgicamente. Clavó la vista en monseñor Mattera y, aunque simuló apreciar las palabras de encomio que el obispo prodigaba al difunto doctor Riglos, le llegaban como un sonido distante y ajeno. Sus pensamientos habían regresado a la casa vecina al polvorín de Flores, un sitio apartado del centro de la ciudad donde Julián había instalado a Loretana; allí la visitaba casi a diario.

Esa mañana a principios de enero del 77, particularmente bochornosa, Julián se quejó de un fuerte dolor de cabeza y Laura, durante el desayuno, lo obligó a beber las famosas gotas de Hoffmann que, según tía Carolita, eran furor en París para combatir jaquecas. Julián partió hacia el bufete, como de costumbre, y Laura no volvió a pensar en él, como de costumbre. Horas más tarde, mientras la casa de la Santísima Trinidad dormía la siesta, insistentes golpes de aldaba en la puerta principal sacudieron del letargo a sus integrantes. Un muchachito con aspecto de indigente le explicó a María Pancha que sólo hablaría con la señora Riglos. Laura, que escribía en su habitación, se presentó en el recibo y tomó la nota que le extendía el mensajero. Evidentemente había sido garabateada en un apuro. Rezaba: "Señora Riglos, su esposo se ha descompuesto en mi casa y pide por usted. Loretana Chávez". Más abajo detallaba la dirección. María Pancha entregó unas monedas al mensajero, mientras Laura explicaba las novedades a sus abuelos, su madre y sus tías.

—¿Irás a la casa de ésa? —se escandalizó la abuela Ignacia.

—Eres siempre tan oportuna, Ignacia —masculló don Francisco.

Laura le ordenó a Magdalena que enviara al doctor Eduardo Wilde a la dirección indicada en la esquela. Deprisa, con el cuarteto de brujas opinando a porfía detrás de ella, dejó la sala y se dirigió a su dormitorio para prepararse. El viejo Eusebio, cochero de toda la vida de los Montes, ya aprestaba los caballos. Media hora más tarde, cruzaban al galope la Plaza de la Victoria rumbo al barrio de San José de Flores.

La misma Loretana abrió la puerta. Laura apenas movió la cabeza en señal de saludo y entró, con María Pancha a su lado. Loretana las condujo en silencio. Julián yacía en la cama matrimonial de una habitación primorosamente decorada. Laura se acercó a la cabecera y contempló a su esposo detenidamente. Lucía pálido, y la mueca amarga de la boca indicaba que sufría. Se sujetaba el brazo izquierdo a la altura del pecho.

Julián parpadeó lentamente. Le tomó un momento reconocer a su esposa.

—Temí que no vinieras —farfulló, y Laura se sentó en la silla que le acercó Loretana.

—¡Cómo no iba a venir! —dijo en voz baja, compelida por las circunstancias, por el silencio, por la penumbra, por la poca fuerza que manaba del cuerpo de ese hombre al que había considerado invencible.

—Temí que no vinieras —insistió Riglos— porque me odias.

—No te odio —aseguró Laura.

—Sí, me odias. Y para nada cuenta que yo te ame más allá del entendimiento.

Laura percibió que Loretana se movía furtivamente y dejaba la habitación. Julián, ajeno al martirio de su amante, extendió la mano con esfuerzo, y Laura se la sostuvo. Se contemplaron directamente a los ojos.

—Deberías haberte casado con Loretana y permitido que yo lo hiciera con Nahueltruz Guor —expresó por fin.

—Jamás —replicó Julián—. No con un indio.

Laura se refrenó de confesarle que ese indio era hijo de su tía Blanca Montes, nieto de Juan Manuel de Rosas y del doctor Leopoldo Montes, biznieto del barón de Pontevedra, tataranieto del duque de Montalvo y sobrino segundo de Lucio Victorio Mansilla. Quiso decirle, en resumidas cuentas, que por las venas de Guor corría sangre con más blasones y tradición que la de él. Y se abstuvo porque ella no había amado a Guor porque fuese un indio o un patricio, lo había amado simplemente por ser el hombre que era.

A pesar de que el doctor Eduardo Wilde bromeó con Julián y le aseguró que en pocos días volverían a encontrarse en la confitería de Baldraco, a Laura le refirió otro panorama. De ninguna manera se lo movería de esa cama; y así, Laura y María Pancha visitaron lo de Loretana a diario, por la tarde. Les abría la doméstica, las invitaba a pasar y, mientras Laura permanecía en la habitación junto a su esposo, Loretana aguardaba en la cocina. La presencia de la señora Riglos no la incomodaba, se disponía a soportar ese y otros inconvenientes siempre que Julián permaneciera en su casa, donde ella pudiera cuidarlo y mimarlo a discreción. Lo amaba como jamás pensó que llegaría a amar a ese hombre a quien, en un principio, sólo había considerado el mejor recurso para escapar del tedio y la mediocridad de Río Cuarto. Julián Riglos la había enamorado. La había hecho sentir a gusto con la seguridad que le brindaban su dinero y su experiencia; la habían complacido sus modos galantes, tan distintos de los de los soldados del Fuerte Sarmiento, y la entretenía la infinidad de anécdotas que solía relatarle; había vivido en Europa, y eso, para ella, equivalía a lo máximo que una persona podía aspirar. Le había prometido que algún día la llevaría.

En un principio, la sorprendió que un hombre así le rondara los pensamientos aun después de que dejaba la casa; con el tiempo terminó por admitir que el doctor Riglos encarnaba al príncipe azul de los cuentos de hadas que la convertiría en la princesa que ella añoraba ser. Julián la había protegido de las ferocidades de una ciudad grande y cosmopolita que la habría devorado sin misericordia; la había ayudado a mejorar y a superarse, y había satisfecho cuanto capricho y veleidad le había cruzado por la cabeza. Le había dado una hija, Constanza María, su razón de vivir. A veces, contrariada, la conciencia cargada de remordimientos, se preguntaba por qué Dios le daba tanto cuando ella había sido responsable de tanto dolor. A menudo evocaba sus años mozos, cuando sólo le importaba convertirse en una princesa de ciudad; se acordaba de las locuras y los desatinos; de Nahueltruz Guor también se acordaba, a quien seguía amando secretamente, un amor muy distinto del que sentía por Julián, un amor menos agradecido y respetuoso, más carnal y mundano, más como la Loretana de antes.

Al quinto día, una tarde caliginosa en la que Julián había estado inquieto y molesto, Loretana pidió a la señora Riglos unas palabras. Laura, hastiada de la situación, molesta por el calor, aceptó a regañadientes y entró en el despacho. Loretana fue al grano y le dijo que tenía que pedirle perdón, que la conciencia así se lo dictaba.

—Sinceramente, Loretana —expresó Laura con agobio innegable—, no siento que deba perdonarte absolutamente nada. Tu relación con mi esposo...

—No es por eso que tengo que pedirle perdón.

Laura levantó las cejas.

—La conciencia me tortura por algo que sucedió años atrás, algo que cambió mi vida y la suya. A mí la fortuna me sonrió. Usted, en cambio, ha sido muy desdichada.

Laura se puso rígida. Las palabras de Loretana le habían herido el orgullo. No le gustaba que la gente supiera que era infeliz, que se sabía incompleta y frustrada. Desde su regreso a Buenos Aires, se había esmerado en crear la imagen de una mujer desprejuiciada y satisfecha. Aunque María Pancha opinara que quería tapar el sol con un dedo, Laura se afanaba en ese propósito. Que Loretana, a quien ella consideraba muy por debajo, le espetara la verdad tan meticulosamente celada, la irritó sobremanera.

—Su desdicha, señora Riglos —prosiguió Loretana—, es toda por mi culpa. Fui yo la que le dijo al coronel Racedo aquel día en Río Cuarto que usted estaba en el establo.

Laura, que había evitado mirarla a los ojos, movió la cabeza con rapidez y le clavó la vista.

—Lo hice a propósito —admitió la mujer, decidida a exponer la verdad completa, a sacarse ese peso de encima de una vez y para siempre—. Sabía que Nahueltruz estaba enamorado de usted, los había visto juntos. ¡Ah, cómo la amaba! Me sentí morir porque yo creía que Nahueltruz era mío. Pero al verlo junto a usted me di cuenta de que nunca lo había sido. Y sentí rabia, despecho, celos... Y le dije a Racedo que usted lo esperaba en el establo porque sabía que Nahueltruz y usted estaban ahí, despidiéndose. Por mi culpa, Racedo y Nahueltruz pelearon ese día. Por mi culpa, Nahueltruz tuvo que matarlo y convertirse en un fugitivo. Por mi culpa...

Laura le propinó una bofetada de revés y Loretana lloró con angustia sincera, las manos sobre el rostro. Laura se quedó mirándola, la mente en blanco, atenta al llanto de Loretana, que terminó por crisparle los nervios. Quería que se callara. No soportaba su gemido lastimero, le martillaba los oídos. Un impulso malévolo la hizo mirar en torno. Sus ojos se toparon con el pisapapeles de mármol y sus dedos se cerraron en torno a él; los nudillos se le volvieron blancos y las uñas rojas. Lo levantó en el aire y se abstrajo mirando el contraste de su mano y el mármol verde, consciente del efecto de la piedra fría sobre su piel, de lo contundente que sería al caer sobre la cabeza de Loretana. Imaginó el sonido del cráneo al partirse y el olor metálico de la sangre, que se encharcaría rápidamente sobre la alfombra. El estómago le dio un vuelco y el asco le produjo ganas de vomitar. Como si la hubiese quemado, soltó el pisapapeles, que cayó con estruendo sobre el escritorio.

—Ni siquiera vales la pena —expresó al pasar junto a Loretana.

Julián Riglos murió esa noche, y Laura indicó a la compañía funeraria que buscase el cuerpo en el barrio de San José de Flores y lo trajese a la casa de la calle de la Santísima Trinidad, donde la capilla de la baronesa se aprestaba para recibir el ataúd.

Laura se arrodilló y el monaguillo hizo sonar la campana. "Aunque sea", se dijo, "prestaré atención al momento de la consagración de la eucaristía", y no volvió a dirigir la mirada hacia la columna de la izquierda.

CAPÍTULO II
El ministro de Guerra y Marina

Laura Escalante entró en la sala con el andar majestuoso de una reina. Como en cortejo, la seguían sus abuelos, sus tías, su madre y María Pancha. Aunque la misa había terminado a las cinco en punto, los saludos en el atrio habían durado más de lo previsto. Eran las seis y media de la tarde y, en menos de tres horas, los invitados a la cena comenzarían a llegar. La familia, sin pronunciar palabra, se encaminó hacia los interiores para aprestarse.

María Pancha siguió a Laura hasta su habitación. A pesar de que, entre domésticas, cocineras, lavanderas, cocheros y jardineros, la casa de la Santísima Trinidad contaba con una docena de sirvientes, María Pancha se encargaba personalmente de Laura, de su ropa, de su baño, de la limpieza de su habitación, de cada aspecto y detalle de su vida. Del arreglo y cuidado de su cabello, de eso se ocupaba especialmente, porque desde hacía algunos años se había convertido en el desvelo de su niña. Nunca lo había llevado tan largo, abundante, saludable y luminoso. Antes de lavárselo con los jabones y afeites en los que Laura gastaba fortunas en las tiendas de ultramarinos, María Pancha dedicaba media hora para masajearle las puntas con aceite de almendras; se lo enjuagaba sólo con agua de lluvia que recogía del aljibe y con la que preparaba té de manzanilla, que le preservaba el rubio dorado; cada tanto, lo hacía con vinagrillo, que lo volvía esplendente. Luego de secarlo al sol, María Pancha se lo tronchaba en dos partes; con una hacía una trenza pequeña que le enroscaba en torno a la coronilla y, con la otra, una gruesa y compacta como la jarcia de un barco, que le colgaba más allá de la cintura.

—Desde hace un tiempo le prestas más atención a tu cabello que a tus escritos y libros —comentó María Pancha una mañana que le pasaba un aceite aromático para desenredarlo—. Recuerdo —prosiguió— que antes casi debía atarte de pies y manos para peinártelo y lavártelo.

La mirada tímida de Laura buscó en el espejo la inquisitiva de María Pancha.

—Era lo que a él más le gustaba de mí —expresó en un susurro, y bajó la cabeza cuando el reflejo de su criada se tornó borroso.

María Pancha abrió el ropero y sacó el vestido que Laura luciría esa noche. Luego del segundo año de viudez, las normas protocolares se suavizaban, y colores más atrevidos volvían a formar parte del guardarropa. Laura, cansada de las tonalidades pálidas, las perlas y la cara lavada, había decidido llevar un traje que, sabía, haría abrir grandes los ojos a los señores y fruncir los entrecejos a las señoras. En encaje marfil, con holandilla de exacta tonalidad, las mangas hasta el codo y la espalda, sin embargo, no estaban forradas, y la piel de Laura podía apreciarse a través del intrincado bordado del género. El escote espejo, pronunciado hasta un punto sin duda escandaloso, le permitiría ostentar alguna joya largamente arrumbada en el alhajero. Según madame Du Mourier, la modista de Laura y de las mujeres más pudientes de Buenos Aires, el encaje sobre la piel desnuda de hombros, brazos y espalda era la última moda en París.

—¿La gargantilla de brillantes o la de zafiros? —preguntó Laura, mientras enseñaba las alhajas, una en cada mano.

—La de zafiros —opinó María Pancha—. Doña Ignacia pondrá el grito en el cielo cuando te vea con ese vestido —reflexionó, con la vista en la espalda prácticamente desnuda de su niña.

Laura desestimó la advertencia. Hacía tiempo que la abuela Ignacia había dejado de ser la Gorgona de su niñez. Al mito, en parte, lo habían destruido las *Memorias* de su tía Blanca Montes, cuando la bajaron del pedestal para convertirla en un ser humano común y corriente, con más faltas y desaciertos que las virtudes que la propia Ignacia de Mora y Aragón se jactaba de poseer. Laura le había perdido el miedo y, a pesar de que seguía respetándola, la trataba con indiferencia; a veces, incluso, con cinismo.

Luego de su exilio de dos años en Córdoba, Laura había regresado a Buenos Aires escoltada por su esposo, el doctor Riglos, y por una vastísima fortuna, la heredada de su padre. Aunque en un principio había temido regresar, el dolor y la desesperanza, que la convirtieron en una mujer muy diferente de la jovencita que había partido hacia Río Cuarto a principios del 73, le proveyeron la coraza para enfrentar sin vacilación al mundo hostil de la Capital. La Laura Escalante —ahora de Riglos— que puso pie en la casa de la Santísima Trinidad aquella tarde de abril del 75, lo hizo con la seguridad que le confería saber que sus integrantes dependían económicamente de ella, y con la frialdad y el desapego nacidos de la amargura. Pronto resultó palmario para todos, incluso para el mismo Riglos, que nadie opinaría sobre su vida, sus decisiones o su dinero. Laura Escalante se había convertido en un ser feroz e implacable. Hasta su abuela Ignacia le temía.

—Cierto que doña Ignacia habla poco y nada desde que perdió ese diente —siguió discurriendo María Pancha, mientras le trenzaba el cabello—. ¡Bendito sea el hueco en la encía de tu abuela! —profirió de repente, y Laura explotó en una carcajada.

María Pancha detuvo sus dedos y se quedó mirándola, una mirada tierna y maternal, mientras Laura inspiraba bocanadas de aire para sofrenar la risotada. Nada fácil reír dentro de un corsé.

—¡Qué hermosa eres cuando ríes! —dijo, y Laura se puso seria, perturbada por la observación tan inusual de María Pancha—. Ojalá rieras más a menudo. Me haces acordar a la Laura de antes.

—Aquella Laura ya no existe —aseguró sombríamente, y se puso de pie.

—Esta noche viene el general Roca —mencionó María Pancha.

—Sí, lo invité y aceptó. Julián lo apreciaba sinceramente. Era justo que viniera esta noche. Roca lo ayudó con la última parte de su libro.

—Hoy en el mercado me alcanzaron unos chismes muy interesantes —comentó María Pancha como al pasar, y siguió ocupándose de guardar la ropa.

—Pues bien, ¿qué chismes? —se impacientó Laura.

—Se dice que, por estos días, al general Roca lo mueven sólo dos empeños: convertirse en el presidente de la República en el 80 y llevarse a la cama a la viuda de Riglos. Supongo que no te sorprende. Me dijeron también que, en el Club del Progreso, se hacen apuestas para ver quién será el primero en contar con tus favores después del luto. Roca es el preferido.

Llamaron a la puerta, y María Pancha se apresuró a abrir. Eugenia Victoria, prima de Laura, y su hija mayor, Pura Lynch, entraron en la habitación. Pura se echó a los brazos de María Pancha, que la abrazó y le besó la coronilla varias veces, mientras su madre, Eugenia Victoria, saludaba a Laura con dos besos, según la moda en las cortes europeas.

—¡Tía Laurita! —profirió Pura, y se quedó mirándola.

—No te preocupes, Laura —habló Eugenia Victoria—, tu ahijada sólo ha venido a ver tu vestido. De inmediato se va.

—¡Oh, tía Laura! —prosiguió la muchacha—. ¡Es más hermoso de lo que madame Du Mourier aseguró!

Pura se acercó lentamente, concentrada en los detalles del vestido de encaje. A sus ojos, tía Laura se asemejaba más a un hada de los cuentos de Perrault que a una mortal.

—¿No vas a darme un abrazo? ¿Ni siquiera un beso? —se quejó Laura, divertida ante la reacción desorbitada y espontánea de su sobrina.

Pura la aferró por la cintura y hundió el rostro en el regazo de su tía, que la abrazó y le besó la frente.

—¡Niña! —se escandalizó Eugenia Victoria—. ¡Suelta de inmediato a tu tía Laura! ¿Que no te das cuenta de que le arrugas el vestido?

—Como si le importara —interpuso María Pancha, contenta, pues cada vez que Pura Lynch se encontraba cerca, a Laura le cambiaba la cara.

—Perdón, tía —se excusó la muchacha—. ¡Qué hermosa estás! —insistió—. Esta mañana, cuando fuimos a lo de madame para que me tomase las medidas, nos contó que Eusebio acababa de llevarse tu vestido, el que lucirías esta noche. Nos dijo: "*C'est la plus belle robe de Buenos Aires*". *Et, vraiment, ni plus ni moins, c'est la plus belle de toutes!* —exclamó, llevándose las manos al pecho.

—Sinceramente —admitió Eugenia Victoria—, el vestido es magnífico. De todos modos, habría que tener tu silueta para lucirlo con tanta gracia. —Y ensayó una mueca desesperanzada al echarse un vistazo frente al espejo. Después de cinco embarazos, la cintura de la que se había ufanado de joven sólo era un recuerdo.

—Daría con gusto todo lo que tengo (riqueza y silueta) —aseguró Laura—, a cambio de la mitad de tu felicidad junto a José Camilo.

Eugenia Victoria, de las pocas que conocían en detalle la historia de Laura, la contempló con tristeza. Laura, que odiaba inspirar ese sentimiento, volvió a su tocador y siguió maquillándose. Ante la aseveración de su tía, Pura se había quedado callada y meditabunda.

—Pero, tía —irrumpió nuevamente, con el entusiasmo de quien ha encontrado la solución a un grave problema—, ahora que se ha cumplido el segundo aniversario de la muerte de tío Julián, podrás casarte de nuevo y ser tan feliz como mamá.

—¡Niña, qué necedades dices! —se escandalizó Eugenia Victoria, mientras Laura y María Pancha se reían.

—Oh, mamá, para usted siempre estoy diciendo necedades. —Y sin reparar en el vistazo admonitorio de Eugenia Victoria, Pura se arrodilló junto a Laura—: Tía, por favor, por favor, lleva este vestido en mi fiesta de quince años, por favor. Serás la más hermosa de la fiesta, todas te envidiarán.

—Ese día —pronunció Laura—, tú serás la más hermosa de la fiesta.

—Las dos seremos las más hermosas de la fiesta. Prométeme que usarás este mismo vestido el día de mi fiesta.

—Madame Du Mourier me confeccionará otro para esa ocasión —observó Laura.

—Seguramente no será tan hermoso como éste —se empacó la muchacha.

—Esta noche viene la mitad de Buenos Aires a cenar, todos lo habrán visto para esa fecha. ¿Qué dirá la gente? ¿Que no luzco un vestido nuevo para un acontecimiento tan especial como la presentación en sociedad de mi ahijada?

—¿Desde cuándo te importa lo que dice la gente? —reprochó Pura, y las tres mujeres se pasmaron—. Siempre haces y deshaces a voluntad, eso dice la abuela Ignacia. No dejarás de complacerme sólo por atender los comentarios de la gente, ¿verdad?

Laura le acarició la mejilla y sonrió lánguidamente. Tenía muchos sobrinos —sus primos habían sido prolíficos—, mas, a pesar de que por todos albergaba sentimientos muy profundos, a Pura Lynch la unía un lazo más fuerte y trascendente. En la vitalidad y desparpajo de Pura, en sus ansias por vivir y experimentarlo todo, solía reconocer a esa Laura Escalante a la que se había referido María Pancha hacía un momento, la joven que había muerto en Río Cuarto seis años atrás.

—Te lo prometo —acordó Laura—, usaré este vestido el día de tu fiesta de quince años.

—¡Gracias, gracias, tía Laura! Estarás más linda que tía Esmeralda.

—María Pancha —intervino Eugenia Victoria—, acompaña, por favor, a Pura hasta el coche. Teodoncio la aguarda en la puerta.

Laura se despidió de su sobrina, y María Pancha la condujo fuera de la habitación. Eugenia Victoria tomó asiento frente al tocador junto a su prima y se empolvó la nariz.

—No sé qué hacer con esa criatura —suspiró.

—Absolutamente nada, eso es lo que debes hacer. Dejarla ser tal como es, libre y desprejuiciada, llena de vida y luz. En su personalidad radica el gran atractivo de Purita. ¿Quiénes llegaron?

—Hasta hace un momento el abuelo Francisco entretenía a un grupo entre los que distinguí al general Roca, a Eduardo Wilde, a Miguel Cané y a Carlos Guido y Spano, que no sé cómo lograste que dejara su confinamiento y se presentara esta noche. La abuela Ignacia me dijo, medio enojada, que no habías invitado a la viuda de mi hermano Romualdo.

—¿A tía Esmeralda? —ironizó Laura, emulando a Purita—. Sabes que no la tolero.

—Sí, pero es la viuda de Romualdo —apuntó Eugenia Victoria.

—Eso quería, ser la viuda de tu hermano, para heredar su fortuna y malgastarla en frivolidades y amantes.

—No digas eso. Romualdo la quería muchísimo. Esmeralda es de la familia.

—No de la mía —expresó Laura, y se puso de pie para evidenciar que no tocaría el tema de Esmeralda Balbastro.

En consideración al motivo de la cena —la presentación póstuma del libro *Historia de la República Argentina* del doctor Riglos—, ni siquiera a doña Ignacia se le ocurrió objetar que debía servirse comida criolla. Se dejaron de lado las suntuosas recetas francesas que acostumbraban servirse en la mesa de los Montes para dar lugar a empanadas, humita en chala, asado de carne y achuras, papas, choclos, cebollas y pimientos cocinados sobre los rescoldos, y otros platos típicos. De postre, la selección no era menos autóctona: pastelitos de dulce de batata y membrillo, melcocha, flan con dulce de leche, ambrosía y variedad de fruta en almíbar perfumado con clavo de olor. El general Roca, ubicado a la derecha de Laura, comentó:

—¡Nada como un buen asado argentino! No entiendo ese empeño en preparar comidas del Viejo Continente cuando lo nuestro es superior. Yo nunca como mejor que en campaña, cuando los soldados preparan esos asados suculentos y jugosos. No hay mejor asador que el soldado argentino —remató con orgullo.

—¿Es de su gusto este asado, general? —quiso saber Laura, y le apreció de soslayo la capa azul, con orifrés, entorchados y medallas de colores, que le sentaba de maravilla.

—De los mejores que he comido últimamente —aseguró Roca y, sin prudencia, le miró la piel del hombro, apenas velada por los bordados del encaje.

—Hice venir a dos peones de la estancia de Pergamino, los dos mejores para asar en opinión del capataz.

En comparación con los demás invitados, el general Roca era una visita reciente de la Santísima Trinidad. La amistad con Julián Riglos había comenzado en el 74, cuando el por entonces ministro de Guerra, Adolfo Alsina, los presentó. Volvieron a verse en contadas ocasiones debido a que Roca, asentado en Río Cuarto, visitaba la Capital con escasa regularidad. La amistad, sin embargo, se afianzó a través de un fluido intercambio epistolar en el cual Roca, a pedido de Riglos, completaba escenas de la guerra del 65 contra el Paraguay, conocida como de la Triple Alianza, que constituía la parte final del último volumen de su *Historia de la República Argentina*. Roca se explayó especialmente al describir la cruenta batalla de Curupaytí, y no sólo mencionó los errores estratégicos y tácticos sino los horrores que debió presenciar ese mediodía cuando los soldados de la Alianza caían como moscas frente a la andanada paraguaya. El aporte de Roca al libro de Julián resultó invaluable y su nombre se mencionó en el capítulo *Agradecimientos*. Desde la guerra contra el Paraguay, Julio Roca sólo había conocido aciertos militares que lo catapultaron a una carrera meteórica. Se podía afirmar, sin posibilidad de error, que era el militar más relevante de la escena política argentina.

En cuanto a los demás invitados, Laura admitió que se trataba de hombres y mujeres de la más refinada extracción, con modales impecables, conversación cultivada e interesante, rostros placenteros y prendas tan elegantes como las que se habrían encontrado en los salones de la aristocracia parisina. Aunque se sentía a gusto entre ellos —después de todo, por nacimiento y educación pertenecía al círculo que conformaban—, invariablemente, en su compañía, la asolaba un sentimiento oscuro e incómodo que le impedía disfrutar.

—Hace poco recibí carta de su hermano —comentó Roca.

—Puedo imaginarme el tenor de la epístola —aseveró Laura.

—El padre Agustín Escalante es de los pocos misioneros que conozco. Me refiero a un *verdadero* misionero —apuntó Lucio Mansilla, y monseñor Mattera levantó la vista del plato con aire ofendido.

—Al igual que el padre Marcos Donatti —acotó Laura, y Mansilla asintió con solemnidad.

—Su hermano se queja —prosiguió Roca— de la pésima condición de los soldados e indios que viven en el Fuerte Sarmiento. Afirma que salarios y abastecimientos a veces no llegan porque los comisionados los roban o se los juegan, y, si llegan, es con tal retraso, a veces de años, que ya están completamente enajenados a comerciantes y pulperos.

—Pobre hermano mío —suspiró Laura—. Parece un Quijote enfrentando los molinos de viento.

La conversación derivó en el tema obligado de los últimos meses: la campaña del desierto, la que Roca venía diseñando con meticulosidad de orfebre desde la muerte del anterior ministro de Guerra, Adolfo Alsina, y para la cual había obtenido la aprobación y presupuesto del Congreso con la famosa Ley 947 de octubre del año anterior. En poco más de tres meses, un ejército de seis mil hombres, armados con Remington, tratarían de extender la línea de la frontera sur hasta el río Negro, arrasando con cuanta toldería y malón se interpusiese en su camino. Se decía que, en realidad, esta campaña constituiría simplemente el golpe de gracia a los indios del sur, pues desde hacía un año el ejército argentino llevaba a cabo una tarea estratégica de desgaste que dividía y debilitaba a las tribus.

—La zanja de Alsina fue un error desde el vamos —opinó el doctor Estanislao Zeballos, y varias voces se aunaron para apoyarlo.

El joven doctor Zeballos se refería a la zanja de tres metros de ancho y dos de profundidad que el anterior ministro de Guerra y Marina había mandado a excavar en el 76, paralela a la línea de la frontera sur, con el objetivo de dificultar a los malones el arreo de ganado, una medida de protección con reminiscencia medieval, en opinión del general Roca, que sólo había dificultado el abigeato pero que de ninguna manera lo había exterminado.

—Esa zanja —prosiguió Zeballos— nos limita, e impone un linde entre los territorios nacionales y los de esos salvajes que es completamente inaceptable. No debemos dar al indio la impresión de que queremos llegar sólo hasta allí, cuando, en realidad, Tierra Adentro nos pertenece por derecho.

—¿Qué derecho? —quiso saber Laura.

Se contemplaron con la frialdad que caracterizaba sus relaciones desde el día en que Riglos los presentó. Zeballos, que había querido y admirado a su profesor y amigo Julián Riglos, sabía que la mujer magnífica e inteligente que en ese momento le sostenía la mirada con la osadía de un guerrero celta, había sido desamorada y cruel con su marido, convirtiéndolo en un hombre sombrío y pesimista, proclive a la bebida. Eso no se lo perdonaba. Tampoco que se hubiese negado a publicar su libro *La conquista de quince mil leguas* el año anterior, porque toda Buenos Aires estaba al tanto de que, si bien la Editora del Plata se encontraba a cargo de Mario Javier, un riocuartense doctorado en Filosofía y Letras, la verdadera propietaria era la viuda de Riglos. Finalmente, el ministro Roca consiguió publicarlo con fondos del gobierno.

—¿Derecho? —repitió Zeballos—. ¡Pues el derecho que nos da la cultura, la civilización y el progreso! No podemos caer en la misma indolencia de los salvajes, hacer la vista gorda y quedarnos de brazos cruzados cuando ellos ocupan tierras que son vitales para el desarrollo de la república y que se encuentran completamente desaprovechadas, porque, claro está, estos salvajes lo único que saben hacer es ocuparlas.

—Eso no es cierto —objetó Laura, y percibió que la tensión entre los comensales aumentaba—. Me asombra, doctor Zeballos, que siendo usted tan avezado en el tema de los indios del sur diga que sólo ocupan la tierra cuando es sabido que la trabajan y con pingües ganancias. Probablemente las técnicas que utilizan para labrarla carezcan del avance de las usadas en nuestros campos, pero eso no significa que mantengan la tierra ociosa. Además, crían ganado, no sólo vacuno sino lanar, yegüerizo y equino. En esto último no hay quien los supere.

—Señora Riglos —interrumpió Zeballos, con ostensible sarcasmo—, me asombra que *usted* sea tan avezada en materia de salvajes.

—Mi nieta está compenetrada en el tema de los indios pues su hermano, el padre Agustín Escalante, es misionero en Río Cuarto y trabaja con los ranqueles, como mencionó hace un momento atrás el coronel Mansilla —explicó en vano don Francisco Montes porque, en realidad, los presentes sospechaban que el manifiesto interés de la señora Riglos por los indios tenía otras raíces y que a esas raíces se había referido Estanislao Zeballos con su comentario.

Durante meses, los porteños habían escuchado los cuentos acerca de un romance entre la por entonces señorita Escalante y un ranquel durante su fuga a Río Cuarto en el 73, más allá de las afanosas explicaciones de Julián Riglos que se hartaba de aseverar a amigos y conocidos que Laura jamás se había involucrado con un salvaje, más bien, había sido víctima de uno de ellos, y que afortunadamente el coronel Racedo la había salvado de la lascivia y abyección del inmundo ranquel, pagando con su vida el acto heroico. Esto afirmaba el "pobre Riglos", como solían llamarlo luego de su casamiento con Laura Escalante. Ahora bien, las voces que aseguraban que el amorío había existido y con ribetes de novela nunca se acallaban del todo y, a pesar de los años, todavía se repetían en voz baja las anécdotas y detalles a los más jóvenes o a algún despistado que nunca las había escuchado.

—Debemos ocupar esas tierras —apuntó Wilde, en tono conciliador— no sólo para no dejarlas ociosas sino por el riesgo que existe de que nos las arrebaten los chilenos, que, desde hace años, las miran con cariño.

Laura decidió acabar con la discusión acerca de los derechos sobre los territorios indígenas no porque le preocupara incomodar a los amigos de Julián sino para ahorrarle un disgusto a Magdalena, su madre, que se había demudado. Ella guardó silencio; los demás, en cambio, encontraban de lo más estimulante el tema y prosiguieron con la polémica. Preponderaban las voces de Mansilla, Zeballos y Sarmiento, tres gallos con espolones demasiado prominentes para coexistir sin fricciones ni disputas.

—¿Y tu mujercita, Roca? —se interesó el ex presidente Sarmiento, cansado de la atención casi exclusiva que le dispensaba la viuda de Riglos al ministro de Guerra y Marina.

—En Santa Catalina, con su familia —respondió, y el modo tajante y frío que utilizó contrastó con sus maneras normalmente galantes.

—¿La estancia de Santa Catalina? —preguntó doña Felicitas Cueto de Guerrero—. Tengo entendido que pertenecía a una misión jesuítica antes de que los expulsaran en 1767.

—Así es —respondió Roca.

—No me extraña —acotó Sarmiento, con cierta ironía—, porque Córdoba en absoluto es una provincia desprovista de conventos e iglesias. En realidad —prosiguió—, Córdoba, toda en sí, es un gran claustro donde la mayoría de sus habitantes son sacerdotes, monjas, oblatos, motilones o monaguillos, con mentalidad y comportamiento dignos de la época del oscurantismo.

Monseñor Mattera, muy ocupado con un suculento trozo de lomo, no pudo replicar de inmediato, y perdió el turno cuando Roca manifestó:

—Te concedo que los cordobeses están arraigados a la tradición católica más que en otras partes y que, en ocasiones, resulta difícil hacerlos razonar más allá de los dogmas y las prédicas del domingo, pero, debo admitir, son buenas personas, caritativas y gentiles.

—No, no lo son —interpuso Laura, y la sala enmudeció.

El general Roca la miró ceñudo, mientras sopesaba si debía replicar y mostrarse ofendido. Ésa era la segunda vez en la noche que la señora Riglos lo hostilizaba con sus comentarios, primero al oponerse a su política con los salvajes, y ahora al referirse despectivamente a la sociedad cordobesa, de quien su mujer, Clara Funes Díaz, era parte hasta la médula. Finalmente, relajó el entrecejo cuando los ojos negros y chispeantes de Laura lo desafiaron. "Demasiado hermosa para enojarme", decidió, y la miró con picardía, casi con ganas de provocarla.

—Pero usted es cordobesa —se escuchó la voz de Mansilla.

—Mi padre solía decir —habló Laura, y apartó la vista del general—: "No por que hayas nacido en un chiquero eres un chancho".

Los invitados la miraron con incredulidad hasta que Sarmiento lanzó una carcajada a la que pronto se unió el resto, a excepción de monseñor Mattera, que pugnaba por tomar la palabra irremediablemente sofocada por risotadas.

Laura se inclinó sobre la izquierda y se dirigió a Nicolás Avellaneda casi en un susurro para preguntarle acerca de los últimos planes para abrir escuelas en la provincia de Entre Ríos. Como siempre que conversaba con Avellaneda, se compenetró en el tema y no volvió a prestar atención a las disquisiciones que se desarrollaban en torno hasta que una palabra, una simple palabra, le provocó un vuelco en el estómago. Alguien dijo: Racedo. Laura levantó la vista y sus ojos se congelaron en los de María Pancha, que le indicó con una mueca rápida que se recompusiera y continuó sirviendo el postre.

—Eduardo Racedo dejó el fuerte de Río Cuarto hace menos de un mes —explicó el general Roca—, el 12 de diciembre para ser más exacto. Lo acompaña un ejército no muy numeroso. En realidad, su expedición tiene como objetivo primordial el reconocimiento del terreno, ubicar rastrilladas, fuentes de agua y las tolderías. Por supuesto —acotó Roca, y una sonrisa irónica le levantó las comisuras—, nadie será capaz de detenerlo si la Providencia lo pone frente a un ranquel, en especial al que asesinó a su tío Hilario. Su odio ciego por los salvajes puede convertirse en el determinante para una victoria segura.

Laura apoyó los cubiertos y se llevó la servilleta a la boca para ocultar que le temblaba. Sabía que Roca era un hombre que no daba puntada sin hilo, e interpretó ese comentario tan naturalmente vertido como la estudiada revancha por sus ataques anteriores. "Ojo por ojo, diente por diente", sentenció. Jamás volvería a jugar con Roca. Bebió un trago de vino tinto para reanimarse. Con mucha compostura, dejó la servilleta a un costado del plato, indicando el final de la cena. Aunque habría correspondido a doña Ignacia darla por terminada, Laura hizo caso omiso del protocolo y se puso de pie. De repente le pareció que aquella cena y lo que la motivaba eran una gran farsa que debía acabar pronto, tenía que desembarazarse de esa gente, quedarse sola y pensar, refugiarse en su mundo hecho de recuerdos y nada más.

Los invitados la siguieron a la sala sin murmuraciones ni miradas significativas. Gracias a los esfuerzos de doña Luisa del Solar, de tía Carolita y de Eugenia Victoria, los ánimos regresaban y una conversación moderada iba ganando terreno al silencio de momentos atrás. Roca, compungido por su desliz, se acercó a Laura y le pidió disculpas.

—Ha sido desgraciado mi comentario acerca de la muerte del coronel Hilario Racedo —expresó—. Mi torpeza es imperdonable, pero quiero asegurarle que lejos de mis intenciones está traerle recuerdos dolorosos en esta noche tan especial. Le pido que me perdone. —Con vehemencia, tomándola de la mano, imprecó—: Dígame que me perdona o no podré volver a mirarla a la cara.

Laura levantó la vista y se topó con el rostro oscuro y atractivo de Roca muy cerca del de ella. Para su sorpresa, se dio cuenta de que el padecimiento del recio militar era sincero. Descubrió también en el brillo de sus ojos pardos y en la firmeza de su gesto la determinación que había encontrado en pocos hombres, quizá sólo en dos, en su padre, el general José Vicente Escalante, y en su amante, el cacique Nahueltruz Guor. Supo con certeza que el destino de los indios del sur estaba sellado si del general Roca dependía.

—General, no hay nada que perdonar. Aquello pasó hace muchos años y, sí, es un recuerdo doloroso, pero de eso usted no tiene la culpa. No se atormente con algo que ahora carece de importancia.

—Dígame que me perdona, hágalo de corazón.

—Lo perdono, si eso necesita.

Roca le besó la mano y se alejó en dirección a sus amigos, que platicaban animadamente mientras tomaban cigarrillos de sus pitilleras y saboreaban el coñac y otros digestivos. Mario Javier y su ayudante, Ciro Alfano, ya repartían, como obsequio entre los invitados, los volúmenes de *Historia de la República Argentina*, recibidos en medio de muestras de aspaviento y asombro, pues la edición era muy lujosa. La Editora del Plata no había escatimado en gastos, y Mario Javier aceptaba los elogios con timidez. A nadie pasó inadvertida la simple dedicatoria: "Para Laura".

Guido y Spano leyó un discurso, que conformaba el prólogo del libro, donde destacaba la grandeza de Riglos como persona y su extraordinaria capacidad como abogado e historiador. Se refirió a él en los términos más encomiosos; lo llamó "un hombre brillante de nuestro siglo". Prosiguieron los panegíricos cuando Nicolás Avellaneda y luego Sarmiento tomaron la palabra. Finalmente se brindó con champán y, al grito de "¡Por Julián!", todos entrechocaron las copas.

Sólo quedaban Lucio Victorio Mansilla y su madre, doña Agustina. Laura los acompañó hasta el vestíbulo, donde recibió con paciencia los últimos halagos y los despidió afectuosamente. Camino a su habitación, pasó por el comedor, donde las domésticas cuchicheaban mientras apilaban platos, limpiaban ceniceros y recogían copas. Por fin, la velada había terminado.

María Pancha la aguardaba con la cama abierta y el *déshabillé* y las pantuflas listas. Hojeaba el primer tomo de *Historia de la República Argentina* que dejó de inmediato sobre la mesa de noche cuando Laura entró en la habitación. La ayudó a deshacerse del vestido de encaje, del corsé, del polizón y de la combinación de batista. Laura se sentó frente al tocador, y María Pancha le deshizo la trenza y retiró las presillas que sostenían la que le coronaba la cabeza. Laura se quitó las joyas, mientras María Pancha le cepillaba el pelo.

—Ésta ha sido una noche difícil —murmuró—. Tengo una jaqueca persistente y aguda.

—Te prepararé una infusión de valeriana —dijo María Pancha—. Lo único que tienes es cansancio.

Por un rato, ninguna volvió a hablar y sólo se escuchaba el sonido de la cerda del cepillo sobre el cabello de Laura.

—Es un alivio saber que por fin se publicó el libro de Julián —comentó—. Mario Javier hizo un excelente trabajo.

—Fue su última voluntad antes de morir —recordó María Pancha—. No me habías dicho que te dedicó el libro.

—Para mí también fue una sorpresa cuando leí el manuscrito. Pensé que se lo dedicaría a Loretana o su hija, Constanza María.

—Nunca fuiste capaz de comprender la inmensidad del amor de ese hombre. Te amó hasta el último momento, a pesar de Loretana y de Constanza María.

—Hablas como si, en vida, hubieses adorado a Julián cuando sabemos que no lo soportabas.

—El doctor Riglos no me gustaba, cierto, pero eso no impide que reconozca que te amó locamente.

—Estaba obsesionado conmigo, no me amaba —se irritó Laura.

—Es una línea muy sutil la que separa la obsesión del amor. El amor apasionado es una especie de obsesión. También es muy sutil la línea que separa el amor del odio. Nunca lo olvides —enfatizó María Pancha—: a veces lo que parece odio es sólo un profundo amor muy contrariado.

Laura desprendió el guardapelo de su justillo y lo abrió. Hacía tiempo que había entrelazado los dos mechones y siempre la sobrecogía el contraste de sus tonalidades, uno tan negro, el otro tan rubio. Como habían sido Nahueltruz y ella, uno tan distinto del otro. En un tiempo, convencidos de que las diferencias no contaban, se habían animado a hacer planes, pero la realidad dio al traste con sus quimeras y les hizo comprender muy dolorosamente que las diferencias eran infranqueables.

—Es penoso vivir con ciertos recuerdos pero imposible abandonarlos —expresó María Pancha, sombríamente—. Sigues tan enamorada de ese indio como el primer día.

—Sólo a ti te permito que me hables con tanta franqueza —admitió Laura, sin visos de enojo—, a ti que me conoces como nadie; me miras y sabes lo que pienso. Tus palabras han expresado lo que yo misma no me atrevo a decir por miedo; ni siquiera me atrevo a alentarlas secretamente. Porque tengo miedo, María Pancha. Miedo de descubrir que lo sigo amando, que la herida que con tanto afán trato de cicatrizar sigue tan abierta como el primer día. Una vez me dijiste que el tiempo y el cariño y el cuidado de mis amigos me harían olvidar. Ahora temo que su recuerdo permanecerá conmigo siempre y que alterará mi vida por completo.

María Pancha dejó el cepillo sobre el tocador y acercó una silla a la de Laura. Le levantó el rostro por el mentón y le secó las lágrimas con el mandil.

—Vamos, dime —la alentó—, dime todo lo que no te animas siquiera a pensar. Díselo a tu María Pancha, que te conoce del derecho y del revés, como bien dices.

—¡Oh, María Pancha! —sollozó Laura—. Lo cierto es que, a pesar del tiempo y de todo lo que ha pasado, nunca he dejado de lamentar la gran desilusión de mi vida. Sólo he aprendido a sobrellevarla. Desde que lo perdí, aprendí a vivir sin esperanzas ni ilusiones. Las horas, los días, las semanas se enhebran como abalorios en un collar y conforman los meses, los años. Así transcurre mi vida. Nahueltruz Guor estaba presente en todos mis pensamientos cuando dejé Río Cuarto a principios del 73 y lo sigue estando ahora, seis años más tarde.

CAPÍTULO III

La casa de la calle Chavango

Durante el verano, las familias decentes abandonaban el bochorno de Buenos Aires, que se tornaba pestilente e insalubre, y se refugiaban en la frescura de sus quintas y estancias. Los Montes partían religiosamente hacia San Isidro. Para deleite de su madre, que adoraba ese lugar, Laura había recuperado la quinta hipotecada en tiempos de Justiniano de Mora y Aragón, el marido bígamo de tía Dolores, y que años más tarde Francisco Montes, aconsejado por Julián Riglos, vendió para pagar deudas largamente postergadas.

Recuperar el patrimonio familiar era de las cosas que le otorgaban mayor satisfacción a Laura, no sólo las propiedades sino las obras de arte, las joyas, los muebles, la vajilla. Gastó una fortuna en remozar la casa de la Santísima Trinidad, que parecía caerse a pedazos el año en que regresó de Córdoba. Le hizo poner sistema de agua por tuberías y luces a gas, y fue de las primeras casas porteñas en contar con estas modernidades. Se colocaron artesonados en todas las salas y dormitorios y, en el comedor y salón principal, se doraron a la hoja. Se quitaron las alfombras de Kidderminster, arrasadas por las polillas, y se cubrieron los nuevos pisos de parquet con unas de Persia. Se colgaron espejos venecianos con candelabros de pared que le otorgaron el aspecto de un gran salón de baile, dorado y luminoso. Se recuperaron y mandaron a restaurar los cuadros de los pintores flamencos del Renacimiento, debilidad de la baronesa de Pontevedra, y Laura encomendó a su agente en Londres, lord Leighton, que comprara pinturas de los prerrafaelistas, un grupo de artistas jóvenes que revolucionaba el arte en Europa. La abuela Ignacia encontró las pinturas demasiado modernas y decididamente carentes de buen gusto. Se retapizaron sillas, sillones, confidentes y canapés con *jacquards* y brocados de Lyon, y la *bergère* con un damasco azulino, el mismo de tiempos de la abuela Pilarita. Se recuperó la araña de cristal de Murano, orgullo de la baronesa, vendida a los Álzaga para pagar impuestos, que volvió a brillar, esta vez con bujías a gas, en el salón más lujoso de Buenos Aires, en opinión del poeta Guido y Spano, proclive a estas expresiones exuberantes. Cuando por fin terminaron las obras, la mansión ostentaba el boato y la elegancia de los tiempos de Abelardo Montes, barón de Pontevedra.

En honor a la verdad, el placer de Laura no residía en echar mano a los objetos que habían integrado la inmensa fortuna del barón o en embellecer la casa que había constituido su orgullo en vida; el placer residía en el poder y la autoridad que eso le confería frente a sus parientes. El dinero la volvía descarada, a veces tirana y despiadada.

Esa mañana, sin embargo, Laura disfrutaba sinceramente de su última adquisición, al igual que Eusebio, el cochero, que había soñado con conducir una victoria desde el día en que se enteró de que existían. Estrenaba además una librea de calicó azul con cuello y puños verdes, los colores que, según doña Ignacia, habían predominado en el escudo de armas de la dinastía del duque de Montalvo.

Inusualmente, la familia Montes había regresado de San Isidro a la casa de la Santísima Trinidad la noche anterior para asistir ese día, 30 de enero, a la consagración de la capilla de Santa Felicitas, levantada en honor de Felicitas Guerrero de Álzaga, muerta siete años atrás, en el 72. En realidad, toda la aristocracia porteña y las personalidades relevantes del gobierno habían abandonado sus retiros en el campo para participar del recordatorio en honor de la celebrada belleza porteña.

Alrededor de las once de la mañana, los padres de Felicitas, Carlos Guerrero y Felicitas Cueto, aguardaban a parientes y amigos para iniciar la ceremonia. Laura, junto con sus tías Dolores y Soledad, su madre y su abuela —el abuelo Francisco había preferido quedarse en San Isidro— marcharon en la victoria nueva protegidas por parasoles y pequeñas sombrillas hacia la parte sur de la ciudad, cerca del Riachuelo, en la zona de Barracas.

—A la quinta de Álzaga, en la Calle Larga y Pinzón —ordenó Laura a Eusebio, que de inmediato puso en marcha el coche.

—¡Qué pesar! —exclamó Dolores—. Tener que volver al lugar donde Felicitas sufrió tanto.

No volvieron a hablar durante el trayecto; el recuerdo de la muerte de Felicitas las dejó pesarosas y meditabundas. Es que lo de Felicitas Guerrero, viuda de Álzaga, se había tratado de un crimen pasional. Acababa de anunciar su boda con Samuel Sáenz Valiente cuando un enamorado, Enrique Ocampo, que la había perseguido durante años —se dice que la amaba desde antes del matrimonio con el viejo Álzaga—, en un acto de rabia y despecho la asesinó de un disparo por la espalda. Al caer en la cuenta del acto atroz e irreversible que había cometido, Ocampo se suicidó. Esto decía la crónica policial, aunque, en realidad, se sospechaba que Ocampo había muerto a manos de un amigo de Felicitas, Cristián Demaría, que lo sorprendió instantes después del disparo y lo mató a sangre fría. De otro modo, nadie se explicaba un suicidio con dos balas. Laura y Cristián eran grandes amigos y, a pesar de que nunca hablaban abiertamente del asesinato de Felicitas, en una oportunidad Cristián le dio a entender que lo que se sospechaba era cierto.

A lo largo de la misa y de la consagración de la capilla se escucharon sollozos reprimidos, suspiros, carraspeos y sonaderas, en especial durante el sermón, cuando el obispo Mattera se explayó en las infinitas virtudes de "esa excelsa dama porteña". Luego de la misa, se sirvió un ambigú en la galería de la casona de Álzaga y los entusiasmos se recobraron poco a poco. Se hablaba de lo hermosa que era la capilla, de la magnífica estatua de Felicitas y su hijo Félix (muerto de pequeño, víctima de la fiebre amarilla), de la magnífica ceremonia, del acertado sermón, y se mencionaron también las incontables obras de caridad llevadas adelante por Felicitas y sus amigas, entre las que se destacaba Carolina Montes de Beaumont, que daba fe de cuanto se decía y aprovechaba para postular entre los más ricos y mondarles las billeteras como en una mesa de juego. Todos se dejaban engatusar por las socaliñas de Carolina Beaumont, que, a pesar de los años, conservaba la frescura y dulzura de la primera juventud. Como miembro vitalicio de la Sociedad de Beneficencia, Carolina Beaumont se mostraba tan interesada por el destino de los pobres y afligidos como lo había estado su madre, la baronesa de Pontevedra, que se contaba entre las fundadoras.

Laura se mantuvo cerca de Cristián Demaría, a quien encontró especialmente abatido; hablaba poco, en voz baja y, a pesar de que no se refería a su querida Felicitas, como si mencionarla fuera más de lo que su atribulado corazón podía soportar, Laura no dudaba de que Cristián no cesaba de pensar en ella. Se mantuvieron apartados en la galería, y las voces de los invitados les llegaban como mareas de sonidos intrascendentes.

—A veces creo —se animó a expresar Laura— que no deberíamos llorar a nuestros muertos; después de todo, sabemos que ellos están mejor junto al Señor que en este valle de lágrimas. En el caso de Felicitas, de quien nadie duda de que ya goza de la Gloria Divina, el reencuentro con su hijo Félix debe de haberla hecho doblemente feliz.

—Lo que me duele, querida Laura —dijo Cristián—, es su ausencia.

Se le anegaron los ojos. Laura le tomó la mano y se la besó fraternalmente. Al levantar la vista, se topó con la mirada intensa y ceñuda del general Roca, que la incomodó, como si le debiese una explicación por aquel gesto amistoso. Aprovechó que Climaco Lezica se aproximaba, y lo dejó a cargo de Cristián. Se dirigió a la capilla dando un gran rodeo para evitar a la gente. Una vez dentro, la paz y el estado de recogimiento que prevalecían la embargaron fácilmente. El perfume de las flores y del olíbano, sumado a la media luz y a la frescura, le devolvieron la serenidad. Se aproximó a la estatua de Felicitas y de su hijo Félix y se quedó contemplándola con interés. Casi de inmediato regresaron a su mente las facciones de esa joven que tantas veces había visitado la casa de la Santísima Trinidad junto con su esposo, Martín de Álzaga. A pesar de su corta edad, Laura había intuido que esa muchacha de dieciséis años, a quien habían casado con un hombre de más de cincuenta, no era feliz. De una belleza indiscutible, el semblante taciturno de Felicitas era lo que más descollaba a sus ojos de niña.

Luego de lo que ella llamaba "la gran desilusión de su vida", Laura tendía a buscar referentes con quienes compartir su dolor, mujeres sufridas, con vidas trágicas, que se convertían en parangones de entereza y resignación. La primera que le había servido de consuelo había sido su tía Blanca Montes; su madre en cierta forma también la acompañaba, porque había amado tanto al general Escalante sin conseguir nada a cambio; María Pancha, modelo de abnegación y fortaleza; su tía Dolores incluso, que había perdido en un tris a su esposo bígamo y a su hijo; ahora también contaba Felicitas

Guerrero, que se sumaba al grupo de las desconsoladas y sufrientes. De ese modo, Laura no se sentía tan sola.

Estiró el brazo para tocar el piecito de mármol de Félix, pero lo retiró casi de inmediato cuando un cambio en el juego de luces de la capilla le advirtió que alguien acababa de entrar. Escuchó el chirrido de los zapatos sobre los mazaríes, y tuvo la certeza de que la persona se acercaba en dirección a ella. Inexplicablemente, la asaltó una sensación de acoso e incertidumbre, como si una fiera la acechara, como si fuera a caer víctima de un abordaje violento. Se dio vuelta: era Roca. Lo tenía muy cerca, a dos pasos. Su perfume tan característico, esa mezcla exótica de almizcle y fragancias a madera, le inundó las fosas nasales.

—La he asustado —dijo con voz gruesa, para nada afectado por la quietud de la capilla.

—No, no, general —susurró Laura apenas.

—¿Conoció a la señora de Álzaga? —preguntó él de inmediato, y dirigió la mirada a la escultura.

—Sí. Su esposo, Martín de Álzaga, era amigo de mi abuelo Francisco. Felicitas lo acompañaba a menudo a la Santísima Trinidad.

—¿Era tan hermosa como se comenta? Guido y Spano acaba de pronunciar que Felicitas Guerrero era la mujer más linda de la República.

—Sí, lo era. Sus modos, dulces y naturales, sólo conseguían embellecerla aún más.

—No tengo dudas —habló Roca, luego de una pausa— de quién es la que ostenta el título de "la mujer más linda de la República" por estos días.

Hacía tiempo que Laura no se permitía envanecerse con un halago. Aquellas palabras del ministro de Guerra la habían alterado como si se tratara de las primeras que le dirigía un caballero galante a una niña casadera. Se abanicó, en parte para ocultar el arrebol de sus mejillas, pero también para alejar la sensación de sofoco que le provocaba la cercanía de ese hombre.

Roca le detuvo la mano y se la alejó del rostro. Le pasó el brazo por la cintura e intentó besarla.

—¿Queriendo ganar la apuesta, mi general? —se mofó Laura, la cara ligeramente escorzada—. Usted es nuevo en esta ciudad y quizá no esté al tanto de que aquí todo se sabe; incluso las apuestas que los caballeros secretamente escriben en el libro del Club del Progreso.

Se trataba de una acusación grave, y Roca se debatía entre ofenderse o pedir disculpas. Finalmente, expresó:

—Usted no tiene pelos en la lengua.

—No, no los tengo.

—Eso me gusta —admitió, e intentó besarla nuevamente, sin éxito—. ¿Acaso le molesta que yo sea un hombre casado?

—El hecho de que sea casado no es lo único que me aleja de usted, general.

—¿Mi propósito de exterminar a los indios del sur, quizás?

Roca percibió de inmediato el estremecimiento de Laura Escalante. Su palidez, acentuada en la luz mortecina que se filtraba por los vitrales, le otorgó un aire angelical y vulnerable. Antes de que bajase los párpados, Roca notó que los ojos negros le brillaban.

—No use esa palabra, general. Por favor, no diga "exterminar" como si aquellas gentes fueran bestias.

—Usted parece muy preocupada por la suerte de los indios del sur. Se ha puesto pálida. ¿Tengo que pensar que son ciertas las habladurías que la tienen como protagonista de un romance con un indio?

—Sí, son ciertas. Hace muchos años de aquello y, sin embargo, general Roca, puedo asegurarle que, a pesar de mis amigos y conocidos, aquel indio sigue siendo el mejor hombre que conozco.

—Eso es porque todavía no me conoce a mí.

La aferró por la nuca y la besó. Su boca cubrió la de ella con posesiva ferocidad, y Laura sintió la aspereza de sus bigotes sobre la piel. El poderío de ese hombre la abrumó, y permaneció blanda entre sus brazos, mientras él seguía besándola y embriagándola con el aroma de su perfume y el gusto dulce de su boca, que sabía a las almendras de la horchata.

Las manos del general aflojaron la presión y se retiraron de la nuca de Laura, que se llevó la mano a la boca; sentía los labios calientes y palpitantes.

—Será mejor que salgamos —admitió Roca—. Vaya usted primero; yo la seguiré después.

—No —replicó Laura—, saldremos los dos juntos como si aquí dentro acabásemos de escuchar misa.

Dos días más tarde, mientras las mujeres Montes se aprestaban para regresar a San Isidro, un mensajero entregó una esquela a nombre de la señora Riglos. Laura rompió el lacre y leyó: "Señora Riglos, supongo que no le resultará una sorpresa si le confieso que me encuentro irresistiblemente atraído por usted. Me he tomado el atrevimiento de reservar una mesa para nosotros en el hospedaje 'Los catalanes' de la calle de las Garantías n° 242. Espero verla allí mañana a la una de la tarde. Su más sincero y humilde servidor. R.". Laura le pasó la nota a María Pancha.

—Ha elegido un lugar muy apartado para el encuentro —comentó la criada, pues la calle de las Garantías pertenecía a la Recoleta, zona de descampados, huertas y quintas—. No me extrañaría que el hospedaje "Los catalanes" mañana sólo trabajase para él. —Luego, cambió el aire para advertir—: Éste no es un nene de pecho, Laura.

—Nunca me han gustado los flojos y timoratos.

—Cierto, pero éste es un zorro, un bribón redomado muy distinto de todo a cuanto estás acostumbrada.

—No sé qué me atrae de este hombre —admitió Laura.

—Por cierto —siguió María Pancha—, el general Roca no es como tus eternos enamorados que cantan al son de tu melodía. Es más, me atrevería a decir que es él quien marca el compás entre ustedes.

Laura meditó esas palabras y se dijo que, si pudiera comprender qué hacía del general un hombre tan distinto del resto de sus conocidos, tal vez lograría dominar la inquietud que le sobrevenía cuando la rondaba. Si pudiera descubrirle el talón de Aquiles tal vez impondría su voluntad como con los demás. Por el momento, se encontraba a su merced, subyugada por el simple contacto de su boca y de sus manos, que le despertaba una excitación que la avergonzaba. Era consciente de que Roca, con sólo dirigirle la palabra o lanzarle uno de sus vistazos, le infundía el mismo respeto y admiración que debían de experimentar sus soldados. Roca, para ella, jamás pasaba inadvertido.

Se preguntó adónde radicaría el secreto de su encanto cuando, en realidad, era parco, a veces brusco, y tan práctico y racional que se habría mofado de sus ideales románticos de conocerlos. Quizá se trataba de su ímpetu, que Laura creía irrefrenable, o de su inteligencia, que no se atrevía a subestimar, o de su figura de militarote consumado, que le sentaba a su aspecto ceñudo y hosco, a su rostro curtido y a esos ojos un tanto celados por los párpados, que hablaban de su naturaleza reservada. Se inclinaba a pensar que, a diferencia de ella, el general no le temía a nada y se reputaba capaz de enfrentar a cualquier enemigo, militar o político. Esta característica de su temperamento constituía lo que, irremediablemente, la seducía.

—Me confunde, me turba —se quejó en voz alta—, nada en el general es lo que busco en un hombre y, sin embargo, admito que me seduce la idea de someterme a su fuerza. Como la más débil de mi sexo, me ilusiona su protección y, a pesar de que con esta idea he retrocedido siglos de evolución femenina, acepto que la preponderancia que, temo, él ejerce sobre mí me haría caer bajo su influjo sin mayores conflictos. —Levantó la vista y encontró la mirada misteriosa de su criada—. Me resulta difícil mantenerme impávida al empuje de este hombre, a quien, después de todo, debería contar entre mis enemigos mortales.

De regreso de compras, Ignacia, Dolores, Soledad y Magdalena se dieron con la noticia de que Laura no regresaría a San Isidro. A media voz, sin abrir mucho la boca, la abuela Ignacia despotricó contra la naturaleza veleidosa de su nieta, y tía Soledad remarcó lo inapropiado de que se quedara en una casona tan grande con la servidumbre por toda compañía. Dolores, tentada de verter su opinión, se mordió la lengua, temerosa de las represalias de su sobrina. Años atrás, en una acalorada discusión en la cual le reclamaba las extravagancias de su matrimonio con Riglos, la muchacha, sin vueltas ni ritornelos, le espetó que, al menos, Julián no era bígamo.

Por lo de su capricho de no regresar a San Isidro, nadie le pidió explicaciones y Laura no pensó que debiera darlas. Marchó a su recámara donde se abocó al décimo capítulo de su novela *La verdad de Jimena Palmer*, que se publicaba como folletín en *La Aurora*, el semanario de la Editora del Plata, y que a tantas lectoras atraía. Jimena abandonaba a su esposo, déspota y machista, y se rebelaba ante una sociedad que contemplaba con impasibilidad cómplice los abusos de los hombres sobre sus mujeres. Laura también escribía cuentos infantiles para deleite de sus sobrinos más pequeños, y las hadas madrinas y los duendes verdes de Irlanda nunca se hallaban ausentes. A contrapelo de la costumbre de la época, no usaba seudónimo sino su nombre y apellido de soltera, extravagancia que la mayoría reputaba de mal gusto e indecente. Por supuesto que *La verdad de Jimena Palmer* provocaba la reacción de los sectores más conservadores, y la abuela Ignacia, avergonzada, repetía entre quejidos y lamentos: "¡Si al menos firmara Periquita Pérez!".

Laura no participaba en columnas políticas y, cuando tomaba la pluma para referirse a otros temas que no fueran sus folletines, escribía sobre la educación, en especial la de las mujeres, siempre tan postergada. De todos modos, *La Aurora* era un semanario de un claro sesgo político, que Mario Javier mantenía con coherencia a lo largo de las tiradas. Indiscutiblemente, *La Aurora* apostaba al liberalismo y al progreso, y en eso iba a tono con el gobierno, pero también denunciaba aquellas maniobras que minaban los derechos inalienables de los seres humanos. Por cierto, se había convertido en el más encarnizado enemigo de la aclamada conquista del desierto que tenía como paladín al general Roca.

El silencio del cuarto de Laura se rompió cuando un tropel de niños se precipitó sin anunciarse. Detrás apareció Eugenia Victoria, que, a gritos, impartía toda clase de amenazas a sus hijos menores. Purita, más femenina y recatada desde la proximidad de su fiesta de quince, entró junto a María Pancha, que escuchaba una confidencia. Laura soltó la pluma y recibió en un abrazo a sus sobrinos que, a coro, le pedían mil cosas. Les besaba las cabecitas y las mejillas y les decía que sí a todo.

—¡Basta, niños! ¡O se pasarán un mes sin postre! —amenazaba en vano Eugenia Victoria; a Laura, le explicó—: No pude evitar que corrieran hasta aquí cuando María Pancha les dijo que estabas escribiendo. Quieren saber cómo sigue la historia de *Paco y el elefante verde*.

—¡Sí, tía! ¡Cuéntanos cómo sigue! —imploró Adela, una mocosa de cuatro años que obtenía de su tía Laura lo que se propusiese. Daba saltitos y levantaba las manos como en plegaria.

—Temo que tendrán que esperar al próximo número de *La Aurora* —expresó, con un mohín.

—Pero, tía —se quejó Rafael, de siete años—, nos iremos mañana a Carmen de Areco y no estaremos aquí cuando salga *La Aurora*. ¡Nos perderemos la publicación!

—El problema es que aún no he terminado el capítulo —explicó Laura—. ¿Cómo se te ocurre que voy a permitir que pierdas la publicación? Le pediré a Mario Javier que guarde copia para cada uno de ustedes y se las haré llegar por tren a "La Armonía" —prometió, refiriéndose a la estancia de los Lynch.

María Pancha los engatusó con la sugerencia de limonada recién preparada y tarta de duraznos y crema pastelera, y los cuatro marcharon detrás de la criada hacia la cocina. Purita eligió quedarse con su madre y su tía, para nada interesada en las boberías que dirían y harían sus hermanos, a pesar de que había jugado con ellos y sus muñecas hasta pocos meses atrás. La inminencia de su fiesta de quince años le había cambiado la vida radicalmente.

—Aprovechamos este viaje a Buenos Aires por lo de Felicitas Guerrero e hicimos algunas compras —comentó Eugenia Victoria—. Fuimos a la tienda de Climaco Lezica y nos hicimos de entredós y puntillas para el vestido de Pura. Ya se los llevamos a madame Du Mourier.

—¿Encontraron todo lo que necesitaban? —se interesó Laura.

—¡Oh, sí! —se apresuró a contestar Eugenia Victoria—. El señor Lezica fue en extremo atento con nosotras. Él mismo nos ofreció la mejor mercadería y hasta me fió la compra.

—Eso sí que es inusual —admitió Laura, porque era sabido que Climaco Lezica vendía estrictamente al contado.

—¿Vio cómo me miraba el señor Lezica, mamá?

—No —se incomodó Eugenia Victoria—. No creo que te haya mirado de ninguna manera especial.

—Pues le digo que me miraba con ojos blandos y, cuando usted se entretenía con esos abanicos de seda, me aferró la mano. Por supuesto que se hizo el pavo, como que, mientras juntaba los galones y las puntillas, su mano tropezó con la mía, pero yo percibí que lo había hecho a propósito.

—¡Qué idea, Pura! —se exasperó Eugenia Victoria—. El señor Lezica es un gran amigo de tu padre, un hombre honorable, de las familias más reconocidas de Buenos Aires, ¿por qué querría hacer algo tan impropio como aferrarle la mano a una niña?

—¡No soy una niña!

—Por supuesto que no —terció Laura, que había escuchado el intercambio con atención—. Tu madre quiere decir que eres muy niña para Climaco Lezica, que es un cuarentón.

Eugenia Victoria contempló a su prima con gesto contrariado. Laura, que no indagaría en presencia de Pura, cambió el tema de conversación y preguntó por los detalles de la fiesta que, aunque tendría lugar a mediados de abril, requería una antelada preparación.

De ninguna manera iría al hospedaje "Los catalanes" en su landó con José Pedro en el pescante —Eusebio había conducido a San Isidro al cuarteto de brujas, como se las llamaba entre la servidumbre—, pues tanto el coche como la librea de calicó azul y verde eran tan conocidos en Buenos Aires como el edificio del Cabildo. A sugerencia de María Pancha, tomó un coche de plaza cerca del mercado del pasaje de las Carabelas, que avanzó sin inconvenientes y a buena velocidad, pues las calles se encontraban prácticamente vacías. Adrede, Laura calculaba llegar unos quince minutos pasada la una de la tarde.

En el interior de la volanta, zamarreada por los brincos a causa de las calles mal adoquinadas, Laura trataba de serenarse. La embargaba la habitual sensación, entre incómoda y placentera, que la asaltaba cuando el general Roca se hallaba presente. Ahora no sólo se hallaría presente sino que estaría a solas con él. Una vez a merced de ese caballero, nadie impediría los acontecimientos. Se distrajo mirando por la ventanilla, la nariz cubierta con un pañuelo embebido en colonia debido a los malos olores que se levantaban del río. Como si su mente se negara a pensar en Roca y en lo que esa cita implicaba, se dejó encantar por el paisaje tan pintoresco como ajeno, ya que ella rara vez abandonaba el perímetro del centro.

Alrededor de la una y veinte, el coche se detuvo y el conductor dejó el pescante para abrir la portezuela. Laura le pagó y lo despidió. Sorprendida, pues en los últimos años ese lugar apartado de la Capital había medrado considerablemente, no advirtió que la llamaban.

—¡Señora Riglos! —pronunció una voz masculina.

Laura, a un paso de cruzar el portal de "Los catalanes", volteó para dar con la figura redonda y graciosa de un hombre de bigotes espesos y ojos chispeantes. Dijo llamarse coronel Artemio Gramajo.

—El general Roca me pidió que la lleve al lugar de vuestra cita —expresó el hombre con tanta naturalidad que Laura no consiguió fastidiarse, aunque sí incomodarse. Roca demostraba poca cortesía y menos aún tacto al enviar a un esbirro para concretar sus *affaires non sanctos*.

Gramajo la condujo hasta una galera y subieron. En el trayecto, el coronel logró ganarse la buena predisposición de Laura. Fue prudente y no volvió a mencionar al general Roca o la entrevista; habló de naderías y rio la mayor parte del tiempo, y hasta se permitió ser obsequioso al expresar que, aunque le habían advertido de la belleza de la viuda de Riglos, ninguna descripción le habría hecho justicia. El viaje no duró mucho pues el encuentro tendría lugar en una casa de la calle de Chavango, cerca de la iglesia de Nuestra Señora del Pilar, en el mismo barrio de la Recoleta. La casa, una construcción sólida, de estilo colonial, rodeada por campos y huertos, se hallaba en un paraje que le habría conferido el aspecto de completo aislamiento si la torre de Nuestra Señora del Pilar no se hubiese columbrado tan vívidamente.

El mismo Roca abrió la puerta del vestíbulo y pronunció en un acento medido pero autoritario:

—Por fin llegas, Artemio.

—Disculpe el retraso, general.

—Fue mi culpa —intervino Laura—. Yo llegué tarde.

Roca aflojó el ceño y le extendió la mano.

—Por favor, señora Riglos, pase, no haga caso de mi malhumor. Pensé que mi amigo Gramajo la había convencido de comer en "Los catalanes" y olvidarme aquí la tarde entera.

—De ninguna manera, general. ¡Cómo se le ocurre! —se quejó Gramajo.

En la sala, los aguardaba la mesa puesta. Una doméstica de aspecto indígena recibió los guantes y el bolso de Laura y los acomodó sobre el *dressoir* del vestíbulo.

—Enséñame qué has preparado para comer, Lucila —pidió Gramajo a la muchacha, y partieron hacia los interiores de la casona.

—El apetito del coronel Gramajo es proverbial —expresó Roca, y sonrió con calidez.

—Pensé que comeríamos en "Los catalanes" —apuntó Laura, con malicia.

—Un pequeño engaño —admitió Roca—. *Mea culpa* —agregó, con la mano en el pecho—. Consideré que si la citaba en un lugar público obtendría su aceptación más fácilmente. Quizá se haya sorprendido, incluso molestado, al encontrar a Gramajo en la puerta de "Los catalanes". Sepa que él es de mi más absoluta confianza. Pondría mi vida en sus manos sin pensarlo dos veces. Asimismo, estas medidas fastidiosas también las tomé para evitar poner en entredicho su reputación.

—Mi reputación, general, es algo de lo que usted no tiene que preocuparse. Está tan dañada como puede esperarse después de haber hecho y dicho lo que he querido toda mi vida. Siempre he creído —acentuó Laura— que lo que haga o deje de hacer sobre esta Tierra es un asunto que sólo nos concierne a Dios y a mí. De todos modos, no estoy molesta por su engaño y considero que las medidas que tomó están justificadas, no por mi reputación sino por la suya, que es un hombre de gobierno. ¿De quién es esta casa? —preguntó casi de inmediato, y miró en torno.

—Es de un hermano de Artemio, radicado en el Brasil. Artemio la cuida y administra.

Comieron en un ambiente amistoso y relajado, que en parte se logró gracias a la compañía del coronel Gramajo, que no dudó en aceptar la invitación de la señora Riglos, a pesar de las señas que le lanzaba el general Roca. Con el tiempo, Laura llegó a encariñarse profundamente con Artemio Gramajo y a contarlo entre sus mejores amigos. Le gustaba porque era un hombre simple y en extremo bondadoso, y también porque la hacía reír. Solía mimarlo con regalos gastronómicos, y los buñuelos y las frutas de mazapán de María Pancha se convirtieron en la debilidad del coronel. A leguas se notaba que no padecía de dispepsia, por el contrario, su digestión resultaba asombrosa; no pasaba una hora de la última comida que ya vociferaba: "¡Estoy famélico!". Según el propio Gramajo, su secreto radicaba en beber vino tinto con las comidas.

—Yo me retiro, general —anunció Gramajo, finalizado el postre—. Tengo muchos asuntos pendientes en el despacho.

Se despidió de Laura y marchó hacia el vestíbulo en compañía de su jefe, que le enumeraba una ringlera de encargos y diligencias. Roca volvió a la sala y Laura ya se colocaba los guantes de tafilete.

—Yo también me retiro, general.

Tomó el bolso del *dressoir* y caminó hacia la puerta. Pero Roca no le permitió pasar, y enfatizó su posición echándole llave. Se miraron fijamente, y Laura se dio cuenta de que perdía terreno segundo a segundo. Roca, compuesto y dueño de sí, acortó el paso que los distanciaba y la abrazó como si se hubiese propuesto absorber el cuerpo de ella con el suyo. Se miraron nuevamente, y él la besó en los labios. La sorprendió que no lo hiciera con la ferocidad con que la había abordado en la capilla de Santa Felicitas. Se trataba del beso de un amante paciente y benévolo, para nada relacionado con la imagen de tipo hosco y gruñón que se había formado.

Roca la despojó del bolso y de los guantes, que regresaron al *dressoir*, y la condujo de la mano al dormitorio. Él mismo la desvistió, prenda por prenda, con delicada pericia. Laura se mantenía quieta y callada y, aunque no colaboraba, como si quisiera oponerlo con el pensamiento hasta último momento, no lo resistía físicamente. Cerró los ojos y echó la cabeza hacia atrás al sentir las manos ásperas y curtidas de Roca cerrarse en torno a sus pechos apenas celados por la almilla de lino. La respiración de él, irregular y caliente, le golpeó la piel del escote cuando su boca le acarició los pezones a través de la delicada tela. Laura comenzó a gemir, y la paciencia y la benevolencia del general acabaron en ese instante. La recostó sobre la cama y la poseyó rápidamente, sin dudas de que la encontraría preparada para recibirlo.

Durante su matrimonio con Julián Riglos, Laura no había reparado en su postergada índole de mujer. Insensible a causa de la pena, se olvidó de lo que la pasión y la virilidad de un hombre podían obrar en ella. Había rechazado a muchos, algunos que se decían amigos de Riglos, incluso al mismo Alfredo Lahitte, cuando aún vivía Amelita Casamayor. Con Roca, sin embargo, no había encontrado la determinación para rehuir a la fuerza con que, finalmente, le quebró la voluntad.

Roca cayó exánime sobre el pecho de Laura y, mientras le bañaba el rostro de besos, le confesó que la había deseado desde la primera vez que la vio, aquella primera vez en el invierno del 73, cuando entró en la sala de "La Paz", la estancia de su suegro en Ascochinga, y la divisó entre sus cuñados y cuñadas, flanqueada por su padre, el general Escalante, y doña Eloísa, su suegra. Le dijo también que, en contraste con el resto, él había recibido la impresión de que ella brillaba, como si de su pelo rubio y de su piel tan blanca manara luz. Y no se lo dijo para no romper la magia del momento, pero en aquella oportunidad, además de golpearlo la contundencia de su belleza, lo sorprendió la profunda tristeza que trasuntaban sus ojos negros.

Aunque Roca calló esto último, Laura de inmediato volvió al 73, esa época de labios apretados y ojos enrojecidos en la que se dormía llorando, en la que no conciliaba el sueño fácilmente, en la que no comía, no hablaba, no rezaba, no leía, no escribía, sólo sentía lástima de sí; esa época en la que su padre, María Pancha, incluso su tía Selma creyeron que terminaría por perder la razón. Se acordó de esa época y también del hombre inexorablemente relacionada con ella.

Roca percibió que el encanto se había esfumado y, aunque contrariado porque no sabía qué había provocado esa mudanza en Laura, le permitió que abandonase la cama y se vistiera.

Laura no se detuvo en la sala, donde un batallón de domésticas a cargo de María Pancha pulía la platería, limpiaba vidrios, rasqueteaba pisos y lustraba los muebles de caoba. La familiaridad del lugar, el aroma a cera de abejas, el bullicio de las criadas y las órdenes vociferadas de María Pancha la hicieron sentir a gusto. Marchó a su habitación a paso quedo, donde se encerró con llave. Necesitaba estar sola. María Pancha la vio pasar y no intentó seguirla o detenerla. Cuando llegase el momento, Laura le contaría. Dejó el plumero sobre la mesa y enfiló hacia la cocina a preparar una lavativa, porque, si bien la entusiasmaba que su niña tuviera un amante, para nada la divertía pensar que tuviera un bastardo.

Sin quitarse el sombrero ni los guantes, Laura se acomodó en la mecedora y contempló el cuadro de colores que componían los rosales de su abuela en el jardín. Soltó un suspiro y se dejó llevar por lo vivido en la casa de la calle Chavango apenas dos horas atrás. Tan seguro había estado el general Roca, que la condujo a la habitación y la desvistió sin pronunciar palabra. A medida que sus prendas regaban el piso, el deseo de pertenecerle la despojaba de los últimos vestigios de vergüenza y pudor. La pasión que evidenciaba ese hombre la convencía de que en ese instante nada le parecía más hermoso que ella, que su cuerpo y que el placer que iba a procurarle.

Temía que si el general le pidiese que volviera a él, ella lo haría, a pesar de que en ese instante no podía deshacerse de ese ridículo sentimiento de culpa. "Él ya no existe, tanto como no existe el pasado.

No lloraré, no recordaré; en cambio, trataré de pensar en los besos del general, en sus palabras susurradas, en su seguridad, en su fuerza. Me sobrepondré. Mi vida seguirá. Él ya no existe. No existen sus besos ni sus caricias; nuestras noches de pasión se esfumaron al amanecer; la mañana a orillas del río Cuarto quizá fue un sueño, y nuestras conversaciones y discusiones tal vez nunca las sostuvimos. ¿Por qué me tiemblan los labios, por qué se me nubla la vista?"

CAPÍTULO IV

Dos números en un billete

Les resultaba fácil encontrarse sin levantar sospechas. Roca, con su familia en "Santa Catalina", gozaba de gran libertad, mientras Laura, sola en la casona de la Santísima Trinidad, con María Pancha como cómplice, disponía de su vida como mejor le placía. La falta de gente en Buenos Aires debido a los meses estivales facilitaba aún más las citas. No había tertulias ni fiestas, los hombres prácticamente no frecuentaban los clubes y cafés, y las mujeres no se juntaban a tomar el té o a jugar al tresillo.

De todos modos, Roca y Laura se mantenían precavidos. Gramajo escribía dos números en un billete, uno indicaba el día y el otro la hora del encuentro, y lo hacía llegar con un cadete del ministerio en quien confiaba los asuntos más reservados del general. Laura tomaba un coche en la Plaza de la Victoria, a veces el *tramway*, y viajaba hasta la Recoleta, a la casa de la calle de Chavango, con prendas poco ostentosas y una pamela amplia que le velaba parte del rostro.

Para sorpresa de Laura, la segunda invitación llegó sólo dos días después. Habría declinado, pero María Pancha la conminó a aceptar, persuadida de que sólo un hombre con la decisión y autoridad de Roca ayudaría a Laura a sacudirse el sopor que la abrumaba desde hacía seis años. Con el tiempo, Laura debió reconocer que ese general tucumano que se había abierto camino a codazos en la sociedad porteña y que había conseguido de la viuda de Riglos lo que ningún otro, le gustaba y mucho. Su mayor atractivo radicaba en que no encarnaba el típico mequetrefe de ciudad, el currutaco acostumbrado a los lujos y comodidades de las mansiones porteñas, a los mimos de las señoras o a las lisonjas de las solteronas, sino a un hombre fraguado en la pobreza provinciana y en el campo de batalla, que así como ahora departía con soltura entre la flor y nata de la sociedad de Buenos Aires, comía menús franceses y bebía vinos del Rin y champán, pocos meses atrás había mateado con soldados rasos, comido con las manos y dormido en un catre lleno de pulgas. En este sentido, su repertorio de anécdotas y experiencias era inagotable, y Laura se daba cuenta de que a Roca le gustaba compartirlas con ella. Adoraba a su tropa y era consciente de que parte del éxito del que gozaba se lo debía a esos chinos uniformados que habían obedecido sus mandatos ciegamente.

Para otros temas, Roca adoptaba un estilo cáustico y filoso, en especial cuando se refería a sus contemporáneos, aunque la veta humorística no le faltaba. Siempre circunspecto y ceñudo, pronunciaba epigramas dignos de Sarmiento que la hacían reír. De plano obviaban el tema de los indios del sur. Para Laura, una conversación con Roca se asemejaba a un partido de ajedrez. Las palabras debían meditarse primero y pronunciarse con cuidado después, como quien mueve las piezas sobre el tablero en busca del jaque mate. Sus modos de hacer política se le estaban haciendo carne, y aplicaba sus tejes y manejes a un simple diálogo después de haber hecho el amor. Sus miradas sibilinas, sus expresiones indefinibles, sus crípticas muecas, se convertían en un desafío. Una tarde, luego de discutir acerca de la no tan aceitada relación entre él y el presidente Avellaneda, Laura se sinceró al expresarle que, quizás, él inspiraba miedo y desconfianza porque siempre parecía ocultar algo; le dijo también que ella tenía la impresión de que sus palabras y el sentido que les confería no siempre iban de acuerdo, y que era un ejercicio agotador tratar de descifrar el verdadero significado de sus declaraciones. Roca, con una sonrisa artera en los labios, le repitió una frase de Luis XI, pronunciada en el siglo XV: "Quien no sabe disimular no sabe reinar".

—Ya veo, entonces —enfatizó Laura—, que te has propuesto reinar.

Roca le sostuvo la mirada largamente, pero no le contestó. Luego, la tumbó sobre la cama y volvió a tomarla.

La primera semana de marzo, Roca y Laura se vieron todos los días. El general la citaba a cualquier hora, incluso de noche, algo que nunca había hecho. Laura lo juzgaba una imprudencia, Buenos Aires no estaba tan quieta como en febrero. Con la casa de la Santísima Trinidad llena de gente de nuevo, le resultaba difícil moverse libremente. Sus supuestas visitas al Monte Pío, al orfanato, a la Sociedad de Beneficencia y a la editora la encubrirían durante algún tiempo, pero no las esgrimiría de continuo sin riesgo de levantar sospechas. En cierta forma, la excitaba ese juego, la hacía sentir viva, incluso a veces se olvidaba de las consecuencias.

Así como parco y reticente en saraos y reuniones, Roca era generoso e intenso en la cama. Parecía que sus manos habían sido diseñadas para el amor. Su destreza como amante se comparaba con su habilidad para lucubrar estrategias políticas, y Laura intuía que en ninguno de los campos existían conquistas imposibles para él.

Don Goyo y doña Joaquina Torres, de regreso de sus vacaciones en el campo, inauguraron la temporada del 79 con una de sus afamadas tertulias. La calidez del matrimonio Torres convertía esas reuniones en las predilectas de la sociedad porteña. Las principales autoridades del gobierno, los ministros extranjeros, los viajeros destacados, los artistas y las personalidades de todo orden contaban entre los invitados. Se comía y se bebía de maravilla, se discutía de política y se intercambiaban chismes y recetas, se planeaban estrategias y planes de gobierno y se comentaba el próximo matrimonio o el nuevo nacimiento, en un ambiente de cordialidad y distensión que algunos buscaban como un refugio en esos tiempos turbulentos de Buenos Aires.

El general Roca llegó acompañado de su edecán, el coronel Gramajo, y de Eduardo Wilde, su amigo de la infancia. Luego de saludar a los anfitriones, paseó su mirada buscando la única cara que anhelaba ver esa noche. Pero no la encontró. Se inclinó sobre Gramajo y refunfuñó:

—¿Dónde está? ¿Acaso el coche que vimos en la puerta no era el de los Montes?

—De seguro, general. El cochero vestía la librea con los colores de la familia. De hecho, mire, ahí están sus abuelos y sus tías. Su madre, allá, con el doctor Pereda.

Roca se concentró en Magdalena Montes, exuberante en un vestido de brocado azul marino que le exaltaba el rubio del cabello, suelto sobre los hombros. Un candoroso rubor en las mejillas le confería el aspecto de una jovencita a pesar de que había pasado los cuarenta hacía tiempo. A Roca lo maravilló el parecido con Laura.

El ministro de Guerra y Marina puso pie en el salón principal y de inmediato lo rodearon militares y funcionarios ávidos por conocer los avances de su campaña del desierto. Como cada vez que se discutía acerca de regimientos, armas, municiones y estrategias militares, el ministro de Guerra se olvidó de cuanto acontecía y habló de su campaña que prometía ser una epopeya. No obstante, Roca sabía que las últimas expediciones de Racedo, Teodoro García, Freyre, Levalle y Vintter le habían allanado el camino, y así lo hizo constar. No le gustaba llevarse laureles ajenos.

—No se fíe, general —señaló el joven Estanislao Zeballos—. Todavía quedan caciques muy bravos. Baigorrita es uno de ellos y, del tal Epumer, el hermano menor de Mariano Rosas, se dice que es la piel de Judas.

Al moverse para confrontar a su interlocutor, el general Roca quedó en suspenso al ver a la viuda de Riglos que hacía su ingreso en el salón de doña Joaquina del brazo de Cristián Demaría. Roca no era el único que la miraba con cara de pavo. Descollaba en su traje de seda color champán, según la opinión de madame Du Mourier, a pesar de que María Pancha insistía en "qué champán ni champán, es dorado". A nadie pasó por alto que esa noche su tradicional trenza en forma de tiara sobre la coronilla iba embellecida con topacios, mientras el resto del cabello, como cascada de bucles, le bañaba la espalda hasta más allá de la cintura. Llevaba una mantilla de gasa traslúcida que le descansaba sobre los hombros. Inconscientemente, Roca apretó los puños cuando Demaría la desembarazó del chal y, sin necesidad, le rozó la piel.

Un momento más tarde se retomó el hilo de la conversación, pero Roca ya no participaba con el mismo interés. Su atención se concentraba en Laura Escalante y su majestuosa aparición del brazo de otro, el mismo al que había consolado en ocasión de la ceremonia en la capilla de Santa Felicitas; él nunca se olvidaba de una cara.

Laura, escoltada por Cristián Demaría, saludó a los invitados, divertida porque algunos no se molestaban en ocultar sus emociones. Sabía quiénes la criticaban por el último capítulo de *La verdad de Jimena Palmer* o por el escote del vestido, y quiénes deseaban poner sus manos en torno a su cintura, quizá más abajo. Se movía con impudicia, al tanto de lo que su presencia provocaba. El brillo de su pelo y de su vestido y la fragancia de su perfume dejaban estelas a su paso. Con respecto a Cristián Demaría, se sentía cómoda a su lado, un caballero en todo sentido, aún platónicamente enamorado de Felicitas. Cristián marchó a saludar a sus tíos Guerrero, y Laura, para escaparse de Alfredo Lahitte, se evadió hacia el comedor. Cerca de la mesa de comidas, encontró al coronel Gramajo.

—Buenas noches, Artemio —saludó, con sincera alegría—. Sabía que lo encontraría aquí.

—Buenas noches, señora Riglos. ¿Hace falta que le diga que es usted la más hermosa de la tertulia?

—Hace falta, Artemio, porque el suyo será el único halago sincero y bienintencionado que reciba esta noche.

—Usted es demasiado inteligente para prestar atención a lo que dice o piensa la gente. Vea, pruebe estos bocaditos con caviar. ¡Mmm! Uno no podría creer lo sabrosas que son estas pelotitas negras. ¡Ah, y no deje de lado esos camarones! La salsa es extraordinaria.

Comieron y conversaron como viejos amigos hasta que el coronel adoptó una actitud confidente para expresar:

—El general armó tremenda rosca esta mañana cuando usted le mandó decir que no lo vería en la casa de la calle de Chavango hoy por la tarde. El vendaval debí soportarlo yo solito. Y el malhumor que vino después también. El pobre anda con algunos problemas, además.

—¿Problemas? —se intranquilizó Laura.

—Problemas con la organización de la campaña. Todo el mundo parece empeñado en complicarle la vida al pobre general.

La conversación se interrumpió cuando Cristián le recordó a Laura su promesa de bailar con él la primera pieza. Los músicos templaban los instrumentos y, a continuación del golpeteo de la batuta sobre el atril, un sinfín de acordes inundó la sala con un vals de Tchaikovsky. Al finalizar, Laura se excusó y marchó a los interiores de la casa. Entró en la primera habitación y pasó al tocador, donde se refrescó y perfumó, se retocó el maquillaje y acomodó algunos mechones que se habían desajustado en el frenesí de la danza. Al regresar a la habitación, se topó con Roca.

A Roca le sentaba magníficamente su uniforme azul, embellecido con medallas, galones dorados y el sable; le confería el porte de un príncipe austrohúngaro. Usaba el cabello peinado hacia atrás y se había recortado la barba y el bigote. Presentaba un aspecto muy cuidado, aunque carente de vanidad o afectación. Con respecto a sus amplias entradas, que profetizaban una calvicie prematura, Laura las encontraba atractivas y sugerentes después de que María Pancha le informó que se consideraban indicio de un carácter lujurioso. Tuvo deseos de él, pero se cuidó de mostrarlo.

—Buenas noches, general —saludó con indiferencia y, mientras caminaba hacia la puerta, se calzaba los guantes.

Roca le salió al cruce, la aferró por el brazo y le hundió los dedos en la carne.

—¿Por qué no fuiste hoy a la casa de Chavango?

—Tenía otro compromiso.

—¿Con quién?

—Hace tiempo que dejé de dar explicaciones, Julio.

—No vuelvas a bailar con ése —le ordenó cerca del rostro.

—¿Por qué no? —lo acicateó Laura.

—¡Porque yo lo digo, carajo!

Laura se asustó, pero de inmediato eligió una expresión más estudiada.

—Vaya, general, que se ha vuelto usted muy osado e imprudente. Cuidado, no soy yo la que tiene que perder aquí.

Roca no estaba para acentos burlones o majaderías. La aferró por la nuca. Se miraron intensamente antes de que el general le cubriera la boca con labios implacables. A punto de terminar en la cama, Laura escuchó la voz de doña Joaquina en el corredor.

—¡Es doña Joaquina! —jadeó, e intentó deshacerse de las manos del general.

Roca la soltó y se evadió al tocador. Laura se contempló en el espejo y trató de volver la trenza a su lugar y reamar los bucles, sin éxito. Encontró a doña Joaquina en el umbral.

—¡Estabas aquí, querida! —se sorprendió la anfitriona, que, junto con una doméstica, buscaban el abrigo de doña Agustina Mansilla—. El pobre de Cristián anda como perdido sin tu presencia en la sala.

—Vine a retocarme el maquillaje —explicó Laura.

—Volvamos a la fiesta —sugirió la dueña de casa; a la sirvienta le indicó—: Ésa, Marta, la esclavina de merino gris.

El general Roca siguió con extrema atención el diálogo en la habitación contigua. Al escuchar que la puerta se cerraba y que la estancia quedaba en silencio, se adecentó rápidamente y salió. Mientras recorría el pasillo hacia la sala, cavilaba acerca del arrebato que lo había convertido en un energúmeno, del disparate que había estado a punto de cometer. Los celos lo habían obcecado, enajenándolo de la sensatez de la que se jactaba. Había perdido el control, algo que nunca se permitía. Algo que no se perdonaba.

Buscó en vano a Laura entre las parejas que bailaban y más allá, entre las que conversaban; tampoco la vio cerca de la mesa ni en la terraza. A poco, Gramajo le susurró que se había retirado con su familia. Él también quería irse, pero, por el bien de las apariencias, aguardó una hora antes de despedirse del matrimonio Torres. Al día siguiente, más taciturno y parco que de costumbre, no le mencionó a Gramajo que enviara la esquela a la señora Riglos, y su edecán no se animó a indagar.

Al despedirse en el vestíbulo de la casa de la calle Chavango, ni Roca ni Laura se referían a la próxima vez, aunque ambos sabían que, tarde o temprano, el billete con los números garabateados por Gramajo llegaría. Cinco días más tarde del incidente en la tertulia de Torres, el billete aún no aparecía, y Laura meditó que, después de todo, era lo mejor. El exabrupto del general había puesto de manifiesto que esa relación estaba saliéndose de cauce. Roca era posesivo y dominante, y así como resultaba un amante experto, se le antojó que sería un pésimo marido, pues todo lo que a él le atraía de ella, su independencia, rebeldía y descaro, se tornaría inadmisible si llevase su apellido. Por otro lado, las murmuraciones no cesaban a pesar de la precaución y la discreción.

Laura entró en el dormitorio de su madre sin llamar y la encontró bordando el traje de bautismo del bebé de Juan Marcos Montes, hermano mayor de Eugenia Victoria. El pecho de Magdalena subía y bajaba regularmente, y su semblante, apenas iluminado por la luz del atardecer, de inmediato aletargó a Laura. Se quedó mirándola, incapaz de irrumpir en la quietud de su madre, arrobada también por la exquisita belleza de ese perfil que, por familiar, nunca apreciaba.

Magdalena levantó la vista y le sonrió con ternura. Laura avanzó y se arrodilló junto a ella. Magdalena la besó en la frente y la bendijo.

—Nadie hace el ojo de perdiz como usted —aseguró Laura—. Será un magnífico traje de bautismo. Romualdito tendrá el porte de un principito inglés, con su pelito rubio y sus carrillos de querubín.

—Concepción —dijo Magdalena, refiriéndose a la mujer de su sobrino Juan Marcos— vino a visitarnos hoy junto con Esmeralda.

—¿Esmeralda Balbastro?

—Sí. Esmeralda preguntó muchísimo por ti. Ella es la madrina del niño.

A Laura siempre la invadía un sentimiento de culpa si de Esmeralda Balbastro se trataba. La conceptuaba de hipócrita y frívola y, sin embargo, era la mujer que tanto había amado su querido Romualdo. Incluso, en su lecho de muerte, Romualdo Montes le había pedido que se acercara a Esmeralda, que intentara ser su amiga y que la ayudara en su viudez, y, aunque se lo había prometido, Laura, incapaz de vencer el antagonismo, terminó por faltar a la palabra empeñada. A su juicio, Esmeralda Balbastro no había hecho feliz a Romualdo.

—Me confesó tu primo Juan Marcos —siguió Magdalena— que él deseaba que tú fueras la madrina de Romualdito. Pero ya ves, finalmente se decidieron por Esmeralda. Como el niño lleva el nombre de su difunto esposo...

—Tía Celina —expresó Laura, y se refería a la abuela de Romualdito— habrá puesto el grito en el cielo cuando Juan Marcos le mencionó su intención de nombrarme madrina del niño. Todavía no se aviene al hecho de que lo sea de su nieta Pura.

—¡La pobre Celina! —suspiró Magdalena—. Aún no te perdona el asunto del convento de Santa Catalina de Siena. Tú y tu primo Romualdo le echaron a perder la promesa que le había hecho a la santa.

—¡Éramos dos niños! —se exasperó Laura.

—Sí, sí, dos niños —repitió Magdalena—. Lo recuerdo bien: tú, once años y tu primo, quince, pero ese día, al ayudar a Eugenia Victoria a escapar del convento, actuaron con la bizarría de dos filibusteros de cuarenta.

—Recuerdo que, cuando volvimos a Córdoba y se lo contamos a papá, él se desternilló de risa.

—Tu padre sólo supo malcriarte.

—También recuerdo que dijo que tía Celina se lo tenía bien merecido por retrógrada.

—Si tu abuela Ignacia hubiese escuchado a tu padre habría vociferado...

—¡Qué hombre tan impío! —se apresuró a completar Laura, y ambas rieron.

Magdalena volvió a su trabajo de pasamanería, y Laura se dedicó a contemplarla. Tenía que agradecerle a su tía Blanca Montes la relación estable y armoniosa que la unía a su madre desde hacía algunos años. A través de sus *Memorias*, Blanca le había mostrado una Magdalena muy distinta, una Magdalena más mujer que madre, enamorada, romántica, rebelde, desobediente, que se extasiaba con las figuras eróticas de un ejemplar de *Les mille et une nuits*. En definitiva, una Magdalena Montes muy parecida a Laura Escalante.

Magdalena nunca le reprochó a Laura su huida a Río Cuarto. Volvieron a verse en Córdoba, en el 75, cuando Laura la convocó a pedido del general, que la quería a su lado antes de morir. Magdalena leyó el telegrama, metió lo indispensable en un baúl y se precipitó a la estación de trenes. Al día siguiente puso pie en Córdoba después de casi diez años de ausencia. La conmocionó volver a casa de los Escalante, que nunca había sentido como propia. A excepción de Selma, que se mostró tan fría y esquiva como de costumbre, Laura, María Pancha y el resto de las domésticas le dieron una bienvenida afectuosa.

Escalante había envejecido tanto en los últimos años que parecía el abuelo de Magdalena. Hundido entre las almohadas, con el rostro demacrado y arrugado, las manos huesudas y venosas, y la respiración jadeante, se lo veía frágil y vulnerable, una imagen inesperada de él. Superada la impresión, Magdalena se arrodilló junto a la cama y le besó los labios secos. Escalante le acarició la cabeza y la llamó "*ma poupée*" como en los viejos tiempos. El general murió diez días más tarde en brazos de su mujer, y Laura pensó que su madre jamás se resignaría, pues lloró tres días seguidos. Si Alcira, la nodriza de la bisabuela Pilarita, hubiese vivido habría asegurado que Magdalena Montes tenía bien puesto el nombre.

Julián Riglos viajó a Córdoba al enterarse de la muerte de su suegro, se hizo cargo de los arreglos del funeral y de las tediosas cuestiones de la sucesión. Laura, incapaz de pensar en nada excepto en que había perdido a su padre y que su madre parecía quebrada para siempre, aceptó su ayuda a pesar de que había jurado que no volvería a pedirle un favor en su vida. Semanas más tarde, cuando regresaron a Buenos Aires, Riglos volvió a tenderle una mano cuando la defendió a capa y espada contra la malicia de amistades y parientes.

—Me dijo María Pancha que el doctor Pereda vino a verla hoy de nuevo —comentó Laura.

Magdalena se limitó a asentir sin despegar la vista de la labor.

—En la tertulia de doña Joaquina no la dejó ni a sol ni a sombra —insistió—. Resulta evidente que la corteja.

Esta vez Magdalena dejó el bastidor y, simulando fastidio, clavó la mirada en la de su hija.

—Me pregunto si me permitirás terminar el traje de Romualdito. ¿No tienes nada que hacer? Siempre estás atareadísima, de aquí para allá con tus compromisos y asuntos, jamás tienes tiempo para cruzar dos palabras con tu madre. Hoy, de todos los días, te interesas por el doctor Pereda.

—Me intereso por usted.

—Nazario y yo somos buenos amigos, eso es todo —concluyó Magdalena, y retomó el bordado.

—¿Qué hará si *Nazario* intenta besarla?

—¡Laura! —se escandalizó Magdalena, y apretó los labios para ocultar una sonrisa. Su hija había sido ingobernable a los diez años, no pretendería encarrilarla a los veintiséis.

—¿Qué le dirá si le propone matrimonio? —tentó Laura, convencida de que su madre jamás respondería la pregunta anterior.

—Que no, por supuesto.

—¿Por qué no? Es un caballero culto, refinado, agradable. A pesar de sus años, se conserva en inmejorable estado. Es diplomático —añadió—, viajaría por Europa, acompañándolo. ¿No es ésa una virtud insuperable del buen doctor Pereda?

—Sabes que *esas* virtudes me tienen muy sin cuidado. Son otras cualidades las que valoro.

—Hubo un tiempo —habló Laura, luego de una reflexión— en que me habría conformado con un rancho si hubiese podido compartirlo con quien amaba.

Si bien Magdalena jamás le reprochó la escapada a Río Cuarto, deliberadamente había obviado el tema del romance con el indio y el escándalo con el coronel del Fuerte Sarmiento. Sin palabras, había quedado claro entre ellas que Magdalena no quería saber. Inopinadamente, Laura traía el recuerdo a la palestra, y Magdalena no logró simular el embarazo. Carraspeó, nerviosa, y se puso de pie. Encendería la lámpara a gas, ¿verdad que últimamente oscurecía más temprano?; estaba forzando la vista en vano. Laura siguió la figura todavía esbelta de su madre. Una sonrisa lastimera le entristecía el semblante mientras pensaba que Magdalena Montes jamás aceptaría que su única hija se había entregado a un indio, y no importaba un ardite cuánto lo hubiese amado.

Magdalena volvió a la silla y suspiró.

—Insisto —dijo Laura—: debería reconsiderar el cortejo del doctor Pereda. Como padrastro, me resulta sumamente aceptable. Es encantador.

—Siempre pretendes salirte con la tuya. Siempre te sales con la tuya —remarcó Magdalena.

—Eso también lo dice la abuela Ignacia.

—Será que me estoy volviendo un poco vieja y cascarrabias como ella. Ya verás, hija, llegará el día en que le darás la razón a tu madre en todo cuanto te dijo y aconsejó. Pero quizá ya no la tengas a tu lado.

María Pancha llamó a la puerta y pidió unas palabras con Laura. En el corredor le extendió una esquela. Laura la abrió y vio los dos números garabateados por el coronel Artemio Gramajo.

—Su mujer está de regreso —anunció María Pancha—. Esta mañana la vi entrar en la casa que ocupan, esa que le alquilan a don Francisco Madero en la calle de Suipacha. Y escuché que tu tía Soledad decía que se la había encontrado en la misa de San Nicolás.

El comentario desorientó a Laura, que jamás había reparado en Clara Funes. Su relación con Roca empezaba y terminaba en la casa de Chavango, y lo que cada uno hacía fuera de ese sitio carecía de importancia para el otro. Por esto mismo la había contrariado el comportamiento del general en lo de doña Joaquina. De rebato y sin justificación, Roca había violado esa pauta implícita, poniendo en riesgo incluso su propia carrera.

Sacudió los hombros y marchó a su dormitorio. En breve, Ciro Alfano, el ayudante de Mario Javier, vendría a buscar sus escritos para el próximo número de *La Aurora* y debía aprontarlos.

CAPÍTULO V

La despedida

Laura intentó dejar la cama, pero Roca la tomó por la muñeca y la obligó a regresar. La cubrió con su cuerpo y, mientras le pasaba un dedo por la curva de la ceja, varios tonos más oscura que el cabello, la miraba reconcentradamente. Cierta vacilación en los ojos pardos del general la salvó de desestabilizarse como de costumbre cada vez que la contemplaba de ese modo.

—Dicen que eres peligrosa —pronunció Roca—, que volviste loco a Riglos cuando sólo tenías trece años y que Lahitte todavía no se repone por haberte perdido. Dicen también que, inexorablemente, es desdichado el hombre que te ama.

—Pero como ése no es su caso, general —apuntó Laura, mientras intentaba desembarazarse—, nunca podrá culparme de hacerlo desdichado.

Esta vez la mirada de Roca la turbó, y la fuerza con la que la sujetó la dejó inmóvil bajo su peso.

—Siempre eres mordaz conmigo —le reprochó—. A veces creo que me odias porque sabes que nada me detendrá en mi plan para arrojar del desierto a los indios que tanto defiendes en *La Aurora*.

Laura le dispensó una mirada perpleja. Se suponía que jamás abordarían el tema de los indios, menos aún en ese sitio y en esas circunstancias. Lo juzgó un golpe bajo, y se puso de malhumor. Si él tocaba el tema, ella también lo haría.

—Años atrás mi hermano me dijo que el indio no es feliz sino en la Pampa porque en el fondo sabe que en cualquier otra parte será despreciado e insultado. Tú, Julio, te has propuesto arrebatarles la tierra, el último baluarte que les queda, y te importa bien poco qué será de ellos, adónde irán, de qué vivirán. Después de todo —expresó—, ellos también son gente.

Roca tenía mucho para objetarle; avezado en el tema, se hallaba en posición de refutarla hábilmente. No había ganado la batalla en el Congreso el año anterior y conseguido la aprobación de la famosa Ley 947 vacilando y mostrándose inseguro. Por el contrario, sus razonamientos, categóricos e irrebatibles, le habían granjeado la confianza y admiración de la opinión pública. En ese momento, habría dado cualquier cosa por ganarse la confianza y la admiración de la mujer que yacía debajo de él. Había cometido una torpeza al mencionar la campaña militar contra los indios del sur; lo había hecho movido por celos y rabia; lo ponía de malas que Laura se embanderara en la defensa de esos salvajes a quienes él consideraba irredimibles. De todos modos, prefirió cambiar de tema. No pelearían antes de despedirse.

—Ayer di órdenes para cumplir con lo que tu hermano me solicitó en su última carta. Los uniformes nuevos y la paga llegarán a Río Cuarto por tren la semana que viene y, por expreso mandato mío, serán entregados al padre Escalante, quien se hará cargo de repartirlos. Le envío también algunos pesos para gastos que él juzgue necesarios.

Laura interpretó la tregua y, aunque no abordaría el argumento nuevamente, se propuso decir algo que suavizara la acrimonia de segundos atrás: sabía que Roca ayudaba a Agustín simplemente porque era su hermano.

—Eres un buen hombre, Julio, y te respeto a pesar de que discrepamos en muchas cuestiones. Sé que llevas a cabo tus propósitos guiado por principios y convicciones claros y firmes. Sé también que amas a tu país y que haces lo que haces pensando en su grandeza y prosperidad. No son muchos los que pueden jactarse de algo así. Eres un hombre de discernimiento, y estoy segura de que llegarás adonde te has propuesto.

—Es cierto —habló Roca, la voz profunda y baja—, amo a la Argentina. La conozco como nadie, palmo a palmo. La he recorrido de norte a sur y de este a oeste. Y en poco tiempo me adentraré en esa zona a la que muy pocos se han animado —recalcó, porque no conseguía someter el despecho que aún lo dominaba—, y le daré a la República una tierra que quizás oculta grandes riquezas ahora desaprovechadas.

Laura no replicó. Desde un punto de vista racional, Roca estaba en lo cierto: anexar las tierras del sur a un país que pujaba por crecer resultaba no sólo lógico sino acertado. Pero ella no podía apreciarlo desde un punto de vista racional.

De regreso en su despacho, Roca convocó a Gramajo y le ordenó que consiguiera la foja de servicio del coronel Hilario Racedo. Gramajo la mandó pedir al Fuerte Sarmiento, en Río Cuarto, y días más tarde, llegó por tren en las sacas del correo. Roca la hojeó en su escritorio con ávido interés. Pasó por alto los hitos en la carrera del militar, a quien había considerado un mediocre, y se limitó a la parte donde se detallaban los hechos relacionados con su muerte. Se aseguraba que "el indio Nahueltruz Guor, hijo del cacique general de las tribus ranquelinas, Mariano Rosas, intentando propasarse vilmente con la señorita Laura Escalante, hija del general de la Nación don José Vicente Escalante, en el establo contiguo al hospedaje de la señora doña Sabrina Chávez sito en el número 10 de la calle La Principal, y que, apersonándose en ese momento el coronel Hilario Racedo —a cargo del Fuerte Sarmiento por ausencia del coronel Julio Argentino Roca— junto con el que suscribe, pudieron evitar el atroz delito con el lamentable saldo de la muerte del coronel Racedo a causa de un puntazo en el vientre infligido por el susodicho cacique Guor, que logró escapar ayudado por un cómplice, de quien hasta el momento se desconoce la identidad por haber atacado al que suscribe por la espalda". Firmaba el teniente Carpio. El informe también se explayaba en las características físicas del indio, y a Roca le pareció que se asemejaba más a la descripción de un héroe de novela romántica que a la de un reo prófugo de la Justicia. De todo, lo que más lo fastidió fue lo de "muy alto, alrededor del metro noventa".

Guardó bajo llave el expediente y regresó a su escritorio. A un costado, la parva de papeles nunca disminuía. No importaba cuánto se empeñase en responder a los pedidos y resolver los problemas, se multiplicaban sin ton ni son. Debía analizar el presupuesto de uno de los proveedores que los abastecería de víveres durante la campaña, firmar el convenio de compra de vacas que se carnearían durante la marcha y concretar la última adquisición de Remington. A pesar de estas urgencias, se puso a hurgar en los cajones en busca de una carta que el coronel Manuel Baigorria, quizás el cristiano que más sabía de salvajes, le había escrito desde San Luis poco antes de morir en el 75. En esa misiva Baigorria le contaba sobre sus vivencias entre los ranqueles. Había leído por última vez esa carta años atrás, pero podía jurar que el viejo coronel unitario mencionaba al primogénito de Mariano Rosas.

A finales de marzo, Roca comenzó a impacientarse. Los preparativos de la campaña se encontraban prácticamente listos. A veces, circundado por las cuatro paredes de su despacho, atosigado de pedidos y recomendaciones, se sentía como un toro embravecido antes de salir a la arena. Ya quería ponerse en marcha, ya ver a sus columnas avanzar como un rodillo sobre los salvajes, ya cruzar el Río Negro (que algunos llamaban su Rubicón), ya poner pie en la isla de Choele-Choel. Pero en su vida había aprendido que el cultivo de la paciencia y el control de las pasiones dan frutos inestimables. Con esas máximas había recorrido su vida militar, vencido a sus enemigos más importantes y conquistado el grado de general con sólo treinta y un años. Así había sido en el 71, cuando aplastó a las fuerzas de López Jordán en Ñaembé; también en el 74, cuando puso fin a los intentos de rebelión del general Arredondo y lo desbarató en un ataque estratégicamente perfecto en Santa Rosa. Sofrenaría, entonces, las ansias por apresurar la campaña del desierto, se ajustaría al programa, respetaría los tiempos, repasaría las fases, verificaría los recorridos, las fechas, los lugares, nada quedaría librado al azar, ni el detalle más insignificante. Con voluntad de hierro, volvía a su silla y proseguía con la interminable retahíla de correspondencia, documentos y expedientes.

Con Laura Escalante, en cambio, Roca admitía su fracaso, experiencia inesperada para él, siempre conquistador y nunca conquistado. Unidos por esa lábil relación que lo tenía a mal traer, gustoso se sometía a la excitación que ella le despertaba y se permitía olvidar que algún día lo dejaría solo y deshecho. Lo cierto era que la voluntad de hierro, el cultivo de la paciencia y el control de las pasiones se iban al demonio cuando la tenía cerca, como en ese momento en que ella, frente al tocador, sólo cubierta por la bata de cendal que él le había regalado, se trenzaba el cabello. Probablemente, ésa era la última vez que se verían antes de la campaña y, aunque se lo había mencionado, ella lucía indiferente.

Roca abandonó la cama y se colocó detrás de Laura. Le detuvo las manos y le deshizo la trenza. Ella, confundida, le buscó la mirada en el espejo.

—¡Hermoso pelo! —pronunció, mientras estrujaba un puñado entre sus dedos gruesos y oscuros—. Jamás había visto un rubio como éste.

La turbación de Laura y la censura en sus ojos lo desorientaron, lo hicieron sentir como un niño atrapado en la consecución de una fechoría. Laura le quitó el mechón y terminó de trenzarlo hábilmente.

—Llevo prisa, Julio —esgrimió.

Roca no era alto, pero sus ojos celados y su entrecejo permanentemente fruncido conferían la idea de poder y fortaleza. Laura evitó mirarlo para quedar al margen de la ira que su desprecio le había provocado. Ciertamente, debería haberse sentido halagada: el general Roca raramente confería cumplidos. Pero él no podía entender —y ella no podía explicar— que la admiración que su cabello rubio despertaba pertenecía a otro lugar, a otro tiempo. A otro hombre.

—¿Por qué será —se preguntó Roca, sin esconder su mal genio— que siempre eres la primera en marcharse? ¿Ése es tu secreto, dejarme con ganas? Eres un plato exquisito y exótico, Laura, pero con gusto a poco.

—Quizá me voy antes porque soy la más ocupada de los dos.

—¿Más ocupada que el ministro de Guerra y Marina, que anda con el dogal al cuello y que saca tiempo de la nada para verte?

Laura terminó de vestirse y Roca le colocó el dominó sobre los hombros. Repentinamente la había asaltado la necesidad de abandonar esa casa y al hombre que tanto había significado para ella a lo largo de esos meses. De pronto, la situación se mostró cruda y lapidaria, y el remordimiento que la agobió la hizo caminar hasta el vestíbulo con un nudo en la garganta.

El general se acercó para besarla en los labios, pero Laura le ofreció la mejilla. Iba a trasponer la puerta cuando la aferró por la muñeca y le dijo:

—Sé que algún día dejarás de venir. No creas que desconozco las luchas internas que te causan nuestros encuentros.

—Julio —suplicó ella.

—Prométeme que volverás a esta casa cuando yo regrese, que estarás aquí cuando aquel asunto haya terminado.

Laura levantó la vista y lo contempló fijamente.

—¡Prométeme!

No se trataba de una súplica sino de la orden de un general, pero Laura no podía hablar, no quería contestar. Se echó al cuello de Roca y buscó la familiaridad del perfume de su piel. Lo abrazó con fervor y se largó a llorar.

—No lloras por mí —expresó Roca, tristemente.

—Lloro por ti, lloro por mí, lloro por aquellas gentes.

—Lloras por él.

Laura intentó abrir la puerta, pero Roca volvió a detenerla.

—Todavía no —dijo, sin autoridad—. No quiero que te vayas pensando de mí lo peor. Es importante para mí saber que no dejas esta casa odiándome.

La confesión fue desconcertante; Roca, que hacía de la simulación y de la ocultación un arte, la había acostumbrado al ejercicio del sarcasmo y de la intriga. Aunque afectada, pronunció:

—Si buscas mi aquiescencia, no la tendrás.

—Esto es algo que tengo que hacer —se justificó.

—Te conviene hacerlo, que es muy distinto.

—Le conviene a la Patria —retrucó él, ofendido.

Laura se preguntó el objeto de aquel intercambio. Agotada luego de un día intenso en actividades y emociones, sólo quería terminar con la entrevista y volver a su casa. De todos modos, manifestó:

—Alguien una vez me dijo: "Ésta es una guerra que sólo terminará el día en que uno de los dos bandos quede destruido y aplastado en el campo de batalla". Creo que ha llegado ese día. Nadie puede detener la fuerza de los acontecimientos. Y en esos acontecimientos, a ti te tocará el papel protagónico. Julio, no creas que me enceguecen mis sentimientos, que conoces tan bien. No seré tan obtusa para culparte del exterminio de los indios del sur cuando sé que se ha tratado de un proceso que ha llevado décadas y en el cual se barajan muchos nombres además del tuyo. Estoy segura de que conseguirás la gloria y los laureles sin demasiado esfuerzo, porque mucho se ha hecho ya para echarlos de su tierra.

Claramente, sus palabras lo habían herido. Bien sabía ella que la sinceridad requería un tiempo y lugar, un estado de ánimo también. Sintió pena, una emoción que jamás creyó experimentar con relación al general Julio Roca.

El malestar de él, sin embargo, no tenía que ver con el sarcasmo y el rencor de Laura, sino con los celos que lo atormentaban cuando se la imaginaba con el indio. Se dio cuenta de que hacía el papel de pelele. Ahora él quería salir de allí, alejarse de ella, terminar con esa fantochada sentimental tan ajena a su carácter seguro y huraño. Aferró el picaporte, y esta vez fue Laura quien lo detuvo.

—Que Dios te acompañe, Julio.

Tomó la mano del general entre las suyas y la besó. Roca la abrazó y le buscó los labios con desesperación.

—Oh, Laura, Laura.

Pero ella se apartó. En ese momento, no sentía deseos de él.

CAPÍTULO VI
Tía Laura

La gran diversión de Pura Lynch consistía en pasar el día con su tía Laura. A diferencia de su madre, su tía hablaba de cualquier tema. No había asunto que no estuviera dispuesta a abordar y lo hacía sin malas caras, carraspeos nerviosos o admoniciones. Con su tía Laura, Pura Lynch era libre.

Regresó del campo en Carmen de Areco y al día siguiente envió una esquela a la casa de la Santísima Trinidad que volvió con la respuesta: "Mañana a las 10 te paso a buscar. Tía Laura". Había tanto de qué conversar; hacía tiempo que no se veían, y, si bien en "La Armonía" no había ocurrido nada extraordinario, los últimos meses habían sido intensos en ideas y pensamientos. Quería compartirlos con su tía.

El landó de los Montes se detuvo frente a lo de los Lynch, y José Pedro bajó para llamar a la puerta. Le abrió la misma Purita, que lo saludó con algarabía y corrió hasta el coche, y, sin darle tiempo, abrió la portezuela y saltó dentro. Laura la recibió en un abrazo, mientras Purita le aseguraba que la había extrañado hasta las lágrimas.

—Estás exagerando —dijo Laura, mientras la estudiaba; su sobrina parecía haber cambiado durante el verano; lucía más bonita y desarrollada.

—No exagero, tía. Te extrañé tanto que a veces se me llenaban los ojos de lágrimas. Es que no tenía con quien conversar ni pasar un momento agradable. Mamá nunca tiene tiempo para mí. Tengo la impresión de que siempre está amamantando a Benjamín.

Laura rio y pensó que lo mejor que podía haberle sucedido era que su sobrina regresara a Buenos Aires. La última vez con el general le había dejado un sabor amargo en el alma. Se habían despedido penosamente, ella con ojos arrasados y él con el entrecejo más apretado que nunca. Hacía tres días de eso, y Laura no había vuelto a saber de él. Conocía sus movimientos porque la prensa sólo parecía interesarse en su campaña al sur; además, adonde fuera, se comentaba acerca de la inminencia de su partida, que se estimaba en los primeros días de abril. Laura terminó por aceptar que ya lo echaba de menos.

—Iremos de compras —expresó.

El brillo en los ojos celestes de Pura y la sonrisa que le dedicó empezaron a obrar maravillas en su pena.

—Te compraré tantas cosas que no tendrás sitio donde guardarlas —remarcó.

—¡Oh, tía Laura! No quiero que me compres nada, sólo deseo estar a tu lado.

Laura le pasó un brazo por los hombros y la atrajo hacia ella.

—Estarás a mi lado —concedió—, pero llena de cosas lindas. Además, quiero que elijas tu regalo de cumpleaños.

Como había prometido, Laura la llevó a las mejores tiendas de Buenos Aires y la proveyó de un guardarropa nuevo para el invierno, además de toda clase de accesorios. A lo largo de la mañana, exploraron la Recova Nueva y la calle de Florida con José Pedro en reata haciendo malabarismos con los paquetes. Terminaron en la tienda más prestigiosa, *Le Bon Marché*, que, con sus escaparates repletos de artículos del Viejo Mundo y de Medio Oriente, atraía a las señoras adineradas como moscas al dulce. Más se quejaba Purita, más gastaba su tía. En opinión de Laura, una vez comenzada la temporada de fiestas y bailes, nunca contaría con suficientes trajes, vestidos, zapatos, sombreros, guantes y abanicos. Purita se reprimía de mirar dos veces un artículo por miedo a que su tía la obligara a comprarlo.

Cerca del mediodía, Laura le indicó al cochero que llevase los paquetes a lo de Lynch y condujo a Pura a la joyería donde acostumbraba comprar sus alhajas. Tenía *in mente* un juego de pendientes y gargantilla de brillantes y rubíes cabujones. El joyero expuso el conjunto sobre una base de terciopelo y Purita lo contempló largamente.

—Por lo que me comentó madame Du Mourier acerca del vestido para tu fiesta de quince años, creo que la combinación con estas gemas será perfecta. ¿No te gustan? —se desanimó, pues Purita seguía callada—. El señor Mazzini puede mostrarnos otras joyas si éstas no son de tu agrado. A mí me gustaron tanto cuando las vi.

—Es lo más lindo que he visto en mi vida —manifestó Pura, con esa exageración y espontaneidad tan características de su personalidad—. ¡Oh, tía Laura —pareció reaccionar—, es demasiado, no puedo, no debo aceptar, es demasiado! ¡Deben de costar una fortuna!

Laura desestimó el comentario y, en pocos minutos, finiquitó la compra con el señor Mazzini, que sin chistar aceptó el giro de la señora Riglos y prometió enviar las joyas a primera hora de la mañana siguiente a lo de la familia Lynch. Por un buen rato, Pura se mantuvo ensimismada, sobrecogida ante la largueza de su tía.

—Iremos a lo de Climaco Lezica —comentó Laura.

—No, por favor, no a lo de Lezica —protestó Pura.

—No compraremos nada allí. Sólo quiero saldar una deuda. Serán unos minutos.

Un empleado fue a llamar a Climaco Lezica, que se encontraba reunido con su tenedor de libros en la parte trasera del negocio. El semblante normalmente ceniciento de Lezica se iluminó al verlas, y Laura intuyó que no era ella el motivo de su alegría. Climaco corrió unas cortinas de terciopelo rojo y les indicó que entrasen en una salita primorosamente decorada con confidentes mullidos, una otomana en damasco rojo bermellón, mesas de café y varios espejos de caballete. Tomó dos rosas de un jarrón y las entregó a "tan distinguidas damas" con una leve inclinación.

—El pimpollo —aclaró—, para la señorita Pura, que pronto se abrirá para convertirse en la flor más hermosa.

Purita lo recibió con una sonrisa, pero Laura, que la conocía exhaustivamente, interpretó su desagrado en el temblor de la mano y en la forma en que abría las fosas nasales.

—Te hace falta un perfume —mintió Laura, que ya le había comprado dos frascos—. Ve al salón y prueba alguno de tu preferencia mientras yo converso con el señor Lezica.

Pura dejó el confidente y se marchó. Laura se acomodó en su asiento para enfrentar a Lezica y lo pescó con la vista concentrada en la silueta de su sobrina. Tosió, y el hombre se recompuso de inmediato.

—Mi prima, la señora Lynch —explicó Laura—, me encargó que saldase una deuda que ella tiene con usted.

—Ah, sí, la deuda. Dígale a su prima, por favor, que no se preocupe, que todavía puedo esperarla unos meses.

—No —dijo Laura tan abruptamente que Lezica se movió en el confidente con un impulso nervioso—. Ella quiere saldar la deuda hoy, no desea hacerlo esperar a usted un día más.

Laura pagó al contado la abultada suma y Lezica le extendió un recibo con mala cara. Regresaron al salón de ventas donde Pura paseaba la mirada por las vitrinas.

—Por favor, señorita Pura —habló Lezica—, lleve lo que quiera, sin dudar. Escoja lo que guste. Este perfume de violetas es exquisito.

—No, gracias —dijo Pura, con timidez, sin levantar la vista—. Mi tía Laura ha gastado una fortuna en mí, ya es suficiente.

—Llévelo, por favor, yo se lo regalo.

Tanto Pura como Laura lo contemplaron con reproche. Las reglas sociales indicaban que un hombre de ningún modo podía regalarle algo tan íntimo como un perfume a una mujer sin comprometer su reputación. Climaco Lezica lamentó de inmediato su arranque y se disculpó. Devolvió el frasco al anaquel y las acompañó a la salida, donde las despidió con el ánimo hecho trizas.

Laura invitó a Purita a almorzar en el restaurante del mejor hotel de Buenos Aires, el Soubisa, tímida réplica del de París, pero con una cocina excelente. Eran casi las dos de la tarde y, aunque el lugar se hallaba a pleno, el *maître* consiguió una mesa para la viuda de Riglos. Las libró de sombreros, guantes y escarcelas, les corrió las sillas y les entregó las cartas con los menús. Aunque Laura parecía concentrada en la elección de los platos, percibía las miradas admonitorias del resto de la clientela, que censuraba la presencia de una mujer en un restaurante con su pequeña sobrina como toda compañía.

—No debería decir esto —señaló Pura—, porque mi mamá asegura que el mandamiento "Honrar al padre y a la madre" también se refiere a los abuelos. Pero, ¡ay, tía, no soporto a la abuela Celina! Esta mañana me regañó porque, según ella, pronuncio muy mal el francés y dice que es porque no soy tan aplicada como mis primas.

Laura miró a su sobrina sobre el borde de la carta.

—Me haces acordar tanto a mí cuando tenía tu edad.

—Sí —expresó Purita, repentinamente apocada—, eso también dice la abuela Celina, que me parezco a ti.

—Estoy segura de que no lo dice como un cumplido —se divirtió Laura.

—No, no como un cumplido —admitió la muchacha—. Días atrás se enojó cuando le dije que era mentira que a los niños los traían las cigüeñas de París. La bobalicona de Genara —Pura se refería a su prima, la mayor de Juan Marcos Montes— asentía como sonsa mientras la abuela le mentía descaradamente. Yo me puse de pie y dije: "Eso no es verdad. Los niños no vienen en cigüeñas". ¿Puedes creer que Genara me preguntó si los encontraban en repollos entonces? —Laura soltó una carcajada, y atrajo la curiosidad de los clientes—. "No, Genara", le dije. "A los niños los hacen los hombres y las mujeres cuando duermen juntos."

—Mejor no hubieras dicho nada —opinó Laura, al borde de la risotada nuevamente.

—Sí, habría sido mejor. La abuela Celina me dio una bofetada y me encerró en mi cuarto hasta la noche. Al día siguiente me obligó a confesarme con el cura del pueblo, un viejo amigo de Matusalén a quien tuve que enumerarle mis pecados a los gritos porque está completamente sordo. Medio Carmen de Areco debe de estar opinando acerca de mis maldades por estos días. —Pura leyó el menú otro rato hasta que volvió a preguntar—: ¿Por qué será que nadie quiere hablar de esas cosas? De cómo se hacen los niños, me refiero. Si tú no me hubieras explicado todo lo que sé, estaría en Babia como Genara y el resto de mis amigas. Cuando Virginia Basavilbaso tuvo su primer sangrado el año pasado, le pidió a su madre un sacerdote para que le diera los santos óleos.

Laura ordenó por las dos; Purita, muy ensimismada en sus problemas y quejas, no se decidía. Trajeron los platos, y la muchacha aún proseguía con su soliloquio pocas veces interrumpido por alguna observación de su tía. Según ella, el mundo era más justo y benévolo con los hombres que con las de su sexo.

—En casa, cualquier gansada de Justo Máximo —Pura se refería a su hermano de trece años— se festeja como si fuera un comentario de Santo Tomás de Aquino. Yo, en cambio, no puedo abrir la boca sin ligarme reprimendas y malas caras. Estoy cansada de los aforismos de la abuela Celina —y Pura imitó la voz chillona de su abuela—: "Mujer que sabe latín no encuentra marido ni tiene buen fin" (esto me lo dijo el otro día cuando le pedí a papá que me enseñara latín). "La mujer no debe pecar de inteligente" o "El silencio es el adorno más hermoso en las mujeres" (éste lo reserva para cuando comemos).

—Si solamente se abre la boca para decir sandeces al estilo de las de la abuela Ignacia o las de tu abuela Celina —acotó Laura—, entonces sí, el silencio es el adorno más bonito.

Pura levantó las cejas muy sorprendida, era la primera vez que su tía Laura se refería en términos tan directos a la necedad de la bisabuela Ignacia o de la abuela Celina.

—Yo podría ampliar tu colección de aforismos —continuó Laura—. Escucha este que me repetían muy a menudo cuando tenía tu edad: "El hombre valora a la mujer fácil tanto como a una flor marchita".

—¡También lo dice la abuela Celina! ¡Y sólo a mí! Que nunca escucho que se lo diga a Genara o a Dora —otra prima de Pura, hija de su tía María del Pilar Montes.

—Tanto tu bisabuela Ignacia como tu abuela Celina —dijo Laura— han adherido siempre al precepto de que los hombres son todopoderosos y las mujeres no deben pecar de inteligentes.

—¿Y no es así?

—¡Por supuesto que no! —exclamó Laura—. Tienes que saber que hombres y mujeres son iguales, unos tan inteligentes como los otros. Ambos merecen el mismo trato y las mismas oportunidades.

Sobrevino una pausa. Pura comía con la avidez de un niño, y a Laura la satisfacían su frescura e inocencia. El camarero trajo el segundo plato, y Pura se relamió con una expresión simpática que hizo reír a Laura, incluso al rígido camarero de guantes blancos. Entre bocado y bocado, Pura levantó la vista y preguntó:

—¿Amaste mucho a tío Julián?

Lo descarnado de la pregunta dejó a Laura sin réplica, pero la máxima de jamás mentir a sus sobrinos prevaleció, y respondió con aplomo:

—No, no lo amé. Lo quise, sí, pero como a un hermano, como al amigo que era.

—¿Cómo sabes que no lo amaste? Quizá lo amaste y no te diste cuenta. ¿Cómo será amar? —preguntó Pura en evidente retórica.

—Amar es una experiencia tan prodigiosa que puedes sentirla en todo el cuerpo como una vitalidad que te lleva a reír sin motivo, a correr y a cantar, a levantar los brazos al cielo y a respirar profundamente, a apreciar las cosas más pequeñas e insignificantes que antes habrías desestimado, y a desear que todo el mundo experimente lo mismo que tú. El amor opera tantas maravillas en las personas que las hace pensar que el mundo es un lugar magnífico y que toda la gente, incluida tu abuela Celina, es buena y generosa. El amor, Purita, es un anticipo de lo que experimentaremos en el Paraíso. El día que sientas así, entonces sabrás que estás enamorada.

Pura se quedó mirándola.

—Sí, estuve enamorada una vez —admitió Laura.

—¿De tu prometido, Alfredo Lahitte?

—No, no de Alfredo. De otro hombre, alguien a quien no conoces, alguien muy alejado de *todo* cuanto conoces.

—¿Dónde está? ¿Qué fue de él? ¿Por qué no se casaron?

—No sé dónde está. Quizás haya muerto años atrás, no lo sé. La vida nos separó una tarde de verano y nunca volví a saber de él.

Abrumada por la confesión, Pura no acertaba a preguntar. Por el momento, sólo veía con claridad la tristeza que inspiraban los ojos de su tía. Pensó: "Todavía lo quiere" y, aunque sumamente interesada, se abstuvo de indagar más allá.

El doctor Rufino de Elizalde, ministro de Relaciones Exteriores durante la presidencia de Mitre, se acercó a la mesa y Laura lo invitó con una taza de café y la famosa *pâtisserie* del Soubisa. A poco, se presentó Domingo Sarmiento, llamativo en el contraste de su piel morena con el traje claro de brin. Se quitó el sombrero de Panamá e hizo un floreo para saludar a Laura. También aceptó acomodarse en la mesa de "la mujer más hermosa y cautivante de Buenos Aires", según pronunció en su estilo histriónico y vociferado, esto más como consecuencia de una incipiente sordera que de un aspecto de su personalidad.

Si bien en el 68 de Elizalde y Sarmiento habían sido adversarios políticos —ambos batallando por la presidencia de la República—, ninguno parecía recordarlo. Los modos encantadores de Rufino de Elizalde y la algarabía y excentricidad de Sarmiento convirtieron la parte final del almuerzo en una experiencia fascinante para Pura y gratificante para Laura.

—Parece que el "Barbilindo" —así llamaba Sarmiento a Roca desde sus días de capitán— consiguió lo que se propuso: armar sus legiones y embarcarse en una campaña hacia el sur sin precedentes. Algo que parecía una quimera, ¡casi una bravuconada dos años atrás!, este tucumano, que parece no valer dos reales, lo logró en pocos meses.

—Tenemos que esperar los resultados —contemporizó de Elizalde, con su habitual moderación—. Como usted apunta, este plan no tiene precedentes, aunque sí sabemos que está plagado de peligros y riesgos.

—¿Duda del éxito de la campaña, doctor? Como que me llamo Domingo Faustino Sarmiento que ese barbilindo de Roca va a anexar el desierto a la República y a terminar con la plaga que son los salvajes. Se dice que dejará Buenos Aires en pocos días, y no se me ocurre poner en tela de juicio que, según lo planeado, llegará al río Negro el 25 de mayo.

—Un plan muy ambicioso —reconoció de Elizalde.

—Tanto como el que lo diseñó —añadió Sarmiento.

Laura no lograba determinar si el discurso de Sarmiento escondía una profunda admiración o una profunda envidia, pero, conociéndolo, supo con certeza que, fuera cual fuese el sentimiento que el sanjuanino albergaba por Roca, no sería ni tibio ni moderado. Ella, por su parte, azotada por emociones antagónicas, eligió callar.

—Fue despiadado el artículo que publicó ayer *La Aurora* —mencionó Sarmiento, y midió la reacción de Laura por el rabillo del ojo—. Le pega bien duro al gobierno. Es bravo el tal Mario Javier. A pesar de que su manejo de la pluma no es de lo mejor, parece tener un conocimiento acabado del asunto de los indios. Se dice que es de Río Cuarto, que por eso está tan familiarizado con la cuestión. Incluso me comentaron (no sé si es cierto) que Mario Javier fue una vez cautivo del cacique ranquel Mariano Rosas. Esto convertiría su postura en un dislate. ¡Debería odiarlos!

Laura persistía en su silencio, como si Sarmiento discurriera en una lengua ininteligible. Aunque bien sabía a qué se refería. El artículo de *La Aurora*, titulado "Los bárbaros de Tierra Afuera", en realidad, era una pieza del padre Agustín Escalante, que, habiendo elegido no inmiscuirse en cuestiones políticas, le pidió a Mario Javier que lo revisara, corrigiera y publicara bajo su rúbrica. El artículo denunciaba la contradicción de un gobierno que, confesándose católico, emprendería una matanza en contra de gentes que apenas contaban con lanzas y boleadoras para defenderse. Insistía en que esos a quienes los blancos se empeñaban en llamar salvajes eran redimibles y que, con educación y evangelización, podían incorporarse a la cultura del país para convertirse en una fuerza de trabajo que lo ayudase en su desarrollo.

—El artículo es impactante —admitió Sarmiento—, pero sólo basta leerlo dos veces para encontrarle las fisuras. En primer lugar, basa su tesis en una hipótesis errónea: la posibilidad de redimir a esas bestias. ¿Es que acaso todos estos años en que hemos padecido sus malones y picardías no nos han servido para convencernos de que son irrecuperables?

—Desde mi punto de vista, su hipótesis es también errónea, Domingo —expresó Laura con desenfado, y Sarmiento levantó las cejas y abrió grandes los ojos—. El error radica en considerar que la nuestra es la única verdad. Ésa es una vanidad imperdonable, una miopía cultural que habla mal de los argentinos como sociedad. ¿Por qué considerarlos redimibles o irredimibles? Los indios del sur son lo que son. Tratar de cambiarlos ha sido lo que nos ha enemistado todos estos años. Ellos, a pesar de sus desventajas y atrasos, se encuentran orgullosos de su cultura, de su pueblo, de sus tradiciones, y no quieren perderlos, al igual que *usted* no querría perderlos si una cultura extranjera intentase imponerse en el Río de la Plata. ¿Acaso no echamos a baldazos de agua caliente a los ingleses en el año seis? Y de seguro usted coincidirá conmigo en que la inglesa es una sociedad y una cultura muy superior a la nuestra. Pues bien, seamos coherentes y justos en el análisis, y no achaquemos a los indios del sur algo que, en realidad, nosotros mismos hemos hecho en el pasado: defender nuestra cultura y libertad. Si los hubiésemos respetado desde un principio y hubiésemos tratado de integrarlos a nuestra idea de país, aceptando sus diferencias, sus cultos y ritos, no habría corrido una gota de sangre, téngalo por seguro. Pero la triste realidad, señores —y usó una inflexión marcada por el desaliento—, es que los argentinos ni siquiera tenemos una idea clara de país.

Laura consiguió lo que pocos: dejar callado a Sarmiento. De Elizalde dijo que jamás había contemplado el problema del indio desde esa visión, sin duda en extremo interesante. De repente, Sarmiento pareció notar a Pura, que apenas si había levantado la vista del mantel, sobrecogida por la presencia de esos caballeros tan notables, asustada por el vozarrón de Sarmiento.

—Conque esta señorita es la hija de José Camilo. Por suerte, querida, has heredado la belleza de los Montes. Eres el vivo retrato de tu madre.

—Gracias, doctor —farfulló Purita.

—¿Cuántos años tienes?

—Cumpliré quince el próximo 20 de abril.

—Conque quince —masculló Sarmiento.

—Será una gran fiesta —terció Laura—. La presentación en sociedad de mi sobrina no pasará inadvertida. De seguro Faustina y María del Rosario —Laura hablaba de la hija y de la hermana de Sarmiento, que vivían con él en su casa de la calle de Cuyo— ya han recibido la invitación.

—¡Magnífico! —pronunció Sarmiento—. Y llevaré a mis tres nietos mayores, Julito, Emilia y Augusto, que están en edad de divertirse y de departir entre gente decente.

De Elizalde y Laura rieron ante la indiscreción del sanjuanino, que disponía de la lista de invitados de los Lynch sin prudencia. Una conducta que se habría calificado como falta de educación, en Sarmiento se consideraba la divertida extravagancia de un hombre de mundo. Se le perdonaba cualquier cosa, incluso que viviese separado de su mujer, Benita Martínez Pastoriza, y que se pavonease con su amante de años, Aurelia Vélez Sarsfield. Nadie le achacaba nada a Sarmiento simplemente porque era Sarmiento. Pura, no tan conocedora de la incansable trayectoria del ex presidente, lo miró con cara de pocos amigos.

El doctor de Elizalde pagó la cuenta de un almuerzo que no comió y, aunque Laura en un principio rechazó semejante generosidad, finalmente lo dejó salirse con la suya. Los invitó a cenar al día siguiente a la casa de la Santísima Trinidad. Sarmiento se excusó en un compromiso familiar, pero de Elizalde aceptó. Laura sonrió gratamente mientras decidía invitar también a Mario Javier y sentarlo junto a de Elizalde. Hacía tiempo que se había propuesto contar con el ex ministro de Relaciones Exteriores (en opinión de algunos, el primero que tuvo la Argentina) entre los columnistas de *La Aurora*; tanto la sensatez y sutileza de sus juicios como la excelencia de su pluma eran reconocidos.

Laura destinó el resto de la tarde a comprar regalos a los hermanos menores de Pura: Justo Máximo, Rafael, Adela y Benjamín, un bebé de meses. Cerca de las seis, Pura dijo que tenía hambre y Laura la invitó a lo de don Godet, una chocolatería sobre la calle de Cangallo. Apenas cruzaron el dintel, Laura se dio cuenta de que Roca, su mujer Clara y sus cuatro hijos ocupaban una mesa cerca del mostrador; una jovencita, seguramente del servicio doméstico, sostenía a Clarita Roca, la menor, de apenas unos meses. Al escuchar la campana de la puerta, tanto Roca como Clara voltearon y la saludaron con una inclinación de cabeza.

Purita hablaba del enorme tazón de chocolate y de las masas con crema que pediría, pero Laura no la escuchaba. La presencia de Clara Funes resultaba demasiado predominante para percibir el entorno. A lo largo de su amorío, jamás se había detenido a pensar en la esposa de Roca. En ese momento, sin embargo, el peso de su mirada y esa inclinación fría y formal la habían aturdido. "Lo sabe", repetía, "sabe que me acuesto con su esposo". Advirtió un movimiento en la mesa de los Roca y, a pesar de que no levantó la vista, presintió que el general se acercaba. Imploró que pasara de largo y que ni siquiera la mirara.

—Viene el general Roca —anunció Pura entre dientes, y las esperanzas de Laura se precipitaron; una sensación de pánico le aceleró la respiración.

—Buenas tardes, señora Riglos —saludó—. Buenas tardes, señorita Lynch.

—Buenas tardes, general —respondió Pura.

—Mi esposa desea saber si serían tan amables de compartir nuestra mesa.

Laura lanzó un vistazo desesperado a Roca, que se lo devolvió con flema. Él parecía tan cómodo; ella, en cambio, no sabía si lograría ponerse de pie.

—Es muy amable —consiguió articular—, pero no nos gustaría interrumpir una reunión familiar que, quizá, sea la última en mucho tiempo.

—No interrumpen nada —aseguró Roca—. Por favor, acompáñenme —dijo, y le extendió la mano a Pura.

Laura agradeció la invitación a Clara, que sostenía en su regazo a María Marcela, de dos años, y se ubicó en la silla que le acercó el general. Elisa, de cuatro, escondió la cara en la falda de la criada y, aunque su padre la conminó a saludar, no volvió a levantarla sino en varios minutos, cuando se aseguró de que nadie le prestaba atención. Julito, el mayor, se puso de pie y extendió la mano a Laura y luego a Pura con arrogancia. Laura pensó: "Levanta las comisuras del mismo modo que su padre".

Siguieron las preguntas y comentarios de rigor en un ambiente incómodo y enrarecido. El general sorbía su chocolate, y Laura tenía la sensación de que era el único que no sufría el bochorno.

—Me comentó mi madre —habló Clara— que su tía Selma murió en octubre pasado. Lo siento mucho.

—Aunque fue una gran pérdida —mintió Laura—, no resultó una sorpresa. El doctor Allende Pinto me advirtió que su corazón no resistiría mucho tiempo.

—¿Era muy mayor?

—Tenía ochenta y dos años.

—Ciertamente no los aparentaba.

—Uno jamás le habría dado la edad que tenía —coincidió Laura—, con su espalda siempre derecha y su silueta tan entallada. Fue una mujer activa y enérgica toda su vida.

—¿Qué hará con la casa? Es una hermosa propiedad.

—Está a la venta.

—Oh —se sorprendió Clara—. Pensé que deseaba conservarla.

—No. Sin mi padre y tía Selma, no creo que regrese a Córdoba.

—Ah, yo siempre regreso a Córdoba. Echo de menos a mis hermanas y a mi madre. Somos muy compañeras. Y aquí... En fin, aquí no tengo a nadie. Los amigos y conocidos de Julio, pero ellos no son mis amigos.

"Por cortesía", pensó Laura, "debería ofrecerle mi amistad y la de mis amigas". Pero no pudo. Prefirió dirigirle la palabra a Roca antes que actuar con hipocresía.

—Todos se preguntan cuándo emprenderá su campaña, general.

—Parto pasado mañana —contestó Roca—. Por eso esta pequeña despedida con mi familia.

Julito dejó su silla, se acercó al oído de Clara y le susurró.

—¡Julio! —se encolerizó el general—. Es una gran falta de respeto secretearse frente a otras personas.

—No seas tan duro con el niño —terció la madre—. Sólo se acercó para decirme que la señora Riglos es muy bonita.

Laura se mordió el labio para sofrenar la risa, no por la ocurrencia de Julito Roca sino por el evidente embarazo del padre, a quien se le habían enrojecido los cachetes. Nunca lo había visto tan desconcertado.

—Gracias, Julio —habló Laura—. Eres todo un caballero.

—¿Por qué no se pinta el cabello del color de la señora Riglos, mamá? —pidió el niño.

—¡A mí no me gusta! —prorrumpió Elisa, y sobresaltó a Clarita, que se puso a llorar.

—Julio —explicó la madre—, la señora Riglos no se pinta el cabello. Naturalmente es de ese color.

—¡A mí no me gusta! —insistió Elisa, y volvió a esconder la cara en el regazo de la criada.

—¡Suficiente! —se mosqueó Roca—. Ya es hora de partir, Clara. Todavía tengo cosas que hacer en el despacho.

—Sí, sí, por supuesto.

Se despidieron a tropezones, mientras Clara y la muchacha de servicio recogían sacos, mantillas y sonajeros, y abrigaban a los niños. Roca y Laura se miraron fugazmente, y Laura no encontró en los ojos del general el reflejo de la culpa que a ella la atormentaba. Guiada por prejuicios y resentimientos, había considerado a Clara Funes melindrosa y pacata; ahora debía aceptar que se trataba de una mujer dulce y maternal, sin aires ni vanidad, más bien vulnerable y delicada. Esa vulnerabilidad y delicadeza la hicieron sentir peor.

CAPÍTULO VII
Noticias del Viejo Continente

Al día siguiente, no sólo el doctor Rufino de Elizalde cenó con los Montes; también los acompañaron el doctor Nazario Pereda, Mario Javier, el matrimonio Lynch, doña Luisa del Solar, los padres de Eugenia Victoria —Celina y Lautaro Montes—, y tía Carolita, quien trajo carta de Armand Beaumont, su hijastro, que leyó en voz alta luego del postre. Armand, junto con su esposa Saulina, sus cuñados y unos amigos, visitaría Buenos Aires en pocos días. La carta, fechada en París a finales de febrero, había llegado sólo tres días atrás, y tía Carolita, entusiasmada como hacía tiempo no se la veía, hablaba incansablemente de los preparativos para albergar a partida tan numerosa.

Los hombres se agruparon en un extremo de la sala a fumar sus puros y beber ajenjo, y las mujeres eligieron acomodarse en torno a la vieja *bergère* de la abuela Pilarita, muy ocupadas sus manos en las labores y sus lenguas en el cotilleo. Laura, que no tenía talento para la aguja, bebía café y admiraba la destreza de su prima Eugenia Victoria, que bordaba una mantilla para Benjamín.

—Carolina, sabes que puedes disponer de esta casa como si fuera tuya para recibir a tu hijastro y a su gente —habló Ignacia, y de inmediato pidió el consentimiento de Laura, que ratificó sus palabras con una sonrisa.

—Gracias, Ignacia, siempre sé que cuento contigo. Pero sabes qué grande es esa casa que me compró Jean-Émile. Me va a alegrar verla llena de gente y bullicio.

—Si llegan antes del veinte —intervino Celina Montes—, deberemos incluirlos en la lista de invitados, Eugenia Victoria. ¿Cuándo dijo que llegan, Carolina?

Tía Carolita confirmó que, según lo programado, el *Bretagne* atracaría en el puerto de Buenos Aires el 16 de abril.

—¿Ya ves? Deberemos incluirlos.

—Ningún problema —replicó Eugenia Victoria y, aunque simuló un aire sereno, se preocupó; la lista parecía no tener fin, los gastos tampoco.

—Y no te olvides de agregar a los tres nietos mayores de Sarmiento —bromeó Laura—, que cuando le mencioné que de seguro la invitación para él, su hija y su hermana ya había llegado a su casa, declaró, sin ambages, que también llevaría a Julito, Emilia y Augusto.

—Lo sé; Purita me lo dijo —respondió Eugenia Victoria, esta vez sin esconder el malhumor—. Hablando de ayer —dijo en tono confidencial, y se movió hacia el costado; Laura se inclinó sobre su hombro—. ¡Debería matarte, prima! No me animo a calcular cuánto gastaste en regalos para Pura y los demás. ¡Pero en especial para Pura! Esta mañana, Mazzini envió la gargantilla y los pendientes, y hasta mi madre admitió que era la joya más hermosa que había visto, a pesar de que está muy disgustada contigo por el último capítulo de *La verdad de Jimena Palmer*. Te conmino a no decirme qué fortuna te costó. Creo que si llegara a conocer la cifra, me daría un vahído.

—Acompáñame a mi recámara —pidió Laura—. Quiero mostrarte el sombrero que compré ayer en *Le Bon Marché*. Tu hija opina que es atrevido.

Encontraron a María Pancha en el dormitorio, atareada en guardar costosos vestidos de verano en un arcón. Colocaba bolsitas de tul con ramas de vainillas y semillas de espliego para preservarlos del olor a encierro y humedad.

—Si hubieses ido ayer de compras con mi prima y Purita —manifestó Eugenia Victoria—, tu sensatez habría prevalecido y no habrías admitido semejante despilfarro.

María Pancha se limitó a sonreír, a sabiendas de que jamás privaría a Laura de lo que más le gustaba: consentir a sus sobrinos.

—En realidad —habló Laura, mientras indicaba una silla a Eugenia Victoria—, no quería mostrarte ningún sombrero. Sólo deseaba que supieras de mi boca antes que de la de Climaco Lezica que ayer cancelé la deuda que mantenían con él.

Instintivamente, Eugenia Victoria se puso de pie. Laura permaneció sentada.

—¿Toda la deuda? —Laura asintió—. Tanto dinero.

—Sé que están en aprietos económicos y que la fiesta de Pura es costosísima. Como su madrina, quiero ayudarlos.

—¿Cómo haré para decirle a José Camilo? Se pondrá furioso cuando se entere. Él no quiere que los demás sepan. Es muy orgulloso, su familia también, ellos han tenido tanto y ahora...

Eugenia Victoria siguió discurriendo hasta que Laura se puso de pie y la tomó de la mano.

—Yo no soy "los demás", yo soy tu mejor amiga, tú eres como una hermana para mí, la más querida de mis primas. Quiero ayudarlos —insistió.

Eugenia Victoria se cubrió el rostro y se puso a llorar. María Pancha salió de la recámara y volvió al rato con un té de tilo. Eugenia Victoria, más calmada, se secaba las lágrimas y se sonaba la nariz.

—Bebe esto —la instó la criada—, te hará bien.

—Ustedes no saben lo que es convivir con un jugador empedernido como mi suegro. Don Justo Máximo lo ha sido toda la vida, pero en los últimos años sus impulsos de jugador se han vuelto tan arrojados que tememos que una noche de éstas coloque sobre la mesa de póquer la escritura de la casa, lo único que queda sin hipotecar. Pasa el día en el hipódromo y las noches en el Club del Progreso jugando a cuanto juego de cartas existe. José Camilo hace malabares para honrar sus deudas, pero la fortuna que alguna vez parecía inagotable, hoy ya no existe. ¡Son tantos los gastos de una casa con cinco hijos! A veces temo que llegará el día en que no tendré dinero para comprar los alimentos.

—¡Jamás! —protestó Laura—. Mientras yo cuente con los medios, tu familia jamás pasará hambre ni necesidad alguna.

Los ojos enrojecidos de Eugenia Victoria volvieron a anegarse. Se abrazó al cuello de su prima y lloró desconsoladamente. Laura le susurró palabras de aliento y le acarició la espalda hasta que percibió que Eugenia Victoria se tranquilizaba.

—Me siento tan bien ahora que te lo he confesado.

—Deberías habérmelo dicho antes —la reconvino Laura.

—Sabes lo orgulloso que es José Camilo. Reaccionará mal cuando se entere de que has pagado la deuda a Climaco.

—Bien poco me importa la reacción de José Camilo. Somos buenos amigos y nos queremos mucho. Nuestro cariño resistirá la tormenta que desatará en mi contra. También tendrá que guardarse el orgullo en el bolsillo cuando le pague a madame Du Mourier el vestido de Pura. Mañana mismo irás a cancelar esa deuda, María Pancha.

Al regresar a la sala, nadie notó la nariz enrojecida de Eugenia Victoria, a excepción de su esposo, que hizo un ceño. Volvieron a ocupar sus sitios y se integraron a la conversación, ahora con los caballeros. El doctor de Elizalde comentaba:

—Hoy estuve con Lucio Victorio y me dijo que su hermana, Eduarda, llegó ayer de Europa.

A la mención de ese nombre, Laura se interesó. Eduarda Mansilla, una mujer a quien no conocía y a quien, sin embargo, admiraba profundamente. Preferida en la corte de Eugenia Montijo, destacada entre los íntimos del presidente Grant, emparentada con un barón francés, Eduarda se asemejaba más a un rimbombante personaje de la aristocracia europea que a la sobrina dilecta del Restaurador. Atraída por su índole de matices contrastantes, Laura había devorado sus libros: *Lucía Miranda*, *El médico de San Luis* y *Pablo, ou la vie dans les Pampas*. La admiraba por su irreverencia y descaro, por pensar distinto y conjurar el valor para expresarlo, por actuar a tono con sus convicciones a pesar de las habladurías. A través de sus novelas, se enrolaba en la defensa de la mujer, a quien juzgaba el sexo fuerte, en abierta oposición a la cultura reinante que las tenía por seres sentimentales, tornadizos, poco confiables y desprovistos de la inteligencia masculina, concepción reflejada en las leyes, donde se las igualaba a los menores y a los incapaces, siempre sujetas a la autoridad paterna o a la del esposo. A Laura también la fascinaba otro aspecto de la filosofía de Eduarda: la defensa del indio, común denominador de casi todos sus libros. Al igual que Lucio Victorio, Eduarda los entendía parte de la República, una etnia con desventajas que podían ser salvadas, pero parte del conjunto nacional, de su tradición e historia que de ninguna manera se debía aniquilar o reducir a un grupo marginal. Como lógica reacción, la personalidad y el comportamiento anacrónicos de Eduarda se reputaban de inadmisibles y se la condenaba abiertamente.

—Hacía años que no visitaba el país —prosiguió de Elizalde—. Doña Agustina está encantada de tenerla otra vez en casa.

—Yo no lo estaría tanto —interpuso Celina Montes—. Después de todo, se dice que abandonó al pobre de García y a sus hijos para seguir ese desvarío que se le ha metido en la cabeza: ser escritora.

Eugenia Victoria lanzó un vistazo avergonzado a Laura, que le devolvió una sonrisa, sin demorarse en la sutileza de tía Celina. Se juró que contaría con la pluma de Eduarda Mansilla en *La Aurora* a como diera lugar, la tentaría con una buena paga; incluso le ofrecería un contrato para editar nuevamente sus obras. Eduarda no se negaría; luego de la publicación del libro de Julián, que había sido un éxito de ventas, la Editora del Plata se había granjeado un buen nombre que Eduarda sabría apreciar.

—Escribir no es el único talento de Eduarda, según tengo entendido —comentó doña Luisa del Solar—. Se dice que canta y toca el piano a la perfección.

—¿Quiénes conforman el grupo que acompañan a tu hijastro y a su esposa, Carolina? —se interesó Ignacia.

—Vendrán los hermanos de Saulina: la duquesa de Parma y Ventura Monterosa. Los acompaña también un gran amigo de Armand, que es argentino. Su nombre es Lorenzo Rosas y viene con su pupilo.

A la mención de aquel nombre, Laura detuvo su conversación con doña Luisa. Ella conocía a un Lorenzo Rosas; en realidad, conocía a Nahueltruz Guor, que también se llamaba Lorenzo Rosas. Imposible que se tratara de la misma persona. Después de todo, Lorenzo era un nombre tan cristiano y honorable como cualquiera, y Rosas, un apellido corriente. No satisfecha con su razonamiento, preguntó:

—¿De dónde es oriundo el señor Rosas?

—Si mal no recuerdo, de Córdoba.

—¿De la misma ciudad?

—Creo que no.

—¿A qué se dedica?

—Lo siento, querida, no lo sé —se disculpó Carolina Beaumont—. Sólo sé que Armand le administra la fortuna.

—¿Hace tiempo que son amigos? —insistió Laura, a pesar de las miradas extrañadas de las que era objeto.

—Desde hace algunos años. Armand lo aprecia mucho. Su pupilo, el joven Blasco, que, como ya dije, también formará parte de la comitiva, es un ejemplo de buena educación y cultura.

Al nombre de Blasco, Laura ya no dudó acerca de la identidad del amigo de Armand Beaumont. Permaneció callada. De pronto, la lámpara de cristal de Murano la envolvió en un resplandor que la encandilaba. No se dio cuenta porque había perdido el sentido del tacto, pero sus manos, que entrelazaba como si rezara, se encontraban húmedas y frías. Aturdida por la magnitud de la revelación, su mente repetía: "Vive, Nahuel vive".

CAPÍTULO VIII
Ojos negros, trenza de oro

El encuentro con Nahueltruz Guor era inminente. Esa noche, Laura viviría quizás el momento más conmovedor y fuerte de su vida al asistir a una cena en casa de tía Carolita para dar la bienvenida a su hijastro, Armand Beaumont, a su mujer, la veneciana Saulina Monterosa, y al grupo de amigos que los acompañaban, del cual Lorenzo Rosas formaba parte. Un sentimiento de anticipación la mantenía en vilo desde que conoció la suerte de Nahueltruz. Al igual que ella, María Pancha opinaba que creer que se trataba de otro Lorenzo Rosas y de otro Blasco era una tontería.

—Agradece al menos saber que vas a encontrártelo esta noche —manifestó la criada, con el aplomo habitual, mientras recogían violetas del jardín de doña Ignacia.

El ánimo de Laura se debatía entre la angustia por el reencuentro con Guor y la alegría de volver a ver a su hermano, que le había enviado un telegrama donde le anunciaba que llegaría a Buenos Aires en dos días, por el Ferrocarril Central Argentino. En cierto modo, la presencia de Agustín se convertiría en el remanso que necesitaba para sobrellevar el enfrentamiento con Nahueltruz.

Esa noche, Laura y su familia llegaron tarde a lo de tía Carolita, y sus sobrinas, las mayores, salieron a recibirla: Pura Lynch, Genara Montes, hija de Juan Marcos, y Eulalia y Dora, hijas de María del Pilar Montes, casada con Demetrio Sastre. Al unísono aclamaban lo majestuoso del vestido de tía Laurita, le admiraban las joyas y le aseguraban que María Pancha nunca la había peinado tan bien, más allá de que llevaba el tocado de siempre, una trenza sobre la coronilla como si de una diadema se tratase, y la otra, gruesa y larga, sobre la espalda hasta la cintura. Laura las escuchaba y sonreía, mientras les colocaba en los escotes los ramitos de violetas que esa tarde, con ayuda de María Pancha, había confeccionado para ellas. En un esfuerzo de voluntad, Laura mantenía una sonrisa en los labios, la voz segura y las manos firmes.

—Cuando los caballeros se inclinen para saludarlas —decía—, el aroma de las violetas los cautivará.

—¿Quién es ese hombre tan alto? —se interesó Ignacia, ojeando la sala.

—¿Cuál, abuela? —preguntó Pura.

—¡Pues, cuál, niña! El que parece un ropero.

Laura terminó de prender el ramillete en el escote de Dora y dirigió la vista a la sala. Dora, que le sostenía la mano enguantada, enseguida notó su sobresalto.

—¿Qué pasa, tía?

Para Laura, la sala de tía Carolita, llena de gente, voces y ruidos, se había silenciado. Sólo escuchaba las palpitaciones de su corazón y veía a Nahueltruz Guor. Porque si bien llevaba el pelo corto, prolijamente peinado hacia atrás, y vestía un chaqué oscuro, Laura lo habría reconocido entre miles. La gente se movía y hablaba, y el entusiasmo y la alegría se propagaban en el ambiente, pero ella se mantenía ajena a cuanto ocurría, concentrada en el hombre alto y macizo que departía en la sala, cuyo rostro destacaba pues no llevaba bigotes ni barba, consecuencia de su condición de imberbe que le delataba la sangre ranquel, y no a un desprecio por la moda.

En algún momento, los sonidos se volvieron más audibles y los colores de los vestidos atrajeron su atención. Poco a poco comenzó a tomar conciencia de las personas que la circundaban y de los diálogos que se entablaban. Las imágenes, sin embargo, se sucedían lentamente, como si ocurrieran bajo el agua, más parecidas a las escenas confusas de un sueño que a la realidad. Nada la habría preparado para aquel instante, ni siquiera saber que se toparía con él después de más de seis años.

Nahueltruz rio y echó la cabeza levemente hacia atrás, y Laura sufrió un estremecimiento al recordar esa manera de reír tan típica de él.

—Acompáñame al tocador, Dorita.

—Por supuesto, tía.

En el tocador, Laura puso las muñecas bajo el grifo, mientras Dora buscaba sales en el botiquín. Unos minutos de calma le devolvieron la estabilidad. Le quedó una migraña feroz y, cuando estiró la mano para aferrar su bolsa, notó que le temblaba. Sentía frío, a pesar de que gotas de sudor se deslizaban por su vientre. Se echó perfume generosamente y se pellizcó los carrillos para devolverles el color.

—Dorita, ve a la biblioteca y tráeme una copita de oporto sin que te vean.

Se preguntó cómo reaccionaría Guor al tenerla enfrente, ¿se impresionaría tanto como ella, se alteraría, tartamudearía? "Vive", pensó. "Siempre supe que había sobrevivido a la bala del teniente Carpio. Mi corazón me decía que en algún sitio Nahuel aún existía." Se le hizo un nudo en la garganta y no consiguió reprimir las lágrimas. Lloraba porque intuía que el abismo que se había abierto entre ellos a lo largo de esos años era demasiado profundo para franquearlo. Se secó las mejillas y trató de calmarse, Dorita acababa de regresar.

—Aquí está el oporto. Tía Carolita pregunta por ti. El señor Beaumont y su esposa quieren conocerte. ¿Te sientes mejor? ¿Podemos regresar?

—Me siento mejor. Volvamos —dijo, después de vaciar la copa.

De camino a la sala, volvió a plantearse lo insólito e inexplicable de la amistad entre Guor y Armand Beaumont, y la ironía que significaba su presencia en casa de tía Carolita. Vestido con la elegancia de un conde francés, conversaba con soltura de catedrático y reía con despreocupación de cortesano. Se arrepintió: no entraría en la sala, no lo enfrentaría.

—Aquí estás, querida —exclamó tía Carolita, y salió a recibirla.

Laura titubeó en el dintel.

—Gracias por traerla, Dorita. Pues bien, Armand —prosiguió la señora y, tomando a Laura por el antebrazo, la presentó a los invitados—, aquí está, ésta es mi sobrina, Laura Escalante, viuda de Riglos, de quien tanto te he hablado y a quien tanto deseas conocer.

Los caballeros se pusieron de pie, y Laura tuvo la impresión de que eran muchos. Recorrió las caras y no encontró la de Nahueltruz.

—*Voilà!* —exclamó Armand Beaumont, y le besó la punta de los dedos.

Nadie reparó en que le temblaban los labios al dirigir una sonrisa, pero ella presintió que se desmoronaba. Su conocimiento del mundo, su manejo de la gente, su aplomo y desparpajo se habían esfumado en un tris. En ese instante, no era más que una chiquilla muerta de miedo; su perplejidad, la de una joven recién iniciada en sociedad.

—*Oh, maman!* —continuó Beaumont, dirigiéndose a Carolina—. Nunca mencionó la exquisita y extraordinaria belleza de la señora Riglos. Aunque, conociendo a la señora Magdalena, no debería de extrañarme. Saulina, *chérie*! Observa este rostro, ¿no es magnífico? Tu padre daría cualquier cosa por retratarlo. ¿Qué crees que pintaría? ¿Una Diana, la Proserpina? Quizás a Venus. Mi suegro es un reputado retratista —explicó Beaumont.

—Yo me inclino por algo místico, *caro* —opinó Saulina—. ¿Santa Cecilia? No, no. Sin duda, la Anunciación —resolvió—. Su piel tiene la palidez de una *madonna* del Greco.

—¿A quién encarnaría? —intervino un hombre joven, y entrelazó su brazo con el de Saulina—. ¿Al arcángel Gabriel o a la *Vergine* María? —Su marcado acento italiano y el parecido con Saulina Monterosa denunciaron el parentesco.

—Querida —intervino tía Carolita, y le presentó al resto del grupo—. Saulina Monterosa, la esposa de Armand, y éste es su hermano, Ventura. ¿Puedes creer que dos años atrás no hablaba una palabra de castellano?

Ventura le tomó la mano y la miró fijamente, casi con impertinencia, antes de inclinarse para besarla. Laura admitió que pocas veces había conocido a un hombre tan hermoso, aunque demasiado seguro de su encanto.

—*Marietta, viens, chérie* —llamó Carolina Beaumont.

Marietta, la menor de los Monterosa, sorprendió a Laura como una mujer exótica y cautivante. Dejó el sillón y caminó con la sutileza de un gato siamés. Los tacos de sus botines no resonaban en el piso de madera y su falda de tafetán parecía flotar. La duquesa extendió la mano y sonrió con afabilidad. Laura respondió mecánicamente, y escuchó que tía Carolita le explicaba que Marietta no hablaba castellano, que era viuda y que su esposo, el duque de Parma, había fallecido tres años atrás.

—Eso quiere decir, señora Riglos —expresó Ventura en francés—, que mi querida hermana menor es una duquesa. Mi cuñado, un buen hombre —añadió—, no sólo le dejó un título nobiliario que honra a la familia sino una enorme fortuna, que nos hace aún más felices.

—*Sei un cretino!* —pronunció la duquesa de Parma en un susurro y, fingiendo enojo, golpeó a su hermano en el brazo con el abanico.

—*Ventura, comportati!* —reprochó Saulina.

—Falta el señor Rosas —habló tía Carolita—. ¿Señor Rosas? ¿Dónde está el señor Rosas?

Laura simuló interesarse en un comentario de Saulina, mientras se escabullía hacia el interior de la sala, pero la tenacidad de Carolina Beaumont, decidida a presentarle al resto de la partida, dio por tierra con sus intenciones. Laura levantó la cabeza y su mirada dio de lleno en un par de ojos grises que una vez, en el patio de los Javier, la habían amedrentado y obligado a buscar refugio en el huerto; ahora también la amedrentaban, pero no tenía adónde escapar. Nahueltruz se encontraba tan cerca que su fragancia de vetiver le inundó las fosas nasales.

—Laura, éste es el señor Lorenzo Rosas, gran amigo de Armand. Señor Rosas, le presento a mi sobrina, la señora Riglos.

Laura tuvo la impresión de que su estómago y sus pulmones se congelaban lentamente. Nahueltruz la contempló con fijeza, sus ojos no pestañearon ni una vez. No había piedad ni misericordia en esa mirada de ojos grises que le hicieron bajar la vista. "No me desvaneceré, no me echaré a llorar, no saldré corriendo." En un hilo de voz, dijo:

—Señor Rosas —y le extendió la mano.

A diferencia de Armand y de Ventura, Nahueltruz no se la besó sino que la apretó con firmeza y le aseguró que era un placer conocerla.

Para Laura resultaba inverosímil que Nahueltruz y ella hubieran vuelto a tocarse, aunque efímera e impersonalmente. Que compartieran la misma habitación, que respiraran el mismo aire, que vieran las mismas cosas, que departieran con la misma gente también resultaba difícil de creer. ¿Qué pensamientos cruzarían su cabeza en ese instante? ¿Sentiría el mismo desasosiego que ella? ¿Recordaría las noches en que se habían amado y a su cuerpo desnudo? Ella nunca había olvidado el de él. En la intimidad compartida, Nahueltruz había sido muy generoso. Laura no se resignaba ahora a un trato de extraños.

—¿Dónde está su pupilo, señor Rosas? —quiso saber Carolina Beaumont—. ¡Blasco, ven, querido!

Al nombre de Blasco, Laura se movió con rapidez. Ahí estaba su pequeño Blasco, que de pequeño ya nada tenía. No tan alto como Nahueltruz, presentaba, sin embargo, una apostura elegante y pulida. Las facciones oscuras de su rostro, ahora sin tierra ni restos de comida, también limpio de bigote y barba, poco habían cambiado; su expresión, no obstante, era la de otra persona. Seis años atrás, cuando todavía era un niño, Blasco había sido abierto y cálido. En ese momento, sus ojos no reflejaban su alma; el brillo pícaro que los había caracterizado no existía, y una gravedad demasiado marcada para su edad le confería un aspecto taciturno y melancólico, incluso indiferente.

—Éste es Blasco Tejada, Laura, el pupilo del señor Rosas.

—Encantado —dijo el muchacho y, al igual que Guor, le apretó la mano.

Laura se limitó a inclinar levemente la cabeza, dolida por la frialdad de su trato.

Las presentaciones terminadas, el grupo regresó a la sala, y Laura eligió la soledad del vestíbulo. "¡Ya pasó! ¡Ya pasó!", exclamó para sus adentros. "Lo peor ha pasado." Emmanuel Unzué, hijo de su prima Iluminada Montes, se detuvo a su lado y le habló. Laura le sonrió como autómata y aceptó el ofrecimiento de su sobrino de escoltarla al comedor.

La mesa de caoba para treinta y seis personas estaba llena. Un ejército de domésticas pululaba en torno sirviendo platos, escanciando vino, atentas a los pedidos de la anfitriona. La mayoría de los invitados ya había ocupado sus sitios. El murmullo permanente sumado a la iluminación y al arreglo del comedor conferían a la reunión una frescura y vivacidad que exaltaban las emociones negras de Laura. Emmanuel retiró una silla y ella se ubicó.

—Gracias, querido. Siéntate a mi lado, por favor.

Nahueltruz, de los pocos que faltaban, se sentó, a una indicación de Carolina Beaumont, frente a Laura, flanqueado por Esmeralda Balbastro y la duquesa Marietta, a quien Nahueltruz se dirigía exclusivamente en italiano. "Pensar", se dijo Laura, "que una vez supe todo acerca de este hombre". Ahora le resultaba tan extraño y ajeno como Ventura Monterosa o Armand Beaumont. Lo escuchó hablar en francés, a Blasco también lo escuchó hablar en francés, y se dio cuenta de que el abismo era aún más profundo de lo imaginado. En un momento sus miradas se encontraron fugazmente. "¿Qué ha sido de tu vida todos estos años, amor mío? La mía ha sido un calvario sin ti."

Nahueltruz inclinó la cabeza hacia la izquierda para escuchar a Esmeralda, y Laura se percató de la afectación en los modos que la viuda de su primo Romualdo empleaba para dirigirse a él. Asimismo la duquesa Marietta reclamaba la atención del señor Rosas, y entre ambas se lo disputaron toda la cena. Laura las estudió con detenimiento y terminó por sentirse fea y basta. Ella no hablaba italiano, su francés le daba vergüenza y jamás había viajado a Europa. Todos los aires que solía darse con los porteños se convirtieron en inseguridad y falta de confianza.

Los Mansilla —la señora Agustina y sus dos hijos, Lucio Victorio y Eduarda— llegaron tarde, mientras se servía el segundo plato. Los caballeros se pusieron de pie y saludaron a los recién llegados. Lucio Victorio, con su capa de terciopelo rojo y sus manos atiborradas de anillos, se ganó la atención de las damas con el desparpajo y la coquetería que lo caracterizaban. Eduarda, una mujer de casi cuarenta y cinco años, que había heredado la belleza de su madre y el porte de su tío don Juan Manuel de Rosas, se encaminó con aire ansioso hasta Nahueltruz y lo abrazó. El resto miró con sorpresa el despliegue. Armand, Saulina y Ventura reían.

—*Mon chéri!* —pronunció Eduarda—. No podía creer cuando mi madre me dijo que habías llegado junto con Armand. *Armand, quelle joie!* ¡Saulina, Ventura! *Ma siete tutti! Duchessa Marietta* —dijo, e hizo una reverencia.

Aunque Eduarda Mansilla hablaba y departía con todos, era ostensible su preferencia por Lorenzo Rosas. Seguía aferrada a su brazo y lo contemplaba con embeleso. Laura, que había contado los días para conocerla, en ese momento experimentó una fuerte hostilidad hacia ella; no se trataba de la reacción de una hembra celando a su macho, pues resultaba evidente que Eduarda y Guor eran amigos, sino la envidia que le causaba la familiaridad con que lo trataba, la certeza con que mencionaba sus asuntos, sus gustos, sus anécdotas. Eduarda, al igual que Armand y los Monterosa, conformaban una parte del mundo de Nahueltruz al que ella jamás accedería. "Pensar que Eduarda y Nahuel están relacionados por sangre", meditó.

Se reanudó la comida con los Mansilla a la mesa y, mientras Agustina se disculpaba con la anfitriona por la impuntualidad, Eduarda entretenía a los demás con sus andanzas en Italia, donde había conocido al compositor Gioacchino Rossini. Repentinamente, detuvo su narración y se dirigió a Guor para preguntarle:

—¿Dónde está Geneviève, Lorenzo? ¿La has dejado sola en París?

Laura sintió el dolor como una puntada fría y filosa en el vientre. "¿Qué habías creído", se dijo, "que permanecería célibe todos estos años?".

—Geneviève no podría vivir en otra ciudad que no fuera París —comentó Saulina—, y tú lo sabes, Eduarda; ni siquiera por una semana. Es la más parisina de las parisinas.

—Geneviève —dijo Guor, y pronunció el nombre con dulzura, en un francés exquisito. "Yanviev" había dicho, confiriendo la idea de un ser delicado, etéreo, hermoso.

Laura se convenció de que Guor la amaba. Los celos la turbaron de tal modo que no terminó de escuchar. Vació su copa de vino tinto y la apoyó con torpeza sobre la mesa. Un zumbido fastidioso en los oídos le agudizaba la jaqueca. Había bebido demasiado y comido muy poco; empezaba a sentir que daba vueltas y que sus piernas y brazos se volvían pesados y torpes. Se dijo: "No podré ponerme de pie", y se cubrió la boca con la servilleta para ocultar la risa que le causó su propia imagen desparramada sobre la alfombra de tía Carolita.

—¿Quién es Geneviève? —se interesó Esmeralda Balbastro.

—Geneviève Ney, una gran amiga —se apresuró a responder Guor, aunque, por las sonrisas y miradas que intercambiaron Armand y Saulina, no quedó duda de que, entre la tal Geneviève Ney y Lorenzo Rosas, existía un lazo que iba más allá de la gran amistad aludida.

—Geneviève —suspiró Saulina—, la favorita de la sociedad parisina, consentida y malcriada, de carácter afable, de buen corazón, impulsiva pero afectuosa, excesivamente generosa. Su belleza es la luz que nos atrae; luego nos encanta con sus sonrisas para siempre. Geneviève —añadió— es una extraordinaria bailarina clásica, la primera del Palais Garnier y la dilecta del público francés. Su último desempeño en *El lago de los cisnes* fue calificado por el propio Tchaikovsky como el más acabado y perfecto de esta obra desde su estreno en el 77.

—Geneviève es descendiente del famoso mariscal Michel Ney.

—¡Oh, Armand! —se quejó Ventura—. Nadie sabe ni quiere saber sobre la patética historia de tu país. Eduarda, lo que nos contabas acerca del maestro Rossini nos parecía mucho más interesante.

Eduarda retomó el hilo de su exposición. Una anécdota trajo a colación otra, y así terminó por mencionar su conexión con una de las familias más encumbradas de la ciudad de Florencia, los Colonna.

—En la *villa* Colonna (una magnífica construcción del siglo XIV en las afueras de Firenze) —explicó en su estilo atolondrado, plagado de italianismos y galicismos—, nos convertimos en invitados obligados el día en que la duquesa Margherita supo de la preferencia de Lorenzo por Petrarca. Nunca volvió a dejarlo en paz.

A la mención del poeta toscano que alguna vez había sido tema de conversación entre ellos, Laura levantó el rostro y miró a Nahueltruz, pero él conversaba íntimamente con Esmeralda y no se percató de su ansiedad.

—Todas las semanas —continuó Eduarda—, la duquesa organizaba una tertulia en la *villa*, donde Lorenzo nos deleitaba con su extraordinaria declamación de los versos del *Canzoniere*. Nadie los recita con la fuerza y maestría de Lorenzo.

—Exageras, Eduarda —se quejó Guor.

—No seas modesto, Lorenzo —objetó Saulina—. La falsa modestia es estolidez y no verdadera humildad. Son pocos los que conocen a Petrarca como tú. Ciertamente, es un placer escucharte recitar sus versos. Además, debes de ser *muy* bueno, en caso contrario la duquesa Margherita jamás habría financiado la publicación de tu libro acerca del maestro, que, por cierto, ha sido un éxito en Italia.

—¿Un libro acerca de Petrarca? —se sorprendió Francisco Montes—. Verdaderamente, señor Rosas, usted debe de ser un hombre muy avezado. Dígame, siempre me interesó saber si Dante y Petrarca se habían conocido.

—A pesar de que Petrarca tenía diecisiete años cuando Dante murió en Ravenna, jamás se conocieron. Francesco, sin embargo, lo admiraba profundamente, es más, hacía un culto de la memoria y de la obra de Dante. Con quien sí mantuvo una estrecha amistad hasta su muerte en 1374 fue con Giovanni Boccaccio.

—Nunca resultó de mi agrado ese inmoral de Boccaccio —interpuso Celina Montes—. Se dice que el *Decamerón* es una obra sacrílega.

—Debería leerla, señora Montes —objetó Guor, sin esconder una nota de sarcasmo—. A mi juicio es una obra genial. Volviendo a Petrarca, debo decir que, por su interés en el individuo, en la descripción de sus sentimientos y pensamientos, Petrarca es considerado el primer poeta del humanismo.

Nahueltruz Guor disertó acerca del poeta toscano por un largo rato e incluso los hombres apartados en la cabecera detuvieron su polémica sobre la expedición al desierto para escucharlo. Laura más que escucharlo lo admiraba. "¡Qué impasible y tranquilo está cuando yo soy un manojo de nervios!" La asaltó una mezcla de fascinación y resentimiento al razonar que personas que seis años atrás lo habrían tratado con desprecio, en ese momento lo contemplaban con embeleso y deferencia. Su voz profunda la envolvía, pero ella no prestaba atención al sentido de sus palabras; se dedicaba a mirarle los labios, el movimiento de las manos, cómo le brillaba el pelo, lo ancho de sus hombros, cómo se reclinaba Esmeralda sobre él y la manera en que le rozaba el brazo.

—Y ya todos saben que el gran amor de Petrarca fue Laura de Noves —pronunció Guor, y Laura volvió en sí como si la hubiesen sacudido de un sueño—. Así como Dante tuvo a Beatrice Portinari, que inspiró sus versos más acabados, lo mismo sucedió con Francesco, que escribió 366 composiciones poéticas dedicadas a Laura, su único y verdadero amor. A causa de la fama que alcanzaron estos sonetos de Petrarca, Laura de Noves terminó por convertirse en el paradigma de la virtud y la belleza de su época. *Occhi neri, treccia d'oro, tiepida neve il volto.*

—¿Qué significa, señor Rosas? —se interesó Esmeralda Balbastro.

—Ojos negros, trenza de oro, nieve tibia el rostro —tradujo Eduarda Mansilla.

—Como tía Laurita —señaló Pura Lynch, en una gran osadía, pues no tenía permitido hablar en la mesa—. Miren, ella es así. Ojos negros, cabello rubio, piel muy blanca.

Lo apuntó lentamente para que los presentes cayeran en la cuenta.

—Su trenza —añadió— parece hecha con hilos de oro.

Laura deseó que la tierra se abriera bajo sus pies. El calor que la envolvió por completo se manifestó en el intenso rubor de sus mejillas.

—Ciertamente —respondió Guor con severidad—, igual que la señora Riglos.

—Hacía tiempo que no veía a una dama ruborizarse —acotó Ventura, y Laura lo miró con desconsuelo—. Ese rubor acentúa su aspecto angelical, señora Riglos. Insisto, mi padre la haría posar para un cuadro del arcángel Gabriel.

—Mi esposo —habló Magdalena—, también un gran admirador y conocedor de Francesco Petrarca, llamó a nuestra hija Laura en honor de Laura de Noves.

—Si vivieras en la época de Petrarca, tía —insistió Purita—, serías la más hermosa de la ciudad.

—Me atrevo a decir que ya *es* la más hermosa de la ciudad —expresó Ventura.

Aunque Laura se planteó la posibilidad de dejar la mesa, la desechó casi de inmediato; mareada como estaba, terminaría por dar un espectáculo. Le volvieron las ganas de reír a carcajadas.

—¿Qué le pasa a tía Laura? —susurró Pura al oído de su primo Emmanuel—. No ha abierto la boca en toda la noche.

—Creo que no se siente bien.

—Las mujeres siempre han sido coquetas —comentó Armand—, en todas las épocas —remarcó—. Lorenzo nos ha dicho que en tiempos de Petrarca las mujeres vertían unas gotas en sus ojos para dilatarse las pupilas hasta alcanzar el tamaño del iris de modo tal que el color fuera el negro, de acuerdo con lo que dictaba la moda. ¡Iban prácticamente ciegas a fiestas y tertulias!

—Se trata de unas gotas que contienen un alcaloide llamado atropina —explicó Guor—. Este alcaloide se extrae de una planta a la que se dio por llamar *belladonna* justamente porque provoca ese efecto en los ojos de las mujeres convirtiéndolas en "bellas mujeres".

—Tú no tendrías que echar mano a nada de eso, tía —machacó Purita, y Laura le dirigió una sonrisa desfalleciente.

—Pura... —amenazó Celina Montes, y acompañó su tono admonitorio con un ceño que la muchacha conocía de memoria—. La vanidad es el pecado que hizo caer al ángel Lucifer. Ya cierra la boca.

Carolina Beaumont anunció a los comensales que el café y las masas se servirían en la sala, y todos abandonaron sus lugares. Laura apretó el brazo de su sobrino Emmanuel y le susurró que la escoltase al dormitorio de tía Carolita.

—Por favor, querido —le pidió, una vez recostada en la otomana—, dile a mi madre que venga.

Emmanuel apartó a su tía Magdalena y le transmitió el mensaje. Magdalena caminó a paso rápido y entró sin llamar.

—Mamá —gimió Laura, al borde de las lágrimas—. Me siento tan mal.

Hacía años que Magdalena no percibía que su hija la necesitaba. Ni siquiera en ocasión de la muerte del general Escalante Laura la había mirado del modo en que lo hacía en ese instante, con una mueca de desolación y susto. Magdalena se arrodilló junto a la otomana y le besó la frente.

—Tienes un poco de fiebre.

—Me duele el estómago —se quejó Laura.

—Será por todo lo que bebiste y lo poco que comiste —interpuso su madre.

—Quiero ir a casa.

Magdalena le explicó a tía Carolita las circunstancias y le pidió que las disculpara con el resto de los invitados; para sus padres y hermanas dejó dicho que en media hora Eusebio volvería con el coche a buscarlos. Tía Carolita ayudó a Magdalena a colocar el abrigo sobre los hombros de Laura, besó a sus sobrinas y las acompañó hasta el vestíbulo. Regresó a la sala y anunció que Laura se encontraba indispuesta y que ella y su madre se habían retirado. Blasco y Guor intercambiaron miradas sombrías.

María Pancha doblaba el rebozo de la cama cuando Magdalena y Laura entraron en la habitación.

—¿Qué pasó? —se inquietó la criada.

—Laura no se siente bien. Tiene el estómago revuelto. Está un poco entonada también —acotó Magdalena, e hizo un gesto significativo.

—¿Has bebido? —se sorprendió María Pancha.

—Me siento mal —protestó Laura.

Entre María Pancha y Magdalena la desvistieron y la ayudaron a meterse en la cama. Apenas apoyó la cabeza en la almohada, el mundo dejó de girar en torno a ella.

—Un café bien cargado será lo mejor —propuso Magdalena.

—No —replicó María Pancha—. Lo mejor para la ebriedad es el pepino crudo.

—No podré comer pepino crudo. Y no estoy ebria.

—Lo comerás —porfió la criada— o mañana tendrás una resaca de Padre y Señor mío.

María Pancha regresó con un tazón repleto de rodajas de pepino y se sentó en el borde de la cama. Magdalena levantó las almohadas y Laura se incorporó.

—Gracias por todo, mamá. Vaya a la cama ahora. Usted también luce cansada.

—Yo estaré con ella hasta que se duerma —aseguró María Pancha.

Magdalena entendió que su hija deseaba quedarse a solas con su criada. A ella la había excluido de su entorno íntimo y, aunque los términos de la relación nunca habían sido más armoniosos, la confianza no existía. Magdalena cerró la puerta y se marchó a su dormitorio.

—No hace falta que te pregunte si nuestras sospechas eran fundadas —expresó María Pancha—. Que el tal Lorenzo Rosas, amigo del señor Armand, es Nahueltruz Guor está claro para mí. Sólo hace falta mirarte un poco, nomás. ¿Supiste algo del general? —preguntó la criada de inmediato.

—¿Qué general?

—¿Cómo qué general, Laura? No estás tan borracha para no recordar al general Roca.

"Julio Roca", repitió Laura, "el que fue mi amante". Le pareció que su amorío había ocurrido años atrás. Las facciones del general se desvanecían en su mente, y las circunstancias de su *affaire* ya no le importaban tanto como días atrás.

—No —farfulló Laura—, no sé nada del general.

Bajó la vista y negó con la cabeza cuando María Pancha le acercó otra rodaja de pepino. Tenía un nudo en la garganta y las lágrimas le bañaban las mejillas. María Pancha le levantó el rostro por el mentón y la contempló con ternura.

—Vamos, corazón —se apiadó la mujer—, saca todo lo que te atormenta.

—¡Oh, María Pancha! —exclamó Laura—. ¡Acabo de estar con él!

—Sí, eso ya lo sé.

—Nahueltruz, en casa de tía Carolita —repitió, entre ahogos—. Fue horrible. Ni siquiera el hecho de saber que estaría allí me salvó del tormento que viví. Deseé tanto que estuvieras a mi lado. Creí que moriría cuando lo vi. Era él, mi Nahuel, mi adorado Nahuel. Tan frío y distante. ¡Tan cambiado! ¡Oh, María Pancha! Deberías haber visto la forma en que me saludó, como a una completa extraña. No se inmutó cuando me apretó la mano y me dijo: "Señora Riglos, encantado". Yo, en cambio, creí que me desvanecería. ¡Te necesité tanto!

—Cuéntame cómo fueron las cosas.

Laura le relató desde el momento en que puso pie en casa de tía Carolita hasta que terminó en la otomana, descompuesta. Se detuvo en pormenores como la mención de Geneviève Ney, ese dechado de virtudes parisino, el comportamiento provocador de Esmeralda Balbastro, los galanteos de Ventura Monterosa que no provocaban ni frío ni calor a Guor y el desafortunado comentario de Purita acerca de su parecido con Laura de Noves.

—¿Estaba Blasco?

—No lo reconocerías. Es todo un hombre ahora. Muy elegante y educado. Habla francés a la perfección. Su acento es impecable. Tía Celina lo remarcó, y ya sabes que ella es una severa jueza en la materia.

La embargó un sopor incontrolable. Los párpados le velaban los ojos a pesar de que se esforzaba por mantenerlos abiertos; quería contarle todo a María Pancha.

—Duerme ahora —la instó la criada—. Mañana seguiremos hablando y verás que las cosas no son tan malas como parecen.

Camino a su dormitorio, María Pancha reflexionó que Agustín debía de conocer los detalles de la asombrosa reaparición de Guor. Nada la convencería de que su viaje desde Río Cuarto no se relacionaba con la llegada de ese indio a Buenos Aires.

En la sala de Carolina Beaumont, Eduarda Mansilla aceptó tocar el piano. Nahueltruz Guor, ubicado cerca del matrimonio Lynch, aguzó los oídos al caer en la cuenta de que susurraban acerca de Laura.

—¿Qué le habrá pasado a mi prima? —se preocupó Eugenia Victoria—. Lucía muy mal esta noche.

—Nunca es de hablar mucho —aceptó José Camilo—, pero hoy la noté especialmente melancólica.

—No melancólica, más bien atribulada, nerviosa, los colores le subían al rostro con facilidad. Parecía incómoda, algo extraño porque ella siempre se encuentra a gusto y contenta en casa de tía Carolita. Ya sabes que pasa la mitad del tiempo con ella.

—Bebió mucho —acotó José Camilo.

—Sí, bebió demasiado cuando ella siempre es tan moderada.

Las manos expertas de Eduarda Mansilla llevaron la sonata de Bach a un paroxismo de compases agudos y arpegios rápidos que ahogaron la conversación de los Lynch, y Nahueltruz se perdió los últimos comentarios. Eduarda ejecutó la coda con destreza admirable, y los hombres se pusieron de pie para aplaudirla.

—Ya ves, Ventura —habló Lucio Victorio—, te dije en París que las mujeres de mi tierra son más hermosas y talentosas que las europeas.

—Especialmente hermosas —acordó el veneciano.

—Ya sabemos en quién estás pensando —bromeó Eduarda.

—No pienso en ninguna en particular. Considero que todas sus sobrinas, señora Beaumont, son extremadamente hermosas —y acarició con la mirada los rostros arrebolados de las Montes.

—Y extremadamente virtuosas —advirtió Carolina.

—Tu preferencia ha sido evidente a lo largo de la noche —insistió Eduarda—. No haré mención de su nombre.

—No nos ofenderemos si es a Laura a quien prefiere, señor Ventura —habló María del Pilar—. Sabemos que es muy hermosa y estamos acostumbradas a su larga fila de pretendientes.

—Mi sobrina Laura —habló Carolina— no es sólo hermosa. Es además una gran escritora.

Se levantó un murmullo entre los invitados. Doña Ignacia, Dolores y Soledad se pusieron incómodas y, aunque trataron de desviar la atención, no lo consiguieron: Eduarda Mansilla se mostraba empecinada. Sin levantar la vista, Celina Montes apretó la mano de su suegra Ignacia en el acto de acompañarla en su vergüenza.

—No se puede decir que mi sobrina sea escritora —objetó Soledad—, cuando sólo publica un folletín de dudosa calidad en un pasquín de mala muerte.

—No creo que *La Aurora* sea un pasquín de mala muerte —observó Nazario Pereda—, ni el folletín que escribe la señora Riglos de dudosa calidad —y, en una actitud infrecuente, miró con hostilidad a quien ya consideraba su futura cuñada.

—Yo encuentro a *La verdad de Jimena Palmer* un relato de lo más interesante, agudo e inteligente —comentó Agustina Mansilla, a quien sus hijos le habían arrebatado la capacidad de asombrarse y escandalizarse—. El estilo es además exquisito.

—Muero por leer *La verdad de Jimena Palmer* —se entusiasmó Eduarda.

Celina Montes se dirigió a su nieta Pura y le dijo:

—Deberías escuchar la magnífica pronunciación en francés de este muchacho, Pura —y señaló a Blasco—. Ya te comenté días atrás que la tuya es pésima.

Pura lanzó un vistazo furibundo a su abuela al tiempo que las mejillas se le teñían de rojo. Por su parte, Genara, Eulalia y Dora bajaron la vista para no ser blanco de las mordacidades de la abuela Celina.

—Mi pupilo —intervino Guor— vivió desde los trece años en un colegio jesuita en Fontainebleau, lo que hizo del francés su única lengua. Sólo hablaba castellano conmigo, algo que ocurría con poca frecuencia pues yo lo visitaba una vez por mes. Debió aprender a pronunciarlo *velis nolis* si quería darse a entender. El caso de su nieta, señora Montes, es distinto. Ella no pertenece a un ambiente en donde la lengua sea exclusivamente el francés, por el contrario, la escucha esporádicamente y de personas que no son nativas —señaló con intención—. Estoy seguro de que su pronunciación es excelente si se tienen en cuenta estas circunstancias. Blasco —dijo de inmediato Guor, y habló a continuación en francés—: podrías dar clases a las nietas de *madame* Montes, si sus padres están de acuerdo, por supuesto, y empeñarte en mejorarles la pronunciación. Tú, seguramente, recuerdas las técnicas que te enseñó *frère* Hubert.

—*Enchanté* —replicó Blasco, y miró efímeramente a Pura Lynch, que apenas movió la comisura de los labios en lo que pareció una sonrisa.

Más tarde, cuando la mayoría de los invitados se habían despedido, en la sala sólo quedaban los recién llegados de Europa y Lucio

Victorio Mansilla; la anfitriona se había excusado en sus años y retirado a dormir. La conversación se llevó a cabo en francés para no marginar a la duquesa Marietta.

—Háblanos de la señora Riglos —pidió Saulina a Lucio Victorio, interesada en echar el dogal al cuello de su hermano, un solterón sin remedio.

—Lo has visto con tus propios ojos, Saulina —expresó Lucio Victorio—. Se trata de una mujer infrecuente a la que miras una vez y quedas de piedra, como si de Medusa se tratase. Su belleza asombra y enamora irremediablemente. Desestabiliza a los hombres, que terminan por convertirse en víctimas de una pasión que ella no incita ni corresponde. Así como la has visto callada y ajena, su nombre generalmente se asocia al escándalo y a la transgresión. Además de hermosa, es muy rica. No sólo heredó de su padre, el general José Vicente Escalante; su marido también le dejó valiosos bienes al morir. Como imaginarás, se le inventan amoríos que nunca se comprueban. La última hablilla la relaciona con el general Roca.

—¿Quién es el general Roca? —se interesó Armand.

—El ministro de Guerra y Marina —habló Guor—. El que comanda la campaña para exterminar a los indios del sur.

—Parece muy al tanto de los asuntos del país, señor Rosas —se sorprendió Mansilla.

—Es cierto que no vivo aquí, coronel —se defendió Guor—, pero ésta también es mi tierra.

Nahueltruz Guor siempre evitaba mirar a los ojos del coronel Mansilla. Años atrás, en París, lo había rehuido hasta que Armand propició el encuentro. En aquella oportunidad, Nahueltruz había temido que Mansilla lo reconociera, pero tal era la metamorfosis operada en su persona, que, mientras le apretaba la mano, Lucio Victorio ni siquiera daba muestras de encontrar sus facciones familiares, a pesar de que durante su excursión a Leuvucó en el 70 se habían visto en variadas ocasiones, porque, aunque Nahueltruz pasaba más tiempo con su medio hermano, el padre Agustín Escalante, que con el resto de la comitiva, él y Mansilla habían compartido comidas y parlamentos. No obstante, el cabello corto, la frente despejada de vinchas y tientos, las manos libres de boleadoras y lanzas y la levita en lugar del chiripá y el poncho, sumado a la costumbre de Guor de dirigirse en francés, hacían imposible la asociación.

—¿Cómo es que no conocimos a la señora Riglos durante nuestro viaje en el 73, Armand? —continuó Saulina.

—¿No recuerdas? Vivía en Córdoba, con su padre, que estaba muy enfermo.

—En dicha oportunidad conocimos a su esposo —añadió Armand—, doctor Julián Riglos se llamaba. Escribía un libro sobre historia argentina; él y yo conversamos largo y tendido sobre el tema una noche en esta misma sala. ¿No recuerdas, mujer?

—Vagamente —confesó Saulina—. ¿Acaso Laura y el doctor Riglos no vivían juntos?

Por primera vez en la noche, Blasco notó que el semblante de Guor sufría una alteración, y de reposado, casi sarcástico, pasaba a desorientado e intrigado. Poco supo de la vida de Laura después de que se separaron esa tarde en Río Cuarto, pues, así como Agustín había evitado mencionar a Laura la suerte de Guor, también se había cuidado de mencionar a Guor la de ella.

—No quiero pasar por una trotaconventos —aseguró Mansilla—, pero *voix du peuple* asegura que el matrimonio Riglos nunca fue lo que se dice un *verdadero* matrimonio. Ustedes me entienden. Riglos fue uno de mis mejores amigos. Doy fe de que amó locamente a Laura Escalante desde el día en que puso sus ojos sobre ella. Pero era Laura quien no amaba a Julián. Lo quería y mucho, también doy fe de eso, pero la unía a él una relación de tipo fraterna.

—¿Por qué se casó con Riglos entonces?

—Ah, Ventura, ése es un gran misterio. La cuestión del matrimonio de mi querido amigo Julián y de Laura estuvo envuelto en el escándalo y el secreto. Nunca supimos con exactitud qué sucedió, qué empujó a Laura a aceptar a Julián después de haberlo rechazado tantas veces. Se casaron en Río Cuarto, donde ella cuidaba a su hermano gravemente enfermo. Nunca supimos bien qué pasó —repitió Mansilla, con aire meditabundo.

—De todos modos, eso no importa —resolvió Ventura—. Ya vemos que el doctor Riglos tuvo el buen gusto de morirse y dejarla viuda en plena juventud.

Nahueltruz Guor se desataba el nudo del plastrón cuando Blasco llamó a su puerta. El muchacho entró y, sin decir palabra, tomó asiento. Habituado a los comportamientos erráticos de su protegido, Nahueltruz terminó de desvestirse y se echó encima la bata sin prestarle atención, concentrado en sus propias cavilaciones.

—Mañana por la mañana buscaremos una casa para alquilar, mejor dicho, dos casas, una aquí, en el centro, y otra en las afueras, para llevar los caballos. No me gusta el lugar donde los dejamos.

—¿Nos iremos de casa de *madame* Beaumont? ¿Por qué? Ella es tan gentil.

—Nadie duda de que Carolina Beaumont es poseedora de todas las virtudes cardinales, Blasco, pero no podemos abusar de su hospitalidad.

En realidad, Guor dejaba la casa de Carolina Beaumont con pesar; después de todo, ella también era su tía abuela, la querida tía Carolita de quien su madre, Blanca Montes, tanto le había hablado. Quería conocerla, lograr su confianza y amistad, y quizás algún día confesarle quién era. Pero se iría igualmente. Había tomado la decisión al escuchar la conversación de los Lynch, que aseguraron que Laura pasaba la mitad de su tiempo en esa casa.

—Esta noche fue muy rara para mí —admitió Blasco y, como Guor sabía a qué se refería, no comentó—. ¿Qué sentiste al volver a verla, Nahueltruz?

—No uses ese nombre —se enojó Guor.

—A pesar de saber el daño que te hizo, tuve deseos de abrazarla —admitió el muchacho—. Me miró con ternura, ¿sabes?, y me pareció que se le llenaron los ojos de lágrimas.

—Sí, lágrimas —mascculló Guor, y se sentó al escritorio, donde se calzó las gafas y comenzó a escribir una carta a Geneviève.

—Sigue tan hermosa como antes. No, ¡más hermosa! Ventura la miró con cara de bobo toda la noche.

—Le escribo a Geneviève —se impacientó Guor—. ¿Le mandas a decir algo?

—Sí, que la extraño y que le mando todo mi cariño.

Guor siguió escribiendo y Blasco se mantuvo reflexivo.

—Fue mi deseo regresar a la Argentina. No quiero que, por mi causa, estés sufriendo, Nahueltruz.

—Dejarás de llamarme por ese nombre así tenga que sobarte el lomo con una guasca. No estoy sufriendo. Yo también tuve deseos de regresar al enterarme de esta campaña de Roca y de las desgracias que padecen los nuestros. Sabía que, muy probablemente, me encontraría con ella. Pero te diré esto sólo una vez y no volverás a abordar el tema: Laura Escalante, mejor dicho, la señora Riglos hace tiempo que salió de mi vida. No significa nada para mí.

Nahueltruz retomó la carta y Blasco se quedó pensativo.

—¿Crees que podré dar clases de francés a esas muchachas?

—Quizá. La abuela no se cansó de alabarte.

—Hay un parecido entre Pura Lynch y su tía Laura, ¿no lo crees así?

Guor se corrió los lentes a la punta de la nariz y contempló a Blasco con aire de amenaza. El muchacho farfulló un "buenas noches" que no obtuvo respuesta y se escurrió a su habitación. A él Laura Escalante también le inspiraba resentimiento. Había sido testigo silencioso de su traición y del padecimiento de Nahueltruz. Nunca olvidaría aquellas primeras noches en el desierto, cuando el llanto de Guor, que desfogaba su amargura creyéndolo dormido, lo había impresionado profundamente. Laura Escalante había destruido a su mítico rey del Desierto y no la perdonaría.

La puerta se cerró detrás de Blasco, y Nahueltruz soltó la pluma con fastidio; se quitó los lentes y se restregó los ojos. Ni siquiera mientras le escribía a Geneviève podía quitarse a Laura de la cabeza. Encendió la pipa, costumbre adquirida en Londres, y dejó de resistirse a su imagen. Se echó hacia atrás en la silla y divagó y rememoró las escenas de esa noche.

Ahora que la había visto en su ambiente, magnífica en ese vestido celeste, rodeada del boato que le sentaba a su clase, admirada por los hombres, envidiada por las mujeres, Nahueltruz terminó por dar la razón a Blasco: Laura estaba más hermosa que nunca. Y los efectos de la conmoción que le causó encontrarlo —los rubores que le colorearon las mejillas, el brillo de las lágrimas suspendidas en sus párpados, su silencio, sus miradas tímidas, sus sonrisas desfallecientes— sólo habían acentuado el aspecto de vulnerabilidad y desprotección que la volvían atractiva hasta el punto de resultar imposible quitarle los ojos de encima, difícil de subyugar las ganas de tomarla entre los brazos y besarla, imposible recordar que alguna vez había jurado que la destruiría.

Guor se puso de pie de un salto y la butaca cayó detrás de él. El coronel Mansilla tenía razón: la Escalante era una Medusa que operaba un hechizo complicado de exorcizar. Él, de todos los mortales, debía saber que detrás de esa traza de señora decente, culta, hermosa y rica, se escondía un ser sin principios, mentiroso, especulador y traicionero. La odiaba sobre todo por eso, por su traición.

Ventura Monterosa ya había caído bajo su influjo y sin duda se convertiría en la próxima víctima. Joven, atractivo y seductor, Monterosa se lanzaría a la conquista sin saber que terminaría con el corazón roto y el orgullo mancillado. Debería advertirle: "Cuidado, Ventura, éste es un juego que a la viuda de Riglos le gusta jugar". Aunque quizá, siendo Monterosa el hermano de una duquesa, la Escalante se avendría a aceptarlo. ¿Qué habría de cierto en lo de su amorío con el general Roca, el hombre del momento, el héroe de la República, el enemigo de su pueblo? Descargó el poder de su puño sobre el escritorio y soltó un soplido. De ella, esperaba cualquier proceder.

La calma vino de repente. Levantó la butaca y se dejó caer como un peso muerto. Se sintió cansado y deprimido, sin voluntad para someter los pensamientos que lo lastimaban. El nombre de ella resonaba en su mente con una tenacidad que echaba por tierra la convicción de que Laura Escalante era un recuerdo doloroso pero superado. En realidad, Laura Escalante era una maldición que el *Hueza Huecubú* le había echado una tarde de verano en Río Cuarto y de la que resultaba imposible desembarazarse. Por eso, por no poder olvidarla, también la odiaba.

❦

CAPÍTULO IX

Tardías confesiones

El día después de la azarosa cena en lo de tía Carolita, Laura permaneció en cama con fiebre y malestar en el estómago. A la mañana siguiente, sólo la esperanza de reencontrarse con su hermano en la estación de trenes la indujo a levantarse, tomar un baño, arreglarse y subir al landó. María Pancha se acomodó a su lado y la miró de reojo. Le vinieron a la mente aquellos primeros días luego de la boda con el doctor Riglos, cuando creyeron que perdería la razón o se dejaría morir. Esa mañana, mientras el coche avanzaba lentamente por las calles angostas y transitadas, Laura contemplaba a los peatones con un aire ausente similar al de aquella triste época. A María Pancha no le gustó lo que vio y tuvo miedo. Ella no era mujer de amedrentarse fácilmente, pero si de Laura o de Agustín se trataba, se llenaba de escrúpulos.

A medida que se aproximaban a la estación, Laura recuperaba el buen ánimo. No veía a Agustín desde el día después de su boda, cuando prácticamente huyó a casa de su padre en Córdoba para evitar a Julián Riglos. Dos años más tarde, en ocasión de la muerte del general, Agustín, de viaje en Mendoza por unas semanas, recibió la noticia cuando su padre llevaba más de diez días enterrado, y decidió que carecía de sentido viajar y abandonar sus obligaciones. Al cabo de un tiempo, Laura marchó hacia Buenos Aires y Agustín nunca encontró el tiempo para visitarla. Aunque se escribían con regularidad, Laura no hablaba de ella sino de los demás, en especial de sus sobrinos, protegidos y obras de beneficencia. Evitaba el tema de su matrimonio, a pesar de que Agustín se mostraba ansioso por saber del doctor Riglos, y nunca se animó a mencionar la muerte del coronel Racedo y las circunstancias que la habían rodeado. Por su parte, Agustín jamás mencionó la tragedia, y Laura no sabía si su hermano seguía en Babia, lo cual dudaba en un pueblo tan pequeño como Río Cuarto, o si había decidido cerrar ese capítulo y no volver a abrirlo.

Caminó deprisa del brazo de María Pancha hasta el andén porque, a causa del tráfico, estaban llegando tarde. Sin razón aparente, María Pancha se detuvo y, mirando fijamente a la multitud, se limitó a levantar la mano y señalar el gentío. A Laura le llevó unos segundos distinguir a su hermano y a Nahueltruz Guor que conversaban animadamente en el andén. El espacio en torno a ellos terminó por despejarse, y Laura avistó también a Blasco que abrazaba y besaba a una anciana diminuta y encorvada; la reconoció de inmediato: doña Carmen, la abuela del muchacho. Un grupo de gente, inconfundibles sus rasgos y ropas de indios, aguardaba con sumisión y timidez detrás de Agustín. Nahueltruz se acercó y abrazó y besó a una de las mujeres, la de aspecto más maduro; también abrazó al hombre a su lado, que estrujaba una boina entre las manos y trataba en vano de no lloriquear. Otras dos mujeres, más jóvenes, con niños en los brazos, saludaron a Nahueltruz y se dieron vuelta para presentarle a dos hombres que sostenían a su vez bultos y más niños.

—Regresemos a la casa —susurró María Pancha, y tironeó levemente a Laura.

—Sí, regresemos.

Laura volvió a meterse en la cama donde lloró amargamente hasta que la valeriana que María Pancha le obligó a tomar hizo efecto. Durmió por horas, pero no se trató de un sueño reparador sino de uno plagado de pesadillas. Despertó sobresaltada cuando María Pancha le acarició la mejilla.

—¿Qué pasa?

—Nada pasa. Tu hermano está aquí, ha venido a verte.

—No quiero verlo.

—Laura —contemporizó María Pancha—, Agustín quiere verte, se ha preocupado porque le dije que estás indispuesta. No te enojes con la persona equivocada.

Aunque dejó la cama, Laura recibió a Agustín en su dormitorio, recostada sobre el diván y en bata. Lo encontró muy delgado, la sotana parecía bailarle sobre el cuerpo; también lucía demacrado, con arrugas en el entrecejo y a los costados de la boca que evidenciaban las preocupaciones que lo abrumaban. Se puso de pie, olvidados la amargura y el enojo, y se echó al cuello de su hermano. El repentino esfuerzo le provocó un mareo y Agustín la ayudó a recostarse. Se arrodilló junto a ella y la contempló con cariño. Le retiró el cabello de la frente y se la besó.

—Fui a buscarte a la estación —le reprochó Laura—, pero al llegar me di cuenta de que ya habían ido otras personas a recogerte y creí prudente retirarme.

—Tonta. Habríamos necesitado tu coche. ¡Éramos tantos!

Laura mantenía la vista baja mientras reunía coraje para hablar con su hermano. Agustín interpretó su vacilación y decidió ayudarla con el problema.

—Ya sé que fue la presencia de Nahueltruz la que te movió a dejar la estación. De una vez y por todas, Laura, enfrentemos este asunto, aquel horrible episodio que ocurrió en Río Cuarto seis años atrás y que cambió tu vida.

Laura no deseaba rememorar aquellos sucesos tan penosos, pero sabía que tarde o temprano tendría que aclararlos con su hermano, y ese momento parecía tan bueno como cualquier otro.

—Me enteré de lo que sucedió —empezó Agustín— semanas más tarde de tu partida a Córdoba, cuando por fin el doctor Javier me permitió salir de su casa y regresar a mis obligaciones en el fuerte. Como imaginarás, una vez dentro del fuerte, los soldados me pusieron al tanto de lo acontecido en menos de media hora, y nadie creyó necesario obviar el hecho de que tú y Nahueltruz habían sido amantes.

—Ese día Nahueltruz iba a confesártelo —justificó Laura—, no queríamos seguir ocultándotelo.

—Debiste recurrir a mí, Laura, debiste contarme todo y pedirme ayuda. Jamás debiste casarte con Riglos por el bien de las apariencias.

Laura apoyó la cabeza en el diván y cerró los ojos, dolida por la injusta acusación. "Por el bien de las apariencias", repitió para sí. "Después de todo, ¿qué más da por qué lo hice? Lo hice, y es lo único que cuenta. Fui una cobarde que se dejó dominar por el miedo y por una voluntad a la que juzgué superior a la mía, incluso superior a la de Nahuel, y eso es imperdonable; tendría que haber confiado en él, en su capacidad para enfrentar las adversidades; debí haber resistido, claudiqué tan fácilmente. ¡Oh, Dios! Por primera vez reparo en la inmensidad de mi error; no luché por Nahuel ni por nuestro amor. Quizá mi matrimonio con Julián fue una salida cómoda después de todo. El sufrimiento que he padecido y que padezco es el justo castigo por mi traición."

—Sigue contándome —pidió Laura.

—No me enteré de la suerte que había corrido Nahueltruz hasta tiempo después, cuando recibí carta del doctor Carvajal, el notario de San Luis, donde me informaba que Nahueltruz había pasado por su despacho y retirado los documentos que faltaban para hacer efectiva la herencia de tío Lorenzo. De inmediato decidí viajar a Tierra Adentro. Nahueltruz me debía una explicación. Él tenía que rendirme cuentas por lo que te había hecho, por lo que había ocurrido entre ustedes.

—¡Oh, Agustín! Había ocurrido lo más hermoso. Nos habíamos enamorado.

Agustín le palmeó la mano con indulgencia y prosiguió:

—En Tierra Adentro, Mariano Rosas me dijo que su hijo había regresado a Leuvucó sólo para ponerlo al tanto de la muerte de Racedo y de que pensaba marcharse del país. Mariano Rosas trató de disuadirlo, pero la voluntad de Nahueltruz es de piedra y expresó que su decisión era inamovible. Cruzó a Chile y se embarcó en Valparaíso hacia Lima. Una vez allí, hizo efectiva la herencia de tío Lorenzo. Desde Lima me escribió una larga carta relatándome los hechos más o menos como yo los conocía y me confesó que había decidido marchar a París. Como nuestra madre le había hablado de los Beaumont, me pidió que redactara una carta de confianza que le presentaría a Armand para que lo ayudara a abrirse camino los primeros tiempos. Le envié la carta de confianza a Lima y de inmediato se embarcó en el Callao rumbo a París junto con Blasco, de quien se ha hecho cargo desde entonces. Ésta es, más o menos, la sucinta relación de los hechos. Durante todo este tiempo, Nahueltruz y yo hemos mantenido una fluida comunicación epistolar, siempre a nombre de Lorenzo Rosas.

—Supiste todo el tiempo que Nahueltruz no había muerto y me dejaste vivir con esta angustia.

—Lo siento, Laura, pero jamás sospeché que creyeras muerto a Nahueltruz. Él me prohibió mencionar sus intenciones a nadie, y me remarcó que en especial debía ocultártelas a ti.

—¡Qué crueldad! ¡Cualquier cosa habría sido preferible a la incertidumbre en la que viví todos estos años! No sabía si estaba vivo o muerto, ¿comprendes, Agustín? No, no puedes comprender cuando no has padecido lo que yo.

—En su momento lo juzgué correcto. Consideré que mantenerte al margen te ayudaría a olvidar. Por el vínculo sagrado del matrimonio pertenecías a otro hombre y revolver el pasado sólo traería dolor y más vacilación y dudas a tu vida. De todos modos, como tú jamás mencionabas el tema, creí que también habías decidido olvidar.

—No me animaba, tenía vergüenza, sí, sí, quería olvidar, enterrar aquella tragedia y hacer de cuenta que nunca había ocurrido, que no había trastornado mi vida y la de Nahuel tan radicalmente. —Las fuerzas la abandonaron y volvió a recostarse en el diván—. Nunca es bueno fingir —murmuró—. Ocultar la verdad es dañino. He vivido con esta angustia todos estos años y sólo he conseguido ser desdichada. ¡Cuánto bien me habría hecho contártelo, Agustín! Y que tú me revelaras la verdad, también.

—Ahora entiendo que cometí un error irreparable y que has sufrido por eso. Laura, las circunstancias eran tan confusas en aquel momento. Lamento no haber estado allí para ayudarte. Si hubieras recurrido a mí, tu matrimonio con Riglos jamás habría tenido lugar. Sé que te presionaron, sé que te casaste movida por el miedo. Tu matrimonio fue el resultado de una gran conspiración en la que incluso el padre Donatti desempeñó un rol detestable. Sí, no me mires así. Él conocía la verdad al dedillo cuando te casó con Riglos y sabía que, mientras jurabas frente al altar serle fiel a un hombre por el resto de tu vida, pensabas en otro. Nuestra relación no ha vuelto a ser la misma desde que le eché en cara la responsabilidad por tu infelicidad.

—¡No, Agustín, por favor, no digas eso! El padre Marcos no tiene culpa alguna. Yo *tenía* que casarme con Julián. Si de alguien es la culpa, es enteramente mía. Fue *mi* decisión, en su momento consideré que era lo mejor, que de esa forma protegería a Nahueltruz. Sólo ahora me doy cuenta de que tomé decisiones dominada por el miedo, y que cometí un error que nunca terminaré de lamentar, pero no ha sido culpa del padre Marcos, de ninguna manera ha sido su culpa.

Laura se cubrió el rostro y empezó a llorar. Agustín se sentó junto a ella en el diván y la tomó entre sus brazos.

—Nahuel me odia.

—Oh, no, por supuesto que no te odia. Quizás, en un principio, sintió rabia y rencor; estaba muy herido, su orgullo estaba muy herido. Él interpretó tu boda con Riglos como una traición y, para un indio, la traición es algo que no se perdona. Son muy rencorosos, ¿sabes? Pero Nahueltruz es un hombre feliz ahora y parece haber dejado el pasado a sus espaldas. ¿No puedes hacer lo mismo, dejarlo todo atrás y empezar una nueva vida?

Las palabras de Agustín, aunque bienintencionadas, la lastimaron profundamente. Nahueltruz Guor era feliz ahora. Con Geneviève era feliz, con sus amigos excéntricos, aristocráticos y ricos, con la vida suntuosa e incansable que llevaba en París, también en Firenze. Ella, en cambio, era una desgraciada. A diferencia de Nahueltruz, no había sido capaz de sobreponerse al dolor y recuperar el timón de su vida. Las heridas habían sangrado durante seis años. El dolor y la amargura habían regido su destino convirtiéndola en un ser desesperanzado. Había existido un tiempo en el que ella había sido feliz en un maltrecho establo, recostada desnuda sobre el pienso de la caballada, el pelo suelto y mezclado con la alfalfa, cubierta con caronas y mantas ranqueles, el hedor de las bestias impregnado en sus fosas nasales, pero entre los brazos fuertes de su amante, que la habían confortado como nada. Ahora, circundada por el más estupendo boato, ataviada con sedas de China y brocados de Lyon, sus cabellos de oro entrelazados con miríadas de perlas asiáticas, envidiada y admirada, tenía ganas de morirse.

Con el general Roca se había permitido algo del placer y el gozo tan negados y postergados, él había sido una débil esperanza; y aunque sus encuentros, siempre plagados de sentimientos contradictorios, nunca la satisfacían por completo, quizás en él radicaba el secreto para volver a ser feliz. Lo echó de menos y deseó que estuviera en Buenos Aires y que le enviara la nota para encontrarse en la soledad de la casa de Chavango.

Laura dejó de llorar. Estaba cansada de llorar. Agustín tenía razón, si Nahueltruz había superado aquel mal trago, ella también lo conseguiría. No tocaría el tema del pasado nuevamente. Quería dejarlo atrás, olvidarlo. No seguiría recriminando ni indagando.

—¿Quiénes eran las personas que estaban en la estación contigo? —preguntó, mientras se secaba las lágrimas.

—Lucero y Miguelito, sus hijas, sus yernos y sus nietos. Y doña Carmen, pero a ella seguramente la reconociste.

—¿Lucero y Miguelito? ¿Los amigos de tía Blanca? —Agustín asintió—. ¿Qué hacen en Buenos Aires? ¿Por qué han dejado Tierra Adentro?

Agustín le explicó que Tierra Adentro dejaría de existir en pocos días, cuando las columnas del general Roca acabasen con los pueblos ya desmembrados de ranqueles, salineros, tehuelches, vorohueches, pehuenches, mapuches y demás habitantes de la Pampa. Miguelito, temeroso de su familia, había aceptado la propuesta del padrecito Agustín de marchar a la ciudad en busca de trabajo y dejar para siempre Leuvucó.

—Dirás que es una paradoja —añadió Agustín, con gesto risueño—, pero parte del dinero que me envió el general Roca semanas atrás lo usé en los pasajes de tren para la familia de Miguelito.

—Hiciste muy bien, pero me pregunto qué será del resto. No podrán enfrentar a Roca y a sus Remington con lanzas y boleadoras. Imagino que el cacique Epumer comprende esto.

Epumer, el último de la dinastía de los Zorros, se había convertido en cacique general de las tribus rancülches a la muerte de su hermano Mariano Rosas, en agosto del 77. Aunque los loncos del Consejo admitían que Epumer carecía de la inteligencia y liderazgo de su hermano Mariano, igualmente lo designaron cabeza de las tribus por su valentía y ferocidad en batalla. Se avecinaban tiempos difíciles en los cuales se apreciaría más un luchador aguerrido e implacable que un gran negociador.

—Epumer está preso en Martín García —manifestó Agustín.

—¿Preso?

—El año pasado, casi a finales de año, el coronel Racedo y el capitán Ambrosio cayeron sobre Leuvucó y los tomaron prisioneros. Epumer y su familia fueron llevados a la isla Martín García. Muchas mujeres y niños fueron cautivados y repartidos en haciendas y casas de familia. Miguelito y los suyos se salvaron porque visitaban al cacique Ramón Cabral, al que llaman Platero, el día de la masacre.

Con los años, Agustín había aprendido a reconocer sus propias limitaciones y a sobrellevar sus fracasos con actitud positiva y digna. En los últimos meses, sin embargo, había tenido que recurrir a toda su voluntad y entereza para no dejarse vencer por la amargura que invariablemente lo asaltaba cuando pensaba en la suerte que corrían los pueblos a los que defendía con ahínco, en especial los rancul-ches, que tanto significaban en su vida. El desenlace se aproximaba, y él, atado de pies y manos, se sentía más inútil e impotente que nunca.

—Que nuestro Señor los ampare —susurró, mientras palmeaba la mano de su hermana.

—Amén —replicó Laura—. Entonces, ¿ése es el verdadero motivo del viaje de Nahuel? —preguntó, avergonzada de mencionarlo nuevamente cuando minutos atrás había prometido dejarlo en paz.

—Sí. —Agustín reflexionó unos instantes antes de agregar—: Lo cierto es que Nahueltruz está deshecho. Varios de sus medios hermanos, hijos de Mariano Rosas, han muerto de viruela o en alguna escaramuza con el ejército. Racedo se ha mal enquistado con los Guor especialmente.

—¡Maldita casta, esos Racedo! —se enfureció Laura.

—Laura, por favor.

—Es cierto, Agustín. Son hombres viles, sin principios ni valores, desprovistos absolutamente de compasión.

—Racedo ha tomado este asunto como algo personal, para vengar la muerte de su tío Hilario. Su odio a veces me asusta, no sé de qué es capaz.

—¿Es que esta pesadilla jamás terminará? —prorrumpió Laura—. Me preocupa Nahuel, Agustín. Él no puede exponerse, es peligroso, alguien podría reconocerlo. ¿Crees que Lucio Victorio lo haya reconocido? Aunque no es de extrañarse que no lo haya hecho ni lo haga, siendo la transformación de Nahuel tan profunda. De todos modos, no debe arriesgarse. Todavía pesa sobre su cabeza un pedido de captura.

—Lo sé, Laura, lo sé. Pero ¿qué puedo hacer cuando es tan voluntarioso? Me dijo que ha vuelto para ayudar a su gente, que se siente culpable, que los abandonó a su suerte, que los traicionó. En fin, le pesa la conciencia. Insiste en que no es digno de llamarse ranquel.

—Te suplico, Agustín —gimoteó Laura, y aferró ambas manos de su hermano—, convéncelo de que regrese a París, de que no se exponga. ¡Dios mío, moriría de dolor si algo le sucediese! ¡No lo soportaría! ¡No podría resistirlo! ¡Todo es por mi culpa! ¡A causa mía! ¡No podría resistirlo!

—Laura, por favor, serénate.

—No voy a serenarme hasta que me prometas que intentarás convencerlo de que abandone Buenos Aires. Prefiero saberlo lejos pero a salvo y no cerca de mí pero en peligro. ¡Prométemelo!

—Te lo prometo.

María Pancha entró en la habitación con una bandeja y de inmediato notó la agitación de Laura y el rictus amargo en los labios de Agustín. Sin pronunciar palabra, dejó la bandeja sobre el tocador y sirvió el chocolate caliente. En su experiencia, nada como una buena taza de chocolate espeso y fragante para ayudar a recobrar los ánimos. Tanto Laura como Agustín admitieron la necesidad de una pausa y la miraron con agradecimiento cuando les pasó las tazas humeantes.

—¿Dónde están alojados Miguelito y su familia?

—En casa de tía Carolita.

—Debes traerlos aquí. Hay lugar y de sobra. Lo de tía Carolita, en cambio, parece un hotel. —Agustín movió la cabeza sin entusiasmo—. ¿Sabe tía Carolita quién es en realidad Lorenzo Rosas?

—No, en absoluto. Sabe que Lorenzo Rosas es un gran amigo mío y que fui yo quien le proporcionó la carta de confianza para Armand, pero nada más.

—Tiene derecho a saber que Lorenzo Rosas es hijo de tía Blanca —señaló Laura.

—Eso es algo que sólo corresponde a Nahueltruz decidir.

Laura apenas asintió y bebió otro sorbo de chocolate.

—Me dices que Miguelito ha venido a buscar trabajo —retomó—. Pues bien, yo siempre necesito manos con ganas de trabajar en Los Olmos y en Punta de Piedra.

—Miguelito me comentó que a él le gustaría trabajar en el campo, que no es hombre de ciudad, que se siente sapo de otro pozo. Es extremadamente hábil para las tareas rurales. Era la mano derecha de Mariano, en especial en las sementeras.

—Eso es muy interesante en vista de que estoy planeando mandar a sembrar cebada y trigo en Los Olmos. Me lo recomendó lord Leighton, pero ni Cantalicio en Los Olmos ni Camacho en Punta de Piedra entienden de eso. Sólo de vacas y ovejas. Nada de cebada y trigo.

—¿Mencionaste a lord Leighton? ¿El amigo de papá?

—No, su hijo. Lord James murió antes que papá. Ahora su hijo, Edward, se encarga de mis inversiones en Inglaterra. Como te decía, estuvo en Buenos Aires hace dos años, muy interesado en la compra de tierras, y me dijo que no entendía por qué el cultivo no es una actividad generalizada en nuestra campaña. "Lo que ustedes cosechasen, nosotros lo compraríamos sin hesitar", aseguró. Si Miguelito sabe de sementeras, él podría encargarse. Cuando quieras podemos enviarlo a Los Olmos. Avisaré a Cantalicio para que lo reciba apenas me digas que Miguelito está interesado.

—¿No habrá problemas con Cantalicio? ¿No sentirá minada su autoridad?

—¿Cantalicio? Ese hombre es la versión masculina de tía Carolita. Además, ya está viejo y achacoso. Recibirá la ayuda de Miguelito como los judíos el maná. ¿Qué será de las hijas y yernos de Miguelito? A ellas podemos ubicarlas como domésticas en casas de buenas familias; a ellos... ya se verá. Los niños que estaban en la estación deberían ir al colegio. ¿Por qué no le dices a Lucero y a sus hijas que vengan a verme mañana por la tarde para hablar?

—Veo que ya te sientes mejor —apuntó María Pancha—, queriendo solucionar los problemas del mundo, como de costumbre.

—Te traje un regalo —dijo Agustín, y sacó un libro forrado en cuero del bolsillo de su sotana.

Laura enseguida reconoció el cuaderno de su tía Blanca Montes. Lo hojeó rápidamente y se dejó embriagar por el aroma que despedían sus hojas, el mismo de seis años atrás. Tantos recuerdos le vinieron a la mente, de las noches en vela mientras lo leía, de las tardes mientras aguardaba a Nahueltruz, de las mañanas mientras Agustín dormitaba. Aunque doloroso, su pasado también encerraba memorias entrañables.

—Ahora que escribes —explicó Agustín—, se me ocurrió que quizá podría serte útil, que tal vez te interesaría escribir la historia de mi madre.

—¿No desapruebas que escriba? —preguntó Laura, y Agustín se acordó de cuando era niña, por el tono de voz que usó, tal vez por la manera en que ladeó la cabeza y suavizó la mirada, trucos a los que solía echar mano para engatusarlo.

—Claro que no desapruebo —aseguró vehementemente—, claro que no. Estoy orgulloso de ti, Laura.

Ella, que lo abrazaba, percibió cansancio en el temblor de su cuerpo.

—Te confieso que a veces me gustaría volver a ser un muchacho y jugar contigo en el solado de la casa de Córdoba.

—A mí también. Volver a aquellos días cuando tú eras mi héroe de armadura lustrosa capaz de salvarme de cualquier peligro, aquel tiempo en que sentía que yo era lo más importante para ti.

—Después del Señor, hermana mía, eres lo más querido para mí.

Antes de la cena, mientras se cambiaba, Laura recibió una esquela de su hermano donde le informaba que pasaría la noche en lo de tía Carolita. A continuación, la nota rezaba: "En cuanto a la familia de Miguelito, no te preocupes. El señor Rosas ha decidido registrarlos en el hotel Roma en la calle de Cochabamba".

A pesar de su temperamento melancólico, Laura nunca se encontraba abúlica, el orgullo no se lo permitía. "Que piensen de mí lo que quieran", se decía, "excepto que soy una haragana frívola y consentida". En realidad, Laura era una mujer muy industriosa y ocupada. Esa mañana, por ejemplo, debía reunirse con el director del colegio para niños huérfanos y de familias indigentes que funcionaba en la casa que había pertenecido a la familia de Julián y que ella, por supuesto, había heredado. La escuela, creada el año anterior, contaba con dos alas, una para niñas y otra para niños, y con comodidades e innovaciones poco comunes en la edificación escolar. A excepción de una pequeña partida mensual proveniente del gobierno obtenida gracias a su amistad con Avellaneda y Sarmiento, el resto del dinero salía de su bolsillo. De todas sus obras de beneficencia, la escuelita en los altos de Riglos era la que le proporcionaba más satisfacciones.

En el despacho del profesor Pacheco, el director, Laura acordó la necesidad de reparaciones en las salas de la planta baja, aceptó la incorporación de un nuevo maestro y firmó un giro en contra de su banco para pagar a quien les proveía a diario la leche para los cuarenta y tres niños.

—Esta tarde regresaré con nuevos alumnos —informó Laura—. Se trata de cuatro niños. Son indios.

—¿Indios? —repitió el director, sin ocultar una nota de displicencia.

—Sí, indios. Específicamente ranqueles. Profesor Pacheco —pronunció Laura—, no se olvide de la índole de esta escuela. Aquí se educan los más necesitados, aquellos que, de otra manera, serían analfabetos por falta de recursos. Estos niños de los que le hablo acaban de llegar a Buenos Aires escapando de la expedición del general Roca. Seguramente están asustados y no entienden por qué han debido abandonar su tierra. Jamás le he pedido un trato preferencial para ninguno de los alumnos, pero hago hincapié en que a *todos* se los trate con respeto, aunque sean indios.

El hotel Roma en la calle de Cochabamba se hallaba lejos de granjearse el calificativo de lujoso, pero era limpio y en su palier se respiraba un ambiente cómodo y distendido. Laura coligió que Lucero y su familia, luego de haber pasado la vida en toldos, encontrarían ese lugar simplemente desconcertante. El registro se había hecho a nombre de Lorenzo Rosas. Puso unas monedas en la mano del botones que la acompañó a la planta alta. En la habitación encontró a Miguelito, con el gesto de un león que acaba de ser cautivado, a Lucero, que cosía sentada en el borde de la cama, y a doña Carmen, que contemplaba por la ventana. Laura despidió al empleado y sonrió a tres semblantes confundidos que no apartaban los ojos de esa magnífica señora rubia envuelta en una capa de terciopelo azul marino.

Laura se presentó como la hermana del padre Agustín Escalante y sobrina en segundo grado de Blanca Montes. Aunque Carmen mencionó que la había conocido en Río Cuarto, cuando su nieto Blasco la seguía como perro faldero por toda la villa, ni su voz ni su gesto denunciaron que se hallaba enteramente al tanto del papel que había cumplido en la muerte del coronel Racedo y del amorío con Guor. Laura, por su parte, no dudó de que la anciana conocía el cuento de memoria, pero no se incomodó; cierta afabilidad en la mirada vidriosa y senil de esa mujer la hizo sentir a gusto.

Lucero y Miguelito al unísono la invitaron a pasar. El recibimiento fue deferente y hospitalario. Le indicaron la única silla de la habitación; ellos se sentaron en el borde la cama. Laura enseguida notó que su atuendo los intimidaba. "Debería haberme puesto una pollera de algodón, un justillo de merino y la pamela de paja", meditó.

—Me gustaría ofrecerle algo, señora Riglos —se disculpó Lucero—, pero no tengo donde prender un fueguito aquí. Nahueltruz...

quiero decir, Lorenzo nos dijo que el hotel tiene cocina y que yo puedo pedir lo que quiera, pero no me animo a bajar.

—No se preocupe, Lucero. Estoy perfectamente bien. Sólo vine a darles la bienvenida y decirles que pueden contar conmigo para lo que necesiten. —Se dirigió a Miguelito y le comentó—: El padre Agustín dice que usted, Miguel, estaría interesado en trabajar en el campo.

—Y, sí, señora. Me he pasado toda la vida en el campo. No me hallo en la ciudad, pa'qué le voy a mentir.

Laura, que expuso su intención de sembrar en Los Olmos y de encargarle el trabajo a él, advirtió el entusiasmo en los ojos de ese cristiano que había desertado de su religión décadas atrás para seguir a Mariano Rosas porque le había salvado la vida en un potrero de El Pino. Laura preguntó por las intenciones de las hijas y yernos de Miguelito y Lucero, y se enteró de que "los desagradecidos le estaban tomando el gustito al gentío y al bullicio de la ciudá y que ya no tenían tantas ganas de marchar pa'l campo".

—De acuerdo con lo que sepan hacer —indicó Laura—, podremos ocuparlos en algo. Siempre se necesitan manos con ganas de trabajar.

—¡Ah, señora! —exclamó Lucero—. Ganas de trabajar no nos faltan, a pesar de que algunos digan que los indios somos vagos.

—No, por supuesto que no son vagos —convino Laura—. Me dijo el padre Agustín que tienen nietos en edad escolar. Acabo de hablar con el profesor Pacheco, director de la Escuela "María del Pilar Montes", y me dijo que estaría encantado de recibirlos.

—Nosotros no tenemos con qué pagar una escuela, señora —se apenó Lucero.

—No tendrían que pagar un centavo —explicó Laura—. Sólo es necesario que los niños asistan con puntualidad y cumplan con sus deberes. La escuela los proveerá de útiles y cuadernos. Incluso se les dará una taza de leche por la mañana y el almuerzo.

—Ah, si es así... —dudó Miguelito—. Pero tenemos que preguntarle a Lorenzo —agregó deprisa.

—Sí, por supuesto —farfulló Laura, y cambió el tema de conversación; preguntó por Dorotea Bazán y por Mariana como si las conociera de toda la vida.

—Cayeron cautivas, señora —contestó Miguelito, porque a Lucero se le había estrangulado la garganta y no podía hablar—. El día en que ese diablo de Racedo atacó Leuvucó, se las llevó con los otros cautivos. Ni siquiera tuvo piedad al ver que eran dos viejitas. No sabemos qué ha sido de ellas ni dónde están. Racedo no las llevó al Fuerte Sarmiento como al resto. Quizá no soportaron el viaje hasta Río Cuarto y murieron en el camino.

—¡No digas eso! —lloriqueó Lucero.

—Lo siento —susurró Laura.

Se escucharon risas en el corredor y de inmediato se abrió la puerta de la habitación. Entraron Nahueltruz Guor, Blasco y Mario Javier. Al ver a Laura, se les desvanecieron las sonrisas y quedaron estaqueados bajo el dintel. El ambiente se tornó tenso. Laura se puso de pie y recogió sus guantes y su bolso.

—Buenos días, señora Riglos —saludó Mario, y se acercó a estrechar su mano.

—Buenos días, Mario —dijo, en voz baja y medida—. Ya me voy, Lucero. Ha sido un placer conocerlos.

—Igualmente, señora. Y gracias por todo.

—¿A qué ha venido, señora Riglos? —tronó la voz de Guor en los oídos de Laura.

Levantó la vista y lo contempló fijamente por primera vez desde el nefasto encuentro en casa de tía Carolita. La lastimó profundamente el sarcasmo y desprecio que destilaban esos ojos grises que años atrás la habían admirado con pasión. Por fortuna, Lucero intercedió:

—Lorenzo, la señora Riglos ha sido tan generosa. Ha venido a ofrecernos trabajo. Incluso podremos mandar a los niños a una escuela sin pagar un rial, querido. La señora ya habló con el que manda ahí y dice que no hay problema. Les van a dar tuito, incluso leche y comida.

Guor se quitó el sombrero con estudiada parsimonia y lo dejó sobre la cama. Laura, que había vuelto a bajar la vista, sólo vio acercarse los lustrosos y elegantes zapatos de Nahueltruz. De todo, lo peor era el silencio. "¿Escucharán cómo me late el corazón?"

—No vuelva a inmiscuirse en mis asuntos, señora Riglos —habló Guor, y Laura se llevó la mano a la boca para ahogar un sollozo—. No necesitamos de su caridad ni de su malentendida generosidad. Yo me haré cargo de ellos, que son como mi familia. Los niños, Lucero —dijo, sin apartar la vista de Laura—, no irán a un colegio para indigentes sino a uno que yo pagaré. ¿O acaso ellos, por ser indios, no pueden mezclarse con los de su clase, *señora Riglos*?

Laura caminó hacia la puerta a paso rápido y abandonó la habitación sin cerrar. El cuerpo le temblaba de furia y dolor reprimidos. Casi corrió por el pasillo, pero al escuchar el portazo, se detuvo abruptamente, apoyó la espalda contra la pared del corredor y se dejó deslizar hasta quedar acurrucada en el piso.

CAPÍTULO X
Mortal y fría indiferencia

La humillación se había convertido en resentimiento, y Laura entró en la mansión de los Lynch con el paso ostentoso de una reina y la mirada vulpina de un tirano. Una capa de marta cibelina le ocultaba en parte el vestido de encaje marfil, el mismo que había usado la noche de la presentación del libro de Julián; también llevaba las arracadas y gargantilla de zafiros, y un sobre con broche de oro y bordado con pequeñas perlas. María Pancha le había peinado el cabello hacia atrás para formar un espeso y mullido rodete en la base de la nuca sujetado con presillas de madreperla; el peinado, tirante y sin falla, le realzaba las facciones más que nunca, sus ojos negros parecían más negros y almendrados, sus pómulos más rosados y prominentes, sus labios más rojos, brillantes y carnosos.

Nahueltruz Guor la vio desde el palier de recepción, mientras el mayordomo la ayudaba con la capa. La observó atentamente, ignorando a la duquesa Marietta que le comentaba acerca de un invitado. Esa noche Laura lucía distinta, quizá como consecuencia del inusual tocado. Su belleza era agresiva y desconcertante. Transmitía una inmediata impresión de ardor y desenfreno, de indomabilidad, pero al mismo tiempo, una especie de calidez exuberante y sensual que le confería el aspecto de un ser inocente, en absoluto responsable de lo que su presencia operaba tanto en hombres como en mujeres. Guor experimentó una placentera satisfacción cuando la vio acercarse, un sentimiento de posesión también, como si sobre ella pudiera reclamar todos los derechos. Sigilosamente, se le deslizaron los recuerdos y en sus oídos escuchó el eco de los gemidos de Laura y ante sus ojos volvió a verla desnuda y palpitante. Como un muchacho, sufrió una erección que disimuló el largo del chaqué.

Esa noche, Laura era perfectamente consciente de sus encantos y se disponía a usarlos. Estaba lastimada y quería lastimar. Bajo ese magnífico disfraz se escondía un ser humillado y resentido, con sed de venganza. Esa tarde, mientras la peinaba, María Pancha le había encontrado la mirada en el espejo y le había dicho:

—Tienes que hablar con ese indio y explicarle cómo sucedieron las cosas en Río Cuarto. —Con acento solemne, pronunció—: El enojo sin aclaración toma caminos nefastos.

Aunque María Pancha tenía razón, esa noche Laura no repararía en sus consejos, ni siquiera en los gritos de su propia conciencia. La tenía sin cuidado lo que había hablado con su hermano días atrás; no le importaba olvidar, sobreponerse, superar el mal trago. Solamente quería lastimarlo, porque, aunque se trataba de una intuición, ella sabía que todavía contaba con ese poder, con el poder de dejar una marca en Nahueltruz Guor. Ciertamente él la odiaba, pero Laura estaba segura de que ella no le era indiferente; aborrecible y despreciable quizá, pero nunca indiferente.

Dejó el vestíbulo y cruzó el palier de recepción en dirección de Pura y de su padre que, de pie junto a la entrada del salón principal, recibían a los invitados. Nahueltruz la vio aproximarse, y Laura, que desde hacía rato sabía que él estaba ahí, observándola, le sostuvo la mirada y pasó de largo. Ventura Monterosa se acercó por detrás y dejó escapar un silbido.

—Sabes que he viajado por los cinco continentes —expresó— y que he conocido a mucha gente, pero puedo asegurarte, Lorenzo, que nunca me he topado con una criatura más acabada y apetecible que la viuda de Riglos. Creo que, para poseerla, me dejaría atrapar por las garras del matrimonio. Tú bien sabes que las he rehuido todo cuanto he podido. Ahora, sin embargo, caería en sus redes con gusto.

Nahueltruz lo miró de soslayo, por sobre el hombro, y Ventura, hipnotizado con el vaivén de las caderas de la viuda de Riglos, no cayó en la cuenta de que había rabia asesina en esa mirada.

—Vamos a saludar a la homenajeada —invitó Ventura—. Ella también luce magnífica esta noche.

Era innegable el encanto de ese veneciano, joven, buen mozo y afable. Nahueltruz se sintió viejo y abatido. Pensó: "Laura no volvería a fijarse en mí". Su juventud había quedado atrás hacía tiempo; usaba quevedos para leer, y las sienes blanquecinas y las arrugas en torno a los ojos que se le formaban aunque no riera eran claros indicios de que estaba convirtiéndose en un hombre de edad. Ella tenía sólo veintiséis años, él ya era casi un cuarentón.

José Camilo Lynch y Pura daban la bienvenida a los recién llegados y cruzaban unas palabras antes de indicarles el salón principal, donde se servían aperitivos y entremeses. Los ojos de Purita encontraron los de su tía Laura. Se contemplaron con admiración y cariño. Laura pensó: "Pronto dejará de ser mi consentida para convertirse en una mujer". La elección del conjunto de brillantes y rubíes cabujones había sido atinada, a pesar de que la despojaban del aire angelical para conferirle uno más mundano; por cierto, realzaban el color rosa pálido del organdí del vestido. Laura y Pura se abrazaron, sin reparar en la posibilidad de arrugas o corridas de maquillaje. Laura la besó en la frente y le susurró:

—Pareces una princesa de un cuento de hadas.

—Y tú la reina. Gracias por ponerte este vestido.

—Un placer.

Laura besó en la mejilla a su primo José Camilo, que le dispensó un vistazo entre risueño y enojado.

—Estás magnífica, Laura, como siempre —concedió; en voz baja, agregó—: Tú y yo tenemos que hablar.

—Esta noche no —manifestó Laura, y se adentró en el corazón de la fiesta.

La mansión de los Lynch pertenecía al nuevo estilo ostentoso y afrancesado que los porteños de fortuna encontraban tan de su gusto. Ni una reminiscencia de la época colonial permitía advertir los orígenes de las familias que las habitaban o de la tierra donde se erigían. Dentro de los salones suntuosamente embellecidos con *boiseries* doradas a la hoja, *vitraux* dignos de una catedral gótica, imponentes arañas de cristal, pesados cortinados de terciopelo y costosos muebles Chippendale o estilo Luis XV, se podría haber jurado que, al trasponer la entrada principal, se terminaría en la Avenue des Champs Élysées de París o sobre Park Lane en Londres. La sociedad porteña admiraba a Europa con el embeleso de un niño y estaba dispuesta a crear esa ilusión parisina o londinense así tuviera que traer en barco hasta los sillares para construirla.

Lo más granado de la sociedad porteña honraba el salón de los Lynch: los Lezama, los Lacroze, los Azcuénaga, los Wilde, los

Virasoro, los Basavilbaso, los Anchorena, los Alvear, los Álzaga, los Guerrero, los Casares, los Unzué, no faltaba ninguno. Laura divisó al escritor Paul Groussac acorralado en una esquina por Sarmiento y Lucio Mansilla. A unos pasos distinguió a Carlos Pellegrini que conversaba con Clara Funes, la esposa del general Roca, y con su locatario, Francisco Madero. Cerca de la mesa de bocadillos, reconoció la figura siempre desaliñada del presidente Nicolás Avellaneda, que, entre bocado y bocado, conversaba con el gobernador de Buenos Aires, Carlos Tejedor. Todas personas de su clase y de su medio con las que acostumbraba a departir desde pequeña, familias cuyos apellidos se encontraban entre los de los primeros habitantes de la ciudad, gentes decentes, como las llamaba la abuela Ignacia, por cierto cultas, viajadas y educadas. Por nacimiento y educación, Laura pertenecía al grupo que conformaban, y se lo haría notar a Nahueltruz Guor.

La excentricidad de la noche era la duquesa Marietta de Parma. Las mujeres en especial, pero los hombres también, habían desarrollado un interés rayano en la obsesión por la noble italiana. Durante los días previos a la fiesta, Laura había sido objeto de detalladas inquisitorias acerca de la famosa duquesa: cómo vestía, qué comía, cómo hablaba, ¿era simpática o corta de genio?, ¿era amiga de la reina Margherita?, ¿el difunto duque había sido influyente en la corte del rey Humberto? Laura se preguntaba, con humor y hartazgo, si sus amistades y parientes acaso creían que la duquesa había desarrollado un tercer ojo como consecuencia de su título nobiliario o tenía la piel de color azul. Por fin, Marietta entró en el salón del brazo del señor Lorenzo Rosas, y Laura fue testigo de los codazos que se propinaban y de las miradas significativas que se lanzaban los invitados. "No es para nada hermosa", "podría pasar por una mujer cualquiera si no vistiera ese traje tan costoso", "sus dientes son demasiado grandes", "sus ojos están muy separados", fueron algunos de los comentarios que llegaron a sus oídos.

La que descollaba era Esmeralda Balbastro, que caminaba detrás de Nahueltruz Guor, mientras conversaba con Armand Beaumont y Blasco Tejada. Laura debió aceptar que Esmeralda era, simplemente, hermosa. Sus ojos, de ese suave y límpido azul turquesa tan alabado por los poetas y tan infrecuente en la vida real, poseían la habilidad de hechizar a quien se detenía a observarlos. El embrujo, sin embargo, no radicaba sólo en la belleza de su mirada sino en lo que trasuntaba: ardor, entrega, atrevimiento. Con la contundencia de un descubrimiento repentino, Laura entendió finalmente el enamoramiento de su primo Romualdo Montes.

La duquesa de Parma se alejó del grupo para saludar al ministro francés, y Guor de inmediato se dio vuelta para dispensar su atención a Esmeralda, que entrelazó su brazo al ofrecido. Laura apartó la mirada y bajó el rostro, incómoda. Los celos y la amargura amenazaban con arrebatarle el dominio con el que había decidido enfrentar la fiesta de Pura. Podía vencer a cualquier rival, excepto a Esmeralda Balbastro.

—Pues bien, la duquesa de Parma es un ser humano común y corriente después de todo —pronunció doña Luisa del Solar, y Laura se dio vuelta, sobresaltada.

—¡Qué alegría verla, doña Luisa! —exclamó con sinceridad.

Doña Luisa siempre la hacía sentir querida e importante; su cariño era bienvenido justo cuando comenzaba a sentirse sola y miserable.

—Estás hermosa, querida, aunque lleves el mismo vestido que usaste para la presentación del libro de Julián. En cuanto a mí respecta, el título de duquesa podría ser tuyo. De seguro luciría cien veces más que en esa mujer tan poco refinada. El porte de reina lo has heredado de tu abuela Ignacia, que fue envidiada en sus tiempos mozos.

—La duquesa es una mujer encantadora —abogó Laura.

—Ya veo que el señor Lorenzo Rosas ha establecido su preferencia —prosiguió doña Luisa—. No se lo puede culpar, Esmeralda es una mujer sumamente cautivante. Dos miradas más como ésa y lo tendrá a sus pies como a tu primo Romualdo, que Dios lo tenga en su gloria.

Laura había decidido no beber, pero, cuando un sirviente pasó con una bandeja repleta de copas de champán, tomó una y la vació de dos tragos. Doña Luisa siguió reportando:

—A pesar de que es demasiado grandote, no podemos negar que el señor Rosas es un hombre muy atractivo. Sus ojos grises son decididamente magníficos. ¿Le has visto las pestañas, querida? Las tiene tan vueltas que parecen que le rascan los párpados. ¿Será algo natural o lo logrará con pinzas calientes?

La idea de Nahueltruz curvándose las pestañas frente al espejo arrancó una risotada a Laura que ahogó con su pañuelo.

—Lorenzo Rosas —dijo doña Luisa—. Es un hombre enigmático, ¿no crees? ¿Tendrá algo que ver con los Rosas que conocemos? Agustina asegura que no es pariente de ella. Por supuesto que haber sido pariente de Juan Manuel de Rosas es algo que todos esconden hoy en día. ¿De dónde será oriundo? Quizá no sea porteño. A lo mejor hay Rosas en otras partes del país.

—Es un apellido más bien común —interpuso Laura y, para distraer a doña Luisa, le pidió su opinión acerca del vestido de Purita.

Se les unió Eduarda Mansilla que deseaba felicitar a Laura por *La verdad de Jimena Palmer*.

—Mi madre y yo no podemos con nuestra impaciencia hasta que *La Aurora* publique el próximo número. ¿No puede adelantarme qué ocurrirá entre ella y el noble inglés?

Sobrecogida por los halagos de quien consideraba una eximia escritora, Laura aprovechó para decirle lo que no había podido aquella noche en casa de tía Carolita: que la admiraba profundamente, que había leído todos sus libros, que su favorito era *Pablo ou la vie dans les Pampas*, que compartía su visión del indio del desierto, que sería un gran honor conversar con ella a solas y, por fin, que la invitaba a tomar el té al día siguiente a las cuatro de la tarde, lo que Eduarda aceptó.

—Dime, Eduardita —intervino doña Luisa, para nada interesada en cuestiones literarias—, el señor Lorenzo Rosas, ¿es pariente tuyo? —Eduarda la miró confundida—. Por parte de tu madre, que es Rosas también —explicó doña Luisa innecesariamente.

—No lo creo, doña Luisa —expresó Eduarda—. Lorenzo ni siquiera es porteño.

Dos sirvientes ataviados con *smokings* y guantes blancos abrieron ambas hojas de la puerta del comedor para dar inicio a la cena. Los invitados —alrededor de ciento cincuenta— se acomodaron en las mesas dispuestas entre el comedor y el patio de invierno, integrado al salón. Laura se unió a la mesa que compartían su madre, Nazario Pereda y Agustín, que esa tarde había oficiado una misa para los más íntimos en la capilla de la baronesa en agradecimiento por los quince años de Pura. Minutos más tarde, Sarmiento, su hija Faustina y su hermana María del Rosario se acomodaron junto a ellos.

Laura buscó con la mirada a Nahueltruz y lo encontró bastante alejado. Reía y conversaba con Esmeralda. Los ojos de Laura se detuvieron en Blasco, que, sentado a la izquierda de Nahueltruz, la observaba intensamente. Sus mejillas se tiñeron de rojo y bajó la vista. Hasta el momento, nada salía como lo había planeado. Se sintió torpe, sola y triste.

Durante la cena, Sarmiento llevó la voz cantante y resultó imposible evitar el tema de la expedición al desierto y de los indios. De todos modos, las polémicas entre Agustín, Pereda y Sarmiento ayudaron a Laura a distraerse de su obsesión.

—El general Roca aún está en Carhué —informó Pereda.

Hacía tiempo que Laura no se interesaba por el destino del hombre que había sido tan importante para ella antes de que Guor irrumpiera en su vida nuevamente. Se lo imaginó en su uniforme de general, a caballo, impartiendo órdenes con esa voz tonante que ella conocía dulcificada y sensual, e imaginó también la admiración y respeto que despertaba entre sus soldados, el miedo que su ceño infundía.

—¿Cuándo dejará Carhué? —se interesó abiertamente, y los comensales, a excepción de Agustín y Magdalena, la miraron con extrañeza pues se decía que Roca y la viuda de Riglos tenían un *affaire*.

—Según leí en *La Tribuna* esta mañana —habló Nazario Pereda—, partirá con su columna a fin de mes, el 29 ó 30 de abril.

El recuerdo de su amante le dio ínfulas y confianza; se dijo que disfrutaría el cumpleaños de Purita a pesar de Guor y que bailaría hasta que el cansancio la rindiera.

—Ernesto Daza, mi sobrino —susurró doña Luisa—, no ha dejado de pedirme que te lo presente, querida. Aquél, el del pimpollo blanco en el ojal. Acaba de llegar de Europa. Como su padre es diplomático, ha vivido gran parte de su vida en el extranjero, por eso no lo conoces.

"Pues bien", resolvió Laura, "el sobrino de doña Luisa será el primero". Bailó con Ernesto Daza, y también con Eduardo Wilde, Valentín Virasoro, Lucio Mansilla, con su primo José Camilo, que le reprochó el pago de la deuda a Climaco Lezica, con su querido amigo Cristián Demaría, y con Sarmiento, que, fuera del alcance de su amante, Aurelia Vélez Sarsfield, se despachó con cuanto piropo le vino a la mente. La danza y el champán que bebía entre pieza y pieza la hacían sentir etérea y grácil, contenta y receptiva, tanto que respondía a los halagos y a las miradas de apreciación con sonrisas y caídas de ojos. En el frenesí del baile, cuando no terminaba un vals que ya la pedían para el próximo, se encontró en los brazos de alguien a quien había mantenido a raya todos esos años: Alfredo Lahitte. Rechazarlo habría significado un pequeño altercado, situación que evitaría por el bien de su sobrina y para no pasar vergüenza frente a Guor, a quien no perdía de vista. Nahueltruz, mayormente, había bailado con Esmeralda Balbastro.

—Me extraña que Laura Escalante haya aceptado bailar con ese caballero —comentó Esmeralda.

—¿Quién es? —preguntó Guor con simulada indiferencia.

—Alfredo Lahitte. Una vez él y Laura estuvieron comprometidos en matrimonio. Pero eso fue hace años y mucho ha ocurrido desde entonces. Lo cierto es que, desde que ambos quedaron viudos, Alfredo la ha perseguido sin descanso, pero Laura se limita a un trato formal y desapegado. Lahitte siempre ha estado enamorado de ella; las malas lenguas dicen que la amaba incluso después de sus nupcias con Amelita Casamayor. —Esmeralda se quedó en silencio mientras estudiaba a Laura—. Es una mujer fascinante —agregó.

Nahueltruz cayó en la cuenta de que Lahitte le apretaba la cintura innecesariamente, le tomaba la mano con atrevimiento y le hablaba muy cerca del rostro. Lo fastidiaba que lo perturbasen esos detalles y no poder apartar los ojos de ella, pero sobre todo lo irritaba que Laura luciera tan a gusto cuando él pasaba un mal momento, a pesar de la compañía de Esmeralda.

A regañadientes, Lahitte entregó la mano de su compañera a Ventura Monterosa, y Laura respiró con alivio. Alfredo, decidido a aprovechar su buena fortuna, había ido al grano sin ambages, y a Laura se le agotaban los argumentos.

—La he visto bailar con otros y lo he hecho pacientemente —expresó Ventura—. De ahora en adelante, usted sólo bailará conmigo.

—Será un placer, señor Monterosa.

—Llámeme Ventura, así yo podré pronunciar su nombre, que tanto me gusta.

Ventura Monterosa no era sólo atractivo y elegante sino divertido, y por primera vez en la noche, Laura logró distenderse y adoptar una actitud auténtica. Poseía un afilado y ocurrente sentido del humor; sus comentarios, aunque pícaros y bromistas, le daban la pauta de que bailaba con un hombre de inteligencia y conocimiento de la naturaleza humana. Supo también que había estudiado medicina en la Universidad de Montpellier y que, a pesar de no ganarse la vida como médico, sus conocimientos le resultaban de vital importancia en sus exóticos viajes. Actualmente, escribía una novela basada en sus experiencias en el Reino del Siam y en las islas de Sumatra y Borneo.

—Se convertirá en el nuevo Jules Verne —comentó Laura, fascinada porque aquellos sitios tan remotos más bien parecían parte de un mundo de fantasía que del globo terráqueo.

—Estuve leyendo las publicaciones de *La verdad de Jimena Palmer*. Usted es una gran escritora, Laura. La admiro porque se anima a plantear situaciones que son consideradas erróneamente pecaminosas o inmorales, amén de que lo hace con un estilo exquisito. Déjeme decirle que pocos tienen las agallas para firmar con sus propios nombres como lo hace usted. Ni siquiera la gran George Sand, que parecía llevarse al mundo por delante, lo hacía.

—*Indiana* y *Lélia* fueron mis favoritos años atrás. Desgraciadamente —añadió—, terminaron en el fuego de la cocina cuando mis tías los descubrieron debajo de mi cama.

Ventura rio expansivamente, y las parejas que bailaban en torno, incluidos Guor y Esmeralda, los contemplaron con curiosidad. Laura también reía, contagiada por el buen humor de su compañero.

—Si bien le identifico un estilo literario bien diferenciado del de Sand, supongo que ella finalmente terminó influyéndola con su filosofía.

—Lo que me tocó vivir, Ventura, eso fue lo que influyó sobre mí.

Ventura Monterosa se había propuesto conocer en detalle a la mujer que bailaba entre sus brazos, pero se dijo que ése no era el momento ni el lugar. Primero se ganaría su confianza y cariño, luego descubriría sus heridas y secretos, más tarde se apoderaría de su corazón.

—La señorita Lynch luce radiante esta noche. Es una jovencita agraciada y simpática. No tardará en encontrar un cortejante dispuesto a dar la vida por ella. Pues bien —pronunció Ventura—, veo que mi querido amigo Blasco por fin se ha animado.

Blasco se acercó a Pura y, con un donaire que admiró a Laura, se disculpó con su compañero de turno y le pidió la próxima pieza. Pura le concedió una sonrisa despojada de afectación y le extendió la mano, que Blasco tomó con la delicadeza de quien maneja una pieza de cristal. Bailaron y bailaron, y Laura y Ventura coincidieron que tanto Blasco como Pura parecían inadvertidos de que el salón se hallaba colmado de gente y de que una fiesta tenía lugar en torno a ellos. Era Blasco quien hacía la plática, mientras Pura se limitaba a sonrojarse o a responder con monosílabos.

José Camilo Lynch y Climaco Lezica se aproximaron a la pareja de tórtolos, y Pura, apremiada por el gesto elocuente de su padre, debió renunciar a su compañero y aceptar la invitación de Lezica. Blasco, en tanto, se retiró a un rincón, donde se echó en una silla y se dedicó a contemplar con desprecio al hombre que le había arrebatado lo que él evidentemente codiciaba.

—Vamos al jardín —propuso Ventura—. Un cambio de escena es lo más razonable.

Laura aceptó de buen grado. El aire viciado del salón, las copas de champán y el exceso de valses la hicieron anhelar un descanso. Se tomó del brazo de Monterosa como si se tratara de un áncora. Caminaron hacia la puertaventana que conducía a la terraza. El contraste entre el bochorno de la sala y el aire frío de la noche sorprendió a Laura, apenas cubierta por el delicado encaje de su vestido, y le arrancó un jadeo. De inmediato, Ventura se quitó el saco y lo echó sobre sus hombros. Descendieron las escalinatas y caminaron por el jardín hacia la pérgola; allí se sentaron para admirar el cielo. Ventura, gran conocedor de las constelaciones de ambos hemisferios, se las señalaba.

—Creo que deberíamos regresar —indicó Laura, y se puso de pie—. Purita se preguntará adónde estoy.

Monterosa la siguió sin oponerse y se atrevió a colocar la mano en la parte baja de la espalda de Laura para guiarla. Era juicioso dejar la pérgola y la plática susurrada; se le hacía difícil mantenerse incólume con ese rostro tan cerca. Apenas habían alcanzado la terraza cuando Laura se estremeció y tambaleó hacia atrás. Ventura atinó a sujetarla y Laura terminó ocultando el rostro en su pecho.

—¿Qué pasa, Laura? ¿Qué sucede?

—Nada, nada. Un mareo. Regresemos al jardín, por favor.

Ventura examinó la oscuridad de la terraza, apenas iluminada por las luces del salón que bañaban una parte del solado. Envueltos en la penumbra de un rincón, logró distinguir claramente a Lorenzo Rosas y a Esmeralda Balbastro enzarzados en un beso que, incluso a él, que se jactaba de no asombrarse fácilmente, lo dejó boquiabierto.

La resignación llegó con el amanecer. Durante la noche, completamente desvelada, Laura repasó una y otra vez su vida y llegó a la conclusión de que no seguiría desperdiciándola por un hombre que hacía tiempo había dejado de amarla. Ciertamente, ella aún lo amaba, pero había perdido la habilidad para influir sobre él. Quedaba claro que Guor ni siquiera la odiaba, simplemente no la consideraba; con su indiferencia, sin embargo, la lastimaba profundamente; era él y no ella quien todavía contaba con ese poder. Debía aceptar que lo había perdido.

Al mediodía, Agustín almorzó en la casa de la Santísima Trinidad y mayormente se comentó acerca del éxito de la fiesta de Purita Lynch. Luego del café, Laura invitó a su hermano al jardín. En silencio, recorrieron los caminos de adoquines que serpenteaban entre rosales, dalias, retamas, agapantos y tantas especies que la abuela Ignacia todavía cuidaba con afán a pesar de sus años. Tomaron asiento en una banqueta bajo el roble que el bisabuelo Abelardo había plantado a principios de siglo.

—Te encuentro muy bien —comentó Agustín, y besó la mano de su hermana.

—Sobreviviendo —admitió ella—. No voy a mentirte, no a ti que me conoces tan bien. Es muy difícil tolerar la indiferencia de Nahueltruz después de haber significado tanto el uno para el otro. Con todo, he decidido que no puedo aferrarme al pasado simplemente porque no existe. Debo continuar con mi vida.

Agustín le despejó un mechón de la frente y le acarició la mejilla. Su querida Laura sufría y, en cierta forma, era por su culpa. No habría conocido a Nahueltruz Guor si no hubiese sido por aquel descabellado viaje a Río Cuarto a causa de su enfermedad. La impotencia lo abrumó, como le sucedía a menudo últimamente.

—Lucero me contó que fuiste al hotel Roma a visitarlos y a ofrecerles tu ayuda. También me refirió el desplante que debiste soportar por parte de Nahueltruz.

—No volveré a inmiscuirme en sus asuntos, Agustín. En aquella oportunidad lo hice movida por el amor que le tengo, por el amor que siento por ti, también por tía Blanca lo hice, porque sé cuánto contaban Lucero y Miguelito para ella. Pero Nahuel fue claro y me ordenó que no volviera a interponerme en su camino. Con todo, me gustaría que me dijeras si hay noticias de la cacica Mariana y de Dorotea Bazán. Quedé muy consternada al saber de su desaparición.

—Entre otras cosas, estoy aquí en Buenos Aires para ayudar a Nahueltruz a dar con ellas. Creo que las hemos localizado. En principio, estarían en Tucumán, en una hacienda donde se cultiva caña de azúcar. Nahueltruz viajará pronto a Tafí Viejo para buscarlas.

—Dios quiera que estén allí y que estén bien.

—El Señor es infinitamente misericordioso y se apiadará de esas pobres ancianas.

—¿Qué será del cacique Epumer?

—Ese asunto es más complicado —admitió Agustín—. Gestiono un permiso para visitarlo en Martín García, pero no resulta fácil acceder a quienes tienen la autoridad para extenderlo. El senador Cambaceres, gran amigo de papá, me recibió ayer en su despacho y prometió hacer lo que esté a su alcance. No perdemos las esperanzas de volver a verlo.

Laura despidió a su hermano y se marchó a su dormitorio a cambiarse. Eduarda Mansilla llegó puntualmente a las cuatro acompañada de Ventura Monterosa.

—Cuando Eduarda comentó hoy en el almuerzo que tomaría el té con usted —se excusó Monterosa—, le confieso que la tentación de acompañarla fue demasiado grande para resistirla. Sobre todo deseaba averiguar si ya se siente mejor. Anoche, cuando dejó la fiesta, estaba muy pálida.

—Bebí y bailé de más, Ventura. Un descanso reparador era todo lo que necesitaba. Por favor, pasen. En minutos servirán el té.

Aunque en un principio la fastidió la presencia de Monterosa, Laura terminó por aceptarla. Debía reconocer que, junto al veneciano, pasaba momentos muy agradables, se reía con frecuencia y, sobre todo, olvidaba. Incluso fue Ventura quien convenció a Eduarda Mansilla de que aceptara la propuesta de volver a publicar sus libros con la Editora del Plata, el que escribía por esos días también.

—Si está buscando talentos literarios, Laura —prosiguió Monterosa—, podría proponerle a Lorenzo publicar su libro acerca de Petrarca. No creo que haya comprometido los derechos con nadie para hacerlo en español.

—Magnífica idea —apoyó Eduarda—. Hablaré mañana mismo con él.

—No, no —se impacientó Laura—, por favor, Eduarda, no menciones esto con el señor Rosas. No quisiera comprometerlo. Además, dudo que esté interesado. De seguro le lloverán las propuestas al señor Rosas, no debemos presionarlo; tal vez no esté interesado, pero quizá se sienta en la obligación debido a que mi tía Carolita...

Ventura Monterosa estudió a Laura sobre el borde de la taza. Se había puesto innecesariamente nerviosa, hablaba deprisa para farfullar excusas inverosímiles y su tono de voz languidecía segundo a segundo, como si fuera a llorar. Monterosa se obstinó con la publicación del libro acerca de Petrarca, y Eduarda se explayó en las cualidades de su autor.

—Ciertamente, el éxito de Lorenzo no es sólo literario. Las mujeres lo consideran un parangón de caballerosidad y gentileza, ¿no es verdad, Ventura? Por cierto, lo encuentran sumamente atractivo en ese estilo tan latino y varonil que lo caracteriza. En París lo llaman "*le bel américain*" y especialmente admiran sus "*beaux yeux*".

—¿Más té? —ofreció Laura.

—Es un eximio jugador de polo —insistió Monterosa.

—¿Polo? —se interesó Laura, a pesar de sí.

—Un deporte muy novedoso practicado principalmente en Francia e Inglaterra. Se dice que lo inventaron los antiguos persas, pero fueron los ingleses quienes lo hicieron popular. En realidad, popular no es el término ya que, por ser muy costoso, sólo se practica en las altas esferas; digamos que los ingleses lo han hecho conocido en el mundo civilizado. Se trata de dos equipos de cuatro jugadores que impulsan una pelota de madera con un mazo hacia la portería contraria para anotar un tanto.

A Laura no le tomó demasiado tiempo asociar la descripción del polo con la que su tía Blanca había plasmado en sus *Memorias* acerca de la chueca, el deporte que tanto gustaba a los ranqueles. Ansiaba saber más, pero se llevó la taza de té a los labios para sellarlos. Eduarda, en cambio, no tenía por qué fingir desinterés.

—¿Cómo fue que Lorenzo terminó jugando al polo?

—Años atrás —explicó Ventura—, Lorenzo y yo acompañamos a Armand a visitar a sus amigotes masones de Londres. Una tarde nos invitaron a un *country estate*, como ellos llaman a sus mansiones en el campo, donde se desarrollaba un campeonato de polo. Uno de los jugadores cayó de la montura y se fracturó la clavícula, y pensaron que deberían cancelar el evento porque no había quien lo reemplazara. Ante el asombro de todos, Lorenzo se ofreció como jugador. Al tratarse de un deporte que implica bastantes riesgos (ya imaginarán, caídas, golpes con el mazo, con la pelota de madera, etcétera), Armand se opuso férreamente, pero Lorenzo le apostó que él marcaría todos los tantos y que su equipo sería vencedor.

—Y, ¿qué sucedió? —se impacientó Eduarda.

—Pues bien, Armand debió pagarle una buena suma de dinero a nuestro amigo Lorenzo. Los ingleses no daban crédito. Ninguno de ellos jugaba tan bien como este sudamericano a quien, en un principio, habían mirado con recelo, si no con desprecio. Decían que, por ser tan robusto, se manejaría torpemente sobre el lomo del caballo. Pues todo lo contrario. El polo es en extremo difícil. Al caballo prácticamente se lo maneja con la presión de las rodillas mientras las manos están ocupadas con el mazo, sin soslayar el hecho de que se debe galopar a altas velocidades. Además, la fuerza que se necesita para impulsar la pelota de madera es hercúlea, por eso los jugadores de polo desarrollan esos brazos que parecen de hierro macizo. Lorenzo es un notable jinete y un gran conocedor de los caballos. Él mismo cría los que usa para jugar y, como se han granjeado una merecida fama, sus animales son codiciados tanto en Inglaterra como en Francia. En el último partido del campeonato en Deauville el año pasado, seis de los ocho caballos en el campo de juego pertenecían a las caballerizas de Lorenzo. Es un pingüe negocio, debo decir.

Las mejillas de Laura se colorearon inevitablemente. Al levantar el rostro, no le gustó la manera en que Ventura Monterosa la contemplaba.

CAPÍTULO XI
Je l'adore

Confinada en la casa de la Santísima Trinidad, Laura manejaba sus asuntos a través de esquelas y mensajeros; rechazaba cuanta invitación le extendían y salía en contadas ocasiones, para misa o en caso de extrema necesidad. Recibía a pocas personas, quienes la mantenían en contacto con el mundo exterior, entre ellos, Eduarda Mansilla y Ventura Monterosa. Mayormente leía y escribía y ayudaba a su abuela Ignacia a cuidar el jardín. Conocía demasiado bien su vulnerabilidad para aventurarse nuevamente en presencia de Guor. Ya no deseaba sus miradas displicentes ni un discurso como el del hotel Roma. Sólo con María Pancha se sinceraba y, mientras la criada le cepillaba el pelo cada noche, se animaba a decir en voz alta lo que le había dado vueltas en la cabeza durante el día.

—Pienso a menudo en la imagen de la que nunca hablo. Siempre está ahí, en el mismo silencio. Es la única imagen de mí que me gusta, la única en la que me reconozco, la única que me causa placer. Ahora soy una Laura tranquila y sensata que ha tomado el lugar de aquella jovencita bulliciosa e impulsiva que amó locamente y que se dejó amar. El vendaval se ha convertido en un atardecer de verano.

—Con los años llega la sensatez —apuntó María Pancha.

—No me he vuelto sensata por hacerme más vieja, y tú lo sabes. Peor que haber perdido a Nahuel, peor que el matrimonio con Julián han sido estos años de aparentar un sentimiento que no existe, una fortaleza, un conformismo y una alegría que intento transmitir cuando en realidad el dolor me esclaviza. Quizá lo hago por orgullo, no me gusta que sepan que tengo problemas. Alguien me dijo una vez que el dolor, si no nos mata, ayuda a templarnos, a convertirnos en personas más fuertes. Es cierto, pero también barre con nuestra sensibilidad y nos transforma en seres inertes. Estoy exhausta de mostrar una realidad que no existe. Vivo mintiendo. La frase de Shakespeare: "¡Qué bueno es estar triste y no decir nada!", ya no me parece tan sabia. Yo quiero gritar mi dolor a los cuatro vientos.

—Los asuntos que quedan sin resolver siempre nos atormentan, como ánimas en pena que no aceptan su tumba para el descanso final. Deberías enfrentar al indio y decirle que lo que hiciste lo hiciste para salvarlo.

—Los hechos son más contundentes que las palabras —replicó Laura—. Me casé con Julián y lo abandoné a él. Eso es lo que cuenta.

—¡Necia! —se mosqueó María Pancha—. ¿Acaso has olvidado que tu esposo te amenazó? ¿No recuerdas que juró que lo denunciaría a los militares si no accedías a casarte con él? ¿Debo recordártelo, Laura?

—Sucumbí fácil y rápidamente a sus extorsiones —se reprochó—. Debería haber buscado otra salida. Pero *nunca*, *nunca* debería haber abandonado a Nahueltruz. Cuando lo dejé ir, perdí mi única posibilidad de ser feliz.

A mediados de mayo, Magdalena le confió a Laura que Nazario Pereda le había propuesto matrimonio y que ella había aceptado. Se casarían en agosto y, luego de la luna de miel en Río de Janeiro, se instalarían en casa de Nazario. Laura fue presa del pánico. Durante esos días de reclusión, las pocas personas con quienes platicaba constituían los pilares de su vida. Magdalena, con su silenciosa mansedumbre, se había acercado a Laura guiada por el instinto de madre que le indicaba que su hija atravesaba un mal momento y, pese a saber que Laura no le abriría el corazón, le resultaba suficiente saber que su compañía y charla intrascendente eran un consuelo para ella.

—¿Por qué vivir en lo de Nazario cuando en esta casa sobran las habitaciones? —se empecinó—. De ninguna manera. Nazario y usted vivirán aquí, conmigo. Remozaremos la habitación, ampliaremos la sala de baño, compraremos muebles nuevos, lo que sea necesario, pero no se irá. No me dejará, mamá, no podré soportarlo.

—Hija, ¿cómo puedes decir que te dejaré cuando lo de Nazario está a tres cuadras de aquí? Además, pronto te casarás y también te irás, seguirás tu camino y me dejarás atrás, como debe ser. Yo postergué mucho tiempo mi vida, Laura. ¿No me permitirás tomar esta oportunidad?

Laura no se reconcilió fácilmente con la idea de que su madre dejara la Santísima Trinidad; siempre había supuesto que, luego del matrimonio con Nazario Pereda, Magdalena seguiría viviendo allí. Se tornó fría, casi maleducada con su futuro padrastro, que soportaba benévolamente sus desplantes de niña. Fueron necesarias muchas noches de razonamientos por parte de María Pancha para que Laura se aviniera a la idea de que su madre tenía derecho a ser feliz.

—Siempre pierdo a los que amo —se lamentó—. Júrame, María Pancha, que tú nunca me dejarás. ¿Qué haría si no te tuviera? —se preguntó, aferrada a la cintura de su criada.

—Tendrás que soportarme muchos años. Dicen que los hotentotes somos longevos por naturaleza.

—¡Bendita sea la sangre hotentota!

Sólo cuando Agustín le confió que Nahueltruz y él partirían hacia Tafí Viejo, Laura cedió a los ruegos de su abuela y le permitió invitar a tía Carolita y a su gavilla de aristócratas europeos a cenar. Por nada se habría sometido a la humillación de una negativa de Guor. Para su sorpresa, Blasco Tejada aceptó, motivado por el deseo de encontrarse con Pura Lynch, que a su vez contemplaba al joven Blasco con beneplácito. Luego de la cena, mientras bebían coñac en la sala, Laura se acercó al muchacho y le sonrió.

—A pesar de que ya eres todo un hombre, un verdadero caballero —remarcó—, te habría reconocido en cualquier parte y circunstancia, tanto recuerdo nuestros días en Río Cuarto. Apuesto a que, debajo de esa levita tan elegante, aún llevas el amuleto de dientes de puma y tigre.

La piel morena de Blasco se tornó carmesí. Con los años se había vuelto tímido y corto de genio; la proximidad de la señorita Laura, como él seguía llamándola en sus pensamientos, y esa calidez que le transmitían su sonrisa y sus palabras, lo dejaron mudo, en parte avergonzado por el buen trato de la señorita cuando él había sido tan descortés.

—No, no lo llevo —balbuceó, y sonó más tajante de lo que habría querido—. Hace años que me lo quité. Ya no creo en esas cosas.

Laura se decepcionó; ella jamás se separaba del suyo. Tanteó el escote de su vestido y palpó la dureza de la alpaca contra la seda.

—¿Estás cómodo en casa de mi tía Carolita?

—Madame Beaumont es toda generosidad y encanto, y nos atendió como si fuéramos reyes mientras nos hospedamos en su casa.

—¿Adónde te hospedas ahora? —se extrañó Laura.

—El señor Rosas alquiló una casa en la calle de Cuyo, casi en la esquina con la de las Artes.

—Muy conveniente ya que queda cerca de lo de Lynch. ¿No es ahí donde mis sobrinas se reúnen para sus clases de francés?

—Sí —contestó Blasco—. Dos veces por semana.

—¿Cómo están Miguelito y Lucero?

—Muy bien, señora. Ya se instalaron en la quinta de Caballito.

No seguiría indagando. Aunque por primera vez desde su reencuentro Blasco Tejada se mostraba predispuesto, no permitiría que Guor pensara que ella trataba de sonsacar a sus íntimos para averiguar acerca de él, más allá de que moría por saber cuándo regresaría de Tafí Viejo y qué diablos era eso de la quinta de Caballito.

Al ver a Blasco con su tía Laura, Pura se atrevió a acercarse. Durante la comida lo había admirado desde un extremo de la mesa, mientras observaba los esfuerzos del joven profesor para seguir la conversación de doña Luisa del Solar y no encontrarla a ella con la mirada. Más tarde, en el salón, cuando los hombres se apartaron para fumar y beber y las mujeres para bordar o jugar a las cartas, Pura creyó perdida toda oportunidad de abordarlo. Media hora después, su tía Laura se la brindó en bandeja cuando, espontáneamente, buscó la compañía del muchacho.

Pura tenía que acercarse y entregarle la carta que le había escrito. No se trataba de un impulso osado sino de la contestación a la nota que esa tarde, mientras leían un capítulo de *Les miserables* con las cabezas muy próximas, Blasco le había deslizado en la palma de la mano por debajo de la mesa. Pura aguardó a que terminara la clase y que sus primas y el profesor se retiraran para encerrarse en su habitación a leerla. Abrió el papel y sólo encontró una línea: "*Je l'adore*". La nota de Pura, aunque más extensa, era igualmente inflamada.

Pura se detuvo junto a Blasco y le preguntó a Laura acerca del nuevo óleo de Turner colgado detrás de ellos, una flamante adquisición realizada en la casa de remates *Christie's* en Londres por el agente de Laura, lord Edward Leighton. Se concentraron en el cuadro y, mientras Laura destacaba los aspectos del paisaje inglés, Pura introdujo la nota en el bolsillo de la levita de Blasco. Laura notó el intercambio, pero, sin variar el tono de voz, prosiguió con su exposición acerca de los efectos de la luz y de la perspectiva en la pintura. Minutos después, como resultaba evidente que a nadie le interesaba Turner y su destreza para pintar paisajes, Laura se excusó y los dejó solos.

Las notas amorosas en francés continuaron, y también las declaraciones con doble sentido, las lecturas de libros románticos, las miradas de soslayo y las más atrevidas y directas. Pronto, Eulalia, Dora y Genara, también alumnas del profesor Tejada, se convirtieron en cómplices y, con estratégicas ubicaciones, se encargaban de ocultar a la pareja de los quevedos de la abuela Celina, que siempre bordaba durante las clases, un ojo en la labor, otro sobre sus nietas. Celina, sin embargo, se percató de que en la mesa de estudio se escuchaban con mayor frecuencia suspiros, sonrisitas estúpidas y palabras susurradas, y que, cuando levantaba la vista, se topaba con mejillas sonrojadas, ojos chispeantes, labios húmedos y manos trémulas. Algunos carraspeos nerviosos y ciertos comentarios más bien explícitos por parte de la señora Celina dieron la voz de alerta a Blasco, que no deseaba perder la gracia de los Lynch. De inmediato cortó con la fluida correspondencia, las miradas intencionadas y las frases con doble sentido para volverse un circunspecto y exigente profesor de francés. Pura, convencida de que su amado Blasco había dejado de quererla, le confesó a su prima Genara que eso de "morir de amor" era posible.

Mario Javier, apiadándose del estado lastimero de su amigo Blasco, le comentó que la mulata coja que vendía confituras a la salida de misa en San Ignacio y que espantaba las moscas con un plumero, también hacía de estafeta sentimental. Blasco, que desde sus días en el colegio jesuita de Fontainebleau no iba a misa, se presentó el domingo siguiente en la iglesia cuando las beatas todavía decían el rosario y se apostó en la puerta para ver entrar a la familia de José Camilo Lynch. Eulalia y Dora le habían asegurado que sus tíos frecuentaban la misa de diez. Previamente, había engatusado con varias monedas a Ña Micaela, la mulata coja que vendía confituras.

—Y, dígame, señorito Blasco, ¿cuál es la moza a la que tengo que entregar el mensajito?

—Su nombre es Pura Lynch. Yo se la señalaré a la salida de misa.

—¡Ni falta que hace, señorito! La conozco bien, la más grande de la Eugenia Victoria Montes, que las conozco a todas. Ya se imaginará la de añares que hace que estoy aquí vendiendo mis delicias.

—Y no se olvide de envolver dos confituras de coco con la nota —insistió Blasco; Genara aseguraba que eran la perdición de su prima.

Para Blasco, los únicos que participaban de la misa esa mañana eran los Lynch, la única que contaba, Purita, hermosa en su vestido de blonda amarilla y mantilla de encaje blanco. Sus manos enguantadas que sostenían un breviario de tapas nacaradas temblaban y, aunque la mantilla le ocultaba el rostro, Blasco no tenía dificultades en imaginar el movimiento nervioso de sus labios y el bailoteo de sus pestañas.

Con sólo mirarlo una vez, Pura supo que Blasco aún la amaba. Primero la sorpresa de encontrarlo en la puerta de San Ignacio la hizo trastabillar, pero una mano rápida de su padre la sostuvo. Más tarde, al sentir los ojos de Blasco sobre la nuca, no le quedó duda de que estaba allí por ella. Blasco no habría sabido si el sacerdote daba el sermón o rezaba el Padrenuestro; todos sus sentidos se dedicaban a mirar, oler, percibir, saborear a esa criatura perfecta a escasos metros de su banco. Por fin el sacerdote pronunció las ansiadas palabras "*Ite, missa est*" y la feligresía comenzó a dispersarse. Blasco se escabulló hacia el atrio, cruzó la calle del Potosí y se ubicó bajo un tilo frente al puesto de Ña Micaela, que lo miró de soslayo mientras pregonaba y sacudía el plumero sobre la mercadería.

Pura salió del templo junto con su familia y, aunque saludaba a parientes y amigos, el entrecejo fruncido a causa del persistente sol y sus continuos movimientos de cabeza dieron la pauta a Blasco de que lo buscaba con afán. Ña Micaela vendía sus confituras sin prestar atención a los movimientos de la muchacha, tanto que Blasco pensó que no la llamaría. A su debido tiempo, Pura pasó cerca del puesto y la mulata la saludó cordialmente.

—No voy a comprar nada hoy, Ña Micaela —se disculpó Pura.

—Si no quiero que me compres naa, niña. Tengo algo pa'ti, algo que un caballero me ha confiao pa'que te lo dé.

Pura se aproximó al puesto, aferró el pequeño envoltorio y dio la espalda al gentío antes de abrirlo: dos confituras de coco, sus preferidas, y una nota en francés. Lágrimas le asaltaron los ojos y sintió deseos de pronunciar el nombre de su amado.

—Allí está el mozo, que te va a gastar de tanto mirarte.

Pura se llevó una confitura a los labios y la mordió sensualmente, cerró los ojos e hizo una mueca de placer cuando el dulce se diluyó en su boca. Blasco seguía los movimientos y gestos de Pura con cara de tonto y la boca hecha agua.

Las misas de diez en San Ignacio se sucedieron sin interrupción al igual que las dos confituras de coco y las notas en francés. Cada domingo, Blasco se sometía al mismo suplicio: contemplar a la distancia a su adorada Pura mientras ella saboreaba el dulce. De noche, solía tener sueños eróticos y despabilarse con el sexo entumecido. Durante las clases de francés, vestía su disfraz de respetable profesor, y ya no resultaban necesarios los carraspeos nerviosos ni las frases intencionadas por parte de la abuela Celina. Las alumnas y el profesor se comportaban con decoro indiscutible. No obstante, cuando la doméstica traía la bandeja con el servicio del té, Pura deslizaba subrepticiamente en el plato con masas la confitura de coco, la que no había comido a la salida de misa, y tanto Eulalia como Dora y Genara sabían que no podían tocarla. Ésa era de Blasco.

CAPÍTULO XII

Un Rubicón en Tierra Adentro

El general Roca, como de costumbre, se levantó con el toque de diana y mató el tiempo estudiando mapas y escribiendo informes y telegramas. A media mañana, recibió al cronista del periódico *La Pampa*, Remigio Lupo, para acordar la información que enviaría a Buenos Aires. No resultaba fácil llenar las columnas cuando la división a su cargo hacía días que se encontraba varada a la orilla del Colorado. No pasaba nada de interés. Los problemas acuciantes no tenían que ver con indios y malones sino con la escasez de víveres, el frío y las pestes, viruela y disentería especialmente. Lo primero se debía a que el capitán Guerrico no había podido remontar el río Negro como consecuencia de una bajante y, por ende, surtir de caballos y vacas a la tropa. Comían lo que cazaban, mulitas, gamos, ñandúes, liebres y toda clase de aves pequeñas que los indios amigos unidos a las tropas les enseñaban a reconocer.

Roca paseó su mirada sobre el campamento y admiró el paisaje, un poco agreste. El vivac resultaba un cuadro pintoresco, en especial por las mujeres y niños que seguían a la tropa arrastrando toda clase de avíos y animales. La resistencia y fidelidad de esas mujeres eran admirables. A Roca ya lo habían sorprendido durante sus años en el Fuerte Sarmiento, donde se las conocía como cuarteleras. "Algunas son más decididas y valientes que muchos de los soldados", rumió, mientras veía aproximarse a Delia, una que lo veneraba porque Roca le había conseguido al hijo mayor un ascenso en el cuadro de suboficiales.

—La Cata y la Pituca han estao generosas hoy, mi general —expresó Delia, refiriéndose a sus gallinas—. Aquí le traigo tres huevos pa'que le hagan un güen regüelto.

Después de tantos días de malcomer, la idea de un revuelto parecía lo más cercano a una comida en Versalles. Pero Roca estaba convencido de que el buen ejemplo a la tropa era esencial para mantener la autoridad; si sus chinos sufrían, él también.

—Mil gracias, doña Delia, pero creo que sería mejor que usted preparase un revuelto para los niños. Ellos son los que deben estar bien alimentados.

—Ya tengo pa'los gurises, mi general.

—Entonces —insistió Roca—, lleve esos huevos a la tienda de los enfermos. Quizás alguno en convalecencia los necesita para recuperarse pronto y seguir sirviendo a la Patria. Yo lo voy a apreciar más de ese modo.

—Como usté mande, mi general —dijo la mujer, y enfiló hacia donde se le había indicado.

Roca volvió al carricoche y se dejó caer en la butaca. Todo el buen humor con el que había dejado Carhué dos semanas atrás se disipaba rápidamente por culpa de esa demora imprevista a orillas del Colorado, que amenazaba con dar por tierra su plan de alcanzar la isla de Choele-Choel en el día de la Patria, el 25 de mayo. También amenazaba con desalentar a la tropa que, inactiva, se pasaba el día haciendo sebo, según la expresión de Gramajo. La demora alteraba además su paz interior, porque, con tiempo de sobra, se dedicaba a pensar en Laura Escalante. De noche le venían las urgencias. Podría haber mandado a buscar a alguna china del campamento, pero de nuevo el ejemplo y la autoridad moral prevalecían y se quedaba con las ganas.

Solía apelar al recuerdo de su esposa y de sus hijos, en especial de María Marcela, que le había robado el corazón. Recreaba imágenes de su vida doméstica y en cierta forma lograba serenarse. Le venía a la mente el rostro de Clara, con su belleza serena y delicada y su elegancia aristocrática. Clara era hermosa en su maternidad y en su papel de ama de casa, que desempeñaba como ninguna. Laura Escalante, en cambio, envuelta en la exuberante feminidad que desplegaba, encarnaba una tentación a la que no deseaba resistir. Junto a ella, se sentía de nuevo joven, impetuoso y arrojado; en una palabra, junto a ella se sentía vivo. Laura poseía la virtud del Leteo, y, mientras en sus brazos los problemas se desvanecían, Clara, los niños y la casa eran parte de las responsabilidades que lo agobiaban.

Sacudió la cabeza. Lo fastidiaba pensar tanto en Laura Escalante, le estaba dando demasiada importancia cuando, en realidad, una mujer como ella constituía un tipo de conquista que comenzaba y terminaba en la cama; el resto del tiempo, un hombre en serio se ocupaba de los asuntos importantes, de lo contrario se le ablandaban las mollejas, como también decía Gramajo.

Abandonó el carricoche impulsado por un nuevo brío, acicateado por el convencimiento de que no seguiría aguardando. Dio órdenes a diestra y siniestra, y el campamento comenzó a moverse con el frenesí de un avispero. El sargento Bernardo Jaime fue enviado al Fortín Mercedes para hacerse de ganado y, dos días más tarde, el 14 de mayo, se reemprendió la avanzada. El primer escollo lo representó el Colorado, y no resultó tarea fácil vadearlo; fue necesario romper la barranca a fuerza de pico y pala para cruzar la impedimenta.

Superado el Colorado, la avanzada prosiguió sin contratiempos de seriedad, a excepción del desagradable régimen de carne de yegua, el frío y las pestes, que no aflojaban. En esta última etapa, Roca prefería la montura y sólo regresaba al carricoche cuando detenían la marcha para el descanso nocturno. Durante la jornada se dedicaba a compenetrarse con esa tierra regada por tanta sangre india y cristiana. Aunque la expedición no se encontraba terminada, ya la consideraba territorio de la República.

Fotheringham, gran amigo de Roca, su mano derecha en el comando de las tropas, a cargo de un escuadrón de reconocimiento, le envió un chasque con una esquela donde le aseguraba que ya había llegado al río Negro, que se había encontrado con el capitán Guerrico, con el sargento Jaime y su provisión de yeguas y caballos, y que sólo faltaba él. Le señalaba el mejor camino para tomar, el que, según su experiencia, recorrería en cinco días. A marcha forzada se movió la columna a cargo del general Roca, que iba firme en su montura, con una excitación que aumentaba a medida que se hacía camino y los planes seguían viento en popa.

La tarde del 24 de mayo, con un cielo azulino magnífico apenas moteado por nubes blancas, Roca avistó el río Negro, su Rubicón, como muchos de sus detractores se habían burlado. “Claro que éste es mi Rubicón”, se dijo, y sonrió, una sonrisa ancha y franca que pocos le conocían.

CAPÍTULO XIII
La gente de los carrizos

El confinamiento y el silencio a los que Laura se sometió operaron favorablemente en su ánimo. Se resignó a que debería vivir sin Nahueltruz Guor y a aceptar su indiferencia. Repasar los penosos acontecimientos de los últimos días en Río Cuarto o achacarse que debería haber actuado de esta o aquella manera sólo convertían el martirio en un estado permanente que terminaría con su cordura. Ella quería seguir viviendo. El pasado estaba tan muerto como Riglos, y si bien de buena gana habría hecho lo que Guor le hubiese ordenado para ganarse su cariño y consideración, Laura se repetía que ya no pensaría en esa posibilidad. Lo había perdido y comenzó a aceptar esa pérdida.

Las circunstancias de la vida fueron moldeándola como a cualquiera, ella no escapó a la regla general. Sus escritos y actividades de beneficencia la satisfacían, mientras el cariño de su familia y amigos llenaba el vacío dejado por Nahueltruz. La publicación del capítulo final de *La verdad de Jimena Palmer* había significado un relevante incremento en la tirada de *La Aurora*; Mario Javier aseguraba que, por primera vez desde la apertura de la editora, obtendrían ganancias. Además, la promesa del nuevo folletín de Laura Escalante, *La gente de los carrizos*, atraía nuevos suscriptores. Eduarda y Ventura parecían los más impacientes.

—¿Cuándo publicarás el primer capítulo de *La gente de los carrizos*, querida? —preguntó Eduarda mientras tomaban el té.

—No seas impaciente, Eduarda —la reconvino Ventura—. ¿De qué trata la obra, Laura? ¿Es que nos mantendrá en esta congoja sin adelantarnos ni una palabra? El título es de lo más sugestivo.

Laura rio, contenta de que sus nuevos amigos compartieran esa tarde con ella. Ése no había sido un buen día. Agustín, recién llegado de Tafí Viejo, le había traído sólo malas noticias. Sí, habían dado con el paradero de Mariana; Dorotea Bazán, sin embargo, había sucumbido al largo viaje y fallecido apenas arribada a la hacienda.

—¿Cómo está Lucero? —se interesó Laura.

—Verás, Laura —habló Agustín—, estas gentes tienen un sentido del fatalismo y de la resignación que es admirable. Viven siempre en el límite, como si de continuo aguardasen lo peor y, cuando lo peor llega, lo aceptan con envidiable renuncia. No diré que Lucero está bien de ánimos, pero tampoco puedo decir que se haya quebrantado. Es Nahueltruz el que tiene el alma por el suelo. Ya sabes, se culpa. Insiste en lo del abandono, en la traición, y no tiene paz.

El sufrimiento de Nahueltruz era para Laura una emoción difícil de soportar, máxime cuando, a los ojos de él, ella era la culpable de su desvelo, quien lo había empujado a la traición.

—¿Cómo está la cacica Mariana?

—Muy envejecida y encorvada, pero bien, gracias a Dios. Aunque ya se ha instalado en la casa de Nahueltruz, dice que no le gusta eso de abrir y cerrar puertas.

Rieron, y Agustín aprovechó para anunciar su regreso a Río Cuarto en pocos días. Laura, que se había acostumbrado a no contar con su hermano salvo en algunos momentos, aceptó la noticia mejor de lo que Agustín había esperado. Ahora que lo notaba, su hermana lucía indiferente, no se le había quebrado la voz cada vez que nombró a Nahueltruz y no preguntó por él siquiera una vez; usaba un tono medido, en ocasiones casi inaudible, movía las manos con lentitud, como si hubiese perdido la fuerza, cuando, en realidad, solía usarlas activamente para acompañar sus palabras. Sobrevino un silencio, y Agustín la observó detenidamente. Allí, reclinada en su sillón, envuelta en la blancura de su vestido, los ojos entrecerrados y los labios relajados, Agustín recibió la impresión de que su hermana se había cansado de vivir.

—Durante este viaje hemos tenido mucho tiempo con Nahueltruz para hablar acerca de lo que sucedió en Río Cuarto —expresó atropelladamente, casi sin medir lo que decía, movido por el deseo de sacudir a su hermana de ese letárgico comportamiento.

—Ya no hablaré de eso, Agustín. En cambio —dijo Laura—, cuéntame del senador Cambaceres.

—¿El senador Cambaceres? —repitió Agustín, notoriamente confundido.

—Sí, el amigo de papá que los ayudaría a obtener el permiso para visitar al cacique Epumer en la isla Martín García. ¿Lo han conseguido? Ahora que la cacica Mariana está en Buenos Aires, querrá saber de su hijo.

—Ah, sí, sí, el senador —replicó el franciscano, aún sorprendido por la severidad de su hermana—. No, no hemos vuelto a saber de él. Nahueltruz irá mañana a verlo, supongo. Han hecho buenas migas. Sé que el senador nos ayudará. —Agustín se retrepó en el sofá y carraspeó—: Laura, has cambiado tanto desde la última vez que te vi. ¿Qué ha sucedido? Se trata siempre de Nahueltruz, ¿verdad? Dime si algo nuevo ha sucedido. Hablemos, Laura, siempre te escucho.

—¿No era tu deseo que dejara atrás el pasado, que me tranquilizara? Pues bien, estoy más tranquila y más resignada. No hablemos de todo aquello, estoy tan cansada. Más bien quiero contarte que he comenzado a escribir el nuevo folletín, el que se basará en la vida de tu madre. *La gente de los carrizos*, así he decidido titularlo. ¿Te gusta? ¿Lo apruebas, hermano? Cambiaré los nombres y algunas situaciones para no comprometer a nadie, pero respetaré la esencia de la historia, la que tu madre tan bien narró en sus Memorias. Lo haré para ayudar a los ranqueles, para que la gente sepa que ellos también son gente.

Agustín no intentó volver al tema del pasado, más allá de que sabía que Laura, al igual que Nahueltruz, no lo enfrentaba, sólo le echaba un manto de silencio y de fingida indiferencia. Dejó el sofá. Laura le extendió la mano y Agustín la besó suavemente.

—Prométeme que harás las paces con el padre Donatti —pidió Laura—. No soporto otra carga más, Agustín. No me dejes con otro peso sobre esta conciencia mía tan atribulada. Soy la culpable de la infelicidad de tanta gente, no permitas que lo sea también de la del padre Donatti, que te adora como si fueras su hijo. Él no es responsable de lo que ocurrió seis años atrás. Él no, él no.

—Te prometo —aseguró Agustín en voz baja, compelido por la debilidad de Laura—. Te lo prometo, pero no llores, por favor.

—No lloraré. Ya no voy a llorar.

Luego de la visita de su hermano, Laura regresó a sus escritos. A pesar de la partida de Agustín y de la noticia de la muerte de Dorotea Bazán, no perdió la calma. A veces, cuando se ponía nostálgica, dejaba vagar la vista por los rosales que la abuela Ignacia había plantado bajo su ventana. Todavía existían cosas hermosas en el mundo.

A las cuatro, María Pancha le recordó que el señor Monterosa y la señora Eduarda Mansilla llegarían a la hora del té y se aprestó con bastante entusiasmo.

A finales de mayo, el cumpleaños de Eugenia Victoria fue el primer evento social al que Laura asistió luego de semanas de confinamiento. Simplemente resultaba imposible decirle no a Eugenia Victoria. Llegó a la mansión de los Lynch acompañada de sus abuelos; su madre y sus tías habían ido más temprano en el coche del prometido de Magdalena, Nazario Pereda. Desde el vestíbulo, Laura recibió el estruendo de las risotadas de Sarmiento.

Eugenia Victoria salió a recibirla y entrelazó su brazo al de Laura. En actitud confidente, le dijo:

—Temía que no vinieras. Ha pasado tanto tiempo desde la última vez que me visitaste. Tú sabes, yo soy esclava de esta casa y de mis hijos, en especial de Benjamincito, y no encontraba el tiempo para ir a la Santísima Trinidad. De todos modos, no te hemos visto tampoco en las tertulias de doña Joaquina y me sorprendió cuando Cristián Demaría me dijo que no asistirías a su fiesta de compromiso con Eufemia Schedden. ¿Qué ha pasado? Nada con tu salud, espero.

—Nada con mi salud —aseguró Laura—. Sencillamente sin ánimos para socializar. Cuéntame de ti, ¿cómo has estado? Te he desatendido sin excusa todas estas semanas a pesar de tus problemas. ¿Qué pasó con los Carracci que solían estar aquí? —se extrañó Laura, al ver las marcas sobre el estuco de la pared.

Eugenia Victoria detuvo su mirada en el sitio donde, por décadas, se habían exhibido los famosos óleos de los hermanos Carracci. Los ojos se le llenaron de lágrimas. Laura le pasó un brazo por los hombros e intentó reanimarla. Eugenia Victoria desahogó la angustia que había callado desde que el tasador se llevó los cuadros y otras obras de arte para rematarlas. Las deudas de juego de su suegro parecían no tener fin.

—¡Oh, si Julián viviera! —exclamó Eugenia Victoria—. Él podría ayudarnos, en nadie confiaría más que en él. Ahora debemos ponernos en manos de un abogado que no es amigo de la familia.

—¿Para qué un abogado?

—José Camilo ha decidido quitarle los derechos sobre propiedades y demás bienes a su padre. Será muy duro para don Justo Máximo y un escándalo que la familia deberá soportar, pero, Laura, si no lo hacemos, en pocos meses tendremos que vivir de la caridad.

—¿Pueden hacer eso? Me refiero, despojarlo en vida de sus derechos sobre los bienes.

—El doctor Quesada asegura que existe una figura en el Código Civil que habla del manirroto, aquel que dilapida su fortuna. Los parientes tienen derecho, para preservar el patrimonio familiar, de solicitar a la Justicia que revoque los derechos de la persona considerada como pródiga.

Laura ponderó las palabras de su prima. Los Lynch, de las familias de más prosapia de Buenos Aires, contaban con una inmensa fortuna. Sin embargo, algunos desaciertos en el manejo de las estancias, sumados al vicio de don Justo Máximo, habían puesto de manifiesto que no existía patrimonio invulnerable. Deslizó un sobre entre las manos de Eugenia Victoria, que lo abrió con extrañeza.

—No puedo aceptar —dijo, y le devolvió el dinero.

—Conmigo no interpretes el papel de ofendida. Ese papel le corresponde a tu esposo, que, como buen hombre, es orgulloso y machista. Me pregunto: ¿cómo costearás los gastos de esta celebración? Eres muy querida entre nuestras amistades y parece que toda Buenos Aires se ha dado cita esta noche.

Eugenia Victoria no articuló palabra. Contempló largamente a su prima y le apretó la mano. Laura le sonrió con aire triste, y Eugenia Victoria sintió que la gratitud y el cariño se entremezclaban con la pena que Laura siempre le inspiraba. Caminaron en dirección al salón.

—¿Sabes? —retomó Eugenia Victoria—, Climaco Lezica ha sido muy generoso. Ha ofrecido ayudarnos. Le ha propuesto a José Camilo un negocio que podría ser muy rentable. Se trata de la cría de caballos.

Al acercarse Purita, Eugenia Victoria detuvo abruptamente el comentario. Laura notó a su sobrina especialmente agraciada e intuyó que, más allá de lo bien que le sentaba el vestido de brocado lila y amarillo, su belleza tenía que ver con un buen estado de ánimo. Laura la tomó del brazo y entraron en el salón principal.

—¿Cómo van tus clases de francés? —se interesó.

—*Ah, très bien, tante. Merci de demander. J'ai envie de parler avec toi!*

—Veo que tu pronunciación ha mejorado ostensiblemente. La influencia del señor Tejada es manifiesta.

—*¡Oh, mais oui, tante!* Cuando el señor Tejada se dirige en francés es como si recitase los versos de un poema de amor, tan dulce y perfecto es su modo de hablarlo.

Blasco Tejada les salió al paso y saludó con marcada simpatía.

—Buenas noches, señor Tejada. Espero que esté bien.

—Muy bien, señora Riglos.

—Lo felicito. Es notoria la mejoría en la pronunciación de mi sobrina Pura. Pronto averiguaré si Eulalia, Dora y Genara han sido tan aplicadas en sus clases.

—Ninguna como la señorita Pura —respondió Blasco con una vehemencia que de inmediato lamentó—. Las señoritas Eulalia, Dora y Genara son excelentes alumnas también. Las cuatro lo son.

Laura se excusó y los dejó solos, y advirtió que los jóvenes se escabullían a la biblioteca. Ella, por su parte, se adentró en el salón y comenzó a saludar a los invitados, que le reclamaban la ausencia de tantas semanas. Se sorprendió de encontrar a Clara Funes, que departía con sus primas Iluminada y María del Pilar. Laura la saludó con simpatía y le preguntó por los niños, pero Clara le respondió con cortedad; nada quedaba de la maternal y dulce Clara que la había invitado a compartir su mesa en la chocolatería de Godet. Sin duda, la habrían alcanzado las hablillas acerca de su romance con Roca. Iluminada y María del Pilar también parecían incómodas.

—¿Alguna noticia del general? —preguntó Laura.

—Sólo las que publica *La Tribuna* —replicó Clara.

—Espero que su campaña finalice exitosamente.

Clara se limitó a asentir con aire altanero, ese que Laura identificaba con los modos de los cordobeses. Se alejó con el ánimo atribulado, pero el doctor Eduardo Wilde, que participaba en una polémica acerca de la educación de las masas, al invitarla a verter su opinión, la ayudó a dejar atrás el desplante.

—No se puede pensar en el voto universal sin una educación previa de las masas —opinó don Carlos Tejedor, el gobernador de Buenos Aires.

—Ese concepto de la universalidad del voto —remarcó Wilde con sarcasmo— es simplemente el triunfo de la ignorancia universal.

Domingo Sarmiento lanzó una risotada y, palmeando a Wilde en la espalda, le reprochó su exacerbado elitismo. Armand Beaumont, que se unía al grupo secundado por su cuñado y por su amigo Lorenzo Rosas, quiso saber de qué hablaban.

—Discurrimos acerca de las bonanzas y los males de la educación universal, es decir, de la educación extendida a las masas —explicó Estanislao Zeballos—. Entre las bonanzas —prosiguió—, estamos de acuerdo en que convivir con personas educadas resulta infinitamente superior a hacerlo con desaforados. Por el lado de los males, como ha remarcado inteligentemente el doctor Wilde, podrían contarse las derivaciones políticas poco favorables.

—¿En qué sentido? —se interesó Ventura Monterosa.

—Pues bien —vaciló Zeballos—, se trataría de una oportunidad para que sectores de las bajas esferas accedieran a posiciones que hoy sólo ocupan las gentes decentes.

—Entonces —puntualizó Laura—, tengo que interpretar que la conveniencia o no de una educación extensiva a las masas se discute o se decide a partir del riesgo más o menos inminente de la pérdida de poder sobre el manejo de la cosa pública.

Maldito el instante, masculló Zeballos, en que Wilde la había invitado a formar parte de la polémica cuando, en realidad, el lugar de la viuda de Riglos debería haber sido algún grupúsculo femenino donde se discutiera la mejor manera de hacer el punto cruz o de cocinar el dulce de leche.

—Querida Laura, no es tan así —contemporizó Eduardo Wilde, aferrándole la mano.

A Laura la molestó el tono condescendiente, el que se habría empleado con una niña encaprichada.

—La historia muestra —manifestó Armand Beaumont— que cuando estos sectores inferiores acceden a puestos superiores lo hacen con una carga de resentimiento y violencia que termina por ensombrecer cualquier objetivo noble que hubiesen trazado.

—El resentimiento y la violencia no se engendran en los sectores inferiores simplemente porque sean éstos inferiores —retrucó Laura—. Nadie se resiente si es tratado con justicia y ecuanimidad.

—Los esfuerzos de la señora Riglos para que la educación se extienda a las clases más bajas son bien conocidos por todos, en especial por mí —intervino el doctor Avellaneda—. Disminuir los niveles de analfabetismo es un anhelo para ella.

—Una utopía, si el señor presidente me permite —habló Nahueltruz, y sorprendió a los demás, pues, hasta el momento, lucía apático.

Laura, que se había propuesto recobrar el espíritu aunque las palabras de Guor la intimidasen, lo contempló con entereza a los ojos. Su acto de bizarría, sin embargo, no sirvió de nada. Una mirada efímera de Nahueltruz resultó suficiente para empequeñecerla y humillarla. Él ni siquiera había tenido la decencia de dirigirse a ella. Ellos no conversaban, no se relacionaban sino con la elemental cortesía, aunque alguna vez habían significado tanto el uno para el otro. Ahora nada. Había existido un tiempo en que les resultaba difícil dejar de hablar. Ahora eran extraños, no, peor que extraños, porque entre ellos no existía la posibilidad de que llegasen a ser amigos. Se trataba de un alejamiento perpetuo.

Por el rabillo del ojo, Guor notó el abatimiento de Laura. Lo que experimentó nada tenía que ver con el sentimiento de triunfo que había pretendido. Continuó sin entusiasmo.

—Es mi opinión que los estratos superiores siempre serán superiores y los inferiores siempre inferiores. El mundo se balancea en un delicado equilibrio del cual, quienes ostentan la riqueza y el poder, son responsables, pues ése es el equilibrio que les asegura que la riqueza y el poder permanecerán en sus manos. No por ser una situación de equilibrio quiero decir que sea justa. En absoluto. Simplemente digo que se trata de una situación hegemónica difícil de romper. Por ende, una propuesta como "la educación universal", completamente desprovista de intenciones materialistas y mezquinas, suena casi irrisoria y de difícil cumplimiento.

—Se equivoca, amigo —tronó la voz de Sarmiento—. Han existido revoluciones que han puesto de cabeza a los más ricos.

—¿Se refiere a la francesa? —preguntó Guor—. No lo creo. Hoy en día, en Francia, estar emparentado o relacionado de modo alguno con la *ancienne noblesse* es un mérito al que todos aspiran. ¿Acaso Napoleón, gran defensor de la revolución, que invadió toda Europa en nombre de la *liberté, égalité et fraternité*, no terminó coronándose emperador, asumiendo las prerrogativas de los mismos reyes a quienes con tanto encono persiguió? La verdad es, señores, que resulta propio de la naturaleza humana la propensión a la codicia y a la sed de poder. Es parte de lo que somos, imposible combatirlo o cambiarlo. En caso de que los superiores hicieran alguna concesión a los de abajo, no les quepan dudas, sería para su propio beneficio. Incluso, el deseo de educarlos.

—*Mio Dio*, Lorenzo! —proclamó Ventura—. Te encarnizas como si pertenecieras a los estratos inferiores.

—No me malinterpreten —pidió Guor—. Estoy convencido de que los hombres no pueden ser todos iguales. Una sociedad clasista es la consecuencia lógica de esta desigualdad. Esto no lo apruebo ni desapruebo: es propio de la naturaleza humana, como ya dije. Pero lo que sí creo es que debería existir más tráfico entre los distintos estratos. Es decir, más oportunidades para que los de abajo accedan a niveles superiores, si lo merecen, y los de arriba bajen a inferiores, si lo merecen también. Es decir, aquellos que, habiéndose esforzado, vean recompensado el duro trabajo, y aquellos que, teniendo poder y dinero, lo usen incorrectamente, sean castigados. Después de todo, lo único que diferencia a unos de otros es la educación, por lo que si alguien de abajo accede a ella no presentará diferencias con los de arriba.

—Le faltará —interpuso Zeballos— la tradición que otorga el apellido ilustre de una familia. El buen nombre le faltará.

—Si revisáramos —dijo Nahueltruz— los árboles genealógicos de la mayoría de las familias patricias de Buenos Aires, descubriríamos que la raíz de tanta tradición y abolengo es un reo expulsado de España que bajó, medio muerto de hambre y desnudo, de los barcos de Juan de Garay. Provenimos de mendigos que, por un golpe de suerte o por mérito propio, se convirtieron en príncipes. —Como nadie objetó, Nahueltruz siguió hablando—: He vivido lo suficiente para saber que la bondad y la maldad se encuentran tanto en las clases altas como en las bajas. El mayor pecado de las clases altas es menospreciar a aquel que llega sin una familia con tradición que lo respalde, como también lo es proteger a los suyos aunque sean execrables. Por el lado de las clases bajas, ocultan su indolencia y vagancia detrás de un resentimiento crónico generado por la vida tan injusta que les toca vivir. De todos modos, considero que, de las dos, es la clase alta la que tiene más responsabilidades sociales simplemente porque es la más educada y culta.

—Su teoría es muy interesante —expresó Sarmiento, y agregó algunos conceptos que Laura no escuchó porque, balbuceando una disculpa, se alejó del grupo.

Ventura Monterosa le notó el semblante sombrío y el paso lánguido. Ese aspecto de la señora Riglos también lo atraía, su naturaleza melancólica y sus maneras lentas, sus ojos negros insondables, tan insondables como la tristeza que la perturbaba. Lo atraía que escondiese un secreto. La siguió hasta un grupo de parientas, a quienes saludó con galantería, y enseguida le ofreció su brazo para entrar en el comedor.

Ella no se esforzaba en alterar su estado de ánimo; seguía abatida e insegura. Los esfuerzos por neutralizar la preponderancia de Guor se mostraban inútiles; ni mil días de encierro y ayuno la habrían salvado del efecto devastador de una de sus miradas o comentarios mordaces. Ajena al interés de Monterosa, caminó de su brazo y notó que Esmeralda Balbastro lo hacía del de Nahueltruz.

Apenas iniciada la comida, se habló de la cría de caballos, un negocio rentable en el que José Camilo Lynch y Climaco Lezica pensaban arriesgar parte de su fortuna; en realidad, era Lezica quien aportaría la mayor parte de los fondos; Lynch, el campo y su pericia. Armand Beaumont puntualizó que no conocía a otra persona más experta en caballos que Lorenzo Rosas, y tanto Lynch como Lezica se mostraron interesados en conocer su opinión.

El tema parecía agradarle a Rosas pues se explayó en la mención de las distintas razas, sus características, utilidades y enfermedades más comunes. Comentó que había traído de Europa un caballo normando, un andaluz y un purasangre árabe, su debilidad, según confesó, a pesar del mal genio del animal. El interés de Lezica y de Lynch aumentaba momento a momento. Le pidieron que los llevara a conocer esos ejemplares. Guor dijo que sí, y el tema languideció rápidamente. El doctor Wilde mencionó la proeza del general Roca, que había desbaratado a las hordas de salvajes del sur, y felicitó a Clara Funes, que asintió, sonrojada.

—Y pensar —habló Estanislao Zeballos— que hay quienes se oponen al exterminio de tan baja casta.

—Por favor, señor Zeballos —suplicó tía Carolita—, no hable de exterminio. Ellos también son seres humanos.

—¡Bestias, eso es lo que son, madame! —insistió Zeballos.

Involuntariamente, Laura miró a Nahueltruz, que comía con impasibilidad. Sólo ella, que conocía sus modos, interpretó en la arruga que le ocupaba la frente el esfuerzo que hacía para controlar su genio. Sin razón, experimentó el peso de la responsabilidad de la campaña de Roca sobre sus hombros.

—Y ahora —insistió Zeballos—, si es necesario, a punta de Remington les enseñaremos a trabajar duro en las estancias.

—Ya le he dicho anteriormente, doctor Zeballos —replicó Laura con firmeza—, que los indios del sur saben trabajar. Cultivan la tierra y crían ganado de todo tipo, en especial yegüerizo y bovino.

—¡Crían ganado! —se exasperó Zeballos—. ¡Por favor, señora! No sea usted tan cándida. Esa gentuza come el ganado que nos roba.

Laura apretó las manos bajo el mantel para controlar un arranque de cólera. Le molestaba Zeballos; su soberbia resultaba imperdonable. Pero más la irritaba que con sus palabras hería al hombre que ella amaba.

El silencio que sobrevino lo rompió la duquesa de Parma.

—Sabe usted mucho acerca de esos salvajes, señora Riglos —comentó sin malicia—. ¿Acaso ha tenido oportunidad de conocerlos en persona?

Muy pocos en la mesa recibieron la pregunta con la misma inocencia con la que fue expresada. Las miradas se posaron en Laura, que pugnó para que su rostro no trasuntara el menor vestigio de incomodidad o vergüenza, no con Nahueltruz Guor tan cerca. La incomodidad y la vergüenza de la abuela Ignacia y de sus hijas, en cambio, resultaban tan evidentes como la sorna en otros semblantes.

—Duquesa —habló Eugenia Victoria—, mi primo, el padre Agustín Escalante, un misionero franciscano, hermano mayor de la señora Riglos, mantiene trato muy asiduo con los indios del sur. Incluso convive con algunos de ellos en el Fuerte Sarmiento, que está en la villa del Río Cuarto, al sur de Córdoba. Laura sabe acerca de los indios por lo que su hermano, el padre Agustín, le cuenta.

—Más allá de las opiniones favorables o encontradas en cuanto a los indios —contemporizó Eduardo Wilde—, nadie puede negar, desde el punto de vista militar, que la campaña del general Roca es una epopeya digna de las antiguas legiones romanas. La precisión con que se movieron las distintas columnas, sorteando todo tipo de escollos, se asemeja al mecanismo de un reloj. Su llegada a la isla de

Choele-Choel el día 25 de mayo pasado es el resultado de un plan metódicamente delineado.

—¡Rufino! —tronó la voz de Sarmiento, que se dirigía a de Elizalde—. Aquel mediodía en el *Soubisa* semanas atrás debería haberte apostado mucho dinero. ¿Recuerdas tu incredulidad acerca del éxito de la campaña de Roca cuando yo te aseguraba que si del Barbilindo se trataba seguro que vencíamos?

Rufino de Elizalde no tuvo otra opción y, levantando su copa, proclamó:

—¡Brindo a la salud del general Roca!

—¡Por el general Roca! —se aunaron los demás comensales.

Durante el choque de copas, Laura advirtió que Guor no levantaba la suya. En cambio, se inclinaba sobre el oído de Esmeralda Balbastro y le susurraba. Reanudada la cena, la duquesa de Parma demostró su poca perspicacia al preguntar nuevamente por los indios del sur.

—Señora Riglos —habló—, cuénteme acerca de esos salvajes que tanto alboroto causan en estas tierras. Nosotros jamás hemos experimentado con bárbaros. Imagino que debe de tratarse de una vivencia fascinante.

—*Cara duchessa Marietta* —intervino Eduarda Mansilla—, pronto podrá conocer todo acerca de los indios del sur cuando el nuevo folletín de Laura se publique en *La Aurora*.

—*Davvero*? ¿Cuándo será eso?

—En pocas semanas —replicó Laura elusivamente.

—¿Cómo se titulará? —se empecinó la duquesa.

—"La gente de los carrizos" —manifestó Laura, y de inmediato tradujo al francés.

—Un nombre muy sugestivo —comentó Saulina Beaumont.

—¿Por qué ese nombre? —se interesó Armand.

—El folletín tratará acerca de una tribu llamada ranquel. Ranquel, en lengua araucana, significa "gente de los carrizos".

—¿Se ajustará a la realidad y a lo que conoce de estas gentes —preguntó Saulina— o su vívida imaginación desempeñará un rol importante?

Laura recibió de buen grado la pregunta. Habló con la seguridad que le había faltado a lo largo de la velada.

—El folletín será la historia más o menos exacta de los avatares de mi tía Blanca Montes entre los ranqueles. A principios de los años 40, mi tía, madre de mi medio hermano, el padre Agustín Escalante, fue cautivada por un malón y llevada a las tolderías de los ranqueles. En las memorias de mi tía Blanca Montes basaré mi próximo folletín. Es a través de sus escritos que conozco a los ranqueles. Ella los amaba y respetaba como pueblo, y yo también.

Movió la cabeza deliberadamente y miró a Nahueltruz a los ojos. La máscara que usaba para enfrentarla había caído; su semblante revelaba desorientación. En cuanto a los demás, incluso tía Carolita se había contrariado. Un secreto familiar celosamente custodiado, Laura lo exponía con descuido e irresponsabilidad. La declaración había sido clara y precisa, y no daba lugar a enmiendas, y hasta la abuela Ignacia debió guardar silencio. Armand Beaumont tomó la palabra antes de que su cuñada la duquesa volviera a preguntar acerca de los ranqueles, y comentó sobre la exquisitez de la naturaleza muerta que colgaba sobre el vajillero. Eugenia Victoria explicó que se trataba de un óleo que los expertos adjudicaban a Giuseppe Cesari, el maestro de Caravaggio. La conversación derivó en el tenebrismo caravaggiano y, hasta el final de la comida, sólo se habló de la escuela naturalista y la corriente manierista.

Como de costumbre, luego de la cena, bebieron café y licores. Los comensales abandonaron la mesa y pasaron al salón. Laura, fastidiada por un vistazo de la abuela Ignacia, decidió visitar a sus sobrinos menores. Se escurrió hacia el interior de la casa sin percibir que Guor dejaba su sitio junto a Esmeralda y la seguía. Subió las escaleras y caminó en puntas de pie por el corredor apenas iluminado.

—¡Laura!

Un temblor le recorrió el cuerpo al escuchar a Nahueltruz pronunciar su nombre de pila después de tantos años. Se dio vuelta y lo vio aproximarse a paso rápido. Guor se detuvo frente a ella y, en su proximidad, sufrió un breve quebranto. A él también decir "Laura" después de tanto tiempo lo había afectado íntimamente. Pero los recuerdos amargos prevalecieron como de costumbre y lo tornaron hosco.

—¿Qué derecho invocas para hacer pública la vida de mi madre?

—Mi tía Blanca fue también la madre de mi hermano Agustín —adujo Laura en un hilo de voz.

—Que Agustín sea tu medio hermano no te da derecho a ventilar las intimidades de mi madre a personas que sólo buscarán destrozar su memoria.

—Quiero hacerlo, Nahuel —expresó ella en tono suplicante.

—No vuelvas a llamarme de ese modo.

—Discúlpame —expresó Laura, con la vista baja.

—Te prohíbo que publiques las memorias de mi madre. No harás de ella el hazmerreír de esta sociedad de pacatos a la que perteneces.

—Agustín me entregó el cuaderno con las memorias de mi tía Blanca y me autorizó a usarlas para escribir una historia, si yo lo juzgaba propicio. Y lo haré —se empecinó Laura, de pronto resentida por tanto maltrato—. Agustín fue tan hijo de Blanca Montes como tú.

—Devuélveme el cuaderno de mi madre. Su lugar no es contigo. Si Agustín no lo quiere, yo sí.

—No te lo daré. Agustín me lo confió.

—¡Laura, devuélvemelo! —prorrumpió Guor.

Sus ojos grises brillaban de rabia; tensaba el cuello y los tendones se le remarcaban con el esfuerzo; la nuez de Adán le subía y le bajaba. Laura le tuvo miedo. No obstante, repuso con ecuanimidad que no se lo devolvería.

—¡Me lo darás! —vociferó él.

La aferró por los hombros y la sacudió brutalmente. Laura soltó un grito de dolor, aunque nada tenía el poder de herirla tan profundamente como el desprecio de él.

—*Lorenzo, lasciala in pace! Subito!*

Ventura Monterosa se precipitó sobre Guor en dos zancadas, arrebató a Laura de sus manos descontroladas y la cobijó entre sus brazos. Laura escondió el rostro en su chaqueta y rompió a llorar amargamente. Guor se apartó tambaleando y, con el gesto de un chiquillo asustado, contempló la figura de Laura sacudirse sobre el pecho de su protector. Extendió la mano para tocarla, pero Monterosa la protegió con su cuerpo.

—¡Responderás por esto, Rosas!

—¡No, no! —gimoteó Laura—. ¡Ha sido todo por mi culpa!

—¡Responderás por esto! —insistió Monterosa.

—Le imploro, Ventura. Que esto termine aquí y ahora, sin consecuencias para nadie. Por favor, lléveme a casa. Sólo deseo llegar a mi casa.

Monterosa bajó la vista para dar con un rostro suplicante que sólo infundía piedad. Asintió gravemente y la acompañó por la escalera de servicio. Durante el viaje, eligió permanecer callado. En la casa de la Santísima Trinidad, la acompañó hasta el vestíbulo donde se contemplaron en silencio. Laura sólo deseaba correr a su cuarto y refugiarse en el descanso. De todos modos, debía una explicación.

—Señor Monterosa, le agradezco lo que ha hecho por mí esta noche. No juzgue con demasiada dureza al señor Rosas. Fui yo la culpable, yo quien lo sacó de quicio. Que el episodio de esta noche no sea el causante de un malestar entre ustedes, que son tan buenos amigos.

—Yo no soy amigo de Rosas. Es amigo de mi cuñado, no mío. Lo siento, Laura, pero Rosas deberá rendir cuentas por el trato abyecto al que la sometió. Supongo que será en vano preguntarle qué sucedió.

—No dudo de sus buenas intenciones —expresó Laura—, y si es su deseo ayudarme, le suplico que olvide este nefasto momento. Usted no conoce nada de mi vida ni de la del señor Rosas. Sólo sepa que el señor Rosas tiene motivos para enfurecerse conmigo como lo hizo esta noche.

—¿Debo colegir, entonces, que usted y Rosas se conocieron en el pasado?

Laura titubeó, acorralada. La continua necesidad de ocultar y simular que, desde hacía más de seis años, se había impuesto como una condena la agobió con un peso que, de repente, no quiso seguir llevando a cuestas.

—Yo amo al señor Rosas desde hace muchos años. Él es y será el único y verdadero amor de mi vida. Si usted le hace daño, me lo hace a mí también.

Guardaron silencio sin apartar la vista el uno del otro. A pesar de la confesión, Monterosa deseó besarla en los labios.

—Él no la merece —manifestó duramente.

—Soy yo quien no lo merece a él.

—Jamás creeré eso, Laura. Rosas se ha comportado esta noche como un patán y tendrá que responder por su canallada.

Ante los ojos arrasados de ella, Ventura se dio cuenta de que la desilusión estaba volviéndolo intratable. Le aferró ambas manos y se las besó.

—Perdóneme, Laura. Si ésa es su voluntad, no exigiré explicación alguna. Cuenta, además, con mi absoluta discreción.

María Pancha escuchó la relación de los incidentes con la parsimonia habitual. No solía echar mano al "yo te dije" porque lo juzgaba inútil. Bien sabía Laura que el consejo de su criada había sido llegar a un entendimiento con Guor, pues, en su opinión, el enfado sin confrontación empeora las cosas. La ayudó a quitarse el traje, las enaguas y el corsé, le cepilló el cabello más suavemente que otras veces y la mimó con leche tibia y bizcochuelo.

—Lo del cuaderno de Blanca —manifestó María Pancha— fue la excusa de la que se valió ese indio para ventilar el rencor que le carcome el alma. Siempre existirán excusas.

—Mi Nahuel ya no existe —murmuró Laura—. Un hombre mundano y frívolo ha tomado su lugar. El cabello largo ha sido prolijamente mondado y peinado hacia atrás con fijador; una levita de exquisita confección reemplazó al poncho y el chiripá. Su voz, sin embargo, me hizo temblar porque cuando me llamó "Laura" por un momento creí que estábamos de regreso en el hospedaje de doña Sabrina. —Lanzó un suspiro y dejó la silla frente al tocador. Ya en la cama, manifestó con amargura—: Resulta obvio para mí, María Pancha, que Nahuel y yo no podemos compartir el mismo sitio. Otra velada como ésta y terminaré por enfermarme de los nervios. No volveré a verlo.

Algo más tarde, Guor fumaba en la cama mientras recibía con indolencia las caricias que Esmeralda Balbastro le prodigaba. Después de haber visto a Laura partir de lo de Lynch llorando en brazos de Monterosa, había necesitado un momento para reponerse. El temblor de su cuerpo finalmente cedió y pudo volver a la sala donde le informó a Esmeralda que se iba y que esperaba encontrarla en casa de ella en una hora. A Blasco, a quien vio conmovido junto a la señorita Pura, prefirió no molestarlo.

Dejó lo de Lynch ciego de rencor, incapaz de sopesar con mente fría e imparcial lo ocurrido con Laura. En ese momento, ya saciado físicamente, analizaba con más detalle, por ejemplo, el efecto que ridículas nimiedades habían ejercido sobre él, como el contacto de sus manos sobre los hombros de Laura o ese "Nahuel" que casi lo desarmó. La intervención de Ventura sirvió para evidenciar una obviedad que se había negado a aceptar desde el reencuentro, porque había tardado en saber que sentía celos no sólo de quienes la cortejaban sino de todos los que exigían su atención, incluso de Armand Beaumont, de la señora Carolina y de su hermano Agustín, de sus sobrinos también, y de todos, porque ella parecía existir sólo para quienes no fueran él.

Esmeralda suspiró, se movió a su lado y se inclinó para mirarlo. En la penumbra nocturna, los ojos de Lorenzo brillaban con la intensidad opaca del azogue. Esos ojos siempre estaban atentos, incluso cuando en realidad lucían abstraídos. Directa, a menudo desconcertante, la mirada de Lorenzo Rosas penetraba su intimidad más recóndita. Bajo ese influjo, resultaba difícil ocultarle algo.

—La viuda de Riglos lucía magnífica esta noche —comentó—. Su belleza, sin embargo, es una gema completamente desaprovechada. Se trata de una mujer fría e inalcanzable —agregó, atenta al comportamiento de Rosas—. Parece inmune a los asaltos carnales de una mujer solitaria, y todos dicen que Riglos jamás le puso un dedo encima porque ella se mantenía fiel a aquel amor trasnochado que le quitó, además de la virginidad, el ánimo.

Guor seguía fumando.

—No creas que no he reparado en la manera como la miras —apuntó Esmeralda—. Se dice que el general Roca está perdido por ella. ¿Acaso a ti también te cautivó? Pocos conozco que no la convertirían en su esposa o en su amante.

—La miro como la miro —habló Guor— porque me trae recuerdos. Yo desvirgué a la viuda de Riglos cuando aún se hacía llamar Laura Escalante.

La disposición que lo dominaba sumada a las copas de más y al genuino interés que demostraba la mujer que yacía a su lado se combinaron para que Guor hablara. De sus características de indio había perdido la apariencia externa, pero el instinto y la sagacidad seguían formando parte de su naturaleza montaraz. No dudaba de que Esmeralda Balbastro era una mujer de ley.

Esmeralda se incorporó en la cama y lo invitó con la mirada. A lo largo del relato, se ocupó de mantener las copas siempre llenas. Mantuvo silencio y el semblante inalterable. Casi al amanecer, ya ebrio, Guor terminó llorando en sus brazos. Durmió hasta tarde y se levantó con una aguda puntada que le martirizaba las sienes. Sin bañarse, se puso la misma ropa, que olía a cigarrillo y sudor, y regresó a su casa, la que había alquilado en la calle de Cuyo. Incluso después del baño y de una fuerte taza de café, siguió con malestares.

Al mediodía, Ventura Monterosa se presentó en su casa y lo fastidió que notase su semblante enfermo, indicio de una pésima noche. Sin palabras, le indicó una silla, pero Ventura desestimó el ofrecimiento con un movimiento de mano.

—Sólo permaneceré un momento. Parto en dos días a Santiago de Chile y es perentorio que comience a empacar. Lo que me detenía en esta mediocre ciudad se ha desvanecido anoche cuando la señora Riglos me confesó que te ama, que te ha amado siempre y que siempre te amará. Ya ves —dijo, con una sonrisa forzada—, has salvado el pellejo, porque te aseguro que era mi intención pedirte una explicación por la infamia de la que fui testigo. Pero no te pediré cuentas porque ella me lo ha implorado. Tienes suerte y te envidio. La única mujer que me ha hecho pensar en abandonar esta vida errante y anhelar una reposada y familiar te ama más allá de todo entendimiento. Y lo que me llena de ira es que no eres digno de limpiarle el polvo de los zapatos. Buenas tardes.

Monterosa apenas inclinó la cabeza en señal de saludo y marchó hacia el recibo. Nahueltruz Guor no atinó a acompañarlo, en realidad, ni siquiera reparó cuando Monterosa dejó la sala. La exposición había tenido el efecto de un rayo y, por espacio de varios minutos, permaneció inmóvil, la vista fija en un punto. Tampoco escuchó el paso cansino de su abuela Mariana y se volvió bruscamente cuando ella le tocó el brazo.

—Estabas aquí —dijo la mujer en araucano—. ¿No escuchas la campana que suena?

Guor se precipitó a su dormitorio. Necesitaba mojarse el rostro y despabilarse. A poco, su abuela le indicó que Lynch y Lezica lo aguardaban en la sala.

—Quizá pensó que nuestro interés en sus caballos no era sincero —manifestó José Camilo mientras sonreía amistosamente—. Pues bien, nuestro interés es tal que con mi amigo Climaco no quisimos dejar pasar un día. Como usted dejó mi casa anoche tan deprisa no tuve tiempo de fijar una cita. Por eso nos atrevemos a molestarlo hoy en su casa.

—No me molesta usted en absoluto, señor Lynch. Aprovecho la oportunidad para agradecerle tan grata velada, la de anoche. Y pido disculpas también por la manera intempestiva en que dejé su casa. Asuntos de naturaleza impostergable me reclamaban. En cuanto a los caballos, me honrarían usted y el señor Lezica si los consideraran para su negocio. Me he tomado el trabajo de traerlos desde Europa justamente para eso, para hacer negocios. Apenas llegué a Buenos Aires, los mantuve en un establo de la calle Florida, cercano a la Plaza de Marte, pero no me gustaba la manera en que los cuidaban y los saqué de allí. Ahora están en una quinta que alquilo en la localidad de Caballito. Sean mis invitados y permanezcan en mi quinta el tiempo que estimen necesario.

—He sabido por Armand —habló Lynch— que usted monta como nadie.

—Aprendí a montar antes que a caminar —expresó Guor sin visos de vanidad.

—También nos dijo que usted se dedica a la cría de caballos en Europa y que le va muy bien.

—No puedo quejarme.

Lynch y Guor acordaron en partir a primera hora del día siguiente hacia Caballito. Lezica, en tanto, permanecería en Buenos Aires a cargo de su tienda. Según aclaró, no era momento propicio para dejar la ciudad.

CAPÍTULO XIV
Un desafortunado encuentro

En los días posteriores al altercado con Nahueltruz, cierta paz se apoderó del interior de Laura. Quizá porque, al no resistirse a los que ella juzgaba malos pensamientos, la tensión desaparecía. Más allá de eso, nada se había resuelto. Se recluía en su *boudoir* gran parte del día. Allí recibía a su administrador, a sus asesores legales, contestaba cartas y escribía el primer capítulo de *La gente de los carrizos*. Ventura Monterosa había partido hacia Chile junto con su hermana, la duquesa Marietta, y Laura había preferido declinar la invitación para la cena de despedida en lo de tía Carolita. Por lo demás, la vida en la casa de la Santísima Trinidad seguía como de costumbre, si bien los preparativos para la boda de Magdalena le imprimían un ambiente jovial que no lograba contagiar a Laura.

La amistad con Eduarda Mansilla se afianzaba. Sus visitas eran motivo de alegría. Discurrían por horas acerca de las bondades o defectos de tal o cual escritor y leían párrafos de *La gente de los carrizos* o del nuevo libro de Eduarda, *Recuerdos de viaje*, que se publicaba como folletín en *La Gaceta Musical*. Eduarda recibía noticias frescas de los acontecimientos literarios en el Viejo Continente y las compartía con Laura; así, fueron de las primeras en enterarse del escándalo que había provocado en los sectores más reaccionarios el estreno de la última obra del noruego Henrik Ibsen, *Casa de muñecas*. Les gustaba *Madame Bovary* de Flaubert, que según Laura era de una belleza expresiva difícil de imitar. Se solazaban con la obra del conde Tolstoi, y coincidían en que *La guerra y la paz* y *Ana Karenina* eran sus creaciones más acabadas.

Si bien Laura no lo mencionaba, sabía que la sociedad porteña hostilizaba a Eduarda y la acusaba de mala madre y esposa. Sus seis hijos —los menores aún pequeños— habían quedado en Europa al cuidado del padre y de su hija mayor, Eda, ya casada. Laura no juzgaba a Eduarda, pero íntimamente se decía que si ella hubiera tenido hijos con Nahueltruz jamás los habría dejado.

Eduarda lucía pálida esa tarde. La primera impresión de vitalidad y euforia que Laura recibió la noche en que la conoció se había desvanecido con el correr del tiempo. Eduarda era, en realidad, una mujer de naturaleza valetudinaria; el doctor Wilde visitaba la casa de su madre, doña Agustina, con frecuencia.

Eduarda tocaba el piano con actitud lánguida y dedos gráciles que apenas rozaban el teclado. Su voz dulce y educada acompañaba la melodía con la recitación de algunos versos del *Canzoniere* de Petrarca.

—¡Magnífico! —exclamó Laura, mientras aplaudía—. Pocas personas conozco con tu talento, Eduarda. Hablas cinco idiomas con la fluidez del castellano, cantas como una soprano, ejecutas el piano con la destreza de Chopin y escribes con la maestría de Víctor Hugo.

—Si anoche hubieses aceptado la invitación de Guido y Spano, habrías escuchado una excelsa recitación de los versos de Petrarca, por cierto, infinitamente superior a ésta.

—Imposible.

—Nadie recita a Petrarca como Lorenzo Rosas, te lo aseguro.

—Te noto demacrada —se apresuró a comentar Laura.

—Esta mañana tuve un disgusto con mi amanuense, *mademoiselle* Frinet. Aunque solapadamente, ella también me reclamó haber dejado a mis hijos y a mi esposo en Europa. De mi círculo de íntimos, todos se han creído con derecho a expresar su opinión al respecto. Tú, querida, y Lorenzo han sido los únicos que de ninguna manera han condenado mi decisión.

—No conozco las circunstancias, Eduarda —adujo Laura.

—Supongo que no me condenas porque, al igual que mi querido Lorenzo, tú también has sufrido. Las almas de aquellos que sufren y no se amargan, son caritativas y condescendientes.

—¿Hace mucho que conoces al señor Rosas?

—Hace algunos años. Lo conocí en París; acompañaba a Geneviève Ney, gran amiga mía.

—La prometida del señor Rosas, según entiendo.

—¿Prometida? Ya lo querría la pobre Geneviève. En realidad, es la querida de Lorenzo. Tanto como lo es Esmeralda Balbastro en este momento. ¡Oh, he sido torpe! Mi falta de tacto no tiene perdón. Después de todo, se trata de tu prima. Te he ofendido.

—No me has ofendido en absoluto —se repuso Laura—, y no es mi prima. Estuvo casada con Romualdo Montes, mi primo, a quien quise como a un hermano, pero a ella no la considero parte de mi familia.

—Pues Esmeralda te profesa una genuina admiración. Ayer por la noche, en lo de Guido y Spano, habló maravillas de ti y salió en tu defensa para enfrentar a su suegra, Celina Montes, cuando ésta arremetió en tu contra a causa de ese *desvarío* que tienes que algunos llaman escribir.

—Espero que Esmeralda no se ilusione en vano con el señor Rosas —señaló Laura, con solapada intención.

—Lorenzo Rosas posee un gran dominio de sí. Resulta imposible leer en su cara la sinceridad o la falsía de sus palabras. Dice lo que quiere; lo que siente, lo reserva a la soledad de su corazón. Pocas veces he conocido una persona más reservada. Mide sus palabras y sus gestos con destreza envidiable; nunca lo he visto cometer un exabrupto o salirse de madre. Sospecho que su mundo interior es rico. Lo envuelve cierto aire feroz que me lleva a pensar que no siempre fue lo que es. Quizá se trata de su gran tamaño, de sus manos enormes, un poco rudas, de su andar caviloso, no sé. Su mirada, aunque de un gris claro y puro, nunca es sincera. En París, algunos lo llaman *le nouveau riche*, pero nadie deja de caer bajo su encanto. Yo lo quiero entrañablemente, su nobleza y generosidad son proverbiales. Ya ves cómo adora a Blasco, ese muchacho que, a pesar de que algunos crean lo contrario, no es su hijo. Pero debo admitir que no conozco su naturaleza. Confío en él y en su cariño más guiada por el instinto que por un profundo conocimiento de su índole. Creo no equivocarme cuando afirmo que Lorenzo Rosas no logró reponerse de un mal de amor, y que esa misteriosa mujer aún sigue en su cabeza y en su corazón.

Incapaz de ocultar el efecto que esas palabras le habían causado, Laura se puso de pie y dio la espalda a Eduarda con la excusa de servir el té.

—Tal vez el señor Rosas vuelva pronto a París y finalmente se decida a desposar a la señorita Ney —expresó, al tiempo que pasaba una taza a Eduarda.

—Ése es el deseo de la *pauvre* Geneviève, que escribe a Lorenzo semanalmente rogándoselo. Yo, sin embargo, lo veo muy instalado en Buenos Aires, compenetrado con su negocio de caballos. Quizá se esté enamorando verdaderamente de Esmeralda Balbastro o tal vez la misteriosa mujer de su pasado esté aquí, en Buenos Aires, y ése sea el verdadero motivo que lo ata a esta ciudad.

Sobrevino una pausa en la cual Laura se debatió en confesar a Eduarda Mansilla su historia. Desistió finalmente. No se trataba de un acto de desconfianza sino de la necesidad de proteger a Nahueltruz.

—Mario Javier me dijo que a fines de junio estará lista la edición de *Lucía Miranda* y *El médico de San Luis* —comentó Laura, y Eduarda ensayó una mueca de fastidio—. ¿Qué sucede?

—¿Cuándo te avendrás a confesarme que la Editora del Plata es de tu propiedad?

Laura sonrió con picardía.

—Tú y yo somos iguales —aseguró Eduarda.

—¿Iguales, cuando no te llego a los talones?

—Iguales. Es nuestra naturaleza escandalizar, romper cánones y moldes, y por eso vamos a sufrir. Pero nada se puede contra la naturaleza, siempre encuentra su camino aunque una misma la combata.

—No sé si es propio de mi naturaleza escandalizar; probablemente lo sea en el sentido de que no acepto que mi vida transcurra en la misma pasividad, sumisión y ociosidad que las de mi abuela, mis tías y mi madre. Las mujeres somos como adornos en una sala, puestas allí para embellecer, pero no servimos para nada.

Laura pareció meditar sus próximas palabras; cuando habló, lo hizo con menos ímpetu.

—A veces me pregunto cuál es sentido de lo que nos rodea, al sentido del mundo mismo, me refiero. Para qué existimos, por qué algunos son sanos y otros enfermos, algunos ricos y muchos pobres, pocos felices y la mayoría desdichados. ¿Cuál es el misterio sobrenatural que da sentido a este mundo tan tangible y real, tan injusto y alejado de todo cuanto pregona nuestra religión? A pesar de estas preguntas (que sé, nunca responderé satisfactoriamente), no me desanimo; por el contrario, experimento una arrolladora necesidad de hacer obras que perduren, obras cuyos frutos sean apreciados y beneficien a generaciones futuras, y no me refiero a un mantel bordado que forme parte del *trousseau* de mi nieta.

—Algunos te tildarían de vanidosa y ambiciosa —acicateó Eduarda.

—Pueden tildarme como gusten. Yo sé que mis intenciones obedecen a un impulso genuino que nada tiene que ver con esos sentimientos viles.

—¿Estás logrando lo que te has propuesto?

—¿En un mundo donde la mujer es considerada inferior, inestable y veleidosa, apta para bordar y cocinar, pero nunca para pensar?

—¿Te asusta el desafío?

—No, claro que no, pero avanzo lentamente y debo enfrentar una corriente antagónica que me permitirá seguir avanzando en tanto no me convierta en un peligro inminente.

—Son las armas con las que se defiende una sociedad cómodamente ubicada en el sitio que ocupa. Mujeres como tú o como yo trastornan la disciplinada rutina. Es increíble, pero son las mujeres (a quienes pretendemos dignificar) quienes se convierten en nuestras más feroces detractoras. Deberías escuchar lo que dicen de mí.

—Y deberías escuchar lo que dicen de mí —bromeó Laura.

—Se dice —habló Eduarda, y una sonrisa maliciosa le embelleció el semblante descarnado— que tu defensa por el indio del sur no se debe a la mentada influencia de tu hermano, el padre Agustín Escalante, sino a un apasionado amor de juventud que profesabas por un ranquel.

—Y que aún profeso —admitió Laura—. Todo lo que digo y hago es por él. Desde que lo perdí he vivido embargada de pena. Cuando ayudo a mi hermano Agustín en su causa por los pampas, en realidad, lo hago por él.

—¿Qué te atrajo de un hombre tan ajeno a todo cuanto te resultaba familiar?

A Laura la sorprendió la soltura de Eduarda Mansilla, aún más su propia serenidad.

—La primera vez que lo vi —empezó Laura—, le tuve miedo. Su mirada era dura, implacable, como la de una persona resentida. Volví a verlo al día siguiente y me pareció hermoso en su estilo salvaje, tan distinto del de los hombres de mi entorno. Luego me pasmaron su mesura, su sensatez, incluso la manera civil en que se desenvolvía cuando yo había esperado lo contrario. Lo habían educado unos dominicos, y no sólo leía y escribía el castellano sino el latín.

—Sorprendente —admitió Eduarda.

—Me exaspero cuando personas como el doctor Zeballos dicen que los indios del sur son irredimibles.

—¿Crees que te habrías enamorado de él si no se hubiese tratado de un hombre instruido?

Laura se había formulado la misma pregunta muchas veces. La respuesta que despuntaba la hacía sentir culpable.

—Creo que no —admitió finalmente.

—Es lógico —coincidió Eduarda—. En las relaciones, amorosas o de otra índole, es imperativo compartir ciertos códigos, lugares de encuentro que faciliten la comunicación y el entendimiento. De lo contrario, relacionarse sería tan difícil como que un chino y un francés trataran de comprenderse sin conocer uno la lengua del otro.

—De todos modos —se justificó Laura—, habría compartido con gusto su vida en Tierra Adentro.

—¿Quería llevarte a las tolderías?

—No, él no quería. Decía que aquello no era para mí.

—Ciertamente era un hombre sensato —reconoció Eduarda, con aire meditabundo—. ¿Qué ha sido de él, Laura?

—Lo perdí hace más de seis años en un acto de cobardía que aún me pesa. No supe protegerlo del antagonismo que pugnaba por separarnos. Pero he recibido mi castigo, Eduarda. Mi condena es de por vida. Nunca seré feliz.

—Nunca es demasiado tiempo, y tú no sabes nada acerca del futuro.

Laura levantó la vista y se reconfortó en la sonrisa optimista de Eduarda Mansilla, que tenía razón: después de todo, ¿qué sabía ella del futuro?

A Nahueltruz Guor le gustaba que Esmeralda Balbastro estimara la relación que los unía del mismo modo que él. A diferencia de Geneviève, Esmeralda no exigía compromisos más allá de la pasión que compartían en la cama. También lo asombraba su marcada intuición, que siempre acertaba con sus estados de ánimo.

—Estás pensando en ella —expresó Esmeralda, sin atisbo de enojo.

Guor evitó mirarla y se puso el redingote.

—De hecho —insistió Esmeralda, mientras le acomodaba el nudo del plastrón—, siempre estás pensando en tu Laura.

—No es mi Laura —refunfuñó Guor.

—Sí, señor, tu Laura, y tú, su Lorenzo.

Guor meditó que, en realidad, Laura lo llamaría Nahuel, pero no corrigió a Esmeralda. A ella no le había confesado su verdadero nombre.

—¿Estás preocupado por lo que se comentó la otra noche en lo de Guido y Spano?

Nahueltruz examinó la mirada compasiva de su amante y guardó silencio. Esmeralda le sostuvo el rostro entre las manos y lo besó en los labios.

—Dudo que esté enferma, Lorenzo. No hagas caso de las hablillas.

—Dijeron que padece consunción de los pulmones —se delató Nahueltruz, a quien, desde la muerte de su madre, lo afectaba sobremanera esa enfermedad.

—Nada de eso —desestimó Esmeralda—. Es cierto que, desde hace un tiempo, rehúye la vida en sociedad, pero estoy segura de que no se trata de un problema de salud. Ya viste que Eduardo Wilde, que es su médico, negó lo que se comentaba.

Nahueltruz dejó la casa de Esmeralda Balbastro y avanzó por las calles desoladas a la hora de la siesta. Se trataba de una jornada particularmente fría, gris y húmeda de finales de junio. Había despedido a su cochero y preferido una caminata vigorizante hasta lo de Lynch. Quizás el viento sur, que parecía cortarle la carne del rostro, lo despejaría de ese pensamiento recurrente que lo inquietaba más de lo que le gustaba admitir: Laura Escalante, o la señora Riglos, como la llamaban por esos días. Jamás olvidaría que ahora era la viuda de Riglos, que por años le había pertenecido a ese empingorotado abogado de ciudad a pesar de que en Río Cuarto le había jurado que nada la unía a él excepto gratitud y cariño fraterno. No olvidaría. Olvidar era un error.

Lo anonadaba la majestuosidad del palacete de los Lynch. Se detuvo frente al portón principal y levantó la vista hacia el techo de pizarras traídas de la Liguria. El portón mismo, de hierro forjado, con el escudo de los Lynch dorado a la hoja, resultaba imponente; tenía entendido que lo habían mandado pedir a Francia. Aquel despliegue de opulencia seguía afectándolo, a pesar de que él mismo era un hombre de fortuna. Pero no se trataba del dinero —si ése fuera el caso, José Camilo Lynch se encontraba en bancarrota—, sino de la tradición de esas familias, de la antigüedad de sus apellidos y de la vinculación con la historia del país, atributos de los que él no podía ufanarse. A pesar de que lo trataban con deferencia, incluso con afabilidad, los miembros de la sociedad porteña, de un modo u otro, le marcaban que, aunque refinado y adinerado, él no pertenecía a su exclusivo círculo de gentilhombres.

Nahueltruz hizo sonar la aldaba y aguardó al mayordomo, mientras permitía con indolencia que su ánimo declinara y se pusiera a tono con el impasible día de invierno. Algo de malhumor se entremezcló con el abatimiento, y estuvo a punto de dar media vuelta y regresar a su casa cuando Roque, el mayordomo de los Lynch, salió a recibirlo.

—El señor José Camilo —señaló Roque, mientras guiaba a Guor a la recepción— acaba de enviar un mensaje en el que ruega que lo aguarde. Se ha demorado en el bufete del doctor Quesada. Según indica en su nota, no lo hará esperar más de quince o veinte minutos. ¿Podrá usted aguardarlo, señor Rosas?

—Por supuesto, Roque.

—La señora Eugenia Victoria —prosiguió el mayordomo— acompañó al señor José Camilo a lo del doctor Quesada. A ella también la aguardan en la sala.

Abrió la puerta. Laura Escalante se puso de pie. Nahueltruz se detuvo abruptamente y la contempló con notoria confusión. A Laura le pareció que la figura de Guor de pronto ocupaba el recinto por completo. Se sintió pequeña y atrapada, y una opresión en el pecho le impidió pronunciar las palabras más básicas de urbanidad. Guor, por su parte, apenas inclinó la cabeza para saludarla y caminó hasta la mesa donde dejó su sombrero y su bastón; se quitó el redingote y se lo pasó a Roque. Se alejó en dirección de la ventana. Laura volvió a sentarse como si la voluntad de él tuviera poder sobre ella. Ninguno prestó atención al mayordomo, que aseguró que regresaría con el servicio de té.

Guor no parecía afectado por el silencio, incluso había abandonado el refugio de la ventana y tomado asiento. Hojeaba un periódico con aire despreocupado. Entretanto, Laura meditaba: "Aún conserva ese andar caviloso de quien va siempre reconcentrado. ¿Qué pensamientos ocuparán sus horas? ¿Quizás, alguna vez, por un efímero segundo, mi nombre se deslizará en su mente como el de él ocupa la mía día y noche?".

Minutos más tarde, al notar que Guor cerraba el periódico y lo dejaba a un costado, la curiosidad la llevó a levantar el rostro. Lo descubrió contemplándola fijamente. Lo hacía con la malicia resuelta y vengativa de quien nunca olvida ni perdona. Su mirada era claramente displicente; su fría cortesía, su gracia ceremoniosa, peor que nada. Así como había estado segura, contra toda creencia, de que su hermano no moriría de carbunco, ahora no tenía duda de que Nahueltruz jamás la perdonaría.

Guor consultó su reloj y se puso de pie. Tomó el sombrero y el bastón y, tras la misma inclinación, marchó hacia la puerta. Se disponía a abandonar la sala cuando tres niños irrumpieron sin comedimiento e, indiferentes a su presencia, corrieron hasta Laura, que los abrazó y besó.

Guor quedó prendado de la transformación que se operó en ella. La tonalidad rosada que tiñó sus mejillas le otorgó un aire saludable que lo complació, lo mismo que el brillo que le resaltó el negro de los ojos. Laura se quitó los guantes y, con sus manos desnudas, acarició y besó cabecitas y carrillos. Los niños le hablaban a coro y ella les respondía con dulzura. Sentó a la más pequeña, Adela Lynch, en su falda, mientras los dos varones, Justo Máximo y Rafael, se ubicaron uno a cada lado. Enseguida se presentó la institutriz inglesa con Benjamín en brazos.

—Buenas tardes, señora Riglos. Buenas tardes —saludó al caballero que no conocía—. Niños, de inmediato regresan al cuarto de juegos —ordenó en inglés.

—Decidimos venir —explicó Justo Máximo, el mayor— cuando Roque nos dijo que estaba tía Laurita.

—Permítame unos momentos con mis sobrinos, Agnes —pidió Laura al tiempo que le quitaba a Benjamín de los brazos.

—¡Adela! —se escandalizó la mujer cuando la descubrió fisgoneando en el bolso de la señora Riglos.

—Tía Laura siempre trae regalos —fue la explicación de la niña.

—Busca bien, Adela —instó Laura—. Hay una cajita con frutas de mazapán que les envía María Pancha y el ejemplar de *La Aurora* con el primer capítulo de *Siete locos en un barco*. ¿Y mi sobrina, la señorita Pura?

—En su clase de francés, con el señor Tejada —explicó Agnes.

Nahueltruz observaba aquel momento de triunfo de su peor enemiga y no conseguía reunir la fuerza necesaria para desaparecer. Seguía ahí, de pie, mirándola como bobo, pensando en lo hermosa que lucía con Benjamín en brazos. "Si durante aquellos días felices en Río Cuarto le hubiera hecho un hijo", deseó mansamente, pero de inmediato resolvió con furia: "Ahora llevaría el apellido Riglos". Caminó hacia la puerta, pero Roque, que traía una bandeja con el servicio de té, le obstruyó el paso.

—Por favor, señor Rosas —habló el mayordomo—. ¿Desea té o café?

Agnes puso fin a la visita cuando ordenó a los niños regresar a sus actividades. Justo Máximo, Rafael y Adela despotricaron, pero nada pudo con la determinación de la nana inglesa. Laura entregó a Benjamín y se despidió de los mayores, que le imploraban un día de picnic en el Paseo de la Alameda.

—Cuando mejore el tiempo —prometió Laura—, ahora está muy frío —agregó, y Nahueltruz se preguntó si los resquemores con respecto al clima de algún modo se relacionaban con sus pulmones.

La nana caminó hacia la puerta y los niños la siguieron con gestos agravados.

—Yo me encargo de servir el té, Roque —indicó Laura.

El mayordomo apoyó la tetera nuevamente sobre la bandeja y se retiró. El silencio que siguió exaltó lo embarazoso de la situación. A Laura, sin embargo, no parecía incomodarla como en un principio y, bastante segura, preguntó:

—¿Todavía toma el café negro y con cuatro cucharadas de azúcar?

Lo desconcertó que recordara ese detalle. Laura, al juzgarlo impenetrable en su rencor, le habló francamente.

—Señor Rosas —dijo, y le pasó la taza—, ambos somos personas civilizadas. No veo ningún impedimento para que usted y yo compartamos una sala mientras aguardamos a ser recibidos.

Lo exasperaron su flema y desparpajo. Apoyó la taza sobre la mesa y dio media vuelta para huir antes que golpearla. Pero Laura lo aferró por el antebrazo con obstinación, y él, un hombre maduro que se jactaba de conocer cabalmente al sexo opuesto, sufrió la conmoción de un muchacho al sentir la mano de ella alrededor de su brazo.

—No te vayas, Nahuel.

—Ya te dije que no uses ese nombre.

—Aún me cuesta creer que estoy viéndote, que puedo tocarte después de tantos años de pensar que estabas muerto.

Nahueltruz permaneció quieto, expectante, como si aguardara una frase definitiva y contundente que le cambiara la vida.

—Durante mucho tiempo esperé que alguien me informara qué había sido de ti. Solía decirme: "Si está vivo, tratará de ponerse en contacto, de hacérmelo saber", pero el tiempo pasaba y ni una palabra acerca de tu suerte. Nunca me resigné a la idea de que hubieras muerto, pero era un martirio vivir con la duda. ¿Por qué no me hiciste saber que estabas bien? —Laura se aproximó, pero no lo tocó—. ¿Por qué le prohibiste a Agustín que me diera cuenta de tu paradero? ¡Oh, qué cruel has sido conmigo! —se quebró sin remedio.

Guor se movió como impelido por una fuerza extrema. El blanco de sus ojos se tornó rojo, y Laura experimentó un instante de terror pues había furia asesina en ese rostro oscuro y ajeno. Se retiró hacia atrás, pero él la aferró por los hombros y la pegó a su cuerpo.

—¿Cruel? ¿Eres tan desfachatada que me llamas cruel? ¿Cruel a mí, cuando me abandonaste en el peor momento para casarte con Riglos?

—¡Tuve que hacerlo! ¡Me vi obligada! —exclamó con voz estrangulada.

Guor la tomó por la cintura y, con la fuerza que imprimían sus dedos, le enterró las ballenas del corsé en las costillas. Laura gimió de dolor, pero él no disminuyó la presión. Nada lo conmovería; se había transformado en una bestia ciega de rencor. Aferrada a dos manos a sus solapas, le gritó:

—¿No te das cuenta de que cuando te abandoné sacrifiqué mi vida para salvar la tuya? Sí, mi vida, porque desde ese día estoy muerta.

—Eres una mujer ladina y traidora —expresó Guor—. No volverás a engatusarme con tus artimañas.

La apartó con desprecio y se retiró hacia el lado de la puerta.

—¡Pues te diré lo que tengo guardado aquí desde hace más de seis años! —vociferó ella, y se golpeó el pecho—. ¡Y me escucharás!

Temió que Nahueltruz se marchara, pero él, aunque de espaldas e infranqueable, no hizo ademán de irse.

—Después de la tarde en que el coronel Racedo nos sorprendió en el establo, mi único deseo era conocer tu paradero para unirme a ti y asistirte. Sabía de tu herida de bala y me trastornaba pensar que sufrías. Creí que me volvería loca. Nunca he vuelto a experimentar martirio semejante. Julián Riglos llegó a saber dónde te ocultabas y me dijo que acudiría en tu ayuda. Le rogué que me permitiera acompañarlo, pero se negó. En aquel momento su excusa sonó plausible: los soldados del Fuerte Sarmiento me seguirían apenas pusiera pie fuera de lo de doña Sabrina. Acepté, entonces, que él te llevara ropa, medicamentos, víveres y una carta mía.

—Nunca recibí esa carta —manifestó Guor, aún de espaldas, con voz lúgubre.

—Nunca fue intención de Julián dártela. Cuando regresó al hotel de doña Sabrina y me entregó el guardapelo, me dijo que era tu deseo que yo regresara con mi familia y que me olvidara de ti y de aquel sórdido asunto.

—¿Y le creíste? —se enfureció Guor, y se volvió para enfrentarla—. ¿Tan poco conocías lo profundo que era mi amor que aceptaste semejante embuste tan fácilmente?

—Por supuesto que no le creí. Cuando lo intimé a que me contara la verdad, Julián echó mano de la trampa más abyecta para lograr su objetivo: amenazarme con denunciar tu escondite al teniente Carpio si yo no aceptaba casarme con él.

Laura esperó la reacción de Nahueltruz. Él la estudiaba intensamente, y nada en su gesto transmitía la sorpresa y el desconcierto por los que ella bregaba. La impotencia se apoderó de su ánimo; era evidente que Guor jamás se avendría a creerle.

—Huiste del establo y me dejaste solo cuando te había ordenado que no te movieras de allí.

—Salí a buscar ayuda.

—Huiste movida por la vergüenza de haber sido encontrada en mis brazos.

—¡No! —se indignó Laura—. ¡Salí en busca de ayuda!

—¿No confiabas en mí? ¿No sabías que podía con esos dos palurdos?

Laura cerró los ojos, avergonzada. Sin proponérselo, lo había humillado al dudar de su hombría, le había socavado la fuerza. Con la contundencia de un golpe, la devastó la idea de que si ella hubiese permanecido en el establo, todo habría sido diferente.

—El matrimonio con Riglos —habló Nahueltruz— te convirtió en una mujer muy rica. Desde mi punto de vista, con esa unión sólo has conseguido favorecerte. Y no pareces muy a disgusto con lo aventajada de tu nueva posición: te complace vestir bien, lucir joyas, vivir en una gran mansión y pasearte en una lujosa victoria. En cambio, junto a un hombre como yo, que no sólo era pobre sino perseguido por la Justicia, sólo habrías conseguido pasar penurias y necesidades para las que no estabas ni remotamente preparada. En resumidas cuentas, sólo habrías conseguido denigrarte. ¿Pretendes que crea que estos pensamientos no cruzaron tu cabeza y te influyeron para aceptar la propuesta de Riglos?

—Jamás reparé en eso. Mi único deseo era salvarte.

—¿No se te ocurrió pensar que dejaría el lugar donde me refugiaba para ocultarme en otro? Ya conocías lo precavido que había sido en el pasado.

—Sí, sí —aceptó Laura—, pero Julián me aseguró que te encontrabas malherido y que no serías capaz de dar dos pasos para alejarte del lugar donde te hallabas.

Nahueltruz se llevó las manos al rostro. La voluntad le flaqueaba, y deseó que aquella historia, aunque plagada de fisuras, fuera cierta. Caminó hacia la ventana y perdió la vista en el jardín. Desde allí, sin volverse, recordó con voz melancólica:

—Habías jurado que, adonde yo fuera, me seguirías.

—Era lo único que deseaba, seguirte adonde fuera que marcharas.

Nahueltruz se volvió para mirarla y buscó en los ojos de Laura un atisbo de sinceridad. Pero, herido como estaba, no logró sobreponerse al rencor, y su corazón se cerró a creerle. Todo en ella le resultaba artero y mendaz. Repentinamente, se sintió débil y entristecido.

—Lamentablemente —prosiguió—, el único testigo que podría refrendar tus decires, es decir, tu esposo, está muerto. Y yo, Laura, no volveré a creer una palabra que salga de tu boca.

—María Pancha. Ella fue testigo de cuanto sucedió en Río Cuarto.

—¿María Pancha? ¿Que afirmaría bajo juramento que las vacas hablan si tú se lo pidieras?

Guor la miró con dureza a los ojos y de pronto dijo con marcado resentimiento:

—Te gusta flirtear con todos, que todos te adulen y proclamen la más hermosa. Yo fui una diversión en Río Cuarto durante los tediosos días en que cuidaste a Agustín. Pero, cuando esos días llegaron estrepitosamente a su fin, nada te habría hecho cambiar todo este lujo por la compañía de un indio pobre.

—Tu corazón se ha vuelto de piedra.

—Tan de piedra como el tuyo —se defendió él rápidamente, aunque de inmediato pareció abatirse—: ¿Por qué me dices todo esto cuando ya no tiene sentido? ¿Qué quieres de mí, Laura?

La pregunta la tomó por sorpresa y, desprovista de una respuesta, se quedó mirándolo. Ahora entendía que sólo ella se aferraba a un pasado que no regresaría, sólo ella mantenía la esperanza de una reconciliación cuando Nahueltruz había dejado de amarla. No obstante, volver a perderlo resultaba insoportable y, al verlo decidido a marcharse, fue presa del pánico.

—¡Créeme, Nahuel! —exclamó—. ¡Por amor de Dios, créeme! ¡No te miento! ¡No te miento!

Guor, implacable, avanzó sin mirar atrás. Laura se desmoronó en el piso donde siguió repitiendo entre sollozos: "No te miento, no te miento".

Eugenia Victoria, que entraba en la sala, casi se dio de bruces con Nahueltruz y, al ver a su prima en aquel quebranto, se llevó la mano a la boca para ahogar una exclamación.

—¿Qué sucedió aquí?

—Con su permiso, señora Lynch —dijo Guor—, yo me retiro. —Y abandonó por fin la sala.

—¡Laura, Laurita! —exclamó Eugenia Victoria, y corrió a levantarla.

Nahueltruz Guor dejó lo de Lynch sin recordar los negocios que lo habían llevado hasta allí. Su primer impulso fue dirigirse a lo de Esmeralda Balbastro, pero desestimó la idea de inmediato. A su casa no regresaría; su abuela, Lucero y Blasco demandarían su atención, como de costumbre. Necesitaba un momento a solas. Recordó la mención de los niños Lynch y caminó hacia el Bajo, en dirección del Paseo de la Alameda. A esa hora del día había poca gente, y Nahueltruz caminó entre los álamos volviendo la vista cada tanto hacia el río, que se había tornado de un marrón oscuro a causa de una tormenta inminente. Se levantó viento sur, fresco y con olor a lluvia, y el paseo quedó desolado.

Se sentó bajo un árbol, en un declive que terminaba bañado por las olas cada vez más impetuosas del río. Por el contrario, su estado de ánimo se serenaba. Geneviève y las tardes de domingo a orillas del Sena se presentaron como un recuerdo grato. La dulzura de Geneviève siempre apaciguaba su espíritu inquieto, aun a la distancia. "¡Ojalá te amara, Geneviève querida!", gritó su alma apenada.

Cerró los ojos, repentinamente abrumado por una verdad que no aceptaba por orgullo. Porque no le gustaba reconocer que había vivido en la esperanza de volver a verla; que ni un día había pasado sin que la recordara; que cada vez que hacía el amor era a ella a quien deseaba ver desnuda; incluso cuando amaba a Geneviève era a Laura a quien escuchaba gemir, a Laura a quien besaba, a quien poseía, a quien anhelaba satisfacer. Y tampoco le gustaba aceptar que en los versos de Petrarca también la buscaba a ella, en las referencias a Laura de Noves quería descubrir su belleza y sus virtudes y el consuelo de quien ama locamente sólo para sufrir. No la odiaba. Por supuesto que no. La amaba. La amaba como un idiota; la pasión de las noches en la pulpería de doña Sabrina permanecía intacta, a pesar del tiempo, de los engaños y las traiciones. La había echado tanto de menos. ¿O acaso no la había buscado entre la audiencia del Palais Garnier convencido de que una dama de sus recursos y de su alcurnia algún día viajaría al Viejo Continente? ¿No había desplegado sus magníficas dotes de jinete mientras jugaba al polo imaginando que ella lo observaba desde las tribunas? ¿Acaso no había escudriñado los rostros que se ocultaban bajo los parasoles en Champs Élysées ansioso por encontrar sus adorables facciones que ni los años ni el odio conseguían desvanecer? ¿No había visitado a menudo a Armand Beaumont para conocer el contenido de las cartas de la señora Carolina y no era cierto que su corazón palpitaba frenéticamente cuando alguna línea la mencionaba? Aunque las noticias siempre resultaban escasas e insatisfactorias.

Se puso de pie y se sacudió el polvo con manos bruscas. Abstraído en la intensidad de sus pensamientos, emprendió el regreso. Dio vueltas hasta acabar frente a la casa de Esmeralda Balbastro. El ama de llaves le informó que la señora no se encontraba y le ofreció aguardarla. Minutos más tarde, Guor escuchó la voz de Esmeralda que ordenaba que enviaran por el señor Rosas.

—El señor Rosas la aguarda en la sala —dijo el ama de llaves, y a continuación siguió el repiqueteo apurado de los tacones de Esmeralda que entró como un vendaval de sedas y puntillas.

—¡Qué oportuna coincidencia, querido! Tengo algo que contarte. Vamos, aquí, a mi lado —e indicó el sofá con gesto impaciente, mientras se despojaba del sombrero y los guantes—. Acabo de estar en casa de mi cuñada, Eugenia Victoria Lynch. Fui a visitar a mi ahijado, el pequeño Benjamín —aclaró innecesariamente—. Al llegar, encontré la casa en un gran revuelo. Agnes, la institutriz de mis sobrinos, me informó que la señora Riglos había sufrido una crisis y que la habían llevado a la habitación de Eugenia Victoria y que habían mandado llamar al doctor Wilde, que llegó poco después y se encerró en la habitación con ella cerca de una hora. Cuando por fin salieron, Wilde llevaba del brazo a Laura, muy demacrada, por cierto. La subió en su coche y se marcharon. Eugenia Victoria me informó que Laura se había descompuesto, pero que no era para alarmarse. Te diré, Lorenzo: no le creí una palabra. Ahora temo que las murmuraciones acerca de su salud sean ciertas —concluyó con un mohín.

—Yo también estuve en lo de Lynch —manifestó Guor—. Allí me encontré con Laura. Hablamos.

Esmeralda enarcó las cejas y lo contempló con expectación.

—Si Laura se descompuso —prosiguió Guor—, fue por mi culpa. La traté duramente, y creo que por un momento estuve a punto de golpearla. Tantas mentiras, tantas patrañas —masculló—. Ni siquiera sé por qué accedí a escuchar sus embustes.

—Supongo que movido por el inmenso amor que sientes por ella —tentó Esmeralda.

Guor pareció atravesarla de un vistazo, aunque de inmediato relajó el gesto para decirle:

—Eres un extraño tipo de mujer, Esmeralda Balbastro. Cualquiera en tu posición desearía que mi interés por Laura acabara. Tú, en cambio, pareces interesada en reavivar lo que alguna vez existió entre nosotros, cumpliendo más el papel de mi mejor amigo que el de mi amante.

—Como he llegado a conocerte, sé que careces absolutamente de vanidad, por eso me atrevo a decirte, sin riesgo a que te ensoberbezcas, que, como amante, eres extraordinario, el mejor que he tenido.

Sin embargo, no te amo. Pero te quiero y deseo que seas feliz. ¿Sabes, Lorenzo? Es muy triste, pero existen personas que pasan por esta vida sin saber lo que es amar. Tú y yo, aunque muriésemos hoy, jóvenes y vitales, no deberíamos lamentarlo, pues hemos amado profundamente. Yo, a mi adorado Romualdo; tú, a Laura. ¿No es algo extraordinario? ¿No te resulta maravilloso?

—En absoluto —fue la respuesta sombría de Guor—. Romualdo murió de una enfermedad sin sentido y te dejó sola cuando no llegabas ni a los treinta. Laura me abandonó y se casó con otro por su dinero. El amor sólo nos ha hecho sufrir.

—¡Oh, Lorenzo! —simuló enfadarse Esmeralda—. Pareces un viejo amargado.

Sobrevino un silencio en el cual Guor evitó la mirada inquisitiva de su amante, que lo estudiaba sin recato.

—¿Por qué regresaste a la Argentina? —preguntó repentinamente.

—Bien lo sabes —se enfadó Guor.

—Sí, sí, por lo de tu familia y la expedición del general Roca. Sin embargo, creo que existieron motivaciones aún más poderosas.

—¿Más poderosas que el bienestar de mi familia?

—¿Cuándo supiste que Riglos había muerto?

Aunque la pregunta lo tomó por sorpresa, Guor intentó disimularlo.

—La señora Riglos quedó viuda hace más de dos años, mientras que hace sólo tres meses que regresé a la Argentina.

—Y, seguramente, te enteraste de la muerte de su marido hace más de dos años, ¿verdad?

Guor titubeó y de inmediato se refugió en la ira.

—No creas que, por compartir una cama, permitiré que sigas inmiscuyéndote en mis asuntos con esta impertinencia.

—Vamos, Lorenzo —contemporizó Esmeralda, y lo aferró por el brazo para que no dejara el sofá—. Dime, ¿cuándo supiste de la muerte de Riglos? ¿Hace más de dos años atrás?

—Las noticias no llegan tan rápidamente al Viejo Continente.

—¿Cuándo?

—No recuerdo con exactitud.

—¿Cuándo?

Guor se empecinó en su mutismo.

—Pues bien —claudicó Esmeralda—, tendré que suponerlo. Te enteraste pocas semanas antes de emprender tu regreso. ¿Es así o estoy equivocada? —Guor no la miró ni respondió, e hizo el ademán de ponerse de pie, pero Esmeralda volvió a sujetarlo—. No seguiré importunándote, querido. Dejaremos de lado este tema —expresó, y lo besó ligeramente en los labios.

CAPÍTULO XV
Mal de amores

Desde que el doctor Wilde trajo a Laura indispuesta de lo de Lynch, María Pancha no vivía en paz. Aquella tarde, fue justamente la actitud de Wilde lo que la inquietó. El gesto usualmente risueño del médico contrastaba con uno de preocupación. Wilde recetó una ringlera de tónicos y brebajes y mucho descanso, y aseguró a Laura que si respetaba sus indicaciones en días volvería a ser ella misma. A Magdalena, en cambio, la apartó y le habló con franqueza. No la veía bien, dijo. Muy delgada y demacrada. Su pulso era inestable y sus reflejos, lentos. Le confesó que, al separarle el párpado inferior, lo había alarmado el aspecto blanquecino de la mucosa.

Las recomendaciones de Wilde caían en saco roto porque, a pesar de los esfuerzos de María Pancha y de Magdalena, la tenacidad de Laura se imponía y rara vez terminaba el guiso de lentejas o tomaba la yema en oporto. Pasaba el tiempo en su dormitorio. A María Pancha la desquiciaban los trances en los que se sumía cada vez con mayor frecuencia, cuando se abstraía del mundo a su alrededor. Si le hablaban, Laura levantaba la vista para mirar inexpresivamente.

Desde su reencuentro con Nahueltruz, había atravesado diferentes estados de ánimo. En ese momento, sólo la invadía un vacío insondable provocado por este segundo duelo. El primero había debido sobrellevarlo seis años atrás cuando lo creyó muerto de un balazo; ahora, debía soportar el proceso todo de nuevo, porque aunque él gozaba de excelente salud, ella debía matarlo en su corazón o terminaría destruida.

María Pancha se alegró cuando Eulalia, Genara, Dora y Emmanuel se presentaron una tarde en la casa de la Santísima Trinidad. Ellos operarían en las mejillas de Laura lo que no había conseguido el famoso tónico de cáscara de huevo de tío Tito. Laura los recibió con afecto y les dedicó una sonrisa que María Pancha hacía días no veía en sus labios. Sin embargo, el ambiente no tardó en contagiarse de la preocupación de los jóvenes.

—Estamos aquí por Purita —habló Emmanuel.

—¿Qué pasa con ella? —se alarmó Laura.

Eulalia, más sentimental que el resto, comenzó a moquear. Laura se puso súbitamente de pie.

—¿Qué pasa con ella? —repitió.

Emmanuel también se puso de pie y tomó la palabra para explicar. Días atrás, Climaco Lezica pidió la mano de Pura, y José Camilo Lynch aceptó. Pura, en cambio, puso el grito en el cielo y aseguró que jamás se casaría con él. El cortejante se marchó muy ofendido, y Lynch amenazó a Pura de mil maneras. Por fin, la muchacha confesó que amaba a otro y que sólo aceptaría unirse en matrimonio con él.

—¡Otra que la noche de San Bartolomé! —exclamó Eulalia—. Cuando tío José Camilo supo lo del enamorado secreto de Purita debió intervenir tía Eugenia Victoria para que no le diera una zurra.

—Se trata de Blasco Tejada —explicó Genara, sin sorprender a Laura—, nuestro profesor de francés.

—Que por supuesto ya no lo es más —aclaró Dora—. Tío José Camilo le envió una esquela advirtiéndole que si ponía pie cerca de la casa lo echaría a escopetazos.

—¡Qué incivilizado! —se quejó Eulalia.

Emmanuel retomó la historia. Desde aquella escena, cuatro días atrás, Pura permanecía encerrada en su dormitorio, la llave a cargo de la abuela Celina, pues Lynch no confiaba en su esposa. Aunque la alimentaban, Pura había jurado no volver a tomar bocado y que se dejaría morir antes que aceptar al carcamal de Lezica. Esto alarmó a Laura.

—María Pancha —ordenó—, prepárame la ropa. Saldremos de inmediato para lo de Lynch.

Una vez allí, Laura se enteró de que su primo José Camilo había acudido a un llamado urgente de su estancia en Carmen de Areco. El primer escollo salvado, el segundo lo representó su tía Celina, plantada al pie de la escalera para impedirle el paso.

—Ha sido tu perniciosa influencia lo que ha hecho de mi nieta Pura una perdida. ¡La has moldeado a tu imagen y semejanza! ¡Una perdida! —repitió a gritos.

Laura notó el manojo de llaves que Celina llevaba sujeto a la cintura y se lo quitó de un jalón. Corrió escaleras arriba, seguida por su sobrino Emmanuel; las niñas, por temor a la abuela Celina, habían elegido permanecer en la Santísima Trinidad. Segundos más tarde, los alcanzó Celina Montes. Sus alaridos atrajeron a los sirvientes, a los hermanitos Lynch, a la institutriz y a Eugenia Victoria, que, cuando vio a su prima afanada en probar las llaves en la cerradura del dormitorio de Pura, se echó a llorar.

—Deja de llorar —la urgió Laura— y ayúdame a dar con la llave, que tú, de todas las mortales, deberías oponerte a este desvarío de tu esposo. Si no logro abrir esta puerta, ¡oh, te lo juro, Eugenia Victoria, la tiraré abajo con un ariete!

Encontraron a Pura echada en la cama. La debilidad de su cuerpo se manifestaba en los grandes círculos violáceos en torno a sus ojos, en los labios resecos y en la pronunciada palidez de su semblante. Emmanuel la cargó en brazos y avanzó en dirección de la puerta. Celina Montes volvió a interponerse.

—Tía —habló Laura—, pretendo llevarme a mi sobrina. Lo haré por las buenas o por las malas.

—Emmanuel, devuelve a tu prima a su cama. No te atrevas a desafiarme.

—Insisto —pronunció Laura, y subió el tono—, la sacaré por las buenas o por las malas. Y ruego a Dios que sea por las malas, tía Celina, así tendré la oportunidad de propinarle la paliza que ha conseguido merecer.

Celina Montes apeló a su hija, pero Eugenia Victoria siguió llorando en la silla en la que se había dejado caer. Emmanuel traspuso la puerta y, aunque su abuela lo siguió escaleras abajo, no lo detuvo. Completamente desmadrada, la mujer arremetía contra la impudicia de Laura y recordaba a viva voz los acontecimientos de seis años atrás en Río Cuarto.

Ya en el coche, mientras Emmanuel asistía a Purita, Laura meditaba el paso a seguir. Le indicó a Eusebio, el cochero, que enfilara para la zona de Barracas, por la Calle Larga, donde se hallaba la quinta de los del Solar. Apenas iniciado el viaje, Laura recogió el cuerpo desmadejado de Pura y lo acomodó en su regazo. La arrulló y la besó en la frente y en las mejillas. Varias veces le repitió: "No tengas miedo, yo te protegeré". Pura sollozaba sin fuerzas.

En lo del Solar, doña Luisa se alborotó al ver a la joven Lynch en esas fachas. Descalza, en camisón y sin bata, la cabellera alborotada y con aspecto cadavérico, constituía un cuadro inusual. Emmanuel ayudó a su prima a ubicarse en un sillón, mientras Laura intentaba explicar a doña Luisa.

—¿Cuatro días que esta niña no come? ¡Atanasia! ¡Atanasia! Rápido, mujer, un jarrito con leche tibia y bizcochos de anís. Acabo de hornearlos —explicó a Laura.

La negra regresó al trote y la misma doña Luisa alimentó a Pura, que poco toleraba el aroma de la leche después de días de inanición. Con paciencia, poniendo bocados pequeños en su boca, doña Luisa consiguió que comiera y bebiera algo.

—No deseo más —dijo Pura.

—Atanasia —ordenó doña Luisa—, indica al caballero Unzué la habitación de huéspedes, la que está cerca de la mía. Vamos, Emmanuel —urgió—, lleva a tu prima a descansar un poco.

—Desde este momento —anunció Laura, cuando quedaron a solas—, Pura Lynch está bajo mi protección. Quieren casarla con Climaco Lezica en contra de su voluntad y no voy a permitirlo.

—¿Con Climaco? —repitió, incrédula, doña Luisa—. Podría ser su padre. Aunque es un buen hombre. Y muy rico, por cierto. De todos modos, Purita sólo tiene quince años y Climaco, ¿cuántos años tiene Climaco?

—Más de cuarenta. Nadie discute que Lezica sea un dechado de virtudes, doña Luisa, ni que su patrimonio es de los más grandes de Buenos Aires. El inconveniente tampoco radica en la diferencia de edad, a pesar de que es mucha, sino en la negativa de Purita a aceptarlo. Mi sobrina ama a otro.

—Pobre niña. No llego a comprender la posición de José Camilo, un muchacho tan razonable y benévolo. Ni tampoco la de tu prima Eugenia Victoria, ¿o se olvidó de que a ella también querían forzarla a tomar los hábitos? El correr de los años nos vuelve desmemoriados.

—Los aprietos económicos también —expresó Laura, y enseguida agregó—: Doña Luisa, necesito su ayuda.

—Lo que desees, querida.

—Necesito que reciba a Purita en esta casa por algún tiempo hasta que yo resuelva este enredo con mi primo José Camilo. Si llevase a Purita a la Santísima Trinidad, mis tías y mi abuela Ignacia se encargarían de trastornar mis planes. Necesito un lugar apartado, un sitio donde nadie la moleste por un tiempo, donde pueda restablecer su salud y su espíritu.

—Que bastante quebrantados los tiene la pobre —acotó doña Luisa, y sonrió—. Pura estará muy bien aquí, querida. Yo me encargaré de ello. La cuidaré como si se tratase de mi propia hija.

Aunque a veces se reía de doña Luisa, de sus arrebatos, de sus modos un tanto histriónicos, en ese momento Laura la respetó profundamente. Su entrega incondicional, sin mayores cuestionamientos, la sobrecogió. Quizá debido a su ignorancia o a la perpetua distracción en que vivía, no reparaba en las graves consecuencias. Como fuera, Laura la abrazó y le agradeció al oído. Apareció Emmanuel e informó que Atanasia se encargaba de asear a Pura.

—Pediré a Wilde que venga a verla —informó Laura—. No estaré tranquila hasta conocer su opinión. Sólo Emmanuel y yo sabemos que Pura se encuentra aquí, y será conveniente que, al menos por el momento, nadie se entere. En Wilde podemos confiar, él guardará el secreto, lo sé. Vendremos a verla con frecuencia. Yo proveeré lo que necesite. Para comenzar, enviaré ropa y efectos de tocador. —Laura abrió su escarcela y sacó varios billetes—: Tome, doña Luisa, para los gastos de Pura.

—Devuelve eso a tu bolsa y no seas impertinente. ¿Crees que aceptaré tu dinero? De ninguna manera. Purita es mi invitada, yo me haré cargo de ella. Además —agregó con picardía—, ¿qué voy a hacer con el dinero que me dejó Avelino? Ésta es una buena excusa para gastarlo.

En el dormitorio, Laura encontró a Pura bañada y cambiada. Atanasia le secaba el pelo con una toalla. Al ver a su tía, la muchacha se puso a llorar. Atanasia desapareció discretamente. Laura avanzó y se arrodilló junto al tocador. Farfullando las palabras, sollozando, Purita confesó sus temores.

—Blasco regresará a Francia, lo sé, tía. No permanecerá en Buenos Aires después de la amenaza de papá. Él cree que voy a casarme con Lezica, cree que nos han separado para siempre. Ojalá muriese, ojalá enfermara gravemente y muriese. No quiero vivir sin Blasco. No me mires así, tía Laura. Tú no conoces la profundidad de mi sufrimiento, piensas que lo que digo es fruto de un impulso irracional.

No es así. Quiero morir porque sin Blasco no creo que tenga sentido vivir. Tú nunca me entenderías, nadie puede entenderme porque nadie ha amado como yo amo a Blasco.

—Claro que te entiendo, Purita, y porque te entiendo es que estoy aquí, a tu lado, ayudándote. ¿O crees que me enemistaré con toda la familia pensando que tu amor por Blasco es un capricho?

Eusebio tenía órdenes de entregar la nota en manos del joven Tejada. Sin embargo, en casa del señor Lorenzo Rosas, le aseguraron que Blasco se había marchado y que no conocían su paradero. Laura temió que hubiese regresado a Europa y se dirigió al puerto, donde le informaron que el *Douce Mer* había zarpado diez días atrás con destino a Calais, mientras el próximo paquebote lo haría en una semana con destino a Cádiz. Laura se tranquilizó en parte: al menos, Blasco no zarparía por el momento.

—¿El joven Blasco no es muy amigo del doctor Mario Javier? —sugirió Eusebio, y Laura se reprochó no haberlo pensado antes.

Mario Javier vivía en un cuarto ubicado detrás de la imprenta de la Editora del Plata. La señora Riglos no le cobraba alquiler y él intentaba mantenerlo limpio y decente. La noche en que Blasco, muy bebido, llamó a su puerta, Mario no tuvo corazón para despedirlo. Incluso lo ayudó a entrar —a duras penas mantenía el equilibrio— y a beber café. Blasco se quedó dormido en la silla sin explicar el motivo de su borrachera, aunque Mario Javier, que conocía sus amoríos secretos con la hija de Lynch, no dudó de que el mal que lo aquejaba era de amores.

A la mañana siguiente, Blasco confesó que se había peleado con Nahueltruz y que había abandonado la casa de la calle de Cuyo.

—¿Por qué riñeron? —se interesó Mario Javier.

—Lynch fue a reclamar a Nahueltruz mi relación con Pura. Nahueltruz enfureció, nunca lo había visto así.

—Entiendo que el cacique Guor y Lynch son socios en un negocio de caballos —acotó Mario Javier—. Supongo que ése fue el fin de la sociedad.

—No sé. De todos modos, no fue lo que Nahueltruz me reclamó. Se enfureció al saber que me había fijado en una mujer como Pura Lynch, tan por encima de mí. La llamó "niña consentida, veleidosa y egoísta". Me dijo que terminaría por romperme el corazón, que yo sólo era un juguete, un divertimento, que era un estúpido por permitir que una casquivana como ésa me usara sin sentimientos. Que, al final, se casaría con Lezica, porque es de su clase, y que me dejaría como a un trasto viejo.

—No me pareció que la señorita Lynch fuera del tipo casquivano.

—¡Por supuesto que no! —prorrumpió Blasco—. Es que Nahueltruz aún sangra por la herida. Después de todo, Pura Lynch es la sobrina dilecta de la señorita Laura. Y ya sabes cómo somos los indios: jamás olvidamos una afrenta.

Laura se presentó en la Editora del Plata y, sin rodeos, preguntó adónde se hallaba Blasco Tejada. En silencio, Mario la guió hasta su cuarto. A través de la puerta, le avisó a Blasco que la señora Riglos deseaba verlo. Le dieron tiempo para adecentarse.

—Señorita Laura —pronunció Blasco en voz queda—. Disculpe, señorita, jamás imaginé que usted vendría. Si no... No culpe a Mario, yo le pedí que me acogiera. Él es un buen amigo.

Laura levantó la mano y Blasco calló.

—Me alegro de que estés aquí. Pura temía que hubieras marchado a Francia.

—¿Marcharme? ¡Qué idea! Y dígame, ¿cómo está ella? Dicen que la mantienen encerrada, que no come, que ha jurado dejarse morir.

—Se encuentra bien. Bajo mi protección. He venido hasta aquí para traerte un poco de serenidad, pues imagino que estos días han sido un infierno.

—Infierno es poco. Tantas ideas nefastas cruzaron mi mente que pensé que enloquecería. ¿La casarán por fin con Lezica?

—No si puedo evitarlo. Ella te ama, Blasco, y, si es contigo que ha decidido pasar el resto de su vida, estoy dispuesta a ayudarla. En fin, a ayudarlos. Espero que estés a la altura de la situación. Espero que estés dispuesto a luchar por ella.

—Claro que lucharé por ella. Gracias por ayudarnos —murmuró.

—¿Por qué no estás en casa de Nahueltruz?

—Hemos peleado. No podía seguir viviendo bajo el mismo techo después de las cosas que me reclamó. No quiere que continúe mi relación con su sobrina.

—Entiendo.

CAPÍTULO XVI

Regreso sin gloria

El general Roca terminó su conquista del desierto en la localidad de Carmen de Patagones. Allí abordó la cañonera *Paraná* que lo condujo a Buenos Aires. Durante la travesía por mar, confinado a su litera a causa de los malestares estomacales, Roca tuvo tiempo para pensar. Carente de batallas épicas que rememorar, la expedición al sur se cerraba sin gloria. Él, por ejemplo, no se había topado con un indio alzado ni para muestra. A Eduardo Racedo y a Uriburu les había tocado la peor parte y debieron contender con los caciques más bravos, entre ellos el famoso Baigorrita. Sin mayores pérdidas, quebraron la endeble columna vertebral de los ranqueles y los aniquilaron.

Por fin anexado a la República el territorio del sur, el general centró su atención en el próximo desafío: conquistar la presidencia de la Nación. A veces lo juzgaba un disparate. Los porteños jamás se avendrían a aceptar a un tucumano. El federalismo, que tanta sangre le había costado al país, era de la boca para fuera; los porteños, encabezados por personajes como Mitre y Tejedor, mantenían vivo el espíritu unitario y sedicioso.

Al poner pie en tierra, Roca tuvo la impresión de que había dejado Buenos Aires años atrás, a pesar de que habían transcurrido tres meses. Pocas personas fueron a recibirlo la fría mañana del 8 de julio del 79. Saludó a su mujer y a sus amigos con sincero afecto. Clara comentó que un suculento desayuno los aguardaba en la casa de la calle Suipacha. La idea de café caliente y sabrosas confituras sedujo a todos, en especial al coronel Gramajo.

Instalados en el comedor, sus amigos lo acribillaron a preguntas, cotejaron información y rieron con los conocidos sarcasmos del general. Roca, por su parte, se enteró de los últimos rumores en materia política y social, y cayó en la cuenta de que la fuga de la señorita Lynch a causa de un amor mal avenido constituía la novedad que opacaba la epopeya del ministro de Guerra y Marina que había acabado con el problema secular del indio.

—Fue la viuda de Riglos quien orquestó la fuga —comentó Madero, su locatario—. Es ella quien la mantiene escondida.

—¿Cuál ha sido la reacción de José Camilo Lynch? —se interesó Gramajo.

—Se comenta que tuvo un encuentro feroz con la viuda y que amenazó con recurrir a las autoridades si no le decía dónde esconde a su hija Pura. De todos modos, por el bien de las apariencias, hasta el momento Lynch se abstiene de cumplir con su amenaza.

—Sabrás, Julio —apuntó Lucio Mansilla—, a nosotros, los porteños, no nos sorprende la actitud de Laura, quiero decir, de la viuda de Riglos. Nos entretiene, eso de seguro, pero no nos sorprende. Estamos habituados a sus extravagancias. Es una mujer valiente; la tienen sin cuidado los escándalos.

—Disculpe, coronel Mansilla —intervino Clara Funes—, pero no considero que la señora Riglos esté procediendo con valentía al enfrentar a una hija con su padre. Más bien es una afrenta a la moral y a la familia.

—Se puede juzgar errado o acertado el proceder de la viuda de Riglos, señora Roca, pero debe coincidir conmigo en que hacen falta muchas agallas para hacer lo que ella hizo.

—¿Qué ocurrió exactamente? —habló Roca por primera vez, tratando de enmascarar su interés con un suspiro.

—Prácticamente a la rastra —explicó Clara—, sacó a la señorita Pura de su casa, pasando por encima de la autoridad de su madre y de su abuela, la señora Celina Montes, que recibieron amenazas de toda índole. La llevó a un sitio recóndito del cual no se tienen noticias y la mantiene oculta para evitar que su padre pueda hallarla.

—Algún motivo habrá tenido para proceder así —apuntó Roca, y notó la exasperación en el rostro de su mujer.

—Motivo, señor, no le faltaba —terció Mansilla—. José Camilo pensaba casar a la pobre Pura con Climaco Lezica. Y ya todos sabemos que Laura siente debilidad por su sobrina.

—¿Lezica? ¿El comerciante? —preguntó Gramajo, y Mansilla asintió—. Ese hombre es mayor que yo.

—Laura juró —continuó Mansilla— (y repetiré textualmente sus palabras) que sólo sobre su cadáver casarían a Pura con esa antigualla que huele a baúl de sótano y que es más aburrido que bailar con el hermano.

Roca lanzó una risotada. Ciertamente, a la viuda de Riglos no le faltaban agallas. En contra de toda lógica, anhelaba reencontrarse con ella, y no contaban las noches de insomnio durante la expedición en las que había decidido que, a su regreso, no volvería a convocarla a la casa de la calle Chavango.

El desfile de personalidades políticas y amigos duró todo el día. Casi al anochecer, Roca halló un interludio para encerrarse en su despacho y estudiar la documentación y la correspondencia que se habían acumulado a lo largo de tres meses. La primera impresión de desapego comenzaba a desvanecerse; la familiaridad y la confianza tomaban su lugar. Incluso, la idea de postularse como presidente no resultaba tan disparatada después de las reiteradas muestras de apoyo que había recibido a lo largo de la jornada. Para empezar, su círculo más íntimo organizaba un banquete en el Club del Progreso donde se proclamaría su candidatura.

Roca analizó la correspondencia, apartó la que entregaría a sus amanuenses del ministerio y se concentró en la que debería atender de puño y letra. Además de las de sus hermanos Alejandro y Ataliva, había cartas de su concuñado Juárez Celman, de viejos camaradas militares y de su suegro. Al revolver el cajón en busca del abrecartas, le llamó la atención un sobre amarillo con una caligrafía particular por lo mala: la del coronel Baigorria. Confirmó que se trataba de la carta que había buscado infructuosamente antes de partir hacia el sur, donde el coronel le hablaba de los ranqueles. Fechada en San Luis el 24 de abril de 1875, la misiva comenzaba con un afectuoso saludo: "Mi estimado general Roca". A pesar de la caligrafía y de que los errores ortográficos no tardaron en aflorar, Roca se repantigó en su butaca y leyó con interés.

El escándalo por la fuga de la señorita Pura Lynch adquirió ribetes de novela cuando los periódicos comenzaron a ocuparse del asunto. La ciudad se dividía entre aquellos que apoyaban a Laura Riglos, los "lauristas", y los que tomaban partido por el padre de la muchacha, los "lynchistas". Laura encontraba el enredo muy divertido y vigorizante. La que verdaderamente sufría era su prima Eugenia Victoria. Terminó por ceder y en secreto la hizo llevar a la quinta de los del Solar.

Ante el asombro de todos, la abuela Ignacia se mantuvo al margen de la disputa. Le pesaban los años y el temor a Laura, que se mostraba más desafiante que de costumbre. Agradecía la abundancia en la que vivía y sólo se interesaba por sus rosales y jazmines. Tía Soledad y tía Dolores, en cambio, adoptaron la actitud beligerante que las caracterizaba. Juzgaban la intervención de Laura "una blasfemia" toda vez que su proceder inducía a Purita a faltar al cuarto mandamiento. Según Dolores, la más ensañada, Satanás operaba a través de Laura.

En la casa de la Santísima Trinidad no faltaban discusiones, caras largas, miradas aviesas y comentarios malintencionados. Laura comía sola en su *boudoir*, a veces en compañía del abuelo Francisco, a veces en la de su madre, que, consciente de la testarudez de su hija, eludía el tema de Pura y se refería mayormente a su boda con Pereda. Tía Carolita se proclamaba una "laurista", convencida de que el matrimonio era un sacramento que se sublimaba exclusivamente en el amor de los cónyuges. Matrimonios arreglados, como el de Felicitas Guerrero y Martín de Álzaga, servían como ejemplo que no debía imitarse.

La terquedad de Lynch, sin embargo, no conocía límites, y de nada valían los ofrecimientos de ayuda económica por parte de Laura, que sólo conseguían ofenderlo y obstinarlo.

—Prefieres vender a tu hija al mejor postor antes que aceptar la ayuda que te ofrezco.

—Cómo te atreves. No vendo a mi hija al mejor postor. Climaco Lezica es un buen hombre que asegurará el futuro y bienestar de Pura. Prefiero estar muerto a verla casada con un pobre diablo.

—Mi prima Eugenia Victoria se casó con el hombre más rico de Buenos Aires y ahora pasa grandes penurias económicas. ¿Quién puede saber lo que el porvenir nos depara? El señor Tejada es un joven inteligente, lleno de aspiraciones. No siempre será el *pobre diablo* que es ahora.

—Sé que quieres entrañablemente a mis hijos, pero ellos son *mis* hijos, Laura. Es mi potestad decidir acerca de su porvenir. No quiero que te inmiscuyas. Deberías engendrar tus propios hijos y dejar en paz a los de los demás —agregó Lynch.

—No hace falta que me lastimes, José Camilo.

Lynch golpeó el escritorio y bramó:

—¡Carajo, Laura! A veces deseo que seas hombre para sacarte a golpes lo que no consigo con palabras y amenazas.

—Aunque me golpees, no conseguirás nada de mí. Protegeré a Pura hasta las últimas consecuencias. Amo a tus hijos, José Camilo, porque son los hijos de Eugenia Victoria. —Laura también acompañó con un golpe lo que pronunció a continuación—: Me rebela tu actitud cuando, más de quince años atrás, casi pierdes a la mujer que amas por una actitud similar en la que ahora te obstinas con tu hija Pura. ¿No te acuerdas de lo que sufriste? ¿Nada recuerdas de tu padecimiento y el de Eugenia Victoria?

—Por ideales románticos baratos no permitiré que mi hija mayor sea la mujer de un don Nadie. ¿Quién es este Blasco Tejada? ¿Qué sabemos de él? ¿Quiénes son sus padres? ¿De qué familia procede? Podría ser el hijo bastardo de alguna perdida por todo lo que sabemos.

—Es el pupilo del señor Rosas. Él le ha brindado una educación superior a la de tus propios hijos. Pareces muy a gusto con el señor Rosas. ¿Eso no cuenta?

—Yo hago negocios con el señor Rosas, admiro al señor Rosas, lo respeto también, pero sé que no pertenece a mi clase y que jamás lo consideraré un amigo.

Gracias a los buenos oficios de tía Carolita, Blasco vivía en una pensión que pertenecía a los jesuitas, una construcción antigua, algo lúgubre, pero bien mantenida, donde años atrás había funcionado la Casa de las Temporalidades. La renta era una bicoca y la habitación estaba limpia, sin insectos ni roedores. Dos veces por semana, María Pancha recogía las sábanas y la ropa sucia de Blasco y las devolvía lavadas y almidonadas. No le faltaba comida, que Eusebio, el cochero, le llevaba en una canasta todas las noches. Blasco pagaba la renta y otros gastos con el sueldo que ganaba en la Editora del Plata, donde se desempeñaba como redactor de *La Aurora*; dado su dominio del francés, Mario Javier también le había asignado la traducción y comentarios de los artículos de los periódicos más importantes de París que llegaban a menudo en los paquebotes. Blasco no tenía tiempo para aburrirse y, si bien su interés por las leyes no había desaparecido, encontraba fascinante ese trabajo. Se afianzaba su amistad con Mario Javier y con el otro empleado, Ciro Alfano, encargado de enseñarle los secretos del oficio. Así no se sentía tan solo.

Su ansiedad por saber de Pura lo perturbaba, y las noticias que le traía la señorita Laura nunca resultaban suficientes. Las cartas entre los enamorados estaban prohibidas, y Laura debió explicarle por qué.

—Según mi abogado, si la policía llegase a encontrar en tu poder una carta de Pura lo consideraría prueba suficiente de que sabes dónde se oculta mi sobrina y te encarcelaría sin más por tratarse ella de una menor. Sería un modo eficaz de chantajear a Pura.

—¿Y usted, señorita Laura? ¿No corre usted peligro de que el señor Lynch la mande a encarcelar? Según entiendo, varias personas fueron testigos de que usted se llevó a Pura de casa de su padre.

—Mi primo, el señor Lynch, tiene temor al escándalo. No lo hará, no te preocupes. Una cosa es encarcelar a un joven sin conexiones ni dinero como tú y otra cosa es probar fuerzas con la viuda de Riglos. Quédate tranquilo.

Blasco también entendía lo imprudente de aventurarse a la quinta de los del Solar; no obstante, cada mañana, cuando despertaba, le costaba refrenar el ímpetu que lo acometía de correr por la Calle Larga hasta Barracas.

—Mi primo José Camilo te hace seguir —interpuso Laura—. Hace días que Eusebio ve a un hombre que merodea la editora y la pensión.

—¿No la hace seguir a usted también, señorita Laura?

—Por supuesto que me hace seguir. A mí, a María Pancha y a Eusebio. Pero soy demasiado astuta para caer en una trampa tan burda.

—¿Quién va a ver a Pura, entonces?

—Tu abuela, doña Carmen. Ya hacía de espía en las épocas del coronel Mansilla. Parece no haber olvidado el *métier*.

A pesar de que su mente vagaba en mayor medida por otros derroteros, Blasco nunca abandonaba por completo el recuerdo de Nahueltruz. Lo echaba de menos, sobre todo las conversaciones después de cenar, mientras bebían café y licores, cuando le hacía sentir que lo consideraba un hombre; atrás había quedado el chiquillo del colegio en Fontainebleau. Incluso echaba de menos sus frecuentes silencios, que eran una taciturnidad natural más que una descortesía estudiada. Con Nahueltruz, siempre se sentía a gusto. Después de Pura, era a quien más amaba.

Una tarde, Nahueltruz se presentó en la editora. Saludó afectuosamente a Mario Javier y le preguntó por sus padres. Saludó también a Ciro Alfano, que se mostró intimidado ante la figura de coloso que le extendía una mano grande como una prensadora.

—Buenas tardes, Blasco —dijo a continuación, y se acercó a su escritorio.

—Buenas tardes —contestó el muchacho.

Mario Javier le pidió a Ciro que les alcanzara una taza de mate cocido y acomodó una silla junto a la de Nahueltruz. Hacía un esfuerzo para no llamarlo cacique y para evitar los temas y las gentes del pasado. Hablaron mayormente del periódico. Blasco, que permanecía callado, se dedicó a estudiar a Nahueltruz, a quien encontró envejecido y cansado, como si esos días de separación se hubiesen convertido en años. Definitivamente, sus sienes estaban más canosas, sus ojeras más abultadas y el ceño de la frente más acentuado.

—Vengo de casa del senador Cambaceres —pronunció Guor—. Me dijo que, por el momento, resulta imposible conseguir el permiso para visitar Martín García.

Tanto Mario Javier como Blasco sabían que la visita a la isla significaba la única posibilidad de volver a ver a Epumer, el tío más querido de Nahueltruz.

—Como están las cosas —prosiguió—, con la expedición de Roca recién terminada, prefieren esperar a que se aplaque el avispero antes de dar rienda suelta con los prisioneros. ¡Cómo si pudieran hacer algo, los pobres diablos! —exclamó, y parte de su eterno rencor despuntó en sus ojos grises confiriéndoles una vivacidad ausente hasta ese momento.

—¿Se ha arruinado tu negocio de caballos con el señor Lynch? —preguntó Blasco a quemarropa, y a Nahueltruz le tomó unos segundos responder.

—No es por eso que me opongo a que te relaciones con su hija.

—¿Se ha arruinado?

—No, no se ha arruinado. Lynch está tan necesitado de dinero que ha seguido adelante, a pesar de todo. Más ahora que Lezica amenaza con retirar su parte del capital si el matrimonio no se concreta. He ofrecido poner el dinero que falte.

—Entonces —habló Blasco—, el matrimonio de Pura y ese hombre es por dinero.

—Los matrimonios de estas gentes *siempre* son por dinero. No quiero que te lastimen, Blasco —expresó Guor con el gesto y la voz repentinamente mitigados—. Quiero que regreses a casa, que estés con nosotros, tu familia.

—No. Estoy bien donde estoy. Me gusta ganar mi dinero. Me gusta esta independencia que de otro modo no tendría. Ya soy un hombre, Lorenzo, y si quiero desposar a Pura Lynch debo aprender a ganarme el pan.

Laura entró en la imprenta y saludó a Ciro Alfano.

—¡Señora Riglos! —exclamó el muchacho, que sufría un desbarajuste cada vez que la hermosa viuda se le plantaba enfrente—. ¿Ha traído el último capítulo de *La gente de los carrizos*? ¡Es un éxito! La tirada ha aumentado considerablemente. Las suscripciones también. ¿Puede creer que las señoras envían a sus criadas a suscribirse? Ocultan su interés en el folletín, pero resulta evidente. Si no, ¿cómo mujeres analfabetas se suscribirían? Debo confesarle, señora, que yo mismo soy un gran admirador suyo.

Al percatarse de la presencia de Nahueltruz, Laura dejó de sonreír. Nahueltruz, por su parte, se había puesto de pie y la miraba. Laura también lo miró y le pareció que el último encuentro en lo de Lynch había ocurrido décadas atrás. Entregó el manuscrito a Ciro, dijo "buenas tardes" y marchó hacia la calle. Guor salió tras ella, desconcertando a Ciro, preocupando a Mario Javier y a Blasco. Laura caminaba a paso ligero; María Pancha la seguía con una canasta bajo el brazo.

—¡Señora Riglos! —llamó, y acortó la distancia a la carrera.

Era la primera vez en más de seis años que Nahueltruz se topaba con la negra María Pancha. El tiempo no corría para esa mujer, lucía igual, incluso su hostilidad era la misma. Se quitó el sombrero y la saludó con un breve movimiento de cabeza. Enseguida se dirigió a Laura, radiante en su traje de seda a rayas rosas y blancas. La caminata veloz le había coloreado los carrillos. Se la veía saludable. Parecía mentira que semanas atrás se hubiera cotilleado que sufría de consunción.

—Laura —dijo en voz baja.

—¿Señor Rosas? —replicó ella, ocultando su mirada detrás del parasol.

—Sabes que no estoy de acuerdo con esta relación entre la señorita Lynch y Blasco…

—Me tiene sin cuidado —aseguró, y tuvo intención de recomenzar la marcha, pero Guor le suplicó que aguardase.

—Escúchame, por favor.

Laura corrió su parasol y lo miró directo a los ojos.

—Tengo prisa, señor Rosas. Hable de una vez.

—No estoy de acuerdo, es verdad, y mis razones las conoces de memoria. Los Lynch destrozarán a Blasco antes de permitirle que se acerque a Pura. Y sabes que haré lo imposible para preservarlo de ese calvario. No hice de él lo que hice para que tu sobrina lo destruya por un capricho de niña gazmoña. De todos modos, quiero agradecerte lo que haces por él. Eduarda me ha dicho que la Editora del Plata es de tu propiedad, y también me ha dicho que ayudas a Blasco en muchas otras cosas.

—Por ejemplo —apuntó María Pancha—, en esta canasta llevo a la pensión su ropa lavada y planchada con mis propias manos, que no es poco, *señor Rosas*.

—María Pancha, por favor —intervino Laura, pero la mujer no tenía pensado callarse.

—Y Eusebio, el cochero del señor Francisco, le lleva todas las noches un plato de comida caliente. Una porción de la *misma* comida que se sirve en la mesa de la Santísima Trinidad, *señor Rosas*.

—¿Por qué lo haces, Laura?

—¿Acaso no ha escuchado lo que se murmura? —siguió María Pancha—. Dicen que lo hace por Pura. Otros insinúan que se trata simplemente del gusto de Laura por el escándalo. Incluso hay quienes aseguran que está enamorada del señor Lezica. La verdadera razón es otra, y está celosamente guardada.

—¿Por qué? —insistió Guor.

—¿Por qué? —repitió Laura con fastidio—. Porque si alguien me hubiese ayudado *a mí* seis años atrás en Río Cuarto, cuando me encontraba tan sola y desesperada, otra habría sido mi historia. Pero eso ya no cuenta. Buenas tardes.

La hostilidad de Laura lo dejó sin fuerzas y, mientras ella se alejaba, él permaneció quieto en medio de la acera, con la mirada puesta en su figura. Lo sobrecogieron las ganas de preguntarle y decirle muchas cosas, pero no se movió ni hizo el intento de seguirla o llamarla. Recordó, como a menudo, las palabras que Ventura Monterosa le dijo antes de partir. Que Laura lo amaba, que lo había amado antes y que lo amaría siempre.

CAPÍTULO XVII
Déjà vu

Virginiana Parral jamás habría aprendido a leer y a escribir si su vida no hubiese dado un giro radical la siesta en que el patrón la vio bañarse en la laguna y la tomó sin mayores explicaciones. Ella contaba quince años cuando María Esther, el primer fruto de sus amoríos con el patrón, nació. Virginiana dejó el rancho de su padre, un peón más de la estancia, y se mudó a la casa grande, donde servía al patrón en la mesa y en la cama.

Además de poseer una belleza agresiva y exótica, con sus ojos de tigresa y una piel cobriza que brillaba a la luz del sol y de la luna, Virginiana era perspicaz y rápida de entendederas. Con paciencia, usando las artimañas que seducen a cualquier hombre infatuado, ganó autoridad en la casa grande, desplazó a la mujer del capataz y se convirtió en la patrona de quienes habían sido sus pares. Ahora la llamaban "señora", y le temían.

Al patrón lo complació la avidez de Virginiana y le pidió al padre Epifanio, el cura de la Matanza, poblado donde se hallaba su campo, que le enseñara a leer y a escribir. La muchacha no sólo aprendió a leer y a escribir sino que tomó gusto por las aritméticas, y en poco tiempo se hizo cargo de las cuentas de la estancia, tarea que fastidiaba al patrón, más afecto a los negocios de ciudad que a llenarse las botas con estiércol.

Iban por la segunda niña cuando Virginiana entendió que el patrón la llenaría de hijos que jamás llevarían su apellido. Terminarían por convertirse en peones, respetados y con buenos jornales, sí, pero nada más. En cuanto a las niñas, el patrón ya hacía planes para enviarlas a estudiar a conventos en la ciudad, donde, sin duda, pretendía que pasaran el resto de sus días. Una noche, Virginiana le negó sus favores y se atrincheró en una habitación, la que abandonó cuando le confirmaron que el patrón había partido hacia la ciudad hecho una furia. Virginiana dejó de ocuparse de los asuntos del campo; las cuentas se acumulaban, los mamotretos juntaban polvo en los anaqueles con las entradas vacías, los animales se desperdigaban en propiedades vecinas y los peones no recibían la paga; también desatendió los quehaceres domésticos y prohibió que otros los llevaran a cabo. De regreso, el patrón se encontró con un desquicio.

—Virginiana, ¿qué estás buscando? —preguntó sin mayor autoridad.

—Que me convierta en su mujer, patrón.

—Ya eres mi mujer.

—Su mujer ante Dios, patrón, y que mis hijos lleven su apellido.

El hombre meditó unos segundos antes de prometer:

—Cuando me des un hijo varón, te convertiré en mi esposa.

A Virginiana le pareció un trato justo. A su debido tiempo, le dio un varón, y, por insistencia de ella, el niño llevó el nombre del padre: Climaco Lezica.

Los casó el padre Epifanio luego de la cuarentena de Virginiana en una ceremonia a la que asistieron pocas personas. La vida del matrimonio no distaba de la del concubinato que habían llevado por más de cinco años. Él visitaba la Matanza cuando los negocios en la ciudad se lo permitían, mientras ella continuaba a cargo del campo, de la casa grande y de los niños. Solamente que ahora Virginiana lucía un vistoso anillo en la mano izquierda y se hacía llamar "señora Lezica".

A menudo, los peones que viajaban a Buenos Aires le traían periódicos que a Virginiana le gustaba leer. En especial se había aficionado a *La Aurora*, uno con folletines cautivantes escritos por una mujer, una tal Laura Escalante. Allí se enteró del jaleo entre "lauristas" y "lynchistas". El periódico se le resbaló de las manos cuando llegó al párrafo que decía que Climaco Lezica era el protagonista del embrollo.

La jornada empezó con la consuetudinaria disputa con tía Dolores, que se arrogaba el papel de ministra plenipotenciaria de José Camilo Lynch y Climaco Lezica en la Santísima Trinidad. Laura terminó por ordenarle que empacara y se marchara antes del mediodía.

—Ésta es la casa de mis padres —interpuso Dolores—, no me moverás de aquí.

—Se equivoca. *Era* la casa de sus padres. Está a mi nombre desde que pagué la hipoteca que la gravaba. ¡Ahora la quiero fuera antes del mediodía!

Laura nunca había visto llorar a su abuelo Francisco. El anciano se presentó en su habitación y rogó misericordia para su hija Doloritas, una mujer, dijo, amargada a causa de los golpes recibidos en el pasado.

—Yo también fui duramente golpeada por la vida, abuelo.

—Pero tu espíritu, Laurita —interpuso Francisco Montes—, es superior al de ella. Por eso, porque conozco tu naturaleza, es que apelo a tu piedad: no apartes a Dolores de esta casa, estaría perdida sin nosotros, incluso sin ti.

—No me adjudique un espíritu superior para convencerme de no expulsar de mi propia casa a una mujer que siempre me ha hostilizado. No soy tan benévola ni perfecta. Pide demasiado. He soportado bastante.

—Lo sé. Has tenido paciencia y has sido generosa. La verdad es, querida, que yo no podría vivir aquí si expulsases a una de mis hijas. ¿Sabes? Permití que tu abuela gobernara sus vidas, incluso la mía, y los frutos están a la vista. Quizá sea demasiado tarde, pero quiero protegerlas.

Las mejillas apergaminadas de Francisco brillaron de lágrimas, y Laura no tuvo corazón para negarle lo que pedía. Se arrodilló frente a él, le retiró las manos de la cara y se la secó con su pañuelo.

—Tía Dolores puede quedarse, abuelo. Pero ya no vuelva a llorar. Usted sabe, a los niños no nos gusta ver llorar a los adultos.

Más tarde, Laura se topó con Dolores en el corredor.

—No confunda mi misericordia, no es para con usted sino para con mi abuelo Francisco. Por el bien de todos, no vuelva a cruzarse en mi camino.

Laura decidió dejar atrás el altercado y olvidar las lágrimas de su abuelo. Nada le arruinaría el entusiasmo con el que aguardaba la velada en el Club del Progreso esa noche. Necesitaba prepararse. La sociedad aguardaba expectante su aparición, y ella se había propuesto descollar. La excitaba enfrentar el antagonismo de los "lynchistas", y ya se regodeaba con los intercambios cargados de ironías y sutilezas. Ansiaba conocer la opinión de Avellaneda, de Sarmiento, ¡ah, en especial la de Sarmiento!, de Estanislao Zeballos, que de seguro la atacaría, de Eduardo Wilde, que, probablemente, se mostraría ambiguo.

La presencia de Roca otorgaría a la noche la intriga que la convertiría en inolvidable. La idea del reencuentro le provocaba sentimientos en disputa. Por un lado, aún la seducía el adusto general. Por el otro, Clara Funes y sus cuatro hijos se volvían obstáculos pesados como cadenas. En el fondo, incluso a pesar de ella y de sus esfuerzos, aún contaba Nahueltruz Guor.

Eduarda Mansilla le había advertido que evitara a Climaco Lezica durante la fiesta. Se decía que andaba como loco y que culpaba abiertamente a la viuda de Riglos por influir en el ánimo de su prometida. La tozudez de Lezica resultaba sorprendente. Su falta de orgullo, también. No parecía importunarlo el papel de novio despreciado ni ser objeto de bromas pesadas y comentarios sardónicos. Los periódicos obtenían pingües ganancias con el enredo, y hasta se publicaban folletines basados en la historia de Lezica y la señorita Lynch. El más popular era el de *El Mosquito*, titulado *A la vejez, viruela*.

A Laura comenzaba a inquietarla la tenacidad de Lezica y la intransigencia de su primo José Camilo. ¿Hasta cuándo debería esconder a Purita? Aunque la paciencia de la muchacha era loable, Laura sabía que no mantendría enjaulado a un espíritu inquieto como el de ella por mucho tiempo. Incluso Blasco se impacientaba, y Laura temía que se precipitara en una decisión que lo perjudicaría irremediablemente.

Elegía entre sus trajes para la fiesta en el Club del Progreso cuando María Pancha le informó que la señora Lezica la aguardaba en la sala.

—¿La señora Lezica? —se extrañó Laura—. ¿Acaso la madre de Lezica no murió el año pasado?

—¡Que madre ni madre! —se impacientó la criada—. La señora Lezica —insistió—, la *esposa*, no la madre.

Resultaba difícil calcular la edad de la señora Lezica. Sí se deducía con facilidad su extracción humilde; su belleza, sin embargo, era innegable; para pocos habría pasado inadvertida. El vestido que llevaba, inadecuado para la ciudad, le delataba el origen campestre. La acompañaban Blasco Tejada, Mario Javier y un sacerdote de sotana polvorienta y sombrero desgastado.

Mario hizo las presentaciones.

—Señora Riglos —dijo—, esta señora se presentó en la Editora del Plata pidiendo por usted. Dice ser la esposa del señor Climaco Lezica.

—*Soy* la esposa del señor Climaco Lezica —apuntó la mujer con una firmeza en el tono y una decisión en el gesto que refutaron cualquier semblanza campestre—. El padre Epifanio es testigo de que el señor Lezica y yo estamos casados como Dios manda.

Laura indicó el sofá y todos se sentaron. A excepción de Blasco, que sacudía las piernas, el resto guardaba compostura.

—¿Por qué recurre a mí? —quiso saber Laura.

—Yo leo sus folletines —explicó Virginiana.

—Ése no es motivo suficiente —objetó Laura—. Por qué no hablarlo con el señor Lezica.

—Es al último a quien recurriré. Evidentemente, él me quiere fuera de este asunto.

—Comprendo.

—Si el señor Lezica contrajese matrimonio con su sobrina —retomó Virginiana—, entiendo que es su sobrina —Laura asintió—. Pues bien, si él la desposase, se convertiría en un bígamo y su sobrina, en una joven deshonrada.

—Es una acusación muy grave —señaló Laura.

—Acusación que estamos en grado de probar —intervino el padre Epifanio—. En contra de las reglas, he viajado con el libro parroquial. Allí está registrado de mi puño y letra el matrimonio entre Virginiana —dijo, señalando a la mujer— y el señor Lezica.

—¿Por qué recurrir a mí? —insistió Laura.

—Según leí en los periódicos —dijo Virginiana—, usted parece tan interesada como yo en trastornar los planes de mi esposo. Le estoy pidiendo ayuda, señora Riglos —expresó, y su nuevo acento reveló la desesperación que, hasta el momento, se había cuidado de transmitir—. Acabo de llegar de la Matanza, nunca había estado en la ciudad, no conozco a nadie. Usted, en cambio, es conocida y puede llegar a lugares que para mí están vedados. ¿Va a ayudarme?

—¿Tienen hijos? —preguntó Laura.

—Sí, tres.

—¿Dónde pasarán la noche?

—Nos hospedaremos en el convento de las Clarisas.

—Bien.

Nadie habló por algunos segundos. Laura permaneció cavilosa, los demás aguardando su veredicto. La imitaron cuando se puso de pie.

—Mañana iré a visitarla al convento —indicó Laura—. Quizá tenga noticias para usted. Ahora le pediré a mi cochero que los alcance hasta lo de las Clarisas.

María Pancha acompañó a Virginiana y al padre Epifanio a la puerta, mientras Laura meditaba con la vista en el suelo y la mano sobre el mentón. Blasco y Mario Javier no le quitaban los ojos de encima.

—María Pancha —llamó Laura—, que José Pedro prepare la victoria. Le haré una visita a Lezica.

—La acompañaremos —ofreció Blasco, pero Laura aseguró que no era necesario.

Les ordenó, en cambio, que regresaran a la editora y les prometió noticias apenas terminara su entrevista con Lezica. Blasco se marchó sumido en ansias. A su entender, una luz se había encendido y comenzaba a vislumbrarse la salida de aquel entuerto.

En la tienda, un empleado la condujo al salón primorosamente decorado donde Climaco las había recibido meses atrás. Laura tomó asiento en el mismo confidente y aguardó con calma. Lezica descorrió el cortinado y se plantó frente a ella con aire altanero. Inclinó levemente la cabeza antes de tomar asiento.

—Supongo que no son las mercaderías de mi tienda las que motivan su visita, señora Riglos.

—De ninguna manera, señor Lezica.

—Entonces, debo colegir que se trata de la señorita Lynch, único tema posible entre usted y yo desde que decidió esconderla para evitar nuestro casamiento.

—No —dijo Laura, y se puso de pie; Lezica la imitó prestamente—. No se trata de Pura sino de Virginiana Parral, su esposa.

Laura cuidó de pronunciar el nombre con claridad. Su mirada atenta a la reacción de Lezica advirtió el efecto devastador de la noticia. El rostro habitualmente ceniciento de Climaco perdió todo vestigio de vitalidad y sus ojos adoptaron la tonalidad acuosa de los de un muerto. Por un instante, Laura temió que se descompusiera. Lezica, sin embargo, consiguió articular.

—No sé de qué me habla.

—Oh, sí, sabe *bien* de qué le hablo. Me estoy refiriendo a esa señora a quien usted convirtió en su esposa en el campo y con la cual tiene tres hijos.

—¡Es usted una pérfida! —explotó Lezica, y Laura se movió hacia atrás—. ¡Inventar semejante patraña para evitar mi matrimonio con la señorita Lynch!

—El padre Epifanio, quien acompañó a su esposa a la ciudad, dice estar en condiciones de probar esta afirmación que usted con tanta vehemencia se apresura a desestimar. Piense bien, señor Lezica, repase sus recuerdos; quizás haya olvidado que desposó a otra mujer años atrás. La memoria suele fallarle a los hombres de edad provecta.

Lezica se adelantó con la clara intención de asestarle un golpe, pero Laura se escabulló con agilidad.

—¡Señor Lezica! —pronunció—. No pierda usted el último resto de honorabilidad golpeando a una mujer.

La advertencia de Laura lo detuvo en seco. Se quedó contemplándola fijamente, primero con ira, luego con un gesto que evidenciaba su derrota. Se dejó caer en la otomana y se llevó las manos al rostro.

—Le doy hasta mañana por la tarde para comunicar a mi primo José Camilo que usted es un hombre casado. De lo contrario, seré yo quien lo haga. En ese caso, le pediré a Virginiana y al padre Epifanio (que ha traído el libro parroquial con el asentamiento de su boda) que me acompañen a lo de Lynch y den fe de mis palabras.

Lezica no advirtió que Laura dejaba la sala. Cuando levantó el rostro para suplicar, la viuda de Riglos ya no estaba. A ese punto, poco importaba el matrimonio con Pura Lynch, a pesar de que sólo Dios sabía cuánto la deseaba. Una ansiedad, que ni siquiera había experimentado con Virginiana, lo dominaba desde que reparó en Pura como mujer. "La haré mi esposa", se había jurado, y estuvo a punto de conseguirlo. Entonces, Laura Escalante intervino y no sólo le robó la ilusión de poseer a Pura Lynch sino que ahora amenazaba la posición que el apellido Lezica se había granjeado desde los tiempos de los virreyes.

—¡Márquez! —vociferó.

El empleado apareció en la sala.

—Diga, señor.

—Hágase cargo de la tienda. Me marcho y no regresaré hasta mañana.

—Sí, señor.

Lezica se calzó el sombrero y el abrigo y salió a la calle. Dudó por un momento, pero de inmediato se encaminó hacia la confitería de Baldraco. Necesitaba un trago.

Eusebio tomó por la calle de la Victoria y detuvo los caballos en la esquina con la de Perú, a la puerta del Club del Progreso. Detrás del landó de la viuda de Riglos aguardaba una treintena de coches. La fiesta sería concurrida. Eusebio dejó el pescante, abrió la portezuela, desplegó el escalón y ayudó a su patrona a descender. En el ingreso, la recibió un empleado de librea roja y dorada que, luego de verificar su nombre en la lista, le indicó la escalera que conducía al salón de fiestas. Al mejor estilo francés, abundante en reminiscencias versallescas, el salón se hallaba iluminado con arañas de bronce y una veintena de brazos distribuidos sobre espejos en la pared. La profusión de luz reverberaba en el brillo del parquet y en el dorado a la hoja del techo. Laura no conocía París, pero se dijo que ese sitio no podía distar de los afamados salones de aquella ciudad.

Al entrar en el salón, acaparó la atención de la concurrencia. Sobrevino un silencio seguido de un murmullo que pareció envolverla y sofocarla. Tía Carolita y sus sobrinos Emmanuel y Ramiro Unzué le salieron al encuentro, y Laura los saludó con alivio: de repente, sus ínfulas se habían desvanecido. Más tarde llegó Magdalena del brazo de su prometido, el doctor Nazario Pereda, y también los Mansilla, y Eduardo Wilde, y se acercó Sarmiento junto a su hija Faustina, y también su amante, Aurelia Vélez Sarsfield, y Laura se sintió entre amigos.

Esmeralda Balbastro llegó con su cuñada, María del Pilar Montes, y su esposo, Demetrio Sastre, quien, al igual que su concuñado, Bonifacio Unzué, apoyaban la candidatura de Roca. Poco después apareció Guor en compañía de Armand Beaumont y su esposa, Saulina Monterosa. Hasta el momento, nada se sabía del matrimonio

Lynch, y la mayoría apostaba a que no se aventurarían con el escándalo de Pura a cuestas.

Con la elección de un vestido en intenso azul Francia, Esmeralda Balbastro había demostrado su pericia para resaltar el infrecuente turquesa de sus ojos. Muy a su pesar, Laura debió admitir una vez más que Esmeralda era de las más bonitas de la fiesta, que su sonrisa cautivaba y que sus ojos, a pesar de la intensidad del color, miraban con dulzura; toda ella despedía un halo de luz y calidez al cual resultaba difícil oponerse.

En contraste, Guor presentaba un aspecto sombrío. Parecía haber envejecido en las últimas semanas y, aunque a la distancia desaparecían las arrugas que se insinuaban en torno a sus ojos, Laura sabía que allí estaban, delatando su edad o, más bien, sus problemas. El alejamiento de Blasco había sido un duro golpe, a lo que se sumaba la negativa para visitar a su tío Epumer en la isla Martín García; esto había terminado por devastarlo. Blasco le había contado que, a pesar de la oficiosa intervención del senador Cambaceres, el Ministerio del Interior negaba el permiso. Rumores de maltrato y condiciones infrahumanas tornaban angustiante la espera.

Laura desvió la mirada y prestó atención a Sarmiento.

—Los mitristas, incluso una parte del autonomismo, no permitirán que el Barbilindo sea presidente. Apoyarán a ese perro viejo y gruñón —dijo, refiriéndose a Carlos Tejedor— antes que permitir que un tucumano se adueñe de la Casa de Gobierno.

—No se deje engañar, doctor —advirtió Estanislao Zeballos, que pocos minutos antes se había sumado al grupo—. Todo el interior apoya al general Roca. Su concuñado, el doctor Juárez Celman, es un hombre hábil que ha sabido sacar provecho del éxito de la campaña del desierto. Ha tejido una red de contención que no será fácil romper. Dicen que, a excepción de Corrientes, los gobernadores de las demás provincias responden a él.

—No me gusta el discurso del gobernador Tejedor —intervino Laura—. Me asusta cuando habla de la formación de una milicia porteña y cuando expone sus ideas tan extremistas. No me cabe duda de que sería capaz de fomentar la guerra civil para instalarse en el poder. El localismo porteño que desea exacerbar es un camino peligroso, podría quebrar la unidad nacional que tanta sangre le costó al país. Pensé que, en una campaña política, serían otros los méritos para tener en cuenta y no el hecho de que el candidato sea un porteño recalcitrante o un hombre del interior. Creí que, después de Pavón, ése era un punto superado entre los argentinos.

—Resultan obvias las razones de la señora Riglos para apoyar al Barbilindo —expresó Sarmiento, y sus labios gruesos se curvaron en una sonrisa solapada.

Eduardo Wilde carraspeó, Lucio Mansilla levantó las cejas en un gesto de asombro y Estanislao Zeballos sonrió con ironía, lo que molestó a Laura sobremanera.

—¿Y en qué radica la obviedad? —se impacientó.

—¡Cómo, querida señora! En que usted es cordobesa, una mujer del interior, que prefiere a otro del interior en el sillón de don Bernardino antes que a un porteño recalcitrante, como usted misma ha dicho.

Pero todos habían captado el subrepticio juego de Sarmiento, y la tensión no cedió.

—Usted sabe, doctor Sarmiento, que yo me considero porteña. No es por mi origen cordobés o el tucumano del general Roca que vierto esta opinión. Así como manifesté mi disentimiento con la campaña al sur, ahora expreso que, de los candidatos en danza, creo que el general Roca demuestra una ecuanimidad y fortaleza para gobernar que ningún otro posee.

La gravedad de la afrenta resultaba evidente ya que era *vox populi* que Sarmiento también ambicionaba la candidatura. Para salir del paso, Aurelia Vélez Sarsfield preguntó:

—¿Saben si el gobernador Tejedor se presentará esta noche?

—Por supuesto que no —aseguró Zeballos—. Esta fiesta la han organizado los amigos de Roca para lanzar su candidatura. Presentarse es casi un acto de adhesión. Aunque Tejedor no vendrá, envió a algunos de sus "rifleros" a espiar —dijo, en referencia a los miembros del ejército provincial que reclutaba el gobernador.

—Yo estoy aquí y no pretendo que mi presencia se interprete como un acto de adhesión —advirtió Sarmiento.

—Resultan obvias sus razones —parafraseó Laura.

Eduarda intervino; tomó del brazo a su amiga y dijo en voz alta:

—Vamos, querida. He deseado presentarte al escritor Paul Groussac desde que lo vi llegar. Éste es un buen momento.

—Con su permiso —dijo Laura.

—Propio —expresó Estanislao Zeballos, con fingida galantería.

Laura y Eduarda se alejaron tomadas del brazo. A Laura ya no la atraía platicar con el soberbio Sarmiento ni conocer si se decía lynchista o laurista. Wilde dejó el grupo con sigilo y las alcanzó a pocos pasos.

—Laura, quería hablar con usted.

Eduarda sonrió complacientemente y se alejó en dirección a la mesa del *buffet froid*.

—Hable, doctor —instó Laura.

—Hoy fui a visitar a su sobrina Pura Lynch.

—¿Cómo la encontró?

—De ánimo, bastante alicaída. Doña Luisa ya no sabe qué hacer para distraerla. No se alimenta bien y pasa malas noches. Está desmejorada. Le llevé un tónico y le prescribí que alternara ejercicio al aire libre y descanso. De todos modos, creo que los problemas del corazón se resuelven de otro modo.

—Gracias por haber ido a verla, doctor —expresó Laura—. Sé que se compromete al hacerlo. Lo aprecio infinitamente, más cuando comprendo que usted no aprueba mi comportamiento.

—Yo soy "laurista" —manifestó Wilde con alacridad—, pero me reservo de ventilarlo a los cuatro vientos para evitar que José Camilo me rete a duelo.

Eduardo Wilde volvió junto a sus amigos y Laura se unió a Eduarda que elegía bocadillos con mariscos.

—Wilde se declara "laurista" —comentó—, aunque asegura que en público lo desmentirá. Dice que teme que José Camilo lo rete a duelo.

—Que Wilde no se preocupe —expresó Eduarda—. Eso de retar a duelo parece ser una costumbre privativa de mi hermano Lucio Victorio —aclaró en referencia a la propensión del coronel a resolver disputas con las armas.

Más tarde, Eduarda comentó a Laura que las matronas se extrañaban por la prolongada ausencia de doña Luisa del Solar y que empezaban a sospechar de su confinamiento en la quinta de Barracas.

—Ya lo había previsto —aseguró Laura—. Le mandé a decir que se presentara al estreno de *La traviata* en el Teatro Colón; será en pocos días. Estará en mi palco. De todos modos —añadió con soltura—, no creo que este capricho de Lezica dure demasiado tiempo. La reclusión de Pura y la separación de su adorado Blasco llegarán a su fin antes de lo que todos imaginan.

Eduarda le lanzó un vistazo confundido, pero no pudo preguntar: una ovación atrajo su interés cuando Roca y Clara Funes, junto al presidente Avellaneda, entraron en la sala. En repetidas ocasiones se escuchó: "¡Viva Roca, futuro presidente de los argentinos!".

En tanto el gentío pugnaba por saludarlo, Laura mantuvo distancia. Conversó con el escritor francés Paul Groussac, un hombre que, no obstante su genio cortante y antipático, demostraba un afinado discernimiento. Esbozó una acertada descripción de la realidad política y terminó por pronosticar la secesión de Buenos Aires si Roca no se avenía a aceptar la candidatura de Carlos Tejedor.

—¿Qué opina del general Roca? —se interesó Eduarda.

—Aunque lo he tratado poco, me atrevo a decir que es un iluminado de su generación. Como militar ha demostrado una aptitud poco común entre los de su clase: intuición que, sumada a un respeto por la estrategia y la planificación, lo ha llevado a consecutivas victorias. Como político, creo que sabe lo que la Argentina necesita y cómo llevarlo a cabo. Me gusta Roca —dijo, con la mirada en el grupo que circundaba al general—. Es un pensador taciturno, frío y reservado. Tiene un don: prefiere escuchar antes que hablar. Estoy seguro de que no disfruta de las reuniones numerosas, de las ceremonias ni de las fiestas públicas. Si ha venido esta noche es porque, como dije antes, sabe cómo conseguir lo que se propone. Y sin lugar a dudas se ha propuesto ser presidente de los argentinos. No importa cuánta sangre corra: él lo logrará.

Laura se dijo que nadie había trazado una semblanza más acertada del general y se sintió orgullosa de haber inspirado el interés de un hombre tan superior. Volteó para mirarlo y sus ojos dieron con los pardos de él. Se trató de un momento efímero que sólo existió para ellos. Roca movió las comisuras y Laura supo que ese remedo de sonrisa era un obsequio para ella.

El coronel Gramajo, con sus mejores galas militares, se acercó a saludar, y Laura lo recibió con júbilo. Se apartaron y, mientras ella pedía detalles de la expedición, Gramajo se interesaba en los "lauristas" y los "lynchistas".

—¿Para qué quiere que le cuente de la expedición, doña Laura? —se quejó Gramajo—. Pasamos hambre y frío y no nos topamos con un indio ni para muestra.

—¿Es cierto, entonces, que el general nunca entró en batalla con los malones?

—Tan cierto como que ahora tengo un hambre digna de Pantagruel.

Laura le pasó su plato con *hors-d'oeuvre* y siguió indagándolo. Entre bocado y bocado, Gramajo detallaba los vaivenes de la expedición que más tenían que ver con falta de provisiones, pestes y tedio que con batallas, muertos y heridos.

—El que debió enfrentar a los últimos alzados fue el coronel Racedo. A él le tocó vérselas con indios bravos como Baigorrita, el ahijado de ese coronel unitario que se volvió salvaje en época de Rosas, Manuel Baigorria se llamaba. Murió hace unos años en su ciudad natal, San Luis. No sé si ha escuchado hablar de él.

—Algo sé de su historia.

—El general Roca lo conoció en el tiempo en que estuvo destacado allá, en el Fuerte Sarmiento. Era un personaje interesante, según el general. A pesar de ser cristiano, de madre y padre blancos, podría haber pasado perfectamente por salvaje. Tenía el rostro cruzado por un sablazo que, según cuentan, ligó en una escaramuza contra los hermanos Saá, los caudillos de San Luis. Eso dicen, no sé. Pues sí —retomó Gramajo—, Racedo y otros oficiales debieron enfrentar a los últimos alzados, que preferían morir a rendirse. Pero nadie los combate como Racedo, que les tiene un odio ciego a esos pobres miserables. ¿Sabe? Hace años un ranquel le mató a un tío, el coronel Hilario Racedo. Lo acuchilló, el muy cretino. Por eso Racedo ha jurado vengarse.

En un rincón apartado, cerca de la puertaventana que conducía a la terraza, Guor bebía y observaba. La emoción por la llegada de Roca había pasado. Los invitados querían bailar. La orquesta tocaba uno de esos valses vieneses tan de moda. Laura no bailaba, seguía en el sillón conversando con el militar panzón, de bigote espeso y cara bonachona. Esa noche, ni siquiera se habían saludado; lo evitaba, incluso había aguardado a que él se alejara para dirigirse a Armand y a Saulina.

Alguien se aproximó a Laura, pidió disculpas al militar bonachón y extendió la mano, que Laura aceptó; marcharon a la pista de baile. Se trataba de un hombre joven, atractivo, que Guor ya había visto en otras ocasiones. Laura se dejaba conducir con abandono.

Como solía ocurrirle con frecuencia, se llenó de interrogantes. Últimamente, su presente era una incógnita. No podía engañarse, nada de lo que emprendía en Buenos Aires justificaba su estadía. Ya había recuperado a su abuela Mariana y a Lucero y Miguelito. Cierto que aún restaba su tío Epumer Guor, a quien, en ocasiones, temía enfrentar. Después de todo, lo había traicionado al abandonar Leuvucó y elegir una cómoda vida en París. ¿Cómo lo arrostraría con tanta vergüenza y culpa? Dejaría el asunto de Epumer en manos de Agustín y se marcharía de esa ciudad que hasta había terminado por quitarle a Blasco. Él no pertenecía al mundo de los blancos, al cual su madre se había empeñado en integrarlo haciéndolo educar por los dominicos de Mendoza; menos aún al ranquel, porque había llegado a despreciar el primitivismo en que vivían; jamás habría podido regresar a las tolderías. De todos modos, de ese mundo de aduares y caciques ya no quedaba nada. *Él* no era nada, ni huinca ni ranquel. Gustaba del mundo civilizado, pero la culpa le impedía disfrutar; despreciaba el salvajismo de los ranqueles, pero, después de todo, eran su gente. Su gente, que agonizaba y él no movía un dedo para salvarla. Porque su vida, en resumidas cuentas, pasaba por la mujer que bailaba a pocos metros de él y que lo había convertido en un hombre sin raíces. ¿Qué hacía en esa celebración donde se festejaba el triunfo del general Roca sobre su pueblo? Debería odiar a Roca y a esos militares con alamares brillantes y condecoraciones, pero ni arrestos para eso le quedaban. Parecía insensible a todo lo que no fuese Laura Escalante, como si su capacidad de sentir se limitara a ella.

Armand Beaumont se acercó e insistió en presentarle a unos amigos. Caminaron en dirección al grupo en el que departía Roca. Nahueltruz se detuvo, dudó, pero Armand, que se había adelantado, le indicó que se le uniera, y no tuvo alternativa. Recibió apretones de manos y escuchó nombres que no retuvo hasta terminar frente al general. La primera impresión lo hizo sentirse gigantesco. No obstante, el gesto ceñudo de Roca le dio la pauta de que no trataba con un pusilánime. De mirada dura e inteligente, se le notaba el hastío que le provocaban los adulones. El general se adelantó y, extendiendo su mano, dijo:

—Soy Julio Roca.

Hubo un instante en que Nahueltruz se quedó mirando la mano ofrecida.

—Lorenzo Rosas —contestó, y la apretó con firmeza.

Nahueltruz se dio cuenta de que la mirada atenta de Roca había sufrido un brevísimo momento de desconcierto a la mención de su nombre y que sus cejas se arquearon ligeramente. Lo adjudicó a su apellido, que siempre provocaba ese efecto entre quienes recordaban a Juan Manuel de Rosas.

—¿Algo del antiguo gobernador de Buenos Aires?

—No, soy de Córdoba —respondió Guor evasivamente.

El intercambio había sido breve y formal, y el general no lucía inclinado a departir. Aunque la polémica lo tenía como protagonista, él guardaba silencio y contemplaba en otra dirección. Nahueltruz siguió la línea de su mirada que lo condujo hasta la figura de Laura, ahora en los brazos del coronel Mansilla. Notó que el ceño del general se pronunciaba y que sus labios gruesos se fruncían imperceptiblemente bajo los bigotes. Al término de la pieza, sin excusarse, Roca se alejó en dirección al centro del salón y, contra todo pronóstico, invitó a bailar a la viuda de Riglos.

Mansilla se inclinó en una reverencia histriónica antes de ceder a su "deliciosa compañera". La concurrencia no perdía detalle del momento más escandaloso de la velada. Ya había corrido la voz de que Laura defendía la candidatura de Roca y que ponderaba sus cualidades con sospechoso ahínco; que el general la invitara a bailar sobrepasaba el límite de tolerancia. Clara Funes simulaba ignorar la imprudencia de su esposo y continuaba platicando con las primas de Laura, Iluminada y María del Pilar. Más allá de que la música acallaba las murmuraciones, los impetuosos cierres de abanico y los rápidos movimientos de ojos y labios las denunciaban.

—Es una desfachatada —se quejó Mercedes Castellanos de Anchorena, una señora que, aunque joven, inspiraba respeto.

—La viuda de Riglos ya se imagina querida del presidente de la República —acicateó la joven Enriqueta Lacroze, a quien no la salvaban ni su dinero ni su estirpe; sin remedio, se había quedado para vestir santos.

—Reparen en su gesto —indicó Bernarda Lavalle, pariente del general unitario asesinado en Jujuy—. A ella no la inmutan ni el escándalo ni la desaprobación social. Luce tan a gusto como en la sala de su casa.

—Queridas —intervino doña Joaquina Torres—, ¿debo recordarles lo que decía Nuestro Señor Jesucristo? "No juzguéis y no seréis juzgados."

—Las enseñanzas de Cristo, señora Torres —señaló Esmeralda Balbastro—, se reservan para la misa. El resto del tiempo corre la ley del Talión.

Los hombres tampoco se privaban de verter un poco de veneno.

—No se lo puede culpar —esgrimió Saturnino Unzué, ferviente propulsor de la candidatura de Roca—. La viuda de Riglos es, sin lugar a dudas, la mujer más hermosa esta noche.

—Me pregunto si algún hombre, alguna vez, le habrá desarmado esa trenza —expresó Estanislao Zeballos, un muchacho a quien Guor tenía entre ceja y ceja.

—El doctor Zeballos —intervino Mansilla, que se unía al grupo— da por sentado que no fue Julián Riglos.

—Señores, por favor —se quejó Armand Beaumont—, estamos hablando de una dama a quien tengo en mi mayor estima. Entiendo que, hasta el momento, lo único que puede achacársele es su indiscutible belleza. Y de eso, señores, no podemos culparla.

Laura no se encontraba menos sorprendida que el resto de los invitados. Había dado por sentado que el general no se aventuraría en medio de tanta gente, con Clara Funes presente. Roca, sin embargo, volvía a demostrarle que hacía lo que quería. Temió que armara otra escena como aquella vez en lo de doña Joaquina Torres, cuando le exigió que plantara a Cristián Demaría y que le explicara por qué no había ido a la casa de la calle Chavango. Por cierto, se negaría si se lo pedía ahora.

—Todos los ojos están puestos en sus labios, general —advirtió Laura—. No diga nada impropio. Lo sorprendería enterarse de las dotes de algunas de nuestras eximias porteñas que pueden escuchar sin oír.

—De seguro puedo decir que luce usted magnífica esta noche sin riesgo a comprometerla.

—En realidad, general —interpuso Laura—, usted no puede decirme absolutamente nada. Es más, usted no debería haberme invitado a bailar.

—¿Por qué aceptó, entonces?

—¿Tenía alguna otra alternativa si quería evitarle a usted una situación bochornosa?

—Supongo que no —admitió Roca, y su gesto abandonó la ironía para evidenciar una sincera admiración por su compañera—. Necesitaba tenerte de nuevo entre mis brazos —confesó, en un acto de inusual romanticismo.

—Insisto, general —se incomodó Laura—, guarde la compostura o el escándalo terminará por perjudicarlo más de lo que se imagina. El antagonismo de los porteños hacia su figura ya es manifiesto para darles verdaderos motivos. Hablemos, en cambio, de su conquista del desierto. O, como dicen algunos, de su conquista del poder.

—Es usted implacable, señora Riglos —se quejó Roca—. Me pregunto si es una cualidad que cultiva sólo para atormentarme a mí o a todos sus admiradores.

—Es usted un vanidoso, general, si cree que me paso el día pensando cómo atormentarlo con mis decires.

Roca bajó la cara para esconder la risa, y Laura notó que la presión de sus manos aumentaba en torno a su cintura.

—No me has preguntado —retomó el general un momento después— por cuál bando simpatizo, si por el "laurista" o por el "lynchista".

—Parece muy inclinado a decírmelo y yo no tengo objeciones de escucharlo.

—Sólo a ti te diré que soy laurista —admitió—. Para el resto, opino como la mayoría.

—Cobarde.

—Ahora soy un político, debo cuidarme.

—Siempre serás un militar. Aunque no te costará remedar a un político de pura cepa. Según María Pancha, eres un zorro, un bribón redomado. Creo que tiene razón.

Lo miró directamente a los ojos y se solazó en la sonrisa divertida que él le dirigió.

—Julio —dijo Laura, repentinamente seria—, ¿qué harás si consigues la presidencia?

—Haré un país.

Nahueltruz Guor seguía con ojos atentos el intercambio entre Laura y Roca. Que el general la deseaba era una verdad expresada a viva voz. En cuanto a los sentimientos de ella, no surgían tan claros; sí podía entreverse que, como a los demás, lo enredaba en su juego de seducción, ese que él conocía tan bien.

—No te atormentes —le susurró Esmeralda con evidente condescendencia—. A nadie Laura mira como a ti.

Esa noche, sin embargo, Laura no lo había mirado, ni con odio ni con pasión. Simplemente, lo había ignorado. Esa indiferencia lo estaba matando.

—¿Quién es ese joven? —se indignó Guor—. Es la segunda vez que la invita a bailar.

Esmeralda se cubrió con el abanico para ocultar la risa.

—Ese joven es Cristián Demaría —explicó—. En realidad, no está invitando a bailar a Laura sino que la está salvando del general Roca que, evidentemente, la ha puesto en un aprieto. Ya sabes que se dice que ellos mantuvieron un *affaire* antes de que él partiera hacia el sur. No te angusties, Lorenzo —contemporizó Esmeralda—, Demaría es un gran amigo de Laura y todos saben que el cariño que ambos se profesan es fraterno. Además, Demaría está comprometido en matrimonio con Eufemia Schedden, la muchacha que conversa con la señora Carolina Beaumont.

Laura fue de las primeras en retirarse. Un sirviente le echó sobre los hombros la capa de marta cibelina, y Laura se dirigió escaleras abajo, donde la aguardaba su landó. Nahueltruz la siguió con discreción hasta alcanzarla en la acera en el momento en que Eusebio la ayudaba a subir. Se detuvo. Dudó. La indecisión era de las cosas que más odiaba. Eusebio cerró la portezuela, caminó hacia la parte delantera y trepó al pescante. Guor lo observó aprestarse. El látigo cayó sobre las ancas de los caballos cuando un grito de Laura atravesó el aire gélido de la noche. Los animales emprendieron la marcha a paso precipitado y nervioso. Nahueltruz echó a correr y alcanzó el landó sin dificultad. Eusebio, por su parte, luchaba en el pescante para detener los caballos; la edad le pesaba y ya no contaba con las fuerzas de antaño. Nahueltruz aferró el pestillo de la portezuela y la abrió; el coche aún se movía y él corría a la par. El espectáculo atrajo la atención de los ocupantes de otros coches y de los pocos transeúntes, que se detuvieron a mirar. Los caballos frenaron abruptamente a pocos metros, provocando chispas sobre los adoquines. Sus relinchos y los gritos de Eusebio aportaban más escándalo a la situación. Laura se precipitó fuera para acabar en los brazos de alguien. Al levantar la vista, reconoció a Nahueltruz. Él enseguida pronunció su nombre, pero ella se quedó absorta, mirándolo.

—Laura, ¿qué sucedió? —repitió.

—¡Señora! —se angustió Eusebio—. ¿Qué pasa, señora?

Climaco Lezica bajó trastabillando del coche de Laura. Por su traza y sus movimientos poco certeros, resultaba evidente que había estado bebiendo. En su mano derecha llevaba un arma, que apuntó en dirección de Laura. Nahueltruz la protegió con su cuerpo. "Ya he vivido esto anteriormente", se angustió ella.

—Vamos, Lezica —razonó Guor—, baje el arma. Podría dispararse, y usted se arrepentiría toda la vida.

—Jamás me arrepentiría de acabar con Laura Riglos.

La gente se agolpaba y guardaba un silencio expectante. Algunos invitados del Club del Progreso, que dejaban la fiesta, detenían sus coches atraídos por el revuelo en plena calle Victoria y quedaban atónitos ante el espectáculo de Lezica medio ebrio apuntando a la viuda de Riglos, que se escudaba detrás de una mole. ¿No se trataba del amigo cordobés de Beaumont? ¿Lorenzo Rosas se llamaba?

—¡Mujer pérfida! —prorrumpió Lezica—. ¡Por qué quiere destruirme!

—Lezica —insistió Guor—, baje el arma, hombre. Resolvamos esto como personas civilizadas.

—No se meta, Rosas. El asunto no es con usted sino con esa mujerzuela, que se cree con derecho a impedir mi matrimonio con la señorita Lynch. Vamos, quítese del medio. —Como Guor no se movía, Lezica vociferó nuevamente—: ¡Devuélvame a mi prometida o la destruiré aquí mismo! Ya no tengo nada que perder.

—¿Su prometida? —se asomó Laura—. Usted no puede tener una prometida, Lezica, cuando ya tiene esposa y tres hijos.

Se levantó un murmullo entre los presentes.

—¡Miente! ¡Infame! ¡Pérfida!

—Usted sabe que no miento y que me encuentro en posición de probar lo que digo. Virginiana Parral es su legítima esposa y el padre Epifanio, que los desposó, puede demostrarlo con sólo abrir el libro parroquial en la página correcta. Si usted desposara a mi sobrina, se convertiría en bígamo.

La gente volvió a murmurar, y por primera vez Lezica reparó en su presencia. Nahueltruz juzgaba imprudente la manera en que Laura lo instigaba, y la obligó a volver detrás de él. Climaco presentaba el aspecto de un desquiciado; su gesto delataba la crueldad de un felino acorralado. El arma le temblaba en la mano, pero él no la desviaba de su objetivo.

Se escuchó el silbato de la policía, que se abrió paso entre los coches detenidos y la gente. El semblante de Lezica se demudó, y la pistola pareció pesarle en la mano. Un segundo después, la empuñó con firmeza y disparó a quemarropa. Nahueltruz se echó al suelo arrastrando a Laura con él, evitando el impacto de la bala, que terminó en el muro de una casa. Siguió un pandemónium de alaridos, silbatinas, relinchos y atropellos que permitió a Lezica huir por la calle mal iluminada en dirección al río. Varios policías corrieron tras él; los demás permanecieron en la escena del incidente para poner orden.

Eusebio pedía disculpas, no sabía cómo ese hombre había terminado dentro del coche, quizá se había quedado dormido, discúlpeme, señora, discúlpeme. Aparecieron los Montes, que se precipitaron sobre Laura y le hablaron a coro. Magdalena, en completo estado de nervios, le buscaba heridas, mientras tía Soledad y tía Dolores le reclamaban haber llevado las cosas a extremos imponderables. Eduarda y Lucio Mansilla señalaron a las hermanas Montes lo impropio del reclamo en vista de las circunstancias, y terminó por armarse una pequeña disputa a la que puso fin el doctor Pereda. Armand Beaumont y Saulina asistieron a Lorenzo Rosas, mientras lo atosigaban a preguntas. La policía recogía testimonios e indagaba a los protagonistas. Nazario Pereda indicó al oficial a cargo que su futura hijastra respondería al día siguiente, cuando su ánimo fuera propicio. Acto seguido, ayudó a Laura y a Magdalena a subir a su coche, que partió a toda prisa. Nahueltruz, sordo a las preguntas y comentarios, siguió con la mirada el recorrido del vehículo hasta que la oscuridad lo devoró.

El relato de lo sucedido a metros del Club del Progreso alcanzó a los invitados que aún disfrutaban de la velada. Roca se apartó de sus amigos y buscó a Gramajo. Le pidió que fuera a la calle para confirmar que Laura había salido ilesa. Gramajo regresó minutos después.

—La señora Riglos ya no estaba —informó—. Pero dicen quienes la vieron, entre ellos el coronel Mansilla, que no tenía siquiera un rasguño. Gracias a un tal Lorenzo Rosas que la protegió en el momento en que Lezica disparó su arma. Esto de "lauristas" y "lynchistas" ya no me resulta tan divertido como antes.

Más tarde, en su casa, Roca compartía un trago con los más íntimos: Lucio Mansilla, Francisco Madero (su locatario), Saturnino Unzué, Benjamín Victorica, Carlos Casares y el infaltable Artemio Gramajo, que escanciaba oporto y licor. Roca tenía pocas ganas de seguir departiendo, pero no podía despreciar a esas personas que lo apoyaban en su sueño por alcanzar la presidencia.

Se habló primeramente del episodio en plena calle de la Victoria, y coincidieron en que la reacción de Lezica resultaba desmedida.

—El ser humano —pronunció Roca— es un misterio que nunca nadie desentrañará por completo. Sus reacciones pueden ser tan inopinadas como la imaginación nos permita lucubrar. A ustedes no debería sorprenderlos lo que ocurrió hoy, ¿o acaso han olvidado a la viuda de Álzaga, Felicitas Guerrero si no recuerdo mal, que la mató un pretendiente desfavorecido?

—Gracias a Dios este escándalo no terminó con sangre derramada —apuntó Madero.

—Gracias a Lorenzo Rosas —corrigió Mansilla—, que la salvó del balazo que el muy cretino de Lezica le disparó a quemarropa.

—¿Quién es Lorenzo Rosas? —preguntó Gramajo.

—Es amigo de Armand Beaumont. Llegaron juntos de París meses atrás. Nadie conoce demasiado acerca de su pasado, pero ha tenido una buena recepción aquí. Se sabe que es cordobés, criador de caballos purasangre y dueño de una respetable fortuna. De algún modo su nombre está vinculado al escándalo entre "lauristas" y "lynchistas". El jovencito que festeja a Pura Lynch es el pupilo de Rosas. Algunos dicen que es su hijo bastardo. Nadie puede confirmarlo.

—¿Qué estaría haciendo Rosas en el momento y en el lugar en que Lezica amenazó a la viuda de Riglos? —se preguntó Unzué, sin ocultar la suspicacia.

—No lo sé —respondió Mansilla—, pero agradezco al Cielo que haya estado allí.

—Señores —tronó la voz de Roca—, pasemos a temas más importantes.

Desmenuzaron la compleja y tensa situación política planteada entre el gobierno nacional y el de la provincia de Buenos Aires, y acordaron que de un hombre como Tejedor, inflexible y orgulloso, no debía esperarse un cambio propicio. El enfrentamiento resultaba inevitable. Se trazaron los pasos a seguir en los días siguientes, entre los que contaba un banquete en el teatro Politeama donde se anunciaría oficialmente su candidatura. Lo del Club del Progreso había sido para tantear el terreno, según Unzué.

Los correligionarios se marcharon, y Roca se evadió a su escritorio. Buscaba entre sus papeles cuando Clara, con cara soñolienta, entreabrió la puerta.

—¿No vienes a la cama, Julio?

—Enseguida —contestó él, sin levantar la vista, muy afanado en la búsqueda.

Clara se embozó en su bata antes de entrar y cerrar la puerta.

—¿Qué buscas?

—Un papel.

—¿Qué papel? —quiso saber, pero Roca no le contestó, y Clara supo que lo había fastidiado con su curiosidad—. ¿Por qué invitaste a bailar a la viuda de Riglos esta noche?

Roca levantó la vista y la miró seriamente. Como de costumbre, Clara no supo descifrar su expresión; como de costumbre, la mirada parda y celada de su marido la incomodó. El hábito inveterado de Roca de ocultar y callar la marginaba y ofendía. Se trataba de un comportamiento con el que no estaba familiarizada; el ejemplo de sus padres le había marcado que marido y mujer debían conocerse íntimamente y revelarse los secretos más arcanos. No con Julio Roca. Por supuesto que ella era su mujer, pero él conservaba un mundo al que jamás le permitiría acceder. ¿Como su relación con la viuda de Riglos, por ejemplo? Los celos estaban minando su compostura.

—¿No vas a contestarme? ¿Era necesario invitarla cuando sabes que todo el mundo dice que existe algo entre ustedes?

—Clara —pronunció Roca con impaciencia—, no voy a detenerme a polemizar acerca de un chisme de feria. Es tarde y estoy cansado. Ve a la cama, enseguida te alcanzo.

—Dime por qué la invitaste a bailar —se empecinó ella.

—Porque la viuda de Riglos es la dueña de un influyente periódico y necesito aliados en la prensa.

—¿Ella, dueña de un periódico? ¿Qué periódico?

—*La Aurora*.

—¿De veras? Pero si ese periódico ha sido despiadado con la expedición al desierto, ¿cómo pretendes que te apoye justo ahora?

—Clara, no son cosas que discutiré contigo. La política es así, confusa y entreverada. De ahora en adelante, existirán maniobras y situaciones complejas que no parecerán razonables. No quiero estar dando explicaciones en mi casa de lo que hago afuera —y como se dio cuenta de que a Clara le brillaban los ojos, caminó hacia ella—. Clara, Clara —musitó con benevolencia—, cuando estoy aquí, en casa, contigo y los niños, quiero que me brindes el solaz y reposo que jamás encontraré fuera. ¿Puede ser, querida? —Clara asintió—. Será un tiempo duro el que se avecina y necesito que seas mi aliada; para enemigo ya me eché al hombro a todo Buenos Aires.

—Tengo miedo.

—Es lo último que espero de mi mujer —pronunció Roca—, que tenga miedo cuando soy *yo* el que está al frente de esta familia. ¿O me acusas de exponerlos, a ti y a los niños, de manera irresponsable?

—No, por supuesto que no.

—Entonces, cambia esa cara. Vamos, a la cama, enseguida te alcanzo.

De nuevo solo, Roca dio con la carta del coronel Manuel Baigorria y releyó las líneas que le interesaban: "En respuesta a su gentil y afectuosa misiva que resibí días atrás es que le mando estas líneas esperando que su salud y la de su familia toda sea buena. Ya veo que su avidés por saber de estos salvajes no es poca. Tiempo atrás le entregué en Río Cuarto un cuaderno en donde relato mis andansas en la tierra de aquellos olvidados de Dios. En la presente, quiero completar aquel escrito con la mayor fedelidad que me es posible [...] De los hijos de Mariano Rosas, me acuerdo bien de su primojénito. Le contaré de él que su madre era huinca, Blanca Montes se llamaba, pero en Los Toldos la conocíamos por Uchaimañé, que en idioma indio quiere decir "la de ojos grandes" [...] El nombre ranquel de este muchacho era Nahueltruz Guor (Zorro Cazador de Tigres). A pedido de su madre, Nahueltruz Guor fue acristianado de pequeño. Su nombre huinca es Lorenzo Dionisio Rosas. Lo recuerdo muy bien. Fue el padre Erasmo quien lo bautizó, el mismo que acristianó a su padre Mariano en El Pino, la estancia de Rosas. No sé si este muchacho está vivo o ha muerto. Más bien lo segundo. Después de la muerte de Uchaimañé, Mariano volvió a casarse...".

La misiva agregaba otros detalles que para nada le interesaban.

CAPÍTULO XVIII
La identidad de un caballero

Al día siguiente, Laura recibió tres cartas que la inquietaron. La primera se la enviaba su agente, lord Edward Leighton, fechada en Londres el 12 de mayo, comunicándole la inminencia de su llegada al Río de la Plata en la segunda semana de agosto. Faltaban escasos veinte días. La segunda, no era una carta sino el tradicional billete con dos números: una fecha y una hora. La tercera, una esquela de José Camilo Lynch donde le pedía que lo recibiera.

Lord Edward Leighton había visitado Buenos Aires por primera vez dos años atrás, poco tiempo después de la muerte de Riglos. Era el hijo mayor, y por tanto el heredero, de lord James Leighton, amigo íntimo del general Escalante y su hermano en la Gran Logia Masónica. Los Leighton eran una familia que podía rastrear sus ancestros hasta doscientos años antes de la llegada del normando Guillermo I, conocido como el Conquistador, en el año 1066. Su fortuna provenía principalmente de la renta de la tierra; pero en los últimos diez años se había visto gratamente acrecentada gracias a las osadas inversiones de Edward, que había abierto un astillero en el puerto de Liverpool.

En aquella oportunidad, dos años atrás, Laura, conocedora del cariño que su padre había profesado por lord James, recibió a su hijo, Edward, en la casa de la Santísima Trinidad y le confirió el trato de un soberano. Lord Edward se enamoró perdidamente de ella y le pidió que se casaran. En ese momento, las mejores excusas esgrimidas fueron la reciente viudez y la necesidad de cumplir con el período de luto.

—¿Desde cuándo te importan esas cosas? —le había espetado María Pancha—. Ni siquiera vistes de negro. —Laura no contestó—. Sigues pensando en ese indio, que debe de estar muerto.

—Sí, sigo pensando en él.

—Deberías ser más benévola contigo y darle una oportunidad a tu corazón para que vuelva a amar. Sabes que tengo buen olfato, que no me falla, y puede decirte que lord Edward es un gran hombre.

—Necesito tiempo.

—Tiempo —repitió la criada con fastidio—. Pues bien, pídele que te lo conceda, pero no lo rechaces por completo. Ese hombre vale oro.

Magdalena también llegó a saber de las intenciones de Leighton e insistió para que Laura lo aceptase. Finalmente, Leighton regresó a Londres con la promesa de una espera de dos años, al cabo de la cual, regresaría para presentar su propuesta de matrimonio nuevamente. Nadie, excepto la familia íntima, conocía el acuerdo; había sido parte del trato que esa especie de compromiso permaneciera oculto, incluso a tía Carolita. Durante esos dos años, Laura había pensado poco en lord Leighton y, cuando lo hacía, era con motivo de alguna de sus apasionadas cartas. Ella las respondía en un tono formal, el que emplearía con su agente de inversiones más que con su prometido. La llegada de lord Leighton a mediados de agosto la llenó de resquemores y dudas. Era, por demás, inoportuna.

En cuanto al billete de Gramajo, Laura garabateó un "no" y se lo devolvió a María Pancha, que a su vez lo puso en manos del muchachito que lo había llevado. El muchachito regresó poco después. Esta vez el billete rezaba: "Nahueltruz Guor". Laura accedió.

Tal y como se le había indicado, José Camilo Lynch almorzó ese mismo día en la casa de la Santísima Trinidad. Como parte de las buenas costumbres de la mesa de los Montes, nadie se refirió a la desagradable escena de Lezica la noche anterior. Luego del postre, Laura invitó a Lynch a su *boudoir*.

—¿Licor de anís? —ofreció—. Lo hace María Pancha.

—Sí, gracias.

José Camilo lucía tenso e incómodo; Laura, en cambio, estaba tranquila; se movía con la seguridad y la altivez de un guerrero vencedor, y, aunque quería a su primo político, le marcaría quién había ganado la batalla.

—¿Cómo está Purita? —preguntó Lynch.

—Bien.

—¿Cuándo podré volver a verla?

—Cuando ciertas cuestiones queden aclaradas entre tú y yo.

—Disfrutas haciéndome padecer esta humillación —se quejó Lynch—. Sin embargo, admito que estás en tu derecho. Después de todo, tenías razón al dudar de la naturaleza de Lezica. Me alegro de que hayas salido ilesa del altercado de anoche —concedió sin demasiado entusiasmo.

—¿Crees que Lezica me abordó de esa manera tan poco ortodoxa sólo porque mantengo oculta a su prometida? —José Camilo se mostró desorientado—. Lezica me amenazó de muerte anoche porque yo sé algo que podría hundirlo, algo que terminaría con sus sueños de emparentar con la casa Lynch.

—¿De qué se trata?

—Me resulta extraño que no te hayan alcanzado los chismes.

—Vamos, no me tengas en vilo.

—Pues bien, tu querido amigo Climaco Lezica está casado; su mujer goza de excelente salud, al igual que sus tres hijos.

—¡Laura, qué patraña es ésta! ¿A qué extremos llegas para lograr tu cometido?

—Sabes que no es mi costumbre mentir —expresó, y Lynch se sorprendió de lo dura que podía ser la mirada de su prima.

—¿Puedes probarlo?

—Por supuesto que puedo.

Usaron el coche de José Camilo para dirigirse al convento de las Clarisas, donde se hospedaban el padre Epifanio y Virginiana Lezica. Los recibieron en una salita contigua al vestíbulo. A Lynch lo sorprendieron la juventud y belleza de la mujer. Asimismo notó que el sacerdote cargaba un mamotreto que apoyó sobre una mesa. Habló mayormente el padre Epifanio, contó los pormenores de la relación entre Lezica y Virginiana, y mostró la anotación en el libro parroquial que daba fe del matrimonio. Lynch reconoció la firma de Lezica de inmediato.

Ninguno habló durante el trayecto a la casa de la Santísima Trinidad. Dentro del coche sólo se escuchaba el traqueteo de las ruedas sobre los adoquines y, cerca de la plaza, el pregón de vendedores y el bullicio de la gente. Al llegar, Laura pidió a su primo político que la acompañara dentro. Se encerraron en el despacho del abuelo Francisco.

—Gracias a Dios —pronunció Laura— que lo descubrimos antes de que el daño fuera irreparable.

—Sí, creo que hemos tenido suerte. Sin embargo, las habladurías y chismes nos perseguirán por años.

—Por Dios, José Camilo, no seas cobarde. ¿Qué te importa lo que digan?

—No me trates de cobarde, Laura. Para ti no será importante lo que digan. Para mí, lo es.

—Pues no reparaste en lo que dirían cuando te fugaste con una novicia del convento de Santa Catalina.

—Era joven e insensato.

—¿Estás arrepentido?

—¡Por supuesto que no!

—Entonces, ¿por qué te preocupan los comentarios cuando ya ves que has vivido por más de quince años junto a la novicia del convento de Santa Catalina y lo has hecho en la misma sociedad todo el tiempo, sin ganarte el repudio de nadie, ni siquiera de los padres de la joven a la que desgraciaste? Deja que la gente hable hasta hartarse. Siempre tendrán algo para decir aun cuando lleves la vida de un asceta.

—¿Cuándo volveré a ver a mi hija? —insistió Lynch, malhumorado.

—Ya te dije, cuando ciertas condiciones queden aclaradas entre tú y yo.

—Condiciones —repitió Lynch—. Supongo que tendré que avenirme a ellas.

—Sí, tendrás que avenirte a ellas. Empecemos: Pura vivirá en mi casa o adonde ella elija, si ése es su deseo. Estimo que no será grato para ella soportar a mi tía Celina.

—Doña Celina no vive en mi casa —opuso Lynch.

—Mi tía Celina *no duerme* en tu casa, pero pasa la mayor parte del día en ella hostigando a mi prima Eugenia Victoria y a mis sobrinos. En segundo lugar, permitirás que el señor Tejada la visite.

—De ninguna manera. El hecho de que Lezica resultara un atorrante no significa que entregaré a mi hija a ese don Nadie.

—Tu hija ama al señor Tejada. ¿Eso no cuenta para ti?

—Mi hija no sabe lo que es amar. Es una niña.

—Ahora es una niña, pero no lo era cuando pensabas desposarla con un viejo verde.

Laura se acomodó en la butaca y guardó silencio con visos de motín. Lynch le estudió el perfil de lineamientos suaves y acabados, y nuevamente se sorprendió de lo despiadada que podía lucir cuando se lo proponía. Para ser tan hermosa y femenina, su prima Laura tenía las agallas de un hombre.

—Laura, entiéndeme, no admito que mi hija, toda una Lynch, sea la esposa de ese morocho que no sabemos siquiera de dónde es oriundo.

—Pero sí sabías de dónde era oriundo el señor Lezica, y ya vez cómo te engañaron. José Camilo, por favor, no seas tan necio. Pensé que tus valores iban más allá de las apariencias y los apellidos pomposos. ¿Qué culpa tiene Pura de ser una Lynch? En tal caso, habría sido mejor que fuera una Pérez si eso le hubiese permitido acceder a la felicidad de casarse con quien desea. No la lleves a aborrecer su apellido por haberse convertido en el impedimento para ser feliz. Ella no le debe pleitesía a su familia. Ella no eligió nacer en el seno de los Lynch.

—Ser una Lynch debería significar un honor para mi hija.

—No si se interpone con su felicidad. ¿De qué le vale un pedigrí largo como el de una reina si su vida será un infierno?

—Está bien —cedió Lynch, incapaz de seguir argumentado en contra de los razonamientos de Laura, que por otra parte poseía la inusual cualidad de hacerlo sentir una mala persona—. Hablaré con Eugenia Victoria y, si ella está de acuerdo, permitiré que Pura frecuente a ese... a...

—Al señor Tejada.

—Sí, al señor Tejada.

—Son muy jóvenes —razonó Laura—, deberán conocerse para luego decidir. Pero debes darles la oportunidad para que lo hagan. Si persistieras en tu tesitura, los empujarías a tomar una medida desesperada. Terminarían por huir. Luego sería demasiado tarde si descubriesen que no están hechos el uno para el otro. Con tu animadversión sólo consigues potenciar la tozudez de ambos. ¿Es que no te das cuenta?

—Supongo que tienes razón.

—No te hablaré de las cualidades de Blasco porque sé que estás mal predispuesto, pero sólo te aseguraré que ese muchacho jamás será un don Nadie. También quiero que hablemos de la situación financiera de tu familia.

—No hablaré de eso en este momento.

—Este momento es tan bueno como cualquier otro.

—No hablaré de eso contigo, entonces.

—¿Por qué? ¿Porque soy mujer?

—Sí, porque eres mujer.

—Te enviaré a mi notario con la propuesta que deseo hacerte. ¿Prometes recibirlo siendo, como es, un hombre?

Lynch la miró con aire de fastidio y no le respondió.

Más tarde, Laura escribía en su tocador, mientras María Pancha acomodaba la ropa.

—Te encontrarás con él hoy, ¿verdad? —dijo la criada, en referencia a Roca.

—Sí.

—Habías dicho que no reanudarías las visitas a esa casa una vez que él regresara del sur.

—Nunca terminamos apropiadamente.

—No creo que el general tenga intenciones de terminar contigo. No creo que reciba de buen grado la noticia de que no tienes intenciones de volver a verlo. ¿Ya no te acuerdas de la escena de celos que te hizo en lo de doña Joaquina Torres sólo porque bailaste con Cristián Demaría?

—Lo único que le interesa al general Roca por estos días es alcanzar la presidencia. Mi relación con él pone claramente en riesgo ese cometido. Ya verás que su reacción será muy distinta de la de aquella noche en lo de Torres. ¿Le entregaste a doña Carmen las cartas para doña Luisa y Purita?

—Sí, esta mañana.

En el silencio que sobrevino sólo se escuchaba el rasgueo de la pluma de Laura.

—Me pregunto —retomó María Pancha— qué hacía Guor en ese sitio cuando te asaltó Lezica. De seguro estaba siguiéndote.

—De seguro. Lo más probable es que haya querido achacarme el último capítulo de *La gente de los carrizos*, donde narro el secuestro de su madre.

Laura devolvió la pluma al tintero y dejó vagar la vista por el jardín de la abuela Ignacia. Sin darse vuelta, dijo:

—Ya sabes, María Pancha, que reencontrarme con Nahuel después de tanto tiempo fue un golpe muy duro para mí. Su maltrato me ha vuelto rencorosa. Me avergüenza confesarte que a veces me gustaría tener poder para lastimarlo, ese mismo poder que él ejerce sobre mí con tanta soberanía.

—Él aún te ama —expresó María Pancha, y Laura volteó para mirarla.

—Extraño escucharte decir eso.

—Ya te dije una vez —prosiguió la criada, sin atender al comentario— que lo contrario del amor no es el odio sino la indiferencia.

—Me duele que yo piense tanto en él y él tan poco en mí. La mayoría de las veces, le soy indiferente.

—Si tú le eres indiferente, yo soy Josefina Bonaparte.

—Quizás él aún me ame, no lo sé. En realidad, eso ya no cuenta. Lo que cuenta en esta instancia es su odio, ese odio que lo vuelve intratable. Yo lo amo, eso está fuera de discusión. Pero ¿qué esperanza tenemos cuando existe una herida que, según él, yo causé y que no logra cicatrizar? ¿Qué clase de vida llevaríamos si él no consiguiese deshacerse del rencor? ¿Cómo podríamos ser uno cuando él me hace responsable de estos años de separación, de abandono, de ofensa, de mil cosas? Cualquier altercado, cualquier entredicho dispararía los reclamos que tienen que ver con ese pasado tan tormentoso que nos tocó vivir. Para Nahuel, yo encarno lo maligno y vil, soy su desdicha. No creo en el perdón, María Pancha. ¿Por qué exigírselo a él cuando yo misma no he conseguido perdonar a Julián aun cuando se lo concedí en su lecho de muerte? El perdón es cosa de Dios.

Se trató de un largo discurso, y surgió tan rápidamente que María Pancha se dio cuenta de que Laura había mascullado esas palabras día y noche los últimos meses. No supo qué decir y eligió callar. Se aproximó al tocador y le colocó el peinador sobre los hombros antes de deshacerle la trenza y cepillar su pelo.

—¿Qué vestido llevarás para verlo?

—El de vichy gris.

—Iré a prepararlo.

Le causó una fuerte impresión regresar a la casa de la calle Chavango. Creyó que lo haría con mayor entereza. Pero, al volver a enfrentar a Roca en soledad, presintió que su decisión de terminar para siempre con esa relación flaqueaba. Cuando él la rodeó con sus brazos y la besó suavemente en los labios, Laura descansó sobre su pecho y permitió que la sensación de bienestar y protección la embargara. Roca jamás le sería indiferente, siempre ejercería una gran atracción sobre ella. Se apartó, incómoda y deprimida. No sabía, en realidad, si deseaba rechazarlo. Roca sonrió solapadamente y se alejó para servir dos copas.

—¿Qué tenías que decirme de Nahueltruz Guor?

—Ya veo que no te interesa mi bienestar —bromeó el general, y le extendió una copa con ajenjo—. Tampoco preguntarás cómo marchó la expedición.

—Es obvio que estás muy bien. Te ves muy bien. —Roca inclinó la cabeza en señal de agradecimiento—. En cuanto a la expedición —siguió Laura—, desde hace tres meses que no se habla de otra cosa; quizá sepa yo más de la expedición que tus oficiales. Además, Artemio me dijo anoche que se había tratado de una epopeya aburrida y que no te habías topado con un indio ni para muestra.

—A ti puedo confesarte que rendí sin gloria ni pena los restos desnudos y famélicos de las tribus ranquelinas. Incluso eso de "rendir" es demasiado vocablo. Parece que las divinidades estaban de tu parte, pues es cierto que no maté a un solo salvaje. O quizá las divinidades estaban de *mi* parte, y me impidieron matar a esas gentes para preservarme de tu odio eterno.

—Sabes que no podría odiarte —musitó ella.

—Tampoco amarme.

Laura bajó la vista, pero Roca la obligó a mirarlo levantándole el rostro por el mentón.

—Julio...

—Ya lo sé: no volverás a esta casa. —Laura ratificó afirmando con la cabeza—. Te agradezco la decisión. Sin tu resolución, yo jamás habría terminado contigo. Y mi vida política y privada correrían un gran riesgo. Hay demasiado en juego, demasiado que perder.

—No quiero hacerle a Clara lo que detestaría que me hicieran a mí.

—No fue un impedimento la existencia de mi esposa antes de que partiera hacia el sur.

—Esa tarde en lo de don Godet, junto a tus hijos, Clara pareció materializarse repentinamente. Antes era como si ella no existiera.

—Pero existía.

—Sí, lo sé.

—En realidad, es Lorenzo Rosas quien te inquieta.

—¿Qué tiene que ver Lorenzo Rosas conmigo? —expresó Laura, evidenciando su alteración.

—Fue él quien te salvó de Lezica anoche —continuó el general, en su habitual modo enigmático.

—El señor Rosas acertó a pasar por allí justo cuando Lezica me amenazaba.

—Laura, no me subestimes. El señor Rosas y tú están íntimamente relacionados.

—No existe nada entre el señor Rosas y yo.

—Me corregiré. Debería haber dicho que ustedes *estuvieron* íntimamente relacionados.

—No te sigo, Julio.

—Quiero decir que *estuvieron* porque el señor Lorenzo Dionisio Rosas es Nahueltruz Guor, el ranquel a quien amaste en Río Cuarto.

Laura se apartó de él convulsivamente. El horror se dibujó en su semblante, descarnándole las mejillas. Roca no ocultó su temor cuando creyó que desfallecería. Se aproximó para sostenerla, pero ella se hizo hacia atrás con un mohín que delataba el pánico y la repugnancia que él le inspiraba en ese momento. Roca lamentó el sarcasmo que había empleado para abordar un tema tan penoso y meditó las palabras que usaría a continuación. Laura se le adelantó al preguntar:

—¿Por qué dices lo que dices, que Lorenzo Rosas es Nahueltruz Guor?

—Laura, por favor —suplicó el general, e intentó asirle la mano.

—No me toques. Dime por qué aseguras que son la misma persona. ¿Qué bases tienes para sostener semejante conjetura?

Roca explicó pausadamente que, tiempo atrás, apenas comenzado su *affaire*, había mandado pedir el expediente donde se detallaban los sucesos que habían terminado con la vida del coronel Hilario Racedo. De esa lectura, supo que se acusaba al indio ranquel Nahueltruz Guor, primogénito del cacique general Mariano Rosas. Tiempo más tarde, de regreso de la expedición al sur, encontró una vieja carta de Manuel Baigorria, a quien había conocido durante sus años como jefe del Fuerte Sarmiento en Río Cuarto. En esa carta el coronel unitario se explayaba acerca de la vida del primogénito de

Mariano Rosas. Allí le contaba, entre otros detalles, que, a pedido de su madre, una cristiana, el muchachito había sido bautizado y llamado Lorenzo Dionisio Rosas.

—Deben existir cientos de Lorenzos Rosas —arguyó Laura, y su nerviosismo delataba la falta de convicción de su argumento.

—Pero ninguno que encaje tan bien con la descripción del indio que mató a Racedo, más allá de que ahora use el pelo corto y vista tan elegantemente. Sus facciones, la tonalidad de su piel, el color de sus ojos, tan inusual, no pueden ser casualidad. Terminé de convencerme cuando supe que había sido él quien te salvó de Lezica anoche. Su presencia en el lugar resulta demasiado oportuna para ser casualidad. Creo que si lo confrontara con Mansilla y éste se tomara un tiempo para estudiarlo con detenimiento, terminaría por aceptar que este caballero es el indio que conoció en el 70 durante su excursión al País de los Ranqueles. Si has leído su libro, sabrás que lo menciona en varias ocasiones.

Laura percibía cómo el llanto le trepaba por la garganta y se la anudaba. Las lágrimas le tornaban borrosa la visión, y debió aferrarse las manos para que dejaran de temblar. La vida y la libertad de Nahueltruz volvían a correr peligro, y por su culpa. Un impulso la llevó a ponerse de rodillas delante de Roca y aferrarlo por los antebrazos.

—Julio —imprecó—, no lo denuncies. Te suplico, no lo denuncies.

Roca jamás imaginó que la fría y calculadora viuda de Riglos fuera capaz de un quebranto semejante. Trató de levantarla, pero ella se ovilló a sus pies, de cara al piso. Lloraba como pocas veces Roca había visto llorar a alguien. Terminó acuclillado junto a ella, instándola a ponerse de pie. Lucila, la doméstica, entró en la sala y lo ayudó a llevarla al sofá.

—Laura, por favor, cálmate. Estás muy pálida. Lucila, sirve un vaso con licor. Vamos, Laura —instó, cuando la muchacha le pasó la bebida—, toma un poco de esto.

Laura accedió. Roca le apoyó el vaso sobre los labios y ella dio dos sorbos. Aunque la bebida pareció quemarle el esófago, la reconfortó. Roca, con un gesto de mano, despidió a la doméstica.

—Julio —gimoteó Laura—, no lo denuncies. Él ha sufrido demasiado, y por mi culpa. No sería justo que fuera a la cárcel.

—Mató a un hombre, Laura. A un militar de la Nación.

—¡A un gusano de la Nación! —pareció despabilarse.

—El informe dice que Racedo te salvó de ser ultrajada por el indio Nahueltruz Guor.

—Por favor, Julio, no creerás las patrañas que inventó el teniente Carpio. Nahueltruz y yo nos amábamos. Esa tarde, en el establo, fuimos sorprendidos por Racedo que dejó muy en claro que primero se divertiría conmigo y luego nos mataría a los dos. Nahueltruz sólo me defendió.

—¿Por qué diría eso Racedo? ¿Qué razón tenía para comportarse de ese modo?

—Dos razones: primero, porque odiaba a Nahueltruz debido a una pelea que habían tenido años atrás en la que él le había marcado la cara con su facón. Segundo, por celos y por orgullo herido, porque Racedo me había propuesto matrimonio. Sí —ratificó, ante la sorpresa de Roca—, el padre Donatti y todo Río Cuarto son testigos de los avances de ese desgraciado. El muy creído, viejo carcamal, con su modo petulante insoportable, pensó que yo podría fijarme en él como en el compañero de mi vida. Sentía aversión cada vez que se me acercaba. Me resultaba intolerable su presencia. Creo que llegué a odiarlo. Yo sé que puedo odiar, Julio. Nunca lamenté su muerte. Creo que la merecía. Nahuel, en cambio, es un hombre extraordinario. Valiente, noble, sincero. Me defendió en el establo y pagó muy caro por hacerlo. Yo logré escapar de la lascivia de Racedo, pero el precio fueron la libertad y la paz de Nahueltruz. Por eso, Julio, ahora que tú sabes... Todo vuelve a comenzar. ¡Oh, Dios mío! Esto no puede estar sucediendo. La vida parece una rueda que siempre pasa por los mismos lugares. Anoche, con Lezica... Yo no quiero, ya no puedo más, ¡oh, Julio!, te ruego que tengas piedad de él.

Laura se quebró nuevamente, y Roca la dejó hacer. Se mantuvo a su lado en el sofá, pero no la tocó. Ella fue calmándose y se secó las mejillas con el pañuelo que él le extendió. Ninguno pronunció palabra por algunos minutos. Laura tenía la mente en blanco y fijaba su atención en los arabescos de la alfombra. Roca le cubrió la mano con la de él y la sacó de su abstracción. Costaba romper el silencio, pero tenía que preguntar.

—¿Lo denunciarás?

—¿Tan poco conoces lo que siento por ti que me crees capaz de infligirte un daño semejante?

—Oh, Julio —musitó Laura, y levantó el rostro.

Roca le acarició la mejilla y le besó los labios. Se miraron intensamente. Los ojos renegridos de Laura brillaban con un ardor que él no le conocía. Era felicidad pura lo que la hacía verse tan hermosa y delicada en ese instante. Él la deseaba toda para él, no sólo su cuerpo, su alma y su corazón también. Pero nada de ella le pertenecía. Ni siquiera su cuerpo. Podría haberle pedido que hicieran el amor, y Laura habría accedido. Pero él era demasiado hombre para conformarse con las migajas. Él la quería toda. La separó de sí y se puso de pie. Caminó delante del sofá con actitud impaciente, y Laura comprendió la agitación que estaba padeciendo. Roca se detuvo súbitamente para mirarla.

—En los informes de la expedición —dijo— quedará asentado que el cacique Nahueltruz Guor murió en alguna escaramuza.

—Nunca olvidaré lo que has hecho por él. Siempre te consideraré mi gran amigo, y, cuando me necesites, cualquiera que sea la circunstancia, ahí estaré para ayudarte. Te quiero profundamente, Julio, siempre te voy a querer.

Laura abandonó la casa de la calle Chavango sumida en una tormenta de sensaciones. Lo que más la perturbaba era una pregunta recurrente a la que no podía dar respuesta: ¿es posible amar a dos hombres?

✽

CAPÍTULO XIX

Más allá de un affaire

La candidatura de Roca, el antagonismo de Tejedor y el asalto a la viuda de Riglos perpetrado por Climaco Lezica eran los temas que mantenían entretenida a Buenos Aires. Los periódicos se explayaban en sus páginas mencionando circunstancias y decires que la gente tomaba por ciertos. Así, los tres temas se habían salido de madre.

Como era su costumbre, Eduarda Mansilla visitó a Laura a la hora del té y la encontró de un ánimo peculiar; aunque en apariencia soslayara el ataque de Lezica, lucía, sin embargo, muy afectada. Eduarda no podía saber que la despedida de Roca el día anterior la había dejado sumida en la angustia, no porque desconfiara de la nobleza del general —estaba segura de que no denunciaría a Nahueltruz—, sino porque, luego de la entrevista, no sabía si, en realidad, quería terminar con él. Al prometerle que se abstendría de denunciar a Nahueltruz, Roca había demostrado la grandeza de su corazón y también su sentido de Justicia, porque, más allá de que lo hiciera por ella, Roca había juzgado el papel de Guor como el de un hombre que defendió el honor de su mujer.

Ya extrañaba sus encuentros. La pasión que le había prodigado con generosidad después de años de haber vivido sumida en la pena, le había devuelto en parte la esperanza perdida en Río Cuarto. Extrañaba las conversaciones que sostenían después de hacer el amor, intercambios intensos y sutiles que le habían dado la pauta de la sagacidad del general. Lo extrañaba irremediablemente. Pero nunca volvería a la casa de la calle Chavango porque hacerlo no habría sido correcto. A pesar de su permanente desafío a los cánones sociales y de su comportamiento anacrónico, Laura entendía que, en ciertas ocasiones, había que obrar de acuerdo con aquellos principios ancestrales que determinan con tajante firmeza lo que es bueno y lo que es malo, sin ambigüedades. De todos modos, ya comenzaba a retribuir el favor: había mandado llamar a Mario Javier para instruirlo acerca de la postura que adoptaría *La Aurora* con respecto a las próximas elecciones presidenciales.

—Mi madre está muy enfadada contigo —manifestó Eduarda.

—¿Por qué?

—Leyó el último capítulo de *La gente de los carrizos*, donde aseguras que el cacique Mariano Rosas es hijo ilegítimo de mi tío Juan Manuel.

—Eso aseguraba la cacica Mariana, la madre de Mariano Rosas.

—Mi madre asegura que es una calumnia.

—Doña Agustina —dijo Laura con gracia— no debería ofenderse tan fácilmente cuando de la moralidad de su hermano se trata. ¿Acaso ella desconoce el rol que desempeñó la pobre Eugenia Castro durante años en la quinta de San Benito? ¡Le dio siete hijos, por Dios Santo! Todos sobrinos de ella y primos hermanos tuyos.

—En mi casa nunca se habla de Eugenia Castro —admitió Eduarda.

—Pues deberían ocuparse de esa pobre mujer. Ella y sus hijos han vivido prácticamente de la caridad desde el 52. La vida ha sido muy dura con ella. Tu tío le robó la niñez y la juventud, y la dejó sola en el peor momento con una caterva de niños. Discúlpame, Eduarda, eres la última persona con la cual deseo ser dura, pero me irritan las hipocresías. Doña Agustina ya debería saber que su hermano no sólo fue apasionado en su lucha contra los unitarios.

—¿Qué noticias hay de Lezica? —preguntó Eduarda, y Laura respetó que deseara acabar con el tema de la personalidad de su tío Juan Manuel.

—Esta mañana vino a verme el comisario Cores, que está a cargo de la investigación. Parece que Lezica cruzó el río y ahora está en Montevideo. No presenté cargos; sólo detallé los hechos. Todo se ha resuelto muy convenientemente para mí y eso es lo que cuenta.

—Intentó asesinarte, Laura.

—Estaba borracho. Además, yo lo había llevado a un extremo crítico al amenazarlo con develar su matrimonio secreto con esa muchacha del campo. Su reacción fue lógica, máxime entrado en copas como estaba.

—El señor Lezica resultó un cretino. Bien engañados nos tenía a todos.

—No presentaré cargos —reiteró Laura—. No quería destruir a Lezica, ni siquiera ahora es mi intención hacerlo, a pesar del espectáculo de anteanoche. Solamente quería que dejara de lado la estupidez del matrimonio con Pura. Eso está logrado. Que cada uno prosiga con su vida. Mi abogado, que estuvo presente durante la visita del comisario Cores, me explicó que la policía y la Justicia actuarán de oficio, más allá de que yo presente cargos o no. Pero ya sabes que, si no hay quien instigue desde afuera, estas causas terminan por languidecer y finalmente por desaparecer. Lezica tiene muchos amigos en el gobierno. Alguno lo ayudará para que la causa languidezca más temprano que tarde.

—Te has convertido en un paladín de nuestro sexo —expresó Eduarda—. Aunque muchas mujeres callen para no enfadar a sus maridos, sé que te admiran por tu valor y desenfado. Algunas ya se preguntan cuál será tu próxima víctima entre los hombres, tu próxima hazaña.

Laura suspiró y bebió un sorbo de té. De repente, Eduarda le notó el cansancio en la mirada; había algo de melancolía también.

—No más hazañas. No me resultan divertidas. Lo cierto es —dijo, y su voz pareció debilitarse— que he sido demasiado independiente. Ahora desearía que me mimasen y que me protegiesen. Ya me cansé de luchar sola, Eduarda.

María Pancha anunció a la señora Lynch, y Laura le indicó que la hiciera pasar. Eugenia Victoria no venía sola; la acompañaba su cuñada, Esmeralda Balbastro. Mientras le extendía una taza de té, María Pancha miró a los ojos a Esmeralda y logró desconcertarla; se suponía que el servicio doméstico no se tomaba la atribución de mirar a los ojos a los patrones; la sumisión era requisito *sine qua non*. Aunque, tratándose de la sirviente personal de la señora Riglos, podía esperarse que saliera de lo usual. En tanto, María Pancha pensaba: "Algún día le diré a esta muchacha que ella y yo somos parientas". La madre de María Pancha, Sebastiana Balbastro, había sido prima hermana del abuelo de Esmeralda. A diferencia de Laura, ella apreciaba a la viuda de Romualdo Montes y no entendía el origen del encono; Esmeralda siempre demostraba que la quería y admiraba. Celos, tal vez, pues Laura había estado medio enamorada de su primo.

A Laura la incomodó la presencia de Esmeralda. Si bien nunca le había caído en gracia, desde que ella y Lorenzo Rosas eran más que buenos amigos la inquina se había acentuado. Mostró elemental cortesía y se cuidó de no mirarla ni hablarle. Esmeralda, por su parte, se limitaba a escucharla y estudiarla para luego elaborar un informe acertado para Lorenzo, que le había pedido que concurriera a la casa de la Santísima Trinidad para interiorizarse del estado de su dueña. Pues bien, Laura lucía magnífica, como siempre. Aunque una mirada más atenta y aguda descubría que el esplendor de meses atrás se había opacado; que la majestuosidad y el rigor que inspiraba parecían ausentes de su porte; que ya no intimidaba ni causaba miedo, y, lo que era más curioso, parecía haber perdido el interés en hacerlo. Una sutil pero perceptible transformación se había operado en ella. Eso también le diría a Lorenzo.

Más tarde, faltando poco para la cena, María Pancha entró en el dormitorio de Laura y le dijo que Blasco la aguardaba en el vestíbulo. Laura, que acostumbraba a recostarse unos minutos antes de cenar, se incorporó con pereza y se dirigió al tocador.

—¿Por qué no lo has hecho pasar a la sala?

—No quiere, dice que en el vestíbulo está bien. Ayer vino a buscarte tres veces. En la última oportunidad lo agarró tu tía Dolores y le ladró como perro rabioso. Terminó echándolo.

Laura se presentó en el vestíbulo e insistió en que pasaran a la sala.

—Aquí estoy bien, señorita Laura. Sólo deseo hablar unas palabras con usted. Disculpe la hora.

—Ésta es *mi* casa, Blasco. Aquí se hace lo que yo ordeno. Y ahora te ordeno que pases a la sala y te pongas cómodo.

Se sentaron, y Laura pidió un aperitivo.

—Te quedarás a cenar.

—¡Oh, no! —exclamó Blasco, y las orejas se le pusieron coloradas.

—Oh, sí —emuló Laura—. Si llegas a casarte con mi sobrina Pura, nosotros pasaremos a ser tu familia y compartiremos muchas veladas juntos. Es hora de que te vayas acostumbrando.

—Casarme con su sobrina Pura... —repitió el muchacho con aire abatido—. Creo que será imposible. Su primo, el señor Lynch, jamás me aceptará.

—Blasco —dijo Laura con acento imperioso—, lo último que deseo para mi sobrina es un hombre pesimista que no hace frente a los escollos por juzgarlos demasiado grandes. ¡Ánimo, Blasco! Las circunstancias están de nuestro lado, ¿es que no logras ver eso? Después de haber desenmascarado a Lezica, el camino se allanó notablemente.

—Sí, es cierto —concedió, carente de vehemencia—. Pero, usted sabe, yo soy poca cosa para Pura. Ella está tan por encima de mí. ¿Qué puedo ofrecerle? No quiero que pase necesidades ni que sea infeliz por mi culpa. Yo… —pareció dudar—. En fin, después de haber sido testigo de lo que les ocurrió a ustedes, a Nahueltruz y a usted…

Laura levantó la mano y lo mandó callar.

—Disculpe —musitó Blasco, sin mirarla.

Ninguno habló inmediatamente. El muchacho, por vergüenza. Ella, porque estaba sumamente afectada. Blasco, de las pocas personas que conocían en detalle los vaivenes de aquellos vertiginosos días en Río Cuarto, se había cuidado de mencionarlo desde su regreso en abril; es más, se había mantenido alejado e indiferente. Desde el primer momento, había hecho manifiesto que compartía el rencor de Nahueltruz Guor y que no deseaba reiniciar la amistad. Tiempo más tarde, las circunstancias los habían acercado. De todos modos, eso no le confería el derecho para abordar un tema tan doloroso e irrumpir con comentarios que no estaba preparada para escuchar.

—A ti y a Pura no les ocurrirá lo que a nosotros —expresó casi en un susurro, y, de inmediato, agregó—: Ayer estuve con mi primo, José Camilo Lynch, y accedió a recibirte en su casa como festejante de su hija. —Blasco levantó rápidamente la mirada; se le había iluminado el rostro moreno y de nuevo tenía las orejas como granadas—. Sí, es cierto. Te permitirá visitarla. Pero no voy a mentirte, Blasco. El señor Lynch no mira con buenos ojos tu cortejo. Quedará en tus manos destruir los prejuicios que se ha formado respecto de tu persona. Deberás demostrarle que, además de amar profundamente a su hija, estás dispuesto a progresar para ofrecerle una vida digna de la hija de un Lynch. Mi primo no es de la filosofía: "Contigo pan y cebolla". Te ofrezco mi ayuda. Ya sabes que cuentas con ella. Además —agregó, porque le pareció que Blasco se había desmoralizado—, tú y Pura son jóvenes. Ella acaba de cumplir quince años. Aún tienen mucho tiempo para conocerse. Crecerán y madurarán juntos. Hay tiempo, Blasco —repitió, mientras le palmeaba la mano—, mucho tiempo.

—¿Cuándo volveré a ver a su sobrina, señorita Laura?

—Regresará a Buenos Aires pasado mañana junto con doña Luisa del Solar. Podrás verla en la función de *La traviata* en el Teatro Colón.

—¿Pasado mañana? ¿En el Teatro Colón? ¿El que está frente a la Plaza de la Victoria? —Laura asintió—. Mañana mismo iré a comprar la entrada. ¿Quedarán lugares o ya se habrán agotado? Faltando tan poco y siendo *La traviata* tan popular, dudo que queden entradas. No importa, me plantaré en la puerta del teatro. Siempre hay gente que revende sus entradas. Así sucedía en el Palais Garnier. Estoy dispuesto a pagar cualquier precio, por exagerado que sea, todo para volver a verla. No importa. Y si no consiguiese una entrada, entonces me quedaré en la puerta para saludarla cuando la ópera haya terminado. Quizá doña Luisa me permita escoltarlas hasta su casa.

—Toma un poco de aire, Blasco —sugirió Laura, entre risas—. No hará falta que corras mañana a comprar ninguna entrada. Ocuparás una de las butacas de mi palco. Y si logramos sortear la persistente custodia de doña Luisa, podrás sentarte junto a mi sobrina. Debo advertirte que mi prima, Eugenia Victoria, también estará allí. No desfallezcas, ella no es de la misma opinión del señor Lynch respecto de la relación de ustedes.

Blasco parecía refulgir de dicha. Laura lo contemplaba embelesada. Una sonrisa amplia y blanca le ocupaba el rostro. Sólo en Río Cuarto Laura lo había visto sonreír de ese modo. Daba la sensación de que se pondría de pie y comenzaría a saltar y a gritar de alegría. Ella conocía con profundidad ese estado de plenitud, a pesar de que hacía años que no lo experimentaba. No pudo evitar sentir envidia, incluso resentimiento, que no iba dirigido a nadie en particular, lo que resultaba sumamente frustrante. Quizá, la única culpable de tanto dolor era ella misma.

—Esta felicidad me embarga de culpa —expresó Blasco, y Laura supo que le haría una confesión que no deseaba escuchar—. Por Nahueltruz, me refiero.

—Al igual que el señor Lynch, Guor tendrá que avenirse a tu relación con Pura.

Blasco la miró confundido; era la dureza de la señorita Laura lo que lo había desorientado. Además, sonó chocante que lo llamara Guor y que se expresara de él como si se tratase de un extraño.

—No me refiero a mi relación con su sobrina. Él ya se ha avenido a la idea. Al menos, así parece. De todos modos, Nahueltruz está sufriendo cuando yo me siento tan feliz. Él ha sido un padre para mí, me ha dado todo lo que tengo. A él le debo lo que soy. A él le debo incluso haber conocido a Pura. Cuando digo que sufre me refiero a que sufre por nuestro pueblo, por lo que pasó con ellos mientras él se hallaba tan alejado de todo. Él sufre por su tío Epumer, a quien tienen preso en Martín García. El senador Cambaceres no ha podido conseguir el permiso para visitarlo. Ése es su gran pesar. Sé que quizá se trate de una imprudencia de mi parte, hasta podría tomarlo como una impertinencia, pero ¿usted no podría ayudarlo, señorita Laura? Usted cuenta con amigos entre la gente de gobierno. Quizá podría hablar con alguno de ellos. Con el general Roca, por ejemplo. Se dice que es su amigo.

—Se dice que es mi amante.

Blasco se puso rígido. Laura, en cambio, prosiguió con soltura, como si no hubiese dicho lo que dijo.

—No creo que Guor acepte mi ayuda. Desde que llegó a Buenos Aires ha dejado en claro que mi presencia le es aborrecible. En pocas palabras, Blasco, Guor me detesta.

—Él no la detesta, señorita. Está resentido, pero no la detesta.

—No sé si quiero hablar de este tema contigo.

—En un principio —prosiguió el muchacho—, yo también estaba resentido con usted. A mí me tocó decirle a Nahueltruz que usted se había casado con el doctor Riglos. Y lo vi sufrir. Lo vi llorar, señorita. Cuando creía que yo dormía, Nahueltruz lloraba, un llanto reprimido, casi silencioso, pero yo lo escuchaba igualmente. Jamás pensé que un hombre como él pudiera llorar. Ahora entiendo que un hombre también puede llorar, pero en aquel momento me afectó profundamente. Supongo que, cuando él la perdió a usted, deseó morir. —En un tono bajo, casi inaudible, agregó—: Creo que aún la ama.

Dolores Montes entró en la sala y se detuvo repentinamente al ver a Blasco.

—Ah, tía Dolores —dijo Laura, y se quitó las lágrimas pasándose una mano impaciente por la mejilla—. ¿Por qué no me avisó que el señor Tejada vino a visitarme ayer por la tarde?

Dolores no respondió y se quedó mirándolos con frialdad.

—Pídale a Esther —prosiguió Laura— que coloque otro lugar en la mesa. El señor Tejada nos acompañará esta noche.

—¿A cenar? —se escandalizó la mujer.

—Sí, a cenar. Vamos, tía, ¿qué espera? Incluso para usted lo que acabo de decir es una orden fácil de entender.

A criterio de Roca, los porteños poseían la inútil cualidad de imputar las culpas a las personas y situaciones más disparatadas, errando de plano los verdaderos promotores del conflicto. Así, achacaban a su candidatura todos los males que asolaban al país. Personajes destacados como Bartolomé Mitre y Rufino de Elizalde, ambos del Partido Nacionalista, aseguraban que una "liga de gobernadores" pretendía imponer por el fraude y la violencia a un general como presidente. Roca encontraba irresponsable esta afirmación porque, viniendo de personalidades tan destacadas y admiradas, servía para enardecer los ánimos de por sí caldeados.

Por su parte, Sarmiento, aunque no era porteño, aprovechaba la sazón para promocionar su segunda candidatura agregando su cuota de jaleo al escándalo. Nada deseaba más que volver a ocupar el sillón presidencial. Él sostenía que, cualquiera de las dos propuestas, la de Roca o la de Tejedor, harían retroceder veinte años al país, sumiéndolo nuevamente en la guerra civil. Y como todos le temían a esa posibilidad, parecía factible que su deseo se convirtiera en realidad.

A pesar de tener a grandes como Mitre y Sarmiento en contra, Roca no se amilanaba, y, si bien no estaba solo, el mayor poderío que lo acompañaba radicaba en su propia mesura y sensatez. Cierto que sus enemigos no le daban tregua: la corriente tejedorista encontraba cabida en la mayoría de los diarios y pasquines porteños; incluso en las escuelas, en los clubes y en cada hogar se infundía la idea de que Roca representaba poco menos que al demonio, mientras Carlos Tejedor se había convertido en el paladín defensor de Buenos Aires. Eran tan burdas las objeciones en contra de su propuesta que Roca no entendía cómo prosperaban; la población se había idiotizado al son de discursos rimbombantes y vociferados. Recordaba el viejo refrán: *L'argent fait la guerre*, que, infalible, le marcaba el norte en aquella rencilla poco digna. Porque si bien se instaba a la población de Buenos Aires a tomar armas en contra del Gobierno Nacional con la excusa de la libertad y la independencia, el verdadero y antiguo motivo de encono se escondía como un cobarde: los ingresos aduaneros. A Roca lo admiraba la ingenuidad de los porteños. ¿Acaso creían que si se convertía en presidente de la República haría desaparecer a Buenos Aires del mapa?

Esa mañana, Artemio Gramajo le había alcanzado los periódicos más relevantes: *El Mosquito*, con sus conocidas y mordaces caricaturas, y *La Nación*, de Bartolomé Mitre, que lo atacaban ferozmente; un artículo del primero se inmiscuía en su vida privada y hasta mencionaba abiertamente a la viuda de Riglos. El diario *El Pueblo*, de reciente creación para sostener la campaña roquista, no se quedaba atrás y arremetía contra Tejedor con la misma insidia. A Tejedor, sin embargo, era difícil involucrarlo en *affaires non sanctos* fuera del matrimonio; demasiado recto e inflexible para pillarlo en un desliz de esa índole.

Roca apartó los periódicos con un gesto de desagrado. Lo sorprendió encontrar bajo la pila un ejemplar de *La Aurora*; no se trataba de un periódico que Artemio soliera llevarle. Esa mañana, en primera plana, había una columna firmada por su director, Mario Javier, donde se comentaba la reciente creación del Tiro Nacional en Palermo. "Resulta poco propicia", rezaba el artículo, "la creación de un predio para aprender el manejo de armas de fuego en un momento en que la población toda se encuentra exaltada y propensa a la violencia. Esto demuestra la poca sensibilidad de un gobierno enceguecido en su sed por alcanzar el poder nacional". Si bien en ninguna línea se advertía el apoyo a Roca y su candidatura, la prosa manifestaba explícitamente su rechazo a una propuesta de localismo exacerbado que "sólo conducirá al quiebre de la Nación, con la consecuencia inevitable de una guerra civil. ¿Cuánta sangre de hombres útiles necesitamos derramar los argentinos para comenzar a ser un país serio? ¿No basta la ya derramada?". En un artículo en la parte interior del periódico se condenaba el accionar de un grupo de hombres armados conocidos como "los rifleros", que, en su camino hacia el Tiro Nacional, se habían detenido bajo la ventana del despacho del ministro de Guerra y Marina y habían vociferado: "¡Muera Roca!". "No se trata éste", decía el artículo, "del comportamiento digno de una sociedad democrática y republicana. En fin, parece que algunos porteños cobardes se han olvidado del espíritu que trataron de inculcarnos los hombres de Mayo e intentan imponer en un país donde la palabra libertad es sagrada, su voluntad antojadiza a fuerza de amenaza y coerción".

Un amanuense llamó a la puerta y anunció la llegada de la señora Riglos. Roca soltó el periódico y se puso de pie.

—Que pase, que pase —dijo, visiblemente sorprendido.

Laura entró y detrás de ella se cerró la puerta. Nuevamente solos. Roca se aproximó y la besó en la mejilla con familiaridad. Laura, sin mirarlo, sonrió con complicidad.

—¿Cómo estás?

—Bien.

—¿Tus hijos?

—Bien, gracias.

—¿Y Clara?

—Con ganas de irse a Córdoba.

Laura se sentó en la silla indicada. Roca ocupó la butaca de su escritorio frente a ella. A ambos le resultó extraña la distancia que los separaba.

—¿Tomarás algo?

—No, Julio, gracias. No voy a quitarte demasiado tiempo. Sé que estás muy ocupado.

—Ocupado en leer las apologías a mi persona. Tu interrupción ha sido más que oficiosa. Comenzaba a creerme lo que se dice de mí.

—Y de la viuda de Riglos —acotó Laura, y señaló rápidamente el ejemplar de *El Mosquito*—. Lo leí esta mañana. Mi tía Dolores lo mencionó frente a mis abuelos y a mi madre durante el desayuno.

—Lo siento.

—A mí me tiene sin cuidado. Es por ellos que me apeno, que le dan tanta importancia a esos comentarios.

—De veras te importa bien poco, ¿no?

—Sabes que no me afecta lo que dicen los demás. Mi madre asegura que es un defecto.

—Yo lo creo una virtud —dijo Roca.

—No lo estimo ni una virtud ni un defecto. Simplemente, soy así. De todos modos, no quisiera que esos comentarios perjudicaran tus propósitos.

—Los comentarios acerca de nuestra relación no perjudicarían en un ápice algo que ya está demasiado complicado de por sí. Es más, para la opinión pública podría significar una práctica de baja calaña utilizar un chisme del cual no existen pruebas fehacientes para manchar mi buen nombre y dañar la moral de mi familia. La gente no se ha encariñado conmigo, pero lo ha hecho con mi mujer y los chicos. Esta triquiñuela terminará por volverse en contra de quienes la urden.

Laura no estaba de acuerdo. Conociendo a los porteños, ella sí consideraba que la mención del amorío podía perjudicarlo.

—Creo que será la postura fanática de Tejedor lo que terminará por volvérsele en contra.

—No estoy tan seguro —objetó Roca—. Los porteños han recibido el fanatismo de Tejedor con los brazos abiertos. Es más, parecen dispuestos a la lucha armada.

—Ni falta que hace que lo aclares. Antes de que saliera para aquí, Ciro Alfano, un empleado de la Editora del Plata, llegó sin aliento a casa para avisarme que los rifleros habían atacado a pedradas la fachada de la editorial. Las consecuencias se limitan a un escándalo de vidrios rotos y mampostería dañada. No es eso lo que me fastidia, sino la farsa en la que decimos vivir. ¿Adónde está la mentada libertad de expresión que tanto pregonan los constitucionalistas? ¿Por qué *El Mosquito* puede decir de mí lo que se le antoja y cuando *La Aurora*, con respeto y decoro, da su opinión sólo consigue que un grupo de salvajes lo ataquen? ¡Después dicen que los indios son bárbaros!

—Mandaré poner una guardia a la puerta de la editorial.

—No, Julio. Esa medida sólo conseguirá empeorar las cosas. Esta vez he decidido hacer la vista gorda.

—¡Pero no dejarás que esos cerdos se salgan con la suya! Es sabido que la Editora del Plata es tu propiedad. ¿Qué harán la próxima vez, lapidarte en plena calle Florida?

Roca estaba sinceramente contrariado y Laura se arrepintió de haberle hecho el comentario. Pero esa sensación insoslayable que experimentaba junto a él, esa seguridad y protección que Julio Roca le inspiraba, la habían llevado a hablar. A veces, cuando el peso de las responsabilidades se tornaba agobiante, la asaltaba la necesidad de compartir la carga con él.

—Dejemos de lado ese tema. No merece nuestro tiempo ni consideración. He venido a molestarte por otra cosa. He venido a pedirte un favor.

—Lo que quieras.

—No te apresures. Quizá no te encuentres tan dispuesto cuando escuches qué tengo que pedirte. Hasta podrías ofenderte y enojarte conmigo, echarme de tu despacho y no querer volver a verme nunca más.

—Eso sería imposible. Siempre deseo verte.

Laura sonrió complacida, mientras buscaba las palabras para comenzar su petitorio. Desde que tomó la decisión de usar su amistad con Julio para conseguir el permiso para que Nahueltruz visitara a su tío Epumer, había ensayado varios discursos. En ese momento, frente a quien había sido su amante, nada de lo bosquejado parecía apto.

—Se trata del indio, ¿verdad?

Laura asintió y no lo miró al decir:

—Es por eso que me resulta tan difícil exponerte mi pedido. Temo abusar de nuestra amistad. Temo lastimarte.

—Vamos, dímelo. Me halaga que recurras a mí.

—Se trata del cacique Epumer Guor, tío de Nahueltruz, que se encuentra prisionero en Martín García. Es un permiso de visita al presidio de la isla lo que he venido a pedirte.

Roca asintió gravemente y, con un movimiento de mano, le indicó que prosiguiese. Laura le contó acerca de la estrecha relación que, desde niño, Nahueltruz había mantenido con el menor de los hijos de Painé y de Mariana, heredero al trono a la muerte de Mariano Rosas. Si bien no se había destacado como líder ranquel, en nada comparable a Painé o a Mariano, Epumer era el último varón de la dinastía y el más querido por Nahueltruz Guor. Debía reconocerse que, al igual que Mariano Rosas, Epumer siempre había bregado por la paz. No se trataba de un hombre de gran discernimiento, pero en absoluto inútil. Su habilidad para trabajar la madera era reconocida, como también su manejo del ganado vacuno y equino. Por último, le dijo que desperdiciar a un hombre aún joven y provechoso resultaba imperdonable.

—Es sabido que en Martín García las condiciones son paupérrimas —prosiguió Laura—. Supe que el año pasado debieron traer a varios presos a Buenos Aires para que fueran tratados de fiebre bubónica. Ninguno sobrevivió. En el caso de Epumer, sería un crimen dejarlo morir cuando podría resultar útil en cualquier estancia o chacra.

—Me parece que bregas por algo más que por un permiso de visita. En realidad, estás bregando por su liberación. —Laura no comentó al respecto y se limitó a contemplarlo de manera significativa—. Supongo —retomó el general— que, al acudir a mí, estás utilizando tu último recurso.

—Eres el primero a quien acudo —manifestó Laura, y Roca levantó las comisuras con aire irónico—. Aunque debo ser honesta e informarte que las primeras gestiones las realizó el senador Cambaceres a pedido de mi hermano Agustín.

—Y no consiguió nada.

—Nada —ratificó Laura—. No sé exactamente qué oficios inició ni a quién recurrió para solicitar el permiso. Creo que Agustín mencionó que el senador visitaría al ministro del Interior.

—A Laspiur —añadió Roca—, mi enemigo mortal por estos días.

—Oh.

—Laspiur apoya incondicionalmente la candidatura de Tejedor porque él mismo ya se ve como vicepresidente.

—Entiendo —musitó Laura.

—Querida, no te desanimes. Laspiur no es el único con poder para extender la autorización. No olvides que la isla Martín García es predominantemente un asentamiento militar. Y yo soy el ministro de Guerra y Marina. Si Cambaceres hubiera recurrido a mí, el permiso ya habría sido concedido.

—Como no deseaba que mi nombre figurase en esta gestión (no deseaba que figurase *en absoluto*, Julio) —Roca asintió—, pues yo había pensado que hablases directamente con el senador. Pero como no sé en qué términos están tus relaciones con él, en fin...

—Por estos días es difícil saber con quién se cuenta, querida. Pocos son los enemigos que muestran sus verdaderos rostros. Pero deja de mirarme con esos ojos de cordero inmolado y quita ese mohín de tus hermosos labios. Bien sabes que apenas traspusiste esa puerta ya habías conseguido lo que venías a pedir.

—No, no lo sabía. Más bien, me asaltaban toda clase de dudas acerca de tu disposición para colaborar en un tema tan ríspido entre tú y yo.

—Ya ves que mi cariño va más allá de todo tema ríspido.

Laura sonrió, y Roca notó que se le coloreaban las mejillas.

—Sin embargo, hay un aspecto que aún me preocupa —continuó Laura—. ¿Cómo harás para explicar al senador Cambaceres tu repentina piedad para con el indio Epumer, es decir, tu repentino interés en otorgar el permiso para la visita?

—Me dijiste que es tu hermano, el padre Agustín Escalante, quien pidió a Cambaceres que obtuviera la autorización, ¿verdad?

—Sí.

—¿Y no es acaso cierto que el padre Agustín y yo somos amigos de mis tiempos en el Fuerte Sarmiento en Río Cuarto? Pues bien, diremos que *alguien* me comentó acerca del gran ahínco con que el padre Agustín busca concertar ese encuentro con el cacique Epumer y diremos también que *alguien* me contó que era el senador Cambaceres quien lo ayudaba en las gestiones. Nadie sospechará de mi repentino interés por el bienestar y el destino de un bárbaro que hasta hace veinte minutos atrás me importaba un comino. Ahora bien —retomó el general—, lo que sí podría resultar extraño es que un hombre como Lorenzo Rosas, un hombre más bien extraño a la realidad argentina, que ha vivido los últimos años en París, vaya a visitar a un hombre como el cacique Epumer. Levantaría sospechas.

—Supongo que ése es un riesgo que Rosas ha decidido correr. De todos modos, al igual que tú, él podría invocar su amistad con mi hermano Agustín y decir que la gestión la realiza por orden y cuenta de su gran amigo el padre Escalante. Además, nadie tiene por qué enterarse de que Rosas visitará Martín García.

—Por supuesto —acordó Roca—, nadie tiene que saberlo. A excepción, claro está, del senador Cambaceres.

Laura se puso de pie. Roca la imitó con presteza.

—¿Ya te vas?

—Sí, Julio. Te he entretenido demasiado con mis asuntos. Además, debo ir a prepararme. La función en el Colón será en pocas horas. ¿Irás?

—Clara no me perdonaría si no lo hiciera. Tiene gran interés en ver *La traviata*.

—¿Estarás en el palco oficial?

—Así es, junto a Avellaneda y su mujer.

—Nos encontraremos allí, entonces. Y podremos mirarnos frente a frente, ya que el palco oficial se opone al mío —dijo Laura.

—Y dejaremos que los demás nos miren como si fuéramos fenómenos de feria —acotó el general—. En especial, en un día como hoy en el que *El Mosquito* se ha atrevido a mencionar tu nombre tan abiertamente relacionado con el mío. Y hasta quizá podríamos escandalizarlos un poco si tú me arrojases un beso y yo te lo devolviera.

Laura se rio y el general, en un impulso, la besó ligeramente en los labios.

—Será divertido —dijo Laura— convertirse en el blanco de todos los binoculares del teatro.

Cruzaron el despacho en silencio, uno al lado del otro. Cerca de la puerta, Julio Roca la obligó a detenerse y le confesó al oído:

—No me acostumbro a este trato tan civilizado y amistoso cuando no hace tanto eras mía en la casa de Chavango.

Laura le apoyó la mano sobre la mejilla y lo acarició.

—De una u otra forma, siempre voy a ser tuya, Julio. Ocupas un lugar preponderante en mi corazón. No creas que para mí es fácil dejar de lado nuestros encuentros. Te extraño tanto. Extraño la pasión que compartíamos y también echo de menos tu compañía y nuestras pláticas.

—Pero no volverás a la casa de Chavango, ¿verdad?

—No.

—Aquel asunto —dijo Roca—, el que tocamos en nuestro último encuentro —Laura asintió, y resultó fácil entrever su ansiedad reprimida—. Pues bien, ese asunto está finiquitado.

—Gracias, Julio —y lo besó en la mejilla, cerca de la comisura de la boca.

Y como si él hubiese estado agazapado esperando esa pequeña debilidad de ella, le envolvió la cintura con un brazo y, aferrándole la nuca con la mano, se apoderó de su boca con intemperancia. Laura soltó un quejido ahogado, pero no intentó resistirlo. Cedió casi de inmediato, abandonándose al placer que le prodigaba la intimidad con ese hombre. La rudeza del primer momento desapareció, y la pasión de meses atrás tomó su lugar. Cuando se separaron, Roca la miró con provocación, como desafiándola a quejarse. Pero ella no dijo nada. Se mesó el cabello y se alisó la falda, y caminó los últimos pasos hasta la puerta.

—Laura —dijo Roca—, no quiero que *La Aurora* siga mostrando su inclinación por mi candidatura. La situación es tensa y más grave de lo que muchos quieren aceptar. Lo que los rifleros hicieron hoy en la fachada de la Editora del Plata es sólo una pequeña muestra de lo que son capaces si se les da la excusa. No deseo que te expongas. No lo permitiré.

—No tengo miedo, Julio. *La Aurora* seguirá manifestando su opinión como siempre lo ha hecho, como, se supone, tiene derecho a hacerlo en una nación que se reputa de civilizada.

—¡Laura, por amor de Dios! No seas incrédula. Los civilizados de días atrás se convertirán en salvajes para defender lo que tanto codician. Lo que ocurre es que no tienes una idea cabal de lo que podría sucederte.

El general repasó las distintas alternativas, pero se abstuvo de expresarlas a viva voz. Aunque Laura se mostrara intrépida, él sabía que su naturaleza era sensible y frágil.

—¿Tanto te importa ese indio que por agradecimiento eres capaz de arriesgarte de esta forma? Porque lo haces por agradecimiento, ¿verdad? Sólo eso te mueve —agregó, sin ocultar el reproche y la decepción.

—En parte —replicó Laura, muy serena—. Pero si me conocieras profundamente, sabrías que no lo hago *sólo* por eso. Lo hago también porque estoy convencida de que eres el presidente que la Argentina necesita en este momento. Harás grandes cosas por este país, lo sé, te conozco. Una vez te dije que, aunque discrepáramos en ciertas cuestiones, yo te admiraba y respetaba. Nunca habría sido tuya en caso contrario. Te dije también que me parecía una cualidad inapreciable de tu persona que llevaras a cabo tus propósitos guiado por principios y convicciones claros y firmes. No me cabe duda de que lucharás por la presidencia movido, en parte, por el orgullo y el afán de poder que todos los hombres con ambiciones y horizontes amplios tienen derecho a tener; pero también sé que lucharás por la presidencia porque estás enamorado de tu patria. Eres un hombre sensato, práctico e inteligente, llegarás adonde te has propuesto. Conseguiste tenerme en tu cama, terminaste con el problema del indio, y ahora serás presidente no importa a quién tengas que enfrentar. Además —agregó, dejando de lado el tono circunspecto—, sólo me gusta apostar a los que sé que ganarán.

Roca le tomó el rostro con ambas manos y volvió a besarla, esta vez con delicadeza, sin visos de celos ni pasión. Por fin, abrió la puerta. El amanuense, que escribía en un escritorio apartado, se puso de pie y estudió a Laura con admiración.

—Y espero, general —habló ella, con gesto iracundo—, que, de acuerdo con lo que me ha prometido, tome cartas en el asunto. Resulta inadmisible que un pasquín como lo es *El Mosquito* deshonre el apellido de mi esposo, que fue un hombre honorabilísimo, y arroje mi reputación a los perros con la única finalidad de perjudicarlo a usted en las próximas elecciones. Las artimañas de estas personas son tan infames como ellos.

Ante la inesperada representación de Laura, Roca sufrió un momento de desconcierto. Enseguida se repuso y aseguró vehementemente que se encargaría de interponer una demanda por calumnias e injurias en contra del mencionado periódico. Antes de abandonar el recinto, Laura se dio vuelta y, aprovechando la distracción del amanuense, guiñó un ojo al general, que tosió para ocultar la risa.

Roca volvió a su despacho y le ordenó al empleado que lo siguiera. El muchacho entró con un lápiz y un anotador en la mano.

—Ordene, general.

—Escribirás una esquela al senador Cambaceres donde le expresarás mi deseo de entrevistarme con él lo antes posible.

—Sí, general.

El amanuense salió del despacho y Roca echó llave a la puerta. Necesitaba un momento a solas, sin riesgo de inoportunas interrupciones. Se sirvió una copa de coñac y se estiró en el sofá. Pensó en Laura, en el favor que ya le había hecho y en el que iba a hacerle. Conseguir un permiso para visitar a un presidiario de Martín García era nada comparado con lo que ya había hecho por ella: ocultar la identidad del asesino del coronel Hilario Racedo e informarlo como muerto en los legajos correspondientes. En este tema, se había arrogado los atributos de un juez. Quizá debería haberlo denunciado, porque, si era verdad que Guor había defendido a Laura de la lascivia de Racedo, lo habrían absuelto en cualquier juzgado. No, no era cierto. Justicia para un indio en el mundo de los cristianos era una quimera. El juicio se convertiría en una pantomima. La historia se encarga de mostrar que una raza nunca ha sido imparcial juzgando a otra, menos aún cuando tanta sangre se ha derramado. En esos casos, el velo de la Justicia cae y la balanza se inclina escandalosamente. Roca se conformó pensando que había procedido correctamente. Él confiaba en Laura, que nunca le había mentido, la sinceridad había caracterizado su relación desde el principio. Ella era de las personas más genuinas y llanas que conocía. Y Racedo… A él también lo había conocido.

CAPÍTULO XX
La traviata

Mercedes Castellanos de Anchorena, una dama de indiscutible influencia en la sociedad de Buenos Aires, enfocó sus impertinentes.

—Ahí está —avisó a sus amigas.

Como si lo hubiesen ensayado, las mujeres se calzaron los binoculares al mismo tiempo para comprobar que la viuda de Riglos acababa de hacer su entrada en el palco del Teatro Colón al que hacía años se encontraba abonada. La acompañaban Eduarda Mansilla y Blasco Tejada. Laura y Eduarda comentaban y reían; Blasco, en cambio, lucía nervioso.

—Dios las cría y ellas se juntan —apostilló Guadalupe Azcuénaga.

—¿Quién será ese morocho? —se preguntó Enriqueta Lacroze—. ¿Su nuevo amante? —especuló entre risas.

—Ése es Blasco Tejada —corrigió Bernarda Lavalle—, el enamorado de Purita Lynch.

—¡Qué afrenta al pobre José Camilo!

Entró a saludar el coronel Lucio Mansilla, atractivo en su excéntrico estilo, con su llamativa vestimenta y sus manos pesadas de anillos. El talante bonachón que lo caracterizaba entre sus soldados se volvía obsequioso, incluso atrevido cuando lo rodeaban hermosas mujeres. Su esposa no lo acompañaba; hacía tiempo que vivían separados. Se inclinó sobre las manos de Laura y de su hermana Eduarda, dijo algo, y ambas sonrieron con aire cómplice.

—¿Quién le habrá confeccionado el vestido? —se interesó María Pía de Álzaga.

—Su prima Iluminada me dijo que madame Du Mourier, la modista francesa que atiende en la calle Florida —informó doña

Joaquina Torres, que solía ser indulgente con Laura—. Tienen que admitir que le sienta magníficamente.

—Joaquina, por favor —se quejó doña Mercedes de Anchorena—. Ese vestido no es el que usaría una señora decente.

—Pero le sienta magníficamente —porfió la señora.

En terciopelo verde profundo, emballenado en la cintura, mostraba su nota inusual en el marcado escote sostenido por un canesú de gasa translúcida del mismo tono del terciopelo, que le cubría el pecho desnudo y le trepaba hasta la mitad del cuello. Las mangas, en la misma gasa del escote, llegaban al codo, donde nacían los guantes de raso negro. El polisón —a juicio de la señorita de Álzaga, demasiado prominente— le acentuaba la curva de la cintura. La falda, que se tronchaba en su parte delantera, formaba dos volantes ribeteados con raso verde que le conferían al conjunto el brillo y el movimiento de los cuales carecía el terciopelo. Las plumas del tocado —de pavo real— combinaban exquisitamente con el verde del vestido, y para nada opacaban la diadema de brillantes y esmeraldas ajustada en torno a la coronilla, más bien cerca de la frente.

—Nunca iré a esa modista, madame Du Mourier. Su preferencia por las telas indecentes es manifiesta. Recuerdo cómo se comentó aquel vestido de encaje que la viuda de Riglos llevó la noche de la presentación del libro de Julián. Yo no lo vi, pero me dijo la mujer de Guido y Spano, que estaba presente, que durante la cena podía contarle los lunares de la espalda. ¿Qué tipo de ropa interior usará con vestidos tan indecentes? Porque no puedo ver siquiera la puntilla de su viso.

—Se peinó con una trenza, como de costumbre.

—No le conocía esas arracadas de esmeraldas. Y la diadema es muy hermosa.

—Seguramente son de Mazzini, donde adquiere todas sus joyas.

Desde un palco cercano, unos ojos grises la apreciaban con marcada insistencia, sin necesidad de impertinentes para distinguir cada detalle de su fisonomía y de su cuerpo. Esa habilidad de contemplar a la distancia la habían adquirido en otro tiempo, en otro escenario, un escenario tan disímil del de ese teatro elegante de Buenos Aires como lo era el día de la noche.

—¿A quién miras tan fijamente, Lorenzo? —quiso saber Saulina Monterosa.

—No seas indiscreta —la reconvino su esposo, Armand.

—Está mirando a mi sobrina nieta, Laura Escalante —intervino Carolina Beaumont, con los gemelos sobre su rostro—, que por cierto luce hermosísima esta noche. El verde le sienta muy bien. Si su padre pudiera verla, estaría orgulloso de ella.

—¿Por ser hermosa? —ironizó Saulina.

—Se parece mucho a su madre, mi sobrina Magdalena Montes, cuando tenía su edad. Pero no sólo por eso el general Escalante la apreciaría con orgullo. Laura ha sido la cabeza de la familia Montes estos últimos años y la ha salvado de la mayor debacle. Heredó dos grandes fortunas, la de su padre y la de su esposo, y no sólo ha sabido conservarlas sino aumentarlas. Aunque no se sepa, porque ella lo prefiere así, realiza donaciones muy importantes a diversos hospicios, escuelas e iglesias. ¿Recuerdas el Hospital de Mujeres que visitamos la semana pasada, Saulina? Prácticamente se sostiene con el aporte que ella realiza. Y esa ala nueva para parturientas se está levantando exclusivamente con sus dineros. Ah, por cierto, llevará el nombre de mi hermano, Leopoldo Jacinto Montes, que fue un gran médico.

—También dicen —comentó Armand— que está muy comprometida con la causa de su hermano, el padre Agustín, y que envía dinero para ayudar a los indios del sur, en especial ahora que han sido definitivamente desplazados de su tierra.

—Ella adora a su hermano —explicó Carolina Beaumont— y lo ayudaría en cualquier causa en la que él se embarcara.

—También aseguran que adoraba a un indio —dijo Saulina— y que vivió un sórdido romance con él cuando era muy jovencita.

—Mi sobrina nunca me refirió ese mentado romance. Bien podría ser un cuento.

—¿Al igual que el mentado romance con el general Roca?

—*Mais, Saulina, qu'est-ce-que tu veux laisser entendre?* —se encolerizó Armand.

—Sólo repito lo que pudo leerse hoy en ese periódico del cual no recuerdo el nombre.

—*El Mosquito* —acotó Guor.

—*Merci, mon chéri* —contestó Saulina—. Allí dice, sin rodeos, que ella y el general Roca son amantes.

—Eso no es cierto —replicó Carolina Beaumont, con insólita firmeza—. Ella jamás se comprometería con un hombre casado.

—Si el río suena... —dejó entrever Saulina.

—¿Qué diantres tienes contra la señora Riglos? —se mosqueó Armand.

—Simplemente que le haya roto el corazón a mi hermano y que el *pauvre diable* aún no pueda recuperarse. Hoy recibí carta de Marietta donde dice que Ventura sigue como alma en pena y que ha perdido el gusto por todo aquello que amaba; en fin, que ha perdido el gusto por la vida. Sólo eso tengo que reprocharle a la señora Riglos.

—Lo siento —mascullò Carolina Beaumont.

Nahueltruz Guor dirigió la mirada nuevamente hacia el palco de Laura y volvió a asombrarse de lo cándida que podía parecer a los ojos de un inexperto.

En otro sector del teatro, las amigas seguían con los impertinentes enfocados en el palco de la viuda de Riglos, al cual se habían sumado Eugenia Victoria Lynch, su hija mayor, Pura, y doña Luisa del Solar, su tutora. Blasco había dejado el sitio junto a Eduarda Mansilla para ubicarse al lado de Pura, que mantenía la vista baja para ocultar la sonrisa y el arrebol en las mejillas. Blasco, con las orejas coloradas, inclinaba la cabeza y le hablaba, pero se cuidaba de tocarla.

—Eugenia Victoria no parece a disgusto con el festejante de Pura —comentó Enriqueta Lacroze.

—¿Qué edad tendrá? Apuesto a que no llega a los veinte. Parece un niño en comparación con Climaco Lezica.

—En cuanto a Lezica —dijo la señora Torres—, deberían aceptar que gracias a la intervención de Laura, Pura Lynch se salvó de la mayor desgracia.

—Yo no sé si es cierto eso de que Lezica está casado. Me resulta inverosímil. Quizá se trate de una artimaña de la viuda de Riglos.

—Lo cierto es que Lezica sigue prófugo (se dice que en Montevideo), mientras en su tienda de ultramarinos está, muy con aires de dueña, una mujer que asegura ser la señora Lezica. ¿No la han visto? Pues ella tomó las riendas de los negocios de Lezica aquí en la ciudad. Según Dalmiro, el tenedor de libros, la muchacha no es ninguna tonta y se conduce con la mayor desenvoltura.

—Aquí llega el presidente —anunció Bernarda Lavalle, y todas dirigieron su atención al palco oficial.

La concurrencia aplaudió sin entusiasmo, y Avellaneda inclinó el torso rápidamente antes de sentarse junto a su mujer. Los acompañaban el ministro de Guerra y Marina y su esposa. Laura admiró la estampa de Roca, que en su traje de gala, con alamares de oro y medallas, volvía a darle la impresión de un archiduque austrohúngaro. Aunque la opción del vestido en tonalidad borgoña no le sentaba a su cabello oscuro y piel cetrina, Clara Funes lucía hermosa en su serena belleza aristocrática. Laura miró insistentemente, pero el general Roca no le devolvió siquiera un vistazo.

Los candelabros en la pared y la famosa lámpara central conocida como "la lucerna" parpadearon para anunciar el comienzo de la ópera. En el foso, algunos músicos alistaban las partituras sobre los atriles, mientras otros templaban sus instrumentos. Los espectadores terminaban de acomodarse envueltos en un murmullo incesante. Pura y Blasco hacían las últimas consultas al programa, mientras Laura, Eugenia Victoria, Eduarda y doña Luisa intercambiaban comentarios al unísono. Las luces se apagaron y el silencio reinó finalmente.

A la vivacidad y optimismo del primer acto de *La traviata*, le siguió la primera parte del segundo, donde, en opinión de Pura, "el diablo, encarnado en el papel del padre del protagonista, metió la cola". La protagonista, Violetta Valéry, una conocida y admirada cortesana parisina, se enamora de Alfredo Germont, un muchacho joven de familia tradicional de la Provence. El amor, que nace con fervor y abandono entre ellos, lleva a Violetta a dejar de lado sus costumbres frívolas y desmesuradas. Pero la familia de Alfredo no ve con buenos ojos esta relación, y una tarde, mientras Violetta disfruta de su nueva vida lejos del populoso desierto al que ella llama París, el padre de Alfredo se presenta para exigirle primero, rogarle después que, por el bien de su hijo y de su familia, lo deje. Convencida finalmente de que ella sólo aportará vergüenza y deshonra a la vida de su adorado Alfredo, consiente en abandonarlo.

La magnífica interpretación de la soprano se sumó al dramatismo que le otorgaba la voz profunda del bajo al papel de Germont, y los aplausos duraron largos minutos. Las luces se encendieron para el interludio, y Laura repasó los semblantes de quienes la acompañaban. Comprobó que ninguno lucía afectado como ella, que sentía como si la pena de Violetta, en realidad, le perteneciera.

A excepción de doña Luisa y de Laura, los demás dejaron el palco en busca de un cambio de escena y de aire. En el hall se servían copas de champán y otras bebidas, además de canapés y bocadillos calientes. La gente se agolpaba en torno al mostrador y resultaba difícil realizar el pedido. Allí Eduarda se topó con Guor.

—Pura ha decidido permanecer unos días en casa —comentó doña Luisa a Laura—, hasta que el trato con su padre se restablezca en los términos más armoniosos. Ya ves que con tu prima Eugenia Victoria las cosas marchan muy bien.

—Gracias, doña Luisa —dijo Laura, y le apretó la mano—. Usted fue como un ángel guardián para mí cuando yo era una niña y ahora lo es para mi sobrina.

—Me alegro de haberte ayudado, Laurita. No te equivocabas cuando dudabas de la índole de Lezica. Por fortuna, logramos impedir que ese farsante deshonrara a Pura.

—Gracias —repitió Laura, y le besó la mano.

Los demás ocupantes del palco regresaron con gestos distendidos. Pura lucía radiante, al igual que Blasco, que sonreía permanentemente. Por último, entró Eduarda Mansilla del brazo de Nahueltruz Guor.

—Laura —dijo—, le he pedido al señor Rosas que nos acompañe en esta última parte de la ópera. Espero que lo apruebes.

—Señora Riglos —dijo Guor, e inclinó la cabeza.

—Acomódese donde guste, señor Rosas —fue la fría respuesta de Laura, que volvió la vista a su programa.

—Bienvenido, señor Rosas —dijo Pura, con la gracia y espontaneidad recuperadas en compañía de Blasco.

—Lo robamos del palco de la señora Beaumont —explicó Eduarda—. Armand y Saulina no lo necesitan. Con su conocimiento del italiano, el señor Rosas nos explicará el entreverado acto que acabamos de escuchar. Siéntate aquí, Lorenzo, detrás de la señora Riglos.

—Eduarda —dijo Guor—, todos saben que hablas el italiano como si fuera tu propia lengua. No me necesitas para entender la ópera.

—En realidad, es una excusa para tenerte a mi lado, querido.

Se acomodaron, y un silencio cayó sobre los presentes.

—Espero —pronunció Guor, y Blasco advirtió una nota discordante en su voz— que la señora Riglos se encuentre totalmente recuperada del ataque que sufrió la otra noche.

Laura apenas volvió la cabeza para responder:

—No se preocupe, señor Rosas. La ofensa del señor Lezica no me afectó. He recibido peores tratos y de personas que verdaderamente contaban para mí. El señor Lezica y su resentimiento no significan nada. De todos modos, aprovecho para agradecerle su oportuna intervención.

Guor se acomodó en la butaca, evidentemente apenado. De todo, lo que más lo lastimó fue la frialdad y el dominio con que Laura se expresó. En cuanto al resto, la enigmática reacción los dejó en silencio y a disgusto. Eugenia Victoria, que luego del escándalo en la sala de su casa había terminado por conocer la verdadera identidad del señor Rosas, apretó la mano de su prima en señal de reconvención.

Pura quiso saber acerca de la ópera y abrió su programa.

—Por favor, señor Rosas, traduzca el acto que acabamos de ver. La última parte, me refiero al diálogo entre Violetta y el padre de Alfredo, me resultó tan larga y confusa.

Guor tomó el programa y reprodujo en castellano el extenso diálogo entre Germont y Violetta Valéry. A excepción de Laura, los demás se inclinaban para seguir la lectura, hacían preguntas y comentarios. Laura se sentía ajena e inexplicablemente herida. Pero incluso en esa instancia, seguía maravillándola la metamorfosis de Guor que lo había convertido en ese hombre de mundo tan culto. Esa noche parecía más joven, con su jopo lacio y rebelde sobre la frente cubriéndole el ceño. Sus ojos grises, serios y atentos, se movían rápidamente sobre las páginas del libreto, y se le formaban las líneas verticales alrededor de la boca que Laura conocía tan bien. Y ese ceño, que aparecía cuando pensaba. Eduarda lo ayudaba en la traducción y alternaba con anécdotas que habían compartido en Italia. Laura sintió celos de ella, que lo trataba con tanta familiaridad y lo conocía tan profundamente.

Guor devolvió el programa a Pura y sonrió con sarcasmo.

—Esta historia de Alejandro Dumas siempre me resultó intolerable —dijo, refiriéndose a *La dama de las camelias*, novela en la que se basa *La traviata*—. Si Marguerite realmente amase a Armando Duval jamás cedería al pedido del padre. El sacrificio de Marguerite resulta desmedido e inverosímil y, por tanto, destruye la credibilidad de la historia.

—Es usted un necio, señor Rosas —expresó Laura, y se volvió por completo—, si realmente opina así. El sacrificio por amor existe. Es el verdadero amor el que se sacrifica y ningún otro. Un enamoramiento apasionado, una infatuación desmedida, quedarían hechos trizas ante la menor exigencia de sacrificio. El verdadero amor, en cambio, puede con durísimos embates. Grandes de la literatura han escrito sobre el sacrificio por amor y usted, señor Rosas, se atreve a ponerlo en tela de juicio con tanta liviandad.

—*Touché*, Lorenzo —intervino Eduarda con el afán de mitigar, sin mayor éxito, el rigor de su amiga.

—Disculpe, señora Riglos —pronunció Guor—, si con mi opinión he herido su susceptibilidad de mujer romántica.

Nahueltruz todavía contaba con el poder de su mirada. Cuando la miraba así le calentaba el cuerpo y le hacía sentir una creciente excitación. Él había detenido los ojos en la piel de su rostro, que pensó comparable a la tersura de un durazno y a la blancura de una magnolia. Se dijo: "La voy a besar en esa depresión tan sensual en la base del cuello". Le miró los labios después, e, instintivamente, Laura los humedeció con la lengua. Antes de que las luces se extinguieran por completo, Nahueltruz levantó la vista hasta encontrar la de ella, y notó con beneplácito que la frialdad original había desaparecido.

El segundo acto terminó dramáticamente y, luego de un melancólico preludio, comenzó el tercero, en el cual Laura distinguió con claridad, a pesar de la penumbra, los ojos arrasados de Pura. También advirtió la mano de Blasco que se deslizaba subrepticiamente hasta cerrarse sobre la de su amada. Los envidió por ese momento que compartían. "Nunca olvidarán esta noche en el teatro", pensó. No la olvidarían, como ella nunca olvidaría cada día compartido con Nahueltruz seis años atrás. Resultaba difícil creer que él estuviera a pocos centímetros de ella, aunque tan distante como si aún viviese en París. ¿Estaría mirándole la espalda? Podía sentir sus ojos horadándole la piel. ¿O se trataba del deseo de que lo hiciera? La invadió un calor sofocante. De repente le pareció que el palco estaba atestado de gente y que el aire se estancaba. Los acordes trágicos de la orquesta la inquietaron; el canto doliente de Violetta y el desesperado de Alfredo la afectaban de manera intolerable. Se abanicó, se secó el sudor con un pañuelo y volvió a abanicarse. A punto de dejar la butaca para salir al corredor, Guor se inclinó sobre su oído y le susurró:

—Tengo tantos deseos de hacerle el amor, señora Riglos, que me creo capaz de echar a toda esta gente y tomarla aquí mismo, sobre la alfombra del palco.

Laura percibió el roce de sus dedos cuando le corrió apenas la larga trenza para besarle la nuca sobre la parte que la gasa no cubría. Se quedó inmóvil, sujetando la respiración, los ojos fijos en un punto oscuro que poco a poco se tornaba incandescente y la obnubilaba. Su cuerpo reaccionaba como en la época de la virginidad. La fragancia cálida del aliento de Nahueltruz le provocó frío cuando segundos atrás el calor la había agobiado; el contacto de sus dedos envió cascadas eléctricas que se expandieron por su cuerpo. Sintió dolor en los pezones y en la entrepierna, y el corazón le palpitó con rapidez.

La traviata terminó y, mientras el público pasaba largos minutos de pie aplaudiendo, ella permaneció quieta en su butaca. Al levantarse para dejar el palco, se dio cuenta de que Guor ya se había ido. Volvió a encontrarlo en el *foyer*.

—Vámonos juntos —dijo él.

Se trataba de una orden y no de una invitación. Su proceder resultaba desafiante; había algo de rabia en su actitud, que expresaba los turbulentos sentimientos que ella le provocaba, esa mezcla de amor y odio de la que María Pancha había largamente recelado. Sus escuetas palabras, la forma en que la miraba, incluso la postura de su cuerpo, parecían proclamar: "Terminarás esta noche en mi cama o en el infierno". Ella seguía callada. En realidad, no se trataba de que dudara en seguirlo sino que la sorpresa la había dejado muda.

—¿En tu coche? —dijo por fin, y Guor asintió—. Despediré a Eusebio, entonces.

Ella se abrió paso entre la gente; él la seguía a distancia. La capa de marta cibelina, que le cubría la espalda y el polisón por completo, le confería el garbo de una emperatriz. Varios pares de ojos se dieron vuelta para mirarla, pero ella marchaba hacia la salida ajena al entorno. En la calle, Guor la vio dar órdenes a Eusebio y, luego, dirigirse hacia él. Subieron al landó. Iban sentados en la misma butaca, aunque apartados. Ella había descorrido apenas el visillo y miraba hacia fuera. Él la miraba a ella, su perfil recortado en la penumbra. El pecho de Laura subía y bajaba a un ritmo moderado, lucía sosegada y compuesta. Y hermosa. Guor la deseó y con apremio. Tanto había refrenado sus impulsos en los últimos meses que no entendía qué voluntad lo mantenía reposado. Ella estaba allí, a su merced. Le pertenecía.

El apremio, sin embargo, se esfumaba cuando otros pensamientos lo asaltaban. Por ejemplo, que desde su reencuentro en Buenos Aires, él sospechaba que la naturaleza de la señora Riglos en nada se parecía a la de su Laura Escalante, la muchacha espontánea e indomable que se le había entregado por completo durante aquellas afiebradas noches en la pulpería de doña Sabrina. Lo contrariaba el aspecto de criatura frágil y refinada que presentaba ahora; daba la impresión de que huiría espantada a la menor muestra de rudeza. A él no lo influían los comentarios que la tenían por excéntrica y escandalosa, desprejuiciada e independiente. Desde su percepción, siempre prevalecía el aire melancólico de Laura.

Sobre todo, lo mantenía quieto el miedo al desengaño. Se preguntaba si, durante ese tiempo de separación, tanto él como ella no habrían alimentado una ilusión nacida de aquellos escasos días en Río Cuarto, ilusión que se desvanecería para poner en evidencia que nada quedaba del romance compartido y que sólo se había tratado de una pasión que no había resistido el transcurso de los años. O quizás el amor había existido, pero en ese momento eran ellos los que no podían recuperar lo vivido por los cambios operados en sus vidas. El dolor por la pérdida y las circunstancias que ambos soportaron después los habían convertido en personas distintas. No eran la misma Laura ni el mismo Nahueltruz del 73 los que en breve se enfrentarían a solas. Por momentos se arrepentía del impulso que lo había llevado a pararse frente a ella en el *foyer* e invitarla a ir con él. Temía que se tratase de un error. Después de todo, ¿qué buscaba él con ese reencuentro?

El coche dio una curva brusca, y Laura apoyó la mano sobre el asiento para equilibrarse. Guor arrastró la de él hasta que sus dedos la rozaron. Laura cerró los ojos, y su pecho se agitó. La mano de Guor se cerró con firmeza sobre la de ella, y Laura volvió el rostro por primera vez para mirarlo. La única luminosidad en el interior del coche provenía de los carbones incandescentes que ardían en el brasero a sus pies, que volvía la piel de Laura de una tonalidad oscura y untuosa y le hacía brillar los ojos. Por un instante, sus miradas se suspendieron en la incertidumbre y permanecieron encerrados en la intensidad de sus emociones. Ella sonrió cálidamente, y él se movió a su lado, pero sin tocarla. Quietos y silentes, se contemplaron con fijeza. Nahueltruz levantó la mano y le acarició la mejilla, y enseguida notó que ella estaba por llorar.

—Me hiciste tanta falta, Nahuel —le confesó.

Se abrazaron. Guor la apretó contra su pecho, embriagado por la fragancia que emanaba de las ropas de ella. Laura siempre olía tan bien. La apretó posesivamente, casi con miedo, alarmado por esa sensación de irrealidad que lo invadía, porque le costaba creer que era Laura, *su* Laura, quien se aferraba a su espalda y lloraba.

—¿Por qué lloras?

—No sé. Tengo ganas de llorar.

Guor le recorrió la cara con la boca, le besó los ojos húmedos, las mejillas, la punta de la nariz y el mentón también, hasta que sus labios rozaron los trémulos de ella casi sin intención. Por algunos instantes, sólo se trató de ese contacto efímero. Ambos permanecieron inmutables, con una sensación de anticipación que les oprimía el pecho. Luego, la boca de Guor se apoderó de la de Laura, y su lengua buscó penetrarla.

—Te estoy besando —lo escuchó decir, y rio, colmada de una felicidad que sólo acostumbraba a relacionar con su pasado en Río Cuarto.

El coche se detuvo, y el chirrido de los cascos pareció devolverlos al mundo de los mortales. Laura se acomodó el tocado y se ajustó la capa en torno al cuello. Guor carraspeó y se puso la chistera. Se abrió la portezuela, y ellos se encontraban tan apartados como en un principio.

—¿Y tu familia? —preguntó Laura, mientras Guor abría la puerta de su casa sobre la calle de Cuyo.

—Ellos duermen. Se despertarían sólo si un terremoto les sacudiera las camas. E incluso así lo dudo.

—Les envidio el sueño tan pesado.

—¿Tú no duermes bien?

Laura negó con la cabeza y, como parecía contrariada por la confesión, Guor no insistió. Le indicó, en cambio, el corredor que conducía a su despacho, donde le quitó la capa de marta cibelina y le pidió que se pusiera cómoda. Laura se movió hacia un mueble con adornos y libros, y Guor aprovechó para servir dos tragos. Le vinieron a la mente aquellos encuentros en Río Cuarto signados por besos febriles y acoplamientos rápidos, a veces violentos. Él reconocía en esa actitud la inmadurez de su comportamiento, relacionado con la sensación de inferioridad que siempre lo había asolado cuando de ella se trataba. Más de seis años habían operado favorablemente en ese sentido.

Tampoco quería desilusionarla. Aunque la deseaba con la misma intensidad de siempre, no la abordaría de manera precipitada y torpe. Quizá, como se murmuraba, a Riglos nunca le había concedido sus favores, pero alguno de los tantos pretendientes que llamaban a su puerta se habría llevado el codiciado trofeo. Quizás ahora Laura tenía con quién compararlo. Con Roca, posiblemente. Desechó de inmediato ese pensamiento porque le resultó intolerable.

Se acercó con dos copas. Laura, de espaldas, hojeaba el libro de Petrarca, el ejemplar de lujo que le había regalado la duquesa Margherita Colonna, forrado en tafilete y con un sello de oro con las iniciales L y R. Se había colocado la trenza hacia delante, y, levemente inclinada sobre la lectura, le revelaba la nuca, orlada con pequeños bucles naturales. Resultaba extraño ese silencio que compartían; resultaba extraño que, después de haberla explorado íntimamente, se sintiera como un novato. En honor a la verdad, le temía a la comparación, y los celos estaban volviéndolo loco. Celos de otros que la hubiesen poseído. Celos del general Roca, porque lo sospechaba un digno adversario. Temía desilusionarla. Sobre todo, temía perderla otra vez.

Al volverse para recibir la copa, Laura le sonrió, y Nahueltruz se dio cuenta de que ella no padecía ninguno de sus tormentos.

—Dice Eduarda —expresó ella, muy a tono con la paz reinante— que declamas a Petrarca como nadie.

—Eduarda exagera. Yo no sé declamar. De hecho, jamás estudié declamación. Leo a Petrarca debido a que me conmueve su poesía. Una noche, en una tertulia, me pidieron que leyera. Todos estaban un poco entonados y, por ende, un poco sensibles. Les pareció que mi lectura provenía de los dioses del Olimpo. Y como dice el refrán: "Hazte la fama y échate a dormir".

—Quiero que declames para mí.

—¿Ahora?

—Sí, ahora.

Guor sonreía irónicamente mientras buscaba el verso que quería leerle. Eligió el sesenta y uno, se calzó los lentes y leyó.

—*Benedetto sia'l giorno, e'l mese, e'l anno/ E la stagione, e'l tempo, e l'ora, e'l punto/ E'l bel paese, e'l loco, ov'io fui giunto/ Da duo begli occhi, che legato m'hanno.*

Mientras seguía las líneas del libro, ella se mantenía atenta al tono bajo y profundo de su voz, algo distinto en el acento italiano.

—¿Qué significa, Nahuel?

Él le dijo al oído:

—Bendito sea el día, y el mes, y el año, y la estación, y el tiempo, y la hora, y el punto, y el encantador pueblo, y el sitio en el cual sus hermosos ojos me encadenaron.

Le pasó los labios húmedos por la nuca, mientras con un brazo le rodeó la cintura, pegándola a su pecho. Laura dejó la copa sobre el mueble y, reclinándose, apoyó ambas manos sobre el borde.

—*Et benedetto il primo dolce affanno/ ch'i' ebbi ad esser con Amor congiunto/ et l'arco, et le saette ond'i' fui punto/ et le piaghe che 'nfin al cor mi vanno.* Y bendita la dulce agonía de entregarme a ese amor, y el arco y las saetas que me alcanzaron, y las llagas que llegaron a lo más profundo de mi corazón.

Laura se dio vuelta, y sus ojos, llenos de lágrimas y culpa, buscaron los de Nahueltruz, que se quitó los lentes y los dejó a un costado. Lo demás lo recitó de memoria, casi sobre los labios de ella.

—*Benedette le voci tante ch'io / chiamando il nome de mia donna ò sparte/ e i sospiri, et le lagrime, e'l desio.* Bendita las palabras que esparcí cantando el nombre de mi amada, y los suspiros, y las lágrimas, y el deseo.

Volvieron a besarse. Laura, aferrada al cuello de Guor, se abandonaba a la pasión que se desataba entre ellos una vez más. Nahueltruz había perdido las inhibiciones y los temores, y buscaba adentrarse en la boca de ella con la misma ansiedad con que lo había hecho en el pasado. Aunque los años transcurrieran, Laura siempre ejercería ese efecto devastador en su ánimo y en su voluntad.

—Quiero hacerte el amor —dijo él.

Salieron al corredor, oscuro y frío, y enseguida Guor abrió una puerta, la de su dormitorio, donde Miguelito había dejado un brasero encendido. El calor los envolvió acogedoramente. Laura, de pie en el centro de la habitación, contemplaba el entorno con timidez.

Esa casa sobre la calle de Cuyo, el despacho en el que acababa de escucharlo declamar a Petrarca y esa habitación eran las primeras posesiones que le conocía. Antes, él había sido un nómada.

Se volvió a mirarlo. Nahueltruz estaba quitándose la levita y aflojándose el plastrón. Aunque irremediablemente cambiado, para ella seguía siendo el hombre más atractivo que conocía. Ninguna pátina le borraría esa veta cerril que a ella le ponía la boca seca y predisponía su cuerpo para él. Ese hombre era Nahueltruz Guor. *Su* Nahueltruz, a quien ella amaba con locura, a quien había amado todos esos años aun creyéndolo muerto. ¿Por qué, entonces, se sentía extraña e intimidada? De repente, el miedo la asediaba.

Nahueltruz se había quitado la camisa y el pantalón. Laura se quedó absorta, mirándolo, estudiándolo, hasta que sus ojos se toparon con los de él. La observaba con tal intensidad que se sintió atraída casi en contra de su voluntad. Caminó hacia él y, a un paso, extendió la mano y le acarició los pectorales, oscuros y firmes como los recordaba. Él tuvo una erección, y a ella le dio vergüenza.

—Me siento rara —confesó.

—¿Qué pasa? ¿No tienes deseos de estar conmigo?

Laura levantó la vista y lo miró significativamente.

—No existe nada en este mundo que desee más que estar contigo, Nahuel. Ya deberías saberlo.

—¿Qué sucede, entonces?

—Me resulta difícil creer que estamos aquí, solos y en paz. A veces, incluso, me resulta difícil creer que estás vivo. Hubo un tiempo en el que sufrí tanto, Nahuel... No quiero sufrir más. Le tengo tanto miedo al dolor. Soy una cobarde, lo sé. Tengo miedo de sentir dicha y que después... En fin, tengo miedo de que vuelvas a esfumarte y dejarme sola y destrozada. No puedo creer que estoy aquí, en tu casa. Es difícil creer que quieras amarme después de que te hice sufrir tanto.

Guor le apoyó un dedo sobre la boca para acallarla.

—Sí, quiero amarte. *Voy* a amarte, y si en el pasado he sido brusco y maleducado contigo y has sufrido por eso, te pido que me permitas enmendarlo.

Le acarició la boca con los labios, y ella se abrió para él. El beso fue turbador. Eran como dos hambrientos saciando el ayuno de días.

—Quítame el vestido —pidió Laura.

—Ven, acércate al brasero. No quiero que tengas frío.

La condujo cerca de las brasas, donde la obligó a que le diera la espalda; le echó la trenza hacia delante y comenzó a desabotonar la miríada de perlitas que le llegaban hasta la cintura. El vestido cayó al piso, y Guor lo recogió y lo acomodó sobre una silla. Laura sólo llevaba la combinación cuyo escote muy bajo apenas le cubría los pezones. Siempre lo habían fascinado esos pechos generosos como de nodriza, tan distintos de los de Geneviève. Los admiró largamente, provocando en Laura una ansiedad que se expandió por todo su cuerpo. Descansó las manos sobre ellos y percibió su calor y redondez a través de la delicadeza del género, deteniendo apenas sus dedos sobre los pezones endurecidos. Ese contacto, aunque sutil como el aleteo de una mariposa, le arrancó un gemido y la hizo temblar.

Nahueltruz se apartó y Laura lo siguió con la mirada, apreciando el juego de los músculos de su espalda que se tensaron y se movieron cuando levantó una silla y la colocó cerca del brasero.

—Ven —dijo él—, siéntate, así te quito los botines y las medias.

Se acuclilló frente a ella y le desató los cordones y le quitó el calzado. Le acarició los pies, aún cubiertos por las medias, y le besó las rodillas, y su boca ascendió en un camino de lánguidos besos por la cara interna de su muslo hasta dar con el nacimiento de la media de seda, sostenida por ligas. Con pericia asombrosa, las desabrochó y, enrollando las medias, se las sacó. Le tocó las piernas, escurriendo las manos debajo de la última prenda que le quedaba, pero evitando tocarla en el punto donde se concentraba la tensión. Aferrada al respaldo de la silla, Laura echó la cabeza hacia atrás y lanzó cortos y reprimidos gemidos de placer. En medio del delirio, se contuvo de rogarle que la llevara a la cama y la tomase porque había reparado en el juego de deseo y provocación que Guor estaba jugando. Se calló, no dijo nada, siguió gimiendo, anonadada por esa renovada intimidad, pensando también que habían sido esos años lejos de ella, junto a parisinas aristocráticas, cultas y refinadas, los que lo habían vuelto tan versado en las artes amatorias. Se acordó de Geneviève Ney, la etérea, la grácil, la magnífica Geneviève, la que todos admiraban, la que aún esperaba a Lorenzo Rosas, la que deseaba ser su esposa. No obstante, un malsano orgullo de hembra despuntó en medio del fastidio, pues le gustaba saber que su hombre había amado a muchas antes que a ella, pero a ella como a ninguna.

Guor le pidió que se pusiera de pie, y debió ayudarla porque aquel juego erótico le había ablandado los miembros y la voluntad. Estaban muy próximos, no se tocaban, pero se contemplaban fijamente. La mirada de Guor le resultó enigmática e inquietante, y bajó la vista. No sabía qué esperar de él. Semanas atrás le había dicho que la aborrecía; en ese momento, en cambio, quería hacerle el amor. Volvió a mirarlo. Sus ojos grises seguían sobre ella, exigentes e intensos.

—Quiero que te entregues a mí, que seas toda mía.

—Sí —respondió Laura sin pensar.

Guor la desembarazó de las joyas, incluso de las arracadas, y del tocado de plumas, y le colocó la trenza entre los pechos y sobre el vientre. Volvió a mirarla y le acarició la mejilla.

—*Occhi neri, treccia d'oro* —musitó, y se puso de rodillas frente a ella.

Sus brazos se cerraron en torno a la cadera de Laura y con los labios le acarició el vientre palpitante. Sus manos parecían querer abarcarla toda al mismo tiempo, en las partes expuestas y en las más recónditas; reclamaba todo para él, y, aunque lo hacía con extrema consideración, Laura entrevió en su actitud la misma potestad y autoridad que un hacendado ejerce sobre su tierra y sus bienes. Abandonada a aquel rito, sintió cómo la seda de la última prenda se deslizaba por sus caderas y terminaba a sus pies. "Ahora estoy completamente desnuda", pensó, y la recorrió una agradable sensación. No sentía frío ni calor; no experimentaba agotamiento ni excitación; se trataba de un estado de perfecta armonía. Enseguida volvió a sentir el contacto de las manos de Nahueltruz que, desde el cuello hasta el empeine, volvieron a recorrerla por completo. Parecía mentira que un hombre con aspecto de mole se condujera con tanta habilidad, que sus manos pesaran tan poco y que no rasparan.

—Nunca olvidé los detalles de tu cuerpo —lo escuchó decir, su voz transformada por la excitación—. Siempre pensaba en este lunar aquí —y detuvo su dedo en un punto del escote, casi entre los senos—, y en esta vena, que te nace en la comisura de la boca, baja por el cuello y termina aquí, en el pezón —dijo, y lo atrapó con su boca y lo acarició dulcemente con la lengua.

Los dedos de Laura se entreveraron en el cabello de él. Movía la cabeza hacia uno y otro costado y repetía: "amor mío, amor mío", porque eso era Nahueltruz Guor para ella: su amor, su único, gran amor. Al verla desfallecida, Guor la tomó en brazos y la llevó a la cama.

La habitación en sombras se llenó de sonidos sensuales: roce de sábanas, susurros de piel contra piel, jadeos y gemidos de boca sobre boca, el deslizamiento de una mano fuerte sobre cabello sedoso, la vibración del aliento sobre la piel ardiente. Los susurros eróticos crecían a medida que alcanzaban el clímax. Laura se tensó en torno a la virilidad de Guor y su cuerpo se sacudió en convulsiones de placer. Entonces, él la aferró por la espalda y la levantó, sentándola sobre sus piernas. Laura se dejó arrastrar casi sin notarlo. Guor la envolvió con sus brazos y dejó escapar el cataclismo que había estado sojuzgando, porque en ese primer encuentro había querido que alcanzaran juntos el orgasmo.

Aún agitados, permanecieron sentados en medio de la cama, sus pechos pegados, sus piernas entrelazadas, sus brazos aferrándose al cuerpo del otro. Laura escondía la cara en el cuello de él, aún conmovida por lo que su amor por Nahueltruz hacía de ella. Su respiración acelerada y cálida le acariciaba el cuello, mientras sus labios calientes le humedecían los hombros y los brazos.

—Júrame —dijo Guor, y le aferró la cara con ambas manos—, júrame que siempre vas a amarme como estás amándome en este momento.

—Siempre.

Volvió a recostarla y se acomodó a su lado, con la cabeza apoyada sobre la mano para poder mirarla. Se acercó al rostro de ella y, sin tocarlo, lo contempló en silencio; quería memorizar cada detalle, quería ser quien más la conociera. Pasó el dedo por el arco de sus cejas más oscuras que el cabello, pero más claras que las pestañas, que acompañaban al negro de los ojos; delineó el contorno de su nariz, pequeña y recta, y el mentón hasta llegar a sus labios. La besó con dulzura y, sin apartarse, le dijo:

—Lo que vivimos recién fue maravilloso.

—Sí —musitó Laura.

Para Guor resultaba sorprendente que, después de tantos años, hubieran sabido amarse como en la pulpería de doña Sabrina. En esa instancia, el contexto nada tenía que ver con aquella misérrima habitación, ellos mismos habían cambiado y, sin embargo, la pasión que se profesaban había permanecido intacta.

—Júrame —volvió a decir él— que cuando te hacía el amor en Río Cuarto me amabas tanto como yo te amaba a ti, que no se trataba sólo de pasión, que no querías divertirte conmigo. Dime que me amas.

Laura se compadeció de sus dudas y recelos; ella no las albergaba. Sin embargo, comprendía su desconfianza.

—Todos esos años sin ti, Nahuel, viví incompleta, porque aquella tarde en Río Cuarto, cuando te apartaron de mi lado, fue como si hubiesen arrancado un pedazo de mi cuerpo. No sólo me dolía el alma. El dolor por tu pérdida también era físico. Y ahora que te he sentido nuevamente dentro de mí, ahora que has vuelto a amarme y a desearme, he recuperado lo que perdí aquella tarde y me siento entera de nuevo. Tú me volviste completa de nuevo, Nahuel. Te amé en Río Cuarto, te amo ahora y te voy a amar siempre.

—Oh, Laura... —clamó él—. Ámame siempre, siempre.

La abrazó posesivamente y se quedaron callados. Momentos más tarde, Laura se apartó y, con ávida curiosidad, le buscó en el pecho desnudo la cicatriz que le había causado la bala del teniente Carpio. Él la miraba seriamente y la dejaba hacer. Tenía marcas de viejas heridas, pero en el costado derecho, entre dos costillas, destacaba una redonda y algo deprimida. Le pasó el dedo y notó la diferente textura de la piel. Se inclinó y la besó delicadamente.

—Perdóname, amor mío —dijo—. Si no te hubiera abandonado ese día en el establo, nada malo te habría ocurrido. Perdón, perdón —repitió, mientras besaba la herida y con sus lágrimas le bañaba el torso.

—Laura —pronunció él—, no quiero recordar.

Desde que entraron en la casa, Laura había querido referirse al pasado, pero no logró conjurar el valor para hacerlo. Las imágenes de la escena vivida en lo de Lynch todavía plagaban su memoria. Ni siquiera después del momento compartido resultaba fácil dejar a un lado la incredulidad y el desprecio que Nahueltruz había desplegado en aquella oportunidad. Aunque él hubiese reconocido que la había tratado con rudeza y deseara enmendarlo, ella sospechaba que íntimamente dudaba y ponía en tela de juicio sus explicaciones. Nahueltruz no le creía. Esa noche, había sucumbido a la atracción que los dominaba, pero las dudas y los recelos seguían atormentándolo; la confianza no se había restablecido. Sus palabras lo ratificaban:

prefería olvidar. Por eso, esa noche Laura no volvería a mencionar el pasado. Esa noche lo amaría, sin preguntas ni recuerdos.

Le acarició el pecho, apreciando su dureza, que no había sucumbido a la molicie de la vida galante. Aunque rodeado por el esplendor de una ciudad como París, Nahueltruz se las había ingeniado para seguir conectado a ese mundo silvestre que había conocido desde niño. Los caballos continuaban siendo su gran ocupación, y ese deporte, el polo, tan similar a la chueca, su pasatiempo. Le acarició los brazos, fibrosos y gruesos, que podían con las riendas del semental más agresivo, y experimentó una grata sensación de protección y pertenencia, segura de que se originaba en el machismo atávico que ella tanto combatía en sus folletines pero que en ese momento la hacía tan feliz. Según su abuela Ignacia, un hombre tan macizo y corpulento carecía de donaire y distinción. Ella, en cambio, encontraba el cuerpo de Nahueltruz fascinante. Recorrió su vientre con los labios hasta el ombligo y continuó hacia abajo hasta descubrir que él ya estaba preparado para recibirla de nuevo.

Como Laura había deseado, esa noche se amaron infatigablemente. El mundo quedó reducido a esa cama; el tiempo, a ese momento; sus vidas, a ese sentimiento que los manejaba a antojo. Casi al amanecer, Laura se quedó dormida. Al despertar, le pareció que habían pasado horas cuando en realidad se había tratado de un corto lapso. Hacía tiempo que no dormía tan plácidamente. Se estiró entre las sábanas y notó que Nahueltruz no estaba a su lado. Lo encontró apartado en un rincón de la habitación donde un rayo de sol que se filtraba por el postigo le iluminaba en parte el cuerpo desnudo. Sostenía el vestido de terciopelo verde en una mano, y en la otra, el guardapelo de alpaca.

—Nahuel —musitó.

Él levantó el rostro con sorpresa, pues la creía dormida.

—Cuando tomé tu vestido, sentí algo duro prendido a la holandilla. Jamás imaginé que se trataría de esto.

—Siempre lo llevo cerca de mi corazón. Ni un solo día de estos años me he apartado de él.

Nahueltruz lo abrió y sacó los dos mechones entrelazados. Uno negro, el otro de un rubio escandinavo. El contraste seguía afectándolo. Siempre se había arrepentido de haberse deshecho del guardapelo que Laura le regaló con un bucle de su cabello. Después de todo, era lo único que le quedaba de ella. La pequeña pieza de alpaca estaba irremediablemente asociada con las escenas de aquella terrible noche en el rancho de doña Higinia, donde él y el doctor Riglos se habían enfrentado, la noche en que se enteró de que Laura había aceptado ser su esposa. En un arranque de furia y celos, Nahueltruz arrojó el guardapelo al pecho de Riglos, ordenándole que se lo devolviera.

Guor apretó los ojos y las lágrimas le rodaron por las mejillas. Laura se movió sigilosamente hacia él. Al sentirla cerca, Guor se dio vuelta para mirarla. Laura nunca había visto tanto dolor en sus ojos grises y le pasó la mano por la mejilla para barrer con su pena.

—Nahuel —dijo en voz baja—, querido mío, ¿crees que es muy difícil perdonar?

—Sí, muy difícil.

—A pesar de eso, ¿crees que podrías perdonarme?

—Sí, creo que podría.

✽

CAPÍTULO XXI

Los amantes furtivos

Alrededor de las seis de la mañana, Guor dejó la habitación y se dirigió a la zona de servicio para despertar al cochero. Encontró a su abuela en la cocina, envuelta en la mañanita que su madre, Blanca Montes, le había tejido tanto tiempo atrás. La prenda, de alrededor de treinta años, había perdido el color y tenía agujeros. Su abuela, sin embargo, jamás se separaba de ella porque creía que, habiendo sido tejida por una *vicha machí* —una gran médica— con poderes sobrenaturales en las manos, jamás le haría faltar la salud. Y así debía de ser, meditó Guor, porque, siendo Mariana mayor que Dorotea Bazán, había soportado el periplo hasta Tafí Viejo y los días entre los cañaverales de azúcar, mientras que Dorotea había muerto poco tiempo después de llegar.

Mariana hablaba con Lucero y le daba órdenes acerca de cuestiones domésticas, que la mujer más joven acataba sin chistar. Nahueltruz recordó los días en que su abuela era injustamente conocida con el mote de "cacica vieja" en los toldos de Leuvucó, a pesar de ser joven y vital. Los recordó con nostalgia, aquéllos habían sido buenos tiempos cuando su abuela, desde muy temprano, envuelta en esa misma mañanita, organizaba la labor de las cautivas y sirvientas y le daba ella misma el desayuno. El tiempo había empequeñecido su cuerpo, pero no su espíritu. Además, resultaba admirable su capacidad para adaptarse a las diversas situaciones pues, a pesar de hallarse en un ámbito ajeno y distinto, incluso hostil, Mariana seguía comandando con la soltura y seguridad de sus épocas de esposa de Painé.

Al verlo, la anciana dejó la silla, y Guor debió agacharse para que lo besara en la frente. Le pasó un mate, que Nahueltruz no osó rechazar. Le habló en araucano.

—¿Has tenido noticias del huinca que te está ayudando para ir a visitar a tu tío Epumer?

Él también respondió en su lengua madre:

—No aún, *cucu*. Pero no debemos esperanzarnos en vano. El senador Cambaceres me dijo que será difícil conseguir el permiso para ir a verlo.

Mariana tomó el mate de manos de su nieto y regresó a la mesa. Cebó otro y se lo pasó a Lucero. Auguró que llovería y ordenó que recogieran agua en cubetas porque quería lavarse el pelo, que, aunque completamente blanco, seguía llevando hasta la cintura. Nahueltruz permaneció unos minutos más charlando con Lucero y, después de ordenar que se aprestara el coche, regresó al dormitorio, meditando que su abuela afrontaba el dolor y la decepción con mayor entereza y dignidad que él. Se trataba de una mujer excepcional.

Entró en la habitación, y Laura notó el cambio en su humor, pero no hizo comentario alguno. Se vistieron y marcharon al vestíbulo. En la puerta los aguardaba el landó y subieron callados. Laura le tomó la mano y se la besó.

—Esta noche doña Luisa dará una cena en su casa. Quiero que vengas. Blasco y Purita son el motivo. Allí estará también mi primo político, José Camilo Lynch, y Blasco necesitará todo el apoyo que podamos brindarle.

—La señora del Solar no me ha invitado.

—La señora del Solar invitará a quien yo le pida. ¿Vendrás?

—Sí, iré. ¿Entrarás en tu casa por el portón trasero?

—No, lo haré por la puerta principal.

Siendo viernes, Laura sabía que su abuela, su madre y sus tías estarían en misa de seis en San Ignacio. El abuelo Francisco y la servidumbre no representaban obstáculos. El landó se detuvo frente a la casa de la Santísima Trinidad, pero el cochero no apareció para abrir la portezuela.

—No quiero dejarte ir —manifestó Guor, y la tomó por la cintura. La besó ardientemente y comenzó a tocarla y a arrancarle gemidos.

—No quiero que te vayas —insistió—. No quiero perderte otra vez.

—¿Crees que, porque te dejo ahora, voy a hacerlo de nuevo para siempre? ¿Cómo podría, Nahuel? ¿Cómo podría si eres mi propia vida? ¿Cómo podría volver a padecer aquel martirio?

—Laura, Laura...

Se apartó con dificultad y Guor la dejó ir a regañadientes. La promesa de reencontrarse esa noche en casa de doña Luisa morigeraba el fastidio de la separación. Por fin, Laura bajó del coche y marchó hacia la entrada de su casa. Guor descorrió el visillo y la vio avanzar envuelta en la fastuosa prenda de marta cibelina, con la capucha cubriéndole la cabeza. Se abrió la puerta, y Laura entró.

Guor se acomodó en el asiento y descansó la cabeza sobre el respaldo con los ojos cerrados. A pesar de la intensidad de la noche pasada, no tenía sueño, por el contrario, una energía le inflamaba el cuerpo. Abrió la ventanilla que comunicaba con el pescante y ordenó al cochero:

—A la quinta de Caballito.

Sólo montando a su purasangre, brioso y mañero como era, lograría consumir esa vitalidad que lo hacía sentir diez años más joven.

En el corredor, Dolores Montes le salió al paso. Laura la miró con aire impaciente.

—Sé que no pasaste la noche en casa. ¿De dónde vienes?

—La creía en misa, con las demás —comentó Laura, en modo flemático.

—Eso pensaste, que no nos encontrarías, por eso regresas tan oronda después de haber pasado la noche fuera de casa.

—Permiso, tía —y Laura hizo el intento de avanzar, pero Dolores extendió el brazo y se lo impidió.

—¿De quién era el coche que te trajo? No me dirás que de Eugenia Victoria o de doña Luisa. Los conozco bien. ¿Quién te trajo?

—Días atrás le dije que se mantuviera lejos de mí y que no me importunara. Si vuelve a inmiscuirse en mis asuntos, ni la intercesión del Espíritu Santo la librará de que la eche de esta casa.

—¿Piensas que no sé que ese coche es de un hombre? ¿Crees que no sé que pasaste la noche con él? ¿El general Roca, tal vez? ¿O el tal Lorenzo Rosas, el que te salvó de Lezica?

—Cuidado —advirtió Laura—, no me busque porque va a encontrarme.

—Desfachatada. Eres una cualquiera. Te revuelcas con cuanto hombre se te antoja. Hasta mantuviste relaciones desnaturalizadas con un salvaje, un infiel, que de sólo pensar se me dan vuelta las tripas.

—¡Esther! ¡Iris! —vociferó Laura—. ¡Esther! ¡Iris!

—¿Qué pasa, Laura? —se asomó María Pancha.

—Señora, aquí estamos, señora —respondió Iris—. ¿Qué necesita? Mande la señora.

—Vayan al dormitorio de mi tía Dolores y empaquen sus cosas. —A Dolores le dijo—: La quiero fuera de esta casa antes del mediodía.

—¡No puedes echarme de mi propia casa! ¡No tú, una perdida, una mala mujer! ¡Desfachatada! ¡Desvergonzada! Arrastras el apellido Montes por el barro. Me avergüenza ser tu tía.

Apareció el abuelo Francisco y trató de mediar, pero Laura se mostró inflexible.

—Soy la dueña de esta casa. Así lo dice la escritura. Si no deja la casa antes del mediodía, la haré sacar por la fuerza pública.

—Laura —suplicó Francisco Montes.

—Lo lamento, abuelo.

—No te atreverás a echarme.

—Sí, lo haré. E incluso utilizaré mi tan mentada ascendencia con el general Roca para que sea el ejército mismo el que la saque fuera.

—¡Perdida! ¡Mala mujer! ¡Mal nacida! ¡Jamás deberías haber venido a este mundo! ¡Sólo nos has traído vergüenza! ¡Te maldigo por el resto de tus días!

—¡Suficiente, Dolores! —reaccionó Francisco Montes, e incluso María Pancha se sobresaltó—. No vuelvas a hablarle así a mi nieta o te daré la tunda que debería haberte dado años atrás. Vamos, a preparar tus cosas. Hoy mismo dejas esta casa.

Dolores pidió asilo en casa de su hermano Lautaro Montes. Su cuñada, Celina Páez Núñez de Montes, la recibió con los honores de una gran personalidad expulsada de su patria por un tirano. La amenaza del abuelo Francisco de partir junto con su hija no se concretó, y fue él mismo quien puso al tanto de la situación a su mujer cuando volvió de la misa en compañía de Soledad y Magdalena. Laura lamentó que la previsible ruptura se hubiese dado a pocas semanas del casamiento de su madre con el doctor Pereda, porque echaba un manto oscuro sobre la alegría que promovía la celebración.

La falta de ánimo impidió que la familia se reuniera para almorzar. El abuelo Francisco ordenó que no lo molestaran y se encerró en su despacho; Ignacia siguió en cama el resto del día, suspirando y tomando gotas de Hoffmann para la jaqueca; Soledad fue a visitar a su hermana en desgracia a lo de Lautaro, mientras Magdalena se escabulló a casa de su amiga, Florencia Thompson, porque no quería escuchar los lamentos y reclamos de su madre. Laura comió frugalmente en su *boudoir*, mientras respondía algunas cartas y conversaba con María Pancha. A pesar del cimbrón que significaba la expulsión de su tía Dolores, estaba convencida de que había obrado bien. Se sentía liviana, repentinamente desprovista de un peso abrumador. Después de todo, se dijo, era de locos mantener al enemigo bajo el propio techo.

—Dolores —dijo María Pancha— se enteró de que no habías pasado la noche aquí porque muy temprano vino a despertarte para la misa de seis. Me encontró dormida en la mecedora y la cama sin desarmar.

—¿Se lo dijo a mi madre?

—No lo sé. ¿Adónde pasaste la noche?

—En lo de Nahueltruz.

—Me lo imaginaba. Luego del teatro, tu prima Eugenia Victoria pasó a saludar a doña Ignacia y a don Francisco y comentó quiénes habían estado en tu palco. Mencionó a Lorenzo Rosas. ¿Qué harás con lord Leighton? —preguntó María Pancha después de un silencio—. Según la carta que recibiste, llegará a Buenos Aires en poco tiempo.

—A mediados de agosto, para ser más precisa.

—¿Qué harás con él?

—¿Que qué haré con él? Pues nada —se impacientó Laura—. Lo recibiré, lo trataré como a un dignatario, pero, con gran diplomacia, le diré que esa especie de compromiso de dos años atrás está roto. Ningún hombre existe para mí si Nahueltruz está a mi lado.

—Lord Leighton es infinitamente superior.

—Aunque el mismo rey de Inglaterra me pidiera que fuera su esposa no lo aceptaría. Debes terminar por comprender, María Pancha, que Nahuel y yo nos amamos. No permitiré que lo maltrates ni que te refieras a él en malos términos.

—Presiento —siguió la criada— que Guor todavía conserva viejos rencores que no ha logrado resolver. Aflorarán tarde o temprano.

—Sí, lo sé —acordó Laura sumisamente.

Permaneció cavilosa, mientras María Pancha la ayudaba a deshacerse del vestido.

—Vamos, siéntate que quiero cepillar tu pelo.

—¿Por qué será —habló Laura— que los ojos de cierto hombre, sus labios, su voz, provocan un efecto perturbador en una mujer cuando los ve, los siente, la escucha? Me refiero a esa chispa que enciende un fuego que te abrasa las entrañas y que sólo se consume en la pasión compartida con *ese* hombre. ¿Y por qué un hombre, igualmente galante y hermoso, quizá más valioso como persona, no provoca nada de estos sentimientos, y sus encantos pasan sin pena ni gloria? No hay chispa, menos aún fuego y nada de pasión.

—Creo que es la pregunta a la que han tratado de dar respuesta todos los poetas desde que el hombre aprendió a escribir.

—Si tú no lo sabes —meditó Laura—, entonces nadie lo sabe.

Por la tarde, fue a buscar a su madre a lo de Florencia Thompson porque tenían una cita en lo de madame Du Mourier para probarse el vestido de boda. Después fueron de compras, y Laura le regaló a su madre un guardapelo de oro cuya tapita era un camafeo de cornalina y marfil. Le dijo que deseaba que llevara un mechón de su cabello.

—Quizá —prosiguió la joven— debería haber previsto que usted lo quiere para guardar un mechón del doctor Pereda. Pero, como su única hija, me arrogué el derecho de ser la *única* dentro de este guardapelo.

—También conservaré aquí el que te corté cuando cumpliste un año —dijo Magdalena, la voz insegura—. Creo que es aún más rubio que éste que me has dado.

Compartieron una tarde muy agradable. Si Magdalena sabía que Laura había pasado la noche fuera, no lo mencionó ni lo dio a entender. Dejaron los paquetes en el coche y marcharon a tomar el té al hotel Soubisa, famoso por su *pâtisserie*.

—¿No me reprocha que haya echado a su hermana de la Santísima Trinidad?

—No lo apruebo. Me gustaría pensar que tu corazón es dulce y misericordioso. Dolores está resentida con la vida y eso la ha vuelto amarga. Deberías compadecerte de lo que ha sufrido.

—Lo mismo dice el abuelo Francisco. Y yo insisto en que también he sufrido y no me he amargado ni vuelto imposible la vida de quienes me rodean.

—No intercederé por ella, si eso es lo que piensas. Sería en vano con un temperamento tan voluntarioso como el tuyo. Pero siendo tu madre, sólo te digo esto: tú no estás libre de culpas. No miréis la paja en el ojo ajeno sino la viga en el propio —sentenció.

—Me recuerda a tía Carolita.

—A tía Carolita no le llego ni a los talones.

Laura permaneció en silencio, sopesando lo que su madre acababa de decirle. En cierta forma, la tomaba por sorpresa cuando pensó que Magdalena, históricamente enemistada con su hermana mayor, aprobaría la decisión.

—Será un escándalo, lo sé —dijo Laura—. Otro que se suma a los que ya le he traído a la familia.

—Como si los escándalos te importaran —apuntó Magdalena, con humor—. En ese sentido eres como tu padre, que siempre hizo y dijo lo que le venía en gana.

—O como usted, cuando era chica.

—¿Yo cuando era chica? Siempre fui más bien sumisa, temerosa del escándalo y, sobre todo, de las reprimendas de tu abuela Ignacia.

—No fue sumisa cuando se atrevió a hurgar entre las cosas viejas del bisabuelo Abelardo y se fascinó con los dibujos del ejemplar de *Les mille et une nuits*.

Magdalena se quedó mirándola, la taza de té a mitad camino. Enseguida se le colorearon las mejillas.

—¡Ah, mamá! Ya somos mujeres en todo el sentido de la palabra para que nos ruboricen ciertas referencias.

—María Pancha estuvo contando de más.

—No fue María Pancha. Usted sabe que es una negra fiel. Jamás la traicionaría. Lo supe por tía Blanca Montes, cuando leí sus memorias.

—¿Las memorias que usas para escribir tu nuevo folletín? —Laura asintió—. No sabía que Blanca me mencionase.

—Oh, sí que lo hace. La quería muchísimo, a pesar de saber que usted estaba enamorada de papá. No le guardaba ningún rencor.

—Creo que recién ahora me reconcilio con el recuerdo de Blanca. Yo también la quise mucho, pero existieron circunstancias que me separaron de ella. Mejor dicho, de su recuerdo.

—¿Está tan enamorada del doctor Pereda como lo estaba de mi padre?

—Aunque me proponga no volver a incomodarme con tus decires y haceres, nunca lo conseguiré.

—Disculpe si fui imprudente. Me dejé llevar por este momento. Tuve la impresión de que estaba abriéndome su corazón.

—¿Y tu corazón, Laura? ¿Cuándo me abrirás el tuyo?

—Cuando sienta que usted no me condena.

Se acercó el mozo y dejó un plato con *éclairs* y palos de Jacob. Laura se sirvió uno y lo comió con fruición, en silencio. Magdalena dijo:

—El tipo de amor que me inspiraba tu padre sólo se experimenta una vez en la vida. Estoy segura de eso. Amo a Nazario, pero de un modo distinto. Mi amor por él es más sereno y sensato, lo que necesito en este momento de mi vida, creo.

—Terrible cosa el amor, ¿no?

—El amor apasionado de juventud, sí —coincidió Magdalena y, en un acto de arrojo, añadió—: Como el que tú sentías por aquel indio en Río Cuarto, ¿verdad?

—Como el que todavía siento, como el que siempre voy a sentir.

Guor llegó a su casa y se encontró con Esmeralda Balbastro. Alguien le había servido un té, que bebía con la elegancia que la caracterizaba. Al verlo, Esmeralda entrecerró los ojos y dejó la taza a un costado, sobre una mesita.

—¿De dónde vienes? —quiso saber—. ¿Qué es ese brillo tan inusual en tus ojos generalmente apagados?

Se puso de pie y caminó hacia él. Guor se quitaba el abrigo y los guantes y los arrojaba sobre el sillón. Esmeralda lo sujetó por el mentón y lo obligó a mirarla.

—Sólo cuando ves a la viuda de Riglos tus ojos brillan así. ¿Acaso has estado con ella? ¿La has visto?

Guor sonrió con picardía y se alejó en dirección a la bandeja con copas y botellas de licor. Se sirvió una. Esmeralda dijo que no quería.

—Estás raro. ¿Por qué ríes así?

—Nadie puede poner en tela de juicio que tu instinto es proverbial, Esmeralda. Sí, estuve con Laura. Estuve con Laura toda la noche.

Esmeralda, que siempre había bregado por un acercamiento entre ellos, en ese momento experimentó sentimientos contrapuestos.

Íntimamente había imaginado que Lorenzo y ella terminarían juntos. No lo amaba, ciertamente no como a Romualdo, pero existía un entendimiento tan acabado entre ellos, no sólo en la cama, sino en las cuestiones más fundamentales y las más triviales de la vida, que había llegado a pensar que Lorenzo Rosas era el indicado. Sintió algo nuevo: celos de Laura Escalante, atroces e inmanejables celos, que la llevaron a decir:

—¿Lograrás soslayar su romance con tu peor enemigo, el general Roca, que guió la expedición contra tu pueblo?

Guor la contempló con incredulidad y, casi de inmediato, con dolida sorpresa.

—Perdóname, querido, perdóname —suplicó Esmeralda—. Admito que lo que acabo de decir fue por celos y despecho. Un golpe bajo e innecesario de mi parte.

—Esmeralda, creí que los términos de nuestra relación estaban claros.

—Y lo están, querido, lo están. Pero ya deberías saber lo veleidosa y complicada que es la naturaleza femenina.

Guor no comentó al respecto y, copa en mano, se retiró hacia la ventana. Esmeralda se dio cuenta de que el veneno que acababa de verter estaba haciendo efecto, y maldijo por lo bajo.

—¿Crees que lo que se murmura sea cierto? ¿Que Laura y Roca son amantes?

—Nadie ha podido probarlo. Bien podría tratarse de un chisme sin fundamento. Personalidades como las de Laura y las del general siempre alientan ese tipo de comentarios. ¿Qué importa si es cierto? —preguntó, tratando de componer la situación, a pesar de que se daba cuenta de que la empeoraba.

—Tú misma acabas de decirme que Roca es el que terminó con mi pueblo —se enfureció Guor.

—Ya te dije que no hagas caso de lo que acabo de pronunciar, que fue sólo un desplante fruto de los celos.

—Desplante fruto de los celos o no —repitió Guor—, tienes razón. El general Roca se propuso exterminar a mi pueblo y, por las crónicas que llegan, ha logrado su cometido. Jamás podría perdonarle a Laura que se hubiese entregado al verdugo de mi gente.

Esa noche, aunque se trataba de una cena íntima, los comensales a la mesa de doña Luisa eran más de diez. Dolores Montes no faltó a la cita y llegó junto a la familia de su hermano Lautaro. Pura Lynch, angelical en su vestido de muselina y blondina verde agua, apenas encontró la oportunidad, condujo a su tía Laura al dormitorio que ocupaba y echó llave a la puerta.

Laura había estado muchas veces en ese dormitorio, el de Catalina del Solar, única hija mujer de doña Luisa y primera esposa de Julián Riglos, a quien había querido imitar de pequeña hasta en las actitudes más insignificantes y efímeras. Doña Luisa no había cambiado ningún aspecto del dormitorio, incluso mantenía las muñecas de trapo y rostros de porcelana sobre el mismo estante de la pequeña biblioteca de Catalina, abarrotada de libros de santos y breviarios. Laura sonrió con melancolía.

—Ven, tía, siéntate aquí, a mi lado —pidió Pura—. ¿Por qué ríes?

—Porque hace muchos años quise ser igual a Catalina del Solar. No sé si existió alguien más distinto de mí. Ella era naturalmente serena y buena, sobre todo eso, buena, sin maldad, como podría serlo tía Carolita.

—Tú también eres buena —apuntó Purita—, y yo quiero ser como tú.

—¡Dios nos libre!

—Te quiero, tía Laura —expresó Pura, con lágrimas suspendidas en sus hermosos ojos celestes—. No porque me hayas salvado del matrimonio con Lezica ni porque hayas hablado con mi padre para que acepte a Blasco. Yo te quiero desde antes de todo esto, desde hace mucho tiempo, desde que me acuerdo.

—Y yo te confieso, querida Pura, que fue el cariño que recibí de ti, de tus hermanos y de tus primos, pero en especial de ti, lo que me ayudó a través de estos años de tanta tristeza.

Pura sospechaba que la tristeza de su tía Laura se relacionaba con aquel misterioso hombre al que había amado años atrás y de quien no se sabía si aún vivía. Se compadeció profundamente, segura de que si ella perdiera a Blasco terminaría con su vida como *Madame Bovary*, comiendo veneno.

—Era sólo una niña cuando naciste y tus padres me pidieron que fuera tu madrina, y ya desde ese momento supe que serías muy especial para mí, que el amor que nos tendríamos duraría toda la vida.

—Toda la vida —repitió Pura como si se tratase de un juramento.

Conversaron acerca de los sucesos de los últimos días, se rieron de las ocurrencias de doña Luisa, comentaron la noche en el Colón e hicieron conjeturas acerca de la que en breve compartirían con el resto de la familia. Era la primera vez que Blasco y el padre de Pura volvían a verse luego de que el romance salió a la luz. Pura refirió una visita que su abuela, doña Celina, le había hecho esa mañana. La había dejado muy consternada.

—Mi abuela me dijo —contó Pura— que el matrimonio es un estado que las mujeres deben soportar con dignidad y firmeza. ¿Qué significaban esas palabras? No tengo intenciones de soportar algo con dignidad y firmeza para lo cual se requiere que yo diga "Sí, acepto".

—Si te casas con Blasco, a quien tanto amas, esas palabras carecen de sentido. Serás feliz al compartir la vida junto a él. No todo será color de rosas, seguramente existirán malos momentos, pero podrán soportarlos fácilmente si están unidos, si son sólo uno.

—¿Tía?

—¿Sí?

—Anoche Blasco vino a visitarme y doña Luisa nos permitió unos minutos a solas al despedirnos.

—¿Y bien?

—Me besó —confesó Pura, sin mirarla a los ojos.

—Creí que ya te había besado antes.

—Sí, lo había hecho. Aquí —dijo, y se señaló los labios—. Pero el beso de anoche fue distinto. —Al oído de Laura, susurró—: Intentó meter su lengua dentro de mi boca.

Laura controló la risa y, bastante compuesta, le explicó que se trataba de un comportamiento común y lógico.

—Él está muy enamorado de ti, Pura, y eso le provoca sensaciones, sensaciones en el cuerpo que lo llevan a desearte, a desear *tu* cuerpo. Cuando logres vencer el miedo y la sorpresa, tú también lo desearás con la misma intensidad que él.

—Tengo miedo.

—¿Por qué?

—Porque mi amiga Corina Sáenz dice que cuando un hombre y una mujer se casan, la mujer se tiene que desnudar para que el marido la vea y la toque por todas partes, incluso aquí —y se señaló los senos— y aquí —y movió la mano hacia la entrepierna—. Dice también que, completamente desnudo, se acuesta sobre ella.

—Es así.

Pura la miró con desconsuelo.

—Yo no podré hacerlo. ¡Imposible! Moriré del pudor antes de desnudarme frente a Blasco.

—Pensé que sabías más acerca de estas cuestiones entre hombres y mujeres.

—Sabía lo que tú me habías contado: que no veníamos de París ni nos encontraban en repollos, como mis primas creen; sabía que, para hacer niños, un hombre y una mujer deben yacer en la misma cama. Tú me lo explicaste. Pero estos detalles... estos detalles son demasiado sórdidos. Moriré de vergüenza —repitió, y aferró la mano de Laura.

—Pura, escucha atentamente lo que voy a decirte y créeme, porque tú sabes que yo no acostumbro mentirte: no existe nada más hermoso que hacer el amor con el hombre que amas. *Nada*, Purita, te lo aseguro. Y tú amas mucho a Blasco. Has dado pruebas de ello. Llegado el momento, cuando estés lista, te entregarás a él y dejarás que él te guíe al mayor placer que una mujer puede sentir. Mientras tanto, no llenes tu cabecita de fantasmas que sólo lograrán empañar los escasos momentos en que estarás a solas con él. Todavía falta para que tú y Blasco compartan una intimidad tan profunda como la que describe Corina Sáenz. No te apresures a vivir. Dale tiempo al tiempo.

Pura regresó a la sala más tranquila y Laura marchó al tocador. Al salir, se topó con Nahueltruz en el pasillo. Se abrazaron en silencio, y él la apoyó contra la pared para besarla. Laura lo arrastró dentro de la primera habitación que encontraron, el despacho del difunto esposo de doña Luisa. Nahueltruz dijo:

—No me toques. Estoy demasiado excitado para resistirte.

—¿Por qué querrías resistirme?

—Para evitar un papelón. Tus gritos de placer alcanzarían a todos en la sala.

—Yo no grito —se quejó Laura, risueña.

—Oh, sí que gritas. Y a mí me gusta muchísimo.

Dolores Montes, que había seguido a Lorenzo Rosas, escuchó este intercambio desde la puerta entornada; incluso veía con claridad las manos oscuras de Rosas moverse sobre la seda blanca que cubría los pechos de su sobrina. Siempre le habían parecido demasiado voluptuosos y turgentes para una joven virtuosa; ciertamente esa característica no la había heredado de las Montes, que se destacaban por sus siluetas menudas y decentes; venía por parte de padre, que había mostrado una índole sacrílega a lo largo de toda su vida. En realidad, el cuerpo de Laura, con sus curvas y redondeces, no podía ser obra divina sino del demonio, ya que sólo servía para hacer caer en tentación a cuanto hombre posaba ojos sobre él.

Con dulzura y cuidado, Guor le abrió la blusa de seda y bajó el escote del justillo hasta que le descubrió los pezones. Laura fingió resistirse, pero Guor, que no estaba para juegos, le pasó ambas manos por la cintura, sujetándola con firmeza, e, inclinando la cabeza, hundió el rostro entre sus pechos, hasta que Laura terminó por abandonarse a la lujuria de sus labios y de su lengua. Dolores seguía atentamente la escena, que le provocaba un hormigueo placentero entre las piernas y le secaba la boca. La cabeza se le llenó de recuerdos, recuerdos de los momentos que ella y su esposo, el bígamo, Justiniano de Mora y Aragón, habían compartido años atrás. Pero todo eso pertenecía al pasado. Y era pecado. Ni siquiera a su confesor le reconocía que no importaba cuántos años llevara el cilicio o usara la disciplina, su alma lúbrica y hereje aún rememoraba con añoranza esas noches. No obstante, existía una gran diferencia entre ella y su sobrina Laura: ella, Dolores, siempre había experimentado cierto prurito, cierto cargo de conciencia cuando Justiniano la iniciaba en esas prácticas sexuales tan abyectas; Laura, en cambio, con su naturaleza pagana, no mostraba el menor indicio de arrepentimiento o cautela. Es más, era ella, con su cuerpo de diosa griega y sus quejidos de sirena, quien hechizaba a Rosas y lo incitaba.

La animosidad que experimentaba por Laura, nacida tiempo atrás, había conocido su paroxismo en los últimos días. Dolores albergaba una perversa decepción por el matrimonio frustrado de Purita y Lezica. Creía que si hubiese tenido lugar, la verdad acerca de la otra esposa de Lezica, la muchacha del campo, habría aflorado tarde o temprano, y ella, Dolores Montes, habría tenido con quién compartir el peso de la cruz que significaba ser la manceba de un bígamo. Regresó a la sala porque sabía que, si seguía mirando, esa noche no conciliaría el sueño y debería apelar a la disciplina para espantar las imágenes satánicas.

Dentro de la habitación, Guor se apartó de Laura y se puso de pie con evidente fastidio.

—Volvamos a la sala —dijo, mientras se acomodaba la levita y se mesaba el pelo.

Laura le extendió una mano y, sonriendo, le pidió que volviera a sentarse.

—Seguro que podemos intercambiar dos palabras sin terminar desnudos —añadió, mientras se abotonaba la blusa.

—Fueron más de seis años de abstinencia —se justificó Guor, y volvió a tomar asiento.

—¡Abstinencia! —se mofó Laura—. ¿Y qué sucedía cuando estabas con ese dechado de virtudes parisino llamado Geneviève Ney? ¿Leían a Petrarca? ¿Jugaban a la canasta? Seguramente hablaban del tiempo.

La mirada que Guor le dispensó la inquietó al entrever en sus ojos grises algo del viejo resentimiento que le hizo acordar de la discusión en la sala de los Lynch.

—Abstinencia de ti, Laura —aclaró severamente—. De ti —remarcó.

Sus manos se cerraron en torno a los hombros de ella y comenzaron a acariciarla con fiereza.

—No soporto tu cercanía si no puedo poseerte —dijo—. Mi cuerpo no me pertenece cuando estás cerca. No tengo voluntad. Me convierto en un ser sin discernimiento ni inteligencia. Estos meses en Buenos Aires han sido un infierno tratando de mantenerme incólume a tu presencia, simulando apatía, que nada me importaba de ti, cuando en realidad era todo lo contrario.

—Nahuel, amor mío —se emocionó Laura, y descansó la frente sobre el pecho de él.

Nahueltruz la abrazó y siguió hablando.

—La primera noche en casa de la señora Carolina, cuando entraste y tus sobrinas te rodearon, mientras les colocabas esas violetas en sus escotes, mientras sonreías y hablabas con ellas, ¡ah, cómo te deseé! Me preguntaba: ¿Puede ser que esté aún más hermosa? ¿Es eso posible?

—No me recuerdes esa noche —suplicó Laura—, que terminé descompuesta en el dormitorio de mi tía. A pesar de saber que te encontraría allí, tu presencia y tu indiferencia resultaron demasiado.

Los celos también hicieron su parte, y si Dios hubiera decidido llevarme junto a Él en ese instante, le habría estado agradecida.

Sintió que las manos de Guor se ajustaban en torno a ella al tiempo que le reprochaba:

—No digas eso, jamás vuelvas a desear eso.

—Ninguno de esos malos pensamientos me aqueja ahora, Nahuel. Sólo deseo vivir. ¡Ojalá tú y yo fuéramos eternos!

—Laura —musitó él, y buscó su boca para besarla.

—Vámonos por un tiempo —propuso ella—, a un lugar donde podamos estar juntos día y noche sin tener que ocultarnos. Te quiero todo para mí, Nahuel. Quiero acostarme contigo y amanecer a tu lado.

—Sí —repuso él, embriagado de deseo.

—Vamos a esa quinta que tienes en Caballito. Inventaré una excusa para ausentarme de la Santísima Trinidad y podremos pasar una semana sin necesidad de escondernos ni disimular. ¿Te imaginas, Nahuel? ¿Una semana para ti y para mí? Quiero conocer tus caballos, quiero verte montar, quiero compartir tu día, quiero verte tratar a tus empleados, quiero verte comer, dormir, bañarte. Te quiero todo para mí —repitió y lo besó en los labios ardientemente.

Acordaron que arreglarían los asuntos pendientes y partirían a Caballito en dos días. Laura se excusaría en un repentino e impostergable viaje a Córdoba para concretar la venta de la casa de su padre.

—¿Por qué sólo una semana? —se quejó Guor—. ¿Por qué no un mes?

—Mi madre se casa con el doctor Pereda dentro de poco. Quiero estar a su lado los días previos.

Nahueltruz asintió.

—Ahora sí —dijo Laura—, volvamos a la sala.

—Ve tú primero. En este estado no puedo regresar. La levita no sería suficiente para ocultar lo que acabas de provocarme.

Los invitados comenzaban a ocupar sus lugares en la mesa de doña Luisa cuando Laura entró en la sala. Magdalena le preguntó adónde se había metido, pero sólo recibió evasivas. Dolores se inclinó sobre el oído de su sobrina Iluminada Montes de Unzué y le susurró; de inmediato, Iluminada buscó al señor Rosas entre la gente, sin éxito, y apreció el arrebol en las mejillas de su prima y la sonrisa inusual que la hacía lucir contenta.

Blasco y el señor Lynch se sentaron enfrentados. José Camilo se mantuvo taciturno y con cara de pocos amigos y ni siquiera los esfuerzos de Esmeralda Balbastro y Eugenia Victoria lograron sacarlo de su ostracismo. Pura, lejos de su padre y de su amado, pero consciente de la situación irreconciliable planteada entre ellos, se marchitaba con el paso de la velada. Laura, sentada junto a José Camilo, le recordó su promesa de dar una oportunidad al joven Tejada y, casi a los postres, Lynch se avino a dirigirle la palabra. Blasco apoyó los cubiertos sobre el plato porque las manos le temblaron notoriamente.

Magdalena, por su parte, se fijó en los reiterados gestos galantes que el señor Lorenzo Rosas le dispensaba a su hija y se preocupó. Aunque impecable en sus modales y en su vestir, cierto brillo insolente y audaz en su enigmática mirada de ojos grises la perturbaba. Por cierto, esos ojos le resultaban familiares, a pesar de que su matiz, ese gris tan puro y opaco, fuera poco común. Se destacaba del resto por no llevar patillas ni bigotes, era decididamente moreno, y su cabello lacio, retinto. Se dijo que no debería juzgarlo por su piel oscura cuando en varias oportunidades había escuchado a José Vicente, su esposo, decir que pocas veces había conocido a alguien más morocho que el general San Martín. Eran conocidos los cuentos que se entretejían alrededor de la piel oscura del Libertador; uno, en especial, que resonaba hasta esos días, lo tenía por hijo de una nativa del Litoral y del general Alvear, padre del director supremo Carlos de Alvear, primero amigo y tiempo más tarde enemigo de San Martín. Quizá, por las venas de Lorenzo Rosas también corría sangre aborigen, la que le daba, no sólo el tinte a su piel, sino ese aspecto tan peculiar que Magdalena sólo conseguía asociar con la carbonilla que Lucio Victorio le había regalado a su padre con el retrato del famoso cacique Mariano Rosas, ese que particularmente agradaba a Laura.

Ciertamente, ella no lo habría elegido: no negaba su atractivo inusual e inquietante, pero lo encontraba demasiado macizo y corpulento; su presencia tan insoslayable resultaba intimidante. Tan distinto de lord Edward Leighton, a quien ella deseaba como yerno. De los hombres que habían pretendido a su hija, ninguno le agradaba tanto como Leighton. Saber que José Vicente habría aprobado la unión la reconfortaba. Pero, ¿lo haría Laura? Su hija era impredecible. Y lucía tan a gusto con Rosas.

Magdalena Montes no fue la única en advertir cierto trato preferencial por parte del señor Rosas; Eduarda Mansilla también. Luego de la cena, de regreso en la sala, mientras Laura y ella polemizaban acerca de las cualidades literarias de Manuela Gorriti, los ojos de Eduarda se detuvieron en Lorenzo, que, completamente abstraído, contemplaba a su amiga con devoción. En los años que lo conocía, no recordaba a Lorenzo admirar de ese modo tan abierto y despojado a una mujer, ni siquiera a Geneviève. Su carácter receloso se lo impedía; en ese momento, sin embargo, hasta su naturaleza parecía haberse alterado. Al día siguiente, durante el desayuno, se lo comentó a su madre, la señora Agustina, y a su secretaria, *mademoiselle* Frinet, y les pidió discreción. Más tarde, a la hora del té, doña Agustina le repitió a su hijo Lucio Victorio las conjeturas de su hermana y, por supuesto, también pidió discreción.

CAPÍTULO XXII

Cruz y delicia

Hacía frío. Se trataba de una desapacible tarde de principios de agosto. Laura, sin embargo, se hallaba muy a gusto. Envuelta en una manta de merino, los pies ocultos bajo la falda, se acunaba en la mecedora que Nahueltruz había hecho poner para ella en la galería de la quinta de Caballito. Cada tanto, se llevaba un tazón de chocolate a los labios sin apartar la vista del camino que traería a Guor de regreso.

Esa mañana muy temprano había recibido un mensaje de Miguelito donde le pedía que se presentara en la casa de la calle de Cuyo por un asunto urgente. Nahueltruz se inquietó porque pensó que se trataba de la salud de su abuela Mariana. Se despidió de Laura con un beso rápido que demostraba su ansiedad, y se marchó sobre el lomo de Emperador, su purasangre. Laura lo vio galopar hasta que él y el caballo se convirtieron en una nube de polvo.

La primera noche que compartieron en Caballito, prácticamente no durmieron y, cuando Guor se dio cuenta de que el cielo clareaba, abrió la puertaventana de par en par y la invitó a contemplar el amanecer. El aire gélido golpeó la cara de Laura. A pesar de la bata de lana, le tembló el cuerpo de frío y se le erizó la piel, pero enseguida, al sentir los brazos de Guor en torno a su espalda, la envolvió una agradable y cálida sensación. Se acomodaron sobre los almohadones de un banco de jardín y se cubrieron con dos frazadas. Laura recogió los pies y apoyó la espalda sobre el pecho de Nahueltruz, que la abrazó y le besó el cuello.

El pasto aún brillaba a causa del rocío, y la brisa fresca arrastraba el aroma de la tierra húmeda. Laura inspiró profundamente, cerró los ojos y se dijo: "¡Qué paz!". No se refería a la paz del lugar sino a esa armonía que experimentaba por primera vez y que se originaba en su mente y en su alma. No habría podido explicarlo con palabras. Aunque sí sabía que se debía exclusivamente al hecho de tener a Nahueltruz a su lado. A diferencia de Río Cuarto, en ese momento no existían escollos que sortear. Ella era una mujer sin ataduras; él, un hombre respetable y culto a quien nadie habría objetado. Incluso el tema del pasado había perdido significación. Ella no sabía si Nahueltruz finalmente se había avenido a creerle o, al menos, a considerar su postura desde una posición más conciliadora. Sabía que la amaba, que nunca había dejado de hacerlo, y que su indiferencia primero y su furia más tarde habían sido máscaras para ocultar su corazón destrozado.

Tanto sufrimiento y desencuentro quedaban olvidados y enterrados con una mirada amorosa de Nahueltruz. Aún la asaltaban esas premuras virginales cuando él le pasaba las manos por el cuerpo desnudo o le susurraba sus intenciones más arcanas. Se le aceleraban los latidos al verlo entrar en la sala con sus *breeches* —esos pantalones tan peculiares que los ingleses usan para montar— y sus botas de caña alta, la camisa abierta a la mitad del pecho, que exponía sus músculos brillantes de sudor, el jopo lacio sobre la frente y el ceño marcado si hablaba con el capataz acerca de sus adorados caballos. Ella lo deseaba intensamente en ese papel de patrón exigente y respetado. Y también cuando, en la intimidad de la recámara, se desnudaba y la invitaba a compartir un baño con él. En esas ocasiones, se le relajaba el ceño, sus manos se volvían suaves y pacientes, su voz, que momentos atrás había tronado con sus empleados, adoptaba una nota grave y sensual. Le decía al oído que amaba su cuerpo y que la amaba a ella, que nunca tendría suficiente, que siempre querría más, que nunca se saciaría. Laura percibía un tinte desesperado cuando le hablaba de ese modo.

—Eres una hechicera —le dijo una noche, rendido sobre ella después del amor—. ¿Qué has hecho de mí? Estoy a tus pies desde el momento en que puse los ojos sobre ti. Dependo de ti para sentirme vivo. ¿Cómo puedo amarte tanto cuando trastornaste mi vida por completo? Desearía no amarte tanto —añadió con una nota amarga—, desearía no haber caído bajo tu conjuro. Así no sería tan vulnerable. Porque si volvieras a lastimarme...

Pero ella no lo dejó terminar. Lo aferró por la nuca y lo besó. Su discurso la había asustado y no había sabido cómo responder. Sólo atinó a besarlo para no escuchar la amenaza que de seguro iba a proferir. Porque, aunque últimamente con ella mostraba el aspecto benévolo de su naturaleza, Laura conocía su lado más cruel. Guor era capaz de destruirla por resentimiento.

Oscurecía, y ya no divisaba el camino con claridad. Se incorporó en la mecedora cuando creyó distinguir una figura que discordaba en la invariable lejanía. No sabía si se trataba de una ilusión motivada por el juego de luces y sombras del atardecer o si, en verdad, algo se movía a la distancia. "Un indio", pensó, "de esos tan baqueanos, sabría decirme con precisión de qué se trata". Volvió a recostarse, terminó el chocolate y concentró la vista en el horizonte. A poco, no le quedaron dudas de que un jinete se aproximaba a gran velocidad. Rogó que se tratara de Nahueltruz y no de un mensajero para comunicarle que la cacica Mariana había enfermado y que el señor Rosas no regresaría. Aún les quedaban algunos días por compartir. La noche anterior, Guor le había pedido que pasaran juntos otra semana en Caballito.

—Deseo permanecer aquí toda la vida —se justificó ella—, pero, como ya te expliqué, la boda de mi madre se aproxima y le prometí estar en la Santísima Trinidad los días previos para acompañarla. Mi madre ha sido paciente e indulgente conmigo, Nahuel. Pocas veces me ha exigido o pedido algo. No puedo dejarla sola en este momento tan especial para ella.

—¿Y yo no cuento? ¿Yo, que te necesito tanto?

—No tanto como yo —replicó Laura—. Volveremos cuando haya pasado la boda y ningún compromiso nos ate a Buenos Aires.

El jinete era Nahueltruz. Durante esos días había aprendido a reconocer su estilo, ese modo tan particular de acompañar el movimiento del animal convirtiéndose en parte de la montura, como si jinete y bestia fueran uno solo. Se notaba que había forzado la marcha pues el caballo tenía el cuello y la cruz empapados de sudor y echaba espuma por la boca. Él mismo presentaba un aspecto descuidado.

Se quitó la manta de encima y se puso de pie. Sonrió y levantó la mano para saludar. El atardecer había traído consigo nubes de lluvia. Las primeras gotas, gruesas y pesadas, comenzaron a repiquetear sobre los mazaríes de la galería. El viento sur cobró fuerza y azotó las ramas de las tipas y los eucaliptos que acompañaban el ingreso a la quinta. La temperatura descendió notablemente. Laura, sin embargo, no parecía darse cuenta de la tormenta que se avecinaba ni de que tenía piel de gallina, y corrió al encuentro de Nahueltruz sin advertir que sólo llevaba escarpines de raso.

Lo primero que notó Guor fue que tenía el pelo suelto. Largo, espeso y luminoso en contraste con la penumbra reinante, se batía al compás del viento y de la carrera de Laura, que ya había perdido el pañolón por el camino y se levantaba la falda hasta las rodillas para no trastabillar. Guor desmontó de un brinco y la observó aproximarse con creciente excitación. Parecía una niña corriendo de ese modo, con los cabellos al viento, la nariz roja por el frío, mostrando las canillas. Dejó la fusta sobre la montura y la recibió en sus brazos, levantándola del suelo, haciéndola dar vueltas. La risa de Laura era contagiosa y vigorizante. ¡Ah, cómo la había echado de menos!

—Este día me pareció un año —dijo ella, muy agitada.

—Sí, sí —replicó él, mientras le llenaba el rostro de besos—. Sí, mi amor, sí.

Se aproximó un empleado y se llevó a Emperador.

—Tienes la carita helada —dijo Guor—. Las manos también. Vamos adentro antes de que pesques una influenza.

La levantó en brazos y Laura se aferró a su cuello. Al llegar junto al pañolón, Guor se inclinó y Laura lo recogió del piso, riendo.

—¿Cómo está tu abuela?

—Ella está bien. Todos están bien.

—Gracias a Dios —expresó Laura, y de inmediato preguntó—: ¿Por qué te mandaron llamar con tanta urgencia, entonces? —aunque enseguida se arrepintió pues no sabía si a Guor le gustaba que se inmiscuyera.

—Un asunto del que hacía tiempo esperaba noticias. Miguelito conocía mi interés y por eso creyó que debía hacérmelo saber.

—¿De qué se trata? —quiso saber ella a pesar de sí.

—El senador Cambaceres me consiguió el permiso para ir a visitar a mi tío Epumer que lo tienen preso en la isla Martín García.

El corazón de Laura dio un vuelco. "Julio", pensó, con profundo amor. Ocultó el rostro porque sabía que se había sonrojado. Sin levantar la vista, preguntó:

—¿Fuiste a ver al senador?

—No pude. Cambaceres se ausentó de Buenos Aires ayer, creo que viajó a su estancia en Bragado. No obstante, antes de irse mandó a su secretario con los papeles. ¡Casilda! —llamó, una vez dentro de la casa.

—Mande el patrón. ¡Qué le pasó a la señora! —se asustó la mujer al verla en brazos de Guor.

—Nada, Casilda —replicó él, con impaciencia—. Prepara un baño bien caliente para la señora antes de que se enferme.

La mujer dejó la sala a paso diligente, y Guor se encaminó hacia el dormitorio.

—Aunque, pensándolo mejor —dijo—, yo conozco una medicina que te hará entrar en calor mucho antes que un baño.

Entre los resquicios de sus párpados la alcanzó la imagen de Nahueltruz reflejada en el espejo de caballete ubicado junto a la cama. Era una imagen de él que le gustaba contemplar mientras hacían el amor: los movimientos ondulantes de su cuerpo desnudo sobre el de ella; sus glúteos, pequeños y más blancos que el resto, que se tensaban y se relajaban a un ritmo creciente; el juego de los músculos de sus piernas y de su espalda bajo la piel cobriza. También podía ver sus propias piernas, blancas, muy blancas en contraste con las de él, caídas hacia los costados en franco abandono. Le hundió los dedos en los glúteos para tenerlo aún más adentro y lo escuchó gruñir de placer. Nahueltruz la penetraba con delectación y profundidad. Él era tan magníficamente intrépido, dominante y experto.

—Te quedarás una semana más —lo escuchó decir—. No quiero compartirte con nadie, ni siquiera con tu madre. Siempre pareces dispuesta a complacer a todos excepto a mí. Una semana más.

—Sí, sí —accedió ella, apremiada por la sensación de un orgasmo inminente.

Con un movimiento rápido, Guor se recostó de espaldas y acomodó a Laura a horcajadas sobre sus piernas. Volvió a penetrarla, mientras, con sus manos, la recorría de la cintura a los pechos, le acariciaba el cuello y los hombros, descendía por su espalda. El cabello de Laura le rozaba las piernas, y sentía la energía de sus dedos que se le enterraban en los muslos. Cuando por fin el orgasmo se apoderó de ella y, con la cabeza echada hacia atrás, clamó "Nahuel, oh, Nahuel", a Guor le pareció imposible que un hombre pudiera amar a una mujer más de lo que él amaba a Laura Escalante.

Laura cayó junto a Guor, exhausta, los ojos cerrados y la boca apenas abierta. Aún sentía los latidos de su sexo que, lentamente, comenzaban a diluirse. Guor le apartó el pelo ensortijado de la cara y le besó los párpados, la nariz, los labios. Relajada por completo, ella se dejaba besar y acariciar, y sonreía con complacencia. A él lo llenaba de paz verla. Su adorada Laura, su vida, su amor, su todo.

En ocasiones, cuando las domésticas se retiraban a descansar, solían amarse en la sala, sobre la alfombra, junto a la salamandra. No encendían velas, les bastaba la luz de la luna que se filtraba por las puertaventanas, esa luz blanquecina que bañaba el cuerpo de Laura y le confería el aspecto de un hada. Ella se sentía como una diosa adorada por su súbdito más fiel. Él nunca parecía obtener bastante de ella, nunca parecía cansarse de admirarla, de acariciarla, de besarla, de amarla. La sed que ella le despertaba parecía insaciable.

—Es increíble —le susurró una noche— que después de tantos años siga amándote con locura. —Le abarcó el vientre con la mano y se acercó para decirle—: Quiero que me des un hijo, Laura.

Se colocó sobre ella, le separó las piernas y volvió a tomarla. A Laura le gustaba que Nahueltruz se apartara cuando le hacía el amor, de ese modo podía estudiarle el rostro mientras él llegaba desarmado a su clímax. Y mientras lo miraba en esa ocasión, pensó en lo que él acababa de pedirle. Fue extraño, porque, aunque dichosa, se acordó del momento más negro de su vida, de esa mañana en que dejó Río Cuarto para marchar a Córdoba recién casada con Riglos. El pensamiento se coló furtivamente y la tomó por sorpresa. Tuvo miedo y se abrazó a Nahueltruz con desesperación.

—A veces —dijo— miro hacia atrás, todos esos años vividos sin ti, cada día transcurrido, cada hora, y me pregunto cómo pude sobrellevarlos.

Después del baño, cenaron en el dormitorio. Guor leía algunos periódicos que había traído de Buenos Aires, entre ellos *La Aurora*. De una u otra forma, los artículos se referían a la delicada situación política que no había cambiado desde que dejaron la ciudad; se trataba de la misma tensión entre el gobierno nacional y el provincial por imponer sus candidatos para las elecciones presidenciales del año siguiente.

—¿Ya cerraste el sobre con la carta para Agustín?

—Aún no —respondió Laura.

—¿Le dices que estamos juntos?

—Sí. Se pondrá muy feliz cuando lo sepa.

—Si le cuentas de lo nuestro, entonces no lo sorprenderá encontrar unas palabras mías después de las tuyas. Quiero informarle acerca del permiso para visitar a mi tío Epumer.

Laura dejó la silla, buscó la carta en su mesa de noche y se la pasó a Guor.

—¿A quién más le contaste acerca de lo nuestro?

—A mi prima Eugenia Victoria y, por supuesto, María Pancha sabe todo. Quisiera contárselo a todo el mundo, gritarlo para que todos escuchen.

—¿Por qué no lo haces? —quiso saber Guor, y Laura tardó en responder.

—Porque tengo miedo de que vuelvan a lastimarnos. Quiero que todos sepan, pero también quiero preservarlo de la malicia que me rodea.

Guor la contempló extrañamente, en silencio. Inclinó la cabeza y siguió leyendo.

—Roca y Tejedor están sacándose los ojos por conseguir el apoyo electoral de las provincias —comentó, sin apartar la vista de *El Mosquito*.

Laura permaneció callada y no se atrevió a mirarlo. Era la primera vez que se deslizaba ese nombre entre ellos.

—Saturnino Laspiur renunció a su cargo de ministro del Interior.

—¿De veras? —dijo ella, sin ánimo.

—Un golpe de suerte para Roca. Lo interesante será ver a quién ponen en su lugar. Escucha lo que le escribió Laspiur a Avellaneda en la renuncia. "Veo a usted alejado hoy de aquella política que restableció la confianza y la seguridad general, después de desarmar un partido que pretendía derrocarlo, y le veo contemplando impasible la tempestad que puede otra vez arrasarlo todo, lanzando al país en la guerra civil con sus fatales consecuencias. Le veo más impasible tolerando y dejando hacer a los que pretenden dar a usted un sucesor resultado de la violencia o imposición a la fuerza".

—¿Acaso los que defienden la candidatura de Tejedor no pretenden imponerla con violencia y a la fuerza igualmente? —se quejó Laura.

Guor levantó la vista y la contempló de un modo indescifrable, pero no hizo comentario alguno. Siguió leyendo en silencio y Laura simulando comer.

—Mañana por la noche —habló Guor—, habrá una velada en el teatro Politeama, donde, según dice este artículo, se lanzará formalmente la candidatura de Roca. Por los nombres que se barajan, lo apoya gran parte de la sociedad. Esto está convirtiéndose en un nido de víboras —dijo al cabo, sin mostrar visos de preocupación o condena.

Dejó de lado *El Mosquito* y tomó *La Aurora*. Repasaba las páginas con reconcentrada atención, y a Laura le pareció notar que su gesto se endurecía. Un momento después, se puso de pie, haciendo temblar la pequeña mesa, provocándole un sobresalto. En un tono estudiado que denotaba la rabia sofrenada, dijo:

—Ya se habla de la repartija de las tierras del sur. No te quepa duda de que las utilizarán como medio para sobornar a quien haga falta para conseguir votos. Me pregunto con cuántas leguas se quedará tu querido general Roca.

—No es mi querido general Roca —protestó Laura, entre nerviosa y enojada.

—No es lo que comentan los de tu círculo —repuso él—. No es lo que a uno le parece después de leer *La Aurora*, que se muestra tan a favor de su candidatura —añadió, blandiendo el diario en el aire.

Lo arrojó al suelo, pero Laura no trató de levantarlo. Le temía cuando perdía la calma porque lo sabía capaz de lastimarla profundamente.

—Mario Javier es el director de la editora y cuenta con la mayor independencia para manejarla.

—¡Vamos, Laura! No me tomes por lo que no soy. La dueña de la editora eres tú y, si no contara con tu aprobación, Mario no escribiría siquiera la fecha en el periódico.

—*La Aurora* no apoya a ninguna candidatura —tentó—. Se mantiene neutral.

—¡Neutral! ¿Llamas a este artículo neutral? —la increpó, y, recogiendo el periódico del piso, lo echó sobre la mesa.

Laura lo tomó con manos inseguras y leyó rápidamente un párrafo que condenaba la creación de ejércitos provinciales, una de las ideas de Tejedor.

—No encuentro parcialidad en este artículo —objetó—. La creación de un ejército de la provincia de Buenos Aires iría en contra de la Constitución Nacional, y eso es lo que Mario está condenando.

—No es momento para hacerse el constitucionalista —replicó Guor—. Estás con ellos o contra ellos. Y, por lo que se trasluce, *La Aurora* está con Roca. No por nada apedrearon la fachada de la editora.

—Eso fue con motivo de un artículo que denostaba la creación del Tiro Nacional, una idea aberrante que muchos desaprobaron, incluso aquellos que no están a favor de la candidatura de Roca. En *La Aurora* —retomó, con mayor compostura— escriben personas de todas las agrupaciones. Recientemente Rufino de Elizalde ha aceptado una columna política, y él es del Partido Nacionalista que apoya a Tejedor. También Sarmiento a veces acepta escribir para *La Aurora*, al igual que Aristóbulo del Valle. De todos modos, le pediré a Mario Javier que acentúe la neutralidad del periódico —añadió, pero Guor parecía no conformarse.

Se había ido junto a la ventana; se mantenía alejado y en silencio. Laura no hablaba por temor a decir algo que lo importunara y abriera viejas heridas. No le gustaba temerle, pero le temía. Nahueltruz había reaccionado mal en el pasado y seguía haciéndolo después de tantos años, a pesar de sus evidentes pruebas de amor. Apartó el periódico y trató de conciliar.

—Nahuel, por favor, dejemos de lado la política y las cuestiones de gobierno. ¿Qué nos importan a nosotros? No permitas que arruinen este momento que compartimos. Ha sido tan maravilloso.

Guor se volvió bruscamente y disparó sin preámbulos:

—¿Fuiste la amante de Roca?

Laura no respondió de inmediato. Los ojos irascibles de él parecían haberla privado de toda voluntad.

—No, no lo fui —respondió un momento después con bastante aplomo.

Más tarde, cuando las velas se habían extinguido por completo, Laura y Nahueltruz permanecían despiertos en la cama, conscientes de que el otro no dormía. Evitaban tocarse. Laura se había recostado casi al borde y le daba la espalda. Nahueltruz, con los brazos a modo de almohada, horadaba la oscuridad y se mantenía atento a cualquier sonido de ella.

Laura meditaba con angustia que le había mentido cuando debió decirle la verdad. Después de todo, ella había tenido tanto derecho como él de volver a ser amada; más derecho aún porque lo había creído muerto. Pero la verdad simplemente estaba fuera de discusión. Hablarle con franqueza habría significado enfrentar una ruptura. Ella conocía demasiado la profundidad de su resentimiento para decirle la verdad. Sus antiguos complejos habrían aflorado con la fuerza de los tiempos en que había sido un indio marginado. Laura decidió que, si era necesario, con la mentira lo defendería de él mismo y preservaría su amor, lo único que contaba.

Guor comprendía que había actuado como un patán. Había desconfiado de ella, sentimiento imperdonable en una relación como la que mantenían. Sin embargo, Laura siempre le suscitaba desconfianza. Así había sido en el pasado y así era en ese momento. Resultaba difícil evitarlo. Había tantos hombres relacionados con ella; la lista parecía interminable: Hilario Racedo (el cachondo y maldito Racedo); Alfredo Lahitte, su antiguo prometido, que aún la cortejaba; el doctor Riglos, que había terminado por arrebatársela, dejándolo perplejo de dolor; Ventura Monterosa, dispuesto a batirse a duelo, que aún vagaba por el mundo en su eterno *grand tour* suspirando por el amor no correspondido; el tal Cristián Demaría, que, a pesar de estar comprometido con otra, la miraba con cara de babieca; y por último, el general Roca, el maldito general Roca, el exterminador de su pueblo. En realidad, de todos, era Roca quien lo inquietaba y le atizaba los celos, pues, aunque le revolviera las tripas admitirlo, lo sabía un digno adversario. Poseía tal donaire, tal reciedumbre en su mirar, que lo revelaban como un hombre inteligente y determinado, valiente, no en el sentido romántico del término sino en uno más frío y calculador; un hombre feroz. Un hombre capaz de cautivar a una mujer tan peculiar como Laura. Que él la miraba con ojos de cazador no cabía duda; en cuanto a ella, su actitud era inextricable.

Laura se movió delicadamente y le rozó la pierna sin intención. Ese fugaz, casi imperceptible contacto agitó las entrañas de Nahueltruz y lo rescató de sus lúgubres pensamientos. Cerró los ojos y la desnudez de Laura se dibujó en la oscuridad de su mente, y, como si la tocara, fue recordándola: su tobillo, sus piernas desnudas, el hueso delicado de su rodilla y también sus muslos, su monte de Venus, apenas cubierto por ese vello castaño que él nunca se cansaba de besar y explorar; su vientre, siempre palpitante cuando estaba excitada, y la curva de su cintura. La conocía exhaustivamente, podía detallar cada centímetro de su piel.

Estiró la mano y la apoyó sobre la cadera de Laura. Ahí la dejó a la espera de una reacción, pero ella, aunque no hizo ademán de rechazarlo, se mantuvo quieta y en silencio. Guor se movió hacia el costado y le pegó el cuerpo a la espalda; la rodeó con sus brazos y le susurró:

—Los celos están volviéndome loco.

—No te he dado motivos para sentirlos.

—Sí —replicó él, y su respuesta surgió con la cadencia de una súplica—. Siempre me das motivos.

—Te resulta fácil pensar mal de mí. Es ya una costumbre entre nosotros —remarcó.

—Las circunstancias estuvieron siempre en nuestra contra.

Laura habría querido decirle que desde un principio habían sabido que él, por indio, y ella, por cristiana, se verían obligados a enfrentar la hostilidad de la gente, en especial la de su entorno. A ella, sin embargo, nada la había amedrentado. En medio de la incertidumbre, el claro e inequívoco deseo de ser la mujer del cacique Nahueltruz Guor había operado como vela de tormenta. Pero no habían estado unidos. Una grieta que, desde el comienzo, los había debilitado, permitió a sus enemigos ganar la batalla: la desconfianza de Nahueltruz. Tiempo más tarde, su resentimiento hizo que esa grieta fuese aún más profunda e infranqueable. Si él no hubiera dudado de su amor, si no hubiera albergado tanto rencor después de lo sucedido en Río Cuarto, le habría hecho saber que aún estaba vivo y adónde se encontraba, y ella habría corrido a su lado abandonando a su esposo y a toda su familia para siempre.

Pero Laura no dijo nada de esto y tras dominar las ganas de llorar, exclamó:

—¡Oh, Nahuel! Si por un instante pudieras penetrar mi corazón y darte cuenta de que sólo hay amor para ti. ¿Es que acaso no me conoces? ¿Qué debo hacer para que creas en mí? Si yo pudiera cambiar tu naturaleza incrédula… —dijo, con desánimo.

—Sería una grave afrenta para mí si entre Roca y tú hubiera habido algo —expresó él, sordo a las palabras de ella—. No con él, Laura, no con él —repitió en un murmullo de furia mal contenida.

—Shhhh. No hables más —pidió ella, y se dio vuelta para encontrarlo en la oscuridad.

Le tocó la cara como el ciego que reconoce a quien tiene enfrente. Sus manos supieron que Guor tenía los ojos cerrados y los labios entreabiertos. Ese contacto parecía haberlo apaciguado, porque enseguida se escuchó su respiración regular y moderada. Laura siguió el contorno de sus labios con el índice hasta introducirlo en su boca. Guor lo mordisqueó y succionó delicadamente, y ajustó sus brazos en torno a ella para pegarla aún más a su cuerpo.

—Ámame, Nahuel. Ya no me reclames más. Sólo ámame.

CAPÍTULO XXIII
Meeting político

Los defensores de Roca trabajaban denodadamente para imponer su candidatura, al tiempo que achacaban la tensa y compleja situación al presidente Avellaneda, que, a pesar de simpatizar con su ministro de Guerra, actuaba con blandura y tibieza. El presidente se justificaba diciendo que una política basada en la dureza terminaría por provocar un derramamiento de sangre. A esto respondían los roquistas que no eran ellos quienes planteaban una postura inflexible sino los tejedoristas.

La polémica "Liga de Gobernadores", que Juárez Celman, concuñado de Roca, y otros políticos, en especial Simón de Iriondo, el gobernador santafesino, habían montado tan magistralmente, se convertía día a día en el puntal más firme para el triunfo sobre Tejedor y Laspiur, que ya habían lanzado su candidatura oficialmente. En Buenos Aires, los roquistas contaban con el apoyo de los autonomistas de Alsina, entre ellos Carlos Pellegrini y Dardo Rocha, y de poderosos terratenientes como Antonio Cambaceres y Diego de Alvear. La fracción del autonomismo conocida como "lírica", capitaneada por Martín de Gainza, simpatizaba con Tejedor, como también el mitrismo. En cuanto al interior del país, la única provincia que apoyaba a Tejedor era Corrientes, con el gobernador Valentín Virasoro a la cabeza. No obstante, el hecho de contar con Buenos Aires resultaba suficiente incentivo: casi la mitad de los electores pertenecía a esta provincia.

Las decisiones que tomaban una y otra parte llevaban a suponer que el enfrentamiento armado sería, en última instancia, lo que definiría la contienda. Los ejércitos populares de Buenos Aires seguían creciendo y realizando sus ejercicios en algunas calles de la ciudad. Las mujeres donaban joyas y los hombres fuertes sumas de dinero para comprar pertrechos. Como ofensiva, Roca mandó llamar a varios regimientos y batallones que ocuparon la ciudad de tal modo que parecían haberla sitiado.

Se denunció que el gobierno nacional enviaba tropas y proveía de armas y municiones a aquellas provincias donde se sospechaba una posible rebelión. Sarmiento, en su conocido estilo histriónico y desenfrenado, hablaba de "diez mulatillos" que, desde los gobiernos provinciales, pretendían imponerle un presidente a la República. Las principales calles de la ciudad amanecían cubiertas de libelos que enardecían los ánimos en contra de Avellaneda y de Roca. La mañana de la fiesta en el Politeama, en la cual se anunciaría oficialmente la fórmula Roca-Madero, un panfleto exigía la renuncia del general a su cargo de ministro de Guerra y Marina.

Otros proponían como salida alternativa elegir a un candidato de conciliación, ni Roca ni Tejedor, sino alguien neutral. Se barajaron los nombres de Juan Bautista Alberdi, que acababa de regresar de Europa, de Vicente Fidel López, de Bernardo de Irigoyen, de Rufino de Elizalde, de Rawson, de Gorostiaga. Cuando se le mencionaba esta posibilidad, Roca decía que él no disponía de su candidatura sino sus electores; éstos, por su parte, se oponían a respaldar otra candidatura que no fuera la de él. Los adeptos a Tejedor respondían que jamás lo reconocerían como presidente de la República, y así todo regresaba al punto de origen.

Aunque mostraba su aire más reposado y seguro, Roca albergaba dudas que minaban su determinación. En una carta le escribió a su concuñado Juárez Celman: "La guerra civil, que me horroriza porque nos hará retroceder veinte años, se nos viene, amigo, inevitablemente". En este estado de ánimo, el general se atavió cuidadosamente y partió, junto con su mujer Clara, a la velada del Politeama. A la entrada del teatro lo recibió una fuerte custodia de soldados, que se extendía por toda la cuadra. Los "rifleros" habían estado repitiendo la frase "¡Muerte a Roca!" demasiado frecuentemente para dejar las chances libradas al azar.

Los soldados se cuadraron y exclamaron al unísono: "¡Buenas noches, mi general!", como si lo hubieran ensayado el día entero. Entre la tropa, su prestigio era indiscutido. Roca se había granjeado la admiración y el respeto de la soldadesca como también la de los oficiales con el correr de los años, pero no cabía duda de que la expedición al desierto había servido para consolidar la posición que ostentaba en ese momento. Además, como ministro de Guerra y Marina había incorporado cambios en el ejército para promoverlo y mejorarlo; le había devuelto el prestigio que, como institución, había ido perdiendo a lo largo de los revoltosos años de la guerra entre unitarios y federales.

Respondió al saludo y les concedió una mirada suavizada y benevolente que jamás habría usado en el cuartel. Como solía recordarse, gran parte de lo que tenía se lo debía a sus fieles chinos, como él los llamaba. Posiblemente, terminaría por deberles también la presidencia de la República. Entró de mejor ánimo al salón. Allí lo recibió una oleada de vítores y aplausos, seguido por apretones de manos y palmadas en la espalda y toda clase de comentarios y saludos. Algunas personalidades presentes en la fiesta del Club del Progreso no se encontraban en el Politeama, entre ellos Sarmiento. Roca estudió los semblantes de quienes lo saludaban tan calurosamente y trató de vislumbrar las verdaderas intenciones que escondían. Pensó también en los favores que tendría que devolver una vez instalado en la Rosada. El *métier* de político era, por lejos, el más difícil que le había tocado llevar a cabo.

Se encontró con amigos, Gramajo, Fotheringham y Wilde, y de inmediato buscó su compañía. El coronel Mansilla se acercó a saludarlo y Roca, mientras le devolvía el apretón de mano con cordial sonrisa, pensaba: "Ni pienses que te daré el Ministerio de Guerra y Marina; no a un extravagante como tú, Mansilla". Se aproximó Paul Groussac y, en un estilo parco y directo que agradó al general, le pidió una entrevista para *Le Courrier de la Plata*. Acordaron la fecha y el escritor francés, luego de una breve venia, se retiró junto con Mansilla.

—Se comenta —dijo Gramajo— que Tejedor va a renunciar a su candidatura para no poner en riesgo la paz del país.

—¡Qué hecho tan enaltecedor! —proclamó Wilde sarcásticamente.

—¿Esperará que yo haga lo mismo? —se preguntó Roca, y sonrió con malicia.

—Es un irresponsable —acotó Fotheringham—. Su movida conseguirá lo opuesto, es decir, atizar aún más los ánimos, incrementar la violencia.

—Él lo sabe bien —manifestó el general—. Es, justamente, lo que desea alcanzar para después endilgarme la culpa. Su estrategia es clara: el desprestigio. Presentarme como el monstruo que destruirá Buenos Aires fue un hábil recurso. Los porteños escuchan hablar de mí con el mismo horror con que lo haría una beata si de Lucifer se tratase. Ahora me pregunto, ¿cómo pueden los porteños tragarse semejante infamia? ¿Con qué objeto me convertiría en el destructor de la provincia más importante y rentable del país? ¿De qué modo podría despojarla de su supremacía que no es política sino geográfica e histórica?

En contadas ocasiones Roca expresaba sus dudas y conflictos de manera tan abierta. Era evidente que se sentía entre amigos. Cuando el grupo comenzó a hacerse numeroso, volvió a refugiarse en su consabida parquedad y se dedicó a escuchar al resto. Sus adeptos no eran pocos ni carecían de prestigio y poder. Contaba con hombres de estirpe y fortuna como Diego de Alvear, Saturnino Unzué, Carlos Casares, Benjamín Victorica y otros. Lo desalentaba que una personalidad como Bartolomé Mitre, a quien admiraba desde sus años mozos, se mostrase tan contrario a su candidatura. Sarmiento no le provocaba el mismo desencanto porque sabía que lo denostaba no por estar en desacuerdo con su ideología sino porque ansiaba ocupar la Rosada de nuevo; sus motivaciones eran mezquinas.

En otro sector del salón, un grupo de jóvenes comparaba a ambos candidatos, exaltando las bonanzas de uno y remarcando las falencias del otro. Estanislao Zeballos tenía la palabra.

—El general Roca —decía— representa las ideas nuevas y reformistas, las que van de acuerdo con el progreso que se impone en el mundo entero. Quiere superar los pleitos del pasado que imposibilitaron que nuestro país se consolidara. Tejedor y su gavilla de carcamanes constituyen la vieja guardia, la que se aferra a concepciones que seguirán perpetuando los problemas que tanta sangre nos costaron. ¿Para qué? ¿Con qué objeto?

—Con el objeto —habló Mario Javier— de mantener el control sobre los ingresos aduaneros y de no hacer participar al resto del país en ellos. Quizás el común de los porteños esté motivado por ideales románticos incitados por los mentores del conflicto, que, en realidad, luchan por cosas menos loables y más mundanas.

—¿Qué opina usted, doctor Zeballos? —habló Miguel Cané, un joven abogado y periodista que congeniaba con Mario Javier—. ¿Es posible que triunfe Tejedor?

—Lo dudo. De todos modos, no debemos soslayar la posibilidad del fraude electoral. —Zeballos esbozó un gesto elocuente y lanzó un suspiro antes de agregar—: Ya sea que gane el general Roca o el doctor Tejedor, lo cierto es que la guerra entre uno y otro bando resulta más que probable.

—Otra vez la vieja cantinela de unitarios y federales de la cual tanto hablan nuestros abuelos y padres —se quejó Cané—. Una guerra que dilapidó la riqueza del país y trastornó el orden.

—La verdad, Miguel —opinó Mario Javier—, es que desde 1810 no ha existido demasiado *orden* en la Argentina. Nos ha costado como sociedad conjurar la anarquía en la que fácilmente caemos. No hemos logrado ponernos de acuerdo ni siquiera después de las armas. Me avergüenzo como argentino —apostilló.

—Estados Unidos, en cambio —apuntó Pedro Palacios, un polémico escritor de veinticinco años, que usaba el seudónimo Almafuerte—, terminó sus controversias internas con una guerra que duró como mucho cuatro años y que, si bien es cierto provocó muchísimas bajas y pérdidas, en especial en los ejércitos del sur, dejó resueltas las cuestiones entre los adversarios. Ganó el norte y punto. Ahora el país se apresta para seguir adelante.

Almafuerte, que escribía para *El Pueblo*, diario montado por Roca para defenderse y contraatacar a *El Mosquito* y a *La Nación*, había publicado recientemente un artículo acerca de la guerra de Secesión en los Estados Unidos al cual Mario Javier había prestado especial atención, interesado en el paralelo que Palacios establecía entre la Argentina y el país del norte.

—Luego de leer su artículo —se dirigió Mario a Almafuerte—, me dediqué a investigar. No se crea, Palacios —apuntó—, que en los Estados Unidos se han resuelto *todas* las cuestiones ríspidas entre norte y sur. La liberación de los negros sigue siendo un tema candente. Hay grupos de sureños que se dedican a matar a los negros liberados.

—Por supuesto que nada es tan concluyente como sería deseable —admitió Almafuerte—, pero lo que quiero apuntar es que no creo que Estados Unidos esté pensando en iniciar otra guerra para solucionar los mismos problemas de años atrás. Los argentinos, en cambio, sí.

—Me comentaron recientemente —dijo Zeballos a Mario Javier— que usted fue cautivo de los ranqueles de Mariano Rosas.

—Es cierto —respondió, sin ocultar que no ahondaría en el tema por más interesado que pareciera el resto.

—He comenzado una nueva investigación —prosiguió Zeballos—. Pienso escribir acerca de los indios del sur. Si usted me hiciera el honor de venir a mi estudio, donde podría contarme su experiencia entre los salvajes y yo tomar notas, se lo agradecería profundamente. Sería un aporte invaluable para mí.

El doctor Zeballos no provocaba una buena impresión en Mario Javier, aunque admitía que el rosarino poseía una inteligencia notable y que su futuro se perfilaba como brillante. El año anterior había publicado *La conquista de quince mil leguas*, que la señorita Laura se había negado a publicar y que había servido como base para la campaña de Roca. Con apenas veintitantos años, se había convertido en el primer presidente del Instituto Geográfico Argentino. A pesar de estos antecedentes, Mario no disfrutaba de su compañía, la vanidad de Zeballos lo distanciaba de él.

—Debe de haberse tratado de una experiencia abominable.

—No es así como la recuerdo —indicó Mario.

—¿No contamos esta noche con la exquisita presencia de su patrona, la viuda de Riglos? —preguntó Zeballos, tras una incómoda pausa.

—No —respondió Javier, sin preocuparse por negar que la señorita Laura era la dueña de la editora. Media Buenos Aires lo sabía.

—Me pregunto qué le habrá sucedido —insistió Zeballos—. Ella se muestra afecta a este tipo de acontecimientos sociales.

—Está de viaje.

—Ah, de viaje. Tampoco veo —prosiguió Zeballos, mirando en torno— al señor Rosas, que tan oportuno fue en ocasión del ataque de Lezica. ¿Estará él también de viaje?

—¿Es cierto —preguntó Cané a Zeballos— que te presentarás en las próximas elecciones para diputados?

La conversación regresó a la controversia política y nadie volvió a mencionar a la viuda de Riglos o al señor Rosas. Mario Javier, sin embargo, siguió preguntándose si la coincidencia remarcada por Zeballos sería tal.

La celebración en el Politeama, según sus organizadores, fue un éxito. Se bebió, se comió, se conversó, se bailó y se leyeron panegíricos que los invitados aplaudieron calurosamente. De regreso en su casa, mientras se deshacía del uniforme de gala, Roca contempló a Clara, que se cepillaba el pelo sentada sobre la cama. No cruzó palabra con ella durante la velada. Los había separado el gentío a la entrada y no habían vuelto a encontrarse. Él, sin embargo, la había visto de lejos conversando con María del Pilar Montes, esposa de Demetrio Sastre, uno de sus más fervientes adeptos, y con Iluminada Montes, la mujer de otro roquista, Bonifacio Unzué, ambas primas hermanas de Laura. "¡Qué ironía!", exclamó para sí.

—Espero que hayas pasado un momento agradable.

Clara, sin levantar la vista, dijo que sí.

—Estuviste gran parte de la noche con la mujer de Bonifacio Unzué y con la de Demetrio Sastre.

—Iluminada y María del Pilar Montes —indicó Clara, que condenaba la costumbre del general de llamar a sus amigas "la mujer de" como si, al contraer matrimonio, perdieran su identidad original.

—¿De qué hablaron?

Clara lo miró fijamente. Su esposo no era de aquellos que preguntaban por el simple hecho de entablar conversación intrascendente. Si preguntaba era porque algo quería saber.

—De nuestros hijos —respondió vagamente; después, añadió—: Ellas hablaron mucho de su sobrina, Pura Lynch.

—¿La que se iba a casar con Lezica? —Clara asintió—. Acertado comportamiento el de la señora Riglos que la salvó de un bígamo. Por cierto —dijo, en tono casual—, me parece que no estaba esta noche entre los invitados. Me extraña. Siendo prima de los Unzué y de los Sastre, creí que la invitarían.

—Está de viaje.

—Ah.

—Sus primas me dijeron que viajó a Córdoba para finiquitar un asunto del general Escalante. La venta de la casa.

Clara siguió cepillándose, pero un destello de malicia en su mirada despertó la curiosidad de su esposo.

—¿En qué estás pensando?

—En un comentario que me hicieron Iluminada y María del Pilar.

—¿Acerca de la viuda de Riglos?

—Sí. Sospechan que entre ella y el señor Lorenzo Rosas, el amigo de ese francés Beaumont, existe algo más que una simple amistad. Rosas también desapareció misteriosamente de Buenos Aires —dijo, al cabo.

—Con primas como ésas, quién necesita enemigos —sentenció Roca.

—No te equivoques, Julio. María del Pilar e Iluminada quieren mucho a su prima Laura. Reconocen que es una mujer generosa y entrañable, en especial con sus sobrinos. Simplemente, no aprueban sus costumbres inmorales. El nombre de la viuda de Riglos siempre está asociado al escándalo. Tú ya deberías saberlo, querido —apostilló, con marcada intención—, y eso afecta la reputación de la familia Montes.

—No entiendo por qué. Nadie pensará mal de la señora de Unzué o de la de Sastre porque la señora Riglos se ocupe de dejar bien en claro que la tienen sin cuidado las convenciones sociales. Cada uno responde por su comportamiento. De todos modos, no veo dónde está el escándalo cuando la señora Riglos es viuda y el señor Rosas, según entiendo, un hombre sin compromisos.

—¡Julio! —se escandalizó Clara—. Te digo que han desaparecido juntos, y no están casados.

—Nadie sabe a ciencia cierta que hayan desaparecido juntos.

—Dolores Montes, la tía de la señora Riglos…

—Sí, la conozco —aseguró el general—. Un vejestorio con olor a convento.

—¿Sabías que, semanas atrás, la viuda de Riglos la echó de la Santísima Trinidad y que ha debido pedir asilo en lo de su hermano Lautaro Montes, el padre de Iluminada y María del Pilar?

—No tenía la menor idea —aceptó Roca—. Aunque debo decir que no me sorprende. En las contadas oportunidades en que estuve en la Santísima Trinidad, fui testigo de la inquina que existe entre la señora Riglos y Dolores Montes.

—¡Pobre mujer! A sus años tener que dejar la casa donde se crió a causa de los caprichos de una mujer sin moral ni principios.

Roca comenzó a quitarse las mancuernas y la camisa. Clara, que había esperado una reacción de su esposo, lo miró de soslayo y juzgó impenetrable su gesto.

—Te decía —prosiguió— que Dolores Montes asegura que su sobrina, la viuda de Riglos, está medio comprometida en matrimonio con un lord inglés que llegará desde Europa en pocos días para llevársela.

Roca le dio la espalda porque sabía que su semblante estaba reflejando lo mal que le había caído la noticia, y Clara lo habría advertido. Pocas dudas le quedaban de que Laura había reiniciado sus amoríos con el indio Guor. A pesar de que, en contra de su índole, la noticia le provocaba celos, el hecho de que no fuera una sorpresa morigeraba el padecimiento. No podía quejarse cuando él mismo les había allanado el camino hacia el reencuentro. La noticia del lord inglés, en cambio, era, además de inopinada, alarmante: venía a llevársela. Quería llevarse a Laura a latitudes que podían significar no volver a verla. Esta idea lo espantó. Laura, además de su amante, se había convertido en una gran amiga y confidente con quien habría podido contar en cualquier circunstancia. Se conformaba con verla, con charlar con ella, tocarla quizá mientras bailaban un vals. Incluso todavía albergaba esperanzas de volver a tenerla en la casa de la calle Chavango.

—¿Medio comprometida? —preguntó, tratando de sonar desapegado—. Uno *está* o *no está* comprometido. ¿Qué es eso de medio comprometida?

—Un arreglo bastante inusual, como todo lo que concierne a la viuda de Riglos. Para la época en que el lord la pidió en matrimonio, Riglos acababa de morir y no se consideró apropiado anunciar el compromiso en esa oportunidad. Dejarían pasar dos años, el lord regresaría a Buenos Aires, y entonces reclamaría sus derechos sobre ella.

"Nadie tiene derechos sobre Laura", rumió el general con cierta amargura. "Se trata de una criatura con un sentido proverbial de la libertad. Si la privaran de ella, perecería de tristeza."

—De todos modos —continuó Clara, bastante conforme con la indiferencia de su esposo—, se trata de un asunto secreto que la viuda de Riglos desea mantener dentro de los confines de la Santísima Trinidad.

Roca se dio vuelta y la miró con ese gesto entre furioso y divertido que tanto la asustaba porque no sabía a qué atenerse.

—¿Quién es, entonces, la mujer sin moral ni principios? —dijo, por fin.

—¿A qué te refieres, Julio?

—Si la señora Riglos quería mantener lo de su compromiso en privado, ¿por qué Dolores Montes lo ventila sin consideración? Dar a conocer un secreto es de las infamias más graves que conozco. Eso se llama traición. Insisto, ¿quién es, entonces, la mujer sin moral ni principios?

—Se tratará de un mal de familia —especuló Clara.

CAPÍTULO XXIV

El retrato a la carbonilla

De nuevo en la Santísima Trinidad, Laura se encontró con varias novedades, entre ellas que Pura había vuelto a casa de sus padres. Según la versión de María Pancha, el propio José Camilo Lynch había ido a rogarle. Doña Luisa parecía inconsolable hasta que Pura le prometió volver a diario. La visitaba por la tarde, escoltada por una sirvienta y el cochero, que la aguardaban en la cocina. Sentado a la mesa de doña Luisa siempre estaba Blasco Tejada. Al final de la tarde, cuando Pura debía regresar, la anfitriona los dejaba a solas en el comedor. Apenas desaparecía doña Luisa, Blasco tomaba entre sus brazos a Pura y la llenaba de besos y volvía a declararle su promesa de amor eterno. Pura se dejaba besar y abrazar, respondía a las promesas con el mismo fervor, pero enseguida lo obligaba a volver a su sitio para conversar. Quería conocerlo exhaustivamente. Quería hablar del futuro. Le gustaba que Blasco hubiera decidido empezar a estudiar leyes.

—Creo que regresaré a vivir con Lorenzo —le confesó una tarde.

—¿Por qué?

—Él me lo ha pedido tantas veces, Pura. Yo le debo tanto a él. Le debo todo lo que soy. Además, si regreso a su casa, podré ahorrar gran parte de lo que gano en la editora. Así, cuando nos casemos, contaremos con algo para empezar. No será mucho…

Pura apoyó su pequeña mano sobre los labios de Blasco para acallarlo.

—El dinero es importante —expresó—, no soy tan ingenua para creer que no lo es. Pero lo que más deseo es que seas feliz. Quiero que regreses a casa del señor Rosas únicamente si eso te hace feliz.

—Amor mío —susurró Blasco, conmovido—. Sí, me hace feliz que Lorenzo sea feliz. Él sufrió enormemente toda su vida. Me gustaría que algún día viviese lo que yo vivo ahora gracias a ti.

—Estoy enamorada de usted, señor Tejada, por muchas cosas, pero a medida que conozco más profundamente su noble corazón, creo que todo el amor que siento no cabría en el mundo entero.

Más allá de que a José Camilo Lynch no lo complacía el festejante de Pura —su hija merecía poco menos que un aristócrata europeo, tal como la hija mayor de Eduarda Mansilla—, había permitido que cenara dos veces en la mansión. A diferencia de Eugenia Victoria, que lo trataba con dulzura entrañable, Lynch prácticamente no le dirigía la palabra y se limitaba a observarlo y a ponerlo nervioso. Blasco, sin embargo, mostraba una conducta ecuánime que terminó por granjearse la simpatía de Lynch. En la última ocasión, en el momento del café, se dignó a preguntarle cuándo comenzaría sus estudios en leyes y si estaba interesado en trabajar en un bufete.

—Las relaciones sociales son indispensables en esa profesión —indicó Lynch—. Y usted, señor Tejada, carece absolutamente de ellas. Si se desempeñara junto a algún prestigioso letrado desde joven, podría cultivar amistades que serían sumamente valiosas para su futuro bufete. Porque, imagino, usted aspira a tener su propio bufete, ¿verdad?

Blasco, que ni siquiera había empezado, agitó rápidamente la cabeza en señal de asentimiento.

—Sí, claro, señor.

—Pues bien —continuó Lynch—, yo podría pedirle a algunos de mis amigos que consideren una posición para usted. ¿Qué le parece? —preguntó en un tono que no aceptaba otra respuesta excepto la que ofreció Blasco:

—Me parece excelente, señor.

—Supongo que su tutor se habrá ofrecido a costear sus estudios, ¿no?

—Sí —respondió Blasco—. El señor Rosas ha prometido hacerlo.

Mientras desempacaba los baúles de Laura, María Pancha también le contó que, días después del banquete en el Politeama, cuando Roca compareció en el Congreso para rendir cuentas de los gastos de la campaña del desierto, trataron de matarlo. Laura se llevó la mano a la boca para ahogar un grito de espanto. Más tarde, de visita en la editora, Mario Javier la puso al tanto de los pormenores. Después de la sesión de rendición de cuentas, en la cual ni sus más acérrimos detractores pudieron cuestionarlo, tan clara y minuciosa había sido, Roca dejó el Congreso usando un coche distinto del que lo había llevado. La turba enardecida que lo esperaba afuera se abalanzó sobre el landó donde creía que viajaba el general. Sin duda, lo habrían matado de encontrarlo dentro. Laura decidió que iría a visitarlo.

La otra novedad importante era la llegada de lord Leighton, que había telegrafiado desde Río de Janeiro informando que tocaría el puerto de Buenos Aires el 10 de agosto. Faltaban sólo tres días. El telegrama advertía que lord Leighton no llegaba solo sino acompañado por su hermana, lady Pelham. Avisaba además que se alojarían en el hotel Victoria, frente a la plaza, donde un empleado de lord Leighton había hecho reservaciones.

—De ninguna manera —expresó Magdalena—, lord Leighton y su hermana se alojarán en la Santísima Trinidad, como habíamos previsto. Durante semanas he preparado la casa para recibirlo. Que venga con su hermana no es excusa para que no se quede aquí. Para ella, prepararemos la habitación que era de Dolores, que es más acogedora y calentita que la otra de huéspedes. Mandaré enviar un telegrama ahora mismo a Río de Janeiro para avisarles que los esperamos en la Santísima Trinidad. Entiendo —dijo, con acento solemne— que lady Pelham es una mujer de gran prestigio en la sociedad inglesa. Tu padre me dijo una vez que su esposo, Henry Pelham, pertenece a una familia de gran alcurnia. Algunos de sus miembros han formado parte del gobierno. Uno de ellos fue primer ministro, que es como decir presidente aquí. El cuñado de lady Pelham, hermano mayor de Henry, es el duque de Newcastle. ¡Lady Pelham es amiga de la reina Victoria! —exclamó, más con espanto que con admiración—. Como ves, Laura, lidiaremos con gente del más alto rango, acostumbradas al boato y al protocolo. Debes causar una buena impresión a tu futura cuñada —ordenó, y, antes de marchar deprisa a los interiores de la casa, dijo—: El doctor Pereda y yo hemos decidido postergar nuestro viaje de bodas hasta que tú y lord Edward partan hacia Inglaterra.

—Se ha puesto muy inquieta a medida que se aproxima su boda —explicó María Pancha, mientras contemplaba la figura de Magdalena desvanecerse en la penumbra del corredor—. La llegada de lord Leighton y de su hermana, la amiga de la reina de Inglaterra —acotó con malicia—, la tiene más nerviosa de lo que yo esperaba. Tu repentino viaje a Córdoba la ha fastidiado hasta el punto de tenernos a todos en vilo con sus exigencias y protestas. Una tarde echó con cajas destempladas a tu tía Dolores cuando hizo el intento de regresar mientras tú estabas en Caballito.

A Laura le costaba imaginar a su madre tan alterada, menos aún discutiendo con su hermana mayor a quien siempre había temido.

—¿Tía Dolores trató de regresar?

—Quizá —reflexionó María Pancha—, tu tía pensó que si volvía a instalarse en la Santísima Trinidad mientras tú te ausentabas, a tu regreso no tendrías corazón para echarla de nuevo.

—Quizá tenía razón —admitió Laura—. No me gusta ver al abuelo Francisco tan caído.

—El amor siempre nos vuelve compasivos —meditó María Pancha—. ¿Cómo le dirás a tu madre que tu matrimonio con lord Leighton no se llevará a cabo? Creo que contaba con eso para hacer migas con la reina Victoria.

—No seas sarcástica —reprochó Laura, aunque sonreía—. Sabes que será una debacle cuando mi madre se entere de que no lo desposaré.

—Más debacle será cuando sepa que has cambiado a un hombre como Leighton por uno como Guor. ¿No vas a contarme nada de tu temporada con él? ¿Ya sabe de la visita de lord Leighton?

—No —admitió Laura—, no sabe nada.

—No te animaste a decírselo —adivinó María Pancha.

—No, no me animé.

—Laura —dijo la criada, con reproche.

—Lo haré cuando regrese de Martín García.

—¿Por fin consiguió el permiso para visitar a su tío?

—Sí.

—Gracias al general Roca, imagino.

—Sí, gracias al general Roca.

—¿Y cuando partirá hacia Martín García?

—Pasado mañana, al alba. Ya le escribimos a Agustín para contarle. En cuanto a Nahuel respecta, fue el senador Cambaceres quien consiguió el salvoconducto. El nombre de Roca no será mencionado en ningún momento.

—La mentira —sentenció María Pancha— tiene patas cortas.

La mañana en que Guor partió hacia la isla Martín García, Laura fue a visitar al general Roca. Había enviado a un sirviente con una nota avisándole de sus intenciones, y el general le había contestado que la esperaba a las once. Como no quería que reconocieran su landó a las puertas del ministerio, mandó a María Pancha rentar un coche en la plaza de la Victoria. Durante el trayecto, pensó en Nahueltruz.

La noche anterior había cenado en la Santísima Trinidad por primera vez. No había llegado solo: Blasco, Armand Beaumont, Saulina y tía Carolita también habían aceptado la invitación. Para decepción de Blasco, Pura no se encontraba presente; sus padres no habían podido asistir a causa de otro compromiso, y Lynch no le había permitido ir sola. Con el correr de la noche, Blasco fue cobrando ánimos pues se trató de una velada muy placentera. Nadie mencionó el problema político ni las próximas elecciones de diputados; se habló mayormente de Europa, y tanto Armand como Nahueltruz divirtieron a los demás con sus anécdotas. En varias ocasiones se mencionó a Geneviève Ney, y Laura terminó por entender lo estrecha que había sido la relación entre la afamada bailarina francesa y Nahueltruz; a pesar de estar segura de su amor, los celos la abrumaron porque se dio cuenta de que él aún la admiraba, quizá la amaba.

Más tarde, Geneviève y los celos que le despertaba se esfumaron cuando Nahueltruz se deslizó dentro de su dormitorio y le hizo el amor. Había simulado despedirse junto con el resto sólo para dar vuelta en la esquina con su coche y detenerse frente al portón de los caballos que María Pancha se había ocupado de dejar sin traba. Esperó que la Santísima Trinidad se fuera a dormir y entró en los establos con la ansiedad de un mozalbete. Laura lo aguardaba envuelta en su bata de merino junto a la puerta de la cocina, la que daba al patio. Salió a recibirlo y él la regañó pues hacía mucho frío. La protegió con su abrazo y caminaron hacia la casa en silencio. Ya en el dormitorio, Guor se dedicó a estudiar el ambiente, percibiendo la mano de ella en cada particularidad: en la feminidad de los adornos, en la elegancia de los muebles, en la delicadeza de los colores; la presencia de Laura palpitaba en los cuatro rincones. Adyacente, detrás de un cortinado de terciopelo, halló el *boudoir* con su biblioteca que iba de pared a pared abarrotada de libros y un escritorio estilo Chippendale cubierto de papeles y más libros. En esa pequeña sala se descubría ese otro aspecto de Laura que la volvía insaciable, rebelde, escandalosa.

—Aquí paso mayormente mi tiempo cuando estoy en casa —la escuchó decir con voz tenue.

Repasó los lomos de los libros y encontró, entre los más aceptados y comunes, los otros, los anatematizados, como *Candide* de Voltaire, *El contrato social* de Rousseau, *Dialogue des morts* de Fontenelle, varios de Marivaux, *El hombre máquina* de La Mettrie, *El hijo natural* de Diderot, *Peer Gynt* de Ibsen y los más famosos de George Sand, *Indiana* y *Lélia*, la mayoría en castellano, pero también en francés y en inglés.

—No sabía que hablaras inglés.

—Estoy aprendiendo —dijo ella, y, como no quería entrar en detalles, le pidió que volvieran al dormitorio—: No quiero hablar de libros ahora. Esperé el día entero este momento.

—¿Qué momento? —preguntó Nahueltruz, sin tocarla ni mirarla.

—El momento en que estaríamos a solas en esta habitación.

Guor se había alejado en dirección del tocador y hurgaba entre sus lociones, afeites y cepillos. Tomó un frasco, lo destapó y aspiró la fragancia. Se trataba de la loción de rosas, la que tantas evocaciones encerraba, esa que él había aprendido a vincular exclusivamente con Laura y su piel. Caminó hacia ella con el frasco en la mano. Sonrió de una manera irónica y los ojos le brillaron lujuriosamente al descubrir su desnudez que se traslucía a la luz de las velas. Mientras lo contemplaba aproximarse, Laura pensó: "¡Dios, qué hermoso es!". Guor mojó la tapa de cristal con perfume y la deslizó por el cuello de Laura y por el escote también hasta hundirla entre sus senos. Volvió a embeberla y le mojó los pezones endurecidos que asomaban a través de la seda del camisón. Notó que el pecho de Laura se agitaba y sintió que sus manos se aferraban a él en busca de sostén.

—¿Te gusta que te toque?

—Sí —susurró ella.

—¿Qué te gusta que te haga? —preguntó, manteniéndose deliberadamente apartado.

Ella no respondió de inmediato. Cuando lo hizo, habló claramente y de corrido, sin dubitaciones.

—Me gusta que tus manos recorran mi cuerpo desnudo, que mis pezones estén en tu boca, tu aliento sobre mi piel, tu peso sobre mi cuerpo, que me hables mientras gozo. También me gusta observarte mientras tú gozas, pero yo no puedo hablarte porque tu imagen me deja sin aliento. Me gusta que me conozcas en detalle; a veces creo que hay partes de mí que son más tuyas que mías. Amo la intimidad que compartimos. Jamás me cansaría de contemplar nuestros cuerpos desnudos amándose reflejados en el espejo. Me gusta que estés dentro de mí porque es cuando más mío te siento. Que seas mío, eso es lo que más me gusta.

Guor la escuchó enmudecido. Desde los tiempos de su madre, nunca se había sentido tan amado. El amor de Laura era lo más perfecto y precioso que poseía. La tomó entre sus brazos y, mientras la besaba, le confesó que la única razón para regresar a la Argentina había sido ella, cuando supo tardíamente de la muerte de Riglos. Le dijo también que no había pasado un día de esos seis años en que él no la hubiera recordado.

—Traté de odiarte. ¡Oh, por Dios, cómo quería odiarte! Pero este amor que siento por ti es más grande que el odio y que el rencor. Tiene voluntad propia y vive dentro de mí sin que yo pueda resistirlo.

—No lo resistas, mi amor.

—No, no —aseguró él, vehementemente—. Ahora no. Pero durante los años que estuvimos separados traté de olvidarte.

Se amaron sobre la alfombra, envueltos en el calor que refractaba el brasero, abandonados a la pasión que los dominaba, sin reparar que a pocos metros la familia Montes dormía.

—Debo irme —dijo Guor, aún sobre la alfombra, con Laura recostada sobre su pecho—. La corbeta sale muy temprano mañana. Hay detalles que ultimar.

—Dicen que los presos de Martín García sufren muchas necesidades —comentó ella.

—Sí, lo sé. Por eso llevo vituallas, ropa de abrigo y toda clase de utensilios que, sé, les servirán a mi tío y a mis primos.

Laura se puso la bata y encendió la palmatoria, mientras Guor se vestía a medias. Salieron al corredor, frío y a duras penas iluminado por la vela que Laura llevaba en la mano.

—Antes de que te vayas, quiero mostrarte algo. Está en el despacho de mi abuelo.

Las maderas del piso crujían y, en el silencio de la Santísima Trinidad, sonaban como campanazos. Guor se puso nervioso, pero la tranquilidad de Laura lo reanimó. En el despacho de Francisco Montes, se movieron hacia un rincón junto a la biblioteca donde Laura levantó la palmatoria e iluminó un cuadro sobre la pared.

—Es un retrato del cacique Mariano Rosas —explicó—. El coronel Mansilla se lo regaló a mi abuelo.

A claras se veía que Guor sufría una fuerte emoción; le brillaban los ojos y su nuez de Adán subía y bajaba rápidamente. Tomó la palmatoria de mano de Laura y la acercó aún más. El parecido resultaba sorprendente.

—Lucio se lo regaló a mi abuelo, que siempre está sacándolo de apuros, en especial financieros. Lo dibujó uno de los oficiales que lo acompañaron al País de los Ranqueles en el 70. Parece que era diestro con la carbonilla.

—Sí, lo era —confirmó Guor.

Una lágrima rodó por su mejilla, y Laura se la secó con la mano. Pero las lágrimas siguieron cayendo para convertirse en un llanto profundo y silencioso. Laura le quitó la palmatoria, la dejó sobre la mesa y lo abrazó. Nahueltruz se aferró a ella con desesperación.

—Amor mío, amor mío —repetía ella—. No llores, no puedo verte sufrir. Creí que te gustaría ver el retrato.

Lo guió hasta el sofá y le alcanzó una copa de brandy, que Nahueltruz bebió de un trago. Se sentó sobre sus rodillas y le rodeó el cuello con los brazos. Pasaron algunos minutos en silencio. Nahueltruz mantenía la vista perdida en un punto, mientras Laura aguardaba con paciencia que regresara a ella.

—Es la primera vez que lloro a mi padre desde que me enteré de su muerte —confesó—. Murió en el 77.

—Sí, lo sé —dijo, y fue hasta un cajón del escritorio de donde sacó un sobre abultado; hurgó su contenido hasta dar con un recorte de periódico, que entregó a Nahueltruz.

—Es del diario *La Mañana del Sur* —explicó, mientras él lo repasaba con la vista.

El artículo, que se titulaba “Muerte de un cacique”, decía que Mariano Rosas había fallecido el 18 de agosto. “Acaba de morir el poderoso cacique de la tribu de los Ranqueles, de muerte natural. Mariano Rosas era una autoridad del desierto. Por su influjo, su valor y, sobre todo, por su prudencia, ha sido posible mantener la paz con él, y el general Roca había logrado imponerle respeto e inspirado confianza."

—Apenas leí este artículo —comentó Laura—, escribí de inmediato a Agustín que me ratificó que tu padre había sido una más de las víctimas de la epidemia de viruela.

—Como mi Linconao —acotó Guor.

La mención del hijo muerto de Nahueltruz dejó callada a Laura. "¡Cuántos recuerdos dolorosos he traído a su cabeza a causa de mi capricho de mostrarle el retrato! Jamás debí hacerlo. Jamás", se reprochó.

—Perdón, amor mío —dijo—. Perdón por haberte causado este momento tan amargo.

Guor la miró fijamente y le tomó el rostro entre las manos como solía hacer cuando quería decirle algo definitivo e importante.

—No, Laura, no me pidas perdón. Me has traído aquí con la mejor intención, lo sé. Con la intención de recordar a mi padre. No podías saber que, a causa de razones que llevo muy dentro de mí, no puedo recordarlo con alegría sino con la más angustiosa tristeza. Pero, ¿qué culpa tienes tú? ¿Por qué deberías pedirme perdón?

"Debería pedirte perdón de rodillas", dijo Laura para sí, "debería flagelar mi cuerpo mientras lo hago, debería penar y penar hasta que me concedieras tu perdón, amor mío, porque fue por mi causa que abandonaste a tu padre y sé que es eso lo que te pesa en el alma". Pero no dijo nada. La aterrorizaba pronunciar esa verdad.

—¿Se parece a tu padre? —preguntó, en cambio.

—El parecido es increíble —aseguró Guor.

—Mi abuelo siempre repite que se trata de un indio gallardo y de excelente estampa.

—No debe de decir lo mismo desde que se enteró, gracias a tu folletín, que este cacique cautivó a su sobrina Blanca Montes treinta y ocho años atrás.

—No ha dicho nada. No conoces a mi abuelo. Tiene la naturaleza más compasiva y misericordiosa que conozco. Él y su hermana, tía Carolita; ellos son así. Sus corazones no tienen espacio para el rencor.

—Y el resto de tu familia, ¿qué ha dicho?

—Nadie sabe de quién es este retrato. No le prestan atención —agregó, y sonó más displicente de lo que habría querido—. ¿Aún resientes que escriba *La gente de los carrizos*?

—No —aseguró él—. Jamás lo resentí. Si alguna vez me opuse fue por otras razones que nada tienen que ver con el folletín. Estoy orgulloso de mi madre y de su historia. —Después de una pausa, agregó—: Aunque la perdí cuando era muy niño, su recuerdo siempre me acompaña. Se trataba de una mujer extraordinaria. Muchas veces me hizo falta.

—Nahuel —susurró Laura, y le acarició la mejilla.

Dejó el sofá y caminó hacia el cuadro. Guor se puso de pie y la siguió.

—Es tuyo —pronunció, mientras lo descolgaba—. Quiero que lo lleves a tu casa, que lo compartas con tu gente, que lo cuelgues en un lugar adonde todos puedan apreciarlo.

—¿Y tu abuelo? —musitó Guor.

—¿Mi abuelo? —repitió Laura con una sonrisa bribona—. Suficiente que su *Laurita* haya decidido regalar el cuadro para que él esté de acuerdo.

—Pocas mujeres conozco —expresó Guor— que poseen tu capacidad para dominar la voluntad de los hombres.

Tomó el cuadro de manos de Laura, y salieron del despacho de Francisco Montes. Cruzaron en silencio la vieja casona. Nahueltruz no quería que Laura saliera al patio porque helaba, pero ella se empecinó. La envolvió en su zamarra de barragán y caminaron abrazados hasta el establo. Antes de despedirse, Guor le confesó:

—Tengo miedo de enfrentar a mi tío Epumer.

—¿Por qué, mi amor?

—Tengo miedo de que me reclame estos años de abandono.

Laura se quedó en silencio.

—Tengo miedo —retomó Guor, y en la oscuridad no percibió la consternación de ella— de que me reclame no haber estado junto a mi padre cuando murió. Tú sabes que no le temo a nada, Laura.

—Sí, lo sé —dijo ella, con pasión.

—Pero el dolor de mi gente es una cruz con la que no sé cómo lidiar. Culpa, rencor, impotencia, muchos sentimientos se entremezclan y me dejan vacío el corazón y la cabeza. No sé qué hacer.

—Nahuel, amor mío, tú mismo me dijiste años atrás que algún día llegaría el fin de la guerra entre cristianos y ranqueles, y que ese día sería cuando uno de los dos bandos aplastara al otro. Me atrevo a decir que incluso sabías que tu gente sucumbiría ante el poderío del blanco. No te achaques culpas que no te corresponden. El sufrimiento de tu pueblo no es tu culpa. El destino de los pampas se selló años atrás.

—¡Yo los abandoné, Laura, cuando más me necesitaban!

—¡Eso fue por *mi* culpa, Nahuel, no por la tuya! —pronunció, y Nahueltruz se retiró como empujado por la vehemencia de ella—. *Mi* culpa —repitió—, no la tuya. Yo te arruiné la vida. Jamás debería haberte amado porque sabía que nuestros mundos no se entenderían. Es mi culpa, culpa de este amor tan inmenso que siento por ti. No debería haberte amado, Nahuel. ¡Mira cómo has sufrido! ¡Mira cómo sufres aún! ¡Oh, Dios mío!

Guor apoyó el cuadro contra la pared y aferró a Laura por los brazos.

—No es tu culpa, Laura —dijo con firmeza—. ¿Cómo piensas que es tu culpa? Yo pude haberme quedado en Tierra Adentro luego de lo de Racedo bajo el amparo que me brindaban mi tierra y mi padre y, sin embargo, elegí partir. Otras cuestiones me llevaron a hacerlo.

—¿Qué otras cuestiones excepto poner la mayor distancia entre tú y la mujer pérfida que te había abandonado?

—No digas eso. Y no vuelvas a culpar a nuestro amor, que es lo más grande que tengo. No quiero volver a escucharte decir que no deberías haberme amado. Si no me hubieses amado me habrías sumido en un infierno mil veces mayor que el que me tocó vivir. Basta. De este tema no hablaré más. No debí mencionarte los escrúpulos que albergo respecto de volver a ver a mi tío Epumer.

—¿Y a quién mencionarías tus escrúpulos sino a mí, tu mujer?

—¡Ah, mi mujer! —repitió él—. Escuchar esas palabras de tus labios me hace olvidar todo aquello que me atormenta.

Se besaron, y Nahueltruz sintió en su boca el gusto salobre de las lágrimas de Laura.

—Cuando regrese de Martín García, nos casaremos. No tenemos por qué seguir esperando. Seis años han sido demasiado.

—Lo anunciaremos después de la boda de mi madre —manifestó Laura, que debía resolver varias cuestiones antes de anunciar su matrimonio con otro que no fuera lord Leighton.

En el despacho de Roca, Laura se encontró con el mismo amanuense de la vez anterior, que volvió a ruborizarse y a mirarla con ojos apreciativos. El muchacho le indicó que tomara asiento y que aguardase unos instantes; el general la recibiría apenas terminara la reunión con el coronel Gramajo. Laura tomó asiento y se dispuso a esperar. Desde lejos llegaban los sonidos de una manifestación que avanzaba desde la Plaza de la Victoria. Se trataba de los rifleros camino al Tiro Nacional. Las vociferaciones y los disparos al aire los alcanzaban con mayor nitidez a cada momento. Resultaba evidente que planeaban pasar por el Ministerio de Guerra y Marina.

—Estamos acostumbrados a este bullicio —comentó el amanuense.

Se abrió la puerta del despacho y aparecieron Roca y Gramajo.

—¡Señora Riglos! —exclamó el coronel, visiblemente complacido.

—Artemio, ¿cómo está usted? —dijo Laura, y le extendió la mano.

—¡Qué placer! —volvió a exclamar—. Lamenté mucho su ausencia en la fiesta del Politeama.

—Debí ausentarme de la ciudad —explicó evasivamente, sin mirar a Roca.

—Señora Riglos —dijo el general, y le dio la mano—. Espero que no haya tenido que aguardar mucho tiempo.

—No, no, general. Acabo de llegar.

Artemio Gramajo se despidió y marchó hacia su oficina. Antes de indicarle a Laura que entrase en su despacho, Roca le pidió al amanuense que trajera café. Cerró la puerta y, sin palabras, indicó a Laura un sillón. Él se sentó frente a ella.

—Supe que atentaron contra tu vida.

—¿Te afligiste? —preguntó Roca, sin ocultar su hostilidad.

—Por supuesto. Sabes que todo lo que concierne a tu vida no me es indiferente. Eres mi gran amigo, ya te lo he dicho en el pasado y te lo repito ahora.

—Amigo —repitió el general, y se calló porque el amanuense entró con el café. Lo sirvió y se retiró luego de una breve inclinación.

—¿Cómo están tus hijos?

—Bien, gracias.

—¿Tu familia no corre peligro? Me refiero —aclaró Laura, ante el ceño de Roca— a si no sería prudente sacarlos de Buenos Aires hasta que la convulsión se aplaque.

La turba ya había pasado por debajo de la ventana del despacho del ministro. No se habían producido disparos, sólo se habían vociferado algunos improperios que no inmutaron al general. Quizá, la presencia de soldados a las puertas del ministerio había persuadido a los rifleros de continuar hacia el Tiro Nacional sin mayor escándalo.

—Probablemente —admitió Roca—, sería prudente que *yo* dejara la ciudad.

—¿Estás pensando en renunciar al cargo de ministro?

—En algún momento tendré que hacerlo para ocuparme de la campaña.

Sorbieron el café en silencio. Laura apoyó la taza sobre una mesita y miró fijamente a Roca.

—¿Por qué rechazas mi amistad, Julio?

El general soltó un suspiro y se acomodó en el sillón con la actitud de quien abandona la lucha.

—No rechazo tu amistad, Laura. Simplemente, me cuesta verte como amiga después de lo que vivimos.

—Entiendo.

Laura se puso de pie, y Roca la imitó.

—En realidad, hoy quise verte —explicó ella— para comprobar con mis propios ojos que estabas bien y además para agradecerte el permiso para visitar al cacique Epumer en Martín García.

—Debo decirte —habló Roca, y su acento sonó menos hostil— que el senador Cambaceres se mostró muy sorprendido ante mi interés por gestionar el salvoconducto. Me excusé en mi amistad con el padre Agustín Escalante y pareció satisfecho, pero cuando le pedí que no mencionara mi intervención, se sorprendió más aún. ¿Sabes cuándo irá Rosas a ver a su tío?

—Partió esta mañana.

—Ustedes reanudaron sus relaciones, imagino.

—Sí —dijo Laura.

—Me alegro por ti, porque sé que has sufrido.

—Gracias, Julio —y le tomó la mano, emocionada.

Roca le aferró el brazo y la atrajo hacia él. Se abrazaron, y Laura repitió "gracias, Julio, gracias" hasta que se le anudó la garganta. Roca la separó de sí y le dio una palmada en la mejilla con la actitud de un padre benevolente.

—Si vamos a ser amigos —expresó—, tendremos que aprender a despedirnos sin tanto dramatismo.

Laura rio, y Roca debió sofocar la oleada de deseo que le provocó. Tenerla cerca y no poder besarla se convertía en una tortura segundo a segundo. Por suerte, Laura dijo que se marchaba.

—Cualquier cosa que necesites, Julio (y, cuando digo "cualquier cosa" me refiero a cualquier cosa), quiero que me lo hagas saber. Siempre contarás con mi ayuda.

—Me pregunto —dijo Roca, apelando al sarcasmo nuevamente— qué diría Rosas si supiera de nuestra amistad.

—No la aprobaría, por cierto.

—Entonces, éste será nuestro secreto —y la besó en los labios, dulcemente, sin vestigios de las pasiones que lo habían alterado desde que lo alcanzaron los cotilleos que tenían a Laura y a Rosas por amantes; permanecía tranquilo incluso después de haber recibido la confirmación de ella. No quería perderla, se conformaba con la amistad ofrecida. De alguna manera, la vida se encargaría de reencontrarlos.

Roca abrió la puerta y salieron. En el recibo, conversando con el amanuense, estaba el senador Cambaceres. Laura se puso nerviosa y palideció, y enseguida sintió que Roca le apretaba el brazo; quedó claro entre ellos que sería el general quien manejaría la situación.

—Buenos días, general —dijo Cambaceres, y se aproximó—. Señora Riglos, un placer verla. Hacía tiempo que no tenía la suerte de estrechar su mano.

Cambaceres no lucía en absoluto sorprendido de encontrársela allí, por lo que Laura dedujo que el amanuense lo habría puesto en autos.

—¿Usted también hace de embajadora del padre Agustín?

—Exactamente —dijo Roca—. Pero le explicaba a la señora Riglos que su viaje hasta aquí fue en vano pues el salvoconducto para visitar al cacique Epumer fue emitido días atrás.

—Sí, sí —ratificó Cambaceres—. El señor Lorenzo Rosas, gran amigo de su hermano según entiendo, viajará a Martín García y lo visitará para conocer en qué situación se encuentra. Cuando le escriba al padre Agustín, señora, cuéntele que la posibilidad de entrevistar al cacique Epumer se la debemos al general Roca que, *motu proprio*, gestionó y consiguió los añorados papeles.

—Me enteré por terceras partes —explicó Roca— del deseo del padre Agustín de visitar a Epumer Guor e hice lo que cualquier buen cristiano habría hecho: ayudarlo. Jamás podría negarle un petitorio a un misionero de la talla del padre Escalante, merecedor de todo mi respeto y admiración. Siempre que he podido lo he ayudado.

—Y para nada cuentan las divergencias que existen entre usted y él en materia de indios —comentó Cambaceres.

—Para nada —aseguró el general—. Me resulta admirable la abnegación del padre Agustín por esas gentes cuando yo les tengo tan poca paciencia.

—Gracias por haberme recibido —habló Laura por primera vez—, y gracias por haber concedido a mi hermano lo que tanto quería.

Se despidieron. Roca y Cambaceres entraron en el despacho. Volvieron a tocar efímeramente el tema de la visita a Martín García y de inmediato se zambulleron en cuestiones más relevantes, entre ellas, las próximas elecciones de legisladores.

CAPÍTULO XXV

Los prisioneros de Martín García

Le dijeron que la niebla tan espesa era común a esas horas tempranas, y que poco a poco remitiría y comenzarían a divisar el horizonte. Por el momento, Nahueltruz no podía verse la mano. Estaba frío en cubierta y buscó refugio en la cabina. Mientras navegaba a ciegas, el capitán le dijo que había realizado ese viaje tantas veces como para perder la cuenta, que conocía el río y sus secretos de memoria, y que podía llegar a cualquier punto de la Banda Oriental con los ojos cerrados. Nahueltruz se limitó a asentir con la cabeza. El capitán, propenso a la charla, habló de Martín García.

Los primeros presos de la isla —desertores del ejército— databan de 1765. Desde ese momento, estuvo relacionada con funciones militares, en especial por su conveniente posición estratégica. Tiempo más tarde llegaron delincuentes comunes que, junto con los otros, desarrollaban trabajos forzosos como mantener a raya la vegetación, picar piedra de las canteras para empedrar las calles de Buenos Aires, fabricar ladrillos y construir fortificaciones, baterías y casamatas. Según el capitán, en aquellos años del siglo XVIII las condiciones de los presos habían sido paupérrimas. Variadas enfermedades asolaban la isla. La vestimenta inadecuada o la falta de ella, la mala alimentación y las ratas contaban entre las principales causas.

—La cosa ha mejorado —explicó el capitán—, pero no se crea que mucho. El año pasado tuve que traer a Buenos Aires a varios presos con fiebre tifoidea. Todos murieron.

Horas más tarde, la niebla se había disipado. A la distancia, la isla presentaba un aspecto selvático y solitario. Al momento de atracar, sin embargo, las construcciones comenzaban a divisarse. La fortificación, construida a mediados del siglo XVIII, era el primer edificio que se veía. En contra de su apariencia de isla solitaria e impenetrable, en tierra se apreciaba un considerable movimiento.

Guor presentó el salvoconducto a dos soldados que, luego de leerlo atentamente, le hicieron preguntas relacionadas con el motivo de su visita. El capitán de la corbeta ofreció acompañarlo a la única pulpería donde hallaría alojamiento.

—A menos —expresó el capitán— que desee regresar hoy mismo. Mi corbeta zarpa apenas terminemos de cargar adoquines y ladrillos, alrededor de las cinco de la tarde.

—Gracias, pero creo que me quedaré dos o tres días.

—Serán cuatro —aseguró el capitán—, pues ése es el tiempo que tardaré en regresar con carne y alimentos.

—Cuatro, entonces —dijo Guor.

La ansiedad llevó a Nahueltruz a arreglar con el pulpero, sin regatear, una habitación y agua caliente para bañarse todas las noches, a pesar de que le pidió una fortuna. Sólo entró en la habitación para dejar su bolso de cuero y cambiarse. Camino a la prisión, debió presentar varias veces el salvoconducto antes de que lo condujeran al patio. Estaba vacío excepto por un hombre que, sentado sobre un tocón, tallaba un pedazo de madera: su tío. Se trataba de una imagen recurrente de su niñez, Epumer tallando madera en la enramada de su rancho, muchas veces haciendo un juguete para sus hijos o sobrinos.

Aunque Epumer fijaba sus ojos en la pieza de madera, Nahueltruz estaba seguro de que se había dado cuenta de que alguien se aproximaba. Apenas se distinguía su perfil, oscurecido por un manto de sombra, pero sin duda se trataba de él, de su tío, el hermano menor de su padre, el último de la dinastía de los Zorros. El corazón le palpitó con rapidez.

Saludó en araucano.

—*Mari-mari!* —dijo, y aguardó a unos pasos.

Epumer movió el rostro hacia el costado y miró fijamente a quien interrumpía su labor. Nahueltruz permaneció mudo, estudiando ese rostro tan familiar, tan paradójicamente ajeno, agradeciendo, al mismo tiempo, el buen tino de haber comprado ropas sencillas en vista de los harapos que mal cubrían a su tío. Epumer llevaba en la frente una vincha de lienzo que alguna vez había sido blanca. Los cabellos, duros y rectos como clavos, le rozaban los hombros. Sus facciones, aunque no eran oscuras sino rosáceas, le parecieron más toscas e inacabadas de lo que recordaba; la nariz lo impresionó especialmente, del color del hígado y con excrecencias a causa de la bebida. Se trataba de un hombre bajo, aspecto que siempre había contrastado con los otros hombres de la dinastía Guor, y más bien gordo. Como solía ocurrir con los de su raza, resultaba difícil calcularle la edad, pero Nahueltruz juzgó que debía rondar los sesenta y cinco años. Sus ojos verdosos, iguales a los del cacique Painé, se habían apagado; ya no brillaban con la vivacidad y fiereza de la juventud. Nada quedaba del guerrero que, con valor casi demente, se había puesto al frente de sus lanceros en batallas y malones. Nahueltruz sufrió una fuerte desilusión. No obstante, sonrió al decir:

—Tío, soy su sobrino, Nahueltruz, hijo de su hermano Mariano Rosas.

Epumer levantó los párpados como única muestra de sorpresa, y casi de inmediato los regresó a su posición original. Se puso de pie, se limpió la mano derecha en el pantalón de percal y la extendió hacia su sobrino, que la estrechó con embarazo.

—Estuve enfermo —dijo el cacique—, por eso me encuentras acá. Si no, estaría picando piedra con tus primos y Pincén.

—¿Ya está mejor?

—Nunca voy a volver a estar bien.

—Comprendo.

Epumer volvió al tocón y a su tallado. Nahueltruz se sentó a su lado, sobre el piso. Por un rato, sólo se escuchó el chasquido del verduguillo sobre el trozo de madera.

—Hacía tiempo que quería venir a verlo, tío, pero resultaba muy difícil conseguir el permiso para entrar en Martín García. Por fin, con la intervención del padre Agustín, conseguí la papeleta y pude viajar.

—Llegaste en buen momento. Antes me habrías encontrado medio muerto a causa de la viruela. Los soldados nos reprochan que trajimos la peste a esta isla. Esta vez me salvé. Tuve más suerte que tu padre.

Siguió tallando; Nahueltruz mantenía la cabeza baja y la vista fija en el empedrado.

—Habría sido bueno que hubieras visto a tu padre antes de que muriera —expresó el cacique, sin mirarlo.

—Me enteré tiempo después. Ya no tenía sentido viajar.

—Habría tenido sentido para mí y para tu *cucu*. Para ella fue una gran tristeza ver que el tiempo pasaba y tú no venías. No sé qué ha sido de ella.

—Vive conmigo —dijo Nahueltruz, y Epumer movió la cabeza y lo miró a los ojos en señal de complacencia—. La habían llevado a un cañaveral en Tucumán, a ella y a Dorotea Bazán. Dorotea no soportó el viaje y murió. Pero mi *cucu* resistió. Me la llevé a Buenos Aires. Vive en mi casa, junto con Miguelito y su familia.

El silencio volvió a cernirse. Transcurridos tantos años, y con ellos, tantas situaciones, conflictos y pérdidas, existían infinidad de cuestiones de las que hablar. Nahueltruz aguardaba a que su tío Epumer se aviniera a compartirlas con él.

—El último pensamiento de tu padre —dijo Epumer— fue para ti y para tu madre. Cuando se dio cuenta de que había perdido la batalla contra el *Hueza Huecubú* me mandó llamar y me ordenó que lo enterraran junto a Uchaimañé. Me dijo: "Quiero descansar al lado de Blanca y quiero que me vistan con el poncho que ella me tejió". Pidió que, luego de su muerte, no se buscasen culpables entre las *machís*. Después me dijo: "Entrégale la caja con mis pertenencias más preciadas a mi hijo Nahueltruz. Pídele al padre Agustín que se las mande".

—Nunca recibí la caja.

—La tengo aquí, no te inquietes. No se la mandé al padre Agustín, pero, por fortuna, la llevaba ese día que nos apresaron a traición. Entre las cosas de tu padre, está el reloj, ese que Uchaimañé le regaló. Las agujas ya no se mueven.

—Pertenecía a mi abuelo, Leopoldo Montes.

Epumer se explayó en los pormenores de los funerales de Mariano con una ansiedad y esmero que denotaban que había querido contárselo a su sobrino desde hacía tiempo. Según aclaró, la pompa y la solemnidad habían prevalecido. Apenas muerto, las cautivas lavaron el cuerpo del gran cacique devastado por la viruela y lo vistieron con sus mejores prendas de gaucho y el poncho de Uchaimañé. De inmediato, se lo expuso en la enramada de su toldo donde permaneció durante un día rodeado por más de doscientas mujeres que lloraban amargamente y gemían: "¡Marianito! ¡Ay, Marianito!". Al día siguiente, mientras despuntaba el sol, una procesión, encabezada por los lanceros de Epumer, los de Ramón Cabral (el Platero) y Baigorrita, lo escoltó a su última morada, junto a la sepultura de Uchaimañé. Los hijos mayores (Guayquiner, Manuel Amunao, Pichi Mariano y Puitrinao) soportaron las angarillas con su cuerpo, mientras las mujeres seguían el cortejo sin dejar de llorar y lamentar. Unos cavaron la fosa, mientras otros degollaron tres caballos, los mejores del gran cacique, y una yegua gorda, para que no le faltara alimento en su viaje al Mapú-Cahuelo o País de los Caballos, el paraíso de los ranqueles. Además de los animales muertos, ubicaron en torno a él otras de sus pertenencias más queridas: apero, lazo, boleadoras y facón.

—Yo fui el primero en echar tierra sobre tu padre —se ufanó Epumer—. Luego lo hizo Ramón, después tu tío Huenchu y Baigorrita y por último los capitanejos. Todos estaban verdaderamente apenados porque lo querían y respetaban. Los *yapaís* duraron dos días porque todos padecíamos terriblemente.

Nahueltruz escuchaba con impasibilidad el relato de su tío, que poco a poco se convertía en imágenes vívidas; podía recrear cada instancia, cada detalle. No experimentaba tristeza o amargura sino orgullo por haber sido el primogénito de un hombre tan querido y respetado por el pueblo ranquel.

—Fue una epidemia muy brava, hijo —explicó Epumer—. Tú ya debes de saber que tus hermanos Linconao y Pichi Epumer murieron pocos días después de tu padre.

Nahueltruz se llevó la mano derecha a la frente para ocultar la pena. Él amaba profundamente a sus hermanos Linconao y Pichi Epumer o Epumer Chico, algunos años menores; incluso había nombrado a su hijo en honor del mayor, Linconao, ambos signados por el mismo nefasto destino. En cuanto a Pichi Epumer, Nahueltruz lo recordaba manso y benévolo, muy aficionado al padre Burela, quien le enseñó a leer y escribir el castellano. Mostraba siempre buena predisposición con todos, incluso con los cristianos. Fue él quien abogó por el coronel Mansilla cuando en oportunidad de su excursión al País de los Ranqueles en el 70, durante un acalorado parlamento, los principales loncos y ancianos querían comérselo vivo. Con la ayuda de Miguelito, se ocupó de protegerlo el tiempo que duró su estadía en Leuvucó. Para ese entonces, Nahueltruz se hallaba demasiado ocupado en conocer a su medio hermano, el padre Agustín Escalante, y se desentendió de las cuestiones políticas y del osado coronel.

Epumer siguió hablando hasta que atardeció, respondiendo a las preguntas de su sobrino, contándole acerca de tanta gente y acontecimientos. Cuando tuvieron hambre, Nahueltruz puso varias monedas en la mano de un soldado para que les trajeran comida y bebida decentes. Epumer le confesó que era la primera vez que comía tan bien en Martín García, y Nahueltruz hizo llevar una parte a sus tías y primas, que permanecían en la pieza porque Epumer no les había autorizado acercarse. Espiaban desde el trapo que hacía de puerta. Cada tanto, Nahueltruz se daba vuelta y les sonreía, y ellas se ocultaban.

Al ponerse el sol, llegaron los demás prisioneros, entre los que contaban los hijos varones de Epumer, el cacique Pincén y los suyos. Caminaban en fila, engrillados.

—Hace unos días —comentó Epumer, con la vista apartada de la comitiva—, el general Roca le ordenó a Matoso —se refería al capitán jefe del regimiento de la isla— que a mí y a Pincén nos quitaran los grillos.

El reencuentro de Nahueltruz con sus primos y el cacique Pincén resultó tan frío e incómodo como con Epumer, agravado por el cansancio y el hambre después de una jornada de trabajos forzosos en las canteras y en el monte. Enseguida, mientras mateaban y comían pan de maíz y tortas fritas, la timidez y cortedad se disiparon. Algunos, los más jóvenes, apenas recordaban a este primo mayor, que sabía leer y escribir en varias lenguas, que había cruzado una laguna millones de veces más ancha que la de Leuvucó, que era rico y que vivía en la tierra más vieja e importante del mundo. También lo contemplaban con admiración porque sabían que era un gran cazador de tigres, que sólo podía compararse su habilidad para montar, pialar y domar con la del tío Mariano y que él debería haber sido su heredero natural. Estaban convencidos, sin mayor asidero, que él los habría llevado a la victoria final contra el huinca. El primo Nahueltruz, sin embargo, había decidido dejarlos *por* los huincas. En ningún momento se lo recriminaron, ni siquiera con la mirada, pero Nahueltruz sabía que lo pensaban.

La tarde del segundo día, algo entrado en copas, Epumer mencionó el tema. Dijo:

—Tú y tu padre permitieron que dos huincas se les metieran en la sangre y los manejaran como a niños. Ustedes se olvidaron de que eran ranqueles. Se olvidaron de su pueblo. Tu padre siempre quiso la paz con los huincas a cualquier precio porque Uchaimañé era huinca, y nunca maloqueó por ella; aunque él haya dado otras razones, yo sé que lo hacía porque no quería matar a la gente de ella.

—Mi padre no quiso la paz a cualquier precio —terció Nahueltruz con prudencia, conocedor del temperamento de su tío cuando estaba beodo—, él puso sus condiciones. Y si bien no puedo asegurarle que mi madre estaba fuera de sus pensamientos cuando buscaba la paz, sí puedo decirle que el cacique Mariano Rosas quería la paz porque sabía que era la única forma de salvar a su gente. El huinca es superior, y eso incluso usted lo sabe, tío. Entiendo —prosiguió, al ver que Epumer lo escuchaba mansamente— que, luego de convertirse en el gran cacique, usted también buscó la paz con los huincas.

—Sí, porque se lo juré a tu padre antes de que muriera. Y yo nunca rompo una promesa —aclaró en voz alta, con gesto amenazante—. Pero mira lo que he conseguido con la paz, que los huincas me apresaran a traición. No creas que yo no quise a tu madre. Era buena y generosa y amaba a nuestra gente. Fue la *machí* más grande de nuestro pueblo y curó a muchos enfermos. Pero era de otro mundo, no pertenecía al desierto. Se robó el corazón de tu padre, que, por sobre todo, la puso a ella delante. Y tú —continuó Epumer— te volviste huinca para agradarle a la hermana del padre Agustín porque en el fondo te avergonzaba ser ranquel. Por eso nos dejaste, porque ya no querías a tu pueblo.

Nahueltruz bajó la vista y eligió callar porque lo que Epumer decía era cierto. Al fin, la verdad tan temida había sido expresada. No obstante, y más allá del enojo de su tío, Nahueltruz sentía que Epumer aún lo amaba y que, a pesar de la traición, jamás lo apartaría de su corazón. Se dio cuenta de que su tío era incondicional.

—Voy a sacarlo de aquí —prometió Nahueltruz—, a usted y al resto de su familia.

Los cuatro días en la isla, signados por los recuerdos y las largas conversaciones acerca de parientes, amigos y conocidos, transcurrieron con lentitud. En general, los relatos terminaban mal; la mayoría de sus hermanos, primos y tíos habían muerto, ya fuera a causa de la viruela o en alguna escaramuza; otros tenían paradero desconocido luego de que la milicia se los había llevado; seguramente habían sido reubicados en haciendas, casas de familia o conventos.

Nahueltruz recibía con gratitud y alivio las invitaciones del capitán Matoso, con quien conversaba banalidades que lo ayudaban a alejar el fantasma de la culpa. Solían encontrarse en la pulpería o en el despacho del capitán. La amistad con Matoso, un hombre soltero, de mediana edad, sin mayores aspiraciones, pero con un corazón clemente, sirvió para que Nahueltruz se moviera libremente dentro del cuartel y para que pudiera mejorar las condiciones misérrimas de su tío y sus primos. Incluso autorizó, sin mayores requisas, que Nahueltruz entregara la totalidad de los paquetes y bultos que había traído para los reos.

—No comprendo —dijo en una oportunidad Matoso— el interés que usted tiene, señor Rosas, por estos salvajes.

—Estoy aquí —expresó Nahueltruz— en nombre de un misionero franciscano a quien debo mucho, casi todo lo que tengo. Él me pidió que viniera a conocer la suerte que habían corrido estos pobres diablos, y aquí me tiene, capitán.

—Algunos soldados me reportaron que lo han escuchado hablar en araucano con estas gentes.

—Lo balbuceo —mintió Nahueltruz—. Soy políglota por naturaleza, capitán. Mi avidez por las lenguas no conoce límite. Luego de haber aprendido las más tradicionales (inglés, francés, italiano), me incliné por aquellas más exóticas. Este padre misionero del que le hablaba me enseñó algo del idioma de los indios del sur.

Horas antes de que la corbeta zarpara de regreso a Buenos Aires, Nahueltruz reiteró su promesa de mover cielo y tierra para conseguir la libertad para Epumer y para su familia. El cacique lo contempló con escepticismo y le palmeó el hombro, mientras esbozaba la primera sonrisa de la visita.

—Gracias por lo que nos has traído, Nahueltruz, en especial, las mantas y la ropa de abrigo. Pasamos mucho frío aquí.

—Ya arreglé con el capitán del barco para que, en cada viaje, les traiga más provisiones y ropa. Creo que se trata de un buen hombre, que no se robará el contenido.

—Es huinca —sentenció Epumer—. No confíes.

A propósito, el cacique le refirió la feroz persecución que habían llevado a cabo el coronel Rudecindo Roca, hermano del ministro de

Guerra y Marina, el coronel Vintter y el coronel Eduardo Racedo contra las tribus ranqueles y salineras.

—Tuvimos que dejar Leuvucó porque sabíamos que vendrían por nosotros, que el tratado de paz ya no servía. Ellos proponían otra paz, pero nosotros no la aceptamos: querían que nos entregáramos y que nos fuéramos a vivir adonde ellos nos dijeran, que abandonáramos nuestras tierras para que ellos las ocuparan. El huinca es traicionero, Nahueltruz, nunca olvides eso, no respeta su propia palabra, y ¿cómo se puede confiar en quien no honra sus promesas? Ya ni siquiera le creemos al padre Donatti y al padre Agustín. Ellos son buenos, pero son huincas al fin y al cabo.

—El padre Agustín me consiguió este permiso para venir a verte y, de seguro, medió para que Roca diera la orden de que te quitaran los grilletes.

Epumer movió la cabeza en señal de asentimiento. Al cabo, como si retomase el hilo de un pensamiento extraviado, dijo:

—Fue el coronel Racedo, el sobrino del militar que mataste en Río Cuarto, quien nos cayó encima esa tarde. Nosotros habíamos abandonado Leuvucó porque, como ya te dije, nos perseguían, pero regresamos un día para recoger la cebada, y allí nos encontraron. Nos moríamos de hambre vagando por el desierto y no podíamos dejar que ese grano se echara a perder en las sementeras. El capitanejo Carripilán, que se había vendido a los huincas, estaba con Racedo e hizo de lenguaraz ordenándonos, en nombre del coronel, que nos entregáramos sin presentar pelea. ¿Qué pelea podíamos presentar muertos de hambre como estábamos y sin otras armas que las herramientas que usábamos para recoger la cebada?

Nahueltruz podía imaginar la humillación que debió de haber experimentado el feroz Epumer Guor, conocido por su arrojo casi desmesurado en batalla, al rendirse ante un grupo de soldados y de indios traidores. ¡Qué triste final para un guerrero como su tío! Sin pena ni gloria. Y en manos de Racedo.

—Luego de que me engrillaron —prosiguió Epumer—, Racedo me mandó llamar. De nuevo Carripilán ofició de lenguaraz. Lo primero que quiso saber Racedo fue quién de todos esos era mi sobrino Nahueltruz Guor, el primogénito de mi hermano Mariano Rosas. Yo le dije que tú habías muerto a causa de la viruela días después de tu padre. No me creyó. Le preguntó a los que estaban conmigo, que dijeron lo mismo. Le preguntó incluso a Carripilán, pero éste no sabía. En Río Cuarto siguió porfiándome y mandó llamar al padre Donatti y al padre Agustín. Les dijo lo que yo había contado acerca de ti y les preguntó si era verdad o mentira. Debe de haber sido duro para ellos mentir, porque en la religión de ellos la mentira es cosa del *Hueza Huecubú*, pero lo cierto es que mintieron. El padre Donatti dijo que no sabía nada de ti y el padre Agustín dijo que lo que yo había dicho era cierto. ¡Vaya a saber si Racedo le creyó!

El periplo desde el Fuerte Sarmiento en Río Cuarto hasta la isla Martín García estuvo plagado de sinsabores y malos tratos. Pasaron hambre y frío. Los aterrorizó el viaje en barco y todos, grandes y chicos, se descompusieron de tal modo que, al llegar a la isla, estaban prácticamente deshidratados. La estadía en Martín García había sido penosa desde un comienzo. Las pestes, la falta de alimentos, de espacio y de ropa habían signado los largos meses. Nahueltruz esperaba que, a partir de su visita, las condiciones mejoraran.

A medida que se aproximaba la despedida, Nahueltruz se ponía más inquieto; ya quería salir de Martín García y regresar a los brazos de Laura. Sólo a ella le confesaría los tormentos que padecía. La esperanza del reencuentro lo salvaba de caer en una profunda angustia. Al sentimiento de culpa por dejar atrás a Epumer se contraponía uno de alivio pues esos cuatro días habían servido para mostrarle que, aunque por sus venas corriera la misma sangre que la de su tío y sus primos, el abismo que los enfrentaba era insalvable. Admitía que no podría convivir con ellos, porque, aunque los había escuchado con paciencia, sus temas y preocupaciones no le interesaban, y sus costumbres y modos se le habían vuelto ajenos. Ya no experimentaba ansias por regresar a Tierra Adentro como al dejar el convento de los dominicos en San Rafael, cuando, joven y romántico, había juzgado la vida montaraz superior a la culta que le ofrecían. Además, en aquella oportunidad su padre había estado aguardándolo en Leuvucó.

Nahueltruz se había despedido de sus primos la noche anterior porque sabía que el momento de zarpar los encontraría trabajando. Le entregó dinero al mayor y le pidió que lo repartiera entre sus *peñis* (hermanos). La generosidad de Nahueltruz los estimuló y le pidieron un sinfín de cosas que él prometió hacerles llegar con el capitán de la corbeta.

Pasó las últimas horas en Martín García a solas con su tío. Epumer le habló del cacique Ramón Cabral, más conocido como el Platero, que había entregado sus tierras a los huincas para establecerse donde el gobierno nacional le indicó. Luego de mucho trashumar, lo destinaron, junto con su indiada, a El Tala, a una legua del Fuerte Sarmiento. Se lo obligó a convertirse en teniente general del "Escuadrón de Ranqueles" bajo las órdenes de Eduardo Racedo y a pelear contra su propio pueblo.

—Los destinos de nuestra gente —dijo el cacique— han sido dos: entregarse, como el Platero, y vivir bajo el yugo huinca, o ser perseguido hasta morir en combate o caer preso, como Pincén y yo. Estoy contento de haber elegido este destino porque nadie puede acusarme de traición.

—Tampoco me animo a juzgar a Ramón Cabral —dijo Nahueltruz—, pues él tenía mucha gente a su cargo y habrá querido evitar una matanza.

—Piensas como huinca —expresó Epumer con una sacudida de hombros, y siguió tallando.

Nahueltruz le preguntó por su primo Llancamil, hijo de su tío Huenchu Guor, al que lo había unido una fuerte amistad.

—Tu primo Llancamil —habló Epumer— se convirtió en el hombre de confianza de tu padre cuando nos abandonaste. Se dejó acristianar por el padre Donatti allá por el 74, pero, salvo eso, siempre ha sido muy fiel. Tu padre lo mandó a conferenciar a Río Cuarto con el general Julio Roca en el 76. Allí estuvo con el padre Agustín y trajo una carta que habías escrito. Tu padre la leyó muchas veces y la conservó en su caja. Cuando tu padre murió y tu hermano Guayquiner no quiso hacerse cargo de las tribus, los Loncos me eligieron a mí, y de inmediato tu primo Llancamil se convirtió en el más valiente de mis lanceros. Cuando lo del Platero, que dejó sus tierras y se fue al Tala, yo mandé a Llancamil a salirle al paso y obligarlo a regresar a Carrilobo, pero Racedo, que es bien pícaro, le había mandado una escolta de muchos soldados para que lo protegiera, y Llancamil nada pudo hacer, aunque luchó como un toro. Ahora está preso.

—¿Llancamil preso? —repitió Nahueltruz.

—Sí, lo capturaron también a traición poco tiempo antes que a mí. Lo envié a Villa Mercedes a recoger las raciones pactadas en el acuerdo de paz cuando el coronel Arredondo le cayó encima y lo engrilló, a él y a muchos más.

—¡Mierda! —soltó Nahueltruz, y Epumer lo miró con sorpresa porque se trataba del primer exabrupto de su sobrino a pesar de que le había relatado una ringlera de injusticias.

—No se dejaron así nomás —añadió el cacique con orgullo—. Tu primo y los otros lanceros se resistieron. Dicen que fue una pelea sangrienta y que muchos murieron, pero supimos que Llancamil sobrevivió. El padre Agustín nos lo dijo. Después de que apresaron a Llancamil, decidí abandonar los toldos de Leuvucó porque sabía que, tarde o temprano, vendrían por mí. Los tratados habían sido rotos sin aviso. Muchos cayeron así, cuando iban a reclamar las raciones: Chancoleta, Chouquil, Leficurá, Huancamil. Muchos —dijo, con tono y mirada ausentes.

"Están exterminándonos", mascculló Nahueltruz, "como a una plaga de insectos". Siempre había desconfiado de los acuerdos de paz; le habían resultado humillantes las raciones y deshonrosos los cargos militares con sueldos misérrimos que les otorgaba el Ejército Argentino. El rencor, sin embargo, no lo enceguecía hasta el punto de no admitir que su pueblo se había avenido con gusto a estos pactos violados una y otra vez por una u otra de las partes. La relación entre indios y cristianos había estado, desde el primer momento, viciada por la mezquindad de unos y la ignorancia y tozudez de otros. Aunque Agustín lo tildara de pesimista, Nahueltruz creía que la ruina era el lógico final. "¿No logras ver", le había dicho Agustín en una oportunidad, "que eres el vivo ejemplo de lo que podría haberse hecho con los tuyos?". Y él le había respondido con sarcasmo: "¿Volverlos huincas? Ellos jamás habrían consentido semejante traición".

—¿Y qué sabe de Guayquiner? —preguntó Nahueltruz, refiriéndose a su medio hermano, el segundo hijo de su padre.

—Me has preguntado por la suerte de todos tus hermanos —comentó Epumer—, pero no lo habías hecho por la de él. Nunca lo quisiste —apuntó.

—Fue Guayquiner el que nunca me quiso.

—Te tenía celos. —Nahueltruz no comentó al respecto y Epumer prosiguió—: Lo cierto es que tu hermano sabía que eras el preferido de Mariano y sufría por eso. Te celaba incluso de mi madre. Se puso contento cuando te marchaste, y hubo quienes dijeron que

Guayquiner había hechos pactos con el *Hueza Huecubú* a través de alguna *pucalcú* poderosa para que esa tragedia cayera sobre ti. Pero Mariano hizo oídos sordos y ninguna *pucalcú* fue llevada ante el Consejo de Loncos para saber qué había de cierto.

Se hizo un silencio. Cuando Epumer retomó, habló con menos ímpetu, casi con tristeza.

—Guayquiner demostró poca hombría cuando rechazó el puesto que tu padre había dejado al morir.

—¿Qué ha sido de él? —insistió Nahueltruz.

—Lo último que supe fue que andaba huyendo a la cabeza de un grupo de cien indios. Lo avistaron por la zona del Colorado. Creo que buscaba aliarse con Baigorrita y su hermano, Lucho, para mantener las tribus unidas.

Al momento de partir, Nahueltruz abrazó a Epumer y le reiteró sus promesas. Éste volvió a palmearlo en la mejilla al tiempo que expresó:

—Te has convertido en un hombre importante, hijo. Tu madre estaría orgullosa de ti. Tu padre también, que te amaba tanto. Quiero que sepas que ni un solo día mi hermano Mariano mostró enojo o despecho por tu partida, y que siempre te justificó cuando los Loncos le reprochaban haberte dejado huir tan lejos.

Durante el viaje de regreso, mientras la corbeta se alejaba de Martín García, Nahueltruz llegó a pensar que habría sido mejor que su tío se enfureciera y terminara por renegar de él. "Al menos", pensó, "debería lidiar con rabia y enojo y no con esta pena y esta culpa con las que no sé qué hacer". Ansiaba regresar a Laura y al refugio y al solaz que representaba para él.

Se sentó sobre un barril y abrió la caja de Mariano Rosas. Pasó los dedos por aquellos objetos tan disímiles y se le ocurrió que su padre y su madre también los habían tocado. Se llevó la mano a la frente para ocultar que lloraba.

CAPÍTULO XXVI
El noble inglés

Así como los días en Martín García habían transcurrido lentamente para Nahueltruz, los de Laura en Buenos Aires habían sido vertiginosos y precipitados. A los arreglos para el casamiento de Magdalena se sumaron los necesarios para atender a lord Leighton y a su hermana, lady Pelham, que llegaron un día antes del previsto, el mismo de la partida de Nahueltruz, por la tarde. Un carruaje alquilado, con dos pajes en librea sujetos a la parte posterior, se detuvo frente a la Santísima Trinidad provocando un jaleo dentro de la casona que nadie trasuntó cuando salieron a recibir a los nobles ingleses.

Lord Leighton volvió a causar admiración con su porte de gentilhombre y sus maneras impecables. Lady Pelham, por su parte, resultó afable y desprovista de los melindres que se imputan a las de su rango, a pesar de que con sus joyas y su vestimenta dejaba en claro que la amistad con la reina Victoria no era cuento. De inmediato, luego de las presentaciones, lady Pelham le pidió a Laura que la llamara por su nombre de pila, Verity.

—No tiene sentido ninguna formalidad entre nosotras, querida, ya que pronto seremos hermanas —expresó, y Laura le sonrió, agradecida porque lady Verity sólo hablaba inglés.

La criada de lady Pelham, a quien ella presentó como *"my lady-in-waiting"*, y los pajes, que llevaban la librea de la casa de Newcastle, se ocuparon de bajar el equipaje y depositarlo en las habitaciones que les indicó María Pancha, mientras los Montes y sus recién llegados se acomodaban en la sala para tomar el té. Magdalena se había informado con una amiga inglesa, Susan Miller, acerca de cómo lo servían en el Imperio: el punto exacto del agua, la proporción de hojas, la necesidad de calentar la tetera previamente, el modo de inclinarla al verter la infusión, el famoso chorrito de leche —que jamás debía ser hervida sino cruda—, la cantidad de terrones de azúcar, las confituras que más gustaban y un sinfín de detalles que sólo Magdalena y su hermana Soledad se avinieron a escuchar y respetar.

El doctor Pereda se presentó apenas iniciada la ceremonia del té, y Laura le dio la bienvenida con sincero agrado pues su futuro padrastro hablaba fluidamente el inglés y mantuvo entretenida a lady Verity, algo aislada por la barrera del idioma. Lord Edward, en cambio, había mejorado ostensiblemente su castellano en los dos últimos años y departía con todos sin amedrentarse. Habló de los maravillosos días transcurridos en Río de Janeiro y mencionó que, de regreso, le gustaría pasar una nueva temporada en esa ciudad, "si la señora Riglos está de acuerdo", agregó. Laura se puso incómoda.

Sus abuelos, su madre, incluso tía Soledad, estaban tan a gusto en compañía de lord Leighton, parecían tan orgullosos de que una personalidad como él quisiera emparentar con ellos, que Laura se apenó por la desilusión que les causaría. Ciertamente se trataba de un hombre de atractivo innegable; su estilo, más que distinto, era opuesto al de Nahueltruz y, sin embargo, no resultaba menos viril ni estimulante. Llevaba el pelo y el bigote, ambos de una tonalidad indefinida entre el rubio y el castaño claro, prolijamente mondados y peinados. Su camisa blanca de poplín egipcio asomaba bajo el saco de la levita gris oscuro, que contrastaba de maravillas con el plastrón de seda gris perla. Las mancuernas de oro hacían juego con el alfiler que sujetaba la pechera, mientras la cadena del reloj colgaba del pequeño bolsillo del chaleco. Tenía zapatos negros de un cuero bruñido como Laura no había visto y que en un principio no le agradó. Su colonia, en cambio, la cautivó.

A pesar de que los detalles acreditaban el carácter puntilloso de lord Edward, al tratarlo resultaba difícil creer que le diera importancia a los vaivenes de la moda. La manera en que hablaba, el estilo sereno que usaba para contemplar a su interlocutor y el cariño que prodigaba a su hermana evidenciaban una índole humilde y generosa. Se deshacía en loas para complacer a los Montes y encumbrar a Laura. Sus ojos azules la seguían con avidez y pocas veces la perdían de vista.

Esa noche cenaron en lo del doctor Pereda, que cometió la torpeza, en opinión de Laura, de invitar a personas ajenas al círculo familiar. Más allá de la relación comercial que los unía, a nadie pasó por alto el trato preferencial que lord Edward confería a la viuda de Riglos, y se comenzó a especular acerca del objeto de esa segunda visita del inglés en ocasión de cumplirse los dos años de luto. Al día siguiente, en el mercado de la Recova Nueva, María Pancha se sorprendió con una sarta de comentarios sobre las motivaciones del lord, que, para media mañana, ya era nieto de la reina Victoria. Entre puesto y puesto, en medio de pregones y regateos, María Pancha soportó los interrogatorios encubiertos y tímidos de las otras criadas hasta que las oxeó como a gallinas.

Las tarjetas con invitaciones llovieron en la Santísima Trinidad y el salón de doña Ignacia nunca estuvo tan concurrido. Lady Verity y lord Leighton se convirtieron en el atractivo de la ciudad, y el interés por su linaje, sus riquezas y sus conexiones con la corona del Imperio Británico desplazaron a los temas políticos, los que, momento a momento, adquirían un tenor más oscuro y belicista. Todos los periódicos, con excepción de *La Aurora*, destinaron un espacio en sus columnas de sociales a la visita de los aristócratas ingleses. Los más irreverentes, como *El Mosquito* y *La Nación*, se atrevieron a mencionar un posible matrimonio entre lord Leighton y la viuda de Riglos, y especularon con el desconsuelo del general Roca. Algunas de las señoras que visitaban el salón de doña Ignacia, ansiosas por acomodar a sus hijas casaderas, se preguntaban si lord Edward conocía el pasado *non sancto* de la viuda de Riglos, ese que la tenía por amante de un salvaje, o los chismes que la asociaban íntimamente con el ministro de Guerra y Marina.

Al final del segundo día Laura decidió que su familia, los hermanos Leighton y ella pasarían unos días en la quinta de San Isidro. Necesitaba paz, tenía que alejarse de la anarquía y el delirio en los que había caído la sociedad de Buenos Aires; se marcharía para preservar a lord Leighton, pero también para aplacar los dimes y diretes que terminarían por perjudicarla. Además, no enfrentaría a lord Leighton en medio de tanta agitación, él merecía una explicación que ella sólo podría darle si tomaba distancia y coraje. María Pancha permanecería en la Santísima Trinidad, atenta al regreso de Nahueltruz; apenas conocido su arribo a Buenos Aires, enviaría un mensaje a San Isidro. Con la excusa de un asunto urgente, Laura dejaría atrás a lord Leighton y a su familia para reencontrarse con él. No quería a Nahueltruz y a Leighton en la misma ciudad.

—¿Pretendes que me marche a San Isidro en las vísperas de mi boda? —se quejó Magdalena—. Todavía queda tanto por hacer.

—No queda nada por hacer —objetó Laura—, todo está listo: nuestros trajes, la ceremonia, la comida, todo —insistió—. Además, María Pancha permanecerá en la Santísima Trinidad para ultimar detalles. Le vendrían bien unos días de descanso antes de la boda. Luce muy intranquila. Sus ojeras delatan que no duerme. No tendrá buena cara el día más importante. Usted conoce el efecto que San Isidro ejerce sobre su ánimo. Regresará completamente cambiada, descansada y tranquila. Si le parece apropiado, puede pedirle al doctor Pereda que nos acompañe.

Doña Ignacia y Soledad también despotricaron, remisas a partir después de haberse convertido su casa en el salón más concurrido y los Montes en la familia más envidiada. La temporada prometía la pompa de los años de la baronesa Pilarita. Sin embargo, cuando Laura amenazó con marchar a San Isidro llevándose al motivo y centro de tanto jaleo, las mujeres consintieron en seguirla.

La idea de unas vacaciones en el campo complació a lord Edward, que en su Inglaterra natal prefería la finca de Devon a su astillero en Liverpool o a la mundanal Londres. Él sostenía que la naturaleza y las costumbres simples y relajadas propiciaban el bienestar y la buena voluntad entre la gente. Necesitaba tratar a Laura, cortejarla, seducirla y conquistarla. La había notado esquiva, le rehuía la mirada y, en dos ocasiones, había evitado quedar a solas con él. En el campo, encontraría el momento para hablar con ella y elevarle nuevamente su propuesta. Él mismo buscaría sosegarse. No actuaría precipitadamente como tantas veces en el pasado.

Más allá de los años transcurridos, todavía resonaban en su mente las súplicas del viejo lord Leighton cuando lo instaba a abandonar la descabellada ocurrencia de partir hacia Crimea para alistarse en una guerra absurda e innecesaria; él, creyéndose inmortal y dueño de la verdad, desoyó a su padre y se enroló en el ejército de Su Majestad para combatir a los rusos. Edward jamás imaginó que algún día vería las vísceras de su mejor amigo desparramadas en el suelo, o que escucharía alaridos tan desgarradores, o que el olor de la sangre y el de la pólvora le producirían arcadas, o que el humo de los cañones lo dejaría prácticamente ciego y sin aliento en pleno campo de batalla. Su idea romántica de la guerra se dio estrepitosamente de bruces aquel día del 54 durante la batalla de Balaklava, y pudo haber muerto cuando una bayoneta rusa se hundió en su costado.

Edward tampoco sabía por qué se había casado con Helen Hamilton, condesa de Exeter. Quizá, después de los horrores de Crimea, lo atrajeron su timidez, su recato y suavidad como también sus fuertes convicciones religiosas que se oponían a todo tipo de violencia. Se casaron a los pocos meses de conocerse y, desde la misma noche de bodas, Edward supo que se había equivocado. Aunque ella puntualmente quitaba el cerrojo de su habitación los miércoles por la noche y permitía que él se escabullera en silencio y a oscuras para no despertar la conciencia de nadie, Edward jamás había podido verle más allá del ombligo. A Helen le costaba, le dolía, le molestaba, le incomodaba, la asustaba. La luz que permanecía apagada y la manta que los cubría por completo conferían al acto la pecaminosidad que el gesto y los ojos de su esposa denunciaban sin gemidos ni jadeos. Edward terminó dándose cuenta de que odiaba los miércoles. Una noche mandó decir que estaba engripado, otra tuvo una reunión con la logia, otra invitó a cenar al Lord Mayor, y no pasó mucho hasta que las excusas no fueron necesarias. Al cumplirse casi once años de matrimonio, Helen murió tras varios días de padecimientos causados por la fiebre tifoidea.

El desencanto con Helen lo volvió taciturno y antagónico al matrimonio. Verity no cejaba en presentarle amigas y parientas de su esposo en la esperanza de que alguna reavivara el deseo. Todas eran hermosas y cultivadas, pero Edward sospechaba que tras esa apariencia intachable se escondía un ser retorcido y complicado que él nunca llegaría a entender. No lamentaba la falta de una esposa. No la necesitaba. Durante el día se mantenía ocupado con sus variadas actividades sociales y de negocios. El astillero en Liverpool había sido una atinada inversión que requería su presencia casi constante, como también su finca en Devon y sus intereses en Londres. De noche, se divertía en la tertulia de algún amigo o en la sala de su club de la calle Saint James. En cuanto a las necesidades propias de cualquier hombre joven y saludable, él las satisfacía con prostitutas en los burdeles del Soho. Ellas no preguntaban ni cuestionaban, no miraban con espanto o se asustaban; se trataba de mujeres libres y osadas, voluptuosas y apetecibles, que se paseaban desnudas después de copular, siempre ávidas de nuevas prácticas.

Existía un aspecto en Laura Escalante que le recordaba a las prostitutas del Soho, y no se trataba de su apariencia, por el contrario, Laura tenía el porte, las facciones y los modos de una inglesa de alcurnia. El atractivo, en realidad, se hallaba oculto en su temperamento, que cada tanto destellaba en sus ojos de azabache. Laura Escalante lo incitaba de un modo sutil y sofisticado, como espontáneo y desvergonzado era el de las mujeres del Soho. ¿Sería posible que una mujer fuera, al mismo tiempo, señora en la mesa y meretriz en la cama?, ¿que una mujer resumiera la condición de respetable esposa que le iba a su posición social y la de amante por la que bramaba su naturaleza? Había tenido que viajar miles de millas, cruzar un océano que lo había humillado dándole vuelta el estómago sin consideración a su abolengo, para descubrir a esa sirena de largos cabellos rubios, piel de marfil y exóticos ojos negros que le había hecho volver a desear una compañera para su vida.

Lady Verity encontró la estancia de San Isidro tan inusual como encantadora, y aseguró que las construcciones españolas, si bien menos elaboradas que las francesas o las inglesas, poseían una sencillez en sus líneas que las volvían adorables y pintorescas. Para lady Verity, nada que se relacionara con Laura o su familia tenía defectos; ella encontraba todo, sin excepción, digno de alabanza; ni siquiera la condición de católica de Laura parecía disgustarla y, cuando se enteró de que su futura cuñada escribía folletines y usaba su nombre de soltera para firmarlos, se limitó a decir, con una sonrisa: "*Very interesting, very interesting*". Esta predisposición de lady Pelham a admirar cuanto se relacionaba con ella hacía más infeliz a Laura.

La primera noche en San Isidro, mientras lady Verity, ayudada por el doctor Pereda, les enseñaba a los Montes a jugar al *whist*, Laura y lord Edward se retiraron a la biblioteca. Laura se acercó al bargueño para servir dos copas, pero lord Leighton le dijo que él lo haría. Laura asintió con una sonrisa y permaneció a su lado mientras él las llenaba. Los alcanzaron las risas de la sala y se miraron con complicidad.

—Parece que su hermana está pasando un grato momento —comentó Laura, y se sentó en un canapé.

—Mi hermana está feliz —manifestó lord Leighton, mientras se acomodaba frente a ella, en un sillón—. ¿Sabe por qué? —Laura negó con la cabeza—. Porque dice que usted es la mujer más hermosa e interesante que ha conocido. Dice que nunca imaginó que tendría una hermana tan maravillosa.

Laura bajó la vista y sorbió el brandy.

—Lord Leighton —dijo.

—Por favor, Laura, llámeme Edward.

—Muy bien, Edward, dígame, ¿cómo marchan mis inversiones en las minas de carbón y en su astillero?

El dinero invertido había crecido considerablemente, y lord Leighton se esmeró en detallar las circunstancias que habían propiciado que tanto la construcción de barcos como el negocio de la hulla y el carbón hubiesen sido rentables en los últimos años. Laura hacía preguntas y emitía opiniones, y lord Leighton se convenció de que esta muchacha argentina tenía más sentido común que algunos de sus asociados.

—Edward —dijo Laura—, he leído recientemente que las condiciones de trabajo en las minas son crueles, que los mineros mueren muy jóvenes debido a las afecciones pulmonares y a la falta de descanso y buena alimentación. Me ha horrorizado un comentario que asegura que, en minas de acceso muy estrecho, son niños los que trabajan. Yo no podría seguir invirtiendo en sus minas si ésta fuera la realidad.

"También por esto la amo tanto", se dijo lord Leighton. Había pensado en Laura Riglos todos los días durante esos dos largos años y en ese instante se daba cuenta de que no se había equivocado en pedirle que fuera la nueva lady Leighton.

—Es cierto —aseguró lord Edward—, las condiciones en muchos casos son deplorables. En nuestras minas, sin embargo, hemos tomado medidas que tienden a mejorarlas ostensiblemente. No contratamos niños, de eso puede usted estar tranquila. Aunque debo decirle que, en no pocas ocasiones, son los mismos padres los que quieren que sus hijos trabajen. En fin, el hambre y la miseria llevan a la gente a proceder con desesperación.

—Sí, es cierto —coincidió Laura.

—Como le decía —prosiguió Leighton—, hemos implementado medidas que, me complace decir, son revolucionarias. Junto con un gran amigo, dueño de una hilandería a orillas del río Tweed, convoqué a médicos e ingenieros para analizar de qué manera podíamos mejorar las condiciones de vida de nuestros trabajadores. Los resultados hasta ahora son satisfactorios. La mortalidad ha descendido notablemente en los últimos dos años. Pero la mejor prueba de que en mis minas y en la hilandería de mi amigo la paga y las condiciones son superiores que en cualquier otra de Inglaterra es la larga fila de hombres que, a diario, nos piden trabajo. Pero eso, espero, lo verá usted con sus propios ojos.

—Los propietarios de otras minas, ¿no han tratado de imitarlos? —preguntó Laura.

Lord Leighton rio, y Laura no supo si lo hacía porque ella había deliberadamente obviado su última alusión o por el tenor de la pregunta. Disimuló su desconcierto. Se llevó la copa a los labios y mantuvo la mirada fija en lord Edward.

—¿Imitarnos? —repitió Leighton—. Nada de eso, Laura, nada de eso. Todo lo contrario. Tenemos serios problemas con nuestros pares. Nos llaman revoltosos y agitadores porque las mejoras llegan a oídos de sus mineros que comienzan a exigirles lo mismo para sus minas.

—¿Dónde radica el problema? —se impacientó Laura—. ¿Acaso no es conveniente que los mineros estén sanos y que trabajen mejor y más contentos?

—Los cambios hechos tanto en la hilandería de mi amigo como en mis minas cuestan dinero, Laura, y no todos están dispuestos a bajar sus rentabilidades.

—¡Oh, por Dios Santo! No se les pide que trabajen a pérdida, sólo que bajen un poco la utilidad por el bien de sus empleados. Después de todo, son los mineros quienes les permiten ganar esas fortunas. Sin esas pobres gentes, ¿quién se metería en las minas para sacar el carbón? ¿Ellos? Lo dudo. Arruinarían sus costosos trajes y zapatos. ¿Para qué tanto dinero si finalmente dejamos este mundo con lo que llevamos puesto? —se preguntó.

En ocasión de conocerla, lord Leighton recibió la impresión de que Laura aún padecía por la muerte de su esposo. Se mostraba proclive a la melancolía y a la soledad; generalmente permanecía callada, como desapegada de las cosas de este mundo. Él, sin embargo, había entrevisto bajo ese manto de aflicción un temperamento apasionado y audaz. Sus juicios, su modo de mirar, su avidez por conocer y aprender, la manera en que conducía su casa y a sus miembros, la autoridad con la que se dirigía a la gente, lo llevaron a pensar que la viuda de Riglos, en realidad, era distinta. Dos años desde la muerte de su esposo habían operado maravillosamente en su temperamento. De pronto su verdadera naturaleza, esa que a él lo atraía tanto, comenzaba a asomar.

—Temen —explicó Leighton— que, una vez otorgados ciertos beneficios, los reclamos no tengan fin.

—Pero los mineros mueren y son infelices —se entristeció Laura—. ¿No se dan cuentan de que si presionan y presionan a esas gentes algún día explotarán? ¿Quién desea una nueva revolución francesa? Las revoluciones son siempre sangrientas e injustas. La ira del oprimido es de temer.

La impotencia no la enojaba, más bien la deprimía. Lord Leighton dejó el sillón y se sentó junto a Laura, en otro canapé. Le tomó la mano y se la besó.

—Laura, Laura, por favor, no se apene. No hemos venido hasta aquí para entristecernos sino para estar felices. Lo cierto es que somos poca cosa para solucionar los problemas de todas las personas. Éste es un mundo injusto, Laura, siempre lo ha sido, siempre lo será. Quédese tranquila al saber que las minas en las que usted invierte tratan humanamente a sus mineros y que ellos son más felices que otros pobres desdichados.

—Sí, sí —susurró Laura, y soltó la mano de lord Leighton—. Edward —dijo, pasado un silencio—, quiero hablar con usted. Necesito ser sincera con usted. Quiero contarle la verdad.

—Lo sé todo —expresó, la voz de pronto endurecida—. Pero le aseguro que para mí nada ha cambiado. Sean infamias o verdad, yo a usted la amo profundamente y nada alterará ese sentimiento. Mi propuesta sigue en pie. Aún quiero que sea mi esposa.

La miró con tal intensidad y demanda que Laura carraspeó.

—¿Qué es lo que usted sabe, Edward? —atinó a preguntar.

Leighton sacó un sobre del bolsillo de su chaqueta y se lo entregó.

—Léalo —instó.

Se trataba de un anónimo en el cual se detallaban los amoríos de Laura con "un salvaje desnaturalizado" de las pampas seis años atrás y los más recientes con el ministro de Guerra y Marina, el general Julio Roca, "un hombre casado y con hijos". Tía Dolores ni siquiera se había cuidado de disimular la caligrafía.

—La recibí esta mañana —explicó lord Leighton—, antes de partir hacia aquí. Vino en la bandeja junto al desayuno. Preferí no darle importancia y tomarlo como una calumnia, como la cobardía que es. Ahora, sin embargo, cuando usted dijo que quería sincerarse conmigo, imaginé que el contenido de la nota podía ser cierto.

—Efectivamente, todo lo que dice esta nota es cierto, Edward, a excepción de una cosa: no se trataba de un salvaje desnaturalizado sino de un ranquel, un nativo del sur de nuestro país, que de salvaje desnaturalizado no tenía absolutamente nada. Él era un hombre culto y noble, de corazón muy humano, hijo de un gran cacique y de una magnífica mujer. Lo amé con locura, como jamás he amado. Lo amo aún con la misma intensidad de seis años atrás.

Lord Leighton se levantó súbitamente, como ahuyentado por las palabras de Laura, y le dio la espalda para ocultar el dolor que le provocaban. Siempre había sospechado que detrás de su melancolía se ocultaba un amor contrariado. Creyó que se trataba del esposo muerto, que con el tiempo llegaría a olvidar. En ese momento, sin embargo, podía ver en los ojos de Laura que jamás olvidaría a ese salvaje desnaturalizado. No imaginó que una confesión de esa índole lo lastimaría tan profundamente. Pero no importaba, él todavía la quería; le parecía que ya no podía vivir sin ella.

—Le agradezco que haya sido sincera conmigo —expresó—. Eso demuestra su valentía. No obstante, nada de lo que diga ese anónimo, verdadero o falso, ha movido un ápice mi decisión. Quiero casarme con usted. Yo la amo, Laura —dijo, y volvió a sentarse junto a ella—. Yo la amo como usted ama a ese nativo del sur. No me importa si usted en este momento no me quiere. Seré paciente, nunca le exigiré aquello que no esté dispuesta a darme. Iremos lentamente, primero nos conoceremos, seremos amigos. Estoy seguro de que el amor llegará con el tiempo. Estoy seguro.

En el ímpetu, lord Leighton había empezado a hablar en inglés y Laura le entendía a medias. De todos modos, sabía que estaba entregándose a ella sin condiciones ni exigencias, sin reproches ni juicios. "¡Qué distinto sería si ese anónimo hubiese caído en manos de Nahueltruz! ¡Qué distinta habría sido su reacción!", se lamentó. La desconfianza y el resentimiento habrían aflorado y prevalecido. Habría sido el fin. Pero Laura se dijo: "Por esto sé que amo tanto a Nahueltruz, porque lo amo a pesar de sus defectos".

—Lord Leighton —dijo, sin reparar en que había caído nuevamente en el formalismo de tratarlo por su título nobiliario—, no puedo casarme con usted. No puedo.

—¡Laura! —suplicó el inglés—. No me diga eso, por favor.

—Lord Leighton, necesito que escuche atentamente lo que voy a contarle. Sepa que esta historia, *mi* historia, sólo la he revelado a tres personas, tan íntima e importante es para mí. Sin embargo, quiero que usted la escuche a modo de explicación, para que logre comprenderme y perdonarme. Sin duda, puedo contar con su discreción.

—Lo que me confiese este día se irá conmigo a la tumba.

Le tomó mucho tiempo a Laura detallar los vaivenes de su vida desde el año 73. Ya no llegaban las risas de los demás que jugaban al *whist*, y la paz y el silencio denotaban que se habían ido a dormir. Leighton escuchaba con actitud reconcentrada y en contadas ocasiones la interrumpió con alguna pregunta. Más bien la dejaba hablar. Laura se mantuvo constante a lo largo de su relato y ni siquiera se quebró en las partes más tristes. De todos modos, para Leighton resultó fácil entrever que las heridas aún no cicatrizaban, que había mucho dolor dentro de ella, que ese dolor la desconcertaba y la aturdía a veces.

—Edward, he depositado la vida del hombre que amo y la mía en sus manos al revelarle que Lorenzo Rosas y Nahueltruz Guor son la misma persona.

—No dudo de que la muerte del coronel Racedo fue justa —aseguró Leighton—. Guor hizo lo que cualquier hombre de bien habría hecho en su posición: defender el honor y la vida de la mujer que ama. Cualquier tribunal lo habría absuelto.

—No aquí, Edward. Los indios son poco menos que animales. Aquí habría sido ejecutado sin juicio. Creo que por eso el general Roca no lo delató, porque sabe que Nahueltruz sólo puede esperar inequidad de la Justicia argentina.

—Comprendo.

CAPÍTULO XXVII
La malicia

Nahueltruz llegó al puerto de Buenos Aires entrada la noche. Alquiló una volanta y la hizo detener frente a la Santísima Trinidad. La casona estaba a oscuras y presentaba un aspecto desolador que lo acobardó. Temía que durmieran. Ya resultaba demasiado impropio presentarse fuera del horario de visitas o sin invitación para estremecer a la familia con sus aldabazos.

Marchó inquieto a su casa en la calle de Cuyo. Necesitaba a Laura en ese instante. Comenzó a experimentar una imperiosa necesidad de su cuerpo; quería desnudarla, admirarla, hacerle el amor. Sólo en ella se refugiaría su alma atribulada. Pero debería conformarse con su familia. Tomar un baño, comer un plato preparado por Lucero y descansar sobre un colchón le parecieron buenos paliativos. En Martín García había dormido sobre un jergón de paja lleno de protuberancias que se le clavaban en la espalda, y comido malamente. Estaba exhausto y tenía el estómago delicado. "Y pensar", se dijo, "que yo solía dormir en el suelo, comer carne de yegua y beber sangre tibia". A veces tenía la impresión de que jamás había sido indio.

Al día siguiente se levantó a las seis, desayunó con su familia y, entre mate y mate, debió responder a una letanía de preguntas. Mariana lo escuchaba sin mirarlo y, cada tanto, se le escurría una lágrima.

—*Cucu* —dijo Nahueltruz, y la tomó de la mano—, le prometo que conseguiré liberar a mi tío Epumer.

Antes de salir, encomendó a doña Carmen entregar dos esquelas, una en la Santísima Trinidad y otra en casa de la señora Carolina Beaumont. Cerca de las diez, partió a la tienda de ultramarinos y compró una caja con habanos. Luego, se dirigió a lo del senador Cambaceres.

—Me alegra encontrarlo en su casa, senador —manifestó Nahueltruz—. Venía a agradecerle el permiso que me gestionó. Anoche regresé de Martín García. Tome —dijo, y le entregó la caja con puros—, ésta es una pequeña muestra de lo agradecido que está el padre Agustín con usted.

—¡Vaya! —se sorprendió Cambaceres, mientras abría la caja y olía los cigarros—. De la mejor calidad —expresó—. Gracias, muchas gracias, Rosas. Pase, por favor, tome asiento. ¿Qué desea tomar? —Rosas desestimó el ofrecimiento con una sacudida de mano—. Espero que traiga buenas noticias para su amigo, el padre Escalante. Aunque, en verdad, no es a mí a quien deben agradecer el salvoconducto sino al general Roca. Él fue quien lo emitió sin ningún pedido de mi parte.

—¿Roca? —se extrañó Nahueltruz, y un sentimiento incómodo opacó su alegría.

—Pues sí, el mismo general Roca. Tiempo atrás, me convocó a su despacho y me dijo que, como se había enterado del deseo del padre Escalante de visitar a su amigo, el cacique Epumer, él mismo se encargaría de emitir la documentación necesaria para cumplir con el pedido. A mí me extrañó sinceramente. Roca no es un hombre reconocido por sus actos benevolentes o generosos.

—No entiendo —insistió Guor.

—Bueno, bueno —dijo Cambaceres, y se reclinó en actitud confidente—. Yo creo que, en realidad, quien está detrás de esto es la hermana de Escalante, la viuda de Riglos. Usted quizá no sepa porque no es de Buenos Aires, pero se dice que ella y Roca... En fin, usted me entiende.

—No, no entiendo.

—Yo mismo me la topé días atrás en el despacho del general, y el amanuense me dijo que había estado allí en otra oportunidad. Luego de su visita, de aquella primera visita —explicó Cambaceres—, el amanuense recibió de inmediato la orden de convocarme para hablar sobre este tema del permiso. Yo no creo en coincidencias.

—El hecho de que la señora Riglos haya pedido ayuda al general —razonó Guor— y que el general se la haya concedido no es motivo suficiente para suponer que entre ellos exista algo más que una amistad.

—Por supuesto que no —se apresuró a decir Cambaceres—. Por supuesto que no —recalcó—. Son sólo especulaciones y habladurías. Pero me atrevo a decir que esa mujer tiene un gran ascendiente sobre él.

Nahueltruz hizo el camino de regreso de pésimo humor, que no mejoró cuando doña Carmen le explicó que había dejado la esquela en manos de María Pancha porque Laura y su familia habían salido de la ciudad. En cuanto a los Beaumont, Armand escribió en la misma nota una invitación para almorzar ese día en casa de la señora Carolina. En ese estado de ánimo, Nahueltruz no tenía deseos de encontrarse con nadie, pero la posibilidad de averiguar acerca de Laura lo hizo cambiarse y salir. Doña Carolina lo recibió con su habitual dulzura, y lo hizo sentir a gusto. Armand y Saulina se mostraron cariñosos e interesados en su viaje. Enseguida aparecieron las hermanas Montes, Iluminada, María del Pilar y Eugenia Victoria, junto a su madre, la señora Celina, a su tía, la exiliada, la señora Dolores Montes, y a su cuñada, Esmeralda Balbastro.

—¡Ah, qué agradable sorpresa, señor Rosas! —exclamó Eugenia Victoria—. ¿Cuándo regresó usted de viaje?

—Anoche, señora, muy tarde.

—Espero que sus negocios hayan marchado bien.

—Muy bien, gracias.

—¿Ya ha tenido oportunidad de ver al señor Tejada? —se interesó Eugenia Victoria.

—Sí, esta mañana antes de que se fuera a trabajar.

—El señor Tejada cenará con nosotros esta noche —anunció Eugenia Victoria—. ¿Por qué no nos acompaña usted también?

—Agradezco infinitamente su invitación, señora Lynch, pero tengo un compromiso. ¿Cómo se encuentra su esposo?

—Muy bien, gracias.

—¿Y la señorita Pura?

—Haciendo grandes progresos con su francés.

—¿Y los niños?

—En excelente salud, gracias a Dios.

Se hizo un silencio en el que Guor se debatió entre preguntar por Laura o domeñar su ansiedad. La anfitriona lo tomó del brazo y anunció que la comida estaba servida. El almuerzo transcurrió sin contratiempos. A los postres, Dolores Montes preguntó a tía Carolita si sabía cuándo regresarían su familia y los Leighton de San Isidro.

—¿Los Leighton? —repitió Guor, sin caer en la cuenta de su imprudencia.

—Los Leighton —explicó tía Carolita—, los hermanos Leighton —aclaró—, lord Edward y lady Verity, amigos de mi sobrina Laura. Acaban de llegar de Inglaterra.

Nahueltruz buscó a Esmeralda con la mirada y la notó perturbada.

—Como el señor Rosas ha estado fuera de la ciudad durante los últimos días —habló Dolores Montes—, quizá no conoce la gran noticia que ha sorprendido a todas nuestras amistades.

—Tía —terció Esmeralda—, por favor, todavía no se ha confirmado...

—Oh, pero sí que se ha confirmado —interpuso Dolores—, ya todos lo saben y es una excelente noticia. Me gusta compartirla con amigos de la familia.

—Señor Rosas —dijo Eugenia Victoria—, mi esposo me comentaba hoy que...

—¿Sabía usted, señor Rosas —interrumpió Dolores—, que mi sobrina Laura va a contraer matrimonio con lord Leighton, un noble inglés, y que se convertirá en lady Leighton? Él llegó días atrás de Inglaterra para llevársela. Es un hombre muy rico, un lord —dijo, enfatizando la palabra "lord"—, emparentado con la casa real...

Nahueltruz no escuchó el resto. Un estupor profundo y abrumador se apoderó de él y le detuvo el corazón por lo que pareció un instante eterno. Se levantó cuando todos lo hicieron y caminó a la sala detrás de Armand. Se disculpó con la señora Carolina y se marchó sin compartir el café. Nunca supo si se despidió del resto de las señoras o si se marchó dejándolas boquiabiertas. Un estremecimiento lo devolvió a sus cabales al recibir los insultos de un carretero por cruzar la calle como borracho. Miró hacia uno y otro lado, desorientado, perdido. No sabía qué hacer, adónde ir. Caminó sin rumbo, medio cegado por las lágrimas.

Al atardecer, Esmeralda Balbastro llamó a la puerta de la Santísima Trinidad. La casa parecía vacía, no había luz en el interior y tampoco se escuchaban los acordes del piano que Soledad acostumbraba tocar a esa hora. Resultaba evidente que la familia y sus invitados ingleses no habían regresado de San Isidro. A punto de dar la vuelta y subirse a su coche, Esmeralda escuchó el sonido del cerrojo. María Pancha se sorprendió al verla.

—¡Señora Esmeralda! —exclamó—. Pase, por favor. Disculpe si la he hecho esperar, pero estaba en la otra punta de la casa. Estoy sola —explicó—, le di franco a los demás.

—Sí, sí, claro —replicó Esmeralda, y María Pancha la notó inusualmente nerviosa.

—La familia aún no ha regresado de San Isidro. ¿Necesitaba algo, señora?

—María Pancha —dijo Esmeralda, y cierta solemnidad en su tono alertó a la negra—, ¿podemos hablar francamente?

—Pues sí, señora, claro. Pase, por favor. Siéntese usted, por favor.

María Pancha permaneció de pie, y Esmeralda le pidió que se acomodase a su lado.

—No, señora —respondió la criada—. Jamás tomaría asiento en la sala de los señores.

—Está bien, como gustes. He venido tan pronto como he podido. Me urgía hablar con Laura, pero lo haré contigo porque estoy segura de que estás al tanto de sus asuntos. —María Pancha asintió con un movimiento imperceptible de cabeza—. Yo conozco —prosiguió Esmeralda más pausadamente— la relación que une al señor Rosas y a Laura. Sé que son amantes —aclaró, pero María Pancha siguió mirándola, imperturbable—. Conozco también que lo fueron en el pasado, durante el tiempo en que Laura estuvo en Río Cuarto cuidando al padre Agustín. Sé que Lorenzo Rosas es aquel salvaje al que Laura nunca pudo olvidar.

—Nunca —ratificó María Pancha—. Lo amó siempre y lo va a amar hasta el día en que se muera. Así de empecinada es mi niña.

—¿Y qué hay de lord Leighton? ¿Es cierto que van a casarse?

—No, no van a casarse —aseguró María Pancha.

—Pues Dolores Montes le dijo hoy al señor Rosas que su sobrina Laura y lord Leighton iban a casarse.

—Maldita Dolores —mascculló María Pancha—. Maldita mujer.

—Lo hizo con tanta malicia —explicó Esmeralda— que tuve la impresión de que ella también está al tanto de lo que existe entre Laura y el señor Rosas.

—¡Por supuesto que lo sabe! Lo hizo a propósito. Lo hizo para vengarse. Lo hizo para lastimar a mi niña donde más le duele. —María Pancha levantó la vista y miró fijamente a Esmeralda antes de expresar—: Y si conozco al señor Rosas, imagino que su reacción ha sido desproporcionada.

—Algo más sucedió que lo ha puesto como loco, María Pancha. El senador Cambaceres le dijo que fue Laura quien le pidió al general Roca que emitiese el salvoconducto para ingresar en Martín García.

—¡Santo Dios!

—Tenemos que avisar a Laura de inmediato —urgió Esmeralda—. Ella tiene que venir a Buenos Aires. El señor Rosas habla de regresar a París. He tratado de disuadirlo, de decirle que sólo son rumores, pero no he conseguido hacerlo entrar en razón. La ira lo consume, el rencor lo vuelve ciego. En un instante, Laura se ha vuelto su enemigo. No la nombra, la llama "ella", como si mencionarla le pesase. Por momentos su furia me da miedo, María Pancha.

—A mí no —aseguró la criada, mientras se quitaba el mandil—. Llegó la hora, señora Esmeralda, de hablar con la verdad. Ese indio mal avenido va a tener que escucharme. ¡Eusebio! ¡Eusebio! —gritó, pero no obtuvo respuesta, y enseguida se acordó de que le había dado el día libre.

—Vamos, María Pancha, cámbiate. Te llevaré en mi coche.

—No habría esperado menos de usted, señora. Una Balbastro de pura cepa —remató la negra.

Después de dejar lo de Beaumont, Nahueltruz Guor caminó por la calle de la Florida hasta llegar a la Plaza de Marte, un sitio solitario y pantanoso en el extremo norte de la ciudad al que habían renombrado "San Martín" el año anterior. A pesar del largo trayecto, no experimentaba cansancio ni sed ni hambre; se había aletargado, caminaba sin sentir las piernas, miraba sin ver, oía sin escuchar, respiraba sin percibir los olores, recordaba sin pensar. Su cuerpo se había separado de él haciéndolo perder contacto con aquello que lo rodeaba. Su padecimiento no era físico, pero la angustia le dolía en el pecho.

Poco a poco los razonamientos afloraron con más claridad, y su mente repasó los acontecimientos uno a uno, buscando la justificación que lo redimiera del tormento. Se acordó de la enemistad entre Dolores Montes y Laura, y se aferró a la posibilidad de que se tratase de una calumnia. Pero no podía deshacerse de las expresiones afligidas de Eugenia Victoria y de Esmeralda, que habían intentado acallar a Dolores pero jamás desmentirla.

—¿Por qué no gritaron: "¡Es mentira, es mentira!"? —exclamó, y su voz pareció elevarse y propalarse en la quietud del lugar—. ¿Por qué? ¿Por qué, Laura? ¿Por qué?

Un lord inglés. Un noble emparentado con la casa de Inglaterra. Un hombre muy rico que venía para llevársela. Cuando creyó que por fin la tenía, Laura volvía a escurrírsele de las manos, daba un brinco, subía más alto; el escollo que le tendía era cada vez más difícil de sortear. Laura era inalcanzable, superior. Laura era una estúpida obsesión. Pero también era su vida, su pasión, su fuerza.

Pensaba mal de ella y un instante más tarde la justificaba. Algunas circunstancias la acusaban, otras la exoneraban. Estaba volviéndose loco con tanto elucubrar. No podía condenarla sin escuchar su versión. Deseaba creerle, su corazón se encontraba predispuesto, no soportaría separarse de ella. Un lord inglés, volvió a pensar, un noble emparentado con la casa de Inglaterra, un hombre muy rico. ¿Cómo podía él enfrentar a alguien así?

Esmeralda Balbastro lo aguardaba en su casa. Él estaba cansado, se sentía sucio y desaliñado. Le pidió que se marchara, pero Esmeralda se empecinó en que iba a hablar. Guor le lanzó un vistazo malévolo, descargando en ella su furia y, aunque sabía que actuaba injustamente, no tenía intención de controlarse. Podía matar a un inocente en ese instante y no experimentar remordimientos. Se sirvió una copa y se echó en la butaca del escritorio.

—Sólo quiero que respondas a una pregunta y que después te marches —dijo, e hizo fondo blanco—. ¿Es verdad que está comprometida en matrimonio con ese lord inglés?

—Creemos que sí —dijo Esmeralda, y Guor estrelló la copa contra la pared—. ¡Por favor, Lorenzo! No actúes como un... —Esmeralda se detuvo y él completó:

—¿Como un salvaje? —mientras se servía más brandy—. ¡Eso es lo que soy, Esmeralda! Un salvaje. Un inmundo salvaje.

Esmeralda corrió hacia él y le tomó el rostro entre las manos.

—Querido —le suplicó—, por favor, querido mío, no te lastimes, no te hagas daño. Eres un gran hombre, ¿qué diantres importa tu origen si hoy eres lo que eres?

Nahueltruz apartó la cara bruscamente.

—¡Bah! —se irritó—. Para ella siempre seré un indio.

—Eres injusto con Laura —terció Esmeralda, pero cuando Nahueltruz levantó la mano en señal de amenaza, decidió no seguir defendiéndola.

Se quedaron en silencio; Nahueltruz fijaba la vista en el contenido de su copa sin parpadear; Esmeralda lo miraba a él con creciente alarma.

—¿Laura no te había comentado acerca de lord Leighton? —se animó a preguntar, y Nahueltruz negó con la cabeza.

—¿Qué sabes de él?

—No mucho —admitió Esmeralda—. Se sabe que es el agente de negocios de Laura en Inglaterra y que su padre era íntimo amigo del general Escalante. Algunos dicen que eran miembros de una importante logia masónica. Estuvo en Buenos Aires hace más de dos años, apenas fallecido el doctor Riglos. Se especuló mucho en aquella oportunidad, como siempre cuando atañe a la viuda de Riglos, pero lord Leighton regresó solo a Inglaterra y las murmuraciones se acallaron prontamente. Ahora que ha regresado, justo al cumplirse los dos años de luto, la gente habla.

—¿Es cierto que están en San Isidro?

—Sí, es cierto. Eugenia Victoria me comentó que Laura tomó esa decisión para alejar a los Leighton de los porteños, que se habían vuelto insufribles. Ya sabes, Lorenzo, todos quisimos romper las cadenas que nos ataban a la monarquía de España en el 10 y adherimos a las máximas de la revolución en Francia, pero cuando nos dicen que estamos en presencia de un noble europeo, que para peor está de algún modo emparentado con la corona de su país, nos da un vahído de emoción.

—Entonces —dijo Guor—, se fue de la ciudad para protegerlo, para preservarlo de la molesta gentuza. Su abnegación por el bienestar de su futuro esposo es admirable.

—Lorenzo, por favor, nadie sabe con certeza si están comprometidos. Es un misterio.

—¡Vamos, Esmeralda! —prorrumpió Nahueltruz, y se puso de pie para escanciar brandy otra vez—. Su tía Dolores lo admite. ¿Por qué tendría que ser mentira?

—Porque Dolores odia a su sobrina —razonó Esmeralda.

—¿Y qué mal hace comentando acerca de un compromiso tan favorable?

—No lo sé, no lo sé. Quizá Dolores sospecha que entre Laura y tú existe un romance y quiso lastimarte. Lastimándote, la lastima a ella. Sembrando cizaña entre ustedes, la perjudica a ella. ¿No te das cuenta, Lorenzo? ¿No lo ves?

—Tu razonamiento es impecable excepto por una hipótesis errónea que hace que se desmorone: Dolores Montes no sabe nada acerca de lo nuestro. Sólo tú, Eugenia Victoria y María Pancha lo saben. Ni siquiera se lo he confesado abiertamente a Blasco.

Guor se dejó caer en la silla y bebió de un trago.

—Demasiadas mentiras, demasiadas... —dijo, muy abatido.

—Laura te ama, Lorenzo.

—Quizá, pero eso no es suficiente. No confío en ella, Esmeralda. Me habla y pienso: "¿Está diciéndome la verdad?". ¿Cómo puedo mantenerla a mi lado si no confío en ella? Desde el primer momento, desde el día en que la conocí en Río Cuarto, desconfié de su naturaleza.

—¿Por qué seguiste adelante con el romance, entonces?

—Ah... Porque estaba tan llena de fuego, era tan imprudente y obstinadamente valiente... Me excitaba tanto y al mismo tiempo me inspiraba ternura porque era una niña bajo todas esas pretensiones. Era distinta de las mujeres que había conocido. Fui su primer hombre, Esmeralda. Nadie la había tocado antes que yo. Me fascinó, me enojó, me volvió loco. La amé con desesperación desde el momento en que puse los ojos sobre ella. Fue como una especie de enfermedad. Lo es todavía hoy.

Después de ese discurso, ambos permanecieron callados, Nahueltruz repasando algunas escenas de los días en Río Cuarto, y Esmeralda contemplándolo con extrañeza porque le parecía que, por momentos, sus labios se sesgaban en una pálida sonrisa.

—¿Sabías que fue ella quien consiguió el permiso para entrar en Martín García?

—¿No lo consiguió el senador Cambaceres? —se extrañó Esmeralda.

—Roca firmó el salvoconducto porque ella se lo pidió.

—¿Cómo lo supiste?

—El mismo Cambaceres me lo dijo.

—Ya sé lo que estás pensando, Lorenzo, pero debes tener en cuenta que no hace falta ser la querida de alguien para conseguir un salvoconducto.

Nahueltruz estaba exhausto y bastante entrado en copas. No deseaba seguir hablando, quería sumirse en la lobreguez de su pena y, con la botella a mano, esperar a que el alcohol surtiera efecto.

—Déjame solo, Esmeralda.

—¿Qué vas a hacer ahora, Lorenzo? Tienes que hablar con Laura, ella tendrá una explicación.

—No tiene sentido, no le creeré.

—¿Qué vas a hacer, entonces?

—No sé, no quiero pensar, no me molestes. Volveré a París, quizá, junto a Geneviève. Ella jamás me traicionaría.

—Pero tú no amas a Geneviève, tú amas a Laura. ¡Ella es tu vida, Lorenzo! No seas necio.

Nahueltruz se puso de pie tan bruscamente que Esmeralda se movió hacia atrás con un sobresalto.

—¡Déjame en paz, Esmeralda! ¡No quiero que vuelvas a nombrarla enfrente de mí! Ella no es mi vida sino mi muerte. ¡Déjame solo! ¡Solo!

Cayó vencido en la silla, se aferró la cabeza con las manos y apoyó los codos en el escritorio.

—Por favor —repitió, de buen modo—, déjame solo, por favor.

Esmeralda dejó la casa de Nahueltruz y, antes de trepar en su landó, ya había tomado la decisión de marchar hacia la Santísima Trinidad y poner sobre aviso a Laura de la tormenta que irremediablemente sobrevendría. Fue en esa instancia que se topó con María Pancha y su ímpetu irrefrenable.

CAPÍTULO XXVIII
Corazón de piedra

A Esmeralda le sorprendió que María Pancha le indicara que, antes de ver a Lorenzo Rosas, irían al lejano barrio de San José de Flores. Aunque comenzaba a oscurecer, Esmeralda no se atrevió a objetarla. Durante el trayecto, María Pancha se perdió en sus cavilaciones y no habló siquiera una vez. Hizo detener el coche frente al polvorín y entró en un chalet de buena prestancia. Al cabo, regresó en compañía de una mujer joven, de tez más bien oscura y rasgos nativos, aunque bien vestida, a quien no se molestó en presentar. Esmeralda inclinó la cabeza en señal de saludo y la mujer hizo lo propio. María Pancha también guardó silencio durante el viaje a la calle de Cuyo, pero, cuando el coche se detuvo frente a lo de Rosas, se volvió a la mujer joven y le dijo:

—Loretana, espérame aquí, junto a la señora Esmeralda. Yo te llamaré cuando sea necesario —y bajó del coche.

Doña Carmen le dijo que el señor Rosas estaba indispuesto y que no recibiría esa noche. María Pancha terminó de entrar en el vestíbulo y repitió que quería verlo.

—A menos que usted me diga que el señor Rosas acaba de morir, hablaré con él en este mismo momento.

Doña Carmen se hizo la señal de la cruz repetidas veces y desapareció al trote. Poco después le pidió que la acompañara al despacho. Ahí lo encontró María Pancha, apoltronado en un sillón. Tenía una copa llena en la mano y la botella estaba vacía.

—Traiga café —le ordenó María Pancha a doña Carmen.

—¡Usted en mi casa no da órdenes! —vociferó Nahueltruz con dificultad.

—¡Traiga café le he dicho!

Doña Carmen obedeció. María Pancha se acercó al bargueño donde estaban las bebidas, tomó una jarra de vidrio y arrojó el agua en la cara de Nahueltruz, que tosió y escupió entre maldiciones.

—Ahora vaya —indicó la negra— y adecéntese usted, que está por hablar con la que fue como una hermana de su madre.

Nahueltruz, desparramado y empapado en el sillón, la miraba con ojos desorbitados.

—Vamos —apremió—, que tengo mucho para decirle. Créame, señor Guor, usted querrá escucharme.

Se levantó del sillón y, tambaleando, abandonó el despacho. Regresó doña Carmen con el café y a continuación apareció Nahueltruz, que se había peinado y cambiado la camisa, incluso olía a lavanda.

—Beba esto —dijo la negra, y le extendió la taza—. Beba —insistió, ante la reserva de Guor. A doña Carmen le ordenó—: Afuera, y que nadie nos moleste.

Nahueltruz sorbía el café sin quitar la vista de María Pancha, entre enfadado y complacido. Le gustaba María Pancha, siempre le había gustado, le agradaba que le hablara de su madre; por alguna extraña razón, la respetaba y admiraba, y habría deseado granjearse su cariño. El café le sentó bien, y cambiarse y asearse le habían devuelto en parte la compostura. Le señaló a María Pancha una silla, pero la mujer se negó. Ella dijo en cambio:

—Usted siéntese, que tiene para rato. Yo, lo que tengo que decir, lo diré de pie.

—No sé si quiero escuchar lo que vino a decirme. No quiero hablar de ella. Para mí...

María Pancha le indicó que se callase. Nahueltruz suspiró profundamente y se sentó.

—Yo siempre digo, señor Guor, que el diablo sabe más por viejo que por diablo. Y yo soy vieja y he vivido y visto mucho. Usted ha de saberlo, porque seguramente su madre le debe de haber contado de mí, que ella y yo éramos como carne y uña. Como le digo, he pasado por mucho, he conocido toda clase de gente, he lidiado con la maldad, pero también con la bondad. Por eso tengo autoridad para decirle que en mis muchos años jamás he sido testigo de un amor tan grande como el que mi niña Laura siente por usted. Usted a mí no me gusta, señor Guor, eso es algo que no debe de sorprenderlo porque no soy mujer que acostumbra disfrazar lo que siente y piensa. Usted es el hijo de aquel diablo que fue Mariano Rosas, que me quitó la mitad del corazón el día que cautivó a Blanca. Pero, a pesar de eso, aquí me tiene, bajando la cresta, porque mi niña Laura se va a morir cuando se entere de que usted duda de su lealtad. Porque sepa que de amor también se muere, que fue lo que mató a su madre. ¡Que vaya uno a saber por qué designio divino amó tanto a ese demonio que era su padre! Y usted, que lleva en la sangre el orgullo, la venganza y el odio de los ranqueles, va a terminar por matar a mi Laura si no deja de lado su resentimiento y la perdona.

—En este momento no puedo perdonar. Fueron demasiadas mentiras y traiciones.

—¿Qué mentiras? —se mosqueó María Pancha—. ¿De qué traiciones habla usted cuando Laura dio su vida para salvarlo? Sepa, señor Guor, que a mi niña se le murió el alma el día en que tuvo que dejarlo en Río Cuarto para casarse con el doctor Riglos.

—¡Ja! —exclamó Nahueltruz, y se puso de pie—. Pues a mí no me parece que el matrimonio con Riglos la haya perjudicado de manera alguna. Al contrario, le dio un apellido que yo no habría podido darle, le dio fortuna, ¡le dio prestigio, algo que jamás habría conseguido a mi lado! Yo la vi muy bien cuando volví a encontrármela meses atrás.

—Indio necio e ignorante —espetó María Pancha—. Le dije que se siente porque va a escuchar una historia muy larga. ¡Y la va a escuchar así tenga que atarlo y amordazarlo! Y no seré yo quien se la cuente, porque sé que a mí no me creerá. Se la contará alguien que la conoce, quizá, mejor que yo, y a quien usted le creerá, estoy segura.

María Pancha caminó hacia la puerta. Regresó al momento; conducía a Loretana por el brazo.

—¿Loretana? —se pasmó Guor.

—Sí, Nahueltruz, soy yo. Loretana Chávez.

—¿Qué haces aquí? ¿Cómo llegaste?

—Hace más de seis años que vivo en Buenos Aires, en el barrio de San José de Flores. El doctor Riglos me trajo aquí desde Río Cuarto. Fui su amante —manifestó, sin visos de arrepentimiento, más bien con jactancia—. Tuvimos una hija, Constanza María.

Como Nahueltruz seguía mirándola, perplejo, Loretana le explicó que María Pancha le había pedido que detallara los hechos luego de la muerte del coronel Hilario Racedo. Nahueltruz volvió a sentarse, agobiado, aturdido, y escuchó sin mirar.

—No sé por dónde empezar —dijo, apabullada ella también—. Empezaré por decirte que estaba enamorada de ti, que había puesto mis ilusiones en ti y que te quería para mí como nunca quise a alguien. Pero cuando te vi aquella noche en la pulpería de mi tía con la señorita Laura… amándose de la manera en que estaban amándose… En fin, mi corazón se hizo trizas, y te odié, y me odié por no ser como la señorita Laura, y quise dañarte y dañarla por despecho, y por eso le dije al coronel Racedo aquella siesta que la señorita Laura estaba esperándolo en el establo, porque yo sabía que tú y ella estaban allí, besándose, diciéndose que se amaban, yo los había visto.

Nahueltruz levantó la cabeza y atravesó a Loretana de un vistazo. La muchacha sintió pánico y farfulló excusas cuando lo vio aproximarse.

—Calma, señor Guor —terció María Pancha—. Loretana ha sido muy valiente al venir hasta aquí a confesarle su pecado. Nada de lo que haga ahora cambiará el pasado.

—Sigue hablando —ordenó Guor—. ¡Vamos, habla!

—Fui yo quien le dijo a Riglos que te escondías en el rancho de la vieja Higinia. Me dio dinero y se lo dije. ¡Sí, sí, como Judas! Llámame Judas si quieres, lo merezco porque eso es lo que soy, una traidora.

—¡Maldita seas, Loretana! ¡Arruinaste mi vida y la de Laura!

—Perdón, perdón —sollozó, y permaneció en el mismo lugar como resignada al golpe que Guor le propinaría, pero él no la tocó.

—Vamos, Loretana —urgió María Pancha—. Cuenta todo lo que sabes.

—Lo que sé —dijo, mientras secaba su rostro con un pañuelo— lo sé porque yo misma lo escuché. Después de aquella noche en que Julián y tú se enfrentaron en el rancho de doña Higinia, Julián le entregó a la señorita Laura tu guardapelo y le dijo que tú pedías que se olvidara de lo ocurrido entre ustedes y que volviera con los suyos. Ella no le creyó, le respondió que eso era imposible. Todavía resuenan en mi cabeza sus palabras. Le dijo: "Estás mintiendo. Nahuel jamás diría eso. Él jamás me habría pedido que vuelva junto a mi familia y que me olvide de él. Yo le juré que adonde él fuera, yo lo seguiría". Por último, Julián la amenazó con denunciar tu escondite a Carpio si no aceptaba su propuesta de matrimonio. Ella le dijo que prefería morirse antes que unirse a él, y él insistió con que iba a denunciarte, pero ella le dijo que tú jamás permanecerías en el mismo escondite después de que él lo había descubierto. Pero Julián le dijo que tú no podías moverte a causa de la herida, que estabas agonizando... En fin, la señorita Laura se quebró y accedió. Fue todo muy triste, muy triste. Ella lloró días seguidos encerrada en su habitación, pero Julián no cambió de parecer. Él se habría muerto si la señorita Laura se casaba con un indio. Una vez me dijo: "Se la habría entregado a cualquiera, menos a un salvaje". Julián no era mal hombre, Nahueltruz. Él actuó...

—No me hables de él —bramó Guor—, no te atrevas a defenderlo, siquiera a mencionarlo. Maldigo su nombre por el daño que me causó, que aún me pesa y me duele, y espero que arda en el Infierno por lo que nos hizo.

—¡Oh, no, por Dios!

Loretana se largó a llorar y María Pancha le mandó salir. Antes de cruzar la puerta, se volvió y dijo:

—Nahueltruz, yo te quise mucho. Actué mal y lo hice por despecho. Le ruego a Dios que algún día me perdones —y dejó el despacho corriendo.

—Aunque dolorosas, usted tenía derecho a saber cómo fueron las cosas en Río Cuarto y de qué manera actuó Laura —declaró María Pancha—. Era hora de que lo supiera. Tome —dijo, y le extendió un papel—, lea esta carta. Debió haberla recibido hace más de seis años. Laura se la envió con Riglos cuando fue a verlo a su escondite, pero él la botó al fuego. Yo la salvé y la conservé todos estos años.

Nahueltruz tomó el papel amarillento y arrugado, y leyó a tropezones y nervioso, y, cuando terminó, debió recomenzar porque había entendido la mitad. Estaba fechada en la villa del Río Cuarto, el 13 de febrero de 1873. Decía: "Amor mío, el portador de la presente es el doctor Julián Riglos, en quien puedes confiar plenamente. Tú ya sabes que es un gran amigo mío. Él ha ofrecido su ayuda para que podamos escapar. ¡Ah, Nahuel mío, amor mío! ¡Qué padecimientos éstos al saber que estás herido! La ansiedad me consume porque estás sufriendo, porque no tienes a nadie que te cuide, que te cure, que te asista. Tú estás necesitándome y yo aquí, sin hacer nada. Pero Julián dice que si voy a verte, los soldados me seguirán y caerán sobre ti, una perspectiva que me aterra, infinitamente peor que la anterior. Pongámonos en manos de mi amigo Julián, él encontrará la salida. Nos iremos a Tierra Adentro. Esta vez no te negarás a que marche a tu lado. Nada me importa de la pobreza y la humildad de tu gente si estoy contigo. Te juré que te seguiría adonde fueras y pienso cumplir mi promesa hasta el día en que Nuestro Señor decida separarnos. Perdóname la caligrafía, me tiembla la mano, no puedo ver bien a causa de las lágrimas, ya no puedo seguir escribiendo. Te amo, Nahuel. Tuya para toda la eternidad. Laura".

Con la carta aún entre las manos, Nahuel se cubrió el rostro y lloró amargamente. ¡Qué sino tan cruel! A pesar de los años, en ese momento descubrió que sus heridas estaban aún abiertas y sangraban. El odio y la desconfianza ensombrecían sus esperanzas; temía entregarse. ¡Ah, cómo echaba de menos a la Laura de Río Cuarto! Desconfiaba de la de ahora, le parecía artificiosa y mendaz.

—Jamás debió ceder al chantaje de Riglos. Jamás debió casarse con él.

—Vamos, señor Guor, no sea tozudo. Lo hizo presionada por Riglos, por el general Escalante, por mí, incluso por el padre Donatti.

—Lo hizo porque no confiaba en mí, porque no me creyó capaz de afrontar la situación. Lo siento, pero no puedo evitar culparla a ella por todo lo que sucedió. A causa de sus desaciertos, Riglos hizo lo que quiso con nosotros. Nos destruyó.

María Pancha notó que las manos de Nahueltruz temblaban mientras se servía una nueva copa.

—Puede ser —admitió María Pancha—, pero en aquel momento Laura era joven e inexperta, y debió enfrentar sola a dos hombres de carácter y experiencia, que la asustaron y la engatusaron. La situación se le presentó como un infierno del que no podía huir y creyó que usted tampoco podría hacerlo. Ella no es la de antes. Desde que lo perdió a usted, se ha vuelto una mujer resentida, desconfiada, vengativa, pero, sobre todo, desdichada.

—¿Qué hay de Leighton?

—Para este momento —dijo María Pancha—, Laura ya debe de haber roto el compromiso.

—Existe el compromiso, entonces. Como ve, María Pancha, los chismes eran verdad. Finalmente tenemos que admitir que es cierto el viejo proverbio: "Cuando el río suena es porque agua trae". Y yo tengo que soportar que Laura esté pasando unos días con su prometido en la quinta de San Isidro. Ahora entiendo por qué no quiso quedarse más tiempo conmigo en Caballito. Me mintió nuevamente al decirme que debía regresar por su madre, para ayudarla con la boda, cuando, en realidad, debía regresar para recibirlo a él. Y ahora ellos están juntos, pasando una temporada fuera de la ciudad. ¿Qué estarán haciendo?, me pregunto. ¿Intentará él tocarla, besarla quizás? ¡A ella, a mi mujer! ¡Y yo, el hazmerreír!

—Lo entiendo, señor Guor. Sé que Laura fue una estúpida al no confesarle lo de Leighton. Después de todo, esto sucedió hace más de dos años atrás. Pero así como lo ama, Laura le teme, señor. Jamás le habría confesado lo de Leighton conociéndolo como lo conoce. Usted reacciona, señor Rosas, como el ignorante salvaje que es.

María Pancha se dio cuenta de que sus palabras lo habían lastimado profundamente. Nahueltruz, sin embargo, se refugió en la ira.

—Pues se sobrepuso rápidamente de mi supuesta muerte —dijo—. Tan pronto como quedó viuda, se comprometió con otro. Pero claro, no se trataba simplemente de *otro*. Se trataba de un lord que la convertiría en lady.

—Poco tiempo después de la muerte del doctor Riglos —habló María Pancha—, lord Leighton llegó a Buenos Aires. Su padre y el padre de Laura habían sido grandes amigos y socios. Lord Leighton, a cargo de esas cuestiones desde la muerte de su padre, el viejo lord, viajó hasta aquí para resolver con Laura asuntos pendientes; venía también movido por intereses personales, porque según decía, quería comprar una estancia al sur de la provincia de Buenos Aires. Se enamoró perdidamente de Laura, pero ella lo rechazó, como a los otros, y todo por usted, por no poder desembarazarse de ese amor que estaba consumiéndola. Por supuesto, Laura se excusaba en su reciente viudez, pero yo, que la conozco como si la hubiese parido, bien sabía que la muerte de Riglos era lo último en lo que pensaba mientras le daba el no. La señora Magdalena y yo no estábamos dispuestas a que Laura perdiera tan excelente oportunidad por un recuerdo del que no podía deshacerse. Y empezamos a insistir. Un día le dije: "¿Vas a vivir toda la vida aferrada al pasado, pensando en alguien que ni siquiera sabes si está vivo?". Laura terminó por aceptar a lord Leighton con la condición de que el compromiso se anunciara una vez terminado el período de luto. Yo sabía que ésa era una excusa, porque a Laura la tienen bien sin cuidado esas fruslerías. Yo sabía que era a usted a quien tenía todo el tiempo en la cabeza, porque ella pensaba que estaba traicionándolo. Pero la señora Magdalena creyó prudente anunciarlo luego de pasado el luto y no volvimos a insistir. Transcurrido el tiempo pautado, lord Leighton regresaría a Buenos Aires para reclamarla y llevársela. Cuando el tiempo llegó y lord Leighton regresó, todo había cambiado porque usted estaba de vuelta en la vida de ella.

Pasaron largo rato en silencio. Por primera vez, María Pancha se compadeció del sufrimiento de Guor. Se lo veía confundido y quebrado. Parecía haber envejecido años, y el rictus de su boca evidenciaba las reflexiones amargas que ocupaban su mente. Guor la sorprendió al disparar la pregunta repentinamente:

—¿Fue la amante de Roca?

Y María Pancha le respondió con la misma precipitación:

—Sí, lo fue.

La respuesta surgió tan directa e inequívocamente que Nahueltruz tardó en reaccionar. Cuando lo hizo, fue de la peor manera: rugió y golpeó el escritorio con tanta violencia que María Pancha corrió hacia la puerta. Nahueltruz lanzó una sarta de improperios y maldiciones contra Laura que hicieron que los ojos de la negra se llenaran de lágrimas.

—Me mintió. Me juró que no había sido su amante. Traidora. Me mintió —volvió a decir, acompañando con golpes sobre el escritorio, que crujía bajo el peso de su potente puño—. No con ese maldito, no con quien exterminó a mi pueblo. Mi tío preso, mis hermanos y primos muertos, mi familia destruida, y Laura revolcándose con el culpable de tanta desgracia. ¡No con él, Laura! ¡No con él!

María Pancha lo observaba con espanto, sintiendo que la impotencia la dejaba muda.

—Sí, Laura fue la amante de Roca —se animó a reiterar—, y sepa que gracias a eso, usted salvó el pellejo. —Antes de abandonar la habitación se volvió para decir—: Hoy me he dado cuenta de que usted no merece a Laura.

Al subir al coche, Esmeralda y Loretana la miraron con expectación, pero María Pancha sólo dijo esto:

—Nunca conocí un corazón tan duro como el de ese hombre. No es digno hijo de mi Blanca.

Laura, su familia e invitados llegaron a la Santísima Trinidad dos días más tarde. La nota enviada por María Pancha a San Isidro anunciando la llegada de Nahueltruz la había intranquilizado: "El señor Rosas se enteró de tu compromiso con lord Leighton". En la sala, en una confusión de baúles y sirvientes, Laura se disculpó con sus invitados y marchó a su dormitorio. Allí le dijo a María Pancha:

—Estoy esperando un hijo de Nahueltruz.

La negra se llevó la mano a la boca, y un gesto de turbación le transfiguró el rostro habitualmente flemático. Laura se puso de pie.

—¿Qué sucede? —se molestó—. ¿No te escandalizarás a estas alturas? ¿Por qué te espantas en vez de alegrarte?

—¿Estás segura? —atinó a preguntar.

—Sí, muy segura.

—Podría tratarse sólo de un retraso.

—Conoces lo regular que soy —interpuso ella.

María Pancha la tomó por los brazos y la condujo a la cama donde la obligó a acostarse. Le colocó almohadas bajo la espalda.

—Vamos, María Pancha —se impacientó—, no me tengas sobre ascuas.

Pocas veces en su vida la negra María Pancha había experimentado esa falta de elocuencia y seguridad. Lo cierto era que estaba asustada, no se atrevía a enfrentar a Laura para causarle tanto dolor. La miró con dulzura y le despejó la frente de un mechón rebelde. Le apoyó la mano sobre el vientre y bendijo al niño.

—Laura —habló a continuación—, como te dije en la nota, Guor se enteró de la peor forma de tu compromiso con lord Leighton.

—¿Cómo lo supo?

—Tu tía Dolores se lo dijo en un almuerzo en casa de tu tía Carolita.

Laura cerró los ojos y apretó los puños, y María Pancha, que aún tenía la mano sobre su vientre, percibió que se endurecía. Llamó a una de las domésticas y le pidió un té de valeriana bien cargado.

—Lo necesitarás —le aseguró—. No son buenas las noticias que tengo para darte.

—Habla ya, María Pancha. Estás matándome de angustia.

—Primero tomarás el té y luego hablaré.

La valeriana no resultó suficiente. Laura se quebró sin remedio. Por momentos lloraba amargamente, por momentos la asaltaban arranques de furia que descargaba en su criada, a quien no perdonaba por haber confesado a Nahueltruz su amorío con Roca, y para nada contaba que el propio Nahueltruz lo hubiese sospechado seriamente después de los comentarios de Cambaceres.

—Yo se lo habría negado con mi último aliento, lo habría jurado por mi propia vida si hubiese sido necesario —exclamó—, pero jamás, ¡jamás! lo habría admitido. ¿Es que acaso no lo conoces? ¿No conoces su carácter endemoniado? Su corazón es de piedra, jamás me perdonará.

—Te perdonará, él volverá porque tú eres lo único por lo que ese indio quiere vivir.

—¡No, no! Jamás me perdonará. Y mi hijo no tendrá padre. Este hijo —susurró— que tanto habíamos deseado, que él me había pedido. Mi hijo nacerá sin padre. Iré a verlo, tengo que hablar con él, algo le diré, algo se me ocurrirá. Le pediré perdón de rodillas, pero haré que vuelva a mí.

—No —se opuso María Pancha—. Dejarás pasar unos días hasta que se calme. No entrará en razón ahora. Está muy herido y será peor. El tiempo aplacará su cólera y ése será el momento para hablar. Pero ahora, Laura, debes esperar.

En realidad, María Pancha temía que Guor la golpeara. Lo había conocido enfurecido, atizado por el alcohol y los celos. Reportes de naturaleza alarmante le llegaban a diario cuando visitaba lo de la señora Esmeralda.

—Sigue en su estudio —le detallaba—, aferrado a la botella, infamando al mismísimo Dios.

María Pancha moriría antes de permitir que Laura estuviera presente cuando un ataque lo acometiera. Laura, sin embargo, fue a lo de Nahueltruz. Golpeó repetidas veces, pero nadie salió a recibirla. Pasó una nota por debajo de la puerta y se marchó. Mientras se alejaba del zaguán, se dio vuelta repentinamente y vio que alguien se ocultaba tras las cortinas de *voile*. Subió al coche llorando.

Lord Edward y lady Verity seguían hospedándose en la Santísima Trinidad, y Laura debía ensayar una sonrisa cada mañana cuando se encontraban en la sala luego del desayuno. Ella, que no tenía fuerzas para caminar, debía hacer de anfitriona. Lord Edward, sin embargo, sospechaba que un grave problema la aquejaba y cada vez más seguido salía solo o con su hermana por toda compañía. A pesar de que Armand Beaumont era francés y, para peor, parisino, había hecho buenas migas con lord Edward, a quien introdujo rápidamente en el mundo social de Buenos Aires. No le faltaban invitaciones cada noche, y poco a poco la presencia de los Leighton en la mesa de los Montes fue una rareza.

La familia aceptó la ruptura del compromiso del mismo modo que, desde hacía algunos años, aceptaban las veleidades de Laura: con sumisa resignación. Para ellos tampoco había pasado inadvertido el desmejoramiento de la muchacha y, aunque recelaban que debía de tratarse de una contrariedad importante, no osaban preguntar. María Pancha sabía la verdad, pero preguntarle a ella habría sido lo mismo que hacerlo a un muro. Sobre todo, los inquietaba que Laura hubiera dejado de escribir sus folletines.

Magdalena, dividida entre su hija y la boda, creyó que colapsaría. Una noche, luego de una cena en la que Laura no había participado, se presentó en su dormitorio y la encontró llorando. Tal vez porque hacía días que no hablaba con María Pancha y un poco también movida por el desconsuelo, Laura le confesó a su madre que había vivido un romance con Lorenzo Rosas y que estaba encinta. Magdalena, que había sospechado del entendimiento entre su hija y el morocho, como lo llamaba íntimamente, no se mostró sorprendida por la noticia. Lo del embarazo era harina de otro costal y la impresionó profundamente. Después lamentó la reacción tan intempestiva, pero en ese primer momento la abofeteó. Laura se sobó la mejilla y lloró movida por la vergüenza.

—Ahora entiendo por qué se deshizo el compromiso con lord Leighton —habló Magdalena cuando se sobrepuso a la turbación.

—Fui yo quien rompió el compromiso para casarme con Lorenzo.

—¡Cásate, pues! —se exasperó Magdalena.

—Lorenzo me ha dejado cuando supo de mi compromiso con Leighton.

—¡Oh, qué enredo, Laura! ¿Es que no puedes llevar una vida normal, como la de cualquier muchacha?

—Su vida tampoco fue normal, madre. Usted vivió separada de mi padre la mayor parte de su matrimonio.

Magdalena se marchó ofendida. A la mañana siguiente, tras horas de insomnio y reflexión, entró en el dormitorio de Laura y, con aire paciente, expuso sus ideas. Laura las objetó una a una. Retomar la idea del matrimonio con Leighton le pareció la más indigna pues, según aclaró, jamás endilgaría a un hombre el hijo de otro.

—Entonces, confiésale a lord Leighton tu situación, dile que esperas el hijo de otro —se empecinó Magdalena—. Estoy segura de que te aceptará igualmente. Está enamoradísimo de ti.

Pero Laura no claudicó y, cuando Magdalena propuso visitar, junto con el doctor Pereda, a "ese morocho canalla" para exigirle que cumpliera con su deber de caballero, Laura perdió la calma y se lo prohibió a los gritos. Entonces, Magdalena se desesperó.

—¡No quiero un nieto bastardo! —dijo.

A pesar de que no le dirigía la palabra, Laura permitía a María Pancha que siguiera haciéndose cargo de su ropa, de la limpieza de su dormitorio, del cuidado de su cabello, del orden de sus papeles, de lidiar con su correspondencia. En verdad, Laura no soportaba la lejanía de su criada por mucho tiempo. María Pancha era parte de ella, la parte fuerte e invariable, esa que, a lo largo de su vida, nunca la había abandonado. Se trataba de una constante: cuando todo se desmoronaba y amenazaba con desaparecer, María Pancha surgía como un faro y la rescataba del naufragio. Como por ejemplo en ocasión de la pelea entre Agustín y el general Escalante, cuando su hermano los dejó para tomar los hábitos; o cuando sus padres se separaron, pero sobre todo después de perder a Nahueltruz y durante el matrimonio con Riglos. Ella sabía que jamás lo habría logrado sin su adorada negra María Pancha. Incluso en las circunstancias actuales, a pesar de culparla del enojo de Nahueltruz, saber que María Pancha estaba allí, silenciosa y servicial, la consolaba.

—¿Por qué le confesaste lo de mi romance con el general? —le preguntó cuando se le tornó insoportable no hablarle.

—Ya te dije que Guor lo sospechaba seriamente luego de que el senador Cambaceres le dijo que, a su parecer, eras tú quien le había pedido al general el permiso para Martín García.

—Yo lo habría negado —insistió Laura.

—Laura —habló María Pancha, con acento benévolo—, ¿cómo podría marchar adelante un matrimonio cuando uno de los cónyuges alberga dudas tan importantes acerca del otro? ¿Cuánto tiempo habría pasado hasta que él, con ese genio de mil demonios que tiene, te hubiese enfrentado y exigido la verdad? La duda acerca de tu romance con el general habría sido como el pus en una herida, que tarde o temprano infecta todo, revienta y sale para fuera. ¡Aprende de tus padres, niña!

—Muchas mujeres y hombres guardan grandes secretos y sus matrimonios siguen adelante sin problemas.

—Los matrimonios mediocres, sí —resolvió María Pancha—. Pero un amor como el que ustedes sienten, un amor tan profundo y verdadero, que ha vencido cuanto obstáculo tuvo que vencer, no merece la mentira ni la ocultación. Por el contrario, merece la luz que sólo da la verdad. Tú no puedes tener secretos para él, así como él no los puede tener contigo. Ustedes deben estar *unidos* —dijo con vehemencia, mientras entrelazaba sus dedos con los de Laura—, tan verdaderamente unidos que nada pueda separarlos. Ustedes tienen que ser uno solo. Tú eres él y él es tú.

—Voy a perderlo, María Pancha —sollozó Laura.

—¡Bah! —desestimó la criada—. Después de que se le pase el berrinche, cuando los celos se le esfumen junto con todo el alcohol en el que está ahogándose, entonces volverá. Aunque suene trillado y de mal gusto, Nahueltruz Guor no puede vivir sin ti.

Laura sonrió entre lágrimas y se aferró a María Pancha. Con su rostro hundido en el cuello de la mujer, mientras los conocidos aromas de su piel morena le inundaban las fosas nasales, mientras sentía las caricias de sus manos sobre la espalda y mientras sus palabras de amor la reconfortaban, Laura tuvo esperanza.

CAPÍTULO XXIX
Profanación en Tierra Adentro

A pesar de que a lo largo de los últimos años Laura Escalante se había convertido en una gran simuladora, le resultó difícil aparentar contento el día de la boda de su madre. María Pancha la sacó de la cama, la bañó y le puso el vestido y las joyas. Laura ya no lloraba sino que se sumía en sus consabidos estados letárgicos.

Eduarda, a pasos de ella en la capilla de la baronesa, la notó muy desmejorada. Hacía tiempo que no platicaban, y echaba de menos las tardes de literatura y música. No pudo evitar relacionar el evidente malestar de Laura con el de Lorenzo Rosas, que permanecía encerrado en su casa con órdenes de no recibir a nadie. Eduarda, que había sospechado un amorío entre ellos, no creía en casualidades y, a pesar de que quería mucho a Laura, se dijo que escribiría a Geneviève para ponerla al tanto; después de todo, su primera lealtad era para con su gran amiga parisina.

Más tarde, terminada la misa, Magdalena y el doctor Pereda recién casados, Blasco se presentó en la Santísima Trinidad y pidió hablar con la señora Riglos. La doméstica le informó que la señora estaba almorzando y que no recibiría hasta la tarde. No obstante, la vehemencia con que Blasco le dijo que se trataba de un asunto urgente la convenció de interrumpir a su patrona. Pura escuchó que el joven Tejada se hallaba en el vestíbulo y, luego de excusarse con su bisabuela, doña Ignacia, dejó la mesa junto con Laura.

—¡Blasco! —exclamó la muchacha, y casi corrió a su encuentro.

Blasco le tomó las manos y se las besó. Laura se mantuvo aparte, mirándolos, intentando al mismo tiempo impregnarse de la fuerza y la dicha que ellos inspiraban. Pura se dio vuelta y le pidió que se acercara.

—Blasco —dijo Laura—, ¿por qué no viniste a la ceremonia? ¿Por qué no pasas a la mesa? ¿Qué asunto tan urgente te impide entrar y reunirte con tu futura familia?

En silencio, Blasco le pasó un recorte de periódico que Laura leyó con ojos impacientes. Apenas pasados los primeros segundos de lectura, Purita vio que su tía empalidecía.

—¿Qué sucede? —se inquietó—. ¿Qué mala noticia trae ese artículo? Tía, por favor, siéntate, estás muy demacrada.

—¿Es de hoy? —quiso saber Laura.

—Sí —respondió Blasco—. Del periódico *La Mañana del Sur*. Mario y yo logramos ratificar la información.

—¿Es cierto que fue Racedo?

—Él mismo.

—¿Quién es Racedo? —preguntó Pura.

—¿Él ya lo sabe?

—Sí —afirmó Blasco.

—¿Quién es él? ¡Por favor! ¿No van a explicarme?

—Pura —dijo Blasco—, es un asunto entre la señora Riglos y yo. Por favor, no preguntes.

Pura lo miró con desconsuelo, y Laura intervino para suavizar los ánimos.

—Purita —dijo, y la aferró por los hombros—, querida mía, acaba de ocurrir algo muy grave que en nada los afecta a ti o a Blasco, a Dios gracias. Pero tiene que ver conmigo, con mi pasado. Ahora no puedo contártelo, pero te prometo que algún día te diré de qué se trata y me entenderás. Ahora tengo que salir.

—¿Salir? ¿Ahora? ¿En medio del festejo por la boda de tía Magdalena? Se pondrá furiosa.

—Por favor —habló Laura—, regresa a la mesa y no refieras a nadie lo que acabas de ver y oír aquí.

—¿Qué podría referir, si vi poco y entendí menos?

Pura se despidió a regañadientes y los dejó a solas. Entonces, Blasco se expresó con libertad.

—Está como loco —manifestó—. Mi abuela Carmen dice que ha bebido toda la mañana y ha perdido el control más de una vez. Nahueltruz ha dicho que viajará a Río Cuarto para matar a Racedo.

—¡Oh, no, por amor de Dios, no! Tengo que verlo, tengo que verlo —repitió, sin saber cómo.

—Él no querrá recibirla, señorita Laura. Ha dado órdenes de que no le abran la puerta.

—Lo sé —dijo Laura, y los ojos se le llenaron de lágrimas.

—Nahueltruz me mataría si supiera que estoy aquí, contándole a usted.

—Está bien, Blasco. Regresa a la editora. Nahueltruz jamás sabrá de boca mía que tú me pusiste al tanto de este penoso asunto. No quiero que tengas problemas con él por mi culpa. Anda nomás. Ya veré cómo me las arreglo para encontrarlo.

—No, señorita, no vaya. Usted no conoce a Nahueltruz cuando está así, tan desmadrado.

—Te equivocas, Blasco, sí, lo conozco. Pero necesito estar con él en este momento, lo necesito. Es mi deseo y mi deber estar ahí con él.

Blasco bajó el rostro y sacudió la cabeza en desacuerdo. Se despidió con los ánimos caídos, preguntándose si no había cometido un grave error al mostrarle a la señorita Laura el artículo de *La Mañana del Sur*.

Sola en el vestíbulo, el artículo entre sus manos, Laura se sentó en un confidente y lo releyó. "El pasado 17 de agosto, encontrándose el coronel Eduardo Racedo en inmediaciones de la localidad de Leuvucó, comprometido en una de sus redadas de salvajes, tomó razón del sitio donde descansaban los restos del gran cacique Mariano Rosas. Y a la usanza de antiguos guerreros, mandó excavar la tumba y hacerse de los huesos del famoso jefe ranquel como trofeo de la victoria apabullante de nuestros soldados sobre sus tribus. Los restos del cacique son preservados en el Fuerte Sarmiento, y el coronel Racedo ha prometido legarlos a...".

María Pancha encontró a Laura llorando en el vestíbulo con un papel arrugado entre las manos. Se lo quitó y lo leyó, y casi de inmediato se persignó y dijo una oración bisbiseada, porque ella respetaba a los muertos y al eterno descanso de las almas. En su opinión, molestarlos podía acarrear ominosas consecuencias. Se preguntó con horror si, en medio del revuelo que habrían armado los soldados para recuperar los huesos de ese demonio de Rosas, algún huesito de su adorada Blanca no habría terminado también en una bolsa. Volvió a persignarse y a rezar.

Laura seguía llorando y pensando. En especial, recordaba las palabras del coronel Mansilla cuando reseñó en su *Excursión a los indios ranqueles* que "en cuanto a los muertos, tienen por ellos el más profundo respeto. Una sepultura es lo más sagrado. No hay herejía más grande que desenterrar un cuerpo". El padecimiento de Nahueltruz y de su familia debía de ser atroz. Una llaga más que se sumaba al corazón lastimado de los Guor. "Tengo que estar con él, necesito estar con él", se decía, pero no lograba reunir el coraje para dejar la silla e ir a la casa de Cuyo.

—Tu madre —habló María Pancha— me ordenó que viniera a buscarte. Me ha dicho que, cualquiera que sea el asunto que te mantiene ocupada, lo dejes y regreses al comedor.

De vuelta en la mesa, lo primero que atrajo su atención fueron los ojos azules de Esmeralda que la seguían con intensidad. La fastidiaba que esa mujer supiera los detalles; sobre todo, le daba celos que Nahueltruz le hubiera confiado intimidades que sólo a ellos pertenecían. La enfurecía saber que la Balbastro visitaba la casa de los Guor a diario y que nadie le impedía el paso.

Esmeralda le sonrió tímidamente, y Laura se quedó mirándola, desconcertada, descubriendo por primera vez que esos hermosos ojos a los que tanto había admirado su primo Romualdo, expresaban sinceridad en ese momento. De inmediato pensó: "Si a ella la dejan entrar, pues lo haré con ella entonces". Luego de los postres, mientras la familia y los invitados compartían un momento en la sala, Laura hizo lo que jamás imaginó: pedir ayuda a Esmeralda Balbastro.

CAPÍTULO XXX
La tempestad

Esmeralda bajó de su coche y detrás de ella lo hizo Laura, completamente embozada. Doña Carmen se dio cuenta de la fullería cuando ambas mujeres habían ganado la sala.

—¡Señorita Laura! —exclamó—. Usté no debería estar aquí, señorita. Por favor, váyase.

—Doña Carmen, permítame entrar.

—No, no, mejor que no, señorita. Él no está bien y temo que se pondrá peor si la ve a usté.

—Vamos, Carmen —dijo Esmeralda, en tono conciliador—, déjanos pasar. Si Nahueltruz nos pide que nos vayamos, nos iremos sin tardar.

—¿Cómo está doña Mariana? —se interesó Laura, camino al despacho.

—Y, mal —respondió la india—. Le profanaron la tumba del hijo que más quiso. Está mal —repitió.

Nahueltruz presentaba la traza de un demente. Resultaba palmario que habían pasado días desde su último baño y muda de ropa. Tenía los párpados hinchados por falta de sueño y los ojos vidriosos y enrojecidos a causa del alcohol. De todos modos y a pesar de que sus sentidos estaban embotados, sólo le tomó un instante reaccionar a la presencia de Laura. Se precipitó sobre ella con furia asesina de manera tan intempestiva y veloz que Laura quedó paralizada bajo el umbral viendo cómo esa mole se abalanzaba sobre ella.

—¡No, Lorenzo! —gritó Esmeralda, y trató de detenerlo interponiéndose entre él y su víctima, sujetándolo con fuerzas ineficaces frente a los músculos de acero de Guor, mientras ocupaba su último aliento en ordenarle a Laura que abandonara la casa de inmediato.

Pero Laura permaneció quieta en el mismo sitio, extrañamente atraída por una furia expresada en gestos e insultos desconocidos para ella. Su impasibilidad lo atizaba, y los esfuerzos de Esmeralda demostraron que pronto serían vanos. Sólo razonar que podía perder al bebé si caía en manos de él la hizo marchar hacia atrás y soltar un gemido angustioso. La respiración se le volvió fatigosa y sintió que se mareaba. Pensó: "En mi estado, no debería usar corsé".

Atraídos por el griterío, Miguelito y Blasco se presentaron en el despacho y consiguieron someter a Nahueltruz, que, luego de resistirse un momento, terminó por deponer su actitud rabiosa. Tenía los labios comprimidos, húmedos de violencia, y caminaba de un extremo al otro tratando de recuperar el aliento. Por fin, se detuvo y la miró fijamente a los ojos.

—Quiero que salgas de mi casa —ordenó.

—Nahueltruz —susurró ella—, por favor, querido, tenemos que hablar. Quiero explicarte…

—¿Explicarme? —bramó—. ¿Qué quieres explicarme? ¿Cómo te revuelcas con mi peor enemigo? ¿Cómo le dices "te amo" al que exterminó a toda mi familia? ¡Al que mandó profanar la tumba de mi padre!

Laura se llevó las manos al rostro y rompió a llorar. Guor hizo un chasquido de hartazgo con la lengua y se alejó hacia su escritorio, pero no se sentó. Una poderosa energía lo mantenía de pie y más despierto que en días. Apoyó ambas manos sobre el escritorio y dejó caer la cabeza entre sus hombros. Sólo escuchaba el llanto de Laura. De repente, experimentó un agobio incontrolable.

—Por ti —dijo, con acento lúgubre y pausado— me convertí en esto que soy, renegando de mi propia sangre, de mi propia gente, para demostrarte que yo también podía merecerte como el doctor Riglos. Y me doy asco, porque lo hice por una cualquiera que no vale nada…

—¡Lorenzo! —intervino Esmeralda, pero un vistazo la hizo callar.

Miguelito y Blasco eligieron no contradecirlo.

—Lo hice por una cualquiera —recomenzó—, por alguien que no merece ser amada. Lo hice por una traidora —dijo, y golpeó el escritorio, provocando un respingo a quienes lo rodeaban—. ¡Maldito el día en que mis ojos te vieron! ¡Maldito ese día!

Luego de esas duras palabras, sólo hubo llantos mal contenidos y respiraciones agitadas. Cuando Nahueltruz volvió a hablar, su voz sonó cansada, como de quien admite la derrota.

—Jamás creí que diría estas palabras, Laura, pero en este momento no queda en mí nada del amor que sentí por ti, sino desprecio y rencor. Ahora te pido que te vayas. No soporto siquiera mirarte.

Laura lanzó un quejido grave y antinatural, y se desvaneció. Al volver en sí, estaba en el interior de un coche, camino a la Santísima Trinidad. Esmeralda sostenía sales aromáticas bajo su nariz y le daba palmaditas en la mejilla.

—Ya todo pasó, Laura. Ya estás a salvo —le aseguró, y Laura se sintió inexplicablemente reconfortada.

Días después, Blasco regresó a la Santísima Trinidad y pidió hablar con la señorita Laura. María Pancha salió a atenderlo.

—No puede ver a nadie, Blasco —manifestó la criada—. El médico le ha dicho que debe guardar reposo y estar tranquila. ¿Qué sucede? ¿Qué necesitas?

—¿El médico? —se extrañó Blasco—. ¿Le pasó algo malo a la señorita Laura?

—Sí —afirmó María Pancha—. Le pasó de malo que se enamoró de tu protector. El doctor Wilde ha dicho que sufrirá un colapso si no reposa y se olvida un poco.

—Entiendo. Vine aquí —comenzó a explicar el muchacho— porque no sabía a quién recurrir. Nahueltruz sale esta noche hacia Río Cuarto, y ni siquiera su abuela Mariana ha conseguido torcerle la voluntad. Temo que vaya a cometer una locura.

—¿Como matar al coronel Racedo? —sugirió la criada, y Blasco asintió—. ¡Indio necio!

—No sabemos qué hacer.

—Por el momento —dijo María Pancha—, no quiero que Laura sepa una palabra acerca de este viaje, ¿entendido? —Blasco volvió a asentir—. Lo único que se me ocurre es enviar un telegrama al padre Agustín y advertirle que Guor llegará a Río Cuarto y que debe convencerlo de desistir de sus intenciones. Seguramente, el padre Agustín ya se enteró de la bonita hazaña de Racedo y atará cabos. ¿Cuándo crees que llegue Guor a la villa?

—Irá en tren —informó Blasco—, en el Central Andino, que hace escala en Río Cuarto antes de seguir para Mendoza. Supongo que llegará mañana por la tarde.

—Bien, no hay tiempo que perder. Ahora mismo despachas el telegrama y no te olvides de repetir las palabras tal y como yo te las dije.

—Que el señor Guor —expresó Blasco— llega a Río Cuarto mañana y que debe convencerlo de desistir de sus intenciones.

A Laura no la golpeó tanto lo que Nahueltruz le dijo sino cómo lo había hecho, sereno y decidido. Habría preferido que lo vociferara en un arranque de ira, así se habría tratado de una baladronada sin fundamento. En ese modo medido, en cambio, sus palabras habían expresado la verdad de su corazón. Sólo cuando dormía, Laura lograba deshacerse de la voz de Nahueltruz, profunda y lúgubre, hastiada y resignada, cuando le dijo lo que le dijo. Se tapaba los oídos, hablaba en voz alta, leía, pensaba en algo que le gustara, pero en vano, la voz repetía una y otra vez las palabras más duras que alguien le hubiese dirigido jamás.

El riesgo de perder a su bebé la mantenía quieta, gran parte del día en cama. De lo contrario, habría hecho muchas cosas, entre ellas, visitar al general Roca y exigirle que ordenase al coronel Racedo devolver los restos del cacique Rosas adonde pertenecían. Habría regresado a lo de Nahueltruz, aun a riesgo de salir lastimada de nuevo, para imprecar su perdón de rodillas. No le quedaba dignidad ni orgullo, no los necesitaba. Sólo quería que Nahueltruz volviese a ella porque no soportaría lo que seis años atrás, no le quedaban arrestos.

De todas las emociones, principalmente la embargaba la incredulidad pues no se avenía a creer que Nahueltruz hubiera terminado con ella. El amor que se profesaban no podía terminar, no terminaría nunca. Se trataba de un amor eterno y todopoderoso. Por momentos, el maltrato de Nahueltruz la volvía resentida y buscaba mil argumentos para condenarlo. Incluso, se decía que ella no lo necesitaba ahora que tendría un hijo. En ocasiones, hasta deseaba que él regresara a París para no volver a verlo. No quería cruzárselo, no toleraría su ultraje ni su desprecio nuevamente. Y luego, una mañana, cuando despertaba melancólica, todo volvía a comenzar y los verdaderos sentimientos dominaban su ánimo por completo.

A veces se decidía a confesarle que esperaba un hijo. Se levantaba, se cambiaba y, a punto de dejar su dormitorio, las ínfulas la abandonaban y se llenaba de temores. Sobre todo le temía a Nahueltruz Guor. Le temía porque era de las pocas personas que contaban con la potestad de herirla profundamente.

María Pancha opinó que Guor tenía que saber que iba a ser padre.

—Lo más probable —dijo Laura— es que me diga que este niño no es hijo suyo. Y no estoy preparada para escuchar eso, María Pancha. Además, no quiero chantajearlo con mi embarazo, no quiero que vuelva conmigo por eso.

—Nadie habla de que regrese contigo —manifestó la criada—. Tan sólo de que se haga responsable del niño y que le dé su nombre.

—Yo me haré responsable de él y le daré mi nombre, el nombre de mi padre, que fue un gran general de la Nación.

—Que en paz descanse —musitó María Pancha, y no insistió con los derechos de paternidad de Guor.

Si María Pancha hubiera estado en la Santísima Trinidad esa tarde, Eduarda Mansilla no habría conseguido ver a Laura. Pero María Pancha había salido de compras y la doméstica a cargo la dejó pasar. Laura la recibió en el *boudoir* con el cariño de siempre. Eduarda la besó en ambas mejillas disimulando la impresión que le causaron el aspecto descarnado de su semblante y la tristeza que trasuntaban sus ojos negros. Como de costumbre, Laura trató de ocultar su pena, y habló mucho y rápidamente. Eduarda la escuchaba con paciencia y sonreía.

—Tu madre lucía radiante el día de su boda. ¿Qué sabes de ella?

—Nada aún —expresó Laura—. Supongo que está disfrutando de su viaje de bodas en Río de Janeiro. Lord Edward dice que es una ciudad maravillosa.

—A propósito de lord Edward, ¿y los Leighton? —se interesó Eduarda—. Noto la casa muy callada.

—Los Leighton aceptaron la invitación de mi primo José Camilo y partieron hacia La Armonía, la estancia de los Lynch. Hace tiempo que lord Edward desea adquirir un campo en la zona sur de Buenos Aires. Supongo que aprovechará el viaje para lograr su propósito.

—¿Los acompaña Eugenia Victoria?

—No sólo ella, también mi tíos Lautaro y Celina y Esmeralda Balbastro.

—¿Qué me dices de la designación de Pellegrini como nuevo ministro de Guerra y Marina? —preguntó Eduarda, y enseguida reparó en la ignorancia de su amiga—. ¿No lo sabías? ¿No has leído los periódicos últimamente?

—No —admitió Laura—. Sólo hay malas noticias.

—Pues Sarmiento pescó a Roca interviniendo en los asuntos de Jujuy, en la revuelta que hubo contra el gobernador Torino, y lo delató en una reunión de gabinete. Al pobre Nicolás —Eduarda se refería al presidente Avellaneda— no le quedó alternativa y debió pedirle la dimisión. Roca la presentó sin mayores pleitos. Se habla de que piensa dejar la ciudad.

—Haría bien —acotó Laura—. Buenos Aires se ha vuelto demasiado antagónica para él.

—Quien dejó la ciudad fue Lorenzo Rosas —soltó Eduarda.

Laura levantó el rostro y la miró fijamente, y se dio cuenta de que Eduarda sospechaba de su amorío con Nahueltruz. Como no deseaba mencionarlo abiertamente, comentó con desinterés:

—Habrá regresado a París. ¿No me dijiste que tiene una mujer que lo espera allá?

—Pues sí, tiene una mujer que lo espera allá. Geneviève Ney se llama. La primera bailarina del Palais Garnier. Pero no, Lorenzo no ha regresado a París. Para sorpresa de todos, ha viajado a Río Cuarto. —Laura permaneció callada, y Eduarda prosiguió—: Salió hace días, entre gallos y medianoche, sin despedirse siquiera de Armand, que quedó muy preocupado pues pensaba regresar a Francia a mediados de noviembre y no sabe si Lorenzo estará de regreso para esa fecha.

De vuelta del mercado, María Pancha se topó con Laura en la cocina.

—¿Qué haces aquí? ¿Por qué estás levantada?

—Me ocultaste que Nahuel viajó a Río Cuarto, ¿verdad?

María Pancha comenzó a vaciar la canasta con aire de fastidio. Laura la aferró por las muñecas y la sacudió levemente.

—Todo este tiempo supiste que él viajó a Río Cuarto y me lo ocultaste, ¿no es verdad? ¡Vamos! Contéstame.

—Viajó hace más de una semana —admitió la criada.

—¿Por qué no me lo dijiste? ¿Acaso te has vuelto loca para ocultarme una información de tanta importancia?

—El doctor Wilde dijo...

—¡Al diablo con el doctor Wilde! Hoy mismo partimos hacia Río Cuarto. Ya mandé a Eusebio a comprar los boletos para el tren y también le dije que enviara un telegrama a Agustín anunciando nuestra llegada.

—De ninguna manera harás ese viaje —se plantó la negra—. Podría costarle la vida a tu hijo.

—Iré a Río Cuarto así tenga que hacerlo a pie, ¿está claro?

—¿Tan desnaturalizada te has vuelto que no piensas en el bienestar de tu bebé?

—Porque pienso en el bienestar de mi hijo es que voy a ir detrás de su padre para salvarlo de cometer una gran tontería.

—Tu hermano Agustín —informó María Pancha— está al tanto de las intenciones de Guor. Él se hará cargo.

—Nada me importa. Podría estar el mismo papa León XIII encargándose de su suerte que igual yo viajaría.

—¿Por qué tengo la horrenda impresión de que ya viví este momento? —se preguntó María Pancha.

—No permitiré que Nahueltruz liquide al sobrino de Racedo y vuelva a arruinarse la vida por mi culpa.

—¿Tu culpa? ¿Cuál culpa?

—Sí, mi culpa. Así como fue mi culpa seis años atrás, lo será también ahora.

—Seis años atrás la culpa fue de Loretana.

—No, fue mía. He sido una maldición en la vida de Nahueltruz.

—Laura, no exageres —expresó María Pancha, con hastío.

La relación entre Roca y el presidente Nicolás Avellaneda se desarrollaba en un marco de formalidad, respeto y buen trato. Ninguno confiaba plenamente en el otro, y poseían naturalezas tan diversas que resultaba admirable que nunca hubiesen altercado. Sin embargo, cuando Avellaneda decidió que Sarmiento ocupase el ministerio de Laspiur, el del Interior, Roca casi pierde los papeles y lo insulta. Convencido de que la idea de la conciliación resolvería el litigio entre el gobierno porteño y el nacional, el presidente juzgó propicio designar a un político ajeno a la órbita roquista. Para muchos, lo desacertado del nombramiento evidenciaba la confusión en la que había caído Avellaneda, que a menudo se quejaba de lo pesada que se había vuelto la carga del gobierno y de lo cansado que se sentía. Otros veían en esta designación su poca autoridad y aplomo, y no entendían por qué el presidente no respondía con dureza cuando Tejedor lo llamaba "huésped" de Buenos Aires.

—¡Bah! —se enfureció Roca—. Ahora que se las arregle por imbécil. Vamos a ver con qué chifladura le sale Sarmiento en la primera reunión de gabinete.

En su ambición por ocupar nuevamente la presidencia, Sarmiento consideraba tanto a Tejedor como a Roca adversarios políticos y, desde su flamante cargo, maniobraba para sacárselos de encima. No pasó mucho tiempo, y el gobernador de Buenos Aires comenzó a padecer los ataques del ministro del Interior que le reclamaba la creación de un ejército provincial cuando se encontraba prohibido por la Constitución. "La cuestión militar", decía, "es cosa de la Nación". En una actitud de desafío, Tejedor hacía oídos sordos y seguía organizando sus fuerzas y comprando armas. La tensión aumentaba, la guerra podía olerse. Sarmiento ya no sabía qué hacer, adónde dirigirse, a quién presentar sus quejas, cómo aumentar el tenor de sus amenazas. Carlos Tejedor se mantenía impertérrito. Sus provocaciones se volvieron intolerables el día en que, montado en un carruaje sin capota, se paseó por las calles de la ciudad con los aires de un emperador romano que regresa triunfante de la guerra. Se escuchaban vítores y tiros, vivas a Tejedor e insultos y amenazas a Roca. En esa oportunidad, los porteños que mantenían una actitud ambigua comenzaron a sospechar que el gobernador de Buenos Aires había llegado demasiado lejos.

Desde Córdoba, Juárez Celman consolidaba la estructura electoral que llevaría a su concuñado al sillón presidencial, la llamada "Liga de Gobernadores". Además de Tejedor, muchas personalidades, entre ellas Mitre, seguían advirtiendo sobre la mentada liga y denunciaban una alianza de los gobiernos provinciales para imponer a su candidato mediante el fraude y la violencia. Decían, también, que no tolerarían los gobiernos electoralistas y demagogos que manejan a sus pueblos como a ganado, tal como lo habían hecho en el pasado los caudillos. Aunque la Liga de Gobernadores era *vox populi*, no había pruebas que demostraran su existencia.

Elementos tejedoristas se dispersaban por las provincias leales al ministro de Guerra intentando desestabilizar el frente común que habían establecido. Como consecuencia se produjo un conato de revolución en Jujuy, que fue finalmente controlado. No obstante, los telegramas y mensajes intercambiados entre Juárez Celman, Roca y el propio gobernador Martín Torino durante los días en que se sofocaba a los revoltosos, fueron interceptados por Sarmiento y presentados en la reunión de gabinete como pruebas fehacientes de la "réproba" intervención del ministro de Guerra en los asuntos jujeños con fines personales y electoralistas. Furioso, Sarmiento exigió la renuncia del general Roca, que la presentó sin mayores discusiones.

—No te exasperes, Artemio —pidió Roca, mientras firmaba las últimas resoluciones como ministro—. De todas maneras, tarde o temprano, habría tenido que renunciar para dedicarme a mi candidatura. No se puede estar en la procesión y repicar las campanas.

—Sí, general —acordó Gramajo—, pero haber tenido que presentar la renuncia porque Sarmiento se salió con la suya, ¡eso es lo que me indigna!

—Él hizo su jugada. Yo haré la mía —fue la respuesta del general.

Gramajo siguió llenando cajas con aquellos documentos y correspondencia que Roca no deseaba que fueran manejados por otros. Cada tanto chasqueaba la lengua y movía la cabeza en señal de contrariedad, y Roca sonreía.

—¿No sería mejor permanecer en Buenos Aires? —preguntó Gramajo.

—No, Artemio. Mi presencia sólo exacerbaría aún más las cosas, si eso es posible. Además, ¿para qué permanecer en un sitio donde ya todo está perdido? Mejor me voy a las provincias donde hay mucho por hacer.

—¿A Córdoba?

—A Córdoba seguramente enviaré a Clara y a los chicos. Yo, no sé. Quizás. Iriondo —Roca hablaba del gobernador de Santa Fe— me ha invitado a Rosario, donde, dice, me recibirán con bombos y platillos. Pero no te apures, Artemio, no me marcharé mañana mismo. Aquí quedan cuestiones por resolver.

—¿Quiere que vaya a ver a Madero para arreglar el tema de la casa de Suipacha y el pago de la renta?

—Con quien quiero que hables —manifestó Roca— es con la señora Riglos. Necesito que la cites en la casa de Chavango, para despedirme.

—¿No es arriesgado, general?

—Por supuesto que lo es, Artemio. Pero no he llegado hasta aquí por haberme acobardado ante lo riesgoso.

Una semana más tarde, Artemio se presentó en la casa del general en la calle de Suipacha. Clara lo acompañó hasta el despacho mientras se quejaba de lo abrumada que la tenía la mudanza. No obstante, volver a Córdoba y reencontrarse con su familia en La Paz hacía la tarea más llevadera.

—Les traeré café con rosquitas de anís que acabo de comprar —prometió la mujer, y salió del despacho.

Roca le indicó a Artemio una silla frente a él y aguardó a que los pasos de su esposa se alejaran para empezar a hablar.

—¿Qué sabes de ella? —preguntó.

—Nada, general —dijo Artemio.

—¿Cómo nada? —se mosqueó Roca.

—Le digo que nada, general. Nadie sabe nada de la viuda de Riglos. De su criada tampoco. Parece que ha dejado la ciudad. Luego de la boda de su madre, se esfumó.

—¿Y del inglés que la cortejaba? ¿Qué averiguaste de él?

—Lord Leighton, se llama. Él y su hermana han viajado junto a los Lynch a su estancia en Carmen de Areco. Todos los que pronosticaban una boda entre ella y el lord inglés se han quedado de una pieza. Hay quienes la relacionan con un tal Lorenzo Rosas, el que la salvó de Lezica, ¿se acuerda? Pero no pude confirmar la información. Lo cierto es que ha desaparecido burlando a todos.

—No me sorprende —expresó Roca— cuando es de Laura Escalante de quien hablamos.

CAPÍTULO XXXI

De regreso en Río Cuarto

Aunque no lo mencionó a María Pancha, Laura sintió malestares en el bajo vientre apenas iniciado el viaje en tren. Cerca de Río Cuarto, dichos malestares se convirtieron en una puntada que no pudo seguir ocultando. María Pancha la obligó a recostarse en la litera y le colocó dos almohadas bajo los pies. Ella conocía diversas infusiones para retener fetos pero, en ese minúsculo camarote, no contaba con nada a mano. Debían esperar a llegar a Río Cuarto.

Laura se echó a llorar y María Pancha estuvo sobre ella en un santiamén.

—¿Qué pasa, mi niña? ¿Por qué lloras? Ya falta poco para la villa. No te inquietes.

—Estoy sangrando —dijo, y María Pancha sintió un vuelco en el estómago.

Trató de reconfortarla contándole de otras mujeres encintas que habían sangrado profusamente y el niño no se había echado a perder. Le contó del difícil embarazo de Blanca, de lo débil y enferma que se había sentido a lo largo de los nueve meses, y del espléndido bebé que había sido su hermano Agustín. También le refirió la oportunidad en que Magdalena, encontrándose embarazada, sufrió un gran susto cuando un perro trató de morderla, y todos creyeron durante días que perdería al niño.

—Y naciste tú, berreando como una condenada, tan colorada que parecías una granada. La partera dijo que cuando los niños nacen tan colorados es porque luego tendrán esas pieles blancas y diáfanas que parecen transparentes. Ya ves que no se equivocó. Tu bebé nacerá tan saludable como tú o como tu hermano Agustín.

—Me moriré si también lo pierdo a él —gimoteó Laura.

—Como que me llamo María Francisca Balbastro, tú no perderás a este hijo.

María Pancha la ayudó a bajar del tren. A veces, la puntada la doblegaba y no podía avanzar. Agustín las esperaba en la estación y, al ver a su hermana tan macilenta, con el gesto del dolor pintado en el rostro y asistida por María Pancha, corrió a su encuentro.

—Llévanos a casa del doctor Javier —ordenó la criada.

Agustín salió de la estación y alquiló un coche desvencijado tirado por un burro que empeoró el martirio de Laura. No obstante, hasta llegar a lo de Javier, encontró aliento para preguntar recurrentemente por Nahueltruz. Sin precisar detalles, Agustín insistió en que nada malo había acontecido. Ella, sin embargo, quería detalles.

—¿Y Racedo?

—Él ni siquiera se enteró de que Nahueltruz estaba en Río Cuarto. Quédate tranquila, no te agites. Ahora sólo piensa en recuperarte.

En lo del doctor Javier la recibieron con el afecto de siempre. De inmediato, doña Generosa indicó que la llevaran al que había sido dormitorio de su hijo Mario, donde la desvistieron y arroparon. El doctor Javier apareció tras una breve conversación con María Pancha en la que Agustín se informó de que iba a ser tío.

—¿Ya se enteró de que estoy en estado, doctor? —preguntó Laura, mientras el médico acercaba una silla a la cabecera.

Javier asintió con una sonrisa.

—Parece que los Escalante sólo sabemos traerle problemas, doctor.

—Mientras pueda resolverlos, Laura, seré feliz. Mi esposa y yo les debemos mucho, tanto a ti como a tu hermano. Nunca olvidaremos lo que ambos hicieron por Mario. Él nos escribe a menudo y nunca deja de mencionar tu generosidad.

—Él es merecedor de toda mi confianza y afecto —aseguró Laura, y un ramalazo de dolor le quitó el aliento.

El doctor Javier apoyó la mano sobre el vientre y lo notó duro como una piedra.

—Laura, respira por la nariz y exhala por la boca. Vamos, haz lo que te digo. Así, muy bien, repetidas veces. No inspires tan profundamente o terminarás por marearte. Así, bien. Poco a poco, lentamente, el dolor remitirá y te sentirás mejor. Vamos, respira.

Javier la acompañó con palabras de ánimo hasta que Laura comenzó a distenderse sobre la cama. Controlaba su pulso de continuo, le limpiaba el sudor de la frente y palpaba su vientre. Doña Generosa apareció con una infusión de azahares que dio de beber a Laura en la boca. Un momento más tarde, la muchacha dormía profundamente.

—Gracias a Dios —expresó Agustín.

—El riesgo de perder el bebé es grande —diagnosticó Javier—. Lo único que puede hacerse en estos casos es reposar, moverse lo menos posible y esperar.

—¿No existe ninguna medicina, doctor? —preguntó Agustín—. ¿Algo que evite que el bebé se malogre?

—Sólo reposo —insistió el médico—. Reposo y paz. Se nota que Laura ha padecido durante los últimos días. Tiene el semblante desmejorado y la noto muy delgada.

—Ha padecido —ratificó María Pancha— y por culpa de ese demonio de Guor.

—María Pancha, por favor.

—Prácticamente no se ha alimentado y ha dormido malamente —prosiguió la negra.

Cuando se habló de que María Pancha y Laura se instalarían en el Hotel de France, el único aceptable de la villa, tanto el doctor Javier como doña Generosa se opusieron férreamente.

—No es conveniente siquiera moverla hasta el hotel —indicó Javier—. Dejémosla adonde está, que nosotros la cuidaremos como si fuera nuestra hija.

—Sí, nuestra hija —repitió doña Generosa.

—María Pancha —habló nuevamente Javier—, ni se hable de regresar a Buenos Aires hasta dar a luz al niño. Otro viaje como ése y no respondo por la vida de ninguno, ni la de la madre ni la del hijo.

Fue doña Generosa quien salvó a Laura de caer irremediablemente en la desesperanza. Con su optimismo y candidez, supo atraerla y convencerla de que el bebé nacería sano y fuerte y de que sus otros problemas se resolverían simplemente con pedírselo a Dios. Laura, que se sentía vulnerable y sola, no tardó en ponerse bajo su ala protectora y dejarse llevar por sus consejos. María Pancha comprendió el ascendiente que doña Generosa había conseguido sobre su niña Laura y, en un gran acto de amor, dio un paso al costado y la dejó actuar sin interferencias. Se hizo cargo de los quehaceres domésticos para que la mujer pasara la mayor parte del tiempo junto a ella.

—Deje nomás, Generosa —le decía a menudo—, yo lo haré. Usted vaya con mi Laurita, que le hace tanto bien.

Doña Generosa le enseñó a rezar a Laura. Catequizada en la escuela de doña Ignacia, Laura había llegado a detestar la recitación del Rosario; para ella, rezar significaba declamar un párrafo mientras su mente remontaba vuelo y se perdía. Con doña Generosa era distinto. Ella hablaba con la Santísima Trinidad, con María y con todos los Santos como si lo hiciese con una persona de carne y hueso sentada frente a ella. A Laura la emocionaba hasta las lágrimas cuando doña Generosa cerraba los ojos, unía las manos y empezaba a hablar con Jesús o María acerca de su bebé o de Nahueltruz. A menudo la hacía reír con sus ocurrencias, por ejemplo cuando le aseguró que rezar las letanías era como decirle piropos a la Virgen. A pesar de tratarse de una mujer de poca cultura, citaba versículos del Nuevo Testamento de memoria e incluso algunos salmos. Nadie le ganaba si de santos se trataba, pues conocía al dedillo la vida de muchísimos de ellos; de algunos, Laura jamás había oído hablar.

—Jesús prometió que, si pedíamos con fe, Él nos daría todo lo que deseamos —le contó en una oportunidad, y abrió su Biblia de hojas muy consultadas y le mostró varios párrafos al respecto—. Jesús nos concederá todo lo que pidamos así tengamos que ganarle por hartazgo, ya verás —aseguró, y hasta el padre Marcos soltó una carcajada.

Laura permaneció en estricto reposo por más de tres semanas. A la sazón, el doctor Javier la autorizó a levantarse por la tarde para que tomara asiento en el patio donde el cálido sol de primavera la fortalecía. La cama la debilitaba, y se mareaba al ponerse de pie, pero ahí estaban todos para ayudarla: doña Generosa, María Pancha, Agustín, el doctor Javier y el padre Donatti, que la visitaba a diario y le llevaba la comunión. "Todos", pensaba Laura, "excepto él".

Agustín se dijo que no cometería los errores del pasado y, cuando el doctor Javier lo permitió, refirió a su hermana los días de Guor en Río Cuarto con puntos y comas. Le dijo que Nahueltruz había llegado con el ánimo de una fiera descontrolada y dispuesto a matar a Racedo y recuperar los huesos del cacique Mariano Rosas, pero entre él y el padre Marcos Donatti lo habían hecho deponer de su actitud.

—¡Pobre amor mío! —suspiró Laura—. ¡Qué padecimiento!

—Fue duro y a veces creí que no lo lograríamos, pero lo convencimos de dejar el asunto en nuestras manos. Nosotros ya habíamos comenzado a hablar con el coronel Racedo para persuadirlo de devolver los restos de Rosas, y prometimos a Nahueltruz que lo conseguiríamos.

—¿Lo consiguieron? —se esperanzó Laura.

—No aún. Racedo es testarudo y quiere donar los huesos a un museo de Ciencias Naturales en Berlín.

—¡Qué hombre tan cruel! Cree que profanando la tumba del padre, se vengará del hijo. Cree que esparciendo sus restos por el mundo, conseguirá hacerlo pagar por la muerte de ese canalla que era su tío. ¡Qué remedio más inútil!

—A veces me abruma tanto la injusticia con la que convivo a diario, las muertes, la venganza, el odio, la mentira, que temo que llegue a acostumbrarme. A veces, en contra de mis propias creencias, pierdo la esperanza.

Laura le acarició la mejilla y lo compadeció, y Agustín dejó descansar su rostro en la concavidad de su mano.

—¿Cómo lo persuadieron de que no acabara con Racedo?

—En realidad —dijo Agustín—, creo que Nahueltruz no tenía intenciones de hacerlo. Si él hubiese estado decidido, ni yo ni el padre Donatti habríamos podido con su voluntad de hierro. Sí, le hablamos, y le hablamos mucho, pero sinceramente creo que él llegó hasta aquí movido por un sentido del deber y no por verdadero convencimiento. Él se culpa por haber abandonado a su pueblo, ya lo sabes de memoria, y gran parte de sus actitudes y acciones nacen como consecuencia de esa culpa. Matar a Racedo y recuperar los restos de su padre, por ejemplo, eran de estas acciones. Cuando encontró que nosotros lo desaprobábamos y escuchó nuestras razones, se dejó convencer. Eso es, se dejó convencer. Y creo que se sintió aliviado. En el fondo, él desea acabar con esta historia de muerte y venganza que tiende a perpetuarse. Creo que está dispuesto a poner un hasta aquí.

—¿Qué ha sido de él? ¿Sigue en Río Cuarto?

—No. Viajó a Mendoza "para atender unos negocios", según dijo, y yo no me atreví a sonsacarlo. No he vuelto a saber de él, pero antes de partir hacia Mendoza me confesó que le urgía regresar a París.

Laura bajó la vista para ocultar las lágrimas que sin remedio le inundaron los ojos.

—Vamos, Laura, no te pongas así o no seguiré contándote. Ya sabes lo que dice María Pancha, que si lloras tanto echarás a perder al niño. Tendré un sobrino llorón y flojo o una sobrina caprichosa como tú. Vamos. El Señor es misericordioso y sabe de tus aflicciones. Jamás te abandonará.

—Lo que más me duele es que él me odie tanto, que piense tan mal de mí.

—Sabes que no te odia, no puede odiarte. Te ama demasiado para eso.

—¿Te dijo algo? ¿Te dijo algo acerca de mí? —preguntó, nuevamente esperanzada.

Y aunque Agustín se había propuesto decirle la verdad, no encontró el valor para repetir las declaraciones de Guor respecto a ella. Tan duras habían sido que Agustín lo amenazó con romper su amistad si no moderaba su lenguaje.

—No, Laura —mintió—, no mencionó tu nombre siquiera una vez.

Agustín tampoco le dijo que, días atrás, había recibido carta de Nahueltruz fechada en Buenos Aires donde le anunciaba su inminente partida hacia Francia. Y también se guardó de decirle que, de inmediato, le había escrito a su vieja dirección en París para avisarle que, en pocos meses, tendría un hijo.

A pesar de que doña Generosa había conseguido transmitirle su fe, Laura llegó a convencerse de que Nahueltruz había desaparecido para siempre de su vida. Cuando ese convencimiento se arraigó en su corazón, restableció contacto epistolar con Buenos Aires. Eugenia Victoria fue de las primeras. A ella, como de costumbre, le contó la verdad. También les escribió a Eduarda, a tía Carolita y a sus primas Iluminada y María del Pilar, pero a ellas les dijo que pasaría una temporada junto a su hermano. Por último, se animó a escribirle a Magdalena, que ya había regresado de Río de Janeiro. En todas las respuestas, le comentaron acerca del súbito regreso de Guor a París, que ni siquiera había esperado al matrimonio Beaumont. Para sorpresa de Laura, su madre le contestó en un tono de maternal comprensión que le hizo desear tenerla a su lado, pero no se atrevió a pedírselo por temor a generar un conflicto con su esposo, el doctor Pereda. Anhelaba que su madre quisiera a su hijo a pesar de que fuera ilegítimo. Necesita que todos lo quisieran para paliar la falta de padre y la crueldad de una sociedad que lo condenaría. Al verla angustiada, María Pancha le enumeraba casos de hijos ilegítimos a los que nadie menospreciaba; citaba a modo de ejemplo a Faustina, la hija natural de Sarmiento, o a la innumerable prole de Justo José de Urquiza, en general todos bien casados y aceptados (una de las Urquiza era la esposa del renombrado porteño Benjamín Victorica).

—Pero ellos —se obstinaba Laura— han tenido la suerte de que sus padres los reconocieran. Llevan el apellido paterno. Ése no será el caso de mi hijito.

—Tu hijo llevará el apellido paterno y no será ilegítimo —insistía doña Generosa—, porque así se lo estamos pidiendo a Nuestro Señor. Debes tener fe, Laura. Con fe, moverás montañas.

También le escribió a Julio Roca sin mayores esperanzas de obtener respuesta porque imaginaba que el general y su familia ya habrían dejado la Capital. Envió el sobre a la casa de la calle Chavango a nombre del coronel Artemio Gramajo. María Pancha le preguntó por qué le había escrito.

—Porque lo quiero, María Pancha. Porque le debo la vida de Nahueltruz y otros favores. Además, le prometí que sería su amiga y que *siempre* estaría dispuesta a ayudarlo. No quiero que nadie nunca vuelva a llamarme traidora. Éste es un momento difícil en la vida de Julio y quizá me necesita.

Laura, no obstante, sabía que, en parte, lo hacía movida por un sentimiento de venganza. A veces imaginaba lo reconfortante que sería lastimar a Nahueltruz del modo en que él la había lastimado a ella. Al padre Donatti, a quien había confesado toda su historia, también le mencionó este perverso deseo.

—Se trata del padre de mi hijo —expresó—, y sin embargo no puedo evitar odiarlo. No quiero odiarlo —aseguró con pasión—, pero el daño que me ha causado me ha vuelto rencorosa.

—No pienses sólo en el daño que *él* te ha causado sino en el que *tú* le has causado a él. No sólo *tú* tienes que perdonarlo a él sino *él* a ti. ¿Y cómo piensas obtener el perdón si primero no eres capaz de perdonar? Otorgar el perdón, Laura, es una acción que primeramente beneficia a quien lo concede. Inmediatamente te inunda la paz del Señor y las angustias comienzan a desvanecerse. Como decía San Francisco: "...es perdonando que se es perdonado".

—Yo quiero perdonarlo, pero me resulta difícil —aceptó sin mayores bríos.

Laura recobró el espíritu la mañana en que el doctor Javier le aseguró que habían superado el mayor riesgo. Debía ser en extremo prudente, pero dejaría la cama para llevar una vida normal y ordenada. Hacía días que no la atormentaban las náuseas matinales y le había perdido el asco a la carne y a la leche. Doña Generosa cumplía a pie juntillas las indicaciones de su esposo y la alimentaba "como si fueran a comerla en Navidad", según se quejaba Laura. Lo cierto era que las comidas nutritivas y variadas le devolvieron las fuerzas y los colores al semblante; no se mareaba al caminar y no se cansaba ni la agobiaba la somnolencia dondequiera que estuviese.

Las amigas de doña Generosa le tomaron gran afecto. Al tanto del apuro en que se hallaba, sola y con un hijo en camino, ninguna preguntaba por el padre del niño y, en cambio, hablaban de la ropita del ajuar, de posibles nombres, de cómo amamantarlo, de cómo cambiarlo, de cuándo resultaba conveniente darle el primer baño y demás. Laura las escuchaba con interés y anotaba algunos consejos.

La vida en Río Cuarto distaba mucho de la de Buenos Aires. No había teatros ni salones relucidos; tampoco tiendas de ultramarinos ni clubes afamados. La gente era más sencilla y se comportaba con soltura. Se vivía de manera distendida sin prestar atención a la parafernalia de aspectos que debían atenderse en la gran capital. Aunque menos almidonados que los porteños, los riocuartenses eran igualmente aficionados al cotilleo, y la presencia de Laura, una dama tan distinguida como misteriosa, alborotó las conversaciones en pulperías y tertulias vespertinas. Cada día se tejía una historia y a menudo se recordaba aquella que la había tenido por amante del indio Nahueltruz Guor, el que había asesinado al viejo coronel Racedo. En los últimos meses, cuando el embarazo se volvió notorio, Laura salía sin cubrirse el vientre, lo que provocó escándalo entre las señoras, y las hablillas recrudecieron. Aunque sabía que la criticaban, Laura no percibía un ambiente hostil, más bien se sentía admirada, quizás envidiada. Las señoras se esforzaban por saludarla a la salida de misa y las más jóvenes le copiaban sus vestidos y tocados.

Para sorpresa de María Pancha, pero en especial de la propia Laura, doña Generosa logró que tejiera una mantita de cuna. Enemistada con las labores, Laura no sabía lo gratificante que resultaba elaborar una prenda que después abrigaría a un ser querido. Su entusiasmo la llevó a comprar en la tienda de Ricabarra toda clase de avíos: agujas, lana de distintos tipos y colores, botones, puntillas, galones, cintas, hilos para bordar, un bastidor, telas y tijeras. Se pasaba horas tejiendo, cosiendo y hasta bordando. Leía de noche y poco, y escribía sólo la correspondencia. El doctor Javier la instaba a caminar media hora por día, bien temprano por la mañana o al atardecer, cuando el sol de verano menguaba su inclemencia; debía hacerlo de manera pausada y lenta, deteniéndose si se cansaba. Doña Generosa, María Pancha y ella aprovechaban para ir caminando hasta la misa de siete en el convento de San Francisco oficiada por el padre Agustín, que luego las recibía en la sacristía donde bendecía a su sobrino apoyando la mano en el vientre de Laura. De regreso, se habían habituado a detenerse en la panadería porque Laura vivía antojada de unos bollos fritos rellenos de crema pastelera que disfrutaba especialmente en el desayuno. Si no se sentía cansada, volvía a salir por la tarde; acompañaba a doña Generosa a visitar a alguna amiga o pariente o simplemente iban de compras con María Pancha. Cuando Laura expresó su deseo de acompañar a Agustín a El Tala, la tierra que el gobierno le había entregado al cacique Ramón "Platero" Cabral a cambio de su sumisión, el doctor Javier se mostró inflexible.

—Donde hay indios —pronunció—, hay viruela. Contagiarse es grave, pero, encontrándose en estado, es gravísimo. Si sobrevive, el niño podría nacer privado de la vista o lo que es peor, con daños en el cerebro. Nacería tonto, pues.

El doctor Javier no se caracterizaba por ser alarmista, de modo que, al verlo tan severo, Laura lo obedeció sin chistar. Para ella, no había nada más importante que su hijo. Sentirlo dentro de sí constituía el momento más feliz del día, y si pasaba uno en que no lo hiciera, se angustiaba y recurría al doctor Javier que, con una sonrisa paciente, le decía: "Seguramente duerme". ¿Cómo saber si duerme o si algo malo le ocurre? Al día siguiente, cuando el movimiento tan particular volvía a producirse en su vientre, la paz le regresaba al alma. Hacía cuanto doña Generosa y María Pancha le indicaban, a pesar de que algunas prácticas resultaban fastidiosas y otras sabían muy mal, como la cucharada en ayunas de aceite de hígado de bacalao o el tónico de cáscara de huevo, invento de su tío abuelo Tito. Al igual que con Blanca Montes primero y con Magdalena después, María Pancha se ocupaba de masajear a diario el cuerpo de Laura, en especial sus piernas y su vientre, con un aceite de almendras.

—No es cuestión de que se te arruine la figura —expresaba, mientras sobaba con pericia.

También le enseñó a prepararse los pezones para amamantar porque Laura había manifestado que no quería que una nodriza se ocupase de su hijo.

Laura había evitado el huerto de los Javier. Le traía recuerdos que, en esas circunstancias, se volvían dolorosos e indeseables. Una tarde, sin embargo, se aventuró al patio y caminó hasta adentrarse en el huerto, hasta acariciar incluso el tronco del limonero, testigo de tantos besos y diálogos. Apoyó la mano sobre el grueso nogal y cerró los ojos para evocar las imágenes que llegaron con vívida claridad; retuvo el aliento al experimentar nuevamente la áspera corteza en su espalda y la virilidad de Nahueltruz entre sus piernas. "¿Por qué me haces esto?", le había reprochado él. "¿No te das cuenta de que me vuelves loco? ¿De que soy capaz de tomarte aquí mismo, sobre la acelga y las zanahorias de doña Generosa?" "Sí, sí. A mí no me importa", había sido la respuesta de ella.

—¡Nahuel, amor mío! —gimoteó, y apoyó ambas manos sobre el árbol, mientras dejaba caer la cabeza hacia delante—. ¿Cómo llegamos a esta instancia tan penosa si nos amamos tanto?

Esa noche, despertó súbitamente a causa de un sueño erótico. Se sorprendió porque jamás pensó que una mujer encinta experimentase deseo sexual. Había creído que las embarazadas pasaban los nueve meses suspendidas en una especie de limbo donde la concupiscencia no tenía cabida, donde la maternidad las salvaba de los arranques pasionales de la carne. Lo cierto fue que el deseo por

Nahueltruz la acompañó a lo largo del embarazo y, si bien le provocaba una gran insatisfacción, la ayudó para dejar de lado sus ideas de odio y revancha, a tal extremo que se convenció de escribirle que esperaba un hijo de él. De pronto, las aprensiones de meses atrás se habían desvanecido.

—Agustín —dijo—, he decidido escribirle a Nahuel y contarle que voy a darle un hijo. Necesito que me des su dirección en París.

—A pesar de tu oposición inicial, yo le escribí.

—¿Le dijiste que estoy embarazada?

—Ésa fue la razón principal.

Laura guardó silencio mientras pensaba que debería enfadarse con Agustín por actuar a sus espaldas en un tema de tanta trascendencia. No obstante, soltó un suspiro y se resignó. Estaba harta de reproches y enfados.

—¿Me permites leer su respuesta?

—Nunca hubo respuesta —se apenó Agustín—. Envié dos cartas y no obtuve la contestación. Hace días envié una tercera. Tenemos que aguardar.

CAPÍTULO XXXII

De regreso en París

Nahueltruz entró en el camarín de Geneviève y la encontró sentada frente a su tocador, quitándose el maquillaje. Sus miradas se cruzaron en el espejo y la joven sonrió. Nahueltruz se inclinó y le besó la nuca.

—*Tu as été merveilleuse, superbe* —le susurró—, *comme d'habitude.*

Sin voltear, Geneviève le acarició la mejilla y le dedicó otra sonrisa.

—*Merci, mon chéri.*

—Acabo de cruzarme con Léo —Nahueltruz se refería a Léo Delibes, el compositor del ballet *Coppélia* que Geneviève acababa de protagonizar— y me ha asegurado que nadie lo interpreta como tú. Que nadie lo interpretará jamás como tú.

—*Oh, tu sais, Lorenzo, il est un peu exagéré.*

—*Je ne suis pas d'accord. Il dit seulement la vérité.*

Nahueltruz hizo a un lado una parva de vestidos y tutúes y se echó sobre el diván; encendió su pipa y aspiró varias bocanadas antes de volver a hablar.

—¿Iremos finalmente a la recepción en casa de Didier?

—*Mais oui, mon chéri.* Todos mis amigos irán —observó Geneviève—. Además, sabes que esta fiesta es para celebrar el éxito de *Coppélia*. No puedo faltar.

A Nahueltruz le gustaba pasar el tiempo con Geneviève; de hecho, prácticamente vivía en su departamento de la Place Vendôme. Pero sus amigos eran harina de otro costal. Demasiado bohemios, intelectuales y despistados. Lo ponían incómodo sus extravagancias y lo fastidiaban sus conversaciones. Geneviève, en cambio, los adoraba y, aunque admitía que eran peculiares, se dejaba venerar por ellos.

Didier du Lapoint era el benefactor más importante de la Ópera de París. Donaba cuantiosas sumas que no hacían mella en su modo de vida. Se decía que, en realidad, su verdadero apellido era judío, y que su abuelo había hecho la fortuna practicando la usura. Su padre había ensayado toda clase de historias para alejarse de ese pasado bochornoso; igualmente Didier a su debido tiempo. A criterio de Nahueltruz, los du Lapoint delataban que no eran aristócratas porque nunca habían aprendido a comportarse como tales. A Didier lo gratificaba pavonear sus nuevas adquisiciones de arte, no para que sus amistades admiraran la técnica o la belleza de la obra sino para ver las expresiones en sus rostros cuando les informaba cuánto había pagado por ellas. Lo mismo ocurría con sus caballos. Estaba demasiado pendiente de la moda y solía pagar precios ridículos por trajes ridículos simplemente porque se trataba de la confección del sastre más costoso de París. Abarrotaba las salas de su mansión con costosos adornos que sólo la volvían recargada y de dudoso gusto. Su amor por el dinero no conocía límite y, aunque en cierta forma todos los parisinos lo amaban, lo que le achacaban era que él no tuviera la elegancia de ocultar su pasión.

Por estas razones, Nahueltruz se sorprendió al toparse con los Monterosa, Ventura y su hermana Marietta, la duquesa de Parma, en lo de Didier du Lapoint. Ellos, educados en la estricta y formal aristocracia véneta, departiendo con alguien tan por debajo resultaba simplemente increíble. La duquesa le habló en italiano.

—Lorenzo, ¡qué gratificante encontrarte en medio de tanta gente desconocida! Yo no tenía deseos de venir. Lo hice sólo por la dulce Geneviève, que quiere a todo el mundo sin reparar en defecto alguno. Es su mayor virtud, sin duda. Además, quise acompañar a Ventura que, al enterarse de que habías regresado de Sud América, se interesó por verte.

El comentario resultó aún más inesperado que la presencia de los Monterosa, en especial si se consideraban los términos de su relación con Ventura después del último encuentro en casa de los Lynch, durante el cumpleaños de Eugenia Victoria, donde el motivo de la disputa había sido Laura.

—Iré a buscarlo —dijo la duquesa, y se alejó.

Geneviève lo sorprendió enfrascado en sus pensamientos. Se colgó de su cuello y lo besó en los labios. Era de las extravagancias que sólo a Geneviève estaban permitidas; cuando en otras habrían provocado murmullos malintencionados, en ella provocaban sonrisas benévolas. A su vez, Nahueltruz la tomó por la cintura y le devolvió el beso. La duquesa de Parma se acercó y aprovechó para felicitarla por su representación en *Coppélia*. Detrás de ella, venía su hermano.

—Rosas —dijo a modo de saludo, e inclinó la cabeza al tiempo que extendía su mano.

—Monterosa —replicó Guor, y apretó con firmeza la mano ofrecida.

Cierta tensión en el intercambio de miradas provocó en Geneviève una curiosidad poco común en ella y, mientras respondía a las preguntas de la duquesa, sus ojos saltaban del rostro de Lorenzo al de Ventura.

—Pensé que regresarías con mi cuñado y Saulina —fueron las primeras palabras de Monterosa.

—Así lo había dispuesto en un principio —admitió Guor—, pero circunstancias imprevistas me obligaron a regresar antes de tiempo.

—¿Cómo se encuentra la señora Riglos? —disparó Ventura *ipso facto*.

La duquesa acalló su parloteo, y tanto ella como Geneviève aguardaron una respuesta. Nahueltruz tomó la pregunta como una provocación y replicó de mal modo:

—Dudo que siga haciéndose llamar señora Riglos. Para este momento debe de ser *lady no sé cuánto*, pues conquistó a un noble inglés inmensamente rico que, dicen, está emparentado con la reina Victoria. ¿Sorprendido? No lo estarías si la conocieras. Ya ves, querido Ventura, la señora Riglos no se conformó con que fueras el hermano de la duquesa de Parma. Ella quería más. *Siempre* quiere más. Debí advertírtelo cuando todavía era tiempo. Debí decirte: "Cuidado, Ventura, éste es un juego que a la viuda de Riglos le gusta jugar: destrozar el corazón de los hombres". Con permiso —se excusó y, luego de una breve inclinación de cabeza, se alejó en dirección a la puerta.

Geneviève se disculpó con los Monterosa y lo siguió a paso rápido. Lo alcanzó cuando Nahueltruz llegaba al vestíbulo.

—Me voy —le dijo—, estoy cansado y un poco borracho.

—Me iré contigo —manifestó Geneviève.

El viaje hasta la Place Vendôme resultó incómodo para ambos. Nahueltruz no emitió palabra y ella no se atrevió a hacerlo. Sin embargo, al llegar, hicieron el amor. Nahueltruz comenzó a quitarle las prendas en la sala y, antes de entrar en el dormitorio, Geneviève estaba completamente desnuda entre sus brazos. Sin duda, Lorenzo Rosas era el mejor amante que Geneviève había tenido. En un principio, sus prácticas sexuales la habían asustado; hasta ese momento, ella sólo había tenido dos amantes y, por lo que podía ver, carentes de imaginación y egoístas. Pero Lorenzo la ayudó a dejar de lado prejuicios y miedos y a descubrir el mundo de placer oculto entre sus piernas, y lo hizo con tal maestría que no pasó mucho hasta que ella, antes tímida y reticente, lo persiguiera por la casa rogándole que la tomara. En la cama o donde fuera que le hiciese el amor, Lorenzo mostraba un aspecto distinto, más bien opuesto al que ostentaba entre sus amigos y con Blasco. En la cama, Lorenzo abandonaba su aire bien cuidado de *chevalier* para convertirse en un *sauvage américain*; su comportamiento se balanceaba sobre una línea tan sutil entre la decencia y la indecencia que Geneviève más de una vez había terminado con remordimientos. Él, sin embargo, se mostraba tan seguro y a gusto que pronto barrió con sus últimos temores. Solía pedirle:

—En la cama sé tan libre como lo eres en el escenario.

Sólo verlo entrar en la casa le aceleraba el corazón. Su figura contundente y maciza le llenaba la cabeza de ideas; su sonrisa melancólica la seducía y sus ojos grises la hechizaban. Lo amaba. Loca y apasionadamente, lo amaba. Y aunque ella se lo había confesado, él nunca lo había hecho. En parte atizada por Eduarda Mansilla, Geneviève sospechaba que en el misterioso pasado de Lorenzo existía una mujer que lo había marcado fatalmente, que le impedía entregarse en plenitud. Después de hacer el amor, tenía por costumbre sumirse en un silencio letárgico hasta que se dormía. "¿Qué pensamientos encierra su mente?", se preguntaba Geneviève. "¿Es ella quien lo aleja de mí a pesar del momento compartido?" Trataba de imaginar a esa mujer sin rostro, de encontrarle un nombre (por eso siempre preguntaba nombres en español a Eduarda), de adivinar su carácter, su estilo para vestir, las formas de su cuerpo, las facciones de su rostro. Porque, fuera como fuese, linda o fea, culta o burda, elegante o desgreñada, Lorenzo aún la amaba.

Por eso Geneviève se aterrorizó cuando Lorenzo le dijo que viajaría a Buenos Aires para finiquitar cuestiones de familia. Las dudas la atormentaron cada día que Lorenzo se ausentó y, por momentos, dudó en volver a verlo. Pero Lorenzo había regresado y estaba con ella; prácticamente, no se apartaba de su lado. La intuición, sin embargo, le dictaba que algo de naturaleza grave había acontecido en Sud América porque el Lorenzo que había vuelto no era el que ella acompañó hasta el puerto de Calais seis meses atrás. Por demás contaba la carta de Eduarda recibida hacía pocos días, donde le manifestaba su sospecha acerca de un romance entre Lorenzo y una viuda de Buenos Aires, Laura Riglos se llamaba, la misma por quien había preguntado Ventura Monterosa y que había generado esa respuesta tan insólita por parte de Lorenzo. No cabía duda, Laura Riglos era la misteriosa mujer que por años había deseado conocer. Al menos, ya sabía su nombre y algunas de sus características a través del ojo de Eduarda Mansilla.

Geneviève dejó la cama y marchó hacia el tocador. Nahueltruz la siguió con la mirada y no pudo evitar comparar ese cuerpo grácil y delgado con el de Laura, lleno de curvas y redondeces. Los pechos de Geneviève eran los de una impúber; los de Laura, los de una nodriza; las piernas de Geneviève parecían las de un flamenco, mientras las de Laura eran carnosas y torneadas; el rostro de Geneviève era anguloso, con pómulos salientes y labios delgados; las facciones de Laura, en cambio, eran redondeadas y sus labios, gruesos; la piel olivácea de Geneviève, que tan bien le sentaba a sus ojos azules, contrastaba con esa blancura de Laura, que se enrojecía con sólo pasarle un dedo; el andar de Geneviève era, definitivamente, distinto del de Laura; ninguna carecía de garbo y, sin embargo, Geneviève lo hacía con una sutileza adquirida tras horas de práctica tomada a la barra que confería la impresión de que se deslizaba flotando; el de Laura, en cambio, no era suave sino decidido, casi soberbio; Laura entraba en un salón, y su apostura y gesto parecían desafiar: "Aquí estoy yo, a ver quién se atreve".

Geneviève regresó a la cama y le pasó un plato con frutas secas que Nahueltruz aceptó con agrado.

—Espero que Didier no se disguste contigo por habernos ido así de la fiesta, tan inopinadamente, sin saludar ni agradecer el homenaje.

Geneviève sacudió los hombros y siguió buscando almendras.

—¿Quién es la señora Riglos? —preguntó un momento después.

—¿Por qué quieres saber? —dijo Guor para ganar tiempo.

—Debe de tratarse de una mujer importante para que Ventura se acerque a preguntarte sólo por ella y no por Armand y Saulina, y también para que tú reacciones tan extrañamente.

—¿Extrañamente?

—Le respondiste con odio. No —se corrigió—, no con odio. Lo hiciste con la actitud de quien está celoso.

Se quedaron callados. Aunque ella intentaba una actitud indiferente mientras hurgaba en el plato de frutas secas, se le había acelerado el pulso.

—Fuimos amantes —admitió Nahueltruz.

El corazón de Geneviève dio un brinco y de inmediato una sensación de despojo la dejó aturdida.

—¿Ahora, en este último viaje? —dijo, y de inmediato se avergonzó por preguntar algo tan obvio.

—Lo fuimos en el 73 —explicó Nahueltruz—, por escasos días. Volvimos a serlo ahora, también por escasos días.

—Remarcas lo de "escasos días" como si pudieras convencerme de que ella nada significa para ti cuando lo cierto es que no puedes quitártela de la cabeza. Y me animo a decir que del corazón tampoco.

—No hablaré de ella contigo —expresó Guor, disgustado—. Ella es mi pasado. Creéme cuando te digo que ahora sólo me importas tú, el presente.

Al día siguiente, mientras desayunaban, Geneviève buscaba en *Le Figaro* las críticas a *Coppélia*. A pesar de encontrarse habituada a que los periódicos la mimaran, Geneviève se deleitaba en oportunidad de cada estreno cuando los críticos volvían a coronarla reina del Palais Garnier. Le servía para reafirmar su triunfo y obtener la seguridad que no encontraba en Lorenzo; al menos, su público la adoraba sin condiciones y ella no debía compartir el podio con ninguna otra; ella era *unique*. Leyó en voz alta algunos párrafos, los más encomiosos, y rio y comentó con la espontaneidad que tan atractiva la volvía. Nahueltruz le quitó el periódico y la contempló seriamente.

—¿Qué sucede? —se impacientó ella.

—Cásate conmigo, Geneviève.

La joven ocultó su sorpresa y desconcierto detrás de una sonrisa irónica. ¡Cuántas veces había ansiado escuchar esas palabras de boca de Lorenzo! Sin embargo, ahora que las pronunciaba, la lastimaban profundamente.

—Ah, *mon cher Lorenzo*, no sabes lo que dices. Siempre dejaste en claro que tú y yo seríamos libres, que nada nos ataría a este mundo excepto la vida misma, ¿no fueron esas tus palabras?

—Eso fue hace tiempo. No pienso lo mismo ahora —expresó, sombríamente.

—Me pregunto —continuó Geneviève, sin abandonar el sarcasmo— por qué ahora querrías casarte cuando tan sólo meses atrás te repugnaba la idea.

—Las cosas cambiaron. *Yo* cambié.

—Sospecho que la señora Riglos tiene mucho que ver con este cambio.

—Ya te dije anoche —pronunció Guor en tono tajante— que no hablaría de ella contigo.

—Lorenzo —pronunció Geneviève, y Nahueltruz entrevió cierto fastidio en su voz—, anoche me confesaste que ella y tú fueron amantes y no hice un escándalo ni una patética escena de celos. Lo único que exijo es que seas sincero conmigo y me cuentes la verdad acerca del vínculo que te une a ella. Creo merecerlo.

Nahueltruz se quitó la servilleta de las piernas y la dejó a un costado del plato. Apoyó las manos sobre el borde de la mesa como si fuera a ponerse de pie, pero no lo hizo. Levantó la vista hasta encontrar la de Geneviève.

—Es cierto —admitió—, mereces la verdad.

No sólo le contó acerca de su amorío con Laura en ese último viaje sino que se remontó al día en que se conocieron, en el verano del 73, en el patio de la familia Javier. No le mencionó, sin embargo, que era indio, simplemente dijo que había sido "pobre". En opinión de la mayoría de los europeos, los negros de África y los nativos de América eran seres inferiores, incluso algunos afirmaban que no poseían alma. Aunque conocía la naturaleza bondadosa de Geneviève, no sabía cómo reaccionaría al enterarse de que desde hacía años se acostaba con un ser inanimado.

En un momento del relato, Geneviève notó que los ojos de Nahueltruz se volvían brillantes y la voz, forzada. La afectó profundamente ser testigo de su quebranto porque ella sólo albergaba una imagen de él, la de hombre fuerte, duro y frío. Se puso de pie y lo abrazó.

—*Oh, mon amour, ma vie, mon bien aimé!* —exclamó—. ¡Cuánto has sufrido! ¡Qué injusta ha sido la vida contigo!

—No quiero tu lástima, Geneviève —dijo Nahueltruz—. Sólo quiero que me digas si me aceptas como esposo.

—No hablemos de eso ahora. Dejemos pasar unos días hasta recuperar la calma. Hablemos entonces.

Nahueltruz regresó a su departamento de la calle Mont Thabor y vio a Geneviève en contadas ocasiones, con motivo de reuniones sociales. Aunque Geneviève seguía siendo dulce como de costumbre, Nahueltruz percibía que el entendimiento y la confianza se habían quebrado, y se arrepintió de haberle confesado la verdad. Semanas más tarde, luego de una función en el Palais Garnier, la escoltó hasta su departamento en la Place Vendôme y volvió a pedirle que se casaran. Geneviève, que había pensado incesantemente y se sentía preparada para tocar el tema, le pidió que tomara asiento y le sirvió una copa de coñac.

—Cuando te marchaste a Sud América —comenzó—, creí que nunca regresarías. Sabía que habías dejado a alguien muy importante allí e intuí que volvías a buscarla.

—Pero aquí estoy, regresé —se defendió Guor—. Vine a buscarte. Ella ya no cuenta para mí.

—No, Lorenzo —pronunció Geneviève, con aire resignado—, tú no regresaste para buscarme a mí sino para paliar tu dolor. Y ella aún cuenta en tu vida. Tanto, que me pides que me case contigo sólo para tratar de olvidarla.

—Geneviève, por favor —suplicó Guor—. No es así.

—Lorenzo, por favor, déjame hablar —pidió ella, y apoyó su mano sobre los labios de él—. Escúchame bien porque diré esto una sola vez, tan doloroso es para mí. En realidad, es lo más doloroso que me ha tocado decir. Y lo haré movida por el inmenso amor que siento por ti. Vuelve a Sud América, busca a esa mujer y cásate con ella.

—¿De qué hablas? ¿Es que acaso no escuchaste lo que te conté, de sus traiciones, de sus bajezas?

—Ella tuvo un amante creyéndote muerto. Tú me tuviste a mí sabiendo que ella vivía.

—Ella se acostó con mi peor enemigo, el que tanto daño le hizo a mi familia.

—Perdónala, Lorenzo. ¿Cómo puedes tener un corazón tan duro y resentido amándola como la amas? ¿Por qué insistes en forjar tu propia infelicidad uniéndote a quien no amas?

—Yo te amo, Geneviève.

—Si tú me amaras como la amas a ella yo dejaría todo, y escucha bien porque digo *todo*, mi ballet, que es mi vida, mi teatro, mis amigos, mi adorada París, y me marcharía contigo adonde quisieras llevarme. Pero tú no me amas de ese modo. Me tienes gran cariño, me deseas tal vez, pero no me amas. Y yo, Lorenzo —dijo, y su acento sufrió una inflexión, repentinamente endurecido—, estoy acostumbrada a ser la primera, ¡la reina! No soportaría ocupar el segundo lugar en tu corazón.

Nahueltruz la miró con ojos desorbitados, los labios entreabiertos como buscando infructuosamente una palabra que la convenciera. Por fin, chasqueó la lengua y se puso de pie. Caminó al mueble con bebidas y se sirvió otra copa que bebió de un trago. Geneviève lo seguía con la vista y se compadecía de él.

—Está embarazada —dijo Nahueltruz.

—¿Quién?

—Ella, pues.

—¿Laura Riglos, embarazada? ¿Cómo lo sabes?

—El padre Agustín Escalante me escribió para decirme. Él dice que es hijo mío.

—¡Y por supuesto que lo es! No seas necio.

—Bien podría serlo de otros dos, de Roca o del lord inglés.

—Ah, Lorenzo —se molestó Geneviève—, nunca pensé que tuvieras una naturaleza tan rencorosa.

CAPÍTULO XXXIII

J.A.R.

El verano avanzaba lentamente. La estridencia de las cigarras les advertía a diario que el calor sería insoportable. A menudo caían chaparrones que tornaban las calles intransitables y el ambiente se volvía húmedo y asfixiante. En esa canícula, Laura padecía de hidropesía en ocasiones y de lipotimia en otras. El doctor Javier le prohibió la sal para la primera afección, en tanto para la segunda le mandó consumir ingentes cantidades de agua azucarada y respirar amoníaco si presentía que se hallaba a las puertas de un vahído. Laura estaba muy gruesa, lo que llevaba a suponer que el niño sería grande, contingencia que preocupaba al doctor Javier.

—Podría serlo —rezongaba María Pancha—, si tenemos en cuenta el tamaño del padre.

Estos escrúpulos, sin embargo, no se los comunicaban a Laura para no inquietarla. Más allá de sus días de pies hinchados o los de baja presión, estaba de mejor ánimo. Seguía cosiendo y tejiendo para su hijo y, cuando el sol bajaba, caminaba del brazo de doña Generosa hasta el convento de San Francisco. También escribía, no sólo la correspondencia sino sus folletines largamente postergados, *La gente de los carrizos* y *Siete locos en un barco*, la historia para niños. Mario Javier le había pedido en reiteradas cartas que los terminara porque los lectores se impacientaban. También le contaba acerca de la situación política en la Capital, que día a día se complicaba. En la última carta le mencionaba las elecciones de diputados del 1° de febrero que habían transcurrido pacíficamente. Días después, los rifleros anunciaron que el día 15 desfilarían por las calles de Buenos Aires. Desde el Ministerio de Guerra y Marina, a cargo de Pellegrini, se ordenó a los jefes que depusieran su actitud provocadora y beligerante, pero recibieron por respuesta que sólo acataban órdenes de Tejedor. El desfile de rifleros se confundió con el jolgorio del Carnaval y, aunque se registraron escaramuzas, no pasaron a mayores. El gobierno, atrincherado en la Casa Rosada, custodiado por un regimiento completo, debió tolerar insultos y algunas pedradas y huevazos sin poder responder a la afrenta porque los leales a Tejedor eran, definitivamente, más numerosos que los soldados de la Nación. Al día siguiente, Carlos Pellegrini ordenó regresar a las mejores formaciones que todavía operaban en el sur pues, en su opinión, acabarían con Tejedor y sus estúpidas ideas localistas de una sola manera: con las armas. "En cuanto a la editora", terminaba Mario, "el día 15, durante el desfile de rifleros, sufrió un corto ataque que los soldados del Séptimo Regimiento supieron sofocar hábilmente a pesar de ser menos. El saldo es algunos vidrios rotos, que ya mandé reparar, y algunos puntos en la frente de Blasco que fue quien recibió la primera piedra. Al enterarse, la señorita Pura estaba inconsolable. Blasco ahora se encuentra muy bien y le envía su afecto".

A fines de febrero, Eugenia Victoria le escribió para darle una noticia que, luego de dejarla atónita, la puso contenta: lord Leighton le había pedido a Esmeralda Balbastro que fuera su esposa, y ella había aceptado. De ese modo, Laura comprendió la demora por parte de los hermanos Leighton en regresar a Inglaterra. La bella Esmeralda lo había cautivado. "Tuvieron oportunidad de tratarse durante la visita de los Leighton a La Armonía", explicaba Eugenia Victoria. "Día a día nos dábamos cuenta de que el entendimiento entre ellos se acentuaba. Si salíamos a caminar, lord Leighton y Esmeralda lo hacían apartados, mientras conversaban incesantemente; si nos reuníamos en torno a un juego de mesa, ellos se sentaban en la sala, ajenos a nuestra diversión; e igualmente durante las comidas, en los paseos en carricoche, a la salida de misa —aunque lord Leighton es anglicano, participaba de nuestras misas—. Lo cierto es, querida Laura, que buscaban estar juntos en toda ocasión. Si me preguntas, creo que hacen una excelente pareja. Esmeralda, dueña de esa belleza y estilo, no tendrá inconvenientes para encajar en la corte inglesa; a él se lo ve feliz y orgulloso con Esmeralda del brazo. Partieron rumbo a Londres dos días atrás, con lady Verity como *chaperon*. Se casarán en la catedral de esa ciudad, Saint Paul se llama, que, para nuestro desconsuelo, pertenece a la Iglesia de Inglaterra. Esmeralda no presentó mayores reparos en cambiar de religión. Quien lo tomó a mal fue mi madre; la llamó 'apóstata' y no fue a despedirla al puerto."

—¡Ay, tía Celina! —suspiró Laura, mientras doblaba la carta y la guardaba—. ¡Qué poco te importa la felicidad de los tuyos!

Las cartas provenientes de Buenos Aires se iban acumulando y eran el vínculo que Laura se permitía con aquel otro mundo al que, se decía, tendría que enfrentar sola y con un hijo en brazos cuando decidiera regresar. Los miedos no la abandonaban por completo y a veces analizaba la posibilidad de establecerse en Río Cuarto, donde contaba con el amor incondicional de su hermano y de los Javier. Pero siempre terminaba desechando la posibilidad: Río Cuarto no resultaba suficiente para su ánimo inquieto y tampoco lo sería para el de su hijo, a quien le inculcaría la avidez por aprender y superarse. Ella quería brindarle lo mejor. Y lo mejor estaba en Buenos Aires. Cierto que debería aprender a vivir con el estigma de ser el hijo de una madre soltera usualmente envuelta en las murmuraciones y el escándalo; eso significaría un inconveniente desde el inicio. Laura Escalante no solía tener miedo, pero desde que supo que se convertiría en madre, se había llenado de aprensiones que no tenían que ver con su bienestar sino con preservar a su hijo del dolor.

—Tu hijo —decía María Pancha— vendrá a este mundo a vivir su propia historia, y todo tu dinero, tu poder y tus cuidados no bastarán para torcer el destino que Dios le ha impuesto. Será feliz o infeliz de acuerdo con la voluntad divina. No tiene sentido que te aflijas.

—Mi hijo jamás será infeliz —se encaprichó Laura, y lanzó un vistazo furibundo a su criada, que no se inmutó.

—Lo será si tiene que serlo, y a ti no te quedará otra que sufrir.

—Eres demasiado dura a veces.

—No dura —corrigió María Pancha—, me gusta ver las cosas como son.

Alejandro Roca, hermano mayor del general, se presentó una tarde en casa de los Javier y pidió hablar con la señora Riglos. Laura lo recibió en la salita donde pasaba mayormente el tiempo enfrascada en sus labores. A pesar del calor, se echó encima el rebozo para cubrirse apenas el vientre. En cuanto la vio, Alejandro Roca notó su estado, pero se cuidó de mencionarlo.

—Señor Roca, siéntese donde guste. ¿Qué desea tomar? Aquí tengo una jarra con horchata recién preparada.

—Un vaso de horchata me sentaría de maravillas con este calor —aseguró el hombre, mientras se abanicaba con su *canotier*.

Laura le pasó el vaso y Roca sorbió un largo trago.

—¡Ah, qué refrescante! —expresó—. Muy sabrosa además.

Laura le estudió el rostro y nada le recordó al de Julio; incluso la mirada de Alejandro resultaba indulgente, sin visos de los destellos taimados que tanto caracterizaban la de su hermano. Doña Generosa le había comentado que don Alejandro era un soltero incurable, que ayudaba financieramente al general en sus quijotadas políticas, pero que no participaba en ellas; se dedicaba exclusivamente al campo. Lucía muy atildado, y Laura dedujo que el corte de su traje y los zapatos de cuero bruñido y polainas sólo podían encontrarse en las tiendas de Buenos Aires.

—Vengo en calidad de mensajero de mi hermano Julio —habló Alejandro—, como usted habrá imaginado. Hoy recibí un sobre con carta de él y otro para usted.

Le pasó la misiva, y Laura la recibió con mano ávida, al tiempo que deseaba que don Alejandro no notara su entusiasmo. Últimamente se emocionaba con facilidad.

—Me pidió que yo mismo se la entregara —explicó, buscando llenar el silencio que había caído sobre la muchacha—. En estos tiempos tan convulsionados, mi hermano debe extremar las medidas para preservar su intimidad. Sabemos que interceptan su correspondencia como en las épocas de la Mazorca y que está rodeado de espías.

—Lo siento —dijo Laura—. Parece que vivimos sumidos en la peor tiranía, ¿verdad?

—Exactamente, como en la peor tiranía. Incluso el sobre que me envió a mí llegó a nombre de mi capataz, mientras el remitente era el amanuense de mi hermano. ¡Ya ve lo que debemos hacer para preservar un derecho inalienable como es el de la correspondencia privada!

—Resulta evidente que no estamos en estado de derecho con Tejedor y sus malandrines queriendo imponer sus ideas retrógradas —opinó Laura.

—Me temo, señora Riglos, que esta contienda terminará en el campo de batalla.

Alejandro se puso de pie y, cuando Laura hizo el ademán de imitarlo, él le indicó que no se molestara. Laura hizo sonar la campanilla y apareció María Pancha.

—En caso de escribir una respuesta —expresó Roca antes de partir—, envíela con alguno de confianza a mi casa. Aquí le dejo la dirección —y le entregó una tarjeta personal—. Yo se la haré llegar a Julio.

Se despidieron cordialmente, y Laura no distinguió en la mirada de don Alejandro la condena merecida por haber aceptado carta de un hombre al que no la unía ningún vínculo de sangre. Apenas quedó sola, rasgó el sobre y leyó.

"Rosario, 28 de febrero de 1880

"Mi querida Laura, recibir tu carta fue de las pocas cosas gratas que me acontecieron en los últimos meses. Entenderás, pues, que la mano viene dura. Pero, como te digo, tu carta fue un bálsamo. Tardé en recibirla porque Artemio no fue a la casa de Chavango por mucho tiempo. Fuiste ingeniosa al enviarla a esa dirección y a su nombre. Por mi parte, ya le mando indicaciones a mi hermano Alejandro para que se encargue de tu respuesta, en caso de tener el honor de que la escribas.

"Querida mía, lamenté profundamente tu desavenencia con Rosas por mi causa y sólo puedo decirte que en mí siempre encontrarás un amigo dispuesto a ayudarte. De todos modos, creo que deberías confesarle lo de tu estado. No puede tener un corazón tan duro para no conmoverse ante semejante noticia.

"En cuanto a la desgraciada ocurrencia de Racedo de alzarse con los huesos de Mariano Rosas, al enterarme, sufrí por ti porque imaginé cuánto te habría afectado. Yo mismo condené ese hecho innecesario y denigrante. Sin embargo, Laura, a ti te hablaré con el corazón en la mano: nada puedo hacer. Ahora soy un político, es decir, un hombre que necesita de medios para conseguir un fin, medios que no siempre son limpios y honestos, pero que justifican el fin que me he propuesto: formar, de una vez y por todas, esta bendita Patria nuestra. Mi fuerza se basa en dos puntos: la alianza que, con mi concuñado, Juárez Celman, hemos construido en el interior, y el ejército, que aún responde a mi nombre con la misma veneración que durante la expedición al sur. Eduardo Racedo es de mis oficiales más importantes y eficaces. Gracias a él, principalmente, pude lograr lo que logré en el desierto el año pasado. Si le ordenara que restituyera los huesos, en primer lugar, se negaría porque ya no es mi subalterno; y en segundo, perdería su apoyo invaluable. En fin, en este asunto tan penoso estoy atado de pies y manos.

"En lo que respecta al cacique Epumer, me he preocupado personalmente del tema y estoy haciendo gestiones (las que puedo desde mi dudosa posición) para conseguir su libertad. Aún me quedan 'amigos' en Buenos Aires que están interesados en que les deba favores, el senador Cambaceres uno de ellos, que ha mencionado la posibilidad de llevarlo a trabajar a su campo El Toro en Bragado. No tengo duda de que la tan ansiada liberación de Epumer y de su familia está cerca. Espero, sinceramente, que esto compense el revés anterior.

"No quiero aburrirte con tediosos chismes de política que van urdiendo esta compleja maraña que se llama 'campaña electoral'. Debes saber que más de una vez me desazono porque las tengo todas en contra. Ya te habrás enterado de los disturbios del 15 de febrero en las calles porteñas a cargo de los rifleros y del intento de derrocar a Del Viso en Córdoba dos días atrás. Tejedor no se queda quieto y envía revoltosos a todas nuestras provincias para provocar levantamientos que derroquen a los gobiernos leales. Me siento un bombero que no tiene tiempo de apagar tantos incendios. Los del Comité de Paz me tienen patilludo con la cantinela de que debo deponer mi candidatura. ¿Por qué, me pregunto, debo someterme al chantaje de ese carcamán de Tejedor? Yo tengo derecho a presentarme como candidato porque nada legal me lo impide. Si depusiera mi candidatura, estaría complaciendo a estos que todavía se creen los dueños del país simplemente porque viven cerca del puerto y de la Aduana. Si el problema es evitar una guerra, pues díganle al irresponsable de Tejedor que pare de armar a sus ejércitos provinciales que se pavonean por las calles de Buenos Aires insultando a Avellaneda y deseándome la muerte. Si esto no es posible, y bueno, habrá guerra nomás. Todos saben que no me amedrento fácilmente.

"Perdón, Laura mía, por haber descargado mis quejas sobre estas páginas que pretendían ser de otro tenor, pero al saber que serán tus ojos los que las leerán, mi mano vuela libremente y sin ataduras para escribir los pesares que me agobian. No creas que dudo de la victoria, sé que ocuparé el sillón de don Bernardino antes de que termine el año, pero a veces me desconsuelo porque me pregunto si tanto sacrificio y riesgo vale la pena, esto es, si podré lograr hacer de este país lo que deseo: una patria grande y próspera respetada en el mundo civilizado.

"Esperando tu respuesta con ansias, quedo a tu entera disposición. Tu servidor, J.A.R."

Laura se quitó el bastidor y los carretes de hilo de la falda, y se puso a escribir. La carta de Roca le había hecho bien; le había devuelto la confianza al hacerla sentir querida por un hombre a quien ella admiraba. Ni siquiera la había molestado su negativa para ayudarla a recuperar los huesos de Mariano Rosas; la conformaba que hubiese sido sincero. En cuanto a la libertad de Epumer, Agustín se pondría más contento que ella, que había perdido interés. Los destellos de rencor que en ocasiones la dominaban, alcanzaban también a los familiares de Nahueltruz, aunque después se avergonzaba por albergar sentimientos tan mezquinos.

Terminó de escribir la misiva y se la entregó a María Pancha junto con la dirección de Alejandro Roca. Veinte días más tarde, un sirviente de don Alejandro trajo otra carta, esta vez fechada en La Paz, Córdoba. La comunicación epistolar se mantuvo fluida y sin interrupción, y tanto escribir como leer esas cartas constituían un momento de solaz para ambos. Laura tenía la impresión de que su amistad con Julio Roca era de las cosas más sólidas con las que contaba.

CAPÍTULO XXXIV
Perdonar es divino

Nahueltruz leía unos documentos que requerían su firma cuando el ama de llaves le anunció que una mujer deseaba verlo. Le presentó su tarjeta personal que rezaba "Lady Leighton".

—Habla francés —dijo la mujer—, pero con acento español.

¿Acaso Leighton no era el inglés comprometido con Laura? ¿Es que sería tan descarada de visitarlo luego de casada?

—¿Cómo es? —preguntó de mal modo y, ante el desconcierto del ama de llaves, rehizo la pregunta—: Me refiero, madame La Roche, a cómo es físicamente. ¿Es rubia?

—No, no. Su cabello es castaño, tirando a rojizo. Sus ojos, muy azules —agregó.

—Hágala pasar a la sala. La alcanzaré en un minuto.

En su dormitorio, se peinó, se perfumó y se puso el saco. Avanzó por el corredor a paso rápido. En la sala, lo aguardaba Esmeralda Balbastro, recientemente convertida en lady Leighton.

—¡Santo Dios, Esmeralda! —exclamó, mientras se aproximaba para saludarla—. ¡Qué sorpresa me has dado!

Se abrazaron y se besaron en ambas mejillas, y Nahueltruz le pidió que volviera a sentarse.

—Espero que la sorpresa sea grata, querido. No le reprocharás a Blasco por haberme dado tu dirección en París, ¿verdad? —Y mientras le pasaba un dedo por la mejilla, agregó—: Ya no estés enfadado conmigo, ¿sí?

—¿Enfadado? —se extrañó Guor.

—La última vez que nos vimos en tu casa, no nos despedimos precisamente en términos amistosos.

Guor le dispensó una sonrisa sutil para indicar que desestimaba el altercado.

—Supongo que te movieron buenas intenciones —dijo, y de inmediato cambió de tema—: ¿Qué haces en París? Me resulta increíble verte aquí.

—Una mujer recién casada tiene derecho a su viaje de bodas, ¿no?

Guor levantó las cejas y aguardó la explicación.

—Sí, acabo de casarme, Lorenzo, y debo confesarte que este segundo matrimonio me sienta mejor de lo que imaginé. Lord Edward Leighton es mi esposo. Ahora me llaman *lady* Leighton —agregó, con fingida soberbia.

—¿El mismo Leighton que iba a desposarla a ella?

—A Laura —remarcó Esmeralda—. Sí, el mismo —aseguró.

Madame La Roche entró con una bandeja y la dejó frente a ellos, sobre una mesita. Preguntó si tomarían té o café, pero como Esmeralda se ofreció para servirlo, Guor la despidió.

—No te sorprendas tanto, Lorenzo —dijo, mientras vertía café en una taza—. El hecho de que Laura haya rechazado a Edward por causa tuya, no significa que el hombre se haya dado por vencido con las de mi sexo. Ya ves, nos conocimos, nos enamoramos, nos casamos. Así de simple. Y debo admitir que estoy feliz como jamás pensé que volvería a estarlo. Feliz —recalcó, con aire sereno, y Nahueltruz sintió envidia.

—Supongo que si lo has aceptado es porque el tal Leighton es un hombre valioso. No te imagino al lado de un mentecato por más blasones que ostente.

—Aunque para ti el nombre Leighton sea lo más parecido a un insulto, creo que si llegaras a conocer a Edward lo apreciarías sinceramente. Es un hombre extraordinario. Ahora entiendo por qué Laura, a pesar de seguir enamorada de ti, se permitió pensar en un matrimonio con él.

—No la nombres —ordenó Guor, y escondió la mirada en la taza con café.

—Vamos, Lorenzo. ¿Aún aferrado a rencores vanos?

—¿También tú? —se molestó—. ¿Es que nadie ve lo que yo veo? ¿Nadie puede imaginar lo que yo siento? Me han convertido en el villano de la historia y a ella, en la pobre y dulce princesa desvalida.

—En cierta forma, lo es.

—Una ladina y taimada mujer, eso es verdaderamente —dijo Nahueltruz—. Volví a creer en ella a pesar de lo sucedido en Río Cuarto, volví a confiar y a amarla, y una vez más me mintió y me traicionó. El único culpable soy yo. Como un estúpido caí nuevamente bajo su embrujo, volví a dejarme seducir. Esta vez, sin embargo, no me costó tan caro porque pude borrarla de mi corazón de un plumazo, no queda en mí vestigio de amor por ella —recalcó con demasiada pasión para resultar verosímil.

Esmeralda sorbió su té, mientras aguardaba a que Nahueltruz recuperara la calma.

—Está embarazada —dijo al cabo, pero de inmediato se decepcionó porque la noticia no obró en Lorenzo como ella había imaginado—. ¿Ya lo sabías?

—El padre Agustín escribió para decírmelo. En realidad, para increparme, para exigirme que me haga cargo del niño.

—Es tu hijo, Lorenzo —abogó Esmeralda.

Guor dejó la taza sobre la mesa haciéndola tambalear y se puso de pie.

—¡Bien podría serlo de Roca!

—Sabes que lo que dices es injusto. Hacía tiempo que Roca y Laura habían dejado de verse simplemente porque él estaba en el sur.

—Sí, exterminando a mi gente.

—Sí, querido, exterminando a tu gente. Pero ahora discutimos otra cuestión. Ahora hablamos de una criatura inocente que sufrirá consecuencias dolorosas por culpa del rencor ciego de su padre.

—¡No soy su padre! Roca y Laura volvieron a encontrarse cuando éramos amantes.

—Lo hicieron en calidad de amigos, y lo sabes. Ella fue a verlo por ti, Lorenzo. ¿No te das cuenta? Lo hizo movida por el inmenso amor que te tiene. Y por ese mismo amor, voló a Río Cuarto cuando se enteró de que tú habías marchado hacia allá en busca de quien profanó la tumba de tu padre. Estaba delicada de salud y, sin embargo, viajó en contra de la voluntad de medio mundo.

Guor se maldijo por aflojar tan fácilmente cuando del bienestar de Laura se trataba. Debería importarle un maravedí si vivía o moría; no obstante, le importaba.

—¿Por qué estaba delicada de salud? —preguntó.

—A causa de su embarazo. —Nahueltruz permaneció en silencio y Esmeralda prosiguió—: Al llegar a Río Cuarto, después de ese viaje tan largo y fatigoso en tren, comenzó a sangrar, con dolores muy fuertes en el vientre. Casi pierde al niño. Un doctor de la villa, Javier, según entiendo, es su apellido, la tomó a su cargo y se ha ocupado de ella. La mantuvo en cama por semanas y le prohibió regresar a Buenos Aires. Otro viaje como ése, dijo, le costaría la vida al niño, posiblemente a ella. Por lo tanto, tu hijo nacerá en Río Cuarto, donde todo comenzó siete años atrás.

—¿Cómo sabes todo esto?

—María Pancha me escribió para contarme.

Esmeralda dejó el sofá y se acercó a Guor. Le pasó las manos por la cintura y apoyó la mejilla sobre su pecho.

—Ah, Lorenzo, querido, ¿por qué sufres inútilmente? En Río Cuarto te aguardan tu mujer y tu hijo. ¿Por qué te emperras en permanecer a tantas millas de la felicidad?

—Porque no sería feliz junto a ella —expresó Guor, sin tintes de rabia—. Se acostó con el asesino de mi pueblo y eso no puedo perdonárselo.

El doctor Javier calculaba que el bebé nacería en los primeros días de mayo. Durante las últimas semanas, Laura había comenzado a sentirse mejor. A pesar de estar "redonda como un tonel y pesada como la mesa de roble de la Santísima Trinidad", el clima fresco le sentaba de maravillas. Atrás habían quedado las bochornosas jornadas estivales cuando parecía que la falta de aire o las permanentes amenazas de vahídos terminarían por volverla loca. El doctor Javier mantenía su prescripción, y Laura debía comer sin sal. La conminaba a no permanecer demasiado tiempo sentada para evitar la hinchazón de los pies, pero a Laura le costaba moverse. El peso del vientre, que se hacía sentir en la parte baja de la columna y en la cintura, la había vuelto torpe y desgarbada. Caminaba como podía, olvidándose de las lecciones de decoro de la abuela Ignacia. Dormir tampoco le resultaba fácil, y ya no encontraba manera de acomodar la panza sin que la molestara. A veces deseaba que su bebé naciera pronto para recuperar la potestad sobre su cuerpo y sus funciones, pero luego se arrepentía al reflexionar que en ningún sitio como en su vientre su hijo estaría tan protegido.

Magdalena decidió viajar a Río Cuarto para asistir al nacimiento de su nieto, y así se lo comunicó a Laura en una carta que llegó la tercera semana de abril. El doctor Pereda y tía Carolita la acompañarían. Laura no cabía en sí de dicha y sus afecciones pasaron a un segundo lugar mientras planeaba la recepción. En su carta, Magdalena le preguntaba cómo llamaría al niño en caso de ser varón, y sugería el nombre José Vicente.

—En este aspecto —manifestó Laura— haré caso de la vieja Alcira, la criada de mi bisabuela Pilarita, y tendré extremo cuidado al nombrar a mi hijo. No lo llamaré José Vicente, porque mi padre nunca fue un hombre plenamente feliz. Lo llamaré como nadie se ha llamado en nuestra familia. Si es varón lo llamaré Gabriel, como el arcángel que anunció la buena noticia a María. Mi hijo también será un mensajero de buenas noticias para mí.

—¿Sólo Gabriel? —se extrañó María Pancha.

—Sólo Gabriel —ratificó Laura

—¿Y si es niña?

—Si es niña, se llamará Rosa María. Rosa, porque será simple y bella como la flor, y María, en honor de la Virgen, porque a ella se la consagraré.

"Laura no es la misma", pensó María Pancha. Se tratase de su maternidad o de la influencia de doña Generosa y el padre Marcos, lo cierto era que había cambiado; la notaba serena; no resignada, pero sí contenta, como si hubiese aprendido a encontrar satisfacción en acontecimientos y personas que no se reducían a Nahueltruz y a su mundo. Hacía tiempo que no se dormía llorando ni despotricaba contra su suerte; la voluntad de Dios debía ser aceptada. Nunca había sido frívola ni apegada al dinero, pero sí se había mantenido ocupada en resolver problemas económicos, en administrar sus bienes y en presentar batalla a una sociedad que la condenaba, circunstancias que la habían vuelto incrédula, belicosa y hasta despectiva. Ahora, sin embargo, les daba valor a las cuestiones espirituales y hablaba de Dios y de la Virgen con la devoción de una beata. A pesar de haber perdido la silueta y de un sinfín de malestares, se quejaba poco y amanecía con una sonrisa. "Pero nunca deja de pensar en él", se lamentó María Pancha.

Dos reveses la deprimieron los últimos días de abril: la certeza de que Nahueltruz no contestaría la última carta de Agustín y que el coronel Racedo finalmente donó los huesos de Mariano Rosas a Estanislao Zeballos, estudioso de la materia y gran conocedor de los indios del sur y sus costumbres.

—La animosidad entre el doctor Zeballos y yo —se desalentó Laura— es tan manifiesta que ni siquiera me atrevo a escribirle rogándole que restituya los huesos.

—No lo hagas —dijo María Pancha—. No te eches al hombro cuanto problema hay en el mundo. Deja que tu hermano y el padre Donatti lidien con él.

—Sabes muy bien que no me echo al hombro cuanto problema hay en el mundo. Sólo me importan los de él.

—Pero a *él* —ironizó María Pancha— le importa bien poco si tú te ocupas de sus problemas. Es más, se enfurecería si supiera que lo estás haciendo.

En cuanto a la contestación nunca arribada, Agustín la consoló con la posibilidad de que Nahueltruz se hubiera mudado. Sin embargo, cuando llegó carta de Blasco ratificando el domicilio de Guor en París, Laura se dijo que Nahueltruz había muerto y se preparó para recibir sola a su hijo.

Todo estaba dispuesto para Gabriel o para Rosa María. El carpintero entregó la cuna a mediados de abril y un criado de doña Generosa la pintó de blanco. En lo de Ricabarra, compraron un canasto de mimbre enorme que haría de moisés, y doña Generosa donó el pie que había usado con Mario luego de mandarlo a restaurar. Por tardes enteras, las tres mujeres se dedicaron a embellecer la cuna y el canasto con puntillas, cintas de raso y tul, hasta el punto que el padre Marcos dijo que, entre tanto volante, les sería difícil encontrar al niño. También aseguró que "la pobre criatura" no tendría tiempo de usar tanta ropa, pues el ajuar no terminaba de crecer.

—Digno ajuar de un príncipe —se jactaba doña Generosa, mientras desdoblaba y volvía a doblar las diminutas prendas mantenidas en cajas con clavos de olor, corteza de canelo y chauchas de vainilla. Cada vez que se abría una de estas cajas, hasta el doctor Javier se acercaba para oler.

No sólo María Pancha, Laura y la dueña de casa se dedicaban a tejer o a coser, también las amigas de doña Generosa que, a diario, se presentaban con una batita nueva, o una mantilla o un par de escarpines. El sonajero se lo compró su tío Agustín, y Laura se emocionó hasta las lágrimas. El padre Marcos le regaló el rosario de nácar y plata que su madre había llevado el día de su boda y lo colocó en la cabecera de la cuna para que la Virgen lo protegiera y acompañara. Mientras el padre Marcos decía estas palabras y acomodaba el rosario entre los barrotes, Laura lo contemplaba y se acordaba de cuánto había significado durante su infancia ese misionero franciscano, y no sólo para ella, también para Blanca Montes, para su padre, para su madre y, sobre todo, para Agustín. Nadie los conocía como el padre Marcos. Nadie los quería como el padre Marcos. Lo abrazó y lo besó en ambas mejillas, incomodándolo decididamente.

—Ya debería haberse acostumbrado a las osadías de mi hermana, padre —se rio Agustín.

—Bendito sea Dios —expresó Donatti, mientras palmeaba la mejilla rozagante de Laura—, porque hoy luces tan feliz.

Empezó mayo. La expectación se palpaba entre los muros de la casa de los Javier. Cualquier queja, gesto o movimiento de Laura provocaba sobresaltos. Sólo el doctor Javier mantenía la calma y repetía: "Vendrá cuando tenga que venir, ni antes ni después". Convencido al igual que el doctor Leopoldo Montes de que el parto no era ámbito exclusivo de mujeres, había decidido, para tranquilidad de todos, asistir él mismo a Laura. Se había cansado de ver morir a parturientas y a recién nacidos a causa de prácticas salvajes o de falta de higiene. En ocasiones, maridos desesperados lo convocaban cuando no había nada que hacer, y él se horrorizaba al verificar que la comadrona ni siquiera se había lavado las manos. Sabía que el parto de Laura no sería fácil; sospechaba que la criatura era grande y la pelvis de la madre, angosta. En ocasiones, la suerte de la muchacha y de su hijo le quitaba el sueño y optaba por imitar a su esposa y se la encomendaba a Dios.

El día 3 de mayo, apenas ocupó la habitación en el Hotel de France, Magdalena envió una esquela a lo de Javier avisando de su arribo. A pesar de la oposición de todos, Laura se embozó y marchó hacia el hotel, incapaz de sobreponerse a las ansias por ver a su madre y a tía Carolita. La escoltaba María Pancha con mala cara.

—¿Pretendes parir al chico en medio de la calle? ¿Eso pretendes?

—Oh, María Pancha —contestaba Laura agitadamente—, no fastidies.

En la recepción le informaron que la señora Pereda se encontraba en la habitación 12, en la primera planta al final del pasillo. El conserje ofreció enviar al botones para anunciarla, pero Laura, dispuesta a sorprender a Magdalena, le pidió permiso para subir hasta la recámara.

María Pancha tampoco consiguió disuadirla de emprender semejante acción en su estado. Esa tarde, la alegría la había llenado de ínfulas y se creía capaz de subir esas escaleras y "de cruzar los Andes si fuera necesario". Se levantó el ruedo del vestido y subió el primer tramo con dificultad. En el descanso, se detuvo para recuperar el aliento. Allí se topó con Nahueltruz.

Él la contemplaba fijamente, y resultaba obvio que hacía rato que la miraba; de seguro se habría mofado mientras ella subía los escalones con la gracia de una vaca. Aunque sabía que se había puesto colorada, no atinaba a apartar la vista de la de él. Se preguntó: "¿Qué hago ahora?".

Nahueltruz avanzó unos pasos y la estudió de cerca. El cambio operado en el cuerpo y en la fisonomía de Laura lo afectó ostensiblemente, pero se guardó de mostrarlo. A pesar de sí, la deseó. Deseó su cuerpo de mujer fértil y plena, con sus carrillos arrebolados y sus senos llenos de leche, sus caderas ensanchadas y su vientre abultado. La deseó intensamente y, sin embargo, dijo:

—¿Ya sabe el general Roca que le darás un hijo?

La malicia de la pregunta le robó el aliento, y los matices de sentimientos que habían prevalecido en su ánimo a lo largo de esos nueve meses, la tristeza, la desesperanza, la melancolía, la alegría, la ilusión y el amor, se transformaron en uno solo: pura e irrefrenable ira. Lanzó un grito que sonó como rugido y, a puño cerrado, golpeó a Guor en el rostro, en el pecho, en el vientre, dondequiera que sus manos desmadradas cayeran y consiguieran lastimarlo.

—¡Maldito! ¡Malnacido! ¡Canalla! ¡Desgraciado! ¡Miserable! —exclamaba.

Guor y María Pancha intentaban someterla, pero Laura se había convertido en una fiera inasible. La gente se agolpó en la recepción del hotel y al pie de la escalera. Guor escuchó correteos en el pasillo y una voz de mujer que gritaba el nombre de Laura. Quería aferrarle las manos porque temía que se hiciera daño o que lastimara al niño, quería apretarla contra su pecho y protegerla, quería llevarla a su dormitorio y hacerle el amor, pero Laura parecía haberse vuelto viscosa y no lograba dominarla. Finalmente, la sujetó por las muñecas, pero ella se liberó con un fuerte jalón que la impulsó hacia atrás, hacia el vacío de la escalera.

Laura tuvo conciencia de que caía, de que su cuerpo rebotaba contra los escalones y de que el hotel daba vueltas en torno a ella. También alcanzó a ver el gesto de espanto en la cara de Nahueltruz, que extendía los brazos en un intento por atraparla, y vio también cómo sus labios se movían para pronunciar su nombre, pero no escuchó su voz; en realidad, no escuchaba nada. Después, tampoco pudo ver; el entorno se volvió oscuro y comenzó a flotar.

Guor se precipitó escaleras abajo y, a empellones, se abrió paso entre la gente encimada sobre el cuerpo inerte de Laura. La tomó en brazos y, mientras subía, la llamaba a gritos. María Pancha tomó al desorientado conserje por el brazo y le ordenó que mandara llamar al doctor Javier y al padre Agustín Escalante del Convento de San Francisco.

—¡Vamos, hombre! —se fastidió ante la estulticia del empleado—. Haga lo que le ordeno, de inmediato.

Guor entró en su habitación y acomodó a Laura sobre la cama.

—Laura, Laura, amor mío —repetía sin éxito, mientras le golpeteaba las mejillas.

Vio que la falda blanca de Laura estaba empapada y que una mancha sanguinolenta se extendía sobre la tela con rapidez. Alguien lo apartó bruscamente: María Pancha, que junto con la señora Pereda y con madame Beaumont, se inclinó sobre Laura y lo privó de su visión. Se retiró en actitud sumisa, sintiendo el peso de la angustia en el pecho; le temblaban las manos y le castañeteaban los dientes.

Tía Carolita pasaba sales aromáticas bajo las fosas nasales de Laura, mientras María Pancha le quitaba el rebozo y le abría la chaqueta y la blusa para facilitarle la respiración. Magdalena la deshizo de los escarpines y le masajeó los pies helados.

—Rompió fuente —informó María Pancha.

—¿Por qué la sangre? —se angustió Magdalena, pero no obtuvo respuesta.

Laura recobró la conciencia sacudida por el dolor de una contracción. Se incorporó repentinamente, sorprendiendo a las mujeres que la rodeaban, e inspiró como si hubiese retenido el aliento bajo el agua. Soltó un grito y se echó nuevamente sobre la almohada. Nahueltruz cayó de rodillas y se tapó el rostro con ambas manos.

—¡Dios mío, piedad de ella! —exclamó.

Laura superó la contracción con dificultad y comenzó a llorar al descubrir la sangre.

—Es más agua que sangre —trató de calmarla María Pancha, pero Laura no le creyó y repitió una y otra vez que no quería que su bebé muriera.

—No, mi hijito no. No quiero perderlo a él también. El hijo de Nahuel no.

—Aquí está Nahueltruz —dijo María Pancha, al darse cuenta de que Laura no recordaba los momentos previos a la caída—. Aquí está, ha venido a verte.

María Pancha lo obligó a levantarse del piso y lo guió junto a la cama. Nahueltruz se inclinó sobre ella y Laura le pasó las manos ensangrentadas por el rostro porque no sabía si se trataba de una visión o de un ser de carne y hueso. Nahueltruz le quitó los mechones de la frente donde descansó sus labios temblorosos.

—Perdóname —la escuchó decir—. Perdóname por haberte traicionado.

Con un gesto, tía Carolita indicó a Magdalena y a María Pancha que los dejaran a solas, y, en reata, las tres mujeres abandonaron la habitación y cerraron la puerta.

—Nada que perdonar —dijo Guor, entrecortadamente.

—Dime que me perdonas. Dímelo, por favor.

—Sí, te perdono. Te amo, Laura. Te amo tanto que... —se le quebró la voz—. Mi Laura —musitó—, mi vida, mi amor, mi todo. No me dejes, por amor de Dios, no me dejes. No me dejes solo porque me da miedo enfrentar la vida sin ti.

—Nahuel —habló Laura—, si algo me sucediese...

—¡No! —se espantó él—. No te escucharé. No te escucharé.

—Nahuel, si algo me sucediese, quiero que me jures por el amor que nos profesamos que te harás cargo de nuestro hijo.

—Nada te sucederá. Todo saldrá bien.

—Este niño es nuestro hijo —pronunció y, tomándole la mano, la guió hasta su vientre—. Es el hijo que me pediste esa noche en la quinta de Caballito. Es tuyo, mi amor, tuyo y mío.

—Sí, sí, siempre supe que era mío, siempre, pero estaba demasiado celoso y herido y quería lastimarte.

—Júrame que si algo me sucede...

—No vuelvas a decirlo, nada va a sucederte. Tú no puedes dejarme, *¡no debes!*

Laura le clavó las uñas en la mano, apretó los ojos y reprimió un grito cuando la contracción le endureció el vientre. En medio del padecimiento, se deslizó en su mente un párrafo de las *Memorias* de Blanca Montes que rememoraba el parto de Nahueltruz: "El nacimiento de un hijo", decía, "es un milagro, y la felicidad inefable que nos inunda al escuchar los primeros vagidos borra de un plumazo el dolor indescriptible que nos hizo creer segundos antes que íbamos a terminar partidas en dos por las piernas". Pero en ese momento, Laura no estaba tan segura de que su tía Blanca tuviera razón. Ella terminaría partida al medio y muerta si esos dolores no cesaban. Por fin, se desfogó con un grito que erizó la piel de Nahueltruz. Espantado, le soltó la mano y corrió hacia la puerta.

Entró el doctor Mario Javier, seguido por varias mujeres, entre ellas doña Generosa, que se precipitó sobre Laura para descargarle una andanada de consejos. Javier las espantó sin miramientos e indicó que sólo María Pancha lo asistiría.

—Generosa —ordenó a su mujer—, pídale al conserje toallas y sábanas limpias y varios litros de agua caliente.

Antes de abandonar el dormitorio, Nahueltruz tomó por el hombro al doctor Javier y, mirándolo a los ojos, le ordenó:

—Salve a la madre.

La espera tuvo lugar en una salita contigua, comunicada con el dormitorio por una puerta que el doctor Javier cerró con llave. Nahueltruz permanecía de pie junto a esa puerta; tía Carolita, Magdalena y doña Generosa se ubicaron en sillas en torno a una pequeña mesa donde una sirvienta había dejado café y una botella de brandy. Faltaba Nazario Pereda, que había preferido aguardar noticias en su dormitorio, alejado de los gritos de Laura. Magdalena, tía Carolita y doña Generosa rezaban en voz baja; cuando las alcanzaba un ruido se interrumpían para recomenzar luego.

Apenas entró en la habitación, Agustín divisó a Nahueltruz en el otro extremo y caminó rápidamente hacia él. Se abrazaron.

—Está muy mal, Agustín. Se cayó por las escaleras por mi culpa. Yo tuve la culpa. Fui muy duro con ella, muy duro. Le dije... Le dije algo imperdonable. A ella, el amor de mi vida, la madre de mi hijo. ¿Se va a morir? Nadie me dice nada. Yo no sé nada. ¿Qué va a ser de mí si ella me deja, Agustín? ¿Qué va a ser de mí?

—Basta, Nahueltruz —pronunció Agustín, con acento tolerante—. Basta, no te tortures de este modo. Laura está en manos del Señor. Él está protegiéndola, a ella y al hijo de ustedes. Además, ya conoces la pericia del doctor Javier.

El doctor Javier levantó la voz para dar una orden, también se escuchó la de María Pancha seguida por un alarido de Laura que hizo poner de pie a quienes aún ocupaban sus sillas. Nahueltruz se tapó los oídos. Segundos después, Agustín se le acercó y le separó las manos de las sienes.

—Escucha —le dijo—, escucha el llanto de tu hijo.

El doctor Javier, en mangas de camisa y cara de cansado, entró en la habitación contigua para informar que se trataba de un varón, sano, completo y fuerte.

—¿Cómo está Laura? —se precipitó Guor.

—Ha sido un parto muy duro. El niño es grande y Laura, estrecha de pelvis. Temí lo peor cuando se desgarró, pero, por fortuna, pude controlar la hemorragia. Laura es muy guapa y luchó con la valentía de un hombre. Debe saber que su mujer ha padecido terriblemente, pero ella está bien ahora. Lo felicito, su hijo es un muchachito saludable, de excelente contextura.

—¿Laura no corre peligro? ¿Me lo asegura? —insistió Nahueltruz.

—Está exhausta, pero bien.

—¿Y la caída? ¿No hay consecuencias por la caída?

—La caída fue un desafortunado accidente que aceleró el proceso del parto, pero, increíblemente, no perjudicó ni a la madre ni al niño. Laura no presenta quebraduras, sólo algunos magullones.

—Pero había sangre en la falda de Laura —porfió Nahueltruz.

—Provocada por el rompimiento violento de la fuente —explicó Javier—. Se trató de una hemorragia sin importancia. Ella está bien, el niño está bien —ratificó, con paciencia—. Ahora debemos esperar a que Laura reponga fuerzas y se recupere de este momento traumático. A pesar de tratarse de un proceso natural, el parto implica riesgos tanto para la madre como para el hijo. Imagínese usted si los hubo en este caso cuando las circunstancias eran tan adversas. Hemos tenido suerte de que todo saliera bien. Me atrevería a decir que se ha tratado de un milagro.

—¡Bendito sea Dios! —proclamó doña Generosa.

—Por favor, Generosa —habló el doctor Javier—, acompáñeme a la habitación para ayudar a María Pancha a asear y preparar a Laura.

Para Guor transcurrió una eternidad hasta que el doctor Javier volvió a abrir la puerta y lo invitó a pasar.

—De a uno por vez —indicó el médico al resto.

Apenas entró, Nahueltruz vio a Laura y se quedó quieto junto a la puerta, acobardado. Sumida entre las almohadas, con los ojos cerrados y una palidez alarmante en su rostro, tenía aspecto de muerta. "Está sólo exhausta", trató de animarse. María Pancha se acercó con el niño en brazos y, antes de mostrárselo, lo increpó:

—No se atreva a decir que este niño no es suyo, que, pudiendo haber sido rubio, blanco y de ojos azules, el pobrecito es su viva imagen, morocho y feo.

María Pancha levantó la mantilla, y Guor pensó: "Cierto, ¡qué feo es!". Más que moreno, era de una tonalidad violácea, y el pelo, abundante y negrísimo, le avanzaba sobre la frente y hasta en las orejitas. Tenía los párpados inflamados y sin pestañas; tampoco había cejas.

—Al igual que su madre, sufrió mucho al nacer —pronunció María Pancha, como si le leyera la mente—, por eso está tan hinchado. ¿Quiere cargarlo?

—No, no —se asustó Guor—, no sabría cómo.

Se animó a apartar la mantilla; lo habían vestido de blanco y sólo se le veían las manos. ¿Cómo podía decir el doctor Javier que se trataba de un bebé grande cuando sus manitas eran tan pequeñas que las uñas casi no se veían? Tuvo la impresión de que su hijo era del tamaño de su puño. Una oleada de ternura le llenó los ojos de lágrimas. Se inclinó y lo besó delicadamente sobre la frente, impresionado por la vulnerabilidad que manaba de su cuerpito. Olía bien y era suave.

—Hijo mío —susurró, y al decirlo, se sintió feliz.

—Quiero ver a mi hijo —pidió Laura, y su voz surgió con esfuerzo.

Nahueltruz se precipitó a su lado y, de rodillas junto a la cabecera, le tomó las manos. "Gracias, gracias", repetía, pero Laura no le prestaba atención. En cambio, seguía con la mirada a María Pancha que se aproximaba con Gabriel. Nahueltruz la ayudó a incorporarse y Laura recibió a su hijo en brazos por primera vez. Aseado, sin sangre ni despojos, lucía normal. Lo estudió intensamente, le contó los dedos de las manos y María Pancha le aseguró que tenía todos los de los pies. Por fin, levantó la vista y miró a Guor.

—Se parece a ti. No sacó nada de mí.

Nahueltruz, que tenía la garganta anudada, se limitó a asentir.

—Quiero llamarlo Gabriel.

Nahueltruz volvió a asentir.

—¿Quieres otro nombre para él?

—Gabriel me gusta —dijo, y un momento después, añadió—: Me complacería que también llevase el nombre de mi padre. Gabriel Mariano Rosas —pronunció, y le gustó cómo sonaba.

—Está bien —aceptó Laura, sin apartar los ojos del niño.

Nahueltruz, en cambio, la miraba a ella.

—Sé que sufriste muchísimo —dijo.

—Tu madre tenía razón, Nahuel. Ya no me acuerdo de haber padecido.

Magdalena entró en la habitación con tía Carolita por detrás, incapaces de seguir aguardando a que Rosas se decidiera a salir. Él podía ser el padre de la criatura, pero ella era la madre de la parturienta y la abuela del niño y haría valer sus prerrogativas.

—Permiso —dijo, de modo tajante, y Nahueltruz se puso de pie y se alejó.

Como en cónclave, las mujeres se cerraron en torno a la cama para admirar al recién nacido y comentar con la madre. Nahueltruz caminó en dirección a Agustín, que le dispensó una sonrisa de complicidad y tolerancia. Le puso la mano sobre el hombro y lo felicitó. Acto seguido, se abrió paso entre Magdalena y doña Generosa y, a pedido de María Pancha, bendijo a su hermana y a la criatura. Al regresar junto a Guor, expresó con seriedad:

—¿No dudarás de que se trata de tu hijo, verdad? Pocas veces he visto un recién nacido con rasgos tan distintivos. En general, todos lucen iguales para mí. Éste, en cambio, es una miniatura tuya.

—En mi corazón, nunca dudé de que fuera mi hijo.

—¿Por qué no contestaste mis cartas, entonces? Laura se angustió a causa de tu silencio.

Guor chasqueó la lengua y sacudió la cabeza, y habló sin levantar la vista porque le resultaba difícil afrontar el reclamo de Agustín y su propia vergüenza.

—No sé. Fui un necio, ¿qué puedo decirte? Estaba loco de celos. Me sentía traicionado y sólo pensaba en lastimarla. Quería vengarme —admitió, al cabo.

—¿Por qué regresaste?

—Por mi gente —respondió, sin hesitar—. Le compré a un mendocino las tierras donde está el rancho de la vieja Higinia para establecer un campo y dar trabajo y asilo a los ranqueles que vagan sin rumbo por el desierto.

—¿Para eso viajaste a Mendoza antes de regresar a Buenos Aires? —Nahueltruz asintió—. Es una obra muy loable —manifestó el padre Agustín.

—A ti no puedo mentirte —admitió Guor finalmente—. En realidad, estoy aquí por ella. Porque, pese a todo cuanto sucedió, mi vida empieza y termina en Laura. A veces pienso que se trata de una maldición, pero no me importa.

—No puede tratarse de una maldición cuando te hace tan feliz —razonó el franciscano.

—En verdad te digo que, junto a ella, los momentos amargos han sido más que los felices. Pero éstos han sido tan intensos y plenos que aun así quiero volver a intentarlo. Creo que lo intentaría una y otra vez, sorteando cualquier escollo; hasta con el último aliento lo intentaría.

—¿La has perdonado, entonces?

—No sé si la perdoné, Agustín. Sólo sé que, cuando no estoy con ella, me cuesta encontrarle sentido al día que comienza.

CAPÍTULO XXXV
Gabriel Mariano Rosas

Sin estar casados, de ninguna manera el señor Rosas ocuparía el mismo cuarto que Laura por más hijo que tuvieran. Magdalena se empecinó, y Guor debió mudarse a un dormitorio en la planta baja. Laura ni siquiera intentó contradecir a su madre simplemente porque no le importaba. En ese momento, Nahueltruz había pasado a un segundo lugar; Gabriel Mariano era lo primero. Cierto que la cercanía de Nahueltruz la reconfortaba y la ponía feliz, pero, así como lo había deseado intensamente durante el embarazo, ahora no soportaba que la mirara con deseo. Ella le pertenecía a su hijo, y a nadie más.

Nahueltruz sufrió un duro revés el día en que Laura le comunicó que el doctor Javier la había autorizado a dejar la cama y que regresaría a su casa.

—Pensé que permanecerías en el hotel —expresó—, de ese modo yo podría estar todo el tiempo cerca de ti y de mi hijo.

—No estoy cómoda aquí, Nahuel —interpuso Laura—. En cambio, en lo de doña Generosa todo está dispuesto para mí y para Gabriel. Podrás visitarme cuando quieras. Ya sabes que eres bien recibido en casa de los Javier.

A Nahueltruz lo lastimaba profundamente la indiferencia de Laura y la interpretaba como una venganza por el maltrato que le había dispensado. Se animó y le preguntó a María Pancha. Nunca había deseado tanto ganarse el aprecio de una persona como el de María Pancha. Pero sabía que ella no lo quería, primero por ser el hijo de Mariano Rosas, después por su comportamiento. Juntó coraje y le preguntó.

—Aunque me pese —manifestó la criada—, Laura lo sigue amando de ese modo tan loco como inexplicable. No se confunda, ella no es como usted, señor Guor, proclive a la venganza. Más bien es de naturaleza misericordiosa. Laura no está distante y fría por venganza sino porque su instinto de madre así se lo dicta. Nadie es más importante que Gabrielito, ni siquiera usted. Hoy día, la vida de Laura se reduce a su hijo. Pero no se desanime, pronto volverá a ser con usted tan amorosa como en el pasado.

Las palabras de María Pancha lo reanimaron, pero no consiguió quitarse de encima el abatimiento. Veía poco a Laura, siempre comprometida en una empresa en la cual él no debía tomar parte; sobre todo lo fastidiaba que Magdalena le impidiera el paso cuando Laura amamantaba a Gabrielito. Él anhelaba ver cómo su hijo se alimentaba de los pechos de Laura, quería ver los pechos de Laura, que siempre habían ejercido una fascinación especial sobre él, pero le estaban vedados. Debía conformarse con visitas cortas y concurridas en las que no podía siquiera robarle un beso, parecía que a ella le molestaba.

Poco a poco, Nahueltruz consiguió un acercamiento a María Pancha. Buscaba en ella las explicaciones y la atención que ninguna otra mujer de la casa se mostraba dispuesta a brindarle. Había que ser valiente para entrar en relación con la negra María Pancha. Su sinceridad y desparpajo la volvían capaz de emprender cualquier acción y decir cualquier verdad; por ejemplo, lo perturbó el día en que puso sobre el tapete el espinoso tema del general Roca.

—Usted debería estar agradecido de la amistad entre el general y Laura —aseguró—. Gracias a ello, usted está vivo.

Ante el silencioso desconcierto de Guor, María Pancha se explicó:

—El general descubrió que usted es Nahueltruz Guor, el que asesinó a Hilario Racedo.

—¿Cómo pudo?

—Atando cabos, señor Guor. No le costó mucho, verdaderamente. Lo consiguió gracias a una vieja carta de un tal coronel Baigorria que conocía bien a su familia de Leuvucó. En esa carta, usted es mencionado como hijo del cacique Mariano Rosas, donde también se dice que, por ser usted hijo de una cristiana, lleva un nombre cristiano: Lorenzo Dionisio Rosas. Usted y el general, según entiendo, se conocieron en la fiesta del Club del Progreso. Su aspecto, indiscutiblemente llamativo, y su oportuna intervención en el ataque de Lezica pusieron en alerta al general, que es un zorro bien bicho, sin un pelo de tonto.

—¿Chantajeó a Laura con denunciarme? ¿Así la obligó a regresar con él?

—¿Cómo cree? —se mosqueó la criada—. El general Roca la ama verdaderamente. Jamás se habría comportado como un miserable. No se confunda, Roca no es Riglos. Por el contrario, calló la verdad acerca de su identidad sólo porque Laura se lo imploró. Y no le pidió nada a cambio —agregó, con acento amenazante—. Según entiendo, en los reportes de la expedición al sur, usted figura como una baja más de las batallas que se libraron. Asunto terminado —agregó.

—¿Cómo puedo confiar en la palabra de un hombre como Roca? Una espada de Damocles pesa sobre mi cabeza. Mi suerte está en manos de mi peor enemigo.

—Roca es un caballero —se ofendió María Pancha—, y un caballero no deshonra la palabra empeñada. Pero si no cree en eso, crea en el amor que Laura le inspira. Jamás haría algo para dañarla. Él sabe que si lo daña a usted, irremediablemente la perjudica a ella. No, señor Rosas, el general jamás lo delatará. Por Laura, jamás lo hará.

—Fue muy duro para mí saber que Laura había amado al asesino de mi pueblo —dijo Guor, asombrado de su propia soltura.

—*El asesino de su pueblo* —se mofó María Pancha—. Bien sabe usted que entre su pueblo y los cristianos existía una guerra que, tarde o temprano, terminaría con el exterminio del más débil. Sin duda, los más débiles eran ustedes, por salvajes e ignorantes. Pero ya desde antes del año 10 existieron *asesinos de su pueblo*. ¿Acaso los virreyes no enviaban a sus oficiales para acabarlos como a moscas? ¿Acaso el gobernador Rosas, en el 33, no trató de exterminarlos o esclavizarlos? Vamos, señor Guor, no se engañe. Roca terminó lo que muchos comenzaron e intentaron antes que él. La expedición al desierto no se trató de un capricho del general sino de la expresión de la voluntad del pueblo argentino, que ya estaba harto de ser burlado una y otra vez por ustedes, ladrones de ganado, de mujeres y de niños. ¡Y atrévase a contradecirme cuando tengo mucho para contarle al respecto!

—¡El huinca nos robó la tierra!

—Es cierto —concedió María Pancha—. Pero así son las leyes de este mundo. ¿Y quién dijo que, por ser leyes, son justas? El poderoso aplasta al débil. A mi padre, príncipe de una tribu del sur del África, heredero al trono por ser primogénito, los portugueses lo atraparon con una red como si se tratara de un mono y lo vendieron en el mercado de esclavos como a una bolsa de harina. No venga a contarme a mí acerca de las injusticias de este mundo, señor Guor, que las conozco y de sobra. Lo único que puedo decirle es que aquí sobrevive quien es bien pillo y se ajusta a estas leyes. Enfrentar al poderoso es de necios. Y eso fue lo que ustedes hicieron. Y así terminaron.

Nahueltruz no quiso mencionar el honor y la gloria de morir por una convicción porque habría sido en vano tratándose de María Pancha, la mujer más práctica y escéptica que conocía.

—Usted —retomó la criada— está simplemente celoso porque Laura se permitió estar con otro. Dígame, señor Guor, ¿cuántas fueron sus amantes durante estos años lejos de Laura? Sin contar, por supuesto, a la señora Esmeralda Balbastro.

—Es distinto.

—¿Por qué? ¿Porque usted es hombre y Laura, mujer?

—No, pero...

—¿Porque usted tiene derecho y ella no?

—Me refiero...

—¿Porque usted tiene que satisfacer sus apetencias y ella no?

—Un hombre sabe distinguir cuándo ama y cuándo simplemente comparte una cama —se disgustó Nahueltruz—. Una mujer, en cambio, al compartir la cama con un hombre, también le entrega su corazón.

—¡Qué poco conoce a las mujeres, señor Rosas! Lo creía avezado en la materia. Pues fíjese, yo he amado sólo una vez en mi vida y he tenido tantos amantes como se me ha dado la gana. Laura es admirada y deseada dondequiera que vaya. Pero sepa que, a pesar de haber sido halagada por hombres como Roca o lord Leighton, se ha mantenido siempre fiel a usted, aun creyéndolo muerto. Por creer que usted estaba muerto, ella también lo estaba. Créame, señor Guor, porque yo fui testigo de cada día, cada hora, cada minuto en la vida de Laura desde que el señor Riglos le aseguró que usted agonizaba y la obligó a casarse con él: ella vivió muerta todos esos años, tan muerta como lo creía a usted. —Sin enojo, en un tono cansado,

María Pancha agregó—: Habría sido misericordioso de su parte, señor Guor, permitirle al padre Agustín revelar a Laura qué había sido de su suerte.

—Supongo que quería lastimarla.

—No vuelva a intentarlo porque, por muy hijo de Blanca que sea, se las verá conmigo.

—Usted —expresó Nahueltruz— es la mujer más increíble y desconcertante que conozco.

La declaración pareció agradar a María Pancha porque le dedicó la primera sonrisa y le palmeó el hombro con maternal afecto.

Nahueltruz terminó por aceptar que, por el momento, no era bienvenido al mundo de Laura y Gabriel. Confiado en la palabra de María Pancha, se persuadió de que la situación retornaría a su cauce y que Laura volvería a ser exclusivamente para él. Lo ayudaba dedicarse al trabajo, lo mantenía alejado de cuestionamientos absurdos. Se agotaba hasta el punto de caer rendido en la cama sin necesidad de beber para conciliar el sueño. La existencia de Gabriel Mariano lo impulsaba a construir lo que anhelaba y, de pronto, progresar y acumular cobraba sentido. Además contaba la necesidad de redimirse ante los ranqueles. Su campo y sus caballerizas darían trabajo a quien se acercara a pedírselo; allí encontrarían techo, comida y salario digno. En verdad, era poco si se comparaba con lo que su gente había perdido; de todas maneras, se había convencido de que, por el momento, no podía hacer más.

También había encarado la construcción de la casa. Se erigiría en el sitio que ocupaba el rancho de la vieja Higinia, que finalmente perecería bajo los mazazos de los alarifes. No resultó fácil reclutar trabajadores entre los riocuartenses y los de pueblos aledaños, temerosos de la venganza del fantasma de la hechicera. Debió buscarlos en San Luis, San Juan y hasta en Mendoza. Viajó a Córdoba, donde contrató los servicios de un arquitecto que lo satisfizo al plasmar en un proyecto bastante ambicioso lo que él tenía *in mente* para agasajar a Laura. Regresó quince días más tarde con rollos de papel manteca bajo el brazo y una gavilla de maestros y aprendices que llegaron al día siguiente en carreta. La noche antes de demoler el rancho de doña Higinia, Nahueltruz pasó un rato sentado en el escalón de la galería, admirando la extensión de tierra que llegaba hasta el río Cuarto y que era completamente suya.

Cuando el trabajo se lo permitía, almorzaba en lo de Javier. A veces se sumaban el matrimonio Pereda y la señora Beaumont. Laura, en cambio, rara vez ocupaba su lugar. Si se sentaba con el resto, un momento más tarde Gabriel la reclamaba con sus vagidos y desaparecía sin excusarse. Doña Generosa se admiraba de la voracidad del bebé.

—Pero si acaba de comer. No han pasado ni dos horas —aseguraba.

Se notaba que el niño comía bien y que la leche de Laura era gorda y abundante. De esto se encargaban doña Generosa y María Pancha, que la alimentaban con más esmero que durante el embarazo. Tenían sus secretos para que no le faltara la leche, entre ellos el mate cocido, la malta, el queso, la carne, envolver los pechos en toallas calientes y otras triquiñuelas de las que Nahueltruz había perdido la cuenta. Lo cierto era que Gabrielito crecía día a día. Después de su viaje a Córdoba, cuando Laura se lo puso en brazos, habría jurado que se trataba de otro niño. Sus rasgos, sin embargo, eran inequívocamente Guor. No obstante, descubrió cierto refinamiento en sus facciones que hablaba de la influencia de la madre. Esa tarde, en la sala de los Javier, con su hijo en brazos y Laura sentada junto a él, sin ninguna matrona que cacareara en torno, Nahueltruz se dijo que era feliz.

Laura supo de puño y letra del propio Roca los pormenores de su infructuosa entrevista con Carlos Tejedor en la cañonera *Pilcomayo*; incluso se enteró de la ironía con la que el general despidió a su adversario cuando éste le dijo que seguramente no volverían a verse. "¡Cómo, doctor!", exclamó Roca. "Usted es una persona demasiado amable para que yo no tenga placer en verlo de nuevo". Laura se rio y María Pancha la miró de soslayo.

—¿No temes que Guor se entere de que te escribes con el general?

—No —respondió Laura—. Si llegara a saberlo, tendría que conformarse. Jamás dejaré de lado mi amistad con Julio. Le debo demasiado. Además, lo quiero y no me avergüenzo de decirlo.

—Me sorprendes —manifestó María Pancha, sin ironía.

—Sabes que a nadie amo más en este mundo que a Nahueltruz, pero he aprendido que también tengo derecho a ser como soy, pese a quien le pese, incluso a él. No puedo borrar seis años de mi vida en los que él estuvo ausente. Si durante ese tiempo cometí errores, pagaré por ellos, no tengas duda. Pero Nahueltruz deberá aceptarme como soy, o será en vano intentar una reconciliación.

—Me inclino a pensar que Guor ya aprendió esa lección —dijo la criada.

Laura no comentó al respecto y terminó de leer: "Me despido, mi querida Laura, sinceramente aliviado al saber que tú te encuentras en estado inmejorable. Padecí hasta recibir tu carta donde me informabas que tu hijo había nacido en buen estado y que tú estabas a salvo. Tu más fiel servidor. Siempre tuyo, J.A.R.". Ni una palabra acerca de Guor, a pesar de que le había mencionado su regreso. Después de esa misiva, Laura no volvió a tener noticias del general hasta pasados varios meses, y los detalles de la guerra civil que tuvo lugar en Buenos Aires los supo por Mario Javier, que escribía asiduamente con el esmero de un cronista.

El 11 de abril se votó a los electores presidenciales, y los de Roca doblaron a los de Tejedor. "Sin embargo", aclaraba Mario Javier, "todavía debe correr mucha agua bajo el puente para que el general alcance la victoria". Así fue. El 1° de mayo, en un discurso enardecido a la Legislatura, Tejedor consiguió que le aprobaran una partida de cinco millones de pesos para armar a la provincia. Días después, el 10 de mayo, vino la entrevista entre Roca y Tejedor, seguida de una serie de conciliábulos, reuniones, acuerdos de palabra, acuerdos firmados, dimes y diretes, que tornaron fangoso y confuso el escenario político. Roca aceptaba renunciar a sus aspiraciones presidenciales, pero hábilmente exigía una condición que sabía de imposible alcance: Sarmiento, el único candidato a quien él donaría sus electores, debía lograr el consenso de los partidos en Buenos Aires. No se llegaba a nada, el tiempo transcurría en un ambiente de violencia que aumentaba día a día.

En una reunión en Campana, Roca y Pellegrini planificaron la derrota de Tejedor, coincidiendo sobre dos puntos: primero, la necesidad de aguardar el primer golpe para luego devolverlo, y segundo, la de mantener la figura de Roca al margen de la refriega: era el gobierno nacional el que defendía su honor sin implicancias partidistas de ninguna índole.

El desembarco de cientos de cajas con fusiles adquiridos en el extranjero por parte del gobierno provincial fue el principio del fin tan anunciado. Al no contar con suficientes fuerzas militares para impedir que los fusiles tocaran suelo porteño, Avellaneda abandonó Buenos Aires junto con el ministro de Guerra, Carlos Pellegrini, y, por simple decreto, designó al pueblo de Belgrano como sede del gobierno nacional. Lo siguieron la mitad de los legisladores, todos los senadores, la Corte Suprema y los ministros.

Por parte de ambos mandos, el provincial y el nacional, se sucedieron medidas militares y políticas que, en el caso de Avellaneda, demostraron que había superado el letargo y recobrado el buen juicio, mientras, en el caso de Tejedor, pusieron de manifiesto que, frente a la inminencia de la guerra y sus consecuencias, perdía fuerza y se echaba atrás. Tejedor se apropió del edificio de la Aduana, mientras Avellaneda ordenó el bloqueo del puerto de Buenos Aires, y la ciudad quedó prácticamente sitiada. El gobierno nacional mandó cortar los cables de telégrafo, destruir conexiones ferroviarias y tomar posesión de todos los caminos que llevaran al puerto. Los comerciantes y los cónsules de varios países, entre ellos el ministro norteamericano general Osborn y sus colegas de Austria, Brasil, Francia, Gran Bretaña y Hungría, solicitaron al presidente Avellaneda permiso para que las naves ancladas realizaran sus operaciones de carga y descarga. El presidente concedió un período de gracia de diez días y así los navíos de todas las banderas atracados en el puerto de Buenos Aires completaron sus negocios. El 12 de junio, un escuadrón norteamericano que arribó a Buenos Aires intercambió saludos con la escuadra argentina, en manifiesto respaldo al gobierno nacional. El mismo día, el Colegio Electoral conformado por electores de las provincias de la mentada Liga, proclamó en la localidad de Belgrano la fórmula presidencial Roca-Madero como la que dirigiría los destinos del país los seis años siguientes.

Cuando los ejércitos provinciales, una vez superadas sus disputas internas, se decidieron a atacar, las fuerzas nacionales habían tenido tiempo para rearmarse. La contienda civil comenzó el 17 de junio. El 20 y el 21, los sangrientos combates de Puente Alsina y de los Corrales obligaron a las fuerzas de Tejedor a replegarse dentro de la ciudad sitiada. Las tropas nacionales al mando del general Levalle impedían el contacto de los ciudadanos con el exterior, mientras el puerto permanecía bloqueado por la escuadra. Se trató de una lucha pareja y dura, y hubo muchas bajas en ambos bandos. Sin embargo, fue Buenos Aires la que terminó por capitular pues, en las postrimerías de la contienda, saltó a la luz que ese penoso proceso carecía de otros fundamentos que la terquedad y la estolidez de un grupo de fanáticos liderados por Tejedor. El día 22, el general Bartolomé Mitre asumió el mando de las fuerzas con la única intención de finiquitar la lucha armada y negociar.

El mismo día, un Comité de Paz pidió al general Osborn, el ministro norteamericano, que mediara. Tanto el gobierno provincial como el nacional aceptaron el arbitraje que derivó en la renuncia de Tejedor, la asunción del vicegobernador José María Moreno y la permanencia de la Legislatura provincial. Pero el entorno roquista no admitía términos tan blandos con quienes habían puesto en peligro la unidad de la República, propiciando una guerra que claramente habían perdido. En opinión de Roca, la oportunidad merecía un castigo aleccionador para evitar nuevas intentonas. En un principio, el presidente Avellaneda, firme en su postura conciliadora, se negó a endurecer los términos de la rendición, pero finalmente se avino a las órdenes del presidente electo y determinó la disolución de la Legislatura Provincial, la renuncia del gobernador Moreno y la designación de un interventor federal. El proceso concluyó el 20 de septiembre, cuando el Congreso sancionó la Ley de Federalización de la ciudad de Buenos Aires. El 12 de octubre, Julio Argentino Roca asumía el cargo de presidente de la República Argentina.

El día de Nahueltruz comenzó con una sorpresa: el botones que llamó a su puerta mientras desayunaba le entregó una tarjeta de madame Beaumont donde le solicitaba que la acompañara durante el almuerzo en su dormitorio de la planta alta. A pesar de que trabajó duramente y resolvió varios problemas, no se quitó de la cabeza la invitación; aunque convencido de que se trataba de mera cortesía, estaba intrigado.

Carolina Beaumont tenía setenta y cinco años que no aparentaba; fácilmente se la confundía con una de sesenta, a lo sumo sesenta y cinco. En opinión de Armand, el secreto de su madrastra radicaba en una sempiterna alegría y en esa esperanza inquebrantable que él adjudicaba a su religiosidad. Nahueltruz había aprendido a aceptar el trato deferente de madame Beaumont, el mismo que confería a todos los amigos de Armand, pero íntimamente le dolía pensar que él, como sobrino nieto, tenía derecho al cariño de esa mujer extraordinaria.

Madame Beaumont lo recibió en la sala de su recámara con una sonrisa que, algunos decían, guardaba el candor de su juventud. Sin ser hermosa, cuando sonreía, Carolina Beaumont se ganaba el aprecio de cualquiera. Aunque menuda, todavía conservaba una silueta de curvas marcadas y un cutis sin manchas ni arrugas ostensibles que hablaban de una vida disciplinada, carente de excesos y vicios. Vestía sin alardes, pero, al igual que su madre cincuenta años atrás, con sus trajes, tocados y peinados podía marcar la moda. Nahueltruz se sintió extrañamente orgulloso de que por sus venas y las de su hijo corriera la misma sangre de esta mujer.

—Por favor, Lorenzo —dijo, y le señaló una silla frente a ella.

La pequeña mesa estaba primorosamente decorada. Una empleada del hotel les sirvió el gazpacho y se retiró al dormitorio. Principalmente, hablaron de Gabrielito, de cuánto había crecido en sólo dos meses, de lo bien que se la veía a Laura, "aunque yo la noto cansada", acotó Nahueltruz, y Carolina le recordó que, asimismo durante la noche, lo amamantaba cada tres horas.

—Su hijo es un gran comilón, señor Rosas. A estas alturas, mi sobrina habría desaparecido si doña Generosa y María Pancha no la alimentaran con el esmero que lo hacen. Supongo que Gabrielito terminará tan alto y corpulento como usted.

A pesar de la calidez de madame Beaumont, Nahueltruz se sintió repentinamente incómodo. La irregularidad de su situación con Laura, a diario marcada por las miradas y los comentarios de Magdalena Montes, le pesó como un yunque. "Éstas son gentes decentes", pensó, "que tienen en la más alta estima la reputación de su familia y especialmente la de sus hijas. ¿Qué opinión tendrá de mí madame Beaumont?". Carolina sacudió la campanilla y la empleada sirvió el segundo plato.

—Madame —expresó Guor, al quedar solos—, supongo que usted me citó para hablar de mi situación con Laura.

—En absoluto —aseguró Carolina—. Mi sobrina y usted son adultos, no me atrevería a inmiscuirme en sus cuestiones a menos que me lo pidieran. Confío en que resolverán su situación de la manera más conveniente y apropiada.

—Por supuesto.

—En realidad, lo invité a almorzar porque deseaba un momento a solas con usted, algo infrecuente por estos días con tanta gente pululando en torno. Y deseaba un momento a solas con usted para hablar acerca de su madre, mi sobrina Blanca Montes.

Nahueltruz apoyó los cubiertos y miró a su anfitriona con perplejidad.

—El día de la lamentable caída —explicó la anciana—, escuché a María Pancha llamarlo Nahueltruz. "Yo conozco a un Nahueltruz", me dije. En realidad, no conocía a un Nahueltruz; lo había sentido nombrar cientos de veces por su madre, mi querida sobrina Blanca. No fue difícil determinar que aquel Nahueltruz, el de Blanca, y usted eran la misma persona. Y por fin supe por qué sus ojos atraían tanto mi atención: porque son iguales a los de mi madre, su bisabuela. Es un gris tan inusual, tan puro, un gris poco común. —Ante el silencio de Guor, Carolina agregó—: No necesito que me ratifique lo que digo. Mi sobrino Agustín lo hizo por usted. También me explicó los pormenores de su vida y lo riesgoso que sería si su verdadera identidad cayera en manos de la Justicia. ¿Por qué no me dijo la verdad enseguida de habernos conocido en París? Habría sido una inmensa alegría para mí recibir en mi casa al hijo de la que consideré mi hija.

—En aquel momento, yo, en fin... La situación era tan complicada, tan confusa, mi vida se había convertido en un infierno y yo... También hubo algo de vergüenza —admitió—. Vergüenza de ser indio, de ser un fugitivo, de ser el hijo del hombre que les había arrebatado a mi madre.

—El hijo del hombre que su madre amó.

La sonrisa de Carolina Beaumont enmendó el malestar, y el cariño que le ofrecía se convirtió en un paliativo después de semanas de mendigar inútilmente el amor de Laura.

—Siempre quise decirle la verdad, madame.

—Me daría inmensa dicha si me llamaras como todos mis sobrinos, tía Carolita.

—No será fácil —admitió Nahueltruz.

—Querido mío —dijo Carolina, con repentino ardor, y le sujetó la mano—. Querido mío, ¡cuánto deseé conocerte! El Señor me ha otorgado esta gracia antes de morir. Si tu madre pudiera ver en qué hombre tan magnífico te has convertido, ¡qué orgullosa estaría de ti! Mi pobre Blanca —dijo, y se le quebró la voz—. Discúlpame, pero quise tanto a tu madre que pocas veces la menciono sin emocionarme.

Carolina quería saber de Blanca y pidió a Nahueltruz que detallara su suerte, luego de abandonar la estancia en Ascochinga hasta el día en que murió. Nahueltruz satisfizo ampliamente ese pedido y la conversación se extendió hasta bien entrada la tarde.

—¡Qué ser tan extraordinario era tu madre, Nahueltruz! Debes de estar orgulloso de ella.

—Lo estoy. Y también estoy orgulloso de mi padre, el cacique Mariano Guor, un gran líder del pueblo ranquel, reconocido por su generosidad, su sentido de la justicia y su corazón noble. Un enamorado de su pueblo.

—Debe de haber sido un hombre muy valioso cuando tu madre lo amó tanto. Lamenté sinceramente al enterarme de que su tumba había sido profanada.

—Es un gran dolor para mí —confesó Nahueltruz—, al igual que para mi familia. Lucharé hasta recuperar sus restos y devolverlos a Leuvucó, donde descansarán en paz junto a mi madre. Agustín y el padre Marcos Donatti han prometido ayudarme.

—Y Laura y Gabrielito serán el estímulo para que nunca bajes los brazos —añadió Carolina.

—Todo lo que soy y lo que tengo, todo lo que quiero ser y tener es para ellos.

Al dejar el dormitorio de madame Beaumont, Nahueltruz consultó su reloj: las cinco de la tarde. No tenía sentido regresar a la obra; tampoco deseaba hacerlo. Sólo quería estar con su mujer y su hijo. En lo de Javier, María Pancha le informó que Laura y doña Generosa habían salido de compras; Gabrielito estaba con ellas.

—¡Han salido solas y se han llevado a mi hijo con este frío!

—¡Cómo cree! —se ofendió María Pancha—. La señora Magdalena y el doctor Pereda las acompañaban. En cuanto al frío, Gabrielito fue abrigado por estas manos —y se las puso cerca del rostro—. Si al llegar tiene siquiera la punta de la nariz fría, yo no me llamo María Francisca Balbastro, ¿me escuchó? Si desea, espere en la sala. Le traeré el periódico y un café. ¿O quiere otra cosa?

—Café estará bien —contestó Nahueltruz.

No había terminado de leer la primera página de *La Gaceta de Río Cuarto* cuando lo alcanzó un alboroto en la puerta principal. El llanto de su hijo se distinguía sobre el resto de las voces. Soltó el periódico y corrió al recibo. Laura se quitaba deprisa el gabán y el sombrero, mientras Generosa sacudía a Gabrielito para calmarlo y Magdalena impartía órdenes. Nazario Pereda, el único que conservaba la serenidad, miró a Guor y le dijo:

—El niño tiene hambre.

Nahueltruz volvió a respirar. Laura le pasó el abrigo y el sombrero y él los recibió con manos torpes, al tiempo que descubría que su blusa estaba empapada en leche y le transparentaba la enagua. Las mujeres entraron en la salita de costura y cerraron la puerta. Un momento después, Gabrielito se había calmado.

—¡Qué pulmones! —exclamó Nazario Pereda; se acomodó en el sillón de la sala, tomó el periódico y se puso a leer.

Guor seguía en el recibo, con el sombrero y el gabán en las manos. Pensó en volver a la sala y aguardar. Pero ya había aguardado bastante; en verdad, estaba harto de hacerlo. Laura y su cortejo no le impedirían tomar posesión de lo que, por derecho natural, le pertenecía. Arrojó el abrigo y el sombrero sobre una silla y entró en la salita sin llamar.

—Por favor —tronó su voz—, quiero que me dejen a solas con mi mujer y mi hijo.

Magdalena amagó con quejarse, pero el gesto de Guor no admitía interferencias. Doña Generosa fue la primera en levantarse y abandonar la habitación; Magdalena no tardó en seguirla. Nahueltruz cerró la puerta y echó llave. Laura lo contemplaba con impasibilidad, y le dirigió una sonrisa cuando sus miradas se encontraron. Le molestaron su flema y esa sonrisa condescendiente que parecía expresar que la soledad y la marginación a las que lo había sometido le importaban un comino. Aferró una silla por el respaldo y la ubicó junto a ella.

Gabriel se amamantaba con las manitas aferradas al pecho de Laura, y el cuadro que componía pegado al regazo de su madre extasió a Nahueltruz. El rítmico movimiento de su boca que desbordaba de leche al succionar operó como un encantamiento sobre su ánimo alterado. Permaneció largo rato con la vista fija en esa cara de rasgos diminutos y oscuros en contraste con la blancura de los pechos que lo alimentaban.

Gabriel frunció el entrecejo antes de comenzar a quejarse.

—¿Qué le sucede? —se asustó Guor.

—Nada. Se acabó la leche —explicó Laura, mientras lo colocaba del otro lado.

El pezón despreciado estaba cubierto de gotas blancas, y Nahueltruz experimentó la irresistible tentación de sentirlo dentro de su boca. Cuando Laura intentó cubrirse con la enagua, le detuvo la mano e, inclinándose sobre ella, se apoderó del pezón y succionó. Todavía salía leche, dulce, tibia y espesa, que le ocupó la boca y descendió por su garganta con la suavidad del terciopelo. La experiencia resultaba fascinante, y siguió succionando a pesar de que ya no había más. Sintió los dedos de Laura entrelazarse en su cabello y quiso mirarla en ese instante porque supo que, al levantar la vista, ella estaría contemplándolo con esa ternura que últimamente sólo dispensaba a Gabriel.

—Yo también te necesito —dijo, sin pensar.

—Lo sé —respondió ella, y le besó varias veces la frente.

Gabriel se había dormido con el pezón en la boca y los deditos que aún pellizcaban la carne de su madre. Laura se colocó un paño de gasa sobre el hombro antes de acomodarlo para que eructara, y Nahueltruz admiró su destreza; frente a la vulnerabilidad de Gabrielito, él se volvía desmañado y miedoso. Igualmente debió cargarlo mientras Laura se ponía la blusa medio dura de leche seca.

Desde la sala los siguieron varios pares de ojos, pero nadie se animó a sumarse a esa familia de tres. La actitud de Guor amilanaba. Como un cancerbero, caminaba detrás de Laura, su mano sobre el hombro de ella y la vista fija en la cabecita de su hijo dormido.

—Pronto tendré que pasarlo a la cuna, tan grande está —comentó Laura, mientras arropaba a Gabriel en el moisés.

Los brazos de Guor se ajustaron en torno a su cintura y la obligaron a volverse. La miró y la hizo sonrojar. Hacía tiempo que no la miraba de ese modo, hacía tiempo que ella no se lo permitía y, en contra de lo que su instinto materno le dictaba, lo dejó que la arrastrara hasta la pared, donde, aprisionada, sucumbió al frenesí de la boca de él. El beso de Nahueltruz se prolongó hasta enervarla y hacerla gemir laxamente. Ese beso le conjuró la frigidez que por semanas se había adueñado de su cuerpo y le contagió una excitación como la que la había esclavizado durante los meses de embarazo.

—¿Estás lista para recibirme de nuevo? —preguntó Nahueltruz con voz ronca, y ella asintió—. Entonces, vamos a mi hotel.

María Pancha entró sin llamar, y Guor y Laura rompieron el abrazo.

—Saldremos —informó, sin mirarla, mientras se cambiaba la blusa—. Volveremos antes de que Gabrielito despierte.

—No te apures —dijo la criada—. Si el niño despierta y tiene hambre, le engañaré el estómago con agua azucarada.

CAPÍTULO XXXVI

La promesa de Laura

Estaban desnudos en la cama, amándose, redescubriéndose. Laura todavía mostraba los vestigios del embarazo, y él la encontraba más apetecible con sus redondeces, sus curvas llenas y su vientre apenas abultado, dulces estigmas de la maternidad. Amaba ese cuerpo por generoso, porque le había dado un hijo, y lamentó los nueve meses de ceguera que le habían impedido deleitarse con su preñez. Se desazonó también por la angustia que había causado a quien más amaba, por el abandono al que la había condenado.

—Me disculpo por las cosas que te dije y te hice, y te ruego que me perdones.

—Podría decirte que te perdono, Nahuel, pero soy tan feliz que no siento que deba hacerlo. Vivimos lo que vivimos, sufrimos lo que sufrimos, y ahora estamos aquí, juntos. Nada me importa excepto tú y nuestro hijo.

—Nada va a volver a alejarme de tu lado, Laura. Nunca voy a desampararte. Te protegeré siempre, con mi vida.

—Siempre me protegiste con tu vida, Nahuel.

—Podrías haber muerto al caer por las escaleras —se estremeció, y la apretujó contra su pecho—. Dios mío, habrías muerto por mi culpa.

Laura le puso la mano sobre la boca y le pidió que le recordara momentos hermosos que habían compartido. Él atesoraba uno especialmente y lo citó:

—Aquella mañana, a orillas del río Cuarto, cuando después de bañarnos, hicimos el amor bajo el sauce.

Laura emitió un sonido placentero, como un ronroneo, y mencionó a su vez:

—La mañana que hicimos el amor en el granero del convento franciscano, la mañana en que supe que eras el hijo de Blanca Montes.

—¿Cuando te tomé sobre la alfalfa y unas caronas sucias? —se extrañó Guor, y Laura asintió—. O la noche —siguió él— en que te hice el amor en el huerto de doña Generosa, contra el tronco de un árbol.

—De un nogal —recordó Laura—. Volví al nogal hace poco y reviví cada instante de esa noche. Te deseé tanto en ese momento que casi grito. Ojalá volvieras a tomarme ahí o en cualquier otro árbol —dijo Laura, y comenzó a tocarlo.

—Sus deseos son órdenes para mí, señora.

—Señora Rosas —completó ella—. Qué bien suena.

—Hace siete años que deseo que te llamen así.

—Mi madre me fastidia a diario con nuestro matrimonio y el bautismo de Gabriel Mariano. Ella y el doctor Pereda deben regresar a Buenos Aires, pero no quieren hacerlo hasta verme sentar cabeza.

—¿Cuándo, entonces? —se impacientó Guor—. Yo no lo mencioné antes porque últimamente te he notado distante y fría. Te confieso que temí que ya no me amaras.

—Nahuel —se sorprendió Laura—. Qué ideas tienes a veces. Yo no he estado ni fría ni distante. Ocupada con Gabrielito, sí, pero jamás fría y distante. ¿Vas a decirme que, después de lo que acabamos de hacer, me sientes fría y distante?

—No he quedado muy convencido —fingió Guor—. Deberías volver a intentarlo para convencerme definitivamente.

—Sus deseos son órdenes para mí, señor Rosas —parodió Laura.

Más tarde, tundido de cansancio por haberla amado como sólo a ella podía amar, Nahueltruz hundió el rostro en el cuello de Laura e inspiró profundamente.

—Desde que te conocí, el olor a rosas tiene un efecto devastador sobre mí. A veces, en París, te buscaba entre la gente siguiendo la estela de este aroma. Pero tú nunca estabas allí. En ocasiones —dijo—, tu ausencia se tornaba insoportable.

—Esos tiempos tristes han llegado a su fin, Nahuel. No sé por qué Dios nos puso tantas pruebas, pero las hemos sorteado una a una. ¿Eso no te hace sentir más fuerte? ¿No te lleva a pensar que nuestro amor es inmortal?

—Sí, mi amor, sí.

Se quedaron en silencio, cómodos y aletargados en la tibieza de sus cuerpos saciados. Eran las siete de la tarde, noche cerrada afuera; en la habitación, apenas si se adivinaban las siluetas de los muebles. Hacía rato que el sol había dejado de filtrarse por los resquicios de la persiana; por debajo de la puerta, en cambio, ingresaba la luz amarillenta de la lámpara a gas del pasillo. Los sonidos externos proseguían, pero no eran estridentes, y acentuaban la quietud de la habitación.

—¿Piensas en Linconao al ver a Gabrielito? —murmuró Laura.

—Claro —respondió Guor—. Hoy, por ejemplo, mientras lo amamantabas, me lo recordó mucho.

—¿Se parecen? ¿De veras?

—En los rasgos generales, sí. Linconao también se parecía a mí, aunque él era más moreno que Gabriel y no tenía ojos tan grandes, más bien sesgados.

Hablaron del futuro, de la construcción de la casa, del proyecto de las caballerizas, del campo con peones ranqueles, de la familia de él, de la familia de ella, de regresar a Buenos Aires, de emprender un largo viaje, de tener más hijos, del miedo de Guor a perderla en los partos. También tocaron el tema de Geneviève Ney y del general Roca. Nahueltruz le confesó que le había propuesto matrimonio a Geneviève por despecho, y Laura, que había sido Roca, a pedido de ella, quien había emitido el salvoconducto para ingresar en la isla Martín García.

—Meses atrás también le pedí la libertad de tu tío Epumer.

—Ése será el último favor que le habrás pedido —pronunció Nahueltruz, y Laura no se atrevió a replicar—. Nunca mientras viva volveré a recriminarte tu relación con él, pero, de ahora en adelante, el trato entre ustedes se limitará al cortés y protocolar. ¿Está claro?

—Sí, Nahuel —y, para cambiar de tema, le preguntó—: ¿Por qué no te casaste con ella? ¿Finalmente te arrepentiste?

—Ella me rechazó. Por fortuna, de los dos, Geneviève conservaba el juicio y me dijo que no.

—¿Por qué? —se pasmó Laura—. Eduarda siempre remarcaba el interés que Geneviève tenía en ti.

—Pero Geneviève sabía de mi amor por ti. Me rechazó porque no habría soportado ser la segunda en mi vida. Ella está acostumbrada a brillar dondequiera que esté. Ella es la reina de París. No se habría permitido la humillación de unirse a un hombre que amaba a otra mujer del modo en que ella deseaba ser amada.

No volvieron a hablar, absortos en cavilaciones que involucraban un pasado que deseaban enterrar para siempre. Un momento más tarde, Laura se dio cuenta de que Nahueltruz se había quedado dormido y, moviéndose sigilosamente, se desprendió de su abrazo y dejó la cama. Tenía que regresar a lo de Javier; era hora de amamantar. Encendió una lámpara y recolectó la ropa desperdigada por el piso. Se vistió y volvió junto a Nahueltruz, que aún dormía. Le tocó el cabello, grueso, lacio y negro, y pensó que la sangre ranquel era fuerte y predominante, como en Gabriel Mariano.

—Yo te prometo, Zorro Cazador de Tigres —susurró—, que algún día los restos de tu padre descansarán junto a los de tu madre en Leuvucó. Y para conseguirlo echaré mano a cuanto recurso se me presente, aunque a veces deba ocultártelo para que no te enfades conmigo.

Se casaron una tarde apacible de finales de julio, de cielo rosáceo y brisa fría y aromática. Laura llegó en la tartana que alquiló su padrastro y caminó junto a él hasta el altar de la capilla de San Francisco, en su mano el rosario de perlas de Magdalena y un ramo de azahares confeccionado por María Pancha. El vestido era sencillo, de seda blanca, con una pelliza emballenada que le remarcaba la cintura ya más afinada. Nahueltruz levantó el velo de gasa y, a pesar de conocerla de memoria, la belleza de Laura lo conmovió profundamente. Y él, que desde sus años con los dominicos de San Rafael no rezaba, pensó: "Señor, que esta felicidad nunca acabe".

Agustín celebró la misa y, más tarde, cuando Nahueltruz y Laura ya eran marido y mujer, el padre Donatti bautizó a Gabriel Mariano, que abrió los ojos y respiró aceleradamente cuando le derramaron agua bendita. La elección de los padrinos se resolvió rápidamente, un asunto en el que hubo consenso desde un principio: doña Generosa y el doctor Alonso Javier, que insistieron en dar una pequeña recepción en su casa a la que concurrieron quienes habían acompañado a Laura a lo largo de su embarazo. Magdalena sabía que esas gentes se encontraban por debajo de ellos, pero se sentía a gusto igualmente. Mujeres y hombres sin mayor refinamiento, criados a la usanza de una ciudad chica, habituados a las actividades de campo, personas rústicas y sin ambiciones, que acogieron a su hija cuando en Buenos Aires la habrían destrozado. Departió con todos y, aunque la sorprendiera escuchar "pa' las casas" en vez de "a casa", que la llamaran "doña Magdalena" —la hacía sentir vieja—, que se dijera haiga, usté, naides, apreto, la calor, que se marcara la r y otros modismos al estilo, no se sintió incómoda. En cuanto a su yerno, no hacía falta que María Pancha le confirmara que ese atildado caballero, vestido a la moda parisina, que hablaba varias lenguas y declamaba a Petrarca, era el salvaje que en el 73 le había arruinado la vida a su hija. "Nahueltruz" lo había llamado María Pancha la tarde del incidente en el hotel, la tarde en que nació Gabriel Mariano. Su tozudez por apartarse del malhadado romance de Laura con un ranquel no la preservó de conocer ciertos particulares, entre ellos que el indio se llamaba Nahueltruz Guor y que era muy amigo del padre Agustín. Lo miró y sonrió con complacencia al pensar: "Se lo ve tan feliz". Ese día, con Gabrielito en brazos, su yerno le inspiró ternura de madre.

Laura estaba contenta, pero era la euforia de Nahueltruz lo que todos disfrutaban. Conversaba, reía y se preocupaba por mantener las copas llenas del champán traído de París, para la mayoría, una novedad. Sus ojos buscaban incansablemente a Laura y, si una sonrisa se cruzaba entre ellos, quien estuviera observándolos era testigo de cómo se iluminaba su rostro moreno. Le había perdido el miedo a Gabriel Mariano, que, con sus casi tres meses, ya no parecía desarmarse si lo cargaba en brazos, y se pavoneaba con su hijo para que todos lo elogiaran.

El doctor Javier los sorprendió al contratar a la orquesta del pueblo, la misma que amenizaba las veladas en el Hotel de France, y bailaron hasta la medianoche. Era la primera vez que Laura lo hacía con Nahueltruz, y se admiró de su destreza en el vals. Nahueltruz invitó también a su suegra, a quien encontró especialmente afable, a su tía Carolita, a doña Generosa y, aunque le aseguró que sólo debía dejarse llevar, María Pancha se excusó diciendo que ella sabía hacer muchas cosas menos bailar, y regresó a la cocina.

Con la retirada de la orquesta a medianoche, la fiesta languideció. Laura se sentía cansada, le dolían los pechos y ansiaba un momento a solas con su esposo. Se marcharon antes de que el último de los invitados se hubiera despedido y, con Gabrielito en brazos de su padre, caminaron hasta la casa que Nahueltruz había alquilado tiempo atrás. A pesar de que era pequeña y sin lujos, contaba con la ventaja de encontrarse próxima a los lugares importantes para Laura. Aún olía a pintura fresca, los muebles bruñían a la luz de la lámpara al igual que los pisos de madera recién encerados. Al poner un pie en la sala, Laura experimentó una sensación tan agradable de bienestar y plenitud que la llevó a reflexionar: "Ya conseguí todo lo que ansiaba en esta vida". Se dio vuelta, y su mirada se detuvo en la figura de su marido que cargaba a Gabrielito profundamente dormido. Él la miraba con expectación, aguardando el veredicto por la casa.

—Es maravillosa —le aseguró.

—Es provisoria —se justificó Guor—, hasta que la casa grande esté terminada.

Laura se aproximó, sonriendo. Nahueltruz la abrazó y la atrajo hacia su pecho, le besó la coronilla a ella y luego al niño, embargado de felicidad. Había sufrido tanto que le costaba creer que era su adorada Laura quien descansaba sobre su pecho, y que era el hijo que ella le había dado el que dormía entre sus brazos. Y deseó que Laura ya no fuera conocida como "la viuda de Riglos" sino como señora Rosas, la señora de Lorenzo Dionisio Rosas.

Terminaron los tres en la cama. Aunque dormido, Gabrielito se alimentaba con fruición, y sus ruidos los hacían reír. En voz baja, Laura enumeraba sus avances precoces, y Nahueltruz se regocijaba al verla tan orgullosa. Recostaron al niño entre ellos y, por un buen rato, no hablaron; se limitaron a contemplarlo, a contemplarse, a entrelazar las manos, a acariciarse el rostro, el cuerpo. Algo más tarde, Nahueltruz mencionó su deseo de llevarla a Europa.

—Será nuestra luna de miel —añadió.

—No dejaré a Gabrielito.

—¿Cómo piensas que te pediría sacrificio semejante? —se ofendió Nahueltruz—. Iremos los tres, y llevaremos a María Pancha.

—¿Regresaremos algún día a Buenos Aires? —se animó a preguntar ella.

—Regresaremos cuando pueda delegar en alguien de confianza la construcción de la casa y de las caballerizas. Hace unos días le envié un telegrama a Miguelito anunciándole nuestra boda y pidiéndole que viajara en tren hasta acá, y que trajera a mi *cucu* y a su familia.

Él será mi mano derecha, como lo fue de mi padre. No sabe de caballos, pero sí de sementeras y manejo de peones. Será perfecto para lidiar con los míos, que tienen sus mañas y vicios, como todos. De la cría de caballos me encargaré exclusivamente yo. En definitiva, creo que, a lo largo del año, pasaremos una temporada en Buenos Aires y otra acá.

Nahueltruz interpretó el silencio de Laura como desacuerdo y se apresuró a explicar:

—No podré ausentarme mucho tiempo de la estancia sin el riesgo de encontrarme con grandes problemas a mi regreso. Verás, Laura, yo inicié esta empresa cuando lo nuestro había terminado, y lo hice movido por la culpa que albergo por haber abandonado a mi gente. Me pareció el único modo de paliar mis faltas del pasado. Ahora no puedo echarme atrás, desampararlos, dejarlos a la deriva. Están sufriendo hambre y enfermedades, vagan por el desierto sin rumbo, no saben qué hacer. *Debo* ayudarlos, es mi deber, se lo debo a mi padre.

—Pongo mi vida y la de nuestro hijo en tus manos, Nahueltruz Guor. Mi confianza es ciega; mis pasos seguirán los tuyos adonde sea que nos lleven y respaldaré tus decisiones confiada en tu sensatez.

Ante la declaración de Laura, Guor se quedó mudo, incapaz de hallar las palabras que expresaran su gratitud. La promesa pronunciada lo insufló de una energía que lo hizo sentir invencible, y se dijo también que la confianza de su esposa se convertiría en su fuerza, y el amor que los unía, en el motor para cumplir el plan que había trazado; su compañerismo sería su refugio; su sonrisa sería su solaz; su cuerpo, una fuente inagotable de placer; la inteligencia y valentía de su mujer, su orgullo. De pronto, le vino a la mente y recitó:

—Bendito sea el día, y el mes, y el año, y la estación, y el tiempo, y la hora, y el punto, y el encantador pueblo, y el sitio en el cual tus hermosos ojos negros me encadenaron.

❦

EPÍLOGO

Promesa cumplida

Ley 25.276 (publicada en el Boletín Oficial el 28 de agosto de 2000)

Artículo 1º.— El Poder Ejecutivo, a través del Instituto Nacional de Asuntos Indígenas, procederá al traslado de los restos mortales del cacique Mariano Rosas o Panguitruz Gner, que actualmente se encuentran depositados en el Museo de Ciencias Naturales de La Plata "Florentino Ameghino", restituyéndolos al pueblo Ranquel de la Provincia de La Pampa.

Artículo 2º.— A tal fin se trasladarán sus restos a Leuvucó, Departamento de Loventuel, de la Provincia de La Pampa.

Artículo 3º.— La Subsecretaría de Cultura del Ministerio de Cultura y Educación de la Provincia de La Pampa, en consulta con las autoridades constituidas de la comunidad ranquelina, fijará el lugar donde serán depositados en sepultura.

Artículo 4º.— Al momento de cumplirse con lo ordenado por esta ley, se rendirá homenaje oficial al cacique y se declarará de interés legislativo la ceremonia oficial que se realizará en reparación al pueblo ranquel.

Artículo 5º.— Comuníquese al Poder Ejecutivo Nacional.

Diario *La Gaceta de Río Cuarto*
Victorica, La Pampa, 24 de junio de 2001

DEVUELVEN LOS RESTOS DE UN CACIQUE RANQUEL

El 22 de junio pasado, por la noche, tuvo lugar, en el salón municipal de Victorica, el velatorio de un conocido cacique ranquel, Mariano Rosas, muerto 124 años atrás. El día 21 sus descendientes viajaron a La Plata para buscar sus restos que por años se expusieron en una vitrina del Museo de Ciencias Naturales "Florentino

Ameghino”. Luego de la profanación de su tumba en 1879, ordenada por el coronel Eduardo Racedo, el primer destino de los huesos fue la colección del doctor Estanislao Zeballos, estudioso de los indios del sur. A la muerte de éste, los herederos donaron los restos al museo, donde permanecieron hasta que una ley del Congreso Nacional (la ley 25.276) ordenó su devolución al pueblo ranquel.

El cráneo de Mariano Rosas se veló a lo largo de la noche y sus parientes tuvieron oportunidad de despedirlo. Dos jefes del pueblo ranquel (en araucano son llamados *loncos*), Carlos Campú y Adolfo Rosas, sobrino bisnieto del cacique, presidían el velatorio y se mantenían firmes a ambos lados de la calavera. La reunión presentaba un aspecto abigarrado de funcionarios de traje y corbata y de ranqueles de poncho, vincha y lanzas. La solemnidad del acto se reflejaba en los rostros serios y en las lágrimas que rodaban por las mejillas morenas y acartonadas de algunas ranqueles.

Antes de marcharse, el intendente de Victorica pronunció un corto discurso y remarcó la generosidad de Osvaldo Ramón Borthiry, que había donado la tierra para el camino que conduce al descanso final de Mariano Rosas. Una mujer, claramente ranquel, expresó: “¿Que las donó? ¡Las devolvió!”, poniendo de manifiesto de este modo la percepción general de la comunidad indígena que sostiene que, a lo largo del siglo XIX, fueron salvaje y cruelmente despojados de sus tierras y que recibieron un trato vejatorio por parte del blanco.

Al amanecer del día de ayer, 23 de junio, cuatro ranqueles condujeron a caballo la urna con los restos hasta la localidad de Leuvucó, distante a veinte kilómetros de Victorica, que, en tiempos de Mariano Rosas, fue la capital del País de los Ranqueles, estratégicamente ubicada en el punto de convergencia de las rastrilladas o caminos más importantes de Tierra Adentro. Los concurrentes llegaban en todo tipo de vehículos: camionetas, automóviles, carretas, caballos y mulas. Se lo sepultó cerca de la laguna de Leuvucó que, según expresa el coronel Lucio V. Mansilla en su *Excursión a los indios ranqueles*, tenía una relevancia preponderante en la vida de la comunidad que habitó esas tierras yermas e inhóspitas. Su aspecto es triste y desolado, pero se afirma que en el siglo XIX presentaba más vegetación y agua.

Para el descanso final del cacique Rosas se preparó un catafalco de troncos de caldén (la madera típica de la zona) de dos metros de largo sobre el que descansa una pirámide cuyos lados están orientados a los puntos cardinales. Cada lado representa a las dinastías más importantes del pueblo ranquel: la cara que mira hacia el norte corresponde a los Carripilún, la del oeste a los Pluma de Pato, la del este a los Zorros, a la cual perteneció Mariano Rosas, y la del sur a los Tigre. En la cara de los Zorros se encuentra la abertura por donde se colocó la urna sobre tierra de Leuvucó. Cerca de la pirámide se levantó un palco para los funcionarios y las autoridades del pueblo ranquel; en torno, los demás ranqueles, los abanderados de las escuelas de la zona, los periodistas y otros invitados, entre ellos la cantante Gabriela Epumer, descendiente del hermano menor de Mariano Rosas, el cacique Epumer, que lo sucedió en el trono.

La ceremonia empezó con una melodía de notas lánguidas, tristes y arrastradas, proveniente de instrumentos ranqueles, algunos como cornetas, que las llaman *trutrukas*; otros se asimilan a flautas (*pifilkas*); había también grandes cascabeles, los *cascahuillas*, y los más tradicionales, los *kultrunes*, que son tambores mapuches. Después bailaron la danza del ñandú o *choique purrún*, agitando la cabeza, dando pasitos cortos y luciendo mucho el poncho de colores y dibujos estridentes y atractivos.

A la hora de hablar, se dio prioridad a los loncos, que lo hicieron en araucano. De todos modos, fueron las palabras expresadas por una anciana de distinguido porte las que descollaron. La señora elevó la mirada al cielo y, con esta frase, abrió su discurso: "Promesa cumplida, abuela Laura", lo que suscitó la algarabía entre los del pueblo ranquel y extrañeza en los demás. Los loncos le dispensaban un trato familiar, en especial el señor Adolfo Rosas, que al terminar su rogativa en araucano la abrazó y le besó las manos. Se trata de Evangelina Rosas, la parienta más directa de Mariano. Es su bisnieta, nieta de su primogénito, Nahueltruz Guor, hijo de una cautiva, según se asegura.

Terminada la reunión, al ser consultada acerca de la enigmática introducción a su discurso, la anciana explicó: "Mi abuela, Laura Escalante de Rosas, le prometió a mi abuelo, el cacique Nahueltruz Guor, allá por 1880 que, algún día, los restos de su padre, Mariano Rosas, regresarían a descansar en Leuvucó. Y, a pesar del denuedo con que luchó para conseguir su objetivo, tocando cuanta puerta conocía, Laura Escalante murió con la pena de no haber cumplido. Debieron transcurrir ciento veintiún años para que el pueblo argentino dejara de hacer oídos sordos a este legítimo reclamo y devolviera lo que jamás debió salir de aquí. Entonces, ¿cómo no iba a elevar los ojos al cielo y compartir este triunfo con mi querida abuela?".

Índice